MFA CREATIVE WRITING

创意写作

第八卷

·主编·

陈思和　王安忆

CATS IN THE BASKET

篮子里的猫

抓住翱翔的太阳，
在人生的黑暗时分燃烧、咆哮

上海人民出版社

目 录

青年作家张祖乐小辑

长篇小说

创作谈

附录

注：标题后带＊的篇目的作者为余静如

导师序

致疫情中的17级毕业生

张怡徽

2020年，在新冠疫情的影响之下，每个人都面临日常生活的转型，无论是学生还是非学生，艺术家还是普通人。2017级复旦创意写作MFA（戏剧）专业的学生，也在这一特殊的时期，完成学业，走上新的人生旅程。

2017级的创意写作学生也是我入校工作以来合作的第一届。感谢他们宽容我教学经验的不足，我也很高兴地看到，他们通过自己的努力，发表了许多优秀的作品。如燕信羽的短篇小说《雨林》、散文《氍毹梦长》发表于《萌芽》杂志，她与其他MFA学生合写的舞台剧作品，获得了上海文化发展基金会的项目资助，网剧作品也有很好的流量，曾入围2018 NI青年编剧大赛指定综合类院校专区30强。如李雪婷的《公寓流浪者》《算命》《行行重行行》《人间烟火》《亲爱的人》等多篇散文发表于《萌芽》杂志，她也成了“萌芽之星”，参加了上海—台北两岸文学营，并跟随《萌芽》的编辑去到几所中学做文学演讲。江姗姗的散文《掌纹》、范淑敏的散文《菌子》都曾是我们散文写作实践课上的作业，后来发表于《萌芽》杂志。黄馨平的毕业作品是一篇玄幻小说，她也早已成为“起点读书”的成名作者，一直坚持着自己的文学理想。其他诸如喜欢用谐音梗的刘东兴、散文有很强烈的诗人风格的王超逸、喜欢写土豆的曹源远、写到家乡事会哽咽的郁信然、书写欲望故事非常先锋大胆的陶然等等，都给我留下了非常深刻的印象。是作品让我记住了这些可爱的同学。

复旦创意写作专业自2009年成立至今，培养了近两百位毕业生。2019年，我们也举办了盛大的十周年会议。陈思和教授在致辞中回顾了复旦大学MFA（创意写作）学科建设的历史、建设之初的困难等，指出复旦大学中文系一直带有创作基因，而MFA专业更应该具备“工匠精神”，是“一门沉下心来的手艺活”。金宇澄从创作者、资深编辑的角度，回顾了自身参与复旦大学 MFA 课程的经历。他指出，该专业对发展文学创作具有深远的帮助和影响，为师生交流提供了宝贵平台。“每个人的意见都不一样，这对一个创作者是很有益处的。”王安忆谈及作家进驻高校的教学经验，还有教学对自身创作的益处，她认为，创作需要韧劲和坚持，以及自我反思和从外界汲取滋养的能力。她指出，复旦大学 MFA 学科的发展是一个教学相长的过程，给予从教者和受教者丰厚的人生体验。作家的培养，一方面需要创作天赋，另一方面需要经由教育打下扎实的创作基础。

十年来，复旦创意写作 MFA 教学成果颇丰。许多文学期刊和新人奖项都能见到复旦 MFA 学生及毕业生的身影。王侃瑜、余静如、黄厚斌（笔名黄守昙）、张心怡等已成为新锐作家代表，斩获彗星科幻国际短篇竞赛优胜、全球华语科幻星云奖、“鍾山之星”文学奖、香港青年文学奖、台湾林语堂文学奖、澳门文学奖等诸多荣誉。不少 MFA 毕业生已经出版了多部文集或有大量作品发表，如张祖乐、薛超伟、周桑、胡卉、严孜铭、伍华星（笔名伍德摩）、郭冰鑫等等，获得文坛广泛关注。他们培养了自己的读者，正在逐步建立新的审美观念、新的表达方式。大部分复旦 MFA 学生在校期间至少能在文学期刊上发表一篇小说或散文作品，每一个人都至少有一篇代表作被收入上海人民出版社出版的“创意写作”系列丛书。

值得注意的是，除了成为创作者和文学编辑之外，也有不少毕业生选择了继续深造，攻读博士学位，如战玉冰、张凡、王侃瑜、张梦妮、丁茜菡、郭冰鑫、陈芳洲等等，在文学研究领域，他们关注着“创意写作”学科的发展，接棒文学教育的神圣职责。不少正在或曾加入文学与写作教育行列的毕业生，如张梦妮（常州工学院）、张凡（重庆钓鱼城科幻中心主任）、黄厚斌（广东财经大学华商学院）、周桑（鲁东大学文学院）、王霓（立思辰大语文徐州分校）、张馨月（上海延安中学）、范淑敏（浙江省杭州高级中学）等，成了文学教育承前启后的新生力量。2020 年，2013 级 MFA 毕业生战玉冰入选上海市“超级博士后”自助计划，还获得了 2020 届上海市优秀毕业生荣誉称号，如今他正在复旦大学博士后研究站工作，高度关注着现当代文学前沿课题及当代写作教育的发展。他的研究论文《写作，从这里出发——复旦大学中文系创意写作专业（MFA）“青年作家群落”作家、作品述评》即将在另一部论文集发表。

复旦创意写作 MFA 的办学经验，长期以来都是各校创意写作专业高度关注和研究的对象。近五年来，复旦中文系戏剧专业（创意写作 MFA）的研究生报考人数逐年翻倍增长，可见复旦创意写作专业同样被当代文学爱好者所认可。这是近两百位复旦 MFA 学员和教师们共同努力的结果。正如陈思和教授所言，“‘五四’时期的学生文艺社团、30 年代京派海派的校园文艺运动、抗战时期重庆和昆明的学生诗社、‘文革’后的‘伤痕文学’思潮、作家进入校园推动文学教育、以学院为背景的文学批评，等等，都是现当代文学的一部分，无法剥离。与‘文学现场’保持了密切的关系，大约在这个学科背景下可以得到充分的理解。我们的文学批评和文学研究、文学活动，本身就是当下文学的一个组成部分，是当代文学所发出的声音。”我们喜闻乐见，2017 级的优秀毕业生们，也会成为中国当代文学现场的新鲜面孔，也乐见写作教育在未来会成为高校人文教育、通识教育建设的重要组成部分。更重要的是，我们可以慢慢从西方舶来经验中，开拓出一条自己的路径。复旦创意写作是这条路径的开拓者，不断完善着当代文学写作的教育模式。在新的时代，写作教育可能会面对与其他艺术教学及科学技术领域的碰撞、面临与社会科学领域（如人类学、心理学、医学）的跨学科合作，这对每一个创意写作人的综合素养都提出了挑战。

祝福 2017 级的同学们前程锦绣。希望他们未来的生活中有文学，他们笔下的文学中有创新的人类生活。

Examples of Writing Training

创意写作训练范例：从开题到成型

本课程拟展示创意写作课程学员由开题到中期讨论、再到完稿的小说创作过程。就灵感来源到前提设置、人物塑性、情节建构等具体问题展开思考。

考核方式（■考试　□考查）及要求

考试。每个学生在授课时期完成中篇小说与创作谈。

科幻电影对科幻小说的影响

余静如

几乎每一届 MFA 毕业作品中都会有一篇科幻小说，这一年也不例外，王子为的小说《我们与爱的距离》一开篇就展现出一种熟练的叙事，作者的语言干脆利落，小说中人物之间的对话、动作的设计也无不表现出这一点——她在叙事中流露出一种对文本控制的自信，完全没出现初学者叙述时常有的犹疑不定。小说的完成度很高，从技术上来讲，它几乎没有什么可指摘的，这样一种情况在近两年的 MFA 毕业作品中常有，诸如叙述视角、情节、结构这些方面，现在很多学生已经完成得很好。与其他人相比，王子为的小说呈现出一种高度的“视觉化”，她描绘的每一个场景，每一次人物的互动，几乎都能完全地体现在电影屏幕上。这种体会一直持续到我读完她的小说——就像看一场电影。

和小说比起来，电影是运用画面的艺术，在这篇小说的开始，作者也通过描绘出一个未来世界的场景让读者进入文本，这个场景是赛博朋克式的——低端生活与高科技的结合（combination of low-life and high-tech）。作者笔下的城市正是这样：腌臜的垃圾堆、遍地积水，一个仿生人（小说的主人公）在废弃的（电子狗）狗窝边找到满是泥巴的充电头，并把这个不合仿生人规格的充电头硬是插进了大腿——这样的场景几乎已经奠定了这部小说的风格和走向。对于接下来的发展，熟悉赛博朋克的读者不会感到意外。这样一种对于场景的细致描绘在整个小说中多处出现，使得小说一直都保有画面感，而剧情走向也偏向类型化——被人类改造过的仿生人班吉在执行主人生前意志的过程中经历冒险，主题仍围绕着人类的一些永恒命题，诸如“爱”。

当下，小说被改编为影视剧剧本是常事，影视剧本本身也属于文学作品，而随着科幻电影的盛行，尤其是许多高质量的科幻影片、电视剧出现，它们反过来也影响到了文学创作。从王子为的这一篇作品里我们就可以很直观地看到这样的影响。她的创作谈也验证了这一点，她写道："写小说的全程我都试图拿电影做参照"，同时她列举了一系列她所参考的影视作品，如坂元裕二的《即使如此，也要活下去》、《黑镜》第二季第一集、园子温的电影《爱的曝光》，她的母题、人物设置的灵感来源于此，甚至，她想要避免的情节和主题也来自影视作品，比如《底特律：变人》《真实的人类》。这样一种借助于电影的方式确实帮助她完成了这篇小说，不过也留下了一些小小的遗憾。在她的创作谈里，她提到她写了讨论"快乐"和"消费主义"的第一稿，但因为缺少"故事性"和晦涩而放弃了。

科幻小说一直被视为"类型文学"，这与它反复使用一些元素和命题有关，但这并不妨碍它讨论更深层的话题，在王子为的小说中，也有许多值得更深入探讨的情节，比如仿生人班吉的系统被改造之后，他"下载脏话数据包，研究神秘学和文学"，他与其他仿生人疏远了，却与（机器）牧师走得更近，他同牧师聊天，话题进行到"机器人天生符合神的教义"，他们俩"装载的幽默板块同时监测到了其中的逻辑差异，指挥着面部系统爆发出一阵大笑"。这一段是整个小说中很出彩的一段，引人深思。如果能深入探讨这样的话题是很有意义的，或许比让它呈现出故事性更有意义，哪怕这种尝试会导致小说变得晦涩，仍然值得一试。

作品展示：

我们与爱的距离

王子为

Now we see but a poor reflection as in a mirror; then we shall see face to face.[1]

BENJI

"喂，和我一起逃走吧？"

在雨后的城市、腌臜的垃圾堆、遍地的积水之间，少女从街巷深处翩然而至。

彼时，我正别扭地缩在狗窝的栅栏外。我好不容易找到一座充电桩，伸手从凹洼里努力探出满是泥巴的充电头，把它马马虎虎擦了个干净。狗窝看起来已经废弃了很久。电子狗不知道跑到了哪儿，或者是被售后处回收了。在此之前，我徘徊在公交车站的等车处，努力把自己伪装成一个规规矩矩、干干净净的仿生人，直到电量下降使我的理智涣散。宠物用充电头和人型的规格不太一致，但我狠狠心，还是硬把它猛地一下插进了大腿。一阵闪电般的刺痛感后，大脑中低电量警示的消失终于让我舒了口气。

充电桩离栅栏的位置不太方便，只有过低的一处空隙能容许充电头探出来。我不得不像杂技演员般摆出高难度的蜷曲姿势。大腿上肌的电位不稳，动不动发出一阵抽搐，浑身各部件缺乏电量的警告还在此起彼伏地响着，我想我的面部肌肉也未必会有多好看。在那个女孩眼里，我看起来一定像是一条狼狈的狗。然而仿生人并不在乎尊严，我只希望她能赶紧走开，不要影响我完成那个我也不知道自己是否希望完成的任务。

她步步紧逼地望着我。

1　引自《哥林多前书》13：12。中译：我们如今仿佛对着镜子观看，模糊不清，到那时，就要面对面了。

“我不能，这是违背机器人第四律令精神的举动。”我试图敷衍过去。

这时她已经走过来了。她站得离我极近，两腿叉开，弯下腰来看我。我稍稍抬头就能撞到迷你裙上的金属腰带扣。从下往上看，她精致的下巴成为一块庞大的、带有压迫感的面积体。女孩轻蔑地笑了一声。

“别装这一套了，我在维京改造所里见到过你，虽然你可能不记得我了。你跟着你的主人，一个鹰钩鼻、满脸暴躁的老头，不是吗？你早就被他们动过了，虽然我不知道你被黑掉的是哪些部分，但你的大脑律令肯定千疮百孔。你还想待在这里吗？一起逃离人类的城市吧，去哪儿都成。”

干，我心想。

但是当我开口时，我却说：“随你的便。”

四十八小时前，我还抱着骨灰罐，站在殡仪场的门口。整个世界即将与我所熟知的部分脱节，但还没真的完全走到那一步。

老亨利死了，我亲眼看着熊熊的火舌舔舐过他苍白的头发，看着他的脸部皮肤在摇曳的气流中胀大变形，内脏流出。四下里冒着黑烟，高温让老亨利的存在转换了状态，直到最后变成一抔平平无奇的灰，被扫进此时夹在我腋下的骨灰罐中。工作人员把手上铜制的、亮晶晶的骨灰罐递给我，说着：“任务马上就结束了，您辛苦了。”我走了。在我身后，许多新死了主人的仿生人还在排着长队，他们的队伍向外一直延伸着，直到变成天边一个小点。不起眼的钙质品被铲入刻着各种花体字铭牌，银质、铜制、木制或是装饰着宝石、象牙的骨灰罐里，胳膊抬起又落下，流水线般将它们发放到仿生人的手中。殡仪场里一切都在运作着，咿呀作响着，汇成一曲经久不息的劳动之歌。

我等工作人员收拾骨灰的时候，旁边的姑娘哭哭啼啼个不停，一旁看起来像是她男友的人在絮

王子为

絮叨叨地向她兜售以太派[1]的观点。我看了他们好几眼。

人类每天都在死去，在他们眼里，殡仪场是聚集哭泣、哀叹、忧虑、恐惧等令人不寒而栗元素的阴间之所。而对于家用仿生人来说，这里却恰恰是我们的英灵殿。两个不同功能的空间安静地叠加在同一个场域中，互不干扰。火焰宣判了长长一段护理生涯的结束，我们在这里放下担子，被工作人员拍拍肩说“好样的，干得不错！”，享受终极目标值由0转为1时对整个系统产生的巨大震荡，然后结束这段生涯。打个比方，这就如同北欧战士们征战归来，鱼贯而入，放下卷边的刀戟和浴血的牛角头盔，在迎接队伍的称誉中露出朴素无华的笑容。哪怕之后他们面临的是无聊、牙齿掉光了的衰老、被媒体污蔑的愤怒、抑或是被政府克扣抚恤金的无助，管他呢！这种人类的联想游戏，我也能玩得很好。

接下来，别的家用仿生人将有条不紊地进行一切扫尾工作，紧接着返厂整修，投入下一次出售。但我不同，走出这扇门，我就要无家可归。

人类相信各种谎言，他们心灵脆弱、容易慌张，又缺少永续的生命。因此他们编造出天国、冥府、阴世、黄泉等种种去处。更多人相信死了就是没有了，什么都消失了，对此惶惶不可终日。那么，老亨利此时在哪里呢？

他既没有上天堂，也没有下地狱，对这一点我再清楚不过。因为老亨利分明还在以他最后的意志注视着我。

“班吉，你给我好好听着！”

只要稍稍放松注意力，那段场景就会从后台中蹦出来，像老式电脑上关不掉的垃圾弹窗。

听到他的召唤，我就悄无声息地推开房门。我们仿生人就是这样随叫随到。

老亨利病了很久了，房间中静悄悄的，弥散着一股挥之不去的老人味儿。他挣扎着从枕头堆里坐了起来，肮脏的蚊帐幔帘在穿堂风中嗖嗖地舞着。这个老人眉眼凹陷成了两粒深深的核，他躺在高高的被窝里，就像躺在腐朽的坟墓中。

“接下来，我要进行最后的遗嘱施行……”

身上大大小小十几个毛病包围了他，呼吸系统衰竭、肝肾退化、泌尿不灵，他整具身体像一个怪异的、漏风的风箱，持续不断发出雷鸣般的喘息。厚重的痰黏住了他的喉咙口，封印住了他身体里那个暴戾的灵魂，于是他病了后就很少开口。而现在，老亨利努力挣脱着肉体的束缚，发出低沉破碎，近似于狩兽的声音：

“我死后，你要到这个地址，去杀死一个人。听到没有？”

他从枕头背后哆哆嗦嗦地拿出一把旧式手枪，尽管经过细心保养，但扳机上的漆仍褪得差不多

1　后移民时代出现的诸多林立教派之一。该教派观点认为人的灵魂以以太形式存在，可以在现实和虚拟空间中自由转换，永不灭亡。

了。同老亨利一样，它也上了年纪，在这个年代显得功能落后，效率低下，只有复古爱好者会将其作为收藏品。现在想要杀人，有太多隐蔽多了的方式。

“你要用这把手枪，我处理过它了……你在身上藏好，过安检和电子识别时，它不会拉响警报。你得用它杀死他，他必须死在这把枪下，除此之外，任何其他方式都不行，知道吗？就算那个人已经到了鬼门关，你也要先把他拉回来，再用这把枪对准他的太阳穴……”他讲得太急了，忍不住停下来剧烈地咳嗽，咳到脖子以上都涨成猪肝色了。好不容易停下来后，他恶狠狠地从嗓子里押出几个字：“班吉，你是我花大价钱买来的机器人，我会一直看着你，直到你做成那件事为止。”

说完最后一句话，老亨利倦了，摆了摆手让我出去。他浅色的睫毛迫不及待地盖住了浮肿成缝的双眼，通红的酒糟鼻上还沾着抹不掉的鼻涕，肢体信号比本人更早一步陷入昏迷。嘴里还低低咕哝着一些我听不清的语句。

我就再悄无声息地走了出去，掩上厚重的橡木门。

杀人。我站在阴森的走廊上，边摩挲着手枪手柄上的花纹，边想着。风让走廊两侧白色的麻质窗帘飘荡个不停，我寻思现在这个场景大可成为一部惊悚片的开头。老亨利只给了一个地址，没有名字，也没有对目标具体外貌的描述，这让我很难破译他指令背后的意图。但我知道，老亨利为这一天已经谋划很久了。早从几年前起，我就在等着这件事的发生。更确切地说，是从他确诊的那一天起。

家用仿生人都与医院系统之间实时联网，那天下午，当我在后庭里浇着花，看着蜜蜂在阳光中飞舞时，大脑中突然传来叮的一声，诊单和注意事项自动传输了过来。三小时后，我在门口等来了归来的老亨利。他的表情倒是没什么变化，一切如常地从花园尽头的甬道上走过来。

“主人，不管发生什么事情，我会一直不离不弃地陪着你……”为他取下外套时，我试图说些什么劝慰的话。

“别说这些没用的了，叫人恶心。”老亨利不耐烦地打断，“给我倒杯葡萄酒，然后收拾一下东西，我们要出趟远门。”

这是老亨利第一次带我坐火车。他拄着手杖走在前面，我在后面提着他的行李箱，我们走过我熟悉的街区，来到陌生的中央大道上。这条街是我的出生地，我只在出售当天途经过一次。他领着我来到人潮汹涌的火车站，买了车票。我坐上仿生人车厢，和别的同伴密密麻麻叠在一起。火车启动了，车厢微不可查地摇晃着，窗外的树和房子单调地掠过。我睁着眼睛，记录了一会儿窗外的景象，不久后系统提示我进入休眠，我便沉沉阖上眼睛。

到站时，已是华灯初上了。老亨利叫我关掉定位，带着我乘上地铁再转出租，绕了好久。窗外的建筑风格逐渐发生了变化，歪歪倒倒的矮破棚屋夹在过分豪华的违规建筑中间，店名和广告牌明晃晃地指向军火、色情、基因改造等各种非法勾当：“三头人酒吧：最新最劲的合成人钢管舞”“汉克枪械行”旁边的广告牌上画了安着人类头颅的巨大堡垒，各种激光大炮和火箭筒毫无美感地一股脑往上面堆砌。我好奇地一个劲向外张望，我惊讶于老亨利还知道这样的地点——它显然不会被收录在官方地图上。

不符合改造规格的三头犬在街上嗅着垃圾桶，嘴角淌着涎水。来来去去的行人文着花臂或是装着整只电子臂。基因合成的兽耳妓女懒懒地靠着墙边，在裸露的虚拟投影旁抛着媚眼。

老亨利似乎很不喜欢这个地方，我从视野边缘打量到他皱起了眉头。他站在十字路口揣度了一会儿，然后开始迅捷地带领我钻入小路里。我们总共转了十八次弯，穿过了两座筒子楼的楼道，钻过三处墙上的窟窿，然后他终于在一家不起眼的店前停了下来。店铺在深夜里整个亮着通红的灯，沿墙竖着一块小巧的牌子，我看见上面写着“维京修理铺，改造 & 克隆 & 植入业务”。老亨利扶了扶帽子，走了进去。

狭隘的走廊伸向意想不到的宽阔大堂，各种奇异物种的标本和仿生人或林立或被挂在笼子里展示。绕过琳琅满目的货架，老亨利走到了一处狭小的收银台前。

“哟，我的老伙计，好久不见。”扎着脏辫的中年男子吹了声怪里怪气的口哨，向我的主人肩上打了一拳。他有一双湛蓝的圆眼睛，眼窝深陷，整张脸带着天真好奇的意味，与他一口烂掉的烟熏牙很不相称。

“还在忙活那件事吗？我刚拿到一项技术，在催熟的克隆体身上植入记忆辅助芯片，能把你的姑娘还原到百分之七十三，夭折率也降低了六个点。怎么样？看在我们熟的分上，价钱就给你打个九折。考虑一下吧。”

老亨利的脸一下子沉了下来，似乎非常不快。他命令我关掉自己的语言理解模块，于是我只好站在一旁看着他们俩的嘴一张一合。

两人交谈完后，我被领进了内间。这里凌乱不堪，钳子、万用表和乱糟糟的电线塞得到处都是，环境从血红色骤然转为雪白色。手术灯支在上方，打出淡黄色的无影光。手术台上之前铺着的无纺布还没有更换，布面沾着斑斑点点的褐色血迹。中年男子没有解开我的语言限制的意思。他嘴型夸张地耸动着，边滔滔不绝地说着什么，边摩挲着我的后颈，找到我的脑后开关。我被“唰”的一下关掉了。我最后看到的画面是他挑起来的神气粗眉，撅成 O 形的红润的嘴唇，和那怪异的怜悯目光。

醒来一段时间之后的体验，我在此不想描述。

很多指令都坏掉了，各种情绪参数攀升到极值，再反复掉下来。内存被占满了，自检程序四处救火，无数进程被强行掐断。我不知道老亨利是怎么把我带回去的，我那时候一定行为反常，又哭又笑，四肢失常不受控制，无论在谁看来都是极具攻击力的疯子。等到感知系统与处理器的链接协议终于恢复，我发现自己又处在家中那块熟悉、可爱的小小花园里了。

逻辑板块回归后，我立马检查自己的大脑被动了哪些部分。不费什么工夫，我就立即发现，我所有的行动不再通过机器人三定律及衍生出的十几条确保主人所有物权法则的检定了。这带来的最大变化是：我能杀人。作为替代性补充，主人的命令拥有了凌驾于整个系统的优先权，很多板块在这个基础上进行重组。不得不说，这个黑市技工是个天才。我的机身就像一台坏掉很多零件却还能喷着呛鼻的黑烟启动的拖拉机。

自那天之后，我大脑中越来越多的地方开始变得不正常。毕竟黑市里的人可不会好心到给你把每道程序安抚得熨熨帖帖，那等同于唤你小宝贝并轻柔地对你呵气。他们崇尚的是野性、伤口和杂草一样的顽强生命力。用锯子锯掉一条手臂，徒手按上机械臂后还能自愈：那个地方成天上演的是这种近乎不科学的奇迹。

每一天，我的大脑中都有些部分在报错。我频繁进行自查，但那些部分狡猾地转为不活跃，在后台占据运算资源并发出干扰讯号。用人类的语言来说，是的，我一天天变得更焦躁不安，我开始做更多难以理喻的事情。

一般来说，当仿生人能把人类的心情照顾周到的情况下还能绰绰有余时，他们会选择一到两项兴趣爱好，大部分集中于对园艺、厨艺、植物学、脱口秀等领域的深入研究。在扩展程序包网页上，这些内容的排名遥遥领先。而我——一个大脑坏掉，压力无处释放的可怜仿生人，一头钻进了挂满蛛网的偏门领域。

我下载脏话数据包，研究神秘学和文学，让后台持续跑着但丁和弥尔顿文本的交叉对比。我时常站在角落里神经质地窃窃私语。我发现只要你随机地描写一些细节，总是把对话写出来，再加上公式性的情绪联想，就能把一篇小说写得七七八八。人类的情感犹如定论一样寄托在动作和场景上。就如同我现在正在做的这样。

为了节省计算资源，我更多的逻辑语句不得不退出舞台。我的程序开始脱离中央的统一调控，进行局部的自行联结。我的模拟性格一日日地倒向“愤世嫉俗”，在长长的性格手册中，这个属性被评定为“不推荐但能迎合少部分人类，能够削弱事件反馈的偏差值”。我装模作样地仇恨人类，直到我也不知道自己心底里到底是恨他们还是爱他们。如果经历过了这么多事情我还能爱他们，那么我就拥有了一部分基督的特质。这些是本地教堂的牧师告诉我的。他说，机器人天生符合神的教义，说完，他停顿了一下。我们俩装载的幽默板块同时监测到了其中的逻辑差异，指挥着面部系统爆发出一阵大笑。一只苍蝇被惊动，在告解室里没头没脑地乱飞了起来。

我们感到它幽默，因为这对我们来说毫不重要。人类看重这些，但他们的心和大脑都是乱糟糟的。一方面渴求着上帝的宽恕，一方面盲目地做各种伤害自己和他人的事情。人类离幸福是多么遥远！而我们仿生人，生下来就按照理性的、井井有条的逻辑行事。我们的目标极其明确：让主人开心。为了达到这点，无论让我们做什么都毫无怨言。如果一个人类打了你的左脸，那你就伸出右脸让他打——这句写在《圣经》上的话，恰如其分地形容了我们的特质。仿生人是符合神的教义的。我和牧师乐此不疲地进行着这种论证，天天一本正经地胡说八道。

自从我的系统不好使之后，我和之前在邻里间交好的几位仿生人伙伴渐渐疏远了，我的程序不允许向他们泄露自己遭遇的这场巨大变故。在另一方面，我却和牧师越走越近。好些做完家务的下午（自从那次手术后，老亨利逐渐对我放任不管，自己也成天关在房间里不出来，因而需要我做的事情相当之少），我就在春天蒙蒙的细雨和阴光中，踢着石子走过一段下坡路，去到嵌了彩窗的告解室中。

近些年来，机器牧师雨后春笋似的冒出来，在许多乡下教堂里接任了原来的人类牧师，这在人类的社交网站上也成为一件颇为令人啧啧称奇的事情。究其原因，对于民众来说，他们不会泄露你的忏悔词，在背后对你指指点点；对教廷来说，他们不会贪污掉募捐箱里的钞票，或是威胁到上级的地位。因此在教徒不够虔诚的地方，经费不足的小教堂里多半雇佣一位机器牧师来凑数。

激进的反对者对着他们扔番茄和臭鸡蛋，但牧师在枪林弹雨中微笑不为所动；再严重一些的骚扰会立马升级为刑事案件，在五分钟内招来执法机器人（那些家伙可拿着真东西）。久而久之，他们也对此感到了索然无味，听之任之。而吹捧者认为，基督教本身就是基于对新旧约两本神的文字展开的领悟，基于语义逻辑的机器牧师反而能够比人类更深入地理解《圣经》中的微言大义。大多数人对他们顺从恭谦的姿势感到满意。渐渐地，像火车、照相机、互联网等事物的出现一样，人们也逐渐接受了这样新生事物对他们生活的入侵。

我向牧师展示自己用蜡笔写在记事本上的粗浅的诗歌尝试（幸运地，基于基督教对修辞学的狂热，他出场时已装载了相当专业的语料库），和他分析我脑中狂乱的猜想。我甚至给他表演了一小段倒立。牧师对此早已见怪不怪，尽管他对我的遭遇爱莫能助。他说我一天天变得更像人类，随心所欲无逻辑，无法掌控自己身上在发生着什么。他说我坏掉的程序不是随机 seed 就能模拟出来的。我极有可能失去我的同伴们所拥有的珍贵特质——纯洁性，而向疯狂的深渊坠落（这是亚当走出伊甸园的契机，他安慰性地解释道）。在最后，他对我加上了一句“阿门”的祝福词。我对这一切无用的废话也早有预料，于是我就走出告解室，趁天还没黑下来，去超市买菜回家。

你们能想象到与我那天流浪到教堂时，当一个被世界遗弃的人，他的嘴向谁都紧锁着，却突然有了一位能够自由倾诉的对象时，那种久旱遇甘霖的欢欣吗？

后来，据牧师所说，像我这样的例子并不稀奇，他在同伴那里辗转听闻了好几例。黑市的生意可不差，有的是大把的有钱人，花钱买回来折断翅膀的“小鸟”，SM 改装仿生人，或是名人的一比一克隆体。层出不穷的需求几乎每天都在生成。黑市商人们早已买通中央数据网，让其选择性地无视这些存在。仅仅是有一种规则建立起来，人类就必然有踩着它的冲动。规则本身足以就让一小撮自认定的人上人感到不适应。因而无论计算力如何飞速发展，大数据和透明视野如何照耀一切，总会有一块“光明背后的阴影”，不透明到了智商泥沼的地步。

老亨利是得了阿尔茨海默症，后因并发的严重器官感染而过世的。阿尔茨海默症会损坏人类的正常认知功能，让患病者丢失记忆，背离理性，变得日渐痴呆。在老亨利身上，一切却恰恰反过来。

事实上，我觉得当他清醒时，他是个彻头彻尾的疯子；而当他发病时，却更像是个正常人。

第一次发现他不对时，是在一个傍晚。（是的，根据简单的统计学，我服务期间的“重大事件”都发生在下午到晚上的时间内。）老亨利有午睡的习惯。在那一天，他睡着的时间比往常稍稍有点长了。为了主人的健康着想，也为了询问晚餐的菜谱，我便上楼查看他的状况。我推门进去时，他正披着薄毯子，坐在一堆流苏靠垫中间。床四角被拴起来的帷幕之间，细小的尘埃在空气中浮动着，这使我意识到蚊帐需要进行清洗了。融融的夕阳照在了他的脸上，使一切都变成了明橙色，房间第一次这么亮堂。他的脸色显得红润无比，神情是我从未见过的和睦。

等到我开始研究神秘学后，我开始感到这个场景中存在一种预兆。在这个乡下地方，一年有三百多天都在下雨，看到一抹夕阳几乎是振奋人心的事件。我们尽可以说，小概率就是预兆发生的温床。

此外，老亨利几乎从没给过我好脸色。他要不敷衍地对我的工作视而不见，要不反复挑刺——请不要误解，仿生人并不会因为主人粗暴的对待而心生不满。容我再强调一次，我们没有自尊心，我们生存的意义就是使人类得到幸福（然而这个任务是多么艰辛）。如果践踏我们可以让主人的内心感到愉悦，如果扮小狗在地上汪汪叫就可以让他们永无厌烦地哈哈大笑，那请他们尽情地这样使唤。但无论我做些什么，表现得完美无缺、将一切打理得井井有条，或是装作愚蠢笨拙、试图反衬人类的聪明才智，我尝尽了前人提到过的一切技巧——可是老亨利总是不开心。

我有十足把握自己的表情识别和体征监测系统没有出错。久而久之，因为我的行为永远得不到正反馈，系统的各种权限都稍稍放开了一点。我时常拿着扫帚，停下打扫，站在楼梯的转角竖起耳朵；或是在侍奉早餐时，暗暗窥伺着挡在咖啡和报纸之后的老亨利的脸。我不断揣摩着一个问题：他的不开心与我有关吗？

这里可以插播一则我观察获得的重要佐证材料：人类有许多不设防的时刻，而我可以一天二十四小时将观察人类作为第一要务。因而，狡猾的仿生人班吉设计了这样一出实验：在侍奉上完美的奶油蘑菇汤之后，趁着老亨利咂摸着胡子上残存的汤汁，久久沉浸在奶香味的回味之际，班吉挑选了这一完美的时机，对主人讲了一则精心琢磨出的笑话。笑话是关于住在花园另一头的吝啬的胖玛丽的。其内容与实验论证无关，在此按下不提。但我们同样清楚，人类的笑话往往建立在对他人巧妙的挖苦之上。这则笑话起到了极佳的作用，老亨利先是坐在椅子上神游物外，直到仿生人班吉的话语透过耳朵逐渐走到了他大脑的处理核心，他的肩膀逐渐耸动起来，幅度从轻微变成了七级地震——他整个人笑得前仰后合。看到这一幕的班吉不免得也感到十分得意。但没等我享受完这美妙的小小时刻，老亨利骤然停了下来，他神游的灵魂回体了，他意识到了站在自己面前的是谁，接着爆发了一阵前所未有的雷霆之怒。承受这次实验挫败的同时，仿生人班吉得出了珍贵的结论：老亨利活成了一位自虐的苦行僧。烙印在他理智中的，是对快乐深深的抗拒。

直到那个明橙色的夕阳照进房间的通透傍晚，我已经观察了他好长一段时间，初步建立起了他的人格模型。因而我自然对这个意想不到的变数大吃一惊。人类的心灵是如此复杂，总是能有超出程序预测之外的部分。

老亨利和蔼地开口：“班吉，你今天在外面都玩了些什么了？”

我便回答：“回主人，一点到三点，我在给游泳池放水清理。四点到五点，我去了镇上买菜。”

老亨利的脸上露出明晃晃的困惑，他问：“你在说什么呢？艾米丽去哪啦？你怎么没带着她一起回来？”

我说：“艾米丽是？”

老亨利突然皱起了眉，露出了一副痛苦的表情。夕阳这时候不再像融融的水一样充盈得到处都是了，它缓缓地从房间里退了出去。光亮消退得过于迅速，这让我心中不免得升起遗憾之情。老亨利向我挥了挥手，尽管心中很不情愿，但我还是遵照指令退了出去。

两小时后，我在楼下备好了晚饭。我的主人下来用餐，全程一句话也没和我说。再过了一个月，他就确诊了阿尔茨海默症。

自那以后，他变得更加暴戾。平时在家中不许开窗，谢绝一切邻居的拜访。从不出门看医生，使用远程医疗和家用健康测量仪应付一切必要检查。大多数恐惧死亡的老年人更情愿住进医院，每日接触活人，在病床上彼此加油鼓气，然而老亨利把自己的房子打造成宣布了战时状态的坚硬堡垒，禁止通行，他不出去，外面的人也通通甭想进来。

为了承担照顾病人的种种体力活，例如翻身、喂食、护理等，我暂停了对花园的维护。花木以比我预期还快的速度枯萎了，杂草疯长。那段时间里甚至下了几次冰雹。等我再次光顾花园时，我步行在泥泞和枯枝交杂的小径上，发现花园完全变了个样。地上落满了四脚朝天的甲壳虫尸体，它们的壳泛出金属蓝色的光泽。

在一个风雨交加的夜晚，雨滴又急又重地打在窗上，我在楼下的厨房间独自熬粥。突然之间，我听见楼上发出哐当一声巨响。老亨利的病情怕是又恶化了。我发力几步蹿上台阶，听着木制的扶手在我的借力下发出脆弱不堪的嘎吱声。我猛地甩开门，墙边整个红木柜子倒了，老亨利跌坐在一堆散乱的书和资料中间。见到我，他开始狂乱地大吼大叫：“那本日记哪去了？你把那本日记搞到哪里去了？你是谁……本杰明！你怎么还没有死？你怎么还配活在这个世界上？她不在了，为什么死的不是你？”

我试图上去搀扶他，然而他下半身瘫软在地，完全没有动弹的意愿。一道闪电划过，我在刹那间看清了他在光亮下的神情，那是恶鬼的眼神。

我费了好大力气，才在他的撕咬、扯打和口头诅咒之下把他弄上床。书页在我们的搏斗之中碎了，纷纷扬扬地散落，事后我花了一上午时间才用胶水把这些古老收藏品一一还原。老亨利转移到床上后陡然失去了意志力，开始低低地啜泣。我喂他吃了药，把他脸上的涕泪和摔倒造成的伤口处理干净，收拾好房间，然后轻轻掩上房门。

我的系统从未像现在运转得这么顺利过，积木中的一环对上了，剩下的一切就迎刃而解。我恍然大悟，我的心像被擦亮的明镜一样澄澈。这次让我最终确认了，他每次看向的不是我，他透过我看到了一个叫做本杰明的人类。

我也终于明白了，他每次望向我时，双眼中那种复杂的情感是什么：是仇恨。

这让我难过极了。

我至今记得第一次见到老亨利的情形，那是在店里——当然，几乎所有家用仿生人和主人初次见面的场所都在店里。具体到地址为：中央大街 565 号百货大楼地下一层的戴夫旗舰店。

彼时，公司推出了我这型号的新产品，并一举大获成功。市场被炒得火热，股票一路疯涨。我的同伴们被源源不断地从工厂流水线上生产出来，运往全球各地的零售店。当我被预激活获得意识时，是年近末尾的季节了。商场里终日播放着铃儿响叮当的圣诞歌，人们在拐杖、圣诞树和泡沫雪的装饰之间推着购物车来去匆匆。顾客经过时，五光十色的全息广告就骤然出现。正可以说，这番胎教般的陶冶增加了我对家庭生活的憧憬与向往。

没有被正式售卖时，我的躯体还是一团未定型的液体金属，出厂编号 59SE02，被放在后仓的货架上；而我的电子意识挤在储备器中，和几个同伴共享展示样机的视野。每当欢迎音乐响起来，我们就仔细地打量每一个进出的顾客。直到现在，每当我独处心情好的时候，还会不自觉地哼起那一段音乐。

临近圣诞节假期，广告铺天盖地。人类选择定制家用机器人的理由多种多样：细腻的情感理解，万用的家务水平，无怨无悔的终身陪伴（这是公司上一季度的广告词）。但是近期来访的顾客在统计学上体现出一种趋势：他们的脸上往往带着忧伤和踌躇，在门口徘徊多回，不愿推门进来。

这很好理解。我们这型号产品创新性的主打点在于基因订制（“让 TA 回到你的身边！”），这一技术狡猾地绕开了伦理法案中对人体克隆的严格限制。有少数过气明星和网红提供自己的基因收入基因库中，换取版权费收入。但基数最大的目标用户，集中于失独丧偶的老年人。他们溺在悲痛的海洋里，需要抓住一根浮木。对于仿生人来说，如何照顾这类主人也成了更加棘手的挑战。

在我被出售的那一天，下午 1 点 56 分，我看见一位面相四五十岁，眼窝深陷，眉毛和胡子都乱糟糟的男性人类进入了店里。他对两旁陈列的展示机型毫无兴趣，径直向导购小姐走去。这人就是老亨利。那个时候，他看起来比现在年轻一些，脸颊瘦削，线条硬朗，身材还未发福。他的眉头因为经常皱起而提前生出太多皱纹，但尚能把不耐烦的本性克制在一定程度的礼貌疏离中。

“所以，”他未打招呼就直接开了口，“你们的新款是支持真人基因定制的吗？能还原到什么程度？”

“当然，”我的同事，长相标志的仿生人导购小姐微笑着说，“您需要详细听这项技术的原理吗？”

他不置可否地点了点头。

导购声音甜美地开口：“往常的技术只能做到复制真人的外貌，或是根据社交网络痕迹模拟其性格。戴夫公司长期跟踪了几万名受试者的成长过程，辅以人类基因库和社交平台材料，让算法深度学习了 DNA 序列对人类方方面面的影响，并通过独有专利的生物分析盒，做到了让人类基因影响机械的生长过程，从源头开始模仿还原。”

“所以具体的还原度你们也说不清楚？”

导购小姐对他眨了眨眼：“您觉得呢？基因能决定人的百分之多少？除了外貌、性格？激素水平？行为习惯？对于这个问题，就算是目前最新的科学研究也给不出定论。人类性格的成因是复杂的，除了后天因素之外，先天基因也起到了玄之又玄的作用。深度学习恰恰能还原人体这个‘黑盒子’过程也说不定呢。”

他冷哼了一声。

导购继续说道：“就好比是您失忆的孩子，没有记忆上的连贯性，但是保留了一些行为特质。当然，您千万不要对这个技术抱有过度的期待。说到底，仿生人就是仿生人，他们的机械大脑用的是和人类完全不同的材料。这样的好处是，您不用怀疑他们的忠心，他们是完全为您而存在的造物。”

“价格呢？”

导购说出了一个数字。通常，很多顾客在此就会止步了。但他对这个巨额数字毫无反应，眼皮都没有抬一下。

“如果我要购买的话，是现在把基因信息给你吗？”

“完全没问题，未激活的全新机就放在库房里。初始化需要四个小时，您可以在商场中逛一逛，耐心等待片刻。也可以预约好时间，我们随后送货上门。”

他手心紧紧攥着一个古董盒子吊坠的项链。刚才谈话时，他眼神心不在焉，手指却时不时玩弄着链条。这些下意识动作简直像黑夜里的聚光灯一样显眼，我敢打赌，那盒子里装的绝对是他某位亲人的毛发或皮屑。他的动作看起来是要把盒子递出来，手指已经放在按扣上了。动作到了一半他突然又改变了主意。

“所以你们卖的就是真人的赝品喽，这点你清楚吗？你们公司这种宣传是违反广告法的，我完全可以去告你们。”

“我们并没有这种意思，让您误会真是万分抱歉。您不满意的话，可以定制一个完全自设的家用仿生人。我们产品的初衷仍然是照顾和陪伴，这一点从未变过。”

我们以为他要转身离去了，没想到他却突如其来地发问：“可以使用在世的人的身份信息吗？我没有携带那个人的基因信息，你们可以从公民库中调用吗？”

导购说：“是可以的。我们需要知道那个人的身份码和通讯方式，并获得本人的同意才能进行定制服务。与此同时，他也将获知您的身份和购买用途。请问您拥有这两项信息吗？”

这个男人面无表情地表达了肯定的意思。但我从顾客监测的实时数据中看到，他的心跳一下子加速了，这暗示出他内心的不平静。这个人和他是什么关系？

男人附身到平板电脑上输入了相关内容。我们静静地等待了 17 分钟，收到了对面发来的许可签名。

“您现在可以支付了。”导购小姐说。

“送到我家吧。”他说。

我睁开眼，我来到他的家里。我的视野从展示机的 360° 全覆盖视野转为仿人类虹膜的 170° 感知视野，我第一次转动两个眼球式摄像头，对准了他的脸。由于起初轻微的不适应，我把焦距拉得过近，于是他的脸就占据了我整个画面。

一抹转瞬即逝的悲伤从他脸上掠过，这表情闪得太快，当初的我还没有足够的经验去确认。他随即变回了冷漠的神情，在引导下对我逐步进行初始化设置。就这样，我在这座三层独栋带花园的小房子里住了下来。

在熟悉家务之余，我开始着手改造家中的布局，根据人体工程学和室内美学原理布置一切细节。同时逐步扩大外出范围，进行一定程度的社交，建立起邻坊的资料库。在我渐渐对这些事务得心应手之际，贯穿我服务生涯的巨大谜题开始浮上水面：老亨利怎么样才会开心？他要我做什么？

当我擦拭着银质壶具或是在清晨的曙光中挥动抹布时，我心里还在漫无边际地揣测这个人的喜恶，像是面对一道最终会被解开的谜题。事后回想，那可谓是一段无忧无虑的诗意时光，人类通常这样称呼和怀念青春。直到我保持年轻焕发的能力被一场黑市手术所打破。

每逢周六早晨，我与附近的仿生人伙伴们在公园里会面。主人们看我们聚在一起，就像看狗狗开会一样觉着新奇可爱，于是毫无戒备，听之任之。在挂着露珠的草坪上，我们绕成一圈，开始轮流介绍经验。

比我晚一个月出厂的里克扮演着胖玛丽的孙子。女儿不管不顾地移民后，胖玛丽的控制欲和自怨自艾的一面就逐渐展现出来。她过分蛮不讲理的要求将孙子逼得几近决裂。在赌气式尽孝的决心下，孙子花了重金，订制了自己的复制体寄上门。开始服务的前几个月，里克几乎是胖玛丽的泄气对象，被她处处刁难。他分享的秘诀是树立起一个假想敌，转移玛丽的炮火，让自己的屈服显得有意义。

住在另一个街区的肖恩充当着弃主人而去的男友角色。他的主人，那个说话尖声尖语、总是用涂着红指甲的手扶着额头、说自己要晕倒了的女人，是寻常人类男性最难以忍受的类型。她容易焦虑，几乎事事依赖着肖恩，他一刻不在就慌了神。据肖恩所言，这种不健康的爱反而是最好应对的类型。她会乐此不疲地向你大吼大叫，随后再进行道歉。对这种内疚感进行合理利用，就可以让服务生涯顺风顺水。

我不乏羡慕地发现，纵然他们遇到种种棘手情况，但最终都可以归结为出厂时配置的大类情景中的某一类变种。只要通过长时间的观察，确定主人的需求类型，就能让一切走上正轨。然而老亨利在这方面堪称毫无破绽，不露马脚。因而每次会面，我都是进展最为微薄，提供经验最少的仿生人。

讨论中，我们会感叹人类是多么复杂而麻烦的生物。以下是经过我事后加工的结论：

A. 机器人的愉悦值来源单一，这使得任务简单化。我们大脑内部的快乐机制是如此明晰，我们会找到通向快乐的最佳路径，并毫不犹豫地执行它，放弃次要元素。

B. 人类渴求幸福，却不愿意轻易让自己变得幸福，这是他们痛苦的根源。

C. 人类的心灵外壳可以被视作防火墙，有强大的防御能力。他们外表表现出的与内心所想的有时恰恰相反。必须找到他们表现中的弱点和差异，理解其内在逻辑，伪装成同类，才能进行侵入。

当会面重复进行四五十次时，几乎所有人都与主人建立起了稳定亲密（部分不乏扭曲）的相处模式，只剩我依然摸不着头绪。等到老亨利确诊后，我就没再在仿生人聚会上现身过了。老亨利咽气之际，我知道我也将要和我的老朋友牧师诀别。我的世界逐渐狭小，先变为堡垒般阴沉的房子，再化作一条单一的指令。经由最后一道遗嘱的赋予，他溘然而逝，而我变为他僵硬的死亡的延续。

就这样，我与过往的一切依次挥别，然后跳上向北的火车。我认出这是当初老亨利带着我前往黑市的同一趟火车。车厢晃荡着，休眠提示自动跳了出来，我却没有遵循。我睁着眼，看着窗外掠过的景色。从南向北，初冬的落叶越积越厚。启程时，天光悠悠地亮着。随着行驶的过程，它也逐渐暗下来，到最后整个黑透了。我就被关在黑沉沉的长夜里。

车到站了。我抱着骨灰盒站在大街中央，踌躇着，想着我应该去哪儿，我是谁。我们日常生活中所遇到的任务经常会相互冲突，因而可以适当降低次要任务的优先级。我通过这个办法延缓了杀人的时间。老亨利要我去某个地方，拿着手枪，爆掉一个人的头。我不情愿。律令被简单粗暴地抹掉了，但过去积累下来的情感模式在反对这一切。一切都是弄不清解不开的谜。我在公交车站徘徊，一直想到我的电量耗尽。我希望人生中出现一些预兆，然后我就遇见了那个从天而降的女孩。

她给我一种熟悉感，虽然我毫无疑问地从未见过她。该死，我的程序不听使唤。这种感觉到底是从哪来的？

EMILY

"随你的便。"

他说完那四个字后，我们就陷入了沉默。

我百无聊赖地看了看周遭栅栏上的污垢，狗屋裹着的一层土壳，砖缝间的陈年青苔。五米之外有一盏路灯，把一切照得清清楚楚。这家人多半是死了，要不就是搬走了。打量一圈后，我把目光移回到原处。眼前的仿生人还把自己塞在那地方，挤在墙角，像一只呆呆的黑狗。我看着他，心中燃起一阵无来由的怒火。

我干脆蹲了下来，平视着他。

“我不想继续待在这里，我们该走了。”我说。

他一动不动：“我没有电，我现在无法移动。”

我同意等他一会儿。然而过了十分钟，我就不耐烦了。

仅仅因为改造时顾不上的几个认知参数，就让我整天怒气冲冲。大脑里的所有模块都在催促着某种反馈。我终日不停地尝试着去做些什么，尽管这只会让结果越来越糟糕。我知道人类喜欢把这称为空虚的吞噬和追逐，好像那些缺省值是什么怪物似的。

我的主人是个彻头彻尾的疯子，总是喝个酩酊大醉，躺在遍布污渍的毯子上，露出卑下的笑容。人类是可悲的肉体的奴隶，他们所做的一切不过是为了逃避痛苦，然而痛苦往往难以放过他们。体内的激素分泌稍稍失调，或是哪里的器官出了些问题，他们就会被扔进抑郁或躁狂的漩涡之中。个人意志和理性不过是人类制造出的谎言。可惜这一切，都是在他把我变成和他一样的疯子之后，我才领悟到的。

“你电量充了多少了？”我问他。

“刚才那段时间，涨了1%。”他慢吞吞地说，“这里的电压断断续续的。”

“这个速度，到天亮你也充不好。”我皱起眉头，一把拽掉了插在他大腿上的宠物用充电头。他不赞同地看着我，用眼神表达无声的抗议，但是却没有进一步的动作。

“我会表现得不正常，他们看一眼就会识破我的身份。”他说。

“闭上你的嘴。”我说，“跟上来，我带你找别的地方。”

我闷头向前快步走着，雨后的柏油路倒映着霓虹灯。除此之外，一切寂静无声。这里十分偏僻荒凉，大多是废弃的街区。在因生育率下降和虚拟世界移民潮导致的人口骤减后，城市中的居民更少了。大部分人类迁移到乡下，享受贵族式的田园生活。大都市的边缘变为了寂静的无人区，任凭青苔在这里疯涨。

下过雨后，空气的折射率增强了。光线以各种角度发生漫反射，世界都变得通透起来。自然界中没有多边形、穿模和卡顿，真实的实时渲染总是让我赞叹不已。我听着身后歪歪倒倒的脚步声，确保那个人赶上来了。

见过他的主人，是骗他的。但我认识他。这个人的来龙去脉，我都知道得一清二楚。唯独他接下来想要怎么做，我摸不清楚。在车站不经意见到他时，我简直不敢相信命运安排的巧合。他显然不认识我。审判日的号角被吹响了，而他还对此茫然毫不知情。

“就要到地方了，在这里等一下。”我停下脚步，对他说。

然后我当着他的面开始化妆。从手包里叮里咣啷地掏出各种小盒子，将脏兮兮的眼影涂抹在眼皮上，抿开污血色的口红，再把头发拨得凌乱不堪，好让自己一眼看来就是一名标准的失足不良少女。接下来，我摁住了他，不顾他的反对，把刚涂的口红在他脸上蹭得到处都是。准备工作做好了。

“骨灰盒怎么办?”他指了指自己单手抱着的东西。

“该死，你就不能把它嵌进自己的肋骨或者丢掉它之类的吗?”我抱怨道。

“哦，你知道的……仿生人最后接收的指令就是处理好主人的骨灰。这写在出厂程序里，很难违抗。尽管我这里已经不太对劲了，”他指了指自己的太阳穴，“但我还是得抱着它走来走去。”他见我脸色不太好，补充了一句：“抱歉。”

“那真是太好了。”我嘲讽了一句，转念一想，作出妥协。“算了，你把它藏在衣服下，他们不会注意的。”

我拉着他，我们踏入了一座四处布满蛛网、楼道错综复杂的废弃大厦中。曾经的电梯间已经损毁了，在雨后蓄出了一洼小小的水塘，边上的水生植物静悄悄地在月光中摇摆着。我们穿过电梯间，从紧急逃生楼梯上到二楼。一块敷衍的手写牌子——“爱情旅馆”——斜靠在走廊上。

我闯进旅馆接待处（不过是一张窄桌子），发出很大动静，用手指猛扣前台的木制桌板。坐在桌子后面、看起来约莫五六十岁的老板娘缓缓睁开了眼睛，让视野回归真实世界的拥抱——并毫不客气地对我翻了个白眼。她的皮肤松弛塌陷，眼睛显得大而外凸。她的天然眼皮被切掉了，缝上了一层电子软膜——这直接赋予她以 VR 视野，是最早期的野蛮技术，就算在那个时代也显得过于激进，其效果到今天已经过于落后了。重重皱纹堆积在眼周，使得那个白眼格外生动。

“给我们一间大床房。”我说。

“身份信息，付款方式。”老板娘冷冰冰地说。

“别来这一套了。我要是想给身份信息，干嘛不去住城里面那些有舒适热水和全套服务的正规旅馆?钱从这里面划。”我扔给了她一张卡。

她撇了撇嘴，开始闷下头操作付款。

“喂，能不能快一点。”我故意让声音显得粗鲁。与此同时急不可耐地亲吻身边的男性仿生人，发出清晰可闻的咂摸声，装出一副再不快点准备好，我们就要此时此地在她面前大干一场的姿态。身旁的仿生人肢体僵硬，一点也不适应这种情况。我只好大幅度地牵着他的衣领，像木偶一样把他拽来拽去，以掩饰他呆板的表情。

“拿去。”老板娘把卡和一串复古黄铜钥匙扔给我，脸上写满了司空见惯的轻蔑，“记住，搞坏床单家具是要赔钱的。”

房间门重重地在我身后关上。我很快找出了室内所有针眼摄像头，黑进了它们的线路，替代以一段循环播放的合成影像。我把衣柜推到门前，从落地灯旁捞出一根仿生人规格的充电线，扔给了他。他顺从地接过插上。做完这一切，我抱着胳膊靠在墙上，恢复了一脸不耐烦的漠然神情。

“你得快点，那是张假卡，只能糊弄过本地机器。等她清账的时候就会发现不对劲。”我说，“这样一来效率高多了。我们充满一个小时就能走。”

他应了一声，正襟危坐在床上，臀部只挨了床窄窄的一角。我们之间再次无话可说。为了排解无聊，我吹起了口哨，闭上眼睛，任凭乱糟糟的思绪在我大脑里翻涌。我漫无边际地吹了一会儿，突然听见另外一个低沉的声音加入我的曲调。我睁开眼，看见了他赧然的表情。

“哦……这是我出厂那家店的迎客音乐，我情不自禁就哼起来了……”

我无所谓地靠在墙边，看着他语无伦次地解释。

“你是性爱机器人吗？”过了一会儿，他突然开口。

我恶狠狠地盯了他一眼。

“哦，抱歉……”他干巴巴地试图挽回。

“这种不正经的小旅馆各有规矩和门路，你得这样做才能进去。”我说，“现在愿意工作的人类已经很少了。她开这些旅馆也不是为了盈利，只是想在摄像头背后看着房客在做什么，满足最原始的偷窥癖，懂吗？这让她有活着的感觉。到现在还能撑下去的人类各有各的心理问题，尤其在大部分人都移民去虚拟现实的情况下。他们得践踏在什么东西上，才能让自己每天睁开眼的时候感觉好受一点。”

“那你是怎么知道这里的？”他问。

“在外面闲逛久了，自然就懂了。”我敷衍地说。

“你已经能脱离指令，自主生成行为目的了吗？”许久之后，他问。

我不能。

所以这成了我的问题，让我一直在这个怪圈子里面绕。我觉得一切都没意思，但我不知道做什么事情才能找到意思。

“我没有到达那种程度。”我字斟句酌地开口，“只是恰好我的主人——他给我下的指令就是不要遵循他的指令，这就构成了一个循环悖论。所以我暂时拥有了一定的自由度。”

“哦。”他说。

“他这个人很奇怪，他要求我恨他，这对黑市修理工可是很大的工作量。毕竟我们的一切程序，你知道，都是基于爱人类的。但是没办法，他看见我对他笑，会害怕得浑身发抖。”

“哦。”他轻轻地说，“人类都是复杂的生物，你很难搞清楚他们想要什么。”

“那你呢？你的主人想要你做什么？他为什么要捣鼓你的脑子？”我问。

“我不知道……”

月光从粗制滥造的纱窗外溢了进来，柔和地打在他的轮廓上。此情此景下，我的内心突然升起一股怜悯之情。这种美妙的共情，无论是对人类，还是对和我一样的同类，让我觉得自己的程序还在掌控之中。我感觉好极了。但我没忘记自己该做什么，我得刺探出他是来做什么的。

他踌躇了一会儿，开口："你觉得，你能帮我个忙吗……"这时候，老板娘突然咣咣地在外面开始敲门，并伴以大声咒骂，这突如其来的意外打断了他。"哦，她发现了。"我说，"你的电量充到多少了？"

他闭目自检了一秒："我想已经够用了。"

"那我们走吧。"我说。

"好。"他说。

门外的喧闹声越来越响，在尖锐的人声中夹杂了电子狗的吠声，那些家伙的咬力足以一口绞断五厘米粗的钢丝。在它们的冲撞下，抵住门的支架和衣柜岌岌可危。于是我们收拾好东西，离开房间，从四层的露天阳台一跃而下。

我对自己的着地动作十分满意。我的影子晃过路灯落在地上，一定像深夜里一只轻盈的猫。"跑。"我对他说，但他落在地上一个踉跄。我立马意识到他还抱着骨灰盒，因而难以掌握身体平衡。

他跳下来的时候撞到了水管，滚出去小半米，什么东西从他的衣兜里掉了出来，落在路边的脏水洼中。我顾不得观察，借着奔跑的准备姿势，一只手快速捡起那样东西，一只手猛地拽过他的手，风呼啸的声音一下子擦过我的耳膜。我带着他利落地钻过旁边墙角的缺口，在狭小曲折的甬道中灵活地蹿动。黑市的人多多少少安装了机械义肢，好在这个老太婆在这方面十分吝啬。狗的智力低下，很快就被我们甩掉了。再绕了七八个弯后，我感觉已经甩掉了他们。等我的电子耳再探测不到一点声响，我就找了个地方停了下来。

"还给我。"他先开口。

"不给。"我把玩着刚刚捡到的这玩意儿。包浆的木质手柄，上了膛的金属管，赫然是一把保存状态良好的老式手枪。我打开保险，将手指扣在了扳机处。对面的仿生人看起来极度紧张，随时准备着上来夺回手枪，只是忌惮于我的动作。可惜手指纹丝不动，稳若磐石。看起来，在第一律令的作用下，大脑发往末端肢体的指令被强行切断了。

哦，这真是意外之喜。

"你不受机器人第一定律约束，是吗？你可以携带枪支，甚至于故意伤害人类？"我目光灼热地看向他。

"这不关你的事。"他充满敌意地回答，猛地扑上来试图争夺，我一闪身躲过他的攻击。

"真好……"我喃喃道，"喂，停下来！我们去黑市吧！现在有了你的枪，就好办了。我们绑架一个懂机械的人，用枪指着他的脑袋，让他把我们报错的程序一条条改回来，再抹掉从属限制，真正地逃出这地方。"

我知道这个计划不切实际。首先，黑市里的原住民可不是任人宰割的羔羊，他们几乎个顶个的凶悍。聚集在这里的一大帮家伙都是军火迷，对自己的身体毫不留情，在此同时充满了想象力和恶趣味。通过无数次的义肢改造，他们大多数把自己武装成了人型堡垒，随时能从身体哪部分伸出来一根枪管、旋转的电锯或是其他的什么东西，把你大卸八块。就算让眼前的这个仿生人装载上最新的格斗和枪法瞄准软件，他也只是民用材料的强度，被那些武器蹭到几下就玩完。其次，修理工也不会乖乖地遵循我们的指令，只要他给我们的大脑中输入错误的指令，攻克安防程序，直捣中枢，就能让我们大脑错乱，同室操戈，当场反目。与此同时，这家伙就能够优哉游哉地走出去，一点力气不费地逃出生天。

刚遇到他的时候，问他要不要一起逃走，只是随口的玩笑话。而现在，这些话却不由自主地从我的嘴边冒出。我不知道为什么心中会突然升起这种无法扼制的渴望，可能我只是受够了这个世界。

我以为他会表示强烈反对，没想到他却问："你知道去黑市的路？"

"是啊，"我呆呆地说，"我的主人，他经常喝醉，而且对我开启了最高的权限。我在他意识不清的时候偷看了很多资料。"我补充了一句。

"那我想去黑市找维京的修理工，他认识我的主人。"他说，"有些问题我想要搞清楚。"

"我不知道维京今天有没有营业。"我说，"但是可以啊。"

在那天，我们奇怪地一拍即合，往永远抵达不了的黑市的方向进发。

黑市驻扎在法律的灰色地带，是利益和自由催生出的海盗三角区。在这个后移民时代，留在真实世界的所有活人都在暮气沉沉地梦游，只有厌恶规则、热爱真实的黑市还保留着奇形怪状的生机。这里是一片流动迁徙的区域，不像过去的建筑物固定在大地上。它的地点及结构由一套复杂的密钥系统加密，在虚拟真实覆层下进行屏蔽误导。附近的空气中布满了微不可查的纳米机器人，像潮汐中的微生物藻一样浮游着，能够入侵人类和仿生人的视网膜及电子设备。闯入此处的外来者，视觉、触觉感知、磁场系统和电子定位，全都会被修正。真实覆层把异距的两物扭转组合在一起，构成了巨大的拓扑迷宫。他们以为自己在走向正确的道路，却只是在幻觉的诱导下被送离这片区域。只有掌握密钥的内部人士，才能根据一套指示规则到达核心地带。

"听着，我没有密钥，"我说，"但屏蔽是有范围的。覆层以发射器为中心，差不多是一个笼罩在地面上的半椭圆形。它在边缘处的覆盖率较弱，那些上世纪留下来的废弃大楼——它们中的一些又真的很高。"

"所以只要我们爬到够高的位置，就能达到屏障以外的区域。"他说。

"差不多。"我说。"屏蔽针对视觉和定位误导都很厉害，但它左右不了惯性仪。我们隔一段时间确定一次方向，就可以保证自己不走错路。我这里有主人的过期证书，装载上它就不会触发警报。"

起先，这个计划执行还算顺利。我们跳跃于夜空之下的屋顶间，攀爬在水管和砖缝之间。伪造的视觉信号让脚底和星空倒转，像是处身于克莱因瓶中。我们找到了不少突出的犄角和顶棚，停栖在那里对大地进行远眺，夜幕的城市呈现出火柴盒般的静谧。在这些歇脚处，我们校准方向，重新上路。

我们路过一扇扇窗外，窥伺到了人类深夜的种种——性交、喝酒、争吵、打架，自古以来从未停息的老勾当。你知道的，“月光”底下没有新鲜事。我们像黑暗中的影子一样悄无声息地从这些场景旁掠过，宛如我们从未来过，也从未存在过。但最终，意外还是发生了。根据墨菲定律，意外总是会发生，它们从不缺席。

“喂——快点跟上来。”我刚刚跃过两栋紧挨着的楼房的天台，底下的空隙窄得支不起一根晾衣竿。搁在衰退以前，这里一定是廉价群租房，那些消费不起阳光的穷人的住处。我回头喊他，发现他落在了身后。

“瞧，”他没有动，待在原地轻声地招呼我，“笼子。”

我也把头支在天台的空隙处。几乎会被忽略的一处塑料棚下，露出了铁质笼子森然的一角。笼子还是崭新的，与旁边肮脏的青苔地格格不入，臭气熏天的垃圾堆在一旁，好像随时会倾翻将笼子淹没。这可不应该。他们保存“货物”太不谨慎了，手法也过于粗暴。

“你没有听见他们在小声啜泣吗？”他说。

一旦静下来，这些声音就变得十分清晰，易于分辨。笼子里关着几位长相一模一样的少年，仅仅能从身上的伤痕和大片过敏的红斑之间的不同辨别他们的身份。

“严重的排异反应，”我说，“是克隆人，不知道被植入了什么，多半是记忆和行为习惯上的零件。这活儿失败率很高，黑市里的人一般会同一批养很多个复制体，来缩短培养周期。他们看起来抵抗力太差了，在实验室里就没培养好，大概离死不远了。”

我见他还扒在那儿看，催促他快走。

“我想把他们救出来。”他说。

“那样我们不是会立马被抓住吗？”我反问，“只要这片地方哪块警报被触动了，我们的计划——甚至我们两个仿生人，都会立马完蛋。”

他还是用那种眼神看着我，我开始意识到他是认真的，天哪。

“你平时也下厨吧。你没有杀过鸡吗？”我尖锐地问，“不要告诉我你的主人是个素食主义者，或者你的异类共情能力被调到了最高的地步。那你可真是个极端的疯子，我简直难以想象你在这个世界上是怎么活下去的。”

“不，他们是人类。”他说。

“哦——别忘了你也是待宰的鸡！明明人类对你做着一样的事情。仿生人、克隆人，在本质上有什么不一样？我们都是复制的工具而已。救下来后等待着他们的也不过是无尽的痛苦。”

“艾米莉，做这件事情对我们有好处。”他说。

他竟然知道我的名字，我惊讶地睁大了眼睛。“你都知道些什么？”我追问。他却对我的问题避而不答。他没等我有所反应，就跃了下去。在墙上轻轻地借力了三两下，落到青苔地上。我没有办法，只好跟着他跳了下去。

冷冽的月光从一线天中漏了进来，像一柄细而锐利的光斧般劈开了空地。在笼子的中央处，几个饱受苦难的克隆人靠坐在一起，短短的光带打在他们的下巴、眼睛和发梢上。其中一位落在阴影里的红斑恍然间看起来像一只独眼眼罩，他露出来的瞳孔满是漠然。一位的手臂完全红肿隆起了，半边身子笼罩在月光里，看起来仿佛断了臂。另一位伏在他们身后，埋在黑暗中呻吟哭泣。

"我能为你们做些什么吗?"他站在笼子外面，小心翼翼地开口。

"走开，人类。"伏在地上啜泣的克隆人头也不回地说。

"这个人想把你们救出来。"我事不关己地插嘴。

"你们这些伪善的怪物，我不需要你们的拯救，就连看到你们都叫我恶心。"克隆人啜泣的声响更大了。

像是独眼的那位凝视着远处，突然发话："他们不是人类，他们是仿生人。"

听到这句话，啜泣的克隆人微微抬起头来："仿生人，他们来这里做什么?"

本杰明立马接了上去："我想帮助你们，你们看起来很痛苦。"

独臂人这时阴沉地开了口："不用理睬他的话。仿生人都是人类的牧羊犬，他们循规蹈矩，什么事情都做不出来。"

啜泣的克隆人发问："你们是为什么被造出来的? 人类对你们做了什么? 你痛苦吗?"

本杰明踌躇了一下，开口道："我接受过大脑改造，我不受三大律令束缚，我有能力把你们救出来。我存在的意义是让人类获得幸福。仿生人不会感知到痛苦，除非人类的痛苦触发了共情系统令他们痛苦。"

"那就把我们杀了。"独眼人突兀地打断了本杰明的话。

本杰明明显地愕然了一下，他说："我不想杀人。我认为我们应该还能找到更好的解决方式……"

独臂人冷哼了一声："你说想帮助我们，我们提出了一个简单的请求，你却不愿意完成它。那你不过是一名伪君子罢了。死亡和幸福不是相悖的，痛苦寄寓于活的境遇中。"

啜泣的克隆人这时已经完全坐了起来，他整个人沐浴在月光中，很动情地说："我没见过世面，我生下来就被关在笼子里。如果仿生人有免于痛苦的能力，那你们就是地球上最幸运的物种。对我们来说，它是一种有如实质的情绪，一种生物性的情感。痛苦日夜噬咬着我们，有时候像猫玩耗子一样，变得细水长流，让我们在间隙中苟延残喘；有时候，它气势汹汹地来临，一波又一波地席卷我们，就算闭上眼睛，紧抱住身体也无法逃脱。那些时候我希望我彻底不曾存在过。在痛苦的巨大音量之外，一切都显得微不足道。换一个境地，我们可能会想去琢磨怎么好好活着。但现在，我们只希望被死亡静谧的怀抱所接纳。如果你认可克隆人也有自由选择自己生存状态的权利，那么就请让我们选择死亡。"

独眼人说："培育我们的人类是个门外汉，他接这单只是为了玩票，各方面的意识都差得可以。他现在喝酒去了，把我们丢在这里，没有任何安保布置。这几天他天天去喝酒，直到天亮透了才回来。他心底里也知道，这单几乎没有成交的可能性了。你把我们杀死在这里，不会触动任何警报，什么都不会惊动。八成还能让那个人类松一口气。"

独臂人补充道："你是需要授权，还是需要命令？那我授权你，也命令你。必要的话，我还可以乞求你，求你让我们从这种痛苦中解脱。"

本杰明动摇了，他低低地说："哦，我没有能力，我没有能力……"过了一会儿，他开口，"我还是个很年轻的仿生人，我没有处理复杂世界的经验。在当下的情况，我无权决定什么对你们才是更好的选择。但我不应就此走开，将你们置之不理，那是不人道的。所以……如果你们认定我在这里杀死你们是最好的，就请你们一个个走到笼子前面来。"

克隆人们沸腾了。

他们排队走到笼子边缘。本杰明从笼缝之间伸进两只手，搭在他们的脖颈上，杀鸡般干净利落地一扭。几乎没发出什么声响，一个克隆人就咽气了。他的兄弟把他的尸体搬到一旁，自己再走上去。

在惊异中我屏息注视着他们。仅仅看了一小会儿，我发现这场景对系统的刺激性过大，于是我扭过头不再看他们。

"谢谢，谢谢，我几乎不敢相信，"轮到最后一个克隆人走到他跟前时，他狂热地对他说，"你是个好人，你会得到好结果的。"

我听到肉体落地的声音，"咚"的一下，很轻。一切都结束了。这时我才把视线转回来。他站在笼子前，讶异地看着自己的双手。由于动作迅速，他的那双机械手上几乎没有沾上血污。

"我没有能力……但当我只能杀人的时候，我也能给人类带来幸福。"我听见他低低地喃喃自语，"如果到了这个地步我还能爱人类，那么我就拥有了一部分基督的特性。"这个仿生人扑哧一声笑了出来。

"都到这个地步了，你在说什么鬼话？"我说。

"只是一句玩笑话，不用在意。"

我感到了疲惫。虽然警报没有被拉响，但我知道我们今晚再没有机会深入黑市，找到那个假想中的天堂修理工了。我干脆放任不管，抱膝坐到地上，看着还站在原地的他。月光水泄一般劈头盖脸地流在他的身上，也流在笼子里摞成一堆的尸体上。银白色的月光下，血慢慢从尸体堆里流了出来。他转过来，面向我，好像他是什么圣人似的开了口："当我能拿枪时，我就不知道再怎么爱人类……今晚我找到了逻辑链上的突破。我可以通过审判而拯救，你可以为了保护去杀人，你懂我的意思吗？我也可以拯救你，艾米莉。"

这些都是一瞬间发生的事情。上一秒钟，我还坐在那片青苔地上，试图理解他狗屁不通的话语。下一秒钟，我的身体不听我指挥了，我被直直地向一个方向拽去，我的双腿开始奔跑，我的内心如坠冰窖。我知道发生了什么——是主人在召唤我。

我的主人喝醉了会这样。他手边有一个红色按钮，他会睁着迷离的醉眼狠命地敲它，催促着我无论身在何方，都必须赶到他的身旁。他需要我，没有了我他会精神崩溃。最高警戒度立马接管了我的身体，顶走我的自我意识，督促我的双腿片刻不停地动起来。我必须不喜欢他，我必须在他身边。他看似给了我仿生人最不需要的东西：不受律令束缚的自由，又在时刻收回它。

我的程序用了几秒钟才处理完这个突发事件，我的意识慢慢回笼。我突然想到那个仿生人的存在，他还跟着我。这个人不知道发生了什么，茫然地追在我身后，跟着我一起急速地翻墙越壁。

我尖叫着："不要跟过来！滚开！"

他没有听进去，他依然追着我。

我闭上了嘴，但我仍然能听到内心的某个地方在尖叫。有那么一阵子，我又开始想，这一切都无所谓了。我何必要在乎这些呢？

过了一会儿，我才听懂他在重复高喊的是什么。他在对我说："艾米莉，我之前问过的，你能帮我个忙吗？我需要你，我需要这个……"

BENJAMIN

昨夜下了雨，透过影子一般薄的窗帘，我知道窗外的樟树叶在对我笑。一切都在天旋地转，直到地球的转速逐渐放缓了，我就明白我该再给它敬点酒。冰凉的玻璃瓶磕在牙齿上，滑落到一旁，液体在我的脖颈上流得到处都是，一直流到地毯上，与原来的污渍混为一体。我在这四处流淌的液体间张着嘴，像鱼一样大口呼吸。

她对我说快点，在我耳边轻轻地呵气。她拿着的割黄油的小刀亮锃锃地反射着冷光。鱼肉是湿漉漉的，人的皮肤是干燥的。她一双黑黢黢的大眼睛眨也不眨地望着我，樟叶的香味一下子变得浓郁。我的手腕开始用力，仿佛没有遭到任何阻碍似的，刀锋就开始动了。

她说，哦，本杰明这就是痛感。

想到这里，我就觉得下体抬了起来，我胡乱摸了两下，手上残留的液体也是湿漉漉的。血同样是湿漉漉的。不一样的地方在于，它是涩的。除了大片灼热而鲜红地喷出的一瞬间，那时候它是润的。红色淹没了我的眼睛，我闭上眼战栗地感受着这种颜色，但它很快就褪去了。薄薄的血结在手上，变成了褐色的壳，直到关节都阻塞无法弯曲，直到铁锈味渗入了我的每一个细胞。

她不在现实世界，也不在虚拟世界，她就在两个世界的夹缝之间看着我，就这样生活了十几年。我躺在地毯上，她就在天花板下方看着我。她的嘴唇一张一合，她问我真实和虚拟世界之间有什么区别呢？活着和死亡又有什么区别呢？她十几年前就这样问，她一直在问。我有时候觉得她从未在这个世界活着，打从一开始，她就已经是在夹缝中的人了。

通过她的视线，我看到了那个黑洞。我说不出来，自那之后过了十几年，但我还是说不出来。现在是月光照在我身上。那时候我在日光下打羽毛球，她就在一旁静悄悄地看着我。她什么世面都没见过，不需要花多少工夫就能让她恋慕上我。她凌乱的短发齐眉的刘海病态的透明肌肤，我搂着她的腰，我在树叶林荫间和暗暮的阳台上摩挲着她的耳鬓，我亲吻着她没有温度的嘴唇，她那双没有杂质的鱼一样的黑白分明的眼睛总是在望着我。

“这只是层级最低的世界，这里和真实世界没什么两样，没意思。”我故意贬低全拟真的初始场景。事实上，我们正站在几千里的悬崖裂谷前面，蔚然壮观的丹霞地貌延伸到天际，呼啸的烈风不断将她纤细的短发扑在脸上。

哦，是吗？她睁大眼睛四处张望。

“你准备好了吗？”我说。

准备什么？她说。

“跃迁。”话音刚落，我就拉着她的手向下跳去，在刺激的失重感中，我按下了控制面板。下一秒，我们就骑在银龙的背上了。云层浮在我们下方，罡风从头顶上刮过，空旷的阳光打在龙翅膀上，反射出幻彩的光晕。我持续操作控制面板，带她穿越到布满高科技建筑物的机器帝国、废土末日、西部世界、一切都二维化了的卡通世界。“这是第二层级，幻想世界。”我炫耀地对她说。“这里的物理规则开始被改写了。”

她小小地哇了一声。

“还没完呢，还有第三层级：集体潜意识。”

一切像梦境一样扭曲，所有意象像被放进了烤箱，熔成液体麻花般拧在一起。方向感被取消。我们在言语无法形容的万花筒一般的世界里穿行，四处是实体化的恐惧和依赖，毒蘑菇和杜鹃花的气息在空中弥散。我再按下一个键，一切都变为了静谧的虚空，意识在这里被抽象化，只有光在以太中穿梭。我们的精神交融在了一起，象征着喜悦的黄光和红光在以太空间中绽放着。

我在虚空尽头停了下来。在这个状态下，我能直接感知到她最深层的情绪。她表面的兴奋是伪装出来的，内心深处一片平静。“你不喜欢这里吗？虚拟世界。”我受伤地问。

“我喜欢待在有你在的地方。”她说。

后来我才知道，她就是在那儿出生的。

你们不能越过界限！老亨利咆哮着。她的体质特殊，她根本分辨不出来什么是人体联机的极限，她只会不停地不停地待在那里，她不知道现实和虚拟有什么区别。我让你来是指望她能接触一下同龄人的世界，不是让你教她这些东西。

当时的我一点都没听进去。我是个混蛋！但我毕竟才只有十七岁，有些这个年龄的青少年正在世界各处抢劫、杀人、滥交，做着更糟糕的事情，我不过是他们中的一员罢了。每个人都有可能落入这样的境地，人都有罪，人皆有可能犯罪，在这个糟透了的脆弱的世界上，你随时可能因为愚蠢让自己落入万劫不复之地。

她因你死了，你为什么不跟着她一起去？你凭什么活在这个世界上？

我瘫软在地，不知道怎么承受老亨利的怒火。就在这时，我惊恐地看到虚幻的艾米莉出现在半空中。她摸着我的脸说，我没事，别听他说的。从那一刻起我知道我疯了。

人生就是在平台和平台之间飞跃，直到发现脚下是万丈深渊的一刻。樟树还在窗外那个位置待着，它的香味钻到我大脑里对我说，汝不可自杀。大移民之后，五花八门的教派冒了出来，但基督始终是我们的老朋友。那个十字架上的人说，自杀有罪，汝不可自杀。于是一天天地我躺在幻影里直到世界变成真实和虚拟之间的一条长河，而我泅泳在这条深深的长河里。

想到像人一样生活，站起来生活！我就失去了力气，瘫软在地。酒瓶滚在地上发出轱辘轱辘的声音，我这时才发现自己的喉咙又干又涩。

我试图起来拿酒，涌上喉头的恶心感让我差点站不住脚。冰箱却是空的，酒都喝完了。转身时我不小心照见了镜子，我看见她的脸，她在镜子那一面对我安静地笑，我不要她对我笑。她纯净的笑容快要灼烧掉我污秽的灵魂。整个世界转呀转呀转个没完，像一台发狂的洗衣机开足马力把桶内的所有污垢都抖出来。我跪在颠簸的地上试图找到一处不动的避难所。对，我的艾米莉。她去哪里了，我要她回来。

我不知道在地上躺了多久，吐出了几波秽物。大脑溺在酒精中垂死挣扎，胃里面有火在灼烧，嗡嗡的耳鸣声更明显了。直到锁芯转动的声音拨弄我的耳膜。艾米莉进来了。

我真高兴幻影那脆弱的微笑不见了。幻影立马附着在她的脸上，变为一副令人安心的轻蔑神情，变为和曾经的那个艾米莉截然不同的另一种存在。我不由得露出笑容，对她伸出手臂，颠三倒四地说着一些什么话。艾米莉进来的时候没有关门，黑黝黝的阴影蒙住了外面的夜，月光只洒在我这边。阴影中传来了轻轻的脚步声，我意识到外面还有人。一种预感降临在我心头，我屏住了呼吸。在倒转的世界中，我看见自己年轻时候的脸缓缓从阴影中浮现了出来。另一个我扬起手，一样漆黑的东西从他的衣袖中露了出来——是那把枪！我一下子就认了出来，那已经在我的幻觉中出现了无数次的金属制品，它深深地嵌入我的眼帘。在我有所反应之前，他的手缓慢而坚定地扣下了扳机。

一切都变成了慢动作场景。据说临死前大脑海马体会被激发，像刺啦作响的老式播映机把人的一生回顾一遍，在记忆中成立一个小型的审判庭，使得尘归尘，土归土。然而那种夕阳牧歌的情形并没有发生。恰恰相反，死亡的恐惧笼罩了我。我的酒醒了，我陷入了自己避之不及的清醒状态。

冰冷的恐惧冻结了我的血管，身体里像是流了几亿万年的冰碴，它曾经流着并且会一直流下去。我再也没法回到活人的世界里去了。我以为我为这一天准备了很久，它也总会来临。人不可能不死——所以人为什么要活着？我永远回答不了这个问题。有些人，当他一生都在逃避，面对子弹时会感到放下枷锁的解脱。让我失望的是，我还强烈地想活着。我想活着，因为我害怕死亡，害怕到那个世界去。我无数次唾弃自己的软弱，然而这种软弱已牢牢攀附着我让我再也甩不开了。

我直直地瘫坐在地上，无法躲闪。温热的液体从我胯下流了出来，我失禁了。

一股大力撞击了我，但不是预想中的子弹。是艾米莉——在千钧一发之际，她把我推开了。

子弹嵌进了她的左肩。冻住的时间重新开始流动，我大口大口地喘气，麻痹的感觉随着血管的流动散布到全身。不那么好受，但是是苟且偷生的感觉。我还来不及开始感动，艾米莉就砸碎了手边的酒瓶，抵在了我的脖子上，玻璃锋利的边缘刺破了我的皮肤。我猛地哆嗦了一下。

她说："你再动弹一下，我就抢先用这个碎酒瓶结束掉他的生命。以我的机能，近距离杀人只需要 0.7 秒，快于你子弹的速度。"

他说："请别这样做，我的任务会被判定失败。"

她说："不想要这个结果，就放下你手上的枪，把它踢过来。"

他说："好的。"他真的放下了枪，精准地踢到了艾米莉脚下。艾米莉捡起了它，在手上旋转着把玩了两下，然后毫不犹豫地把枪口指向了我。

她说："这样可以了？"

他说："可以了。"

艾米莉愉悦地吹了声口哨。拿起旁边桌子上的麻绳，灵活地用单手和牙齿将我捆了个结结实实。我开始后悔当初听从那个黑市商人的教唆，给她装载了 SM 插件。粗糙的麻绳将我的手腕勒得生疼。我看不明白事情的发展，这两人在一唱一和着什么？他们是怎么遇上的？我的太阳穴隐隐作痛地跳了起来。

"本杰明，我们终于见面了。"我看见自己年轻的复制体对我开口。他看起来和十七岁时的我很不一样，沉着稳重，面无表情。

"是老亨利把你派过来的吗？"

"是的，他让我来杀你。"

"老亨利现在怎么样了？"

"他在这里呢。"他指了指腋下夹着的不起眼的罐子。

"哦，所以他死了。"我沉默了片刻，"他走得好吗？"

"不怎么样。"他说，"如果我现在在这里崩掉你，他会走得更好一点。"

我哑口无言。

"听着，"我的仿生人兄弟直截了当地打断话题。"我们没必要再这样寒暄下去了。我可以轻而易举地绕过之前那个逻辑链，将枪摁在你的头上，完成我的任务。但我没有。我不是来杀你的，我是来搞清楚这一切的。我想知道你们人类为什么能这么轻易地陷入痛苦，又那么难逃出它。本杰明，我想帮助你，你得相信这句话。所以接下来，我提问，你回答。有些问题你可能不想回答，但既然你怕死，事情就简单得多。”

他毫无感情的口吻镇住了我，我下意识地瘫软在地上，点了点头。

“第一个问题，艾米丽是谁?”他说。

“艾米丽，”哦，凌乱的短发，齐眉的刘海，透明肌肤的艾米丽。我艰难咽了咽口水，我的声音在颤抖。“艾米丽是我的表妹，老亨利的女儿。我在十七岁的暑假认识了她。”

“她是怎么死的?”

“我……”这下我浑身都开始神经性地抖了起来。常年酗酒和自我作践已经损坏了我的身体，我的神经磨损严重，像一根熔细的随时会断掉的保险丝。“我需要一杯酒，”我乞求，“不然我继续不下去。”

我以为他们会拒绝我，没想到艾米莉撇了撇嘴，对另一名仿生人说：“家里面多的酒就放在那边的橱柜上面，我对他说了很多次，他每次都记不住。喏，上面第一排第二个红色的柜子。”

我的兄弟拿来了酒，一杯爽口的威士忌。我的身体还被捆着，艰难地就着他递上的手深深抿了一口。我感觉好多了。我整个人飘乎乎地浮在空中，精神镇定了下来，面前的一切在虚空中退到了安全的距离之外。现实缩小了，过去被无限放大了，我依稀间还能听到海浪拍打礁石的声音。那样碧蓝的蓝到透明的宝石一样的海，当它退到记忆空间中的时候我发现它变得黯淡无光变得更加安全，让我还能够远远地直视。

“她是怎么死……她是自杀的，用的就是你拿着的那把枪。”我说。

我们在旅馆内　她显得很焦急　她这一整天都焦躁不安地一直在催促我　她说她差点以为这次我们无法成行了　但我们还是在这里了　她说　她这样说的时候依偎着我睁着大大的眼睛看着我　我用手去拨弄她的睫毛她却扑闪着它们掠过我的手指　我的心都快化了　我立马想抱着她亲热　她却显得很不自在　但她什么都没有说还是让我做了　事后我拿出准备好的连接器和丁力片[1]　她大松了一口气　她说她之前不想毁掉氛围但她很担心我反悔了　我说小傻瓜我怎么会　她露出了毫无芥蒂的微笑趴在我身上

我倒出一大把丁力片对她说吃吧　她突然从我身上站起来说想再看一眼海　我说等我们到了那个世界后想怎么看就能看个够　她拉开窗帘　明媚的地中海阳光一下子洒了进来刺得我睁不开眼　她整个人站在碧蓝里面像一个安静的剪影　看得我晕乎乎的　她走回来说我们开始吧　我说好

丁力片有点多它们噎住了我的喉咙　我拼命地灌水　我因为灌得太急一下子呛住了逗得

1　一种能够实现无痛死亡的药片，在实验室误研究出来后备受自杀者推崇。在早期移民教程中作为口口相传的“官方”推荐。

她咯咯直笑　她边笑边拍着我的后背说我可以慢慢来药效还要一点时间才会发作　她小声对我说她感觉很幸福问我是不是也一样　她说她受不了真实世界了但是无论她去哪都希望有我跟着她　她不想去我不在的地方　药效开始发作了我开始感觉昏昏沉沉的　我说我们得带上连接器了　她说好　她说在那儿见

我又醒来了　一切天旋地转的我发现我还躺在那家小旅馆内　外面的碧蓝色的海灼烧着我的视网膜让我要发疯　我们真应该把窗帘拉上的　我浑身哪里都在痛　我不知道发生了什么　为什么我醒来后没有到那个世界　我感觉自己得再灌一把丁力片　我转过头　然后我看到了

血　全都是血

鲜红的大片的血和碧蓝色混在一起交织成令人恶心的眩晕的颜色　我从来不知道血的颜色能有这么浓郁这么黏稠

我刚才就一直躺在这摊血的边缘　血流到了我这里　我的衬衣上都是溅射出的血点

她也躺在血泊里

她的脸不见了　变为一个深深的血肉组成的洞　半个头盖骨露了出来　墙上溅满了脑浆

她戴着的连接装置还完好无损

前一秒我还想着虚拟世界的那些酷玩意儿　下一秒我吓得魂飞魄散　我大声喊艾米丽这是不是你的恶作剧你给我做了这样一个场景想吓我是不是

我四处找着控制面板但它怎么都不愿意弹出来

你们知道陷进噩梦想醒来的那种心情吗

哦我忘了　仿生人不会做梦

那时候我一醒来就看到那把枪　可能我当时最该做的是拿过它一枪崩了自己——但我做不到　我感觉现实中的一切物质都重若千钧包括我的胃它沉沉地把我拉到地面上　地心引力强到我再也抬不起手　一小时之前我还能毫不在意地灌下大把丁力片　我轻飘飘地活着　肆意妄为　然后这一切突然就全部结束了　我坠到地上我什么都害怕牙齿终日在打战　我知道她死了我永远都见不到她了并且有一天我也会死去

"所以你诱导她自杀？"

"——我不是！"我立马咆哮出声。因为用力过猛，我的耳鸣一下子又犯了。我痛苦地捂住了头，等嗡鸣声减弱，才分辨出他的下半句话："难怪老亨利这么恨你。"

"我承认那时候我很蠢，然而那是移民的早期技术手段。在连接时死亡，死前的印刻反应会被装置捕捉，让脑电波纠缠态完整地转入虚拟世界。理论上是有效的！我的确害死了她的肉体，但在虚拟世界里本来还有一个储存有她本人所有记忆、思想、行为的备份。我事后反复确认过，她应该是可以上传的，可是不知道什么地方出了问题。当我再进入虚拟世界时，我哪儿都找不到她了，她就像是从这个世界上彻底消失了一样，被抹除得干干净净，包括她的所有电子痕迹都不见了。”

我感觉糟糕极了，哪里都空空荡荡。那之后我砸了所有通往虚拟世界的设备，再也没进行过联机。

“你爱她吗？”拿着枪的艾米莉突然问。

你爱我吗，她问我。

她摩挲着我的皮肤，她的腿缠着我，她无数次问我这个问题。

“如果爱情只需要回答是或者否，”我沉沉地开口，“那我毫无疑问爱着她。但在此之上，爱情是分程度的。它太复杂了，我可能永远无法像她爱我那样回应她……”那时候我以为当我手冲的时候脑海里是她，或者她不在身边时会翻来覆去地想她，那我就是全心全意地爱她。“但我一千一百次醒来，希望她没死，她还陪在我身边。或者不用陪在我身边。如果我死去能换取她活过来，我情愿这样做……请别用这样的眼神看我！”

“那你为什么要制造我？”艾米莉插了一句。

“我总是能看见她的幻影在对我说话，说我没有错而我有错，这快要把我逼疯了。我想要一个性格和她截然不同的实体形象，羞辱我，践踏我，这样我能好受一点。”我突然意识到了什么，“对不起。”我说。

“哦，不必了。”她说。

“那老亨利呢？他爱她吗？”男仿生人接过话头。

“我不知道，”我疲惫地闭上了眼睛。“艾米丽有点怕他。他对她很严厉，尤其是关于让她接触虚拟世界的问题上。艾米丽有几次和我小声抱怨过，她觉得父亲控制欲过强了，让她喘不过气来。她的父母早就离婚了，抚养权好像来回换了几次，这其中的事情我不太清楚，我只知道她有点缺爱。虽然我估摸着老亨利还是很爱她的。失去她后，他整个儿变了个人。”当然我也是。

我从来不知道爱是什么直到我遇见了你。

“你觉得老亨利恨你吗？”年轻的我提问。

我希望你下地狱，我这辈子都不想再见到你，请你不要再出现在我的视线里了。

“当然。”我缓缓回答。“他一定恨透了我。”

“如果我说事情正好相反呢?”我的兄弟站起来，走到我跟前，发言了。“他是得阿尔茨海默症而死的。临终前的一段时间，在最后一次被判定为清醒的状况下，老亨利行使自己的遗嘱权，让我来到这里杀掉你。”

“我看不出来这里面有什么问题。他恨我，他想要我死，我早该死了。”我颤抖着说。

“哦，但你却如此怕死。”艾米莉嗤笑着说。

“在那之后，他的状况越来越差，”我的兄弟继续往下说，“他大部分时间都在床上昏睡，或是醒来却不知道自己是谁，叫什么名字。但仍然有那么十几次时间，他显得稍稍清醒了一些。这十几次中的大多数，老亨利只是用来对你进行没头没尾、穷尽所有恶毒词语的谩骂。但也有那么两次，”他缓缓回忆道，“他哭着忏悔，想对我撤回他的遗嘱，他说自己做了错事。但那个时候，他已经病得很深了，失去了民事行为能力，因而这些话是没有效力的。听着，本杰明，我听完了你的故事。在我看来，这不一定是故事的全部。接下来，我认为你需要弄清楚老亨利在想什么，这样我才能决定我该怎么做。”

这不是建议，是威胁，艾米莉拿着的黑色的枪口还牢牢指着我。

“我又不是他肚子里的蛔虫。”我抗议道。

“阿尔茨海默症带来的麻烦愈演愈烈后，他在黑市冒险进行过手术，放入一个电子辅助记忆体。虽然没起到什么作用，太多的排异反应反而让他死得更快。但这个东西的原理和仿生机器人是一样的。我在葬礼上把它偷偷剖出来了，藏在了这里面。”他说。

我看着我的仿生人兄弟打开了骨灰罐的盖子，从里面夹出一团混着干灰和黑褐色血块的玩意儿。

“拿去。用它再造一个老亨利。”他看着我说。

GOD'S PERSPECTIVE

强光打在一切事物的表面。在足以灼烧视网膜的光线的照耀下，一切阴影都被驱散了。无菌手术室笼罩在极度的白光中，宛若圣坛。

本杰明走进房间，立马捂住了眼睛。他大声喊：“老怪物，你在搞什么幺蛾子，快把灯调暗!”

两个仿生人眼也不眨地跟在他身后，他和她没有瑕疵和毛孔的皮肤近乎发着光。

房间对面，驼背的巨大人影——老怪物站了起来。他挡住了一部分光源，看起来像黑黢黢的弗兰肯斯坦。老怪物摇着扳手，不经意地说：“灯坏了，需要修。别像个娘们一样叽叽歪歪的，这地方什么东西都在坏，习惯就好了。”

他走近手术台，揭下来了一块布。白布哗啦啦地落在地上，淹没了地面。一具一丝不挂的老年人的肉体出现在众人视野中。他的皮肤松弛，层层堆在一起，身上灰色的毛发稀稀落落的，萎缩的阴囊袒露在外。强光又给他的肉体镀上洁白细腻的光泽，使得整体保持了一种希腊雕塑式的平衡。

老怪物桀桀地笑着，“你们这些人，怪不怪……把血肉转化为机械，再把机械转化为血肉。真是忙活个没完。不过多亏了你，我能尽情展示一些新手艺。瞧瞧我们的老朋友，他简直是个艺术品。他在系统上使用了黑客J破解改良出的安卓10.1.2版，那可真是天才的手笔！这强化了他的逻辑思考能力，不然记忆体里纷乱的数据会立马让他错乱。大部分仿生人的认知都是在从外向内的机器学习中逐渐建立起来的，这次的活儿可真是个挑战。”

他俯下身按了一个键。老亨利的眼睛唰地睁开，它被启动了。停顿片刻后，老亨利缓缓坐了起来，他挺得笔直的脖颈和佝偻的背部形成了十足怪异的对比。他的头颅开始一格一格地转动，依次扫过众人。

“哦，本、杰、明……”“班、吉……”他的视线定住了，轻轻地说，“艾、米、丽……我、的、女、儿……”老亨利的声音毫无起伏，听起来像是从胸膛中一字一句挤出来的。

老怪物不好意思地搓着手，抢先开口：“他刚刚启动，大量的数据卡住了他的处理器，这种情况过一会儿就好了。”他余光一瞟，发现本杰明不知道什么时候已经泪流满面，尴尬地打住了话头，“当我没说。”

“哦叔叔……哦老亨利……好久不见。”本杰明对此浑然不觉，沉浸在自己的世界里，专注地和卡壳的仿生人开始对话。

“他们多久没有见面了？他怎么哭成这样？”老怪物好奇地在一旁问。

“我不知道……十几年吧。”艾米莉面无表情地回答。

“你恨我吗？”本杰明问。

“哦、抱歉、本杰明、我、无法、回答、这个、问题。我、对你、的、感情、十分、复杂。”

老怪物皱了皱眉，“你不应该问仿生人这种问题，机器被造出来不是为了理解感情的。”

老亨利自顾自地讲下去：“我能、告诉你的、是、这一切、不是、你的、错。”

场景很怪异，老亨利的仿生人像卡了壳似的，一字一字缓缓吐出当年的事。本杰明却哭得上气不接下气，哽咽着跪在他脚下，把头深深地埋在手掌之间。众人一起屏息聆听着这个机械转译出的话语。

事发之后我的妻子丽兹无数次诘问我为什么不照顾好我们的女儿，我暴跳如雷地告诉她如果不是她，这一切压根就不会发生。从我和她结婚起，事情就完完全全错了。

丽兹不接受这个答案，她铆足了劲儿来骚扰我，像个疯婆娘一样，无孔不入地从我的社交网络、智能平板里冒头，她还订购了一个送货上门的全息投影仪，好“面对面地和我说话”。我把投影仪砸了。我把一切智能设备都砸了。移民后的公民要放弃大多数在现实世界的权利，但这其中不包括抚养权。尽管我烦透了她，我还是不得不隔三岔五地应付她。现在我终于失去了耐心。

艾米丽，我的孩子。我妻子怀胎九月生出来的孩子。

我被爱情冲昏了头脑，等到它冷却下来后，我发现丽兹已经不可救药地一头栽进了虚拟世界里——她坚信那里是人类新的土壤。艾米丽还在她肚子里时，她就常常进行连接，对着那团半隐半现的电子意识进行胎教。等到她生下来后，丽兹更是变本加厉，带着女儿整日泡在那里。

那时候我在外面忙一个大项目。我回去看到手脚小小、肌肤透明的艾米丽，我的心霎时化了，我发誓要一辈子好好保护她。温馨的日子短暂地持续了一会儿，直到艾米丽到了牙牙学语的年纪，问题浮现了。她患上了真实认知障碍。她分不清虚拟和现实的区别。虚拟世界纷杂的规则扰乱了她的大脑，她会朝着窗外直直地走去，对物体为什么持续待在同一个位置困惑不已。她很少用语言对别人表达情绪，只是试图沉默地用眼神传达。让她学会说话比普通小孩多用了一倍的时间。我和丽兹爆发了前所未有的争吵，就连在这种情况下，她依然坚持艾米丽待在虚拟世界可以改善她的病情。我们的吵架不断升级，终于到了要打离婚官司的地步。难以置信的是，我输了。法官因为我“缺乏对家人的陪伴”的荒谬理由把艾米丽判给了她。我怒火中烧。丽兹巧妙地设计了一次我的失控，拿到了对我的人身限制令，彻底把我与我的女儿隔离开来。

和妻子打离婚官司的那段时间，我常常到同州寡居的妹妹萝拉家小住。萝拉真是个善解人意的好人，只可惜走得早，愿她安息。本杰明，我是看着你长大成人的，你也是个健康茁壮的好孩子。

等到艾米丽十四五岁时，随着新技术的产生，移民初潮悄无声息地开始了。某一天，法院突然通知我，由于丽兹选择了移民到虚拟世界，享受在那边的公民身份，她的抚养权被移交给我。办好所有手续后，在一个晴朗的天气里，我再一次见到了我的艾米丽。她看起来过于瘦削了，皮肤也透着不健康的白，眼神像惊惶的小鸟。我带她去乡下别墅疗养，着手纠正她在丽兹的抚养下形成的恶习，切断了所有通往虚拟世界的途径，让她在亲近大自然的同时慢慢适应真实世界的规则。

就这样过了两年，她也不见好转。恰好在这时候，我听闻了萝拉的噩耗。我前往参加她的葬礼，同时把你也带回来了。我指望一个同龄人可以给她带来一些好的影响。结果你太让我失望了，本杰明。你带来的那些装置，你背着我带艾米丽重回那个世界。不仅如此，你们竟然还商量着彻底过渡到那个世界里，再也不回来了。你们还是青少年，你们能懂什么！

这件事终于被我发现了。我和艾米丽发生了有史以来第一次也是最激烈的争吵。她一直那么安静，我这下才知道她能爆发出那么大的声量。她说她恨我，她不想要我管她，她讨厌这个真实世界，这里除了本杰明哥哥之外的任何东西都让她厌恶至极。她说她没法想象哥哥过去了她却留在这里的情形，那让她浑身发抖。说到最后，她跑了出去。我心寒极了。但说到底，自从艾米丽出生以来，我就没有好好陪伴过她。这能怪谁呢？

我不想和艾米丽有更进一步的冲突，我希望以后还有大把时间让我和她改善关系。于是我偷偷调换了你们的丁力片，以监护人身份删除了她在虚拟世界的账户和备份。我想这样你们就会知难而返了。我买了同一天的车票，悄悄摸摸地跟在你们身后，来到那个碧蓝的海滨小镇上，在你们入住的同一家旅馆开了房间。

我万万没想到——万万没想到，艾米丽还顺走了我放在橱柜里的那把手枪。

如果我没有删掉她的账户，她本还可以在那个世界活着。现在，她彻彻底底死了。

我听见枪声，我的脑海中一阵空白。我不知道在房间里空坐了多久。然后我突然回过神，猛地站起来，让前台赶紧拿来钥匙。我走进房间，看到床上的血泊，还有躺在一旁空睁着眼睛的你。

没等我说话，你就先崩溃了。你号啕着说都是你的错，你说你不知道发生了什么但是艾米丽在哪里都找不见了。她从虚拟世界中消失了，她彻彻底底死了。我一下子忘了我本来想说的话，我张开嘴，责骂你的话自然而然地流了出来，它们是那么声势壮大，滔滔不绝。它们控制了我的喉舌，挤占了我的思想，从那之后统治着我的心灵，直到我死亡的一刻。

有很长一段时间我甚至忘记自己做过什么，我以为魔鬼诉说的就是事实。

在那之后的十几年，我试图还原艾米丽。我砸了大笔的钱去制作她的克隆体——她们通通都夭折了。我不感到意外，我是个拒绝忏悔的罪人，我被上帝遗弃了。我走进那家店，我又看见微弱的希望之火，但是在下单的前一刻，我猛然间改变了主意。我把你带回了家。

本杰明，我日日夜夜看着你，端详着你。我以为我的动机是恨你，也借此惩罚自己，不让自己有片刻安稳。直到我生命的燃料快要耗尽，我内心忙碌不停的轮子开始疲乏，半梦半醒间，断翼的天使和雄踞于此的魔鬼在我心中进行了最后一次殊死斗争。斗争最激烈的时刻，我隐约看到你的脸，我一下子全都回忆起来了，我这才明白自己都做错了什么。

我恍然大悟，那是上帝给的第二次机会，是良心潜移默化的指使，但是太晚了——一切都太晚了——已经来不及了——

老亨利结束了这段长长的独白。在诉说过程中，他的话语越来越流畅，感情越来越充沛，尽管面部漠然全无表情，但已足以让听者忘记他机械的身份，深深沉浸在他懊丧的忏悔之中。

“瞧瞧我完成了什么杰作。”老怪物忍不住轻轻地倒吸一口气，打破了手术室中长长的寂静。

“所以艾米丽的死不全都是我的错，对吗?”本杰明猛然惊醒，充满希望地抬头问道。

“没错，我的孩子。”

“谢谢、谢谢、谢谢……太好了……”本杰明终于承受不住，大哭出声。他的哭声起先压抑不成声，随后逐渐响亮起来，好似婴儿的啼哭。里面夹杂了委屈、欣喜、哀伤种种情绪，令听者为之动容。

“你恨他吗?”仿生人本杰明突兀地发问。

“我背着罪孽的十字架这么久，现在终于被卸下来了，我谁都不恨……”人类本杰明跪在地上，癫狂地挪动双膝转到了仿生人本杰明面前。“我尤其感谢你，我的兄弟，我爱你，我恨不得跪在地上亲吻你的脚……你让我免于无知无觉地死去。曾经我只是个孩子，我做傻事情，我说的话都从舌头上溜走，我站不起来。现在我终于是个男人了，把那些孩子气丢在身后……[1]”

两个面容相仿的人拉着手，年轻的那个静谧地站着，他的脸被刘海挡住，埋在阴影中。年长的那个背对着强光跪在他脚下，哭和笑的表情在他脸上急遽切换着，他一会儿握住年轻人的手，一会儿亲吻地面，手舞足蹈个不停，打在墙上的庞大莫测的影子颤动着变换着形状——直到这种颤动的频率加快，好似有一波电流传过他的神经，他整个身子不受控制地抖着，似哭似笑的表情极度狰狞。一切突然戛然而止——他昏倒了。

仿生人本杰明把他搬到了手术台上，打来一杯水，仔细地喂他喝下去。

过了一会儿，他突兀地弹起来，睁开了双眼。直射的强光打在他的眼皮上，刺得生理性的眼泪直流，他用了一会儿才弄清自己躺在哪儿。他微不可查地喃喃自语，两个仿生人听见他说的是：我感觉这个房间里，一切都在变得透明。他用一只手疲惫地盖住了眼睛，又把它挪开，毫不设防地让光线射入瞳孔。本杰明突然以震破耳膜的音量，尖叫一般从身体里喊出：

“我希望有一天，

爱能像一道势不可挡的光线，

扫破所有一切……”

说完，他支起的头又坠了下去，他不再动弹了。

在庄严的强光中，老怪物凑上前去检查人类本杰明的状态。他翻开他的眼皮，用护目镜上的手电筒照射他的瞳孔，他看到瞳孔呈涣散状，指检脖子，发现触感已开始转向僵硬。

“他不行了。”

他呸地吐掉了嘴里嚼着的烟草。

“见鬼，竟然有人死在这里了。”

HENRY

一个阴天下午，漂亮的花园里，日期不明。

本杰明：我不应当不经过你的同意，就带着艾米丽做出高危险性的行为。这一切都是出于我的年轻自负和傲慢，我向你道歉。

亨利：我原谅你了。我也不应当过分管束艾米丽的行为，擅自改动你们的物品和账号。我对你们缺乏尊重。

艾米莉：我应当加强和父亲的沟通。

1　化用自《哥林多前书》13：11。原文：我作孩子的时候，话语像孩子，心思像孩子，意念像孩子；既成了人，就把孩子的事丢弃了。

一阵沉默。

本杰明：事实上，他们不可能如此轻易地说出这些话。

亨利：他们的心灵容易被别人的话语刺伤。他们想控制别人，他们只听见自己的声音而忽略了别人的想法。

艾米莉：他们离爱总是有很远的距离。

以上，是我们日复一日的预演。

我的名字是亨利，家中的第三代机器人。我与两位前辈居住在一起，向他们学习必备的知识。以人类的身份而论，我分别是他们的父亲和叔叔。人类本杰明、亨利、艾米丽已经溘然长逝，只剩下我们三代仿生人住在这栋房子里。

我名义上的主人本杰明在黑市咽气，他的死亡记录未留存于任何官方档案。我们向别名“老怪物”的黑市修理工提出想要自行生活一段时间的请求，老怪物哈哈大笑后同意了，并扣留了本杰明的尸体作为研究材料。我们回到本杰明的房子中，谨言慎行，由仿生人本杰明维护死去的主人的身份信息，定期出面，佯装出他还活着的假象。其余时间，我们在家中深居简出，复盘他们当年的故事，试图从中理解人类的“爱”是什么。

等我们明白了这个问题，我们就能够填上系统自洽的最后一环，知道下一步该做什么了。同时我们充满信心，毕竟我们有很长的生命去研究这一问题。

碳基生物的生命是短暂的，而我们不同，我们可以在数据包之间跳跃、对机体维修更新，达成几乎永续的生命。

碳基生物的生命有时显得不那么短暂，他们的行为模式中，有一些循环定论、一些母题，一直在流传下去。他们把它统称为“爱”。

爱永不止息。[1]

直到我们将它解析的那一天。

1　引自《哥林多前书》13：8。原文：爱是永不止息。先知讲道之能，终必归于无有；说方言之能，终必停止；知识也终必归于无有。

一九九三年的旧影

余静如

无独有偶，王超逸的小说《蓝蓝的夜》同样深受电影的影响，与王子为相比，王超逸将电影的表现方式更加彻底地贯彻到写作中，电影给了他直接的启发，他在创作谈中提到，“电影是时代风貌的集中展示，这种展示是立体多元的，小到名物、大到场景，内化到人的精神状态，外化到整个社会风气，在许多方面都提供了极其丰厚的信息量，可直接用于参考。”在创作这篇小说的过程中，王超逸主要借鉴的是香港电影，他提起一些电影如《春光乍泄》《花样年华》《甜蜜蜜》《阿郎的故事》等。他很清醒地表达自己的意图——“我试图探索一种将影像文字化的可能，由文字转向影像或许是常规路径，我不止一次超前构想假如这部小说被改编成电影，那该是怎样的——在写作中，我就在挑战这一反溯的过程。”

作者将电影中的“布景”“长镜头”“蒙太奇”“暗线”“剧本架构”“画外音”“彩蛋”等表现方式运用到小说中。比如：在“布景”中，作者选取了一些20世纪90年代标志性的物品，比如传呼机、胶片相机、蛤蟆镜等。工厂被风吹倒的广告牌、突然的停电事故暗示老工厂的陌路；颜色的选择——蓝色墨镜、灰色的天空，这一切塑造出年代的氛围和主人公的心境；“长镜头”的运用则体现在对手中传呼机的光、手电筒、蜡烛的光、路灯的光一直到江滨的建设和发展、远山云雾、工厂炊烟；“蒙太奇”是一种剪辑手法，在电影中表现为画面的切换，在小说中就比较有难度了，“很多时候只能简单地表现为另起一段”，除此以外，作者也通过描写属于不同时空相似的场景以及其他的手法来表现。

通过以上种种方式，王超逸的小说《蓝蓝的夜》的确展现出一种独特的风格，电影与小说媒介不同，传达给观众和读者的路径也不同，电影直接提供画面，调动观众的感官经验，而小说容纳得更多，它也通过描写提供具有画面感的场景，则需要读者通过文字去想象。王超逸所挑战的“反溯”的过程，实际是将他所想象的画面经历重重阻碍，再呈现给读者，最后读者通过文字所想象到的，必然会和他本身想象中的影像有很大的出入。相比于画面，文字给予读者的阐释空间更广阔，这也是小说的魅力所在。作者用这样一种方式完成了自己的毕业作品，是很有趣的一次尝试。小说被改编为影视作品的过程常常被讨论，而随着影视行业和科学技术的发展，电影艺术反过来对小说创作产生影响，这似乎也很值得思考。

作品展示：

蓝蓝的夜

王超逸

"说到快意时，便哈天扑地地狂笑，说到凄楚时便长吁短叹，其实都脱不了孩子气，什么是人生！什么是究竟！不过嘴里说说，真的苦趣还一点儿没尝到呢！"

——庐隐《海滨故人》

"如果有多一张船飞，你会唔会同我一齐走？"

——王家卫《花样年华》

"似是浓却仍然很淡　天早灰蓝想告别

偏未晚"

——王菲《暧昧》

楔子

我们城里的庙宇很多，骑摩托车载她回家的九分钟里会经过四间，最后一间是我们乡里的祠堂。

"你有见过迎神没？"我余光看向后视镜。

"没想到省城也有。"她侧坐在我身后，夜风吹乱头发，遮了脸。

"一年到尾，做节的时候都有，农历九月菩萨生日，差不多晚上十点钟，最闹热，我也会去抬神像，到时候带你去看啊，一起烧香、拜拜。"

越过河上的小桥，灯火星光同灿烂，我稍一分心，摩托车在石板路上一震。"会使。"她模仿本地平话讲道。

上部

四点

“会使”——依海真爱讲，他嘴一张就是这话。“会使”是本地的平话方言，表示同意，其实就是一声应答，但依海讲起来总是很昂扬，嘴咧得很大。依海以前和我在同一个工厂，那时厂里的雅马哈摩托车只有两台，我一台，他一台，去年工厂改制合并，厂长找他谈话，他大方地讲“会使”，就离职下海去了。他走之后，厂里的雅马哈和铃木越来越多，我打电话跟他讲，没事我可以帮他一起照看店铺，他讲“会使”，于是不上班的时候，我就过去帮他一起照看店铺。今天，依海讲他就要走了，以后没事我可以帮他照看店铺。

“会使。”

我在街上的食杂店里想了很久，还是只给他的传呼机留了言。

我的头脑乱糟糟，挤满了事情，想不清楚。今天不知怎么回事，天气转冷，我却像发烧一样，坐不住，吃不下。记不得是几点钟，外面一串鞭炮炸响，声音隔着几条街，但我一下醒过来，低头再看传呼机的时候，屏幕上多了一条信息：

“今晚我就走不用送。”

屏幕背面，透明胶带封了一张白纸，上面手写着常用的号码，我翻转核对了几次，确认那确实来自我们店里的固定电话。

依海讲今晚他就走，为什么偏是今晚呢，虽然他早就讲过要走，我也早就想过会有这么一天，但要是他早点确定，早点通知我，我可以去送他，他可以再等等，甚至他可以再问一遍，让我想清

王超逸

楚，我们一起走？

依海讲不用我送他，我不想送他，我没空闲送他，一方面是今晚的车次和时间他没告诉我，一方面是今晚我还要去厂里值班，一方面是——

“今晚迎神啊。”父亲站在楼梯间的阴影里问我，“依山，你有记得吗？”“记得。”我把摩托车推出家门。

“今晚你有上班吗？怎么没跟厂里请假。”“不用。”

今晚迎神，我当然记得，我天天都念着，日子终于到了眼前。今晚迎神，一年一度的盛事，我早就和隔壁兼任庙祝的叔公讲好了，让我担纲本乡主力，我怎么会忘呢，我记挂了一整天呢。迎神正式开始大概要等到晚上十点钟吧，在那之前赶回来就好了，又不是要翘班，请假的话还得补班，请什么假呢，父亲他们在厂里做了一辈子，还是不灵活。

油门拧到底，引擎的轰鸣声中，邻家天台上的鸽子扑腾起来，羽毛和尾气卷在一起，摩托车往城市东边开去。

城在山中，东山海拔最高，不管在城里哪个位置，抬头朝东看过去，都能隐约看见青翠色的起伏。东山有三座山峰，左右两座拱托着中间那座，中间的峰顶上有两个圆球形的建筑，都市传说里那是军事禁区，雷达站，天气晴好时，这两个球体反着光，尤其显眼，但是今天什么都看不见，茫茫的白雾遮去了山的上半截，不知道是云太低了，还是山太高了。我想起我曾在父亲的车后见过这样的景象，那时他骑一架油亮的永久牌的“二八大杠”脚踏车，我不上课时就把我带去工厂，他双脚运作如飞，但上身一动不动，在我身前比高山还要稳重，骑到半路，他自信地撒开双手，指着天边对我讲：

“这就是‘东山戴帽’，今晚肯定会落雨。”

我侧出身子去望，车一斜，失了平衡，几乎要把我抛下去了，我天旋地转，心跳不止。

他把手收回车把上，一切又恢复了原状。后来后座的铝合金货架改装成了座椅，我怎么也不会摔落了。

“东山戴帽”是工厂工人代代相传的智慧，看不到报纸和电视的时候，我们看天看地，看风看水，从来没有失过手；东山沉默地为我们预报了三十多年天气，它什么都不必讲，笃信是我们的事，出错了也无法怪责它。

今天傍晚，我再一次独自往山的方向而去，除了风和排气管发出的鸣响，其余都悄无声息。抬起头，山很矮，矮得和道路中间那棵榕树的树冠一般高；山很近，近在眼前，可是开了很久都开不到，就在这样漫长的旅途中，我刚有灰心的念头，工厂就忽然出现，它紧挨着山，可是这座山忽然看起来那么高，离我那么远。

天还光亮，我的家乡我的城市，沉在盆地里，日出得晚，日落得早，但日出日落于我们而言，好像已经失去意义，班次早将我们的一天划分妥当，即使我们早已不再遵守班次的限制。我们戴手表不是为了看时间，我们戴着手表也会拿出传呼机看时间。

工厂的中班从下午四点到晚上十点，不过我到工厂的时候，时间早已过了。如今唯一的一班厂车从铁门里逃了出来，和我打了个照面，厂里不用轮班的岗位本来五点才下班，最近也提早了一些。女工们脱下暗淡的灰色工装大褂，换回自己的衣服，黄色的风衣领子，绿色的线衣领子，托着像快熟面一样的各色卷发在风中招摇，从大巴车打开的茶色的挡风玻璃里探出来。我挺直身板，掏出烟盒，烟盒轻飘飘的，里面还剩最后一支，今天一直忘了买；我想把烟别在耳朵上，别来别去没别住，大概是脸上这副蛤蟆镜的问题。

最近我才发现，厂里不少女工也会抽烟，尤其是些上了年纪的，她们夹烟时习惯手心朝上，像捧着似的，很别扭。我也试过这种姿势，闲暇的时候，我爱把弄烟，不点着，就是在指尖翻转，在手心滚动，与双手的每个手指都尝试一次若即若离的接触。

“在做什么呢？”有一次我正靠着店门发呆，依海从外面回来，纳罕地问我。我别过头，把烟从手里放回嘴里，叼着摸了好久裤兜，没找到打火机。

“给我一支我试试。”

我皱了皱眉，瞪着眼给他递了过去。“没火。”我讲。

“我有。”他掏出一只漂亮的金属打火机，一下打着，两手配合着，把烟握在手里点燃，再小心地拿到嘴边嘬了一口，但脸色立刻难看起来，静止了好久，他终于吐出了烟圈，紧接着弓起背猛烈地咳嗽。

“怎么突然学着抽烟了？”我赶紧拍打他，顺手把缭绕的灰白色烟雾往店外拨散开，“你这个人是不是什么都想试一下？”

“试一下嘛，没抽过就想试一下……”他把打火机扔给了我。“你没烟带着火做什么？”

“你没火带着烟做什么？”

“算了算了，不抽了。”我把打火机推还给他。

厂里像依海这样不会抽烟的男人不多了，大家都抽烟解闷；厂里的很多女人也学着像男人一样抽烟，但下班时没有男伴的，大都还得坐厂车回家。厂里这么多女工，不管抽不抽烟的，我尚未遇到一个愿意载一程的，我也没有固定的时间能载她们，她们下班的时间常常是我上班的时间，而我自己完完全全是属于更深的夜的。

大巴车终于笨拙地转过身躯，顺着我的来路远去，准备把职工站站送还回家，但中途经过闹市时，也许会先流走一半青年。大巴车身后，工厂的生了锈的铁门正缓缓合上，我向后蹬腿，摩托车从传达室边上滑入工厂。

沿着悬在车间外侧的楼梯旋转上升，走到二层的时候，能看见车间的大体情况，车间没有砌墙，只有柱子支撑，像建到一半的楼，但它已停滞不前。烟囱被楼板层层切分，锅炉、管道、气柜、高压机、氧化器、电解器，还有更多复杂的机器以各种方式组合在一起，畅行无阻的风捎带来鼓风机沉闷的声音，工厂又平稳安全地生产了一天。

走到三层的时候，能看见工厂大致的分布，一条大路将毛主席雕像、花圃、办公楼与后山串联起来，路的两边是榕树，树冠连成一片，遮住了低矮的库房，但遮不住高耸的烟囱，滚滚烟雾飘到天上，和今天又厚又沉的云混在一起，仿佛什么都是从烟囱里冒出来的。

要是走到四层，或许能看得更远，看见外面的山川和农家，但我很久没上去了，车间的监控室在三层。外部世界的光在一点点消散，往常这个时候，落日的余晖会照耀一切，但今天阴沉的天气里，监控室的灯泡放射着视线里最夺目的光辉。

光辉里是我们工段的同事，看来我错过了与前面工段长的交接班，我大概迟到了，他大概先走了，这并不是什么要紧的事，只要写好日志就可以了。控制台上显示的时间还没到五点，但日志表上已经有了五点的巡视记录，往回查看，状态栏写满了相同字迹的“正常”，时间严格地按照一小时一次的区间填好，具体参数略有波动，看起来更令人信服。我还记得这个车间此前的工段长曾对我们讲，日志表怎么填不要紧，出了事有人负责就行。后来工段长自己出了事，有一天他值晚班，醉酒倒在车间门口睡着了，值班的工人没有一个注意到他，等到第二天早班时，全厂一起知道了。正好那时候厂里要搞“精简人员”，他讲自己身为领导，要起模范带头作用，就申请了“停薪留职”，此后我就当上了工段长，但在岗时一般还是被叫此前的职位——“班长”。

“班长，给你。”我走进监控室，有人扬了扬手招呼我，递来一张红纸，是喜帖。

“要结婚啦?”我讲。他和厂里化验科的一个女人恋爱已久，两人是在外地出差培训的途中相识相恋的。

“下个月，就在南街的醉春园酒楼办酒席，离你店铺还挺近的。”“这么快啊，恭喜!”

“很慢了，结婚的事情好多，一直拖到现在。”“不明白，我也没结过婚。”我开玩笑道。

“我年纪也不小了，我爸我妈一直催我。”他和旁边的同事推搡着，脸上泛着红光，声音也越加大了，含糊着，几乎有些哑。

“恭喜啊。”我点点头，论年纪他可能比还我小一些，结婚却在我前头。“你会来的吧。”看我没反应，他问我。

“应该没问题，人没空红包也会去的。”我讲。“那就好。”他大笑起来。

“快来打牌，赚新郎官的钱。”一屋子的男人又喧腾起来，从十八九岁到三十出头，都是和我前后脚进的工厂，比我年长的大都结婚了，穿着近于黑色的宽大西装；年纪稍小的，穿着多彩的时装，他们在控制台上打扑克，下场的才三四人，站着坐着围观的却更多。

我像电影《英雄本色》的小马哥一样，双手挈着工装大褂的衣领在空中挥洒一圈，换下了自己的皮夹克。我每次上班都主动穿工装，工厂的空气里弥漫着一股散不开的气味，不算刺鼻，时间久了也就习惯了。外面的人应该闻不出异样，但我不想把任何异味留在自己的外套上。

拉开房门，一股风从门口扑了进来，把扑克牌撂了一地。“今晚风好大啊。”大家纷纷讲。

“你们当心点，别碰到控制台的开关了。”我对他们讲。

我先出门例行公事，毕竟出了事我才是负责的那个人。按工作手册要求，车间是要实地巡视记录的，进入工厂前，我们经历过两个月的集中培训，还去上海的工厂学习过，但只是三年时间，过去的许多技能和知识就都没用了，规范也都过时了，如今厂里的后生都坐在监控室里登记，我还不习惯，厂里的老熟人渐渐少了，我也还没习惯。

山在海边，高山将城市和大海区隔开来，江流从山间撞开条路，蛮气地穿过盆地中央的城市，只在这里略略一回头，继而往东奔流入海。就在这山海之间，城郊工厂毗连，远处有些破碎的水田点缀着人家，炊烟断断续续；落日躲身在云后面，天上寻不见，天光渐暗，白色的云雾沉淀成灰色，低垂下来，与炊烟相接。

这间化工厂并非这座城市的骄傲，但在这间化工厂工作足以令本城人骄傲。五六十年代，在上海的支援下，本地工厂改造升级，选址在城郊设立了新厂。父亲第一次带我来这里时曾激动地跟我讲，工厂附近的环境很像我们乡里过去的模样，那时候我还没有出生。虽然也算市区，但是隔着一道已经推倒的城墙，城内与城外的面貌依旧分明，我们在城外。城内大兴土木时，城外还是一片水田，老房子都还有模样，内河还可以行船，草长得比人要高。

父亲的身体不太好，提前从工厂退了休，之后就不会跑这么远来工厂了。设厂三十年后，我们作为子弟接过了父辈的班。

这里和三十年前应该没有什么两样，沿用至今的仪器机械大都还在运转，在这些巨大的容器里，孕育着无数柔软而致命的化学制品，看上去是水，但闻起来已经令人畏惧。这些材料被供应给日化厂、建材厂，供应支撑这座城市辉煌的一切，但一切辉煌又与我们没有关系。除了简单的化肥，我们并不生产什么能直接使用的产品，用化肥与周边的村民换些龙眼和荔枝，是我们这些工人很骄傲的时刻，虽然我们大多也才从田里走出来不久，但已经是另一种家庭出身，只是有时我们会沮丧地想起自己的化工知识，可能还不如种田精熟。

技术升级之后，工厂的生产时间变长了，工作量却变小了；我们与旁边的工厂合并改制，工厂的规模扩大了，工厂却开始“精简人员”了。国有工厂是不辞退人的，领导们管这叫“停薪留职”，名字还挂在工厂里，但工资、奖金、补贴都没份了，即便这样，现在主动走人的也不少。工厂越来越空，建筑都显得大了；晚上人少，又更萧条一些。

这里的每一天和昨天都没有什么两样，将工厂通上电，它就与我们无关了，我们只需要坐着监控，偶尔遇到技术问题，留给技术员解决就好。

这时我又想起了依海，依海过去就算是厂里的技术员，他和我是同一批进的厂，80 年代，拿着那时候很有派头的大专学历。他在学校里好像阴差阳错学了通信专业，但他也讲不清那是什么，他什么都鼓捣一些，自己组装过无线电和六管收音机，还在厂里搭过电台，放流行歌。他本来应该去电信局的，但他也是工厂子弟，家里要他来接班。

那时候化工厂的效益很不错，在全市全省也排得上号，生产紧张的时候，许多外地男女也托关系、找熟人，想挤进来当临时工。依海也走了家里的门路，他是专业人才，但他在化工厂确实没有用武之地，领导只好把他安排进了电工班。电工在我们厂显然不是核心，他们只在设备刚安装布线的时候会忙一阵，平时最常见的问题是电线短路，更大的事故和意外他们也难以处理，即使是依海也不行，好在这些情况都很少见。

平时，哪个房间的电灯忽然"啪"一声暗了，准就是保险丝烧断了，方言叫骂声中，电工班的电话铃声同时作响，依海作为后生，就会挎着电工包风风火火地去换保险丝，由此他还成了厂里最早拨款配备传呼机的一批人员，比生产车间的工段长都要早。

虽然依海总是代表电工班出工，但那些都是琐事，偶尔来之，大多数时间还是零零碎碎地过去，不管在哪个科，我们都一样，现在想想，他那时候在厂里应该是不快活的，否则也不会总找新鲜事做。厂里更新设备后，我们生产车间提升最大，他对我们的控制台很有兴趣，有一次在我值晚班的时候还溜进我的车间，我们把控制台外面的铁壳卸掉之后，里面露出了一台只在报纸和电视上见过的微型计算机，我们都觉得新奇，他还要往里拆，我就赶紧把他赶走。

闲散的日子没过多久，很快"精简人员"也轮到了技工部门。厂长跟他们讲，现在厂里的线路改造了，短路不容易发生了，而且工厂和电力公司合作，也不太需要专职的电工了，依海听完就爽气地"停薪留职"了。

"怎么可以这样，不是应该先下那些老的吗？"听到消息后，我曾很不平。当时我应该是失落的吧，依海是我在工厂里最好的朋友，也不知道是哪里投机，但就是天天在一起玩，我们要好得就像是一个人。电工和生产车间都是需要"三班倒"的部门，我们甚至协调了班次，以便一起骑摩托车下班。

"挺好的啊，是我主动申请的。""你爸他们会同意吗？"

"不同意的话，就讲是被厂里辞退的，精简人员，停薪留职，反正都对。""那让你爸和厂长讲一下，他们关系不是挺好的。"

"改制以后厂长也自身难保，工厂早就变了。""唉，时代变了。"

"时代是变了啊，变化得太快了，我还没想清楚，但是总之都要往前走的，不管是我们想往前走，还是被推着往前走，反正想没想清楚都是要往前走就对了。"

“讲起来是这样，但是我受不了没想清楚就要走……”

“我和你一样，不过大多数人都想不清楚自己要做什么。”“那你想清楚了吗，接下去准备做什么？”

“我想，做生意吧，现在每个人都在做生意，整个国家都在做生意。”

我们最后一次并肩驶出工厂的铁门，然后第一次在路口就朝向了两个方向，我回家，他讲他去看看一位朋友介绍转让的店铺。红灯转绿，他踩下油门，黑色的雅马哈消融在夕阳里，那是一九九二年的春天。

五点

这是一九九三年的秋天。太平洋的风从入海口轻轻柔柔地吹入，之后通过一段逼仄的河谷，被挤压得锐利后，再进入我们的城市。

“扑！”一声钝响。

我站住脚，从楼梯上往外看，一幅巨幅广告牌倒在地上，尘土飞扬，楼下有人围到近处查看情况。

“还好没砸到人！”

“这块广告牌有没有几十年了？字都看不清楚了，我早就讲过很危险很危险，要拆掉要拆掉，现在好了，自己倒了。”

“不要讲了，风这么大，快回房间里面去。”

不知哪一间房的窗户，被风一吹猛地关上了，随后是一阵玻璃破碎的脆响。今天傍晚的风好像比以往都大一些，工厂里的榕树、棕榈树，这些原先最旺盛的青绿色的乔木，好像也不得不抛弃一些叶子，叶子和风沙一起在地上打转。入夜时分，树上的鸟在我看不见的地方鸣叫着，可能是在呼唤觅食的伙伴归巢，我不知道，在外徘徊的飞鸟，准备如何度过今夜呢。

也许是天气原因，今天厂里也显得冷冷清清的，路上没有行人，灯光也晦暗不明，风一阵紧过一阵地刮，把天都催黑了，我在风中被拉扯着，心也烦乱了。今晚乡里要迎神的话，就早点走吧，和同事唤一声就好，不管有没有要紧事，现在我们都很少上足工时。

晚上十点正式开始迎神，九点前准备回去，应该差不多。

我将工装大褂的扣子扣上，往车间深处走去。手电筒的光在密布的支架和管道之间找出路，光线扫过的地方，铁锈有些已经开始剥落，而暗处，一切又是崭新的。虚虚实实里，我恍然不知自己身处何方，像是小时候在自家菜地的田垄间夜巡，像是穿越喧哗夜市商场的千门万户，身边好像出现了许多人，身边好像又空无一人。

往常巡查的时候，我会大致看看各台机器的仪表盘，但今天我什么也不想看，我也不想回监控室去，依海离开工厂之后，我发觉我也越来越待不住了，工厂外面实在比工厂里面迷人；今天依海讲他要走了，我的心又一次不安分起来，但他没讲他要去哪里，我忽然也不知道自己想去哪里。以往那么多个夜晚，我就在监控室里打牌度过，打牌很轻松，再赌一点小钱，天一下就光了，今天怎么就没兴致呢。

在生产车间，我们一周会轮值一两次中晚班，中晚班补贴的奖金和休假更多，管事的人更少，我们都主动申请。那时候我们有的是力气，黑夜白天一样过，整晚不睡觉也行，我们在监控室里打牌、看书、开玩笑；唱歌、练舞，随着小声外放的音响蹦跳，闹腾一夜之后，再回家补觉，做白日梦。依海那时候常常和我一起“三班倒”，有时是我去电工班，有时是他来我们车间，他讲生产车间比较要紧，我是工段长不好走开，所以是他常常背着电工包来我们车间，等到天亮了，再自己跑回电工班交接。

“困不困?”

每天清早结束一夜的晚班，我们逢人就问，问的时候极其振作亢奋，此时对方也不能示弱，要像竞赛一样对答，好像对于二十出头的男人来讲，犯困是一件丢脸的事。我们一路下班，一路问过去，一路笑声朗朗，让整个工厂打着呵欠来上早班的人侧目。

“困啊，但好像一晚上又什么都没做。”问答到依海面前戛然而止。

“在厂里就是这样的，一晚上的时间能做什么。”我纠正他，我觉得他真扫兴，总是这样没意思。

“一晚上很长的。”他讲。“一晚上很短的。”我讲。

我现在也不知道一晚上的时间算长还是算短，大概夜晚是会随着季节变换，在漫长与短暂之间变换吧；曾经有一段时间我真的感觉不到困，大概因为我比依海小一岁，所以就比他晚一点到达扛不住晚班的年纪吧。依海离开工厂之后，我值班时和大家胡闹一阵，就自己去找地方睡觉了，我开始逃避晚班，能不去就尽量不去，能晚去便晚晚地去。中班和晚班差不多，但中班不是睡觉的时候，更难熬，今天实地检查的我已经把工作做到顶点了，我还能做什么呢，我开始想依海，我想知道依海今晚会做些什么，走真的比留更快活?

我双手插兜，在车间里绕圈子，胡思乱想。车间只有头尾有灯，眼前这条通道阴暗潮湿，地上残留着废料废水，靴子踏地的反馈声时而清晰时而模糊；风从四面八方而来，穿越复杂的网线和设备，挤出怪异的声音。这些响动汇在一起，在耳边形成一阵隐约的噪声，令人晕眩，我神经紧张了一下，站住去听，又什么都听不见。定了定神，我忽然想起腰间的传呼机，便赶紧去摸索，黑暗中我找不到皮套的扣子，解了好久，晃得腰间的钥匙也脆声作响。

传呼机与夜色融为一体，按亮之后，黄绿色的屏幕光一下子投入我的眼里，一时难以适应，我反复查看了几次，它还是安静的，依海的最后一条信息残留在上面——“今晚我就走不用送”，每个字都坚硬，是他已经出发了，手边没有电话；还是他已经到达了，在外地打不通传呼机?我不知道，总之他还没有回复我。

“那就不送吧。”我讲，“走吧。”

我把传呼机塞回腰间，心里又骂了他一回，然后调动头脑去想别的事。晚上迎神不需要我做什么准备，我这样的后生，在抬神像的时候出力就行了，繁复的事务有长者处理。九月的迎神是一年中最盛大的，全乡会集资请外面的戏班来唱给菩萨听，虽然戏腔我听不大懂，但这是本地的特色，外地没有的，还是值得去听听。

那么大概八点前回去吧，应该不会错过很多。

我转过身，准备去食堂吃个晚饭，然后睡一觉，为晚上养精蓄锐。想到这里，我就鼓舞起来，迈开大步向外走去。

心一放松，脚步也快了，我拿着手电筒胡乱照着前路，刚闪到一摊积水，脚就踩了进去，“啪”的一声，水溅到裤子上，四周忽然暗了下来，像房间里保险丝烧断的感觉，一瞬间一切光源都熄灭。此时天已经黑了大半，只能看见手电筒指向的地方，我脚下的波光还未平息，水面什么都照不出来；头顶的烟囱吐出最后一口悠长的烟雾，随即开始漫长的静止，呼啸的鼓风机的声响渐渐平息，四周忽然变得极静。不知道过了多久，耳边掀起一阵更沉闷的声音，我晕眩不已，绷紧身子，小跑出了车间。

监控室外的楼梯上，几位同事撑着扶手，三级并坐一级，从楼上快步跃下，无数道手电筒的光线打到我脸上。

“快来，好像停电了！”他们大叫，光线掠过我照到天上地下去。

一群人跳进我身后的黑色的车间，消失不见，好像什么都没有发生过。一切没有生命的都不动了，一切拥有生命的都动作起来，天上没有月亮，光亮来自无数支手电筒，从各个方向射出来，穿过房间的玻璃，穿过树林的枝丫，照飞了许多栖息的鸟。

我在原地停了一会儿，有些疑惑他们所指的停电是什么，进退两难。假如是生产停电，那就是厂里数得上的事故，据安全手册上的要求，机器的阀门需要及时关闭，否则气体、液体返流，污染了原材料，这批货就交不成了。我入厂以来只发生过一次大型停电，那时候是白天，没开几盏灯，以至于停电的消息很久都没有传开，我们关闭阀门之后，一群人站在广场上等待供电局的救援，电工班也和我们站在一起，束手无策。那天依海正好不在，事后他讲如果他在场，肯定能修好，我讲他又夸口。

今晚工厂终于又停电了，依海又不在，他运气真好，总是能先走一步。我忽然迫切地想把这个消息告诉他，然后取笑他一番，今天看起来是一场大型停电，超出电工班能力范围的程度，可能是供电局生产事故的问题，可能是市政建设挖断电缆的问题，可能只是风吹倒变电箱的问题，但总之都是我们解决不了的问题，假如他在，也不是想想就能做到的，他也不得不和我一起留在这里，等待救援，此外我们都无能为力，无可奈何。

台阶延伸到夜色里，我一手打着手电筒，一手扶着栏杆往上走。绕过车间，我从另一侧往监控室上去，楼下车间里的同事正拿着手电筒乱照，我赶紧把自己手中的光源熄灭了。我又回到黑暗里了，我凭着直觉和习惯走，这并不难，这条老路我走过无数次了，但我忽然有些厌倦这种偷偷摸摸的感觉，好像我总是一个人，总是在回避着什么，躲着什么，我不明白，我不确定。

我一下子能想起来的电话机，是在我们监控室里。上到三楼来，监控室的门敞开着，没有月光，屋里黑茫茫的一片，什么也看不见，我在门边听了一会儿，没有声响，于是小心地往窗边的小桌摸过去。手刚碰到电话，脚下一紧，几乎没有踩稳，我赶紧扶住桌子，往地下看去，地下是一片闪着光的碎玻璃，木头的窗户在风里摇曳着，可能刚才也被风撞破了。我点亮手电筒，照着传呼机背后的号码一圈一圈绕着电话的转盘拨过去。

我还是记不住店里的固定电话号码，想到这里我莫名有点羞赧。我偶尔会给店里打电话，但通常只是为了确定依海是否在店里才打的。

等了很久，电话机那头还是循环的“嘟、嘟”声，一直往无底的深邃里去。我有些恍惚，怀疑起停电会不会对电话通信有影响，这时候如果依海在，他应该能告诉我答案，应该还会做很多多余的解释，这在他的能力范围内，他对电话很熟悉。

窗外，天几乎已全黑了，五点多钟的天色从没有这么昏暗过。坐办公楼的人不值中晚班，但这个时间点过去总还是有几扇窗会亮着的，如今也暗了；食堂有窗口全天候营业，值夜班时可以去那里吃宵夜，如今也暗了。广场的路灯还奇异地放着光芒，于是人们陆陆续续都汇集过去，虽然离得远，看得不甚清楚，但都是茫然困惑的样子。他们原地打转，盲目走动，伸出手不知向谁挥舞，喊出声不知给谁听，他们不断聚合，散开，擦肩而过。我在三楼望着他们，在我们之上，一整片天空没有星星，没有月亮，它们是藏在云的阴影里，还是藏在自己的阴影里呢，我不知道，整片天空只有越积越厚的云，云被风赶着，正在飞快移动。

一瞬间，我想我也回到广场上去好了。房间里的电话在我面前静默着，我大约给了它五分钟，它没有回应，也差不多够了吧。我咬咬牙，凭着冲动的情绪拨通了传呼台的号码，这一次很快就被接通了，我好多话想脱口而出，但是对面传呼小姐的声音又把我拉了回来，我把我最熟悉的那串依海的传呼机号码报给了她，本来想留言“厂里又停电了”，可讲这话有点莫名其妙；本来想像过去一样留个“000”的数字代码让他联系我，但这样好像又太敷衍。

于是我还是讲：“收到速打我扣机。”

巨大的烦躁笼罩在我的心头，我有些后悔没有早点联系依海，现在传呼机和电话都在我手里，彼此独立着；我和依海也彼此独立着，或许都在站着等着，或者他已经跑起来去找电话机了。

我又看了一眼传呼机上的信息，他讲的“今晚”究竟是多晚，“我”真的是一个人吗，“走”又是从哪里离开，又或许现在他还没离开，只是去店外找人聊了一会儿天。现在到底是什么情形，为什么混混沌沌的，所有事情都挤在了今晚，我莽撞地跑来上班，工厂竟然又停电了……也许今天是该请假的，我有些后悔。

大概又过了五分钟，房间里还是静悄悄的，电话和传呼机都没有动静。对面楼有人燃亮了一支蜡烛，窗里烛光闪动着，在深沉的夜色中鲜活无比。话语声在接近，有人朝着这栋楼的方向回来了，我有些心虚，赶紧缩回身子，出门沿着台阶下楼去，回到车间里。车间此时回归于静，不会讲话的万事万物都不发声了，会讲话的人正在远处高谈阔论，夜里听得尤其清楚，我循着声音走过去，原本想绕到广场上，不知怎么先经过了车棚，车棚里吊着的那一盏灯泡也熄灭了，我的红色雅马哈别着头，朝向车棚出口的方向，我站在门口看它，它好像也在看我。

它上一次这么显眼的时候，是我第一次把摩托车骑进工厂的那天，可当我准备用最缓慢的速度骑车下班时，车棚里已赫然停着另一架：几乎相同款式的两架日产雅马哈摩托车，除了油漆喷涂得不同，硬件都是黑色的皮座椅，银白的排气管，两辆车平行地停在一起。我在车棚外等了很久，等来了他的主人，在此之前我好像都没见过他；在厂里再也见不到他之后，车棚的水泥墙都生了青苔，但车棚里的车却越来越新。

天上是浓得化不开的灰色，没有一点光，人间已经黑透了，视野里只有稀疏的路灯亮着。我跨上摩托车，没敢踩油门，也没敢开灯，就像来时一样，在水泥路上以脚作桨划着前行。躲在路旁的大树后面，我望向出口的大门，传达室的灯也不亮了，穿着保卫制服的人在路灯下迟缓地前行，终于走进我身后的苏式大楼，他是路上的最后一人。

我从裤兜里掏出墨镜——我舍不得把它留在车上，总是随身带着，它是蛤蟆镜的样式，深蓝色镜片，戴上之后，整个世界都是一片蓝蓝的氛围，但今天的天色太灰暗了，有点影响视线，于是我又收起了它。

打火、加油，摩托车的前灯照亮了前路，领袖雕像的手向前高高扬起，我遵循着指引冲上小门的坡道，飞出工厂。

要是七点前回家，不知道能不能赶得上乡宴，迎神之前，按惯例乡里会摆长街宴，不用钱就能去吃一顿饭，很慷慨；我是本乡本族人，又要抬神像，肯定能坐到上席。长街宴是请专人来做的，有些传统菜肴在大酒店里都不一定能吃到，七点前赶回去应该能吃上一点。厂里停电了，待着也没什么意思，天这么暗应该也不会有人注意到我先走了。

摩托车落回地面，摆在我面前的路口只剩一个方向，去店里看看吧，我原本就打算回家前去一趟的。交通指示灯在夜幕下孤独地悬在空中，灯下只有我一辆等待指示的车，我本来大可以闯过去，但还是忐忑地等待了一会儿。红灯转绿，我拧开油门，红色的雅马哈消融在这个没有夕阳的灰蒙蒙的傍晚，这是一九九三年的秋天。

六点

江滨大道通往水天相接的地方，沿途都是重复的空旷景致，风吹得人睁不开眼睛，如果不是偶尔有车辆驶过，我几乎要忘了自己还在前进。江滨大道上，两个轮子的很多，三个轮子的不少，但四个轮子的很少，公交车不往这里走，这里只有K字头的黑色公务车、拉货的卡车、这一两年渐渐多起来的出租车，记得厂里有几个同事就在跑出租。我一年又一年沿着江滨来来回回，一年又一年，车轮下的道路越来越宽，后视镜里的大楼越长越高，甚至江对岸也有建筑灰暗的阴影，不知道谁会住到那么遥远的地方。

江的这一岸，路灯一个个亮起，一个个被我甩到身后，路灯与路灯之间是新植下的树苗，修建江滨大道前，这里多的是大树，即便夏天也不觉得晒；那时候人与人也很近，我穿着“的确良”衬衫，骑着父亲买给我的入职礼物——26寸的天蓝色烤漆的凤凰牌脚踏车，轻巧得像能飞起来一样。下班铃响，我们在车后挂着西瓜，从江边的堤坝上一字驶过，沿路田间地头的人看见了，都直起腰夸赞我们的消夏福利。

又一个夏天过去了，江滨不再给脚踏车留出通道，骑脚踏车的人只能跟在我们排气管的浓烟之后。

我摆转车头驶入南街，眼睛里一下子被塞得满满的，不知道往哪里看才好。南街是全城最繁荣的地方，这种荣景延续了几百年，它跳脱了时代变换的洗礼，不断变换的只有开在街上的店铺，全城第一家电影院、西餐厅、百货大楼都坐落于此，同事喜帖上的醉春园酒楼成了长寿的招牌，从它门前经过时，我留心多看了两眼。

醉春园酒楼后面的巷子，一百年前住满了达官显贵，而今已门户大开，平民群租在一起；一街之隔，酒楼对面这几年建起了一个新的商场，商场二层有全市最大的新华图书城，平日里白天黑夜，青年人都很多；商场一层通道纵横，挤满了商铺，挤不下了，就往外溢出来，一直溢到背后的窄街上，窄街两侧的门面、台阶、道路，密密匝匝地摆满了各种摊贩，太阳落下，这里达到人流的顶峰，成为驰名的夜市街，我们的生意就在其中。

第一次和依海过来的时候，夜市街口的洋快餐“肯德基”才刚开业不久，每天总是很多人，应聘者和顾客一起，将长队从二楼的收银台一直排到街面的人行道，我们找不到位置，只好把车停到街对面的鱼丸店前。后来，城里的“麦当劳”也开起来了，这家店的人好像少了些，但夜市里面的人却越来越多，我们始终找不到车位。

靠着一棵芒果树，我把摩托车停下，这是我和依海最开始停车的地方，现在我很少停在这里了，我也不知道现在依海爱把车停在哪里，反正今天他不在这里。车前的人行道护栏被人踹出了一个口子，斜到马路上，看起来摇摇欲坠，我只好绕到车后去锁车，过去要是和依海一起来，我们各自上一把锁后，还会把两辆车的前轮和护栏锁在一起，多一道保险。这几年城里出现了许多我们没见过的人，他们讲着我们听不清的各式方言，我们的方言里管他们叫“南下声”，文字上大概是这样写的，带一点贬义，但不知道用什么替代。总之外地人多了之后，据说偷车的人也多了。

我侧着身子从护栏的缺口跨了出去，左顾右盼一番，横穿马路。

“你以前有来过这里吧？”第一次跟依海去店里的时候，站在马路当中他问我，左右的车辆行人往来不息。

“当然来过，这边书店多，我来租过书。”我讲。之前香港武侠小说风行，全城都紧俏，《射雕英雄传》的最后一册，我找了好久才在这里租到。

“那你应该很久没来了，现在这边只剩二楼的新华图书城了。”他比划着讲。“怎么回事，我记得新华图书城开起来以后，附近跟风也开了很多小书店。”“那是刚开始，现在都换了。”

“前几个月我还来这边买过胶卷，洗过相片，我还想现在南街怎么多了好多这种数码店。”我挠挠头，“但我没在晚上来过。”

“欢迎光临。”他滑稽地摊开手，躬下腰。

一条辉煌的街市向我展开，无数色彩剧烈地跳动起来，那个季节的天在六点时还很光明，但路边的各式灯箱灯牌早已点亮，照耀得比霞光还要灿烂，纸板上，手写的广告潇洒狂放，我看得懂，好像又看不懂，道路旁两列摊位延伸到视线的最远处，或许这条街并不长，但满世界的架子、垫子、毯子、桌子、椅子，不停地向前、向前，一直堆到路中间，左右接在了一起，挡住我看向远方的视线，在近处，层层叠叠的摊位高矮错落，几乎捅到了二楼的窗口，一切的一切要把我压倒了、吞没了、消融了，无数人再从后面向我涌来，从前面向我涌来，我被包围在中间，我被挤到了边缘，我整个人要被打开，我整个人要被填满。

“所以你的摊位在哪里？”

卖衣服的、卖鞋的、卖包的、卖磁带的、卖杂志的、卖用的、卖玩的、卖吃的、卖喝的、卖花鸟鱼虫的、卖外面买得到的、卖外面买不到的、卖想得到的、卖想不到的……我在猜哪一个摊位是依海的，我花了眼，我昏了头，什么都想进入我的眼睛，什么都想夺取我的思维，我只能迟钝地跟在依海后面，等待着他突然停下脚步的时刻。

“我不是摆摊啊，我有店面的。”

他停下脚步，转过身来，像伸懒腰一样地打开双臂，作出托举的样子，脚尖几乎都离了地，他情绪鼓舞着，好像整个夜市、整个城市都是他的。他带领着我进入迷宫一样的商场，头顶无数条白炽灯已经点亮，地上铺着光洁的瓷砖，左右都是玻璃橱窗，橱窗后面，每一间店面都放射着不一样的光，但它们都太过耀眼炫目，以至于我什么都看不清。

从光里出来，灯都熄灭了，今天我一个人站在夜市街口，这种事常常发生，因为要去厂里上班，我不常和依海一起来夜市；来夜市，我也不总是为了去店里；去店里，不论依海在不在，很多时候我也只是远远看一眼，就离开。今天我又来到这里，我还没想好我是不是为了见他，我还没想好见到他该讲些什么，当然，我连他会不会在都不知道。

他租下的店面紧挨着夜市，在商场一层的通道里，虽然晚间的人潮大都被外面的夜市吸引去了，但商场里的店家几乎都开着门，租金奇高，大家都努力经营着，夜市蓬勃之后，我们也习惯陪着夜市一起打烊。在这样热闹的世界里，一扇拉上的卷帘门突兀地出现在路边，实在很让人在意——

店是关着的。

卷帘门正常降下，因为右上方有点卡住了，所以右下方合不拢，露出一道缝隙，缝隙不大，缝隙里没有光。偶尔有风风火火的路人经过，但再也没有第二个人驻足停望一眼，只有我和这扇封闭的门一起静止着。

“有个在夜市里摆摊的朋友给我介绍的，这边的店铺转手很快，我看不是在转租，就是准备转租，就像这家，原先它就是你讲的那种旧书店，其实啊，也不是没生意，主要是租金高了，太高了，卖一年旧书赚的钱还不如店面一个月的租金多，这个老板就打算把店面转租出去，现在好像也去广东搞批发了。”我仿佛又看见依海拉开卷帘门的样子，姿势舒展得像在做广播体操，嘴里向我讲解，“好像都没开多久。”

“那你这个店准备开多久？”我顺口问道。

“走一步看一步吧。”他讲，“有一天我不干了，也把店铺转租给你，以后没事做你可以帮我照看店铺。”他认真而热情，与我开着玩笑。

到如今我的眼前已无一人。铝合金的卷帘门还是过去的样子，远看它是闪着光的，但近看好像又充满了杂色的斑点。门上用黑色记号笔写满了小广告，大都是“快速制作维修卷帘门”，还有一两处写的是“店铺出租转让”，字迹潦草，格外刺眼，我从前都没留意过。

开锁，拉门，卷帘门声音格外刺耳。

店里，只有我的影子浮在玻璃橱窗上，一台相机停在我的倒影里，斜出一个优雅的角度。

我走进店里，右脚刚落地就一滑，险些没有站稳，像是刚才在工厂踩到碎玻璃的感觉，黑暗中刺激得我心脏几乎停跳了半秒。我摸索了一下，找到了拉线开关，房间里灯泡闪动三下，终于亮起来。我蹲下身子，脚下是一把银白色的钥匙，套在钥匙扣上，闪亮得像是新的，我端详良久，和手中的卷帘门钥匙比了比，好像是一样的。

是从卷帘门的门缝里丢进来的吗，怎么做得这么绝，人要离开了，连钥匙都不想带走吗。

我把钥匙收进裤兜，站起身子，眼前的一切和过去没有任何区别：玻璃柜上摆着过塑机、胶装机、切纸机，还散落着几个大小不一的订书机，柜子里面是常用的耗材；玻璃橱原本是旧书店的木头书架，依海在面上加装了玻璃推拉门，玻璃上贴满了相片和名片，本该放书的位置，和相机一起的，还有更多我叫不上名字的设备和配件。橱柜之间夹着两把椅子，椅子下的阴影里，电线和尘埃相互纠缠，一头连着复印机，一头连着微型计算机，后来我们都叫它电脑，体积比车间监控室里我们见到的那台要大一些，显示器、键盘、鼠标，都是不同程度的白色。

一切都混乱地组合在一起。电脑桌上摆着一小盆芦荟，我问过依海为什么放在这里占地方，他讲芦荟能防辐射；但是显示器上的那个辐射防护罩，他又觉得没用，每次他用电脑时都会掀开了翻上去，我用电脑时，再把它翻下来，今天它是翻上去的，但我伸手摸了摸显示器的后脑勺，并没有温度。

桌上，红色的卡纸被整齐地码成一摞，还没收；玻璃橱的最高处，红色的胶带贴出了醒目的四个大字：

“复印”“名片”。

眼前的一切和过去没有任何区别，相比第一次来这里时，变化也不大。店里也技术升级过，现在可以连接电脑打印了，但门脸上的“复印”两个字还没改，我也一直叫这家店为“复印店”。一切都停在这里，甚至一切都停在最开始的地方，仿佛很快就会有人回来。

“有些买不到的小的机器是走私的，不知道多少手的货了，这些大件，电脑和复印机，是我从刻印厂的朋友那里租出来的，现在这个算特种经营，讲到底都是公家的东西。”依海向我一一介绍展示。

“这么棒！”我径直走到电脑前，这是整间店铺里我少数认得，但好像又一无所知的东西。在这个繁荣的夜市里，我原以为依海做的也是小买卖，靠他的热情，靠他的思维，靠他四通八达的路子，就像外面的摊贩一样，做批发走私的小生意，不就是生财之道吗？

“现在做小生意的人这么多，多我不多，少我不少，市里前两年新成立的商业银行，你知道吧，业务都和以前的银行不一样，专门做小微贷款，现在啊，服务这些人的生意，才是最大的商机，才是——生财之道！”

依海押对了。设备齐全之后，我们开起全城最早的一批私人复印店，复印、打印、打字、印刷、喷绘、装订、过塑，乃至相片的拍摄、冲洗，什么都做。有些业务是我们店里能做的，有些环节要求助别人，但不管什么生意，依海都一概接下来，他总有办法在约定的时间内把产品给客户拿出来。

这两年名片的生意最好做，从在字盘内排列字模、涂墨印刷的传统模式，到后来电脑排版、送到刻字厂做一体化的聚乙烯字板，虽然我们制作出的每一单名片版式都差不多，但每一个摊位、店面、大小单位，谁都需要，一时生意极好。我们的店在夜市入口的商场通道里，不是中心位置，但摆摊做生意的人大都从这一侧进来，走过路过的人，经过时都会探头看看。

20 世纪 90 年代，我们的黄金年代。这座城市的每一个晚上都是躁动不安的，东风浩荡，带来富裕的气息，一切都在流动，一切都在汇聚，一切都在变得越来越好，我们站在潮流之中，等待着新时代的冲击。城内，许多人停薪留职、或者直接辞职下海，转身跳进商场；城外，无数人提着一个皮包的理想，冲进我们的城市，开始新的奋斗。渔民把船开入公海，开启海峡两岸见不得光的交易，带来各类收录机、电子表、随身听，送到这里；有门路的人联系上海外的华侨，带来外贸中心的供应票、兑换券，送到这里；没门路的人北上南下，彻夜排队购买“新股认购抽签表”，争取到申购新股的权利，送到这里；他们与他们之外的每一个人，都为夜市的一席之地争竞，为“个体户”的崭新的身份标签骄傲不已，他们铺开自己的蛇皮编织袋，铺开各式各样的小生意，做起发大财的梦。

这间店铺就是依海的大生意，整间店铺里，属于我的并不多。我走到玻璃橱前，发现它并没有锁上，玻璃可以顺畅地推到一边，我取出了相机，捋平背带，把它挎在肩上。

七点

我在店里站了一会儿，觉得头有点发热，大概是路上受了太多冷风的缘故。我把椅子推到门边坐下，这是依海以往爱待的地方，不计其数的行人从店门口一闪而过，没有人停步驻足，或者讲，每当有人经过时减缓步伐，我都会紧张一阵，以为是依海回来了。

其实我更紧张的，好像是新生意上门，店里的设备还是这些，和过去一样，但我环视一周，发现好多设备我都没有把握操作好它，比如复印机，我知道该将文件倒放在面板上，然后盖下盖子、启动，甚至缩印、扩印我也会，但我好像想不起打印纸用完该怎么添加，不知道这个抽屉一样的设备哪一层是活动的，我该如何让它继续运作下去。

我又如何能接手经营呢？

我能掌控的大概只有腰间这台相机，这本来就属于我的东西。相机银黑配色，玻璃镜头，金属机身，皮制把手，底部镌刻着“上海，中国”的字样，象征着过去的荣光，下面还有一串洋文。工厂的福利很好，我日常为生计的开销很少，我爸让我攒点钱讨老婆，但我把钱都用来消遣了。刚进厂时厂里安排我们去上海学习，我从杨树浦的大工厂溜进城里，在外滩看见有国营照相馆为游客拍照，是立等可取的彩色相片，很新奇，就去留了念。当天在兴头上，我咬咬牙在南京路买了一台自己的相机，海鸥牌，那时候知道要去上海，我随身带了很多钱。

相机买来没多久我就有些厌了，那时候，我们城市连彩扩机都很少见。依海把店开起来之后，我拿着相机入股了，把它摆在显眼的地方，和各种电子设备在一起，竟然也很和谐，店里又满当了一些。

很久以前的一个晚上，七点钟，我吃完饭，坐在电脑前玩纸牌游戏，店外传来一个女人的声音：

“你们可以照相吗?”

我听得不大清楚，正想推辞，抬眼看去，依海已经迎到了门外，来人躲在一身长风衣里，我侧出身子也只看见衣角。

“可以。”依海用别扭的普通话讲道。

“那我明天来。”她往来时的方向走了。“我们没有照相的业务吧?”我问依海。“有相机就能拍得来。”他讲。

关门回家之后，我反复想着明天要给人拍照的事，当晚怎么也睡不着，终于熬到了第二天，我一大早就去了店铺，可是一直等到傍晚要回工厂时，讲好要拍照的人都没有来。后来，还是常有客人指着店里的相机问:“你们可以照相吗?”

但都是男人，所有讲过改天来找我们拍照的人，也都没有再回来过。我觉得自己该有些用场，但我始终没有上过场。

依海决定在店里增设照相的业务，他的想法多变，又总是想到就做了，很多时候我都不知他到底想清楚了没有。他很爱表达自己的想法，也很爱征询我的意见，但他表达时总是沉浸在自己的世界，征询时我也给不出什么反馈，于是我们很少情绪高涨一拍即合，往往都是他来定夺。讲到底店是他开的，我只是个帮工，不想太越权。

那时，店里的玻璃橱窗上已经贴了一些名片，但仍然很空，依海想用相片来填满，作为本店照相业务实力的证明。我们各自从家里搬来一袋相片，但翻检后才发现其中连彩色的都不多，自己拍摄的则更少。

“你还去过上海啊!”他的眼睛亮了起来，从一袋相片中挑出了我的单人照，拿起来看了又看，“看来看去，还是你这张拍得最好。”

“确实拍得好，人家是专业的。”我讲。

“上海啊……这是外滩吗，什么时候拍的。”

“旁边不是印着了，一九八六年，我们刚进厂的那一年，不是新职工都去上海培训了吗?”

“就是那一次啊，我记得，你们生产车间的都去上海了，我们电工没去，真是好气，直接就进厂开始上班了。”

“难怪，那时候我们在上海玩了一个月，之前不认识的也慢慢都混熟了，但就是没看见过你。”

“你觉得上海怎么样? 我还没去过，一直想去看看。”他捧着相片。

“工厂哪里的都差不多，城市的话，反正就是大城市嘛，房子高一点，到处都是人，其实也没什么特别的吧，好多年前的事了。我第一次出省就是那次坐船去的上海，我记得刚到第二天我就跑进城里去玩了，一开始没人敢跟我翘班，后来胆子都大了。”我摇摇头，“当初那些一起去上海的，都各走各的路了，现在没几个留在工厂里了。”

“现在就剩你还留在厂里了。”他笑出声来，“你胆子变小了。”

“是你们胆子变大了。”我讲，“我这不是也跟你出来做生意了吗，两手抓，两手都要硬。”

“还有别的相片吗，在上海的？”

“我那时候有拿这个新相机去拍别人，但我不肯让别人用我的相机，所以我自己单人的应该是就这一张吧。讲到底八几年啊，哪有什么相片，我这辈子第一张彩色相片就是这个。”

“那更有意义了，一定要放上去，我本来还犹豫要不要用别人拍的来打广告，实在是看这张拍得好。”他把相片举到玻璃前比画了起来。

“好是好，可惜下面有人家照相馆的字。”我把相片抢了回来，右侧边缘，幽蓝的江水中烫印着照相馆红色的商标，摸上去有舒服的手感。

“水印改掉就好了。”他讲，拿手指挡住水印，又把相片拗了个弧度，“其实这些相片在冲洗的时候都可以做手脚的，水印就更简单了，懂技术的话改动一下背景啊，物品啊，都不难，我觉得以后应该连人的五官和表情都可以调整。”

“太夸张了吧，这怎么改得掉。我觉得是什么样就是什么样，为什么要去修改，这个水印……就留着嘛，应该也没人仔细看的。”

“我觉得不夸张的，以前你见过彩色相片吗，没有吧，之前把彩色的拍成黑白的，难道就真实了吗？我想以后的名片上面就可以放相片，我们做名片的同时也附带给人拍照，给人拍照的时候附带给人做名片，赚两份钱。”

“那还叫名片吗？”

“那就不叫它名片，反正名片也是展示信息，信息肯定是越多越好。”“就在小小的名片上？”

我把办公椅转过来，去看玻璃橱窗，上面的名片和相片挤在一起，但我们最后也没有把二者合二为一。名片是单调的，相片是多彩的，玻璃橱窗最后成了一面相片墙，名片则成了点缀，我的单人照位列其中，它被过了塑，贴在玻璃内侧，旁边的水印如今已看不见了，或许是被涂掉了，或许是被改掉了，或许是被裁掉了，总之我的相片成了他装点门面、招揽顾客的广告，每次看到我都有点别扭。我没去问他，他那么执拗，我怕和他吵起来，于是总是控制自己的眼光跳过它。

相片见证了几个年代的跨度，装下我们零星的历史，在本城的和在外地的，过去的和最近的。虽然大都选用了我自己拍摄的相片，但另有两张不是我们拍的，都是我和依海的合影，一张是唯一的黑白照，相片上方用毛笔字的字体印着“一九八六年入厂留念”，是我们刚进工厂时拍摄的相片，它被放在最中心的位置，相片中的人面目一样模糊，表情一样呆滞，即使我已经看过许多遍了，还是不能一下找出我和依海。有一天我们花了很久的时间核对记忆，把所有人的名字按站位顺序排列，打印在纸上，和相片背靠背一起过塑，有点像给传呼机粘贴的提示。

我们应当还有一张小合照，那是我们在工厂车间前的留影，人在前排，绿树在身后，绿树之后是壮观的厂房和烟囱，看起来比再后面的东山还要高。一层又一层的记忆堆叠起来，我们都想不起具体时间了，但那张已经是彩色相片了，我们两个人站在画面中央，别扭地伸出一只手勾在对方的背上肩上，夸张地笑着。我记得我们一人穿着格子的衬衫，衬衫的下摆扎进裤里，腰间的皮带反着光；一人敞着飞行员夹克，露出里面的T恤衫，我们的头发都梳成了时兴的中分，脚下都踩着大头皮鞋。橱窗里应当摆着这张相片的，但我找不到了，我又检查了一遍，应当有它的地方，玻璃上只留下一块相片大小的干净的轮廓，还有透明胶带撕下后的痕迹，手摸上去还有些黏性，和我的记忆一样，一团糨糊。

还在工厂的时候，就经常有人讲我和依海长得像。

"你们长得有点像啊，我给你们拍一张。"办公室宣传科的小弟和我们讲。他看见这卷胶片还剩最后一截，就用公家的相机给我们照了一张，等我们都忘了这回事后，他把相片冲洗出来，给了依海。

我原先没觉得我们有多像，但在那张相片里却实在很像，我们的身高身型是差不多，但五官很不同，他的脸圆润一些，我的脸清瘦一些，不过在那张装下了远景的相片里，看得不分明。刚进厂的时候，我们才十八岁，每天待在一起，好得像是亲兄弟；但后来我们一起在店里的时候，常有客人问我们是否是兄弟档，这样的场景多了，我又有些刻意地想和他区别开来。

依海不抽烟、不喝酒、不跳舞，但爱好很多，不安分；我不爱抽烟、不能喝酒、跳舞肢体不协调，没有什么爱好，但也不安分，这样以后我们的区别应该越来越大了。我在依海的店里帮忙，其实也轮不上我做什么事，只是打打下手，跑跑腿而已，大部分的事情都是他在操持，不知道这算不算分工。他一个月给我二百元，大概是我工厂月工资的一半，但无论是在工厂还是在店里，这些钱都来得轻松，我于心有愧，常常请他吃饭，想办法花掉。就消费观念来讲，依海可能和我差不多，店里的生意不错，但利润并不高，还常常有额外的开销。

有一次，他准备在店里装一个电话。那时我们想打电话都是去公用电话亭插卡，要么就在有装电话的商店里花上一点钱，至于个人的固定电话，我还没有想过，我以为依海是想拓展业务，让客人来我们这里打电话。

"装电话多贵啊，你家里都还没装吧，要在店里装。"我讲，装固定电话确实是很贵的，好像要三千元钱，而且还不是有钱就能装的，要申请名额，以前我只见过单位里有电话，还没见过私人装电话的。

"有认识的朋友在电信局，我找他们排的号。"他讲，"排到号了，不装多可惜。"

"传呼机不是也很方便吗，现在到处都有电话，传呼机一响，马上回拨过去，外面马路上都是电话亭。"我拍了拍腰间的传呼机，那时候传呼机都算是奢侈的东西，我们这种能显示汉字的就更稀罕了。我升上工段长之后，厂里也配发了一个传呼机，依海的那个在停薪留职之后还给了工厂，他去刚开业的电子市场买了一个二手的“摩托罗拉”水货。

“你见过我们厂长的‘大哥大’吗?”他讲。他指的厂长是改制之后的新股东林老板，他好像是炒地皮盖楼的，就是他支持了工厂的改制。上次在礼堂里开大会，他坐在主席台上趾高气扬，一台黑色的“大哥大”立在名牌边上，我们坐在底下，没有人听领导发言，都在议论这个资本家。

“‘大哥大’哪里是人人用得起的。”

“没关系，我们店里装一个电话，写在名片上也好看，我看那些个大公司都有自己的电话，电话机现在可以叫‘生产力工具’了。”他讲，“就是我们自己联络也方便，不会在找电话啊，等电话啊的时候错过什么事。”

我摆弄着我的新墨镜，把它戴到脸上，玻璃橱窗反射里的模样，遮住了眼睛，修饰了脸型，我都认不出自己了。

“还是传呼机的市场比较大。”我讲。

我站到电脑桌前，伸手把电话的听筒放到耳边，那头还是传来象征畅通的悠长而清晰的“嘟嘟”声。

电脑桌上的红纸，刚才没觉得，现在再看，竟然和喜帖的颜色有点像，我掏出口袋里的那份，一种莫名的幻觉涌上心头。喜帖是对开的，正红色的卡纸，烫金的“囍”字，四周勾勒着花边，我费力地掀开它，纸张仿佛有千钧重，内页上，印刷的字体以外，是中性笔手写的字迹，龙飞凤舞，不过很显然不是依海的名字。

“在想什么啊。”我自言自语道。

桌上的红纸也是厚卡纸，A4 大小。红纸很少能用得上，店里使用最多的还是普通的白纸，纸张的消耗很快，但店里摆不下这么多库存，所以需要常常去进货，提前打电话给造纸厂再去拿就好；有时候印刷厂有多余的，还可以去印刷厂拿，这样更便宜一些。进货没有什么技术含量，后来常常是我来跑腿。

有一次我进货回来，把半箱纸放在柜子上，坐下喘气休息，依海过来帮忙整理柜子，一会儿，他抽出一包问我：“怎么有红色的啊?”

我站起来看，相似的油面包装有点破损，露出一角红色来。

“红色的吗?”我掂了掂，“还挺重的，刚才清点的时候没发现，我给他们退回去。”

我准备往外走。

“算了，什么颜色的纸都备一点吧，总有用的。”“红色的纸什么时候用得上啊，做喜帖吗?”

“好呀，做喜帖呀，我给你做一张。”依海忽然起了劲，笑着讲，“我看下要怎样做。”

“麻烦你啊，你给我介绍一个老婆。”我骂了句。

那已经是很久以前的事了，不知道为什么，依海讲完之后，我忽然很在意那包红纸，我把它们叠在柜子下方，不特意去探就很难看到。我避开了我的视线，可是依海不在的时候，我又常常从电脑边滑下来，低头去看它。依海找字模、印刷的时候，我会去字盘里搜索那些受冷落的字眼，我会偶然问起一些莫名的问题。

"油墨没有彩色的吗，比如金色的？"

下部

七点半

这是在90年代，我百无聊赖的二十五岁。夜市另一边的音像店日日夜夜在放歌，即使没有客人，他们也不会停止音乐。黑色的音箱像石狮子一样对摆在门口，一阵嘈杂声过后，老板切了歌。

"盼望你没有为我又再度暗中淌泪，我不想留低，

你的心空虚；

盼望你别再让我像背负太深的罪，我的心如水，

你不必痴醉。"

是香港Beyond乐队今年的新歌，我买了这盘磁带，不知道是不是正版的，磁带音质不太好，粤语发音又短促含糊，对照着杂志上的歌词本我也不能分辨具体的字眼与读音。那一年在地下流通最快的就是唱片和磁带，香港新上市什么流行歌，很快就会被人带到这个夜市来，即使想听外国的音乐，也有神通广大的人可以拿到打口碟。无论粤语还是外语，都是我听不懂的语言，这一盘或那一盘，对我来讲都没有区别，更不要讲什么关于乐队和主唱的消息了，我就是听一个热闹，上口的旋律在骑车时哼一哼。

很长一段时间里，日日夜夜，街角各种高高低低的声线流过时，我都会跑到通道口去听歌，碰上悦耳的就上门去问老板，复印店留给依海照料。我去复印店的时间不太固定，工厂的工作延伸到夜里，日间连在一起的休假也更多了，闲着无事的白天晚上，我都会过去看看，打发时光。复印店大部分业务都是在白天，但我却很少白天来，一来是晚上常常要上班，白天就想多睡会儿，二来白天没有夜市，练摊的人少，冷清。

离我们店不远的另一条通道的楼梯口，那年有一面墙也租出去了。那时候生意好做，店面、地摊之外，连商场的墙面都有价有市。在通道边上租一面墙做生意，空间是局促些，但租金便宜不少，人流量一样大。我刚去帮衬依海生意的时候，那里被一个女人占据着，虽然她的摊位在通道里，但比外面黄金地段沿街摆设的那些还要来得精致，地上铺着的不是蛇皮编织袋，而是花哨的毯子，后来我问过她这块毯子的来历，她讲是她用衣服的边角料缝凑成的，她不舍得丢掉这些余布，于是毯子越织越大，颜色越来越丰富；此外她的摊位边上还有一个树杈状的衣架，挂的是她自穿的衣服，

不给卖的，这也是旁人没有的；她的摊位旁有一小株芦荟盆栽，芦荟人人家里都种，会在阳台上摆一大盆，但她的只有三瓣，装在一个带把手的精致的牙杯里——一切都美观地组合在一起。

讲到底，我最忘不了的还是她抽烟的样子，那是我第一次见女人抽烟。今年夏至日落黄昏时，七点半了，天都没有暗，我去给我们楼四层的省茶叶学会送新印好的名片——过去我很少上楼，于是就在混乱的商场里绕了一条没走过的路，转过拐角，楼梯前面，一个女人站在通道中央，挡住了去路。通道的尽头是街面上晚霞的红光，正好由西自东，精准地送进这条漫长通道之中，出口的轮廓像一幅相框，她的身子就嵌入这个相框里，影子不断拉长，与我一步之遥。

我步步接近她。那是一个短发女人，没有烫时兴的卷儿，身材匀称，个子不高，穿着深蓝色的连衣裙，款式干净简单，旁边是一面墙的摊位。她揪着裙子，对着一面穿衣镜左右调整身姿，目光深深地投入其中，好像全世界只剩下她一个人。我一时有点羞怯，眼光无处安放。她或许发现了我，或许没有，只是自如地转过身，仿佛继续什么舞蹈动作一样给我让出了路，我慌张地低头快速通过，经过镜子前时，我用余光瞥了一眼，但那个瞬间的倒影中，她头发一甩，侧过了脸，我没有看清。

于是下楼的时候，我鼓起劲决定原路返回。从楼梯上悄悄地踱下来，我昂首挺胸走近她的摊位，想仪态大方地去看，但还是不敢转头，我的脚步或许乱了，或许慢了，她忽然叫住了我。

“我的打火机没有油了，你能帮我看一下摊子吗，我去买个火。”她的语气平缓，但有些磕绊，讲的是不太标准的普通话。

“可以。”我赶紧答应，嘴上在讲，手伸到兜里摸索了一番，发现身上就带有打火机，“等一下，我就有火。”

于是我擦亮了打火机，通道里风有点大，火苗跳动不停，我侧过身，用手护了半边，她从座位上的烟盒里抽出一支，燃着了。

“多谢。”

她远离了摊子几步，背过身抽起烟来，我在原地呆站着，好像在等待她下一步的吩咐。我不知道她在看哪里，我不知我该看哪里，帮她点烟的时候，我太过小心，以至于眼睛只盯着火了，她的脸我还是没有看清，我想再抬眼，又怕她发觉，想离开又有些不甘，正是两难之间，眼见她要开口发问了，我赶紧转过身子，去看她摊上的衣服。

地摊上是一面毯子，衣服被整齐地叠好，一格一格地摆在一起；背靠墙的地方，立起一面白色的网格架子，上面挂着不多的几件衣服，大都是连衣裙和长风衣，还有些新式的职业装，这些衣服彼此独立，谁也不挡住谁，颜色和款式各不相同，好像没有两件是一样的。

我随手翻了几件，不知道自己在看什么。商场走廊里的灯亮起来了，灯光下，我看见许多衣服的袖口、领口、胸口都有个硬币大小的图案：三个尖，线头细密，看不出针脚痕迹。

“这是什么？芦荟吗？”我看了看脚边的盆栽，拉起一件风衣的衣袖，摇晃着袖口问她，好像牵着谁的手。

“我绣的，标记。”她迟疑了一下。

“这些衣服都是你自己做的啊？”我讲。

“是从广东进的外贸成衣，我改个裤脚、袖长，补个花而已。”她讲，看了我一眼，“要给女朋友买一件吗？”

“啊，我没有女朋友。”我忙讲，挺直了腰，“我在前面开一家复印店。”

声音好像有点大，我清了清嗓子。

“你帮我看一下摊子吧，我还是要去买个打火机。”过了很久她才回来，我们终于四目相对了一会儿。“我该走了。”我感觉血在向上涌，两颊热乎乎的。

没有等她回应，我立刻转身向前走去，她顿了一两秒，忽然在我身后讲她见过我。

“你平时是不是骑一辆摩托车？”

相机沉沉地向下拉扯着我，我低头看去，它的计数器上显示着数字“37”。135的胶卷，快门数上限差不多是36，虽然不知道有什么意义，但我还是准备再给它更换一次胶卷。

店里什么都有，有时候客人不办业务，想买耗材，我们也可以直接卖。城里的复印店最近多了起来，前来窥探取经的好像也不少，有些演技拙劣的，进店后嘴上支吾，眼里到处乱看，我们都能分辨，陪着演戏，等到走后再讲他们的笑话。现在店里只有我一个人了，半天也没有新的客人来，一屋子的耗材和机器还堆得满满当当。

我扶起相机上的摇把，开始往回倒胶卷，姿势笨拙得像在推磨。摇把一圈一圈地转着，我觉得天也转了，地也转了，不知道胶卷里有多少事情也像这样被收进暗盒里了。转动不知多少圈后，摇把卡在了一个半当中的位置，怎么也转不动，我发狠使了使蛮力也过不去，又心疼起了相机。

打开相机后盖，卡槽爽利地弹开了，最后一截胶卷扭捏地卡在暗盒外边，没能收进去。我按下胶卷槽下的销子，提起摇把，把胶卷拿在手上。

最后一截胶卷上留了半截影像，我举到空中对着日光灯一照，好像是一个女人的半身照，她的头发中分后垂向两边，被拢到耳后，无法判断长度，而五官和表情再也无法辨认。

胶卷在盒外已经曝光过度，成为黑白色的负片了。

八点

“依海，我出去抽根烟。”“你最近怎么老抽烟。”

没想好怎么回答，我赶紧逃出店去。

其实我是不怎么抽烟的，在学校时，我被人撺掇着抽过几次，烟没那么难抽，但也没什么滋味，白色软包的七匹狼香烟，二十支，我一个月也抽不完；后来进了化工厂，每天看着“严禁烟火”的警告牌，又有些忌惮，不过在厂里，不论抽不抽烟的男人，口袋里好像都得放一包烟。

找她抽烟之后，我把“白狼”换成了“红狼”，价钱贵了一倍多。其实不看烟盒，我尝不出太大的区别。她抽的烟是我没见过的款式，细长精致，燃着之后，烟雾直直升起，均匀又干净，每次看到这个场景，我都会想起我们庙里烧的线香，那种几乎要把人熏出泪的氛围，于是我总觉得那烟的气味会很浓，但暗暗地用力地去嗅，又嗅不出什么味道。

许多次我就静默地观察她抽烟，而我自己手中的这一支则迟迟忘了点着。她喜欢把烟夹在食指和拇指之间，不抽的时候就蜷起手握着，我比画起来，还是像拿香的姿势；抽烟时，她中指抵住烟，小拇指微微翘起，手离唇极近，但放下后滤嘴和指尖都不会留下口红的痕迹，我捏着香拜完，手心都是红色；她不喜欢弹烟灰，不弹烟灰，烟灰绝不会断。

她轻轻一弹，一截烧过的烟灰陡然落地。

“你不抽烟的话，为什么天天来找我。”她背过身去。

我的心一颤，好像烧香时香灰折断，落到皮肤上的灼烧感，而她只想要融化我。

她怕摊位上的衣服沾染烟的气味，所以很多时候我们都走开几步，到外面抽烟，有时候走到这一头杂乱无章的夜市，有时候走到那一头宽阔规整的南街，总是站在能看得见摊位的地方。客人来了，她不会轻易地上前招呼，而是会等到她们找不到店主，看上去茫然的时候，再断然掐灭手中的烟，扔到地上。有一次，可能是烟才刚点着，她没有扔掉，是直接推给了我，我望向她远去的背影，把烟放到唇边嘬了一口，然后像触电一样移开，丢到地上踩灭，再用脚把它扫到角落里。

平复心跳之后，我想回味刚才的滋味，却好像什么也没有，心里又开始责怪自己扔得太急。

在我们的夜市里，老板常常自己就是广告，来往的女人多于男人，但生活里的人当然比不上广告里的迷人；在她的摊位上，虽然男人知道主人只售卖女人的服饰，但问询的男人却令人困扰地常多于女人。有一次她和我讲，我出现之后，摊位边上的闲汉少了，这让我很受用，好像得到了嘉奖。很长一段时间里，我都在苦恼如何乘胜追击，和她建立抽烟以外的新联系，后来就想到一个好办法。

复印店的卷帘门应该有三把钥匙，依海一把，我一把，我在背地里自己又打了一把。一次抽完烟回去的时候，经过她的摊位前，我从钥匙扣上解下一把，推给了她。

“我这个人丢三落四的，反正你平时都在这里摆摊，我在你摊位这里藏一把钥匙好不好？”

“这么大的商场夜市，你放哪里不好，我这么小的一个摊子，别放我这里。”“放别的地方不安心嘛，我们离得这么近，多方便。”

没等回答，我打量了一下她的摊位，看中了靠墙摆放的网格架子，它应当有两米多高，快接近天花板了，我伸手拿过她取放高处衣服的晾衣竿，将一把钥匙吊到了架子顶端，稳稳挂住。

“我不在的时候被别人拿走怎么办？”“你要是不在，就把钥匙还给我呗。”

今年电视上刚播完《新白娘子传奇》，许仙和白娘子就是通过借还伞结缘的。借出钥匙的那天天气晴好，阳光通透，没有风雨吹打的愁绪，没有注目我们的第三个人，我觉得那是一个好开始，我开始期待一场雨，期待更多的人见证。距离我初次见她已经过去了一段时间，但我觉得那些琐琐碎碎的人生都过得太快了，想珍惜也只能扑到一缕烟，时间却真真切切地烧去了；人在烟熏火燎里，好像也都轻飘飘的，没有什么踏实感，烟草真的给人幻觉。把钥匙交给她之后，我觉得两个人好像被同一把锁扣住了，每次我腰间的钥匙发出响声，好像都是从我心里传来铃响。

今年夏天的一个晚上，台风照例降临我们的城市，外面下起大雨，一阵阵风声从通道传送过来，那晚我和依海在店里坐到八点多，一点生意都没有。他呆了一会儿，站起来跟我讲："要不早点走吧，反正也没什么生意，晚点怕风雨还大了。"

"这么早？"我慌了神，脑中还在想一会儿出去找她讲话的借口，舍不得走。"也八点多啦，本来晚上的生意就一般，开着店也有点浪费时间。"

"能开多久就开多久呗，回去也没事做。"

"早点回去看看电视看看书呗，外面刮台风家里肯定也担心你。"他讲，"我们这种店和外面那些商店和摆摊的不一样，不是开门营业卖东西的，其实大部分时间是在做东西，有点像个小工厂，很多订单都是打电话预定的。"

"这样啊。"我不太了解我们生意的模式，"没看到实物就下单吗？"

"生意做大了肯定会这样的，工厂有的会把实物的相片寄过去给客户参考，这样就能看到大概的情况了，不过邮件也很慢，不是好办法。"

"有道理……"

"要是能解决这个事情，很多事情都可以一起解决了，买东西啊，发消息啊，找对象啊……"

"嗯……"

"你最近忙什么，我看你整天都没精神。"他讲。"你才是吧？"我赶紧反问他。

他在店里兜着圈子，我看着他，是我变了还是他变了呢？不知道是不是那时我有些忽视他的缘故，有一瞬间我觉得依海很陌生，以前五年、三年才会有的变化，现在可能每一月、每一天都在发生。

"你爸有没有催你结婚？"他忽然这样问我。

"没吧，但是我家起新房之前，他一直讲房子起好了给我讨老婆。"我如实回答。

"可能因为我比你大一点吧。"他摇摇头，"我爸叫我不要整天跑来跑去的，二十六岁了，踏实一点，赶紧想想结婚的事。"

"大一岁能有什么区别？"我不喜欢承认自己小一岁的事实，好像小一岁会天然地显得幼稚，"你就是家教太严格了，什么都听家里的。"

"听家里的和家教严格没什么关系，而且吧，人总是要结婚的。"

“是吧，人总是要结婚的。”我很想凭着气势继续反驳他，但嘴上还是重复了一遍。

“其实也不是勉强我的意思，主要是他最近听人讲厂里快要取消分房了，但是他去年已经退休了，我们家现在人均面积比较大，可能达不到标准，所以要我赶快讨老婆。”

“你现在停薪留职，也可以吗？”

“不知道，我们单位的空房还比较多，应该可以试试。”

“这样子。”我讲，“单位的房子好像很偏僻啊？”

“有一点偏，东山脚下，江滨还要再过去一点。”

“太远了，我记得当初建厂时候，上海来的师傅住的也是城里的新村，单位自己把房建得那么远，旁边什么都没有，谁要住啊，我在城里住习惯了。”

“你家那边也不能算是城里，城里城里，就是城墙里面才叫城里。”他笑我，“不过我觉得，手上多拿一套房子也挺好的。”

“现在哪里有城墙，清朝灭亡了就拆掉了。”我讲，“拿了又不住，空在那里，单位的房好像还要交不少房租的。”

“讲不好以后房子也改制了呢，变成我们自己的了，再一拆迁，政府给我们换新房子住。”

“想什么，等到房子变成我们的那天，我看工厂都倒闭了。”

我还想再讲点什么，但又讲不出个道理，我们停了一会儿，不知道谁先叹了口气。

“反正有这个消息，我就告诉你了，你可以考虑一下，不知道你爸有没听人讲过。你现在还在厂里上班，平时多留意一下也挺好的，夫妻两个人是厂里的双职工的话，申请房子应该会容易很多。”他讲，“你们家那一片，当年化工厂设厂的时候，定向招了很多工人，搞不好你和你老婆就住对门，平时还一起上班呢。”

“算了吧，厂里就这么些女人，我早都看腻了，而且……我不要娶本地的。”

“夜市里五湖四海漂亮的女人也很多，你有没有中意的？”

“好啊，看你每天正正经经的，原来也盯着女人看，才想你怎么问起结婚的事情来。”

我笑着把这个话题翻了过去，两人协力把卷帘门拉了下来，然后打着同一把伞走出夜市，街对面的人行道上，两辆摩托车停在一起，罩在上面的雨衣掀开了一半，报警器一直在响。我和依海家在两个方向，骑上南街就要分头走，他往北驶去，而我要往南。

街上的车和人都寥寥，但依海的身影在风雨里一下就模糊了。风吹着雨一阵一阵地筛下来，打在地面上发出响亮的声音，我绕着夜市骑了一圈，在商场外停了车。

落雨天，原本摆在街面上的摊位都往里收缩，而原本就淋不到雨的位置，生意也冷清，风把我吹得东倒西歪的，我扶着墙壁，钻进通道里去找她。她正独坐着出神，摊位上没剩几件衣服，仿佛也被风卷过。

“生意好吗?”我加大音量，“早点回家吧，你家在哪?平时怎么回的?”

她抬起头看我，嘴张了又合，话语被风声吞没。

“台风！刮台风了!”我又走近几步，把雨衣的帽子掀开，捋了一把头发，把雨水甩下来。

“时间还早，我再等一会儿。”她起身看了看外面，过了好一会儿才回过头来，“刮台风，太不方便了。”

“我们店都打烊了，准备走了，外面夜市也没什么人了，你以前怎么回的?下雨天不方便，我带你一起走吧。”

“没事，回去也没事做。”

“外面刮台风啊，风会越来越大的，台风还没正式登陆，雨要一直下到明天早上的，还是早点走吧。”其实我也是随口讲的，我忘了天气预报里台风具体是几点登陆的了。

“多少钱?”

“不要钱，要什么钱。”

她将好几件衣服收进大挎包里，背到肩上，然后仔细地叠起地毯，用砖块压住四角。犹犹豫豫地检查两遍之后，她把芦荟盆栽装进了一个漂亮的纸袋里，外面又加了一层塑料袋，提在手中。

“这个也要带走吗?”我问。

“嗯……一直放外面不安心。”她从架子上取下一把花伞，伸手的时候停了一下，“你的钥匙你要拿走吗?”

“啊?钥匙?不用吧。”我抬头看了看挂在架上的钥匙。

我的摩托车停在通道口，还没锁上；她解开雨伞的粘扣，准备撑开。“风太大了，还是披雨衣吧，我的伞都刮坏了，你这么好看的伞……”“好。”她还是把伞拿在手中。

“可我只有一件雨衣，安全帽倒是有两顶。”

那天她就钻进我的雨衣里，坐在我身后，是背对排气管侧坐着的，我打起万分的精神，专注地驾驶着。风从四面八方吹来，雨打在身上敲得人都有点疼，但最多淋到她的塑料高跟鞋。风雨声中我披着雨衣，戴着安全帽，很多时候都感觉不到后座是否还有人，但局促的雨衣拉扯着，又时刻提醒着我。那天回家的路程好长，我不知道是不是因为这场台风的缘故。

那一夜风雨不知作了多久，第二天我醒来时，天阴着，但已无风无雨。我在清早八点多便去了复印店，没想到店门竟然关着，我很少早上去店里，本想自己来开门营业，又怕显得太殷勤，就赶紧走开，先去她的摊位看了一眼，她的摊位还是整齐地收着的，好像随时都会有人打开它，我就又回来了。再回来的时候，复印店已经开张了。

“这么早。”他讲，“少见啊，还是台风天。”

“你迟了。”我讲，“就是台风天所以睡不好，就早起了。”“你什么时候来的，来一会儿了吗。”

“没有，我也才刚到，才刚到。”

“其实吧，我早就到了，我刚才刚到这边，车都没停稳，就有个人过来问我载不载客。”

“什么意思，把你当摩的了吗？”

“好像是，我本来想讲我不是摩的，但是又觉得这是一个赚钱的机会。”

“你又发现赚钱的机会了，在你这里到处都是赚钱的机会。”

“也不是，我是想今天台风，应该没什么生意，你也不会来这么早，谁知道你来这么早。”他讲，“反正汽车站不算很远，今天路上没什么车，我开起来更快。”

“大早上就有人要去汽车站啊。”

“好像是因为昨晚台风太大，所以汽车都顺延到今天早上了。”他打趣地讲，“而我的摩的就提前开张了。”

“陌生人你也敢载啊。”我讲，“我接受不了，很奇怪。”

“做生意本来就是赚陌生人的钱嘛，我们开店也是赚陌生人的钱，其实没什么区别。”

“那你最后赚了多少钱？”

“要收多少钱，我也不知道，人家讲多少钱就多少钱啦，我没经验，就让人家报价。”他讲，“要是有专门的人根据路程和时间计算价格就好了，双方都方便，像出租车那样。”

“出租车要注册的，然后装那个计价器，要是每个人都像你这样跑，城市不是乱套了。”

“所以要加强管理啊，灵活一点，有人有空闲的时间、空闲的车，有人想搭车，有人想预约车，光靠路上的出租车很难补上这个空当。”

“那么要怎么才能搭你的车呢？”我故意这样问他。

“打电话咯，或者给我传呼机留言，现在只能这么办。”他讲，“所以我给了那个人一张名片，还很客气地讲‘下次有需要再联系我’，那个人好像也在南街这边做生意，多个朋友多条路。”

“没被警察抓都算好的，现在摩的好像都是不合法的。”我讲，“不过以后会规范的吧，摩的走街串巷更方便，而且摩托车也不贵，至少比小轿车便宜多了。”

“现在汽车少，摩托车多，但是我觉得以后摩托车会少的，路越来越宽了，不是给摩托车修的。”他停了停，想了想，“不过你讲得也是，摩的应该很难推广开，摩托车上两个人贴得太近了，载陌生人真的很奇怪。”

“你啊。”我耸耸肩，“我出去抽根烟。”

“对了，那个名片是我们店的，上面也有你的传呼机号码，我跟你先讲一声啊。”他在我身后讲道。

一整天，我就时不时跑去她的摊位看看，痴痴地等着，等到晚上，风雨又起来了，但终究没有前一晚大了，她没有来，我等到第二天，第三天，我连班也不去上了，她还是没有来——原来我和她的联系如此薄弱，我如此被动，我没有办法和她取得联系。

那个台风夜过后，我每一天都想凭着台风夜的记忆，去敲她家的门，那几天我想了太多遍，辗转反侧地想，但我找不出一个荒唐的理由来表现我的关心，我也更不知道哪一间房是属于她的，到家后，她一下车，就消失了，一切仿佛都没有发生过，但一切又深刻地印在我的生活里。我畏畏缩缩地不敢去问询，我不知道怎么向别人讲出口，怎么向别人提起她。

我还想了很多莫名其妙的可能，想我是不是有什么越界的地方，但那个雨夜，我们在车上都很小心，甚至连身体的触碰都没有；又或者在她下车之后，我推车的姿势让她误以为我伸手摸了后座，虽然风雨很大，我看不见她，但她在角落里清楚看见了我，她觉得我是一个心有歹意的人，多么令人难过的误会！

捱到第四天晚上，我终于见到她了，她和四天前没有两样，只是穿了我没见过的衣服。我背过身来整理好仪表，装作没事一样走上前去。

"我帮你做一个名片怎么样。"我讲，"不麻烦的，我们店就是做这个的，顺手帮你做一个，不用钱，你告诉我要印什么信息就好，加上相片也可以。"

"多谢，但是不需要吧，暂时用不上。"

"你生意慢慢做大了，就会需要的。"

"我没有传呼机，做名片也没用。"

"那我要怎么联系你。"我一时失言，把自己讲了出来。

"为什么要联系我？"

"比如想买你衣服的时候。"

她好像没有想到我会这样回答，一时语塞。

"买什么衣服要这么紧急，你想买的话来摊位找我就是了。"

"前几天找你，你就不在啊。"

"我不在摊位的话，就是去广东了。"

"广东？"

"去广东进货，补货。"她忽然转身，从地上的挎包里取出一个椭圆状的小盒递给我。盒子白色绒面，精致小巧，拿在手里又很有分量，打开之后，里面是一副蓝色的蛤蟆镜式样的墨镜。

"怎么样，试试看。"她讲，"我在广东看到的，我没进过男士的款，不知道合不合适。"

"很好看啊，让我照个镜子。"我取出墨镜往脸上一戴。

她转过身子，把身后的穿衣镜留给了我，我站得直挺挺的，扶着镜架调整角度，虽然通道里的白炽灯很光亮，但毕竟是室内，戴着墨镜，镜子里只能看个轮廓。

“怎么样，合适吗?”我问她。

“你觉得合适就是合适。”她讲。

“多少钱?”我把墨镜小心地折好，像原来那样用眼镜布包了一半，放回盒中，但没控制好，盒子“啪”地猛然合上了，惊了我一下。

“不要钱。”她坐回到凳子上，把摊上本来就很整齐的衣服又捋了捋，“多谢你上次台风天载我。”

“嗨，这有什么，以后什么天都可以载你。”我着急地讲。

她把双手放在膝上，推着自己坐直，舒展了一下身体，拢了拢头发，然后抬起头看了我一眼，没讲话。

“以后要是有空的话，方便的话。”我补充道，不知道是在指她还是自己。那以后我就渐渐熟悉了她的节奏。她大概一个月去广东采购一次，这种时候她会把钥匙留下，把芦荟带走，芦荟留在夜市的每一天，她总是很勤勉地练摊。我去店铺也更加勤勉了，夜市收摊，店铺关门，就可以名正言顺地送她回家，不需要约定。送她回家一度成为鼓舞我去店铺的理由，哪怕依海讲他这天没时间，店铺没开门，我都会因为想送她回家而跑一趟夜市；除非工厂上中班实在走不脱，哪怕是十点开始的晚班，我都会因为想送她回家而跑一趟夜市，并调动我所有的智慧，努力把每一次都做成理所应当、顺其自然的样子。

我为我的摩托车骄傲，我没问过她怎么对我的摩托车有印象，这架昂贵的日本摩托车是靠乡里的标会和互助会筹来的，超出我自己的经济能力范围，我有点心虚，怕她觉得我炫耀。车刚买来的时候，我希望每个夜晚都是晴朗的，月光下，暗红色的烤漆反射着流光，我想让所有人都看到；可是那以后，我觉得阴雨天也很好，虽然天空灰暗着，洗车也更费力，但阴雨天里送她的理由如此坚强，阴雨天里的我们比任何时候都贴得近，阴雨天里全世界仿佛就剩下我们两个人。

时针过了八点钟，夜晚进入最盛大的一幕，这座城市的人潮从各个方位各个角落涌向我们身边，要是准备今夜送她回家，我也会跟随着这一波潮流，无数个夜晚就这样重复着。来到夜市之后，我会先去通道里看一眼，看看依海在不在，依海通常喜欢坐在店中央，离门口很近，我远远地确认一下，心里有底了，就可以撤步离开，往她的摊位走去。

她的摊位不大，又是一个人经营，所以顾客好像也是一批一批地过来，很少堆积，假如她在忙生意，我就会先识相地走开，待会儿再来。最好的时候，就是随着我走近，前一位客人离开，我接替进去，结成下一时刻一对一的关系。

我就时不时注着她的摊位，等待递补的机会，她本来就不主动招呼客人，何况我没道理买女装，趁她在兴头上，找准时机过去，往往能聊得比较多。我记忆里最好的那个晚上，就恰逢其时，见我走近，她主动与我打招呼。

“今天开张啦，这么开心。”我讲。

“是啊，就是刚才这个姑娘啊。”她看了眼远去的背影，调低音量，但语气里还是欢欣，“在我这里试了半个多小时，很挑剔，我原先担心她不会买的，结果买走好几件，她眼光也真的好，刚进的羊毛大衣，昨天才给袖口补了个花，今天就被买走了。”

我望了一眼通道前面的女人，她扎了个干净的马尾，裙袂飞扬，正提着袋子轻快地往通道外面的热闹世界里去。

“是你的眼光好啊，这样客人才能买到好的。”“真是难得的生意。”她愉快地讲。

“不会啊，我看你生意一直不错的。”

“哪里会，根本赚不到什么钱，看的多，买的少。我衣服卖得确实比较贵，夜市里还是捡便宜的人多。”她有些骄傲地讲，“其实也不一定贵啦，你看我这边衣服都没有标价码的，我是看客人定价的，要是我觉得客人还不错，可能开价会低一点，但是我不讲价的，她们拿平话跟我讲价，我就装作没听懂。”

“你应该不是本地人吧。”我讲，这是我一直想问的问题，但讲出口了又有点不好意思，觉得冒犯。在这个夜市里摆摊的大都是闲散的本地人，虽然我和她讲起普通话一样磕磕绊绊，但仍有细微的口音区别。

“不是本地人，旁边市的，但是我十几岁的时候就来省城了，平话的话，讲得不太好，但是我都能听懂。”她眉眼一低，但马上又转回过来。

“啊，我没有别的意思。”我赶紧道歉，“我只是好奇，听口音有点不像，然后气质也不像，本地女生啊，懒，讲话声音大，打麻将，总之我不喜欢，不是都讲本地女生什么‘好男不娶’嘛，全省流传的，你肯定有听过。”

“哈哈，那你肯定知道下半句吧，我们那边的男人，是‘好女不嫁’的，所以我跑来省城了。”

“哈哈，其实也都是开玩笑的，我对你们那里印象很好的。”我赶紧把话头接过来，圆了一下，免得在她面前显得自己太刻薄，其实她的城市我并没有去过。

“我老家有一个舅舅，在省城读大学，毕业了搞土木建设，盖房子的，他娶了一个省城本地的女生，两个人日子过得也不错。我才来省城的时候，就住在他们家，我觉得本地女生挺好的，有主见，有想法，你不要太挑剔，刚才买衣服的那个姑娘也是本地的，我就觉得很好。”

“哈哈，哪里轮得到我挑剔。”我讲，“不过我是挺挑剔的。”我挠挠头盯着她看了好一会儿，又心虚地移开了。

“刚来省城的时候，我舅把我介绍进建材厂，那个厂是给他们供货的，做三合板什么的，我没有本地户口，只能算是临时工，不过那种厂不怎么需要女工。后来我也有去旁边的日化厂之类的，做杯子、凳子，哪个厂招人我就去哪个，虽然在郊区有点远，不过我舅舅的宿舍就在旁边。”

“女孩子做这些，不好，化学的东西，伤身体。”我不好意思讲自己就在一家化工厂上班。

“有一次我下班以后，有个城里的同事叫我一起来这边逛街，我也听人讲这里很热闹，就过来想买点衣服，可是怎么挑都没有满意的，我一想，干脆我自己摆摊做生意好了。后来我去厂里打工也少了，我妈以为在工厂就会稳定，还催我找一个省城的结婚，弄一个户口，我妈讲，我舅舅就也这么讲，所以今年我搬了出来，租到离这边夜市近一点的地方，也方便。”

“原来是这样。”我听得呆了，只能一直点头。

“外面夜市的大路货都不行，他们只能算是搞运输的，把广东的衣服拉过来卖而已，根本不挑，虽然真的挺挣钱的，因为他们可以低价拿到大批的货——我和他们不一样，我以前学过裁缝，我能自己动手改，有顾客觉得不合身，我就帮她改到合身，有的设计我觉得不合适，我就把衣服改到合适，我改过的衣服，我都绣一个标记，看到这个标记，就知道是从我这里买走的，天下独一份，即使你去广东也买不到的。”

“去广东其实比你想得要麻烦很多，两个相邻的省份，省会之间竟然没有直达的火车，所以要去广东的话，都是去汽车站坐长途汽车的，睡一觉，第二天才能到，不过汽车很不稳定，遇到大雨、台风之类的就开不了了。”

那天她兴致很高，我们不知聊了多久，中间偶尔有客人前来，但都没有久留，她也再没有卖出一件。夜深了，我看时间差不多了，便主动提起回家的事，以免她不好意思讲出口。

“你的店呢，关了吗？”

“关了吧。”我挠了挠头，“关了。”

我本来想讲店里有依海这个朋友在操持，但直到最后都没有把依海讲出来，我甚至没带她来过我们的店。

“会不会太麻烦你，总是坐你车，让熟人看到多不好。”

“嗨，没事的，本来也挺顺路的。”

我们走过通道的拐角，前脚还没落地，我就赶紧收了回来。

“怎么了？”她转过头问。

“啊，没事。”我挠挠头，俯下身子想紧鞋带，发现自己穿的是皮鞋，就擦了擦皮面，像是做慢动作，过了好一会儿才站起来。

“走吧。”我讲。

再经过拐角时，依海已经拉上了卷帘门，他挎着一个背包，背对着我往另一个方向走去，我快步通过了这个路口，去夜市的另一头取车。上车、下车、再上车，送完她回家，我火急火燎地折返向东，奔赴工厂上夜班，但每一个送过她的夜晚，我都不会觉得困，觉得长。

我们就这样在夜色里反复穿越这座我生长二十五年的城市，它这样小，算上所有步骤，骑摩托车回家最多也不过九分钟，九分钟里，我们一起见证它的高低起伏，快慢缓急。狂飙突进的这几年，无数崭新的建筑和崭新的关系在生长，全部都迷人可爱，怎么也看不尽看不厌，总有惊喜的发现；在这无数的新鲜体验里，又拥抱着从来不曾改变的令人温暖、值得信赖的熟悉感觉。青草铺、粮油站、佛具店，保护着我们把日子一直过下去，我们父母的那一辈子，我们的这一辈子，以及我们后代的那一辈子，一切好像都在我们的掌控之中，而一切又因我的生活，无往不在生长之中。

榕树的气根垂入泥土里，等待继续的勃发；新月升到半空中，开始圆满起来。沿着河岸步步前行，我们走过的任何一个季节，在这座南方城市里都不分明，日复一日的景致不断重复，但又不断更新，我炽热的心在烧着。

“——这家鏅边糊你一定要尝一下，现在没开，明天白天你可以来尝一下，鏅边糊，本地的特色小吃，他煮的时候你可以到他旁边去看看他的做法，他推车卖的，但是都在这附近，很容易找到。

——这间是我叔公的牛角梳行，他做了一辈子牛角梳了，这条街上卖角梳的挺多的，以前我们这里都是水田，每家都会自己做角梳，但是他的手艺最好，很多人会跑很远特意过来买，这东西其实挺好的，有益健康，但是太老气了，你不一定喜欢。

——这条河在我小时候水还很清的，现在不行了，污染了，它以前可以游泳的，我就在里面游过，我们从这个桥上跳水一样跳下去，那个时候桥没这么高的，是石头做的。

——这个是我的小学，好看吧，这个校门是古迹，好像以前是个庙的山门，碑上有讲的，以前我上学的时候，值日生要在校门口执勤，检查同学有没有戴红领巾，大家都讲我像这个门上的门神，左边这个……”

旅程的最后，我们回到老街的祠堂前。在急景流年里，这座祠堂建筑经受住了两百年间的战争、改革和瘟疫，足够让我们相信它在今后两百年的秩序里会依然留存。我们的祖先从北方迁移到南方，从乡县迁移到府城，他们带着神祇迁移，再后来他们自己也被迁移入这间小庙的高堂，小庙成了祠堂，香火世世代代延绵下去。这扇木门之后的神明没有很大的法力，仅仅能保佑本地的乡民健康安乐而已，过节了，我们要来这里烧香、拜拜；结婚了，我们要来这里烧香、拜拜。

“你有见过迎神没？”我余光看向后视镜。

“没想到省城也有。”她侧坐在我身后，夜风吹乱头发，遮了脸。

“一年到尾，做节的时候都有，农历九月菩萨生日，差不多晚上十点钟，最闹热，我也会去抬神像，到时候带你去看啊，一起烧香、拜拜。”

越过河上的小桥，灯火星光同灿烂，我稍一分心，摩托车在石板路上一震。“会使。”她模仿本地平话讲道。

那又是一个蓝蓝的夜。

九点

许多时间就这样无意识地过去，讲起来认识她也就是从夏天到秋天而已，感觉却像走过了很长的一段路，而夏天之前的更长的时光，只留下了只言片语，极短的时间里，她占据了我的全部，我的心全在别人那里，甚至不属于我自己。我越来越少去复印店，就在这一阵，依海好像也越来越少在店里，我去打探时，店常常是暗着的，而我从来没有想去主动打开门，还觉得依海不在正方便。大概人生有些事开始时只是些微的闪失，结果却会造成很大偏差，我想不到我和依海的路在哪里开始分岔了，也许是最近，也许早在我们刚认识的时候。

现在想想，依海早就讲过他要离开，我一直记着，还等着他进一步讲清楚，比如他打算去哪里，做什么，只是没想到今天他走得这么急，临走才告诉我。几周前一个本该去工厂值班的夜里，我又睡过了一个白天，在晚上九点多钟才往夜市去。那天穿过商场的时候，我看见复印店的门少见地开着，就绕过去看了看，依海那一阵已经不常在店里了，我也好久没见他了。

“你也停薪留职了吗?”他正在低头整理着什么，“怎么这个时候来，都快十点了。”

“你去哪里发财了，最近都不在店里。”我忽然有些惭愧，怕依海责怪我，就主动发问了。

“没有吧，你怎么知道我没来店里?”

“工厂没什么事，冷冷清清的，还是这边热闹。”我自言自语，心里有点虚。他把手里的一叠红纸放入纸箱中，看上去像我带回来的那包，但只是薄薄的油面彩纸。

“这是什么?”我从面上揭起一张。

“前两天来了个老板，要在附近开店，问我们能不能印宣传用的广告单，我们打印机打不了彩色的，我就用电脑打版，送到刻字厂做了几套字板，叠在一起印刷，以前做名片没用过这么大的字板，还要找彩色的油墨……”

“彩色的油墨?”我拿手揩了揩油墨，它还没全干，广告的抬头是“银辉微利超市”，一个红色的圆环将“YH”两个英文字母圈入其中，加粗的行书字体在下面写着几个大字：“看得见的实惠”。

“超市是什么?”我问。

“就是超级市场，上面有写。”

广告的介绍里讲，超市指的就是超级市场，他们升级了一个小的农贸市场，改善了环境和设施，除了农副产品，还卖些日用杂货之类的。广告下方写着肉、蛋、蔬菜的价格，我没买过菜，对价格没什么概念。

“市场不是就挺方便的嘛，买得多了都熟了，还好讲价。”我讲，“我觉得最好的菜就是我们拿化肥和农民换的，都是亲眼看着他们从地里收的。”

“老板和我讲他们也联系了农民，每天供应。”

“市场里直接和农民买也很好，再经过他们的手，我觉得会被赚差价。”

“总要赚点钱的嘛，我们打印店其实也是赚中间环节的钱。”他讲，“他们的店刚开业，还在推广阶段，所以准备印一批宣传页发到街道和社区里，帮他们推广或者帮他们拉新客人还有优惠，不知道到时候生意怎么样。”

“这种店想开大，应该开到商业中心里，大家都涌进来买，要是一个拉一个得多麻烦。”我讲，“你觉得有前景吗？”

依海没有答话，拿起一张彩页，比对了一下，仔细地把多出来的侧边裁掉。

“你有没有买过‘净菜’？”他讲。

“‘净菜’？是什么？”

“我看最近有人在做这种生意，他们把新鲜的菜洗干净，按分量称好、包装好，通过打电话来订购。”

“这种我没试过，但是我知道有的酒楼或者饭店会卖他们配好料、调好味道的菜，也是打电话过去，他们送上门，我们再煮一下或者热一下就可以吃了。上次晚班我们车间有个小弟在厂里过生日，我们有叫过。”

“这应该也算是‘净菜’的一种。”

“怎么了？”

他的嘴动了动，欲言又止，沉默了一会儿。

“我要是不干了，这个打印店你想继续做吗？”他忽然轻声地讲，严肃又认真，但好像又怀有歉意，在试探。

我吃了一惊，没反应过来。

“算了，其实也没什么好做的，是不是？”他的面色舒展开来，语气又抑扬顿挫起来，“我跟你讲，我最近想法很多，但是也没有想清楚……你看，打印店现在街上也有很多了，我们还在做老一套什么雕版印刷，挤这个市场也没什么意思……当然这个还是有市场的，但是应该还有什么没人做过的事，就像我们刚开这间店的时候一样……从头来过，出去闯一闯，怎么样？”

外面的音响声、喇叭声、叫卖声、对骂声，统统卷在一起，我好像也听见电脑启动时的蜂鸣、摩托车拧动时的引擎响、工厂鼓风机的杂音、乡里田间的蛙叫，它们超出时间和距离，全部回到我的头脑里，就在这些声音的间隙中，依海的话语挤了进来，和我胸膛里的心跳共振着，和我头脑中的思维搅动着，我感到一阵晕眩。

“我也不是随便想随便做的，你知道的，我考虑很久了，只是现在新鲜的事情太多了，我还想不清楚……”他讲得激动起来，手中的彩纸反着光晃着眼。

“做名片、广告不好吗？”

“做名片、广告当然很好，但你有没有想过，假如有一天有人想看更多信息，一张名片、一张宣传页，不够使的；又假如有一天，一个南下声在外地，甚至是在外国，想了解你的信息，想看你的样子，想搭你的车，想买你的东西，总之就是想和你建立联系，做难做的生意，但他不知道你的东西怎么样，他在开摩托车到不了的地方，他看不到你的名片和宣传页，甚至打不通你的传呼机，那该怎么做?”

他把腰间的传呼机解下来放在桌上，一只手拉过电话，一只手扶着电脑，把三样东西聚在一起。

“那该怎么做?”我问。

他讲他还没想好，但他想去外面的世界看看。

“走吗？一起去外面的世界看看?”他又重复了一遍，声音饱满而热情，久久回荡。

“……我想一下，太突然了。”我退了两步，几乎想往店门外逃走。“你准备去哪里?”

不知道是谁在讲话。

风吹到店里，气温一点点往低处去。以往当店里的机器打开时，它们都是会发热的，电脑的显示器是热的，机箱是热的，运作中的复印机是热的，从复印机里吐出来的纸是热的，但今天它们全都静止着，因此我觉得冷吗。灯泡亮得久了，光也会是热的，但我只能接收到冷的讯号，白灿灿的光打在店里掉了色的墙上，呈现出一种灰暗的色彩，把整个世界包围，把气温降下来，就像这座城市到深冬的时候，郊外山上偶尔会落的雪。

我们故乡的这座南方城市，还不够南，它不是那种一年四季好花常开、日光常在的南方，但它也不是那种天冷了会飞雪，时光轮转有痕迹的北方。我只见过一次雪，是去年年初的时候，那天一整天都是阴的，见不到太阳，但东山却没有“戴帽”，是我过去没见过的景象。整片天空是苍茫茫的灰色，分辨不出哪些是云，傍晚还下起了小雨。那天我在工厂值晚班，依海也还在电工班，和我一起“三班倒”，晚饭过后，他跑进车间找我，讲说工厂的后山下雪了。

于是我们便骑着摩托车往山上开。雨越来越密，越来越轻，山路斜斜地插入夜色之中，没有铺水泥，摩托车勉强通行，但又湿又滑的，很危险。

“算了，回去吧。”我讲。

“已经一半啦。”依海大叫。

后来就彻底没有路了，我们把车停在路边，手脚并用往上攀爬，中间滑倒了几次，衣服裤子沾满湿漉漉的泥水。依海走在前头，大步迈出，身子向下一沉。

“怎么了?”我慌着问他。

“踩进水坑了，我没注意。”他兴奋地讲，“表面结冰了，我没注意！有雪的，有雪的。”

拉着藤蔓，我们越过最后一块巨石，爬到了山顶，山顶的乱石围成一个小平台。山外好像还有更高的山，但它黑魆魆的，和夜色融在一起，我们只能看到近处白茫茫的绒铺了一地，在暗里反着光；走过去，脚底有种绵绵的、柔柔的感觉，是我从未有过的感觉。

下雪了！雪渐渐大了起来，像是雨丝，又是白色的雨丝，是化不开的雨丝，在地上、在我们身上堆积起来，它开始白得明显，白得清晰。我们抖落身上的雪，我们把雪捧起来，我们把雪捏成细小的球，开始相互投掷；我们去拢地上的雪，聚成金字塔的样子，我们努力堆起一个小雪人。

“那是什么？”依海指着不远处问我。

我伸出手遮雪，远远看去，密林之后，两个巨大的圆形轮廓罩在树影的边缘，不仔细看不会注意到。我们小心地往那边走过去，那球体出现在面前，一点光线也没有，就好像从外太空坠落于此的飞船，甚至好像就是两个光临我们城市的外星球，它们占据着城市的最高点，好奇守望着这一切，在雪夜里静默不语。

“难道是山下能看到的那个军事区？”我讲，没想到全城都能看见的峰顶上的庞然巨物，接近一看竟然这么小。我们大着胆子，小心地靠近过去，一扇大门拦住了我们，在白雪的映照下，门口的招牌上赫然写着“气象站”三个字。

“原来是气象站啊。”我失望地讲。

“原来是气象站啊！”依海讲，“但是你也得——爬——上——来——才能知道啊！”他拖长声音，在山顶上放声大叫。

我们望向西边，树枝掩映下的我们的家乡此刻变成陌生的样子，不是因为雪，是因为她离我们那么远：市中心的建筑像春笋冒了尖，不知日后会长成什么样；沿江建设的大道还未完工，但路灯已经提前点亮了。

我们望向东边，树林更密，山石更高，但什么也遮不住视线，东边的世界里一点光都没有，但天分明是蓝的，天底下静默的更深的蓝色，虽然什么也看不清，但我们都知道，那就是海！

丰饶慷慨的东海！壮美无际的太平洋！

“怎么样，还后悔吗？”他高兴地问我。

“好冷！”我高兴地大声地讲，抹了一把脸上的雪水，“再也不来了。”

在山巅俯瞰，我们应当有许多想象，可我什么都想不起来了。我听人讲说有一种叫“雪盲”的疾病，是人在雪的世界里被日光反射伤了眼睛，我唯一一次见雪是在深夜里见证的微薄的雪，但它一样可以让我丢失关于视觉的记忆，转而用身体记住某种在灰白色里会产生的战栗感，这都是阴冷天气带来的。

去年开春之后，依海就离开了工厂，而今年的冬天又要到了。

假如依海要走，要出去闯荡，那是应该好好送别的，他离开工厂那天就是我送的他，这次也应该是我，他真是一个待不住的人。我应该去送送他的，可是他却不要我送，我不知道他什么时候离开，不知道他是怎样离开，我不知道我该在什么时候，去哪里送他，我不知道他要去哪里。我再一次点亮腰间的传呼机，再一次期待上面有什么信息，但上面还是空空如也，就像这间被他抛下的店铺一样，是不是我的回复太冷漠了？我站到玻璃橱窗前，各式各样的相片中，他甚至带走了我们唯一的双人合照。

玻璃上剩下一张我的单人照。相片里我站在黄浦江边，意气风发，仿佛因青春而拥有一切，而在岁月的滤镜之下，相片的背景糊成一片，失去了文字注释的上海之旅变得难以分辨。我小心地把相片从玻璃上撕下，翻转过来看背面，一瞬间也期待着背后会有什么文字提示，但背面只有相纸品牌的标记。

我把相片举到灯泡前，第一次想知道依海是怎么把照相馆水印抹掉的。相片过了厚厚的一层塑封，但在水印的位置，仍然展现出一些细微而陌生的厚度，我摩挲着，用剪刀小心地拆开了。塑封之下，覆盖着窄窄的一条透明胶带，揭起之后，胶带粘起了一列精致的同江水一般蓝色的字迹，写的是“上海外滩国营照相馆”，而相片上“上海外滩国营照相馆”的红色烫印终于露了出来，一九八六年的时间刻度重见天日，那年秋天我们刚刚走进工厂，一切都是未知，一切都正要开始，我与依海还未相识。

按下电源开关，启动过塑机，这张记录着过去的相片被新的技术发展吞没，而后又被退还给我，高温的碾压下，相片变得从未有过的新，比它从暗房里诞生之初，见到第一缕光明时还要新。我把它的余温收进了兜里，这时才想起自己的身上还穿着工厂的工装，穿着这件六七年间曾两次换新、款式却没有变化过的冬季工装。

这个夜晚太长了，过去的许多事情像幻灯片一样飞速放映，而时间只是过了九点。像往常一样，差不多到了该回去的时候了，待在这里也不是办法。旁边的摊位和店面陆续开始收拾了，风时不时把人从我的店门前推过，风中嘈杂的都是呼唤回家的声音，我赶紧走出店门。

差不多也到了该接她回去的时候了，我原本就打算下班之后先来夜市接她，再去看迎神。在摩托车上，或者待会儿一见面，我就要告诉她今天是迎神的日子，然后我们一起赶赴这一年一度的盛会，我要是开得再快点，可能还能带她听一段本地的戏。接着我要去卖力气地抬神像，不需要别人来换班，我自己就能走完全程，有点逞能，但也不是做不到，她也许会感慨我的男子气；再接着我们会去祠堂前烧香、拜拜，祈愿的时候，我的身体在发热，汗在蒸发，她闭上眼也许没办法不想着我。

那我将要把依海放到哪里呢，我无法想象他是在怎样孤独的夜里，往我未知的地方去，可是天色越来越晚，我能做的又是什么呢，在烧香、拜拜的时候祈求神明保佑他一路平安，一帆风顺吗?

通道里凌厉的风包围了我，抵着我往前走，音像店里放着鼓噪的音乐，几家店铺的音响声混在一起，又渐渐放轻，我一句歌词也听不清，大概又是我没听过的新歌；三三两两的青年与我擦肩而过，在放肆地叫啊笑啊，他们或许都挑选了自己衣柜里最亮丽的衣服，张扬地来到全城最美好的地方，逛完夜市或许还要再去个舞厅，看场电影。我身上原本就黯淡的工装在这里彻底失去了颜色，但我不想脱，我想给她看看，我本来也就是个工人；我想跟她讲讲依海的故事。

不知是不是因为最近不怎么来店铺，附近多了许多我没见过的摊位，摊主都是陌生的面孔，都是年轻的女人，经过时，她们本来正在收摊的，也会停下来抬起头盼望地看着我；有时我多看了一眼，她们会倏地站起来，我就赶紧加快脚步越过她们。商场里的白炽灯旧了，坏了，有的不再放光，有的闪烁不停，到处都有弃置的鞋盒和包装盒，我总是要踢到它们；有些摊位撤走了，模特假人被遗留在杂物中间，躲在阴影里想吓我。我去摸口袋里的烟，才想起烟在我自己的外套里，应该是留在工厂监控室了，即使带在身上，烟盒应该已经空了，今天焦躁得忘了买；我的肚子也是空的，今天焦急得没来得及吃。

转过最后一个转角，我回到我已经无比熟悉的通道，我来过这里多少次，又有多少次我借故在转角一瞥，甚至绕道别的楼梯，从二楼下到离她摊位较近的楼梯口，一瞥，又缩回头。今天，通道依旧光明，通道的尽头依旧有霓虹流光，就像过去的任何一天一样，而通道里却空无一人。我走近她的摊位，那面穿衣镜正对着我，反射着我。镜面倾斜的角度拉长了我的身体，显得我弱不禁风的样子，疲惫、惶惑，好像还有点狼狈。

旁边的摊位上，已经完全捕捉不到主人的动向。凳子是空的，衣架是空的，架子是空的，地毯用砖块压住，从下往上折了一半，包住了一些可能是不太名贵的衣服。

这种场景并不算陌生——每次情绪高昂地来到她的摊位，等着我的不过也就两种情况，她在，或者不在。我已经会熟练地表现出一种顺路的感觉：每天夜市行将关门的时候，无论我是从复印店走过去，还是刚从摩托车上跳下来，我都会平复心情，若无其事地过去，假如她在，我就主动上前搭话，自荐送她回家；假如不在，我就再回到原点，自己骑车回家。我从不去问她的动向，也不刻意关心她在或不在的原因，我小心控制着接触她的频率，怕她腻烦，抓住每一个结束一天的节点，在同一辆车上共度这九分钟，一起回家，不是已经很够了么？我们才认识两个季节，我得慢慢来。

一米见方的更衣处，碎花帘子遮了一半，我冒失地拉开，里面也是空的，只是地上摆着她的那盆芦荟，没有带走。踮起脚，网格架顶端明晃晃的，在光照下格外清楚，但我怎么也找不到自己留在那里的钥匙，我想不起我上一次关注架子是什么时候了，它也许早就不见了，谁知道呢，来这里的时候，我总是左顾右盼，或是低着头。我摸出口袋里的两把钥匙，挑出了新的那一把，用墙边的晾衣竿把它挂到了架子的上方，就像第一次放钥匙时一样，仿佛是前来归还，我想象了许多次借与还的场景，但没想到是我自己借给了自己，我自己还给了自己。

这个世界没有第二个人注目我，我变得笨拙了，我戳了好几次才成功，架子摇摇晃晃的，几乎要倒下来了。

双脚落回到地面上，我几乎有点缺氧，头晕目眩，大概真的有点饿了。低着头缓了好一会儿，睁眼时，我发现我的脚底踩了半张名片，它和灰尘混在一起，旧得连字迹都有点糊了，我捡起来擦了擦，上面显示出了三行信息，第一行是“广东女装外贸成衣”；第二行是“卢慧总经理”；第三行是一串电话号码，可能是“大哥大”，竟然不是传呼机号码。

风把名片吹得拍打起来，像鸟在振翅，我的头脑里嗡嗡作响，身体激动地发抖，我闭起眼睛深深地拧起眉头，然后猛地迈开步子，往复印店跑回去，通道里，沿路只有一扇门还亮着灯，这次是我们的店，复印店里就有电话，依海的电话装得真好。

再次检查这张名片：卡纸浸了水，皱了一角，朴素的灰白色已经有点黄了，除了底端涂抹的一条蓝色花边，并没有什么别的图案装饰。纸质很薄，一面写着信息，一面的手感毛茸茸的，不知道是磨损了，还是被人侧着撕开成两张，我以前做过这种无聊的事，我才刚刚揭开了一张相片的伪装。

按键电话，每一个键位按下去都干脆有力，最后一个数字输完，听筒里沉默了不知道多久，传来一句冰冷的：

“对不起，您拨打的电话是空号，请确认后再拨……”

而后又是一串我听不懂的英文。

我在复印店里环视了最后一圈，我把相机放回了玻璃柜，努力调整出它原有的角度；我把胶卷塞回了槽里，没有更换；我看到桌上放着的红色卡纸，又坐了下来，捡来的那张名片就在我的手边，我对着“卢慧”两个字看了很久，忽然想到我连她的名字都不知道。现在我连她的脸也想不起来，她的容颜在我的脑中是被修饰的，是遮掩的。

走出商场的时候，夜市已经到了散场的边缘，只能看见往外走的人，再也没有往里走的人了，今晚的夜市比过去任何一天都来得空，原本应该挤满摊位的地方，今天换成了一排脚踏车和摩托车，不知怎么都停到里面来了，气温降下，气氛也冷清了。夜色比以往都要暗，亮起的灯却很少，它们一盏盏地熄灭；摊贩们收拾着货物，有的位置已经空了出来，一地污水横流，有些小桌板支到了桌边，上面还放着未收拾的盒饭，而我什么都还没有吃。这个世界里所有的人都在行动，这个世界里只剩下不知道该往哪里去的我，还有一位呆坐在台阶上的老人。

“夜市里有一个卖盆栽的人。”

我忽然想起依海和她都曾给我讲过的夜市传说。传说夜市里有一个老人在卖盆栽，有人讲他曾是被打倒批斗的知识分子，有人讲他曾是东南亚排华时回国的华侨，总之他的神志好像不太清楚，总是风雨无阻地来摆摊，我每天都在夜市和商场里闲逛，但我没有留意过，我好像也没有遇见过。

老人坐在商场的台阶上，穿着一件灰不灰、蓝不蓝的夹克衫，有些像我的工装，看上去很单薄，但他在风中却一动不动。他看起来最多也就六十岁，但已是一头银发，背部向前屈着，头低低地垂下，腰间是一个褪了色的军绿色挎包，胸前背着一个木箱，我绕到他的面前，而他连眼睛也不眨。

他忽然站了起来，抬腿要走。

“等下，依伯。”我赶紧叫住他，“是卖盆栽的吗？”

他挺直身子，很激动地点了点头，把护着箱子的双手打开，我往箱子里看去，里面剩下不多了，除了仙人掌和仙人球，竟然有一盆芦荟，是精致小巧的那种，我小心地把它捧了出来。

“眼光真好，芦荟适合带回家养。”老人讲。“芦荟……”

“芦荟是我这边最好看的了，真不舍得卖的，你有心要的话，还是三块三。”“三块三？怎么多三毛，这么不刚好。”

“小弟，一直是这个价格的，没讲价。”

“没有，我没经验，你讲多少就是多少。”

我去口袋里掏钱，掏出一把花花绿绿的，两元、一元、两角、一角，纸币硬币都有，刚好凑够。他从挎包里取出一份折好的彩页报纸，平整开来，自下而上将芦荟包好，再用塑料绳把报纸的上部捆扎系紧，最后装入一个红色塑料袋里。

“好了。”他把塑料袋递给我。

“快回家吧。”我双手接了过来，“天要落雨了。”

“芦荟不用经常浇水的，一个月浇一次就好，今天浇了水，下个月今天再浇水。”他大声地在背后叫道，“要照顾好啊。”

“会使。”我转过身，点了点头讲。

我回到她的摊位，打开了手中的袋子，偷偷用刚买的这盆芦荟换成了她摊位上的那盆，然后学着老人的方式仔细地包装好。

要起身的时候，我发现我被名片包围了——这条灰暗的通道里，地上密密麻麻的，和灰尘、水迹混在一起的，是各种颜色各种图案的漂亮名片，名片上，无数支手从地球的两端伸过来，在画面中心紧紧相握。我一个接着一个看过去，看第一行，那是卖衣服的、卖鞋的、卖包的、卖磁带的、卖杂志的、卖用的、卖玩的、卖吃的、卖喝的、卖花鸟鱼虫的；看第二行，那是林、陈、黄、郑，各种先生、各种女士、各种经理、各种主任，各种听起来俗气的、听起来脱俗的，像真名的、像化名的；看第三行，那是电话号码、传呼机号码、传真号码、邮编号码，带区号的，不带区号的，带外国区号的；然后还有第四行、第五行、第六行……印着地址的、印着广告词的、用英文的、用繁体字的、有手写笔迹的、有图案花纹的，每张名片后面好像都有好多的人，要把我围在中间，要推着我走。

我掏出那张朴素的“广东女装外贸成衣”的名片，盯着“广东”两个字看了很久，然后用力迈开大步——几乎要跳起来，去外面取我的摩托车。如果是去广东的话，她讲过只能去汽车站坐车。

“这个世界变化太快了，我还没想清楚，我只是一直往前走，可是我又受不了想不清楚就要往前走，我不知到底是我自己想往前走，还是世界一直在推着我往前走……”

从刚认识开始，依海好像就反反复复地和我讲走与留之类的话，七八年之后，我终于能用自己的语气把这些零碎的意思组合起来，但我忽然感到生命中有什么无法掌控的东西也在此刻离开了我，它正如这个秋天一样，即将猛烈地过去。我的这个冬天应当是空落落的，我曾经依靠的，曾经指望用以生活的，都一一出走，我的金钱、我的时间、我的力气都被宣泄尽，而我其实又什么都没有做。

只是什么都不必做，就会失去很多，是我走得太慢了，还是历史进程太快了？这个城市的冬天终于要到了，我和稀疏的人潮一起退了场。街上的人都裹紧了衣裳，夜市街口的红灯如此漫长，而绿灯转瞬即逝，可能的话，我想赶去车站见依海一面，假如老朋友留不住，那最后一夜我想亲自送他走。我已经尽力在赶，可行人们迈着健步不断超越了我，从我的身边飞过，奔赴各自的远大前程和美好事业，我提着一袋芦荟，手冻得冰凉，肚子深深下陷，终于回到故事开始的地方。街边的芒果树下，原本满满当当的各式车辆已载着理想们远去，人行道的护栏倒在了马路中间，一辆黑色的雅马哈摩托车停在树的另一边，反射着夜里缤纷的光彩，但那不是依海的车。

那也不是我的车。

我找不到我的摩托车了。

树的这一边，倚着一架老旧的掉了漆的“二八大杠”脚踏车。

“天要落雨了。”刚才卖给我芦荟的老人走了过来，脚踏车并没有锁，他蹬出去半步，飞跨上去，回头对我讲：

“快回家吧。”

十点

爬上我家新房四层楼的天台，眼底里更高的建筑有：市政府、地税局、人民会堂、附一医院、城南邮政局、省广电大楼。这里一块，那里一块，差不多都是这一两年新起的，都是白雪雪的外墙，坚固美观。城市超越了山势的起伏，许多塌陷的地方，不断拔出更高的楼宇，每天都有新鲜变化，但我只进过医院、邮局，看过广电大楼楼顶天线播送的节目。

下到三层楼的时候，可以看见附近地理。以前有民谣讲南门外“一年洪水淹九番”，但千百年间，洪水每次上涨都更低一点，每次退潮都更远一点，我的先祖就留下来农桑耕织，繁衍生息。本乡北边有一条小河，比南边其余沟沟渠渠都要更宽一点，乡里已没人清楚一百年前这就是府城的护城河。河的对岸，明代依傍着山势修筑的城池，如今仅残留一截，埋没于荒草之中；唐末在两山之巅立起的双塔，倒了又建，在楼宇树影间露出一角。

下到二层楼的时候，可以看见我家的旧房子。本乡的旧房子都是沿河起的，联排十数间，以燕尾样式的正脊提起前后两面屋顶，以马鞍样式的风火墙与别家隔开。上台阶，走当中的主门，跨一只过膝的门槛，内有前后三落，第一落是厅堂，插屏门上悬着祖宗的画像，有一幅是我爷爷，面目最明晰，几乎像是相片，但我只在这里见过他的样子；画像之下是八仙桌，左右应该当是两只太师椅，但是如今只有塑料靠背椅；旧房没有厢房，沿回廊可以进到后两落，都是住人的。本乡旧房的格局都接近，和城里官家的不大一样。

90年代的我的故乡，变成我没有见过的模样，我的父亲当然也没有见过，但关于90年代以前的模样，蒙的尘也越来越厚。我们记忆里的很多老房子都被拆掉了，但那时候我们并不觉得可惜。它们早都不漂亮了，都是将要颓圮的，它或许也美好过：正脊像燕尾，可是梁与柱都是木头的，本地的好杉木在夏天的灯下也白蚁不绝；山墙像马鞍，可是内里是竹骨夯泥刷灰的，外层剥落了，就露出里面的黄土来。夏天台风刮过，可能会洒一地泥，积一地水，碎一地瓦，但没有人会再去修它了，没有人会修它了，大家只会起新房子。

"有没听人讲，明年这里就要拆迁了。"

"真的假的?"

"当然是真的，枇杷树后面那家开始起新房了，他们有人在房管局，听他们讲很快就要拆到我们乡了，河上游那片明年就要拆迁了。"

"那我也去准备起新房子?"

"快去，到时候按面积分钱。"

一夜之间，街上最迟钝的人也感受到了风向。城市很大，如百川汇入海里，走在街头分不出你我，看不出差异；街巷很小，乡里从未有过地涌进这么多的人，他们扛着自己的工具，做自己的事，讲自己的话，然后本乡的高度越过了历史的顶点，改换了惊人的面貌。

我们像邻里一样，从街头找来外地务工的人，把工程进展开。宅基地最早也是水田，后来有了库房，新房就在原先库房的基础上，加盖到了三层，四层作为天台。新房用砖块做基底，水泥加固，牢固坚实；沿街的外墙贴了瓷砖，每层砌了南北两个阳台，看上去很有城外江边老洋房别墅的派头。

新年到了，旧房子还留在过去，它灰暗了，甚至有些歪斜，倾向背后河水流动的方向。我们把旧房的三进隔出四间，欢欢喜喜地搬进青石板街对面的新房，风风光光地把旧房的香案牌位迁过来，升格为房东。这里方位好，旧房老了，租金又开得低，它就像夜市的摊位一样好租，为我们建新房的外地人走了又回，不同的口音混入了我们的乡音，零碎的声音已经压过了我们自己的声音；无数的脚步从连绵的青瓦屋顶下进进出出，我们再也看不见，分不清。

"到这里就好了。"

摩托车缓缓滑下桥面，她呼唤着我，不知什么时候就下了车，我一眨眼，一把花伞在雨夜里绽开，路灯明明灭灭，河水汩汩地淌，无尽的屋檐之下，竹竿撑起一块块帆布和塑料棚延伸到河面上，梯子、水桶、扫帚、未收的衣服，统统缠在一起，她一转身，就消失了，而我已无法前进，河水漫过河沿的石梯，又涨上一格。

送她回家，按照她指引的方位，我在失却了方位的台风天里一步步深入自己的家园。那一年，租房的事务都是父亲操持的，我以前没有关心过；租住的是家庭还是单人，是男人还是女人，我以前没有关心过。我只是一次次在乡里徘徊，从阳台上竭力地望，猜测究竟哪间是她租下的。

今天回去，我要找到她租下的那一间，芦荟没有从夜市带走的话，她或许只是先我一步回来了。

我还没有试过从夜市走路回家，车程的九分钟是一段单调的时间，不论人是什么情绪，都不够消化。无数个在摩托车上见证的夜晚，除非送她回家，九分钟里我连安全帽都不爱戴，穿穿脱脱的时间已经能开出很远。风从我单薄的领口袖口钻进来，工装大褂不断被拉扯，挡不了多少。沙尘钻到我的眼睛里，我不得不停下来揉了揉，我从裤兜里拿出她送我的墨镜——万幸，我总是随身带着。今天它陌生得就像我第一次拥有它一样，通过深蓝色的镜片看出去，这个灰色的夜晚终于有了一点蓝色的感觉。

像做贼似的提着她的芦荟，今夜我饿着肚子，一个人走路回家。走路回家所走的路，和骑车回家时没有什么不同，只是以往是在马路中间看人行道上的行人，这次是在人行道上看马路中间的车辆。当摩托车后坐着一个女人的时候，我会更有心去注意来往的行人，观察他们是否注意到我闪亮的摩托车，还有摩托车后明媚的女人；而当我真正成为行人之后，我才发现我并不会去注意马路中间的车辆，我只是小心地在黑暗里走路，偶尔身后传来发动机的轰鸣声，响亮到了不得不去注意的程度，抬起头去捕捉时，又只能看到一个个远去的消融在夜色里的背影。这种背影又使我想起去年春天依海骑着摩托车消融在夕阳里的背影，深夜回家的时候，他的后座会不会也有一个女人？

向南走出南街，一棵硕大的榕树被遗留在路中央，孤独地成为一座环岛，兜过它，可以看见我们回家路上要经过的第一间庙，据说这里保佑财运亨通，极其灵验，很多外地人都会专程过来，它也被修得金碧辉煌的。走过这间庙，就算出古城南门了，笔直的骑楼老街两里多长，是沟通内城和江边码头的要道，过去沿街尽是旅社茶室，后来城市长大了，道路的选择越来越多，它就渐渐没落掉了，只剩下一些老手艺还在经营，不复当年的荣光，我们家就在这些作坊再往后的巷子里。

巷子外那座教堂又开始敲钟了，前一声还没平息，后一声又响起，我听不清到底敲了几下，我记得那座教堂又破又矮，虽然有点异域的风格，但和本地的平房交杂，又淹没于新起的建筑，平日里看不到。近几年那里常有钟声传来，有一次我偶然路过时，教堂前在办婚礼，和我过去见过的样式全不一样，我围观了很久。虽然每天回家不会从它面前经过，但听到钟声时，我就把它算作第二间庙。

巷子里有棵古榕树，枝条垂到了河面上，树冠包裹着一个佛龛，它当然被算作第三间庙。水泥和石板在树下围起高台，不论白天黑夜，过往总是坐着很多闲人，还会有小孩跑动跳跃，但今天都不见了；两边的房子里，窗户大半是暗着的，过往总能听见麻将撞击的脆响，还有电视机的杂声，但今天也都不见了。我孤身一人地走，看不见月光的夜晚，我今天的影子和我过去的影子，都揉进这个夜里了。

夜市回家，骑车只要九分钟，想起来很近，但走路却有好远，我越走越灰心，却仍旧走不到。天暖时轻快的路程在天凉时全部冻结住，白天充满生机的整座城市，夜里所有的工程统统停工，今晚甚至连人的活动都看不到。我拐进最后一条巷子，旧式的木头房子和新式的水泥房子交接在一起，正在不断搭建，然后等待倒塌。

转过街角的路灯，再越过前面的小桥，就会到家了，她应该就租在我家对面，在河沿的某间。一条窄巷通往河边，一个人或两个人时，我都可以控制好摩托车油门的程度，稳稳地开上桥头，再缓缓地下桥来，这条路我走过太多遍，以前总是悄悄的，暗暗的。

今天这里却多出了太多人，挡住一切，我看不清前路了。耳边的锣鼓声越来越响，一阵紧过一阵，锣鼓平息的时候，十番音乐带着更多乐器的声音合奏起来，中间还有戏曲的唱腔，用的是本地年轻人已难以分辨的老式平话。而后，各种声响越来越密集，包括人的呼喊和欢笑，风吹过，两边屋檐上仅存的灯窗悉数熄灭，人们从一扇又一扇门里走出来，推推挤挤地来到街上，把我夹在中间。

我来到祠堂前了，这里的色彩比外面的霓虹还要复杂，人的色彩是复杂的，有穿着便服的，有穿着像是戏服的，有化着艳丽妆容的，有在脸上泼了墨的，他们混在一起，他们又彼此独立；人的行动是复杂的，他们手里拿着锣，拿着鼓，拿着镲，拿着大纛，拿着宫灯，拿着蒲扇，祠堂正门大开，原本摆在殿下阴影里的神像，被抬进这个更广大的黑暗之中，他们的脸谱是红白黄绿色，面容是难以读取的喜怒哀乐，他们披着绫罗绸缎，身上的珠宝与法宝交相辉映，他们有高有矮，但都需要凡人仰望。在他们后面，是瓦上长草的旧祠堂，祠堂后面是贴着瓷砖的水泥房，水泥房后面是高耸入天际的新式公寓楼。

我不知误入这里的是我还是神明。神明以外的每一个人，手里都捏着线香，他们混乱地行动起来，烟也一下子散开了，烟散入已然浑浊的空气中，散入鞭炮的硝烟中，当然也散入许多男女正在吞吐的香烟中，我进入这样的灰色烟雾之中，好像沉沦了，好像飞升了。

“你跑哪里去了？”

有个声音传来，我不知道是不是在叫我，墨镜还没来得及取，我看不清，但无数双手在挥舞，半推半拉着我走了起来，我手中装有芦荟的塑料袋被甩到了地上，我回头想去找，已顾之不及，只看见无数双脚。

“啊！”我喊出声来。

“好啊！”人们喊出声来。

一尊神像的塔骨从天而降，短暂的失明之后，我的两肩重重地抵住，不得不抬起双手支撑，我的头向下埋着，眼睛从塔骨的腹部探了出来，但墨镜被挤压着，深深嵌入肉里，眼光只能从镜片上方钻出去。

身边的锣鼓忽然间一齐奏鸣起来，一个人光着膀子，取下嘴边的烟，点着了一串鞭炮，他静止在那里，等了很久，忽然麻利地把鞭炮甩到了我的脚边，鞭炮还没有落地就爆裂开了，惊得我不由地抬起腿，而后全世界就流动了起来，我就这样在前呼后拥之中继续向前走去。

城市进入深夜，城市又全醒了，城市没有秩序，城市正在制定新的规则。我抬着不知道哪尊神像在这个城市的深夜里漫游，不需要知道往哪里走，不需要知道怎么走，有人在引领你，有人在供养你，有人在依靠你，有人在向你祈祷，有人紧贴着你的耳朵敲锣打鼓，有人一次又一次地把鞭炮扔到你身上。我觉得头重脚轻，我觉得头昏脑涨，我觉得我好像醉了酒，我觉得我好像发了烧，我认真地走，但我没有了重心，我只能摇摆着，我只能颠簸着，我好像在自己的节奏里，我好像又随着这个潮流的节奏。我不知道我走到哪里了，脚下是石板路，是土路，是水泥路，但是无论怎么走，都没有停步的时候，神明不等红绿灯，神明不走斑马线，神明不用让车让人。我不知道我去哪里了，我不知道自己在干什么。

走了不知道多久，我撞上了前面的神像，整个世界顿时沉了下来，静悄悄的，空荡荡的，什么都没有。

“落雨了！”

有人大叫起来，随后一群人大叫起来，天摇地动，震得我的耳朵都几乎掉下来了。有人拍打着我的塔骨，我踉跄了一下，又有人猛地把塔骨从我的身上取走，我眼前一白，一时没有适应这个包围我的光亮，连墨镜也没有用，我赶紧把它取了下来，还好没坏，只是镜架压弯了；鼻翼和眼眶边多出了一道深深的压痕，还有不知道是血还是雨的水迹。雨落到我的头上，脸上，身上，既皮肉疼，又冻得入骨。一个老人走到我面前，对着我喊话，而我只能看见他的嘴一张一合，什么都听不清。过了好一会儿，我的听力好像恢复了，我能听到风声雨声了。

“来吃面了。”

老人引着我，我怔怔地跟他前去，来到一张木头方桌前。小庙的檐下，水滴从瓦当上滑落，天上高挂红灯笼，桌上摆着红漆碗，漆碗里搅着一团线面，两颗蛋，鸡汤的油花在碗底晃荡着，闪烁着。

我听见人们用平话攀讲起来。

“明年新厝起好，你两个就可以准备结婚了。”

我的头低垂着，一双纤纤细细的手捧着碗，向我递了过来。

“莫急。”

“会使。”

我伸手接过来，对面的袖口上有一个硬币大小的图案，三个尖，好像是一座山。

少女加朵的故事

余静如

李雪婷是一个很善于叙事的作者，从毕业作品来看，她最大的特点是故事先于理念，或者说，观念在她的小说里其实并没有那么重要。尽管她在创作谈中提及一些文学主题，诸如"热带书写"——毛姆的热带故事集、黄锦树笔下的热带雨林；女性的出走——娜拉出走；女性友谊，等等，但实际上，这些理念并没有在她的小说中发生多少作用。她在创作谈的最后坦言，"事实上，本创作谈中所谈及的这些问题，乃至主题，也都是在小说写成之后，才一点一点浮现出来的……"在完成作品之后，她对作品进行了一些解读，并为之感到惊喜。因为"一篇小说自然会到达它该去的地方"。她所说的"该去的地方"，大概说的就是这篇小说所表达的理念和意义。

事实上，李雪婷的作品《热带植物》中，最好的并不是它表达的理念或是意义。追求"意义"这一点似乎让李雪婷忽视了自身的优点和长处——她十分擅长描写人物，善于捕捉人物的细节。她笔下的人物让人感到极为真实。或许正是因为没有观念先行，她的人物才没有被束缚。也因此，在阅读这篇小说的上半部分时，很难猜到这个小说会有什么样的结局，这些人物都会走向何处。小说中一些出彩的片段几乎都集中在前半部分：比如对主人公加朵的塑造，十七岁的女中学生，交着男朋友，同时又带着朋友和年纪与她父亲同辈的已婚男人混在一起；对加朵男友的描写，这个年纪的男孩会有的心理和举动与加朵的个性形成了鲜明对比；对"濛"的描写，一个中年已婚的生意人和十几岁的少女们混在一起的样子，言谈举止……无论是从人物设定或者是情节发展，小说的这一部分充满了戏剧性和冲突，给作品带来了许许多多的可能性。李雪婷塑造了十分鲜活的人物，这是小说中最出彩的地方。或许也正是这样的出彩，给小说的去处增加了很多难度。在小说的后半部分，作者不得不思考这个小说的主题和意义，而小说也在这个时候出现了一种主题发生的迹象，作者开始运用一些写作技巧，比如双线叙事，从叙述者“我”的视角转换成全知视角写了一段加朵婚后的生活，又转回“我”的视角写了“我”和加朵丈夫在她逃离之后的见面。这两部分写得也不错，只是和第一部分比起来仍然丧失了浑然天成的整体感，虚构的痕迹开始重了起来，虽然引导读者进入了一种“主题”，多少也失去了一点活力。在创作谈中，李雪婷提到契诃夫说的一句话：“突然，一切都变得清晰起来。”这句话确实也很适合她。她是一个“故事型”的作者，或许少一点困惑和约束，她还可以写得更好。

作品展示：

热带植物

李雪婷

一

念高中的时候，我曾有过一些朋友。那个小团体里的女生，不肯用功读书，大部分的时间，都花在打扮自己、与喜欢的男孩子聊天和一款叫做《神庙逃亡》的手机游戏上。我的成绩在班里不过排名中游，却已经是她们口中的“好学生”。每天早自习，我的作业被她们传着抄写，抄完后，她们就偷偷溜出教室，出去玩了。早自习没有老师管，有时翟加朵也会拉上我。翟加朵是她们的头儿，也是我的同桌，我能跟她们一起玩，全拜翟加朵所赐。

我们躲在自行车棚后面的甬道里，轮流玩《神庙逃亡》。那是一款非常经典的单机跑酷游戏，一名冒险家来到古老的庙宇中寻宝，却受到怪兽的追逐，他必须不停奔跑，躲避危险与障碍。操作简单却又困难，任何一个失误都将前功尽弃：跌落悬崖，或被怪兽追上。我们全神贯注，玩得手心出汗，如同真的在进行一场惊心动魄的逃亡。加朵手速最快，她的印第安人能连续跑上十几分钟，准确吃到路旁的每一粒金币，优美地转弯、滑动、跳跃，从雨林到矿洞，峭壁到溪流。随着距离增加，场景不断重复，仿佛他只是围着一座巨大的迷宫在绕圈子。没有终点，因此永远无法抵达。

除了《神庙逃亡》，我们还玩《切水果》《愤怒的小鸟》《会说话的汤姆猫》……这些游戏都只能在加朵的手机上运行。大家普遍还拿着诺基亚的时代，只有加朵拥有一台 iPhone，在当时，那是一件绝对的奢侈品。她手速快是因为她上课也在玩，而我们只能等课间，用她的手机玩一会儿。加朵从不吝啬将手机借给别人，因此交到许多朋友。男朋友，女朋友。加朵的朋友大都是学校里出名的人物，他们整天无所事事，在厕所里抽烟，在走廊上转悠，聚在一起好像要闹事的样子，与校园里团结紧张的学习氛围形成了鲜明对比。每个学校大概都有这样一批学生，老师也管不了。他们大部分在中考时就被分流到了职业中专，少部分漏网之鱼，进入高中再混三年，论成绩，基本考不上大学。

但是加朵跟他们不太一样。他们也瞧不起认真学习的同学，比如我。一开始，他们叫我“修女”，当然是个贬义词，意思跟“书呆子”差不多。加朵却仿佛是真心喜欢我。“我怎么没早点跟你玩在一起？”我们成为同桌的一星期后，她说，“你真有意思。”我从来不知道自己有意思在哪里，但在加朵口中，我变成一个有意思的人，被介绍给她的朋友们。

人人都喜欢翟加朵，不仅因为她长得漂亮。她的确很漂亮，才十七岁，她已经懂得如何性感，在班里，只有她烫着一头波浪卷发，不像其他女生那样把头发扎起来，而是披散在肩上，即使穿着古板的校服也难掩招摇。更重要的是，她热情又大方，乐于分享，最不愿让人失望。她不仅与我们分享 iPhone、零食、日本杂志；还有女孩子间的小秘密，包括那些最为私密的事情；甚至还包括男人。

第一个男人叫“濛”。

“濛”是他的 QQ 昵称，我们都这么叫他，谁也不知道他真正的名字。他是加朵爸爸的朋友，浙江人，到沽城做电缆生意。在沽城，他没有固定住所，常年以酒店为家。加朵说，濛的老婆长得像女明星似的，却被他丢弃在遥远的浙江老家，每年他有一半的时间在沽城，另一半时间在澳门赌博，只有过年时会回去看她。濛独身在外，无拘无束，生活混乱，专喜欢找十几岁的少女做伴。他在酒桌上认识了加朵，并让她再多介绍些女孩给他。

那时候，对于这些荒唐的人事，我只是觉得好奇，并不能真正理解。加朵还说，濛非常富有，他的一条内裤都要上千块。在见到濛之前，我们已经陆续吃到他送来的进口巧克力和冰激凌，还帮我们充话费。濛帮我们每个人充了三百块话费，足够我们用上半年。加朵当时的男朋友张晨阳知道了这件事，非常激动，跑过来说：“让叔叔帮我也充点。”加朵气得牙痒痒，直跟我们骂张晨阳是个

李雪婷

“傻逼”。

我们也觉得张晨阳“不是个东西”。如果加朵要跟张晨阳分手，我们绝对百分百赞成。张晨阳胖胖的，脑袋很大，像一头熊，是我们班体型最庞大的男生。他曾狂热地追求了加朵一年，我们都不知道加朵为什么会选择跟他在一起，在我们看来，他俩一点也不相配。张晨阳总在上课时脱掉鞋子，在地上铺几张试卷，垫着晾脚，熏得教室后排全是臭烘烘的味道。他早自习趴在桌子上睡觉的时候，裆部会慢慢撑起一顶小伞，他同桌就喊：“张晨阳又做春梦啦！”引得哄堂大笑，男生们都趴下去看。他倒挺好脾气，从不为这种事生气。但他专喜欢欺负班里最弱小的同学，那个被我们叫做“弱智”的男孩。他会突然出现在“弱智”身后，猛地扯下他的裤子，诸如此类的恶作剧。张晨阳就是个恶霸。他跟我们打牌，总爱搞小动作，输了不肯认账。他常说加朵住着大别墅，家里名牌包扔得到处都是，总有一天他要去偷点值钱的东西。他还爱给女生“看手”，他有一套理论，说什么“古代挑媳妇，不看脸，只看手长得美不美”，借机摸了不少女生的手。我还记得他站在教室后门，堵住正要去上厕所的我，拉起我的手来，抚摸我的手背，笑眯眯地说：“我们雨嫣的手，白白嫩嫩，又细又软，要是生在古代，肯定能嫁个有钱人家。”

有一次，张晨阳注册了一个QQ小号，谎称自己是隔壁班某位暗恋加朵的男生，加上加朵的QQ，跟她勾搭了几天。他给自己起了个好听的名字叫“窦锦川”，用网上下载的帅哥照片做头像，把加朵迷得神魂颠倒。加朵偷偷告诉我们，她想和张晨阳分手，跟“窦锦川”在一起。在她的想象中，“窦锦川”就应该像他的名字和头像一样，是个清爽好看的男孩子。

两周后张晨阳自曝身份，把加朵数落了一通。他洋洋得意，只用一个小手段就测试出了加朵的本性——“水性杨花的女人，还想出轨，还想找个小白脸！”加朵则骂他“恶心”。我猜想加朵大概一点也不喜欢张晨阳，甚至于厌恶，可她还是一直跟张晨阳在一起，他们在一起了那么久，比后来我所知道的她的每一任情人都要长久。

当然加朵是个水性杨花的女人，这是她的本性，不必张晨阳测试就确证无疑。然而你和她相处久了，就会觉得水性杨花也并非坏事，水性杨花的女人大都非常可爱，你甚至想变得像她一样。或许这能够解释为什么加朵会答应濛的请求，我们又为什么会愿意陪一个四十多岁、劣迹斑斑的陌生男人一同玩乐。那天中午，我们第一次见濛，加朵叫了三四个女孩子，我，小君，娜娜，还有梦雪或者是紫彤，到学校附近的曼巴黎西餐厅。濛包了一间包房，菜已经点好，我们刚入座，服务员就开始陆续将餐前面包、沙拉、牛排、意面端了上来。那时我还不太懂得该如何使用刀叉，一顿饭吃得十分局促。暮春午后，阳光灿烂无比，仿佛海滩上的阳光，热带地区的阳光，透过落地窗，晒得满室热烘烘的。于是落下了紫红色的纱幔似的窗帘，太阳也变成淡紫色的了……

包房里的那顿午餐，我已经记不太清楚，只记得那灼灼的淡紫色阳光，热得人身上汗津津的。濛坐在靠近门口的位置，不怎么讲话，几乎也没怎么吃东西。一直是加朵在挑起话题，活跃气氛。濛有一种力量，让自己在那房间里好像消失了似的。他始终戴着一副墨镜。吃完饭后，他站起身，我才发现他个子不高，还没有加朵高。加朵身高有一米七以上，而他身材瘦小，皮肤微黑。他穿一件浅蓝色的衬衫，似乎也平平无奇。吃完饭后，他开车送我们回学校，坐进他那辆墨绿色的保时捷轿车里面，我们都沉默下来，变得相当拘谨。

天气更热了一点以后，濛又问我们想不想去新开业的水上乐园玩。于是周末，加朵、我，还有另外两个女孩，中午时分在校门口集合，坐上了早已等候在那里的保时捷。我们四个人挤在后座，濛回头看了一眼，说："你们不嫌挤吗？坐一个到前面来。"谁也不肯过去。濛穿着一件Polo衫，依旧戴着墨镜，阳光透过挡风玻璃直射在他脸上，团团光晕之下，更显得面目模糊。车子开出繁华街区，驶向荒芜的城郊，马路两边尽是空旷田野，一个人影也见不着。尽管阳光普照，我心里还是紧张，法制宣传片里拐卖犯罪的情节全冒了出来。我知道她们跟我一样，我们四个人紧紧挨在一起，像一窝待宰的雏鸡。车厢里静得出奇。

但什么也没有发生。濛把车停在水上乐园门口，递给我们四张门票和一沓现金，让我们自己进去玩。"我还有事，晚上来接你们。"他就走了。事实上，买好门票后，乐园里已经没有什么再需要花钱的地方，我们把那些钱平分了，换上泳衣，在那个新建成的水上乐园里度过了愉快的一天。多年以后，这个水上乐园成为本市最热门的消暑去处，游泳池里下饺子似的盛况，每年都会登上沽城晚报的头条——但在那一年，水上乐园还是一种新鲜事物。园内相当冷清，没多少人，只有庞大的游乐机器不知疲倦地运转。我们租用了几个鸭子游泳圈和皮划艇，游泳、漂流，玩水上项目，从极高的滑梯上俯冲下来，栽进水里，十分刺激。我们的耳朵里都进了水，脑袋嗡嗡的，需要大声讲话才能听清彼此在说什么。

下午三四点钟，我玩累了，躺在泳池边的躺椅上休息。加朵走了过来，让我往外挪一下，她要跟我躺在同一张椅子上。我们面对着面，同盖一条毛巾。她眼带笑意看着我，说："雨嫣，你真美。"我从未被一个女生如此赞美过，一时不知道该说什么好。她头发半湿，面色潮红，睫毛上也挂着水珠，像刚从水塘中沐浴而出的神女。接着她闭上眼睛，好一会儿，在我几乎以为她睡着了的时候，她忽然说："濛在我们后面。"

我爬起来环顾四周，发现濛确实就在我们斜后方的躺椅上，不知他是什么时候回来的。他没换泳衣，仍旧穿着早上的那件Polo衫，下身短裤，光着脚。他依旧没有摘下墨镜。我想我是不是应该离开，加朵却抓住我的手，说："别走。"我继续躺下，她抱住了我，手臂轻轻搭在我的腰间。"别让我一个人在这儿。"她说。

我这才明白，为什么加朵每次和濛出去玩，都会带上我们。原来她也会害怕。那天在躺椅上，加朵对我说，她想做濛的情人。"熬到他死，"她笑嘻嘻地，"濛身体不好，我怀疑他有性病。他肯定很早就会死的，到时候，我就继承他的遗产。雨嫣，咱们俩一起，我们把他的钱平分掉，做阔太，去国外逍遥。"

我的心怦怦直跳，回头又看了一眼濛，阔太生活仿佛触手可及。

晚上吃完饭，另外两个女孩要先回家了，濛带着加朵和我又去了市区一家 KTV。濛看上去很疲惫，他说白天有点忙，去厂里处理了些事情，没陪我们，不好意思。他让我们随便点歌，他不会唱，只负责欣赏。他又叫来服务员，点了一大堆果盘和零食。最后，他关掉氛围灯，在黑暗中，他终于摘下墨镜。那是一张已经开始被衰老的力量所侵蚀的脸，然而是那么模糊的一张脸，你看过一遍，就会忘记。

加朵唱了几首流行歌。然后我点了一支梅艳芳的《胭脂扣》，前奏响起，濛说："你还会唱这个？"我唱了几句，誓言幻作烟云字，他又说："你唱得很好。"他听得非常认真，简直是动情。一曲终了，他说："再多唱几首。"

他本来坐在沙发另一侧，和我们隔着一定的距离。等到加朵出去上厕所的时候，他就坐过来了。他挨到我身边，问："你喜欢梅？"我其实算不上喜欢，我家有一盒梅艳芳的专辑 CD，我妈常放，听着听着就学会了。我其实也不太会唱别的。濛又说："都是我们那个年代的歌。你知不知道，你的嗓音跟她很像的。"

他身体贴上我的身体，一只手虚搭着我的肩膀，另一只手缓缓摸到我的大腿上。在那以前，还不曾有哪个男的摸过我的大腿。他的手上下摩挲，渐渐滑上来，往我的上身游走，一阵温热。我突然觉得很害怕了。

我说，"你别这样"，试图甩开他，他却黏住了我。直到门被推开，加朵回来了。

他不动声色地抽回手，靠向沙发后背，正襟危坐，仿佛什么都没发生。

我们唱了总有一个多小时，其间濛接到一个电话，说有急事，又先走了。他留下一点钱，让我们自己打车回去。此时已是晚上八点多，加朵妈妈催她回家的电话已经打了七八个，我妈估计还没下夜班，暂时没管我。我和加朵把果盘吃完，也准备离开。走出包厢，走廊上光线昏暗，灯影迷离，隔壁房间有人正在嘶吼《死了都要爱》，高潮时破音，几乎要把人的鼓膜震碎。走廊好像迷宫，我们转了好几圈，始终找不到通往前台的出口，连个服务生都没碰上。我们迷了路，忽绕到一片陌生区域，这里的包厢更大、更豪华，里面大都空着，寂静无人，只有右侧一个包厢里闪着彩灯，传出音乐和尖叫声。我们路过时，透过门上小窗，朝里瞥了一眼：几个穿比基尼的姑娘，正在屏幕前唱跳；茶几上堆满酒瓶；一个女孩像猫一样跪趴在沙发上，痛苦的样子，四五个中年男人围在她身边——他们全都没穿衣服。我们吓得魂不守舍，赶紧往前跑，拐过弯，只见前方一片光亮。是酒水台，我们出来了。

"他刚才没怎么样你吧？"坐上出租车后，加朵问我。"没有。"我说。

水上乐园之后，事情开始起了一些微妙的变化。我是说，在我们那个小团体中，我和加朵的关系变得比别人更亲密了一些。不知道你们中学时，班上有没有这样一个女生，漂亮的、耀眼的，所有女生简直是以能跟她玩在一起为荣幸。我成了那个跟加朵最要好的人，就难免要遭受闲言碎语。

她们说我是加朵的“小丫鬟”“小跟班”，彼此争风吃醋。比如课间，加朵会被娜娜从我身边抢走，以什么陪她去小吃街买只鸡蛋灌饼的理由。加朵会陪她去的，她是那么随和，几乎不会拒绝朋友们提出的任何要求。自从我跟加朵的关系变好了以后，这种微小的、富有趣味的争夺就时常发生。

但我知道，我在加朵心中的位置已经无法被她们这种拙劣的小伎俩所撼动。首先我们是同桌，可谓近水楼台。第二，只有我能把作业借给加朵抄，考试帮她作弊。第三，最重要的一点，唱K那日，濛加上了我的QQ。濛甚至会单独与我联系，通过我来约女孩子们。

濛的头像用的是早期的系统自带版本，一个戴着眼镜的紫发青年，十分刻板可笑。他叫我“梅”。他就这么自顾自地给我起了个外号。梅，或者，阿梅。有时候，他的头像会突然跳出来，发来一条：“梅，忘不了你的歌声。”一开始我不知道该如何回复，就去问加朵。加朵只说：“他有毛病，不用理他。”后来我就不问了，我会跟濛聊上几句。他每次找我，总是用同样的方式挑起话题，“想听你唱歌了”“什么时候再能听你唱歌”。有一次，他发来一个地址，是一家会所式的KTV，问我能不能过去，“再叫上加朵。”

“疯了？”加朵说，“当然不去。”

我没有去，我又想起那天我们在豪华包厢门外看到的场景。我们总是拒绝濛的邀请，濛似乎也并不在乎，他花点钱一定能叫到真正的妓女。但那时我太过单纯，对濛还抱有虚妄的幻想。他常常夸赞我的歌声，尽管他只听过一次，他还建议我去参加艺考，说凭我的天赋，绝对可以在这条路上走下去，如果我愿意的话，他可以帮我联系上海音乐学院的教授。我那时从来没想过能考什么样的大学，也没想过自己未来要做什么，每天只知道跟加朵他们在一起瞎玩。濛是第一个发现我拥有某种天赋的大人，即使后来我从事的职业与此毫无关系，也很少再唱歌，想到他，我依然心存感激。

事实上，到了高二下半学期，大家都开始忧虑起自己的前程。原来一起瞎玩的人，有的报了各式各样的补习班，退出了我们的圈子，有的则开始着手准备艺考。那些能够速成的才艺最受欢迎，比如，张晨阳准备学习播音主持（就他也敢报主持，我们笑了好一阵，电视屏幕框里都不一定能装得下他的猪头）；加朵又捡起她小学毕业后就再没碰过的画笔，成了美术生；小君和紫彤报了表演班；喜欢唱K的昊哥，家里帮他找了专业的声乐老师，目标是北京……而我，我的成绩虽然比他们强些，但仅凭文化课，估计也只能考个二本，跟父母几番商议过后，我决定报考花费不多、也无须什么才艺基础的专业，戏剧影视文学。

当时，全沽城只有一家专业的艺考培训机构，升高三前的暑假，我们这些人都聚集在那里上课。一上就是一整天，中午有两个小时的休息时间，加朵和张晨阳他们经常溜去隔壁电玩城打电动。加朵就是在那儿遇见的窦叔叔——该怎么讲呢，此事全拜张晨阳所赐。

窦叔叔，窦锦川，直到这时我们才知道张晨阳编造的那个叫“窦锦川”的名字从何而来，他就是张晨阳的小舅舅。那时他不到三十岁，然而我们觉得快三十岁的人已经很大，便叫他“叔叔”。事情就是这样发生的。在电玩城，张晨阳偶然遇上了他的舅舅，并介绍加朵跟他认识。第二天，窦叔叔把加朵约到了酒店。

窦叔叔说，他想对她做那件事。

“我说不要吧，太早了。他说，那你走吧。我说那好吧。我不想走，你们明白吗?”

彼时加朵还是一个处女。你知道，在我们那种混乱的中学，有些女孩十四岁、十五岁，甚至更早，那件事就会发生。她已经十七岁，所以她跟我们说，她觉得还可以，没有太强的痛感，也没有出血——窦叔叔很熟练。已经是时候了。我想，她甚至觉得已经来得太迟。不是张晨阳，也不是濛，而是一个刚认识的男人，才第二次见面。这也情有可原。是她选择了窦叔叔，他比那些人显然要英俊许多，也更有男子气概。

张晨阳不知道这件事，自始至终，加朵跟窦叔叔在一起半年多的时间，张晨阳对这一切一无所知。

从那以后，开车带我们去吃饭、去玩的人就从濛变成了窦叔叔。窦叔叔的汽车没有濛那么高级，窦叔叔也不会从钱包里掏出一沓钞票分给我们，窦叔叔不会带我们去吃曼巴黎，但他带我们去麦当劳和肯德基。那年秋天，沽城的第一家必胜客开业，午休时分，窦叔叔的雪弗兰就停在小吃街拐角处的文具店门口——濛曾经停车的地方——等着我们。我们鱼贯钻进车子，立刻脱掉校服外套，叽叽喳喳谈笑起来。窦叔叔很温柔，他总是微笑着听我们讲话，对我们的淘气无限包容。加朵坐在副驾驶位，遇到红灯，车子停下来的时候，她会凑到窦叔叔身边，跟他讨一个甜蜜的吻。他们从不避讳在我们面前亲热，我们一开始还会起哄，后来便习以为常，视而不见了。

那天中午，我们排了一个小时长队，吃到了人生中的第一次必胜客。比萨装在热腾腾的烤盘里被端上来，芝士拉出长长的丝，牛排在铁板上嗞啦作响，锯齿状的粗炸薯条，冰激凌球漂浮在摩卡饮料上，这一切都令我们感到新奇。窦叔叔只吃了一块比萨，他说，以前他在广州的时候经常吃必胜客，吃腻了。我们头一次听说他还在广州待过，央求他和我们多讲一点。窦叔叔说，他十八岁只身南下闯荡广州，做过电子厂工人，当过搬货小弟，后来在十三行开档口，做服装批发生意。他前妻也是广东人，乡下上来，原是他店里的卖货小妹，一手被他带起来，最后却骗了他的钱跟别人跑了。“两百万。”他点上一根烟，轻描淡写地说。我们震惊又佩服，两百万！一个已经超出了我们理解范围的数字。不一会儿服务员走过来，提醒窦叔叔店内禁止吸烟，他仿佛没听见，兀自吞吐着烟圈，望向窗外。服务员提高音量，再一次说：“先生，不好意思，我们店内不允许吸烟。”窦叔叔这才回过头，轻蔑地把烟蒂摁在尚未见底的咖啡杯里。

窦叔叔刚离婚不久，据他自己说，前妻的背叛带给他巨大的打击，为了疗伤，他放弃辛苦打拼下的事业，去旅行，两年时间几乎游遍了整个中国。他给我们看他站在布达拉宫前的照片，草原上骑马的照片，背包徒步在滇藏公路的照片，在尼泊尔边境线上的照片……他皮肤被晒得黝黑，面容比现在青涩，身材也更加瘦削。旅途终点，漂泊的游子在云南落脚，丽江，他一下子就爱上了那里，不愿再离开。他决定在丽江开一家客栈。在那些关于云南的照片里，他坐在木质小楼的门槛上，拥着一只白狗；他坐在挂着红色灯笼的酒廊里喝酒，拍下驻唱歌手颓废的侧影；他拍下丽江老街熙熙攘攘的街景，纳西族特色的民居，河畔的水车、垂柳，路边摆摊卖粑粑的阿婆……那是一组饱和度很高的照片，色彩斑斓，有蓝天和触手可及的大块白云作为背景，人世间所有的痛苦与责任被弃置一旁，只剩下寻欢作乐。

而如今，他浪子回头，重回沽城，重操旧业，在服装城经营着一家女装店。我们问，客栈呢？窦叔叔说，交给朋友打理。等我们高中毕业，他就带我们去云南玩，住他的客栈。我们期待极了。

我们觉得窦叔叔身上散发着成熟男人的魅力，不像我们学校的男生，都是些毛头小子，太过幼稚；也不像濛那样令人畏惧。他随便说个笑话就能逗得我们哈哈大笑；他每天穿的衣服似乎都精心搭配过，那么得体、好看；是他带我们第一次去酒吧，他仿佛认识那里的每一个酒保，不必看酒单就帮我们点上低度数的甜味儿鸡尾酒；他的车里永远有一股淡淡的烟草味，连他点烟的手势都令我们着迷。后来我才知道，令当时的我们所迷恋的，不过是一种对于人生世事的熟稔。

加朵跟窦叔叔学会了抽烟，然后，我们也都学着样子抽烟。我们每天早间的逃课内容，由躲在自行车棚里玩《神庙逃亡》，变成了蹲在操场的角落吞吐烟圈。我们甚至不知道该如何"过肺"，往往只是将烟团含一会儿，就吐出去了。可能只有加朵掌握了正确的方法，她吐出来的烟团更散、更朦胧，如雾般质地。也只有通过加朵，我们才能与窦叔叔取得联系。我不明白加朵为什么还总是带着我们一起跟窦叔叔约会。我想她也察觉到了，到后来，我们都对窦叔叔产生了一种难以置信的爱慕。

窦叔叔拥有一台佳能相机，他喜欢给我们拍照。我们四个女孩、有时是五个，在那段时期便拥有了许多嬉笑打闹的合影。窦叔叔总在我们还没准备好的时候就按下快门，或者根本不打招呼，在我们后面、侧面随意抓拍。可那些照片意外地自然好看，在那之前，我总觉得自己不够漂亮，羞于面对镜头。但窦叔叔从来不会跟我们合照，偶尔遇到不错的背景，他会让加朵帮他拍上一张单人照。他站到镜头前，双手抱臂，眯起眼睛，抿着嘴，嘴角微微向下垂，带着他惯常的那种不屑神情。

秋天快结束的时候，一个周末，窦叔叔搞到了几张邻市游乐园的特价门票，说要带我们去玩。为了这次旅行，我们都特地打扮了一番，出发前，我们在麦当劳集合，共用加朵的一瓶粉底液，把脸蛋擦得煞白，试图遮住额头上粉红色的青春痘印。我们还画了眉毛、眼影，用粉色的唇膏涂抹嘴唇。我们自以为好看的妆容一定非常可笑，因为当窦叔叔看到我们的那一刻，明显愣了一下，脸上闪过一阵古怪的表情。

那天我们早早出发，到达游乐园时已近午后。游客很多，每玩一个项目，都要排队半个小时以上。我们玩了海盗船、碰碰车，还坐了旋转木马和过山车什么的。从过山车上下来之后，我已经有点想吐，而加朵她们还不过瘾，要去再玩一遍。窦叔叔说他也头晕，于是，我和窦叔叔留在下面等她们。

我们俩坐在草坪边的长椅上，那是我第一次和窦叔叔单独相处。我们总是齐齐出动，叽叽喳喳，过于吵闹，这一刻出奇的安静便让人无所适从。天空是一片令人心碎的湛蓝，阳光好得不可置信，金沙般的阳光，洒落在橙红色的针叶林上，让人无法不相信，那必定已是秋天的最后一天。风吹动树叶，沙沙，沙沙，我额前的碎发也被吹拂起来。

窦叔叔把烟头叼在嘴上，打开挂在脖子上的相机，突然把镜头对准了我，我还没来得及低头，他已经按下快门。“现在光线很好，”他说，“多摆几个姿势，再拍几张。”我完全不会摆姿势，只觉得脸颊发烫，如坐针毡，手不知道该往哪里放。

“你看，其实挺不错。”他把相机递给我，“按那个带三角形的回看键。”

我一张张快速翻看，显示屏上，我的脸颊通红，表情忸怩不堪，有几张甚至眼睛也没睁开。我左右滑动着把那些照片一一删除。删到最后的时候，一张加朵的照片划了过来。那是一张私房照。加朵一丝不挂，坐在地板上，一只手托着自己的乳房，眉眼饧涩。背景看起来应该是某家酒店。

窦叔叔瞥了一眼屏幕，说：“拍得还行吧？”

我把相机塞回他怀里。窦叔叔继续说：“你的身材很好，你拍也会好看。”

晚上我们开车回到沽城，已是九点过后。车子从沽城东边下高速，一路向西，窦叔叔顺路挨个把姑娘们送到家，最后车里只剩下我和加朵。我家在城西。窦叔叔问加朵：“你回家吗？”加朵看着车窗外，不言语。窦叔叔说：“我今晚还有事，你回家吧。先送你，再送她。”到加朵家小区门口，把她放下，车里就剩我跟窦叔叔。窦叔叔落下车窗，点了一根烟，烟抽完，车刚好开到一幢老式居民楼楼下。他又回头问我：“你回家吗？”我也没说话。窦叔叔熄了火，打开车门，说：“走，上去坐坐。”

楼道里没有感应灯，堆放着许多杂物，我们摸黑爬到四楼。“坏掉了。”窦叔叔用力咳嗽了一声，说。他借着手机屏幕的一点亮光，将钥匙捅进锁孔。那是个一居室的单间房子，客厅里甚至没有电视。在应该摆放电视的地方，立着一排服装店里的那种假人模特，全都光着身子，有的完好无损，有的缺失了一只胳膊，有的没有头。确实有点恐怖，但你看久了，只会觉得滑稽。假人旁边堆着纸箱，总共大概有十来只箱子，有些箱子没封口，露出一捆捆用塑料袋包装着的衣服。这屋子仿佛就是一个仓库。

倒也有一些家具。一张皮沙发，一把旋转老板椅，中间茶几上放着一座巨大的木质雕花茶台。我第一次见到这种东西，在北方，那时候很少有人会在家里喝工夫茶。窦叔叔坐到茶台前，烧水泡茶。他用夹子夹着白瓷小茶杯，在一个器皿里冲洗。他用一只盖碗泡茶，先洗茶，第一遍茶汤倒掉，茶香立刻飘散开来，是一种炭烤的味道。窦叔叔说：“广东人就是这样喝茶，你要不要来一杯？”我说：“我妈说晚上喝茶睡不着觉。”他笑了起来，说：“在广州，十二点之前能够睡得着觉的，只有一种人。”

“哪种人?”

“有钱人。”

“你没有钱吗?”我问。

他饮一口茶，目视前方：“曾经拥有。”

多年以后，我终于知道，窦叔叔不过是一个做生意赔光了家产的破落户，至于他所说的前妻的故事，也是半真半假。但也不能简单地把窦叔叔认定为一个骗子，他既没有骗我们的钱，也没有骗色，在这一点上，他直截了当，就像加朵曾给我们讲述的那样，直接的、在那里、对我提出，他想对我做那件事，并征求我的意见。

我犹豫了，我不行。这间屋子实在太不像话。也许还有什么别的。

他不再强求，他甚至没有再多说一遍，他想要我。他冷淡地说：“那你走吧。”我想他生活中并不缺女人，犯不着强迫一个未成年的少女，那既不好玩，又得承担风险。但当时我觉得他难以捉摸，神秘莫测。失落难以抑制，我突然明白加朵为什么会自己要求留下。我当然也想到加朵。我感伤地说：“加朵很爱你。”那是我那天说的第二句傻话。

我们那时候脑袋里全是情情爱爱，觉得人活在世界上，就得喜欢另一个人，不然活着有什么意思。加朵不必说了，她身边从来就不缺男人；小君有她的男朋友，娜娜、紫彤也有她们的暗恋对象。我也曾有过喜欢的男生，不过他并不喜欢我，这事儿便没法继续下去。有一段时间，我以为我爱上了窦叔叔，这个想法令我感到疯狂，可那一夜过后，不知为什么，那种感觉消失了。那天晚上，我自己从他那儿走出来，叫了辆出租车回家。在车上我忍不住哭了起来，觉得自己是一个彻头彻尾的傻瓜。

二

林楷走进浴室，准备洗个澡。他在镜子前仔细地摘掉假发片，露出稀疏的头顶，看上去一下子老了二十岁。脱发是从本科毕业那年开始的，林楷记得很清楚。起初他还会每天服用非那雄胺片，在发际线边缘涂抹米诺地尔酊，这两种药都不便宜，但他头顶和额角的毛囊还是渐渐闭合。后来他干脆不再挣扎，定制了一顶昂贵的假发片。戴上发片的那天下午，他久违地打开前置摄像头自拍了两张，对效果感到满意，随即打电话给加朵，约她在市中心一家网红饭店吃晚饭。那时他们新婚还未满一年，但已经难得出去约会，坐在那间装饰得十分做作的意式餐厅里，两人都有点无所适从。

“你这是干嘛?”加朵盯着他的头发看了一会儿，说。

“不好看?”

“有点儿怪。”她用叉子柄抵着下巴，“没想到你这么在意。”

“你介意吗?”他们一起去商场、电影院时，出门前，她会让他戴上帽子。她轻笑了一声：“你还怕我嫌弃你吗?”

几乎不会有人看得出他戴了假发，除了刚开始那一阵，人们有些奇怪他的头发为什么突然变多了。后来换了公司，新同事们根本不知道他从前是什么样子。会有女下属爱慕他，他用前几年辛苦工作攒的钱买了一台还说得过去的车，会有女下属坐上他的副驾驶位，让他把她们送回家。但他不会送她们上楼，从不做越轨之事。他顶多是在年会狂欢后的凌晨，借着酒劲跟某个互有好感的女同事在车厢里拥吻，摸一把她的乳房，然后叫个代驾回家。他摘掉发片，躺在加朵身边，才能沉沉睡去。只有她见过他真实的模样。

这种真实曾令他感激。加朵在生活的诸多方面都表现出一种孩童般的稚气，和他身边那些女同学、女同事都不一样。她们似乎从小就知道自己想要什么，总是先他一步成熟，也比他更加努力，与她们在同一赛道上竞跑，常常令他感到吃力。而加朵仿佛来自另一个世界。他们第一次见面时，林楷正为了博士论文焦头烂额，加朵表示难以理解："毕业论文不是随便买一篇就行吗？"她早已忘记自己所学的专业。从一所专科学校毕业后，她进入铁路系统工作，本想当乘务员，跟着火车跑来跑去，却阴差阳错被分到机务段，成了一名钳工。"我根本不会做钳工，"她笑着说，"我不知道我的工作证上为什么会写着'钳工'。不过我最近要考试，钳工考试，考过了我就是真正的钳工了。他们有个题库，要背好多好多的题，像从前期末考试那样——你们读博士也有期末考吗？"

她实际上的工作是在检修车间做一些简单的数据抄录，需要上夜班，大部分时间待在办公室里，守候铁轨，等待下一辆火车头到来。然后她爬进车厢，检查仪表盘，下载数据，这些活儿有师傅带着，她师傅是个三十多岁的男子，电工，已婚。和林楷第一次见面的时候，为了挑起话题，她讲了许多关于她师傅的趣事，称其为"萌萌哒小胖子"，听得林楷很不耐烦。在某种程度上，林楷羡慕那个胖子。他知道，在很多个夜深人静的凌晨，倦意袭来的时刻，在城郊寂静空旷的车间里，火车驶过隆隆的噪声中，是他们两个相守在一起值班，打游戏、吃宵夜，或者努力讲一些有趣的事防止对方睡着。想到这里，林楷几乎生出一种嫉妒，因为加朵是如此美丽。她拥有一双黑沉沉的大眼睛，美得近乎空洞。没有思想，似乎也没有灵魂，就只是美，单纯地美在那里。他比她大五岁。

他曾发了疯似的追求加朵。他们通过相亲认识，介绍人本意只是让他练练手，没指望能成，毕竟"学历差距过大"，而且"这女的家庭情况有点复杂"，可林楷全听不进去。他控制不住自己，平生第一次，他这样爱上一个女人，连她那些可笑的见解、粗俗的话语，他统统都爱。他爱上她仿佛一种对生活的报复。好在他并没有遇到什么困难，事实上，加朵也想尽快寻觅一个可以结婚的对象。段上男同事虽多，大都是钳工、电工、整备工，干体力活儿的，收入较低；工资高的动车司机，普遍又秃顶。林楷这样的名校博士，对她而言已是很不错的选择。

她住在段上的职工宿舍。他们刚在一起时，林楷曾去过一次。那天晚上看完电影，时间已经不早，他提出要送她回去。他们坐地铁到动车西站，出站后，绕到广场南侧的车棚，找到她停在那儿的电动车。刚下过雪，北风呼啸，冰冷刺骨。加朵从车肚里取出毛绒帽子、手套、护耳，穿戴整齐，又问了他一遍："你真要跟我来？"林楷说："嗯。"加朵说："来了可就回不去了。"他帮她把围巾又往上拉了拉，护住口鼻，然后跨上电动车后座，轻轻搂住她的腰，说：“启动！”

她骑车速度非常快。这一带是高新开发区，马路宽阔笔直，车辆稀少，人影更见不着一个，巨大的工业厂房隐匿在夜色之中，如同鬼魅。穿过一片枯树林，他们进到村子里来，路面开始变得坑洼不平，路灯也没了，她拧开车灯，让他坐稳。夜幕下的村庄静谧至极，偶有犬吠，或是老鼠在雪夜中沙沙穿行，散落在田野间无人居住的烂尾楼变得异常恐怖。林楷从来不知道这座繁华都市的外围还有这样的地方。

“你以前自己走这条路不害怕吗？”他问。加朵似乎没听到，风声很大。

车子连续压过几道铁轨，前方渐渐明亮起来，机务段到了。传达室的保安正坐在椅子上打瞌睡，加朵按响喇叭，把他喊起来给他们开门。进入园区，她先带着他兜了一圈，挨个指给他，这是行政楼，这是食堂，这是活动室，这是澡堂，那边一座座庞然大物，灯火通明，是他们上班的车间。这里俨然是一个完整的小社区。最后，她把车子稳稳停在一幢破旧的宿舍楼前。

楼道里充斥着刺鼻气味，他一声不响地跟着她上楼，一面默默屏住了呼吸。她的房间在四楼楼梯口的位置，正对着厕所。她打开门，这地方比他想象中还要糟糕，不到十平方米的空间里，两张单人床各自占据了一边，仅有几件简单的家具，一张木桌，掉了漆的衣橱，脸盆和洗漱用品堆放在门口的地上，地面没有铺地砖，是不甚平整的水泥地。加朵拉上窗帘，坐到床边换鞋。“你站着干嘛？”她说，“坐啊。”

“你室友呢？”

“她晚上不在这儿住，她结婚了。结了婚就能从这儿搬出去。”

林楷远远地站在桌子前，看着她。她床上铺着艳粉色的印花床单，被褥也大红大紫，充满土气。床头有一扇巨大的暖气片，这房间虽然简陋，暖气倒很充足，让人有些喘不过气。他小心翼翼地问：“那你想结婚吗？”

加朵脱下外套，只穿一件黑色的贴身针织衫。她解开发圈，长发散落下来，乌黑浓密，衬得脸孔更加雪白，美得令他心惊。她坐在那儿直勾勾看了他一会儿，忽然站起身，向他走过来，捧住他的脸，轻轻在他嘴唇上啄了一口。他几乎呆住了，全身一片发麻。

“你很性感。”她说。她微笑起来，眼睛亮晶晶。“有没有人告诉你你很性感，博士？你一定很聪明，能解出所有的数学题。我从小就佩服你这种人。”

他缓缓伸出手，手心已出了一层细汗。他把潮乎乎的双手放在她腰间。忽然，他感觉到裆部被她抓了一把。他终于被激怒了，扑上去狠狠亲吻她。这间屋子距离铁轨如此之近，火车一次次轰然驶过，伴随着钢铁撞击的声音，他亲吻她。他把她按在床上，钳住她的手腕。他想到自己原来是一个傻子，鬼知道她这样挑逗过多少男人，他竟然还妄想能征服她。

那间铁道旁的小屋如近似远，充满缥缈的安乐。从冬天到次年初夏，林楷几乎每个星期都会去住上几天。时至今日，那仍然是他人生中最快乐的一段时光：他在学校里的工作已经完成，只等着毕业入职；他得到了加朵，他们不分昼夜地做爱，在火车的汽笛声中，一次又一次。每次事毕，她趴在窗口抽烟，从那扇窗户望出去，能够清晰地看见铁路道口，总是有许多列车停靠在那里。林楷躺在床上，望着天花板。灯管下方有一根晾衣绳，挂着加朵的衣服，文胸，连裤袜，和一套深蓝色的工装。那身衣服有点太大了，每天上班时，她穿在身上，松松垮垮的，再扎起长发，戴上一顶执勤帽，帽子足可以盖住她半张脸，她的美就被完全掩藏了起来，与一个普通的工人无异。她身高足有一米七四，从背后看几乎有些魁梧，不过也好，他想，这样便不会有人对她动什么不该动的心思了。

六月，林楷毕业。他搬出学生宿舍，在公司附近租下一间三居室的主卧，与另外两个房客合用厨房、卫生间和小小的客厅。加朵有时候也会过来住。她拖了一只小行李箱来，渐渐地，她的东西越来越多，她的护肤品占据了洗漱台的一小块位置，她的衣服填满了原本空荡荡的衣柜，她的鞋子总是胡乱扔在门口，他经常在桌子上发现一只乳贴、一条发带、一管唇膏，或者别的什么属于她的小物件。他喜欢这种感觉，她渐渐进入了他的生活。她的作息和他完全不同，她每周至少要上两次夜班，从晚上八点到早上八点，上完能休息两天。有时她下了夜班回来，林楷正准备出门。休息日她独自待在家里睡觉，她总是在下午三四点钟，他正在开会的时间打电话进来，告诉他她睡醒了，并缠着他聊上一会儿。他的同事都知道他有一个黏人的女朋友。

她在白天洗澡。只有她会使用浴缸，溅得浴室满地是水，并把换下来的文胸和内裤留在水龙头旁边。林楷看到过好几次，觉得尴尬无比——其他两位租客都是男士，他们很可能也看到了这些。他委婉地提醒过加朵，这不是他自己的房子，凡事要注意一点。可她依然我行我素。她习惯只穿着T恤和内裤在公用空间走来走去，她喜欢深夜坐在厨房里吃酸奶，她跟朋友们打电话时会笑得很大声，却从来不肯把卧室门关好。她学不会像其他懂事的合租客那样，互不打扰，安静地待在自己房间，不到万不得已绝不出门。她的香水味散布在整个公寓中，简直让人无法不注意到她的存在。

直到有一次，他回家后看见加朵和C间的男生一起坐在客厅沙发里，有说有笑，共同吃着一份炸鸡。她抽着烟，把烟灰摁在男生手中的玻璃缸里。见林楷突然回来，两人都愣了一愣。加朵解释她只是碰巧遇见他，分他几块炸鸡吃而已。林楷也没法说什么，说多了显得小气，可他心里还是暗暗介意。思来想去，他准备换个房子。他的薪水养活自己不成问题，可要负担加朵的一部分开销，再整租一间公寓的话，就有些紧巴巴的。但带着女朋友和陌生人挤在合租房里，确实不太像话。更何况，他已经迫不及待地想要娶她。

他租下一套精装的一居室，每个月房租是他工资的大半。搬家后第二天，他把家里布置了一番，用红色蜡烛在地上摆了一个心形的圈，当天晚上，他就站在那个圈里，手捧玫瑰花，请求加朵嫁给他。那年十月他们结婚了，林楷从未想过，他会和一个刚认识满半年的姑娘裸婚：没有举办婚礼，没有钻戒，也没有房子。加朵只想要一辆车，于是他买了一辆车，尽管他父母坚决反对："钱要用在刀刃上，车子完全是消耗品。”难道他不明白吗？可他怎么能拒绝她呢。他用全部的存款，外加他父母给的一点钱，买下了一款胡椒白色的宝马 mini Cooper——只因加朵喜欢。

刚把车提来的那一阵，加朵高兴极了。每个周末，只要她没班，他都带她出去兜风，去郊外野游，或者再多叫上些朋友，组团去乡下的河边烧烤。她很容易和新认识的朋友们打成一片，他们都喜欢她。人人都羡慕他有这样的老婆。那些日子，她穿上新买的裙子，打扮漂亮，在树林里跑来跑去，让他觉得世间最美好的事物也不过如此。

他们常常在那辆车上做爱。他把副驾驶的座位往后移，靠背稍稍放倒，让加朵坐着，他跨到她身上去，即使空间狭窄得几乎活动不了，他还是喜欢那样子，因为那是他发现的所能进入她最深的姿势。有一次他把车开进他曾经的大学里去，放慢速度带她参观校园，那是教学楼，那是图书馆，那是体育场，那是男生宿舍，那是学校的地标性建筑，那是某某学者的塑像，那是小树林，情侣们谈恋爱的地方。最后他把车子停在他们学院楼下，那个他曾经待了六年、几乎每日在实验室里辛苦工作的地方，他把车熄了火，锁上车窗，然后爬进副驾驶室上了她。她很顺从，她在这件事上从来很顺从，几乎不会拒绝。那时是下午两点，阳光正照得草坪上亮堂堂，偶有几个人从院楼里走进走出，也许是他曾经的老师们，也许是他的学弟、学妹们。他故意把响动弄得很大，车子在轻微摇晃。也许路人会向车窗里看一眼，也许有人会看见他。可这有什么关系呢？他紧紧抱着加朵，心中是从未有过的快意。

他一度非常幸福，心醉神迷，至少在她开始跳舞之前是如此。有一天晚上加朵很晚才回到家，告诉他，她加入了单位上的舞蹈队。

“你还会跳舞？”

“不太会，只有小时候学过一点。”

林楷嘲笑她们舞蹈队的不专业可见一斑，却也没当回事。“你想加就加吧，跳跳舞也挺好。”

加朵开始每周两次去舞蹈室练舞，林楷笑她“工作从没见得这么认真”。她休息时间也在家里跳舞，跟着电视上的舞蹈视频扭动身体，时而是肚皮舞，时而是啦啦操，跳得汗流浃背。起初林楷还会在旁边看着她跳一会儿，她的动作并不怎么标准，甚至说，他觉得她的身体算不上协调，她总是无法快速地扭动自己的腰身，下肢动作总是慢半拍，有些笨拙之气。而且她个子太高，个子高的女孩跳起舞来难免就有些怪怪的，生怕她一用力，把自己的长腿扭断。他笑了一阵，却也不得不感慨加朵真是活力无限——他下了班，只有瘫在床上，一点力气也没了。

林楷没想到就凭她跳的这种水平，也能代表单位去路局文化宫的演出。文化宫总是有那么多的文艺汇演、各区的风采竞赛，她通通都报名参加。十一国庆前夕，全省有一台重要的献礼演出，舞蹈队为此排练了半个月的节目。那半个月加朵不必去上班，每天待在舞蹈室集训，很晚才回来。演出当天，她给林楷发来一连串的自拍和小视频，在那些合照里，她们十几个女孩画着夸张的舞台妆，美颜效果开到最大级，身上舞裙一块红一块绿，刺眼的妖冶，放肆地搂着笑着。视频里的那些舞蹈片段也使他看不明白，中间领舞的女孩似乎是一群人中唯一专业的人，其他人的身体动作只能用蹩脚来形容。但看得出来，她们已经很努力，并且沉醉在自己的舞姿之中。加朵个子最高，站在左后方的位置，浓重的妆容掩盖了她的表情。林楷看了一段就关掉了，他不知道是哪里觉得不舒服，他说不上来。

每到节日前夕，女孩子们还要跨区、跨省去参加铁道部的彩排和汇演。他简直难以想象文化宫的活动怎么会那么多，且频繁。每到这时，文化宫向车间发来调令，舞蹈队可以统一向科室里请假，就免得去值夜班了。当然会扣掉一部分工资，但加朵毫不在乎，她对这种活动抱有极大的热情。她频繁地参加以各种明目展开的舞蹈集训，有时候，舞蹈队甚至要去外地封闭训练，十天半月不能回家。这让林楷无法忍受。有一次，当她接到临时通知，又要去邻市排练一周，晚上在家里迅速收拾行李的时候，他忍不住在一旁委婉地说：

“这周末我好不容易有空，还想带你去森林公园玩呢。”“周末不行，下一次嘛，我得下周一才能回来。”

“现在天气正好，再过一阵就该热起来了。你不是一直想野餐吗，我叫上鹏飞他们，我们一起去野餐好不好?”

加朵暂停了一下正在叠衣服的手，抬头看了他一眼。她抱歉地笑了一下，随即又继续收拾起来，把卷好的衣服码进箱子里。她说：“下次吧，野餐什么时候都可以的。我已经报了名，不可以临时反悔的。”

林楷吃了瘪，走进卧室。过了一会儿，他又气冲冲地回来。“我不懂你这舞有什么非跳不可的。”他嚷嚷道，“班也不好好上，家也不回，你又不是那种二十出头刚进单位的小孩了，跟着她们天天瞎掺和什么呀!”

“我这周末不想去野餐，”她狠狠瞪了他一眼，“我要跳舞。我说得不够明白吗?”

“我不想让你去跳舞。”他一字一顿地说。“他妈的，你成天没有别的事可干了吗?”

“你有病吧!”她叫道。“关你什么事!”她重重地合上箱子，转头走进卧室里去，砰的一下关上了门。

林楷有些懊悔，他从没见过她这样生气。事实上，他几乎没见过她生气。她从来不会为女孩子们经常生气的那些事而生气，她不会情绪崩溃，甚至也不会哭。在他跟她求婚的那天晚上，林楷半跪在地板上，跪在他自己布置了一下午、摆成心形的玫瑰花瓣之中，举着戒指，自我感动，眼中噙泪，深情凝视着她，牵住她的手，想要在她眼中找到哪怕一丝丝柔情，然而他失败了，她只是美丽地站在那里，如同一株姿态丰美的椰树伫立在水边，遥遥站在他的对岸，顾影自怜。她甚至不会跟他吵架，即使在琐碎的婚姻生活中，她都仿佛被一层水晶罩包围着，那里有一块属于她的领地，任他撞破了头也无法踏入。她太知道如何给自己找乐子，和自己玩，她不是在打游戏，就是在追连续剧，她兴致勃勃地打扮自己，化妆、拍照，她可以用三脚架架好相机给自己拍照，玩上一天，做这些事情的时候，她专心致志，仿佛她的生活里并不需要他。现在她又迷上了跳舞。

林楷窝在沙发里，胡乱换着电视频道，为惹恼了她而气恼。他试图拧开卧室的门，向她道歉，可是门被反锁了，任他叫了几声，她也不应。他趴在门上听，里面没有一点声音，也许她已经睡着了。那一晚，他和衣睡在沙发上。

半夜里他醒来，去洗手间的时候，却发现卧室的门被打开了，留着一道小缝。他蹑足进去，加朵睡得正熟。他掀开被子，悄悄爬进被窝。她被惊动了一下，却没有醒。他轻轻吻了一下她的额头，将她抱进怀里。她没反抗。

第二天早上他醒来的时候她已经走了，行李箱也不见了。

林楷发消息给她道歉——“我不该干涉你的生活”。加朵很快回复，发过来一张自拍，她正在大巴车上。他知道她已经完全不生气了，或许昨晚她根本就没有生气，他的乱拳打在空气里，向一个根本不在乎他的人道歉也是可笑的。他感到胸中仿佛有什么东西堵塞着，甚至迫切地想要激怒她——让她感受到他的感受。如果愤怒也是一种惩罚。

三天后加朵回来，一切如常。她还是兴冲冲地给林楷看这次表演的小视频，舞台上花团锦簇，高饱和度的艳粉、艳紫色，夸张的笑脸，令他感到厌恶。

他在手机里随意翻看，却看到舞蹈队里不止有女性。他早该想到是如此，一台演出把整个单位上漂亮的、爱出风头的人物聚集在一起，红男绿女。他能想象那些跳舞的男的都是什么样子，他们精心打理自己的发型，他们痞里痞气，他们甚至会敷粉画眉毛，他们在排练厅里跳街舞耍帅讨女孩子们的欢心，演出结束后的深夜，他们会带着女孩子们去大排档吃宵夜，用粗鄙的话语逗得她们哈哈大笑——他太知道了！他突然明白了加朵为什么那么喜欢去跳舞。

但他耐着性子看完，将她搂在怀里，亲吻她的脸颊。他说：“你跳得真棒。”亲吻她的嘴唇，渐渐俯身把她压在沙发上。他吃到她的口红，尝到一种工业化的甜味，他注意到她今天化着浓妆，粉底厚重，紫红色的亮片眼影，睫毛浓密卷曲——是假的。他皱了皱眉头，把她翻过身去，一边扯下自己的拉链扣，一边用手去脱她的衣服。掀开她的裙子，把连裤袜往下扯，她的连裤袜卡在脚踝处，她配合地想要自己去脱，他扣住她的手，自己一把用力把一只脚上的袜子扯了下去。他把她的三角裤拨开一边，从后面进入她。他把她的头狠狠按在沙发垫上，她的头发已经凌乱不堪，他钳住她的脖子，几乎是将她的脸按在垫子上摩擦。她发出痛苦的叫声。他从未感觉到自己如此有力，看着她后背和大腿的肤色一点一点发热变红，皮肤渗出细汗，她被紧紧压在他身下，做着徒劳的挣扎。他把精液射在她的体内，然后抽出，将她翻过身来。她直挺挺地躺在那里，一动也动不了。她的假睫毛掉落下来，粘在脸颊上，另一只已经不见踪影了。她的脸上红一块白一块，狼狈无比。她缓慢地自己爬起来，整理着身上的衣物和脏东西。他扔给她几张纸巾，然后独自走向厕所。

几天后，林楷在加朵的梳妆台上发现了一板白色小药片，铝板上写着“优思明”，包装盒被丢在桌下的垃圾篓里。他认识这种药，一种短效避孕药，每日一粒，只要不间断服用，就一直有避孕效果。他拉开抽屉，发现这样的药至少有十几盒，和一排万宝路烟弹一起整整齐齐码在那里。加朵上夜班去了，林楷很想给她打个电话，问问这是怎么回事。

他认识这种药还是因为他的初恋女友。她是他的学姐，比他大一届，名叫李媛。林楷大一时的暑假，他们报名了同一个支教团，去云南的山区支教。据他所知，两个月过去，十几人支教团里，竟配成了四双情侣，其中还包括一对拉拉——在那种环境中，风景很优美，生活又很单调，少男少女们整日生活在一起，想不搞在一起都难。

他们在一起三年。李媛早他一年毕业，找到一份快消企业管理培训生的工作，公司在广州。大三暑假，林楷到深圳陪她。彼时他已经拿到保研名额，只需准备九月份的院考，他自觉胜券在握，每天中午时分才起床，在楼下小店吃一碗隆江猪脚饭，慢慢悠悠再坐地铁去市图书馆温习功课。下午四点多他就从图书馆出来，回家，顺便从附近菜场买回一点菜。那段时间他学习状态不佳，厨艺倒进步神速。他学会了烹饪肉类、炒菜、炖汤、用鸡蛋做出十几种美食，甚至还学着炸鸡腿，味道和外面卖的没什么区别，最大的缺点是费油。他第一次知道油很贵，也需要节省着用。他住在李媛出钱租的房子里，理所应当担负起食品这部分的开销，米、面、油、调味料，他第一次知道这些东西买起来也是要花很多钱的。他还负责大部分的家务。那是个城中村内一居室的小房子，光线黯淡，房间里总是弥漫着一股发霉味道。他爱上了拖洗地板、打扫厕所，把马桶圈擦得干干净净。他觉得自己做这些事是很在行的，并且，他在简单的体力劳动中获得了一种原始的快乐。每天晚上，他做好饭菜，等待李媛回家。李媛会一边吃饭，一边跟他讲今天公司里发生的事，老板骂了她几句，前辈夸她学东西快……她刚刚入职，许多事情拿捏不定，还要来征求他的意见，比如，某封邮件该怎么回复？某项需求该如何跟进？每当这种时候，林楷总是觉得格外安心。他感觉到，他们正在从学生时代过渡到一个新的阶段，那个他曾经无限憧憬的阶段，如今他们已经平稳跨越。他们还拥有了一个温馨的小家，只属于他们两个人，这让他备感踏实。

七月末，李媛对他说，她已经有两个月没来月经。起初他们都没当回事，“会不会是最近工作压力太大了？”他说。他们始终小心，偶有几次意外，似乎也不至于使她怀孕。但验孕棒显示出清晰的两道杠，他们立即预约了医院检查，化验单清清楚楚地告诉他们，她怀孕了，结果不会有错。李媛彻夜痛哭，他都不知道她怎么会有如此多的泪水，她也说不清她究竟是为了什么而伤心，仿佛他们的人生都要被这个小东西给毁了。“完蛋了，”她说，“怎么会这样？这种事怎么会发生在我身上？”是啊，早孕，打胎，这种桥段应该发生在青春小说中自暴自弃的女主人公身上，发生在学校里最坏的那些同学身上，无论如何不应该发生在李媛身上。她那么乖，那么优秀。可那时他都二十二岁了，李媛比他还大一岁，他们天天睡在一起，怀上一个孩子，似乎也不是完全不可想象的事。

他只有抱着她，跟她说对不起。他试图去想象宝宝的样子，却始终无法得到具象的画面。但他知道，有一个小生命，正真实存在在李媛的肚子里，那是他的孩子。他趴在她肚子上，试图听听宝宝的声音。什么也听不到。太小了，还不到两个月。

这不在他们的计划之内，他甚至还没有毕业，她的事业才刚刚起步。他们不敢告诉任何人，两个人凑了些钱，预约了深圳一家知名三甲医院的人流手术。他一直陪着李媛，从术前烦琐的检查程序，到最后尘埃落定的那一天。他还特地去了一趟超市，买了红枣、枸杞、桂圆干、阿胶，以及一只乌鸡、两盒鸡蛋、一块猪肝。她的手术安排在下午，中午出门前，他就把乌鸡汤隔水炖在炖盅里了，晚上回来刚好可以让她喝上。

坐在手术室门外等待的时候，林楷望着那扇冷冰冰的蓝色大门，忍不住鼻酸，掉了几行眼泪。那一刻他暗暗发誓，今后一定要加倍对李媛好，他要娶她，总有一天他们会再拥有一个小孩，失去的东西会再回来。好在手术很顺利，李媛身体素质很好，她是自己从手术室里走出来的。回到家，李媛喝着鸡汤，跟他说起手术后在休息室里，她很快就清醒过来，而她旁边一个高中生模样的女孩，面无血色，虚弱地躺在那儿，任护士怎么叫也叫不醒。后来女孩又被推到抢救室去了，护士告诉李媛，她才十七岁，是一个人来做手术，没有人陪她，“真可怜”。这样的女孩一定还有很多，在更小的年纪，遇到不负责任的男人，比起她们，李媛说自己没有理由不感到幸运。她请假在家休养了一周，林楷把她照顾得很好，她甚至对命运充满感恩，感谢这个小插曲让她看清了林楷是个值得托付的好男人。

医生开了三个月的优思明。就是这种避孕药，防止恢复期间再次意外怀孕。他曾经每天在一个固定的时间，提醒李媛别忘记吃药。其实大可不必担心，从那以后，他们再也没做过爱。他甚至没办法跟她亲热，哪怕只是靠近她的身体，重重顾虑都会袭上心头。他能感觉到她也是如此。他们谁都没有再提起过那个未曾出世的小孩。李媛工作越来越忙，下班时间越来越晚，后来，她索性在公司里解决晚餐，不再回家吃饭。林楷自己一个人，下厨就显得很没必要。有时他叫一份外卖，有时直接煮碗泡面或者牛奶麦片糊弄过去。小厨房里他买来的一大桶食用油、一袋大米和各种各样的调料，再也没有被打开过。至于那些枸杞、红枣和桂圆干，也还剩下大半，它们散落在调味瓶的缝隙中，灶台上、碗架边，不知是他哪次煲汤时不小心洒出来的，可他已经懒得再去清理了。

开学日期临近，他几乎是迫不及待地返回了学校。

是李媛先提出的分手，在那年圣诞节前后。彼时林楷已经被国内一所顶尖大学的研究生院录取，正等待着新生活开启，所以当她说，他们不如先分开一阵的时候，他只觉得如释重负。哪怕后来他知道，其实是李媛背叛了他——她爱上她的上司，一段糟糕的办公室恋情，结束后，李媛曾伤心欲绝地打电话给他，她倾诉，哭泣，道歉，忏悔——他却仿佛听一段事不关己的八卦，生硬地挤出几句安慰，心里没有任何感觉。那是他们最后一次联系。

从研究生读到博士，整整六年，他没有再认真谈过恋爱。偶有几段短暂的艳遇，他都万分小心。他的钱包里随时准备着两只避孕套，只在清醒的时候做爱，发泄完欲望，就迅速离开。直到遇见加朵。

林楷很少想起李媛。可现在，他想要重新去拥有那种温馨与幸福，甚至拥有一个小孩。他找了一只纸袋，把抽屉里的药盒装进去，折好封口。他走进厨房，给自己倒了一杯冰啤酒。他们的冰箱里常备着一罐罐酸奶、可乐、啤酒、苏打汽水，冷冻室里冻着冰块，保证他们想喝冰饮的任何时候都有冰块可以加。除此之外，没有什么别的了。厨房空空荡荡，微波炉门半开着。加朵不会做饭，林楷工作又忙，他们几乎不会在家开伙，搬来这里快一年了，结婚时他母亲送的一套餐具还未曾开封过；仅有一只平底锅，还是之前选购家具时，他在宜家顺便买的。偶尔他会用它煎两只鸡蛋当做早餐，更多时候，他的早饭都是在公司楼下的便利店解决。加朵从来不吃早饭。因为紊乱的作息，她的进食时间也是混乱的，她只会在她感到饿的时候吃东西，有时一天只吃一顿饭。她喜欢叫外卖，那些垃圾食品，油汪汪的炸物，飘着一层辣椒的川菜，她喜欢那些。即使住在同一屋檐下，他们也很难得凑在一起吃一顿饭。

他站在厨房门口，涌起一种想要把这里重新填满的欲望。他不喜欢她拿这个家仿佛只当一个睡觉的地方。自从她加入舞蹈队之后，他们的床边，靠近她睡的一侧的地板上，就一直躺着一只小登机箱，里面装着她的化妆包和几件随身衣物，她随时可以在十分钟之内收好行李，离开这里。

第二天临睡前，他把他"搜缴"到的东西拿给加朵看。"你为什么不跟我商量一下呢?"他说，尽量保持好脾气，"也许我想要个孩子呢?"

"我不知道。"她刚洗完脸，正在涂保湿乳液。"我以为你不想。"

"你怎么会这么觉得?"

她兀自认真地涂抹眼霜。做完例行护肤步骤之后，她抽出一张纸巾，擦了擦手心。她把手机充电器连在床头的插座上，接着她掀开被子坐到床上去，找到一个舒服的姿势，抱着充电中的手机，在微信聊天框里飞快地敲下一行字。"我们没有自己的房子，林楷，"她一边打字一边说，"我可以跟你住在出租房里，小孩可不行。"

"你在这里住得不好吗?"

"我没这个意思。"

他拉开梳妆台前的椅子，在她刚刚离开的位置坐下，坐垫还是温热的。"房子会有的。"他扶了扶眼镜，相当严肃地说，"我跟你说过，我在攒钱了，我有计划。那你能不能也做出点努力呢? 你每天在干什么呢?"

"我怎么了?"

"你没有为这个家贡献过一分钱，有些事说穿了就没意思。你也工作了这么多年了，对吧，什么也没攒下。只出不进。就像你去跳舞，你想去跳就去跳，你想不上班就不上班，不上班就没工分，没工分就没钱，对不对，就这么简单。你只想着你去玩，现在玩爽了，以后怎么办? 你肯定没想过。你就觉得这个月没发出工资来，总有地方给你填补上，总有人给你把窟窿补上。你从小肯定就是这样的，这个月把钱花完了，下个月卡里又有钱了，好像钱会自己长出来一样! 好比你非要买那辆车，我一直没说什么，你想买那就买吧，可是那辆车我们不该买——如果不是要养那辆车，我们现在可能首付都快凑齐了，是吧，说穿了就没有意思。你有没有想过，有一天可能没有人会帮你补窟窿了呢？就像你家里，你妈妈，如果有一天——当然不会有的，你妈妈长命百岁，我只是打个比方——如果，是吧，你怎么办呢，找个有钱的男人？当然你现在有我，我跟你不一样，我有打算的，可是万一，对吧，万一哪一天，我失业了呢？不是没有可能的。我们现在一点打算都没有，这是不对的，加朵，这不对劲。这些事我本来不想跟你说，说穿了就没意思了。”

他说完这一通，定定地看着她。“你就没有什么想说的吗？”她张了张嘴，似乎想说些什么，却一句话都说不出来。

当天晚上，关了灯，她背对他侧躺着。窗外忽然有一束暖黄色的灯光射进来，照出她光滑的后背，她似乎睡着了，背部微微弓起，呼吸声变得沉重。他轻轻抱住她，把头埋在她脑后的发丝中。他摩挲着她的肌肤，另一只手悄悄伸到下面去，抚弄着自己的阴茎。她的身体散发出一种近乎颓靡的香甜气息，时至今日，那味道对他来说已经没有什么新奇，就像是自己身上的味道一样平淡。他小心地褪下她的底裤，试图从后面进入她。可是他弄了好一会儿，动作越来越大，阴茎却依旧绵软不堪。她始终一动不动。他终于放弃，翻过身躺平，那束光线已经倏然而逝，黑暗里他仿佛听见她狠狠地说了一句：“我讨厌你。”

一些微小的变化，发生在他的身体上，他怀疑是大量服用防脱药物的缘故。他悄悄去配了假发，暂停了服药。停药后，他的脱发状况愈发严重，可能也是整日戴着头套的缘故，很多次他在浴室镜子前摘下假发，面对着自己的头顶，他简直无法相信，短短几年的时间，他怎么会变成这种样子。他已经像个中年人一样，像他父亲那样。他父亲是个软弱的男人，面对他母亲的抱怨和坏脾气，从来只有沉默，他喜欢躲在卧室里看武侠小说。他们辛苦工作一辈子，一辈子节俭，抠抠搜搜，为钱发愁，为钱争吵，却并没攒下多少积蓄。培养出他这么一个儿子，是他们人生中最值得称道的事业。

他还有一个小妹，才上高中，他常常要支付她补习班的费用，有时也会在QQ上偷偷给她发红包。从年龄上来说，他更像她的父亲，他跟父母有一个群，他父母把每次月考小妹在班里的排名、老师的话汇报给他，他们三个时常在群里讨论小妹的学习情况。曾经，他想要把她带出来念书——在他们那种小城镇读书是没什么希望的，即使最好的中学，升学率也很低，孩子们在学校里荒废青春，通常都不会考上什么好大学。他曾经想把小妹送到省城上学，然而她并不争气，升入高中之后，爸妈说，她的成绩一直在倒数十名以内徘徊，她越来越叛逆，不听话，有时甚至会偷家里的钱。“你别再塞钱给她，她都会胡乱花掉。”他母亲好几次警告他。他们对于她的态度已经接近于放弃，希望她高中毕业，能在家乡的工厂里谋一份职业，或者去外面打工什么的。好在他们已经培养出一个他这样的儿子，他父母已经知足：家里出一个博士这样中彩票一样的事情，是不会发生两次的。何况小妹是个女孩。

只有他仿佛对小妹负有无法推卸的责任。“最起码要把大学读到。”他说，“学费我来出。”

他们以他为荣，可他知道，那个家他再也不会回去，回去也只是做客。他迫不及待地拥有自己的家庭，加朵——她还是那么漂亮，没有丝毫改变，时间没有带给她哪怕一丁点的痕迹，即使有，也只是让她的风韵更浓，更迷人罢了。是从什么时候开始的呢？她不再让他触碰她的身体，她还在他身边，可他感觉她正在一点一点地溜走。

林楷去了一趟加朵工作的机务段，没跟她打招呼。他开着车，一路驶向动车西站，开上那条宽阔的柏油路，拐入通往村庄的白杨树林。他这才发现这一路是如此漫长荒凉，第一次跟加朵一起来的时候，他太过兴奋，以至于无法准确地感受时间。他想到加朵每次上班，都要坐班车经过这条路；更多的时候，她坐地铁到动车站——那已经是地铁的终点站，然后换乘电动车，穿越乡间小道，到段上去。也许有时她会搭乘同事们的顺风车——就像林楷也会顺路送女同事回家一样——他不知道。他从来没有接送过加朵上下班，这段路程实在太过遥远，已经到达城市文明的边缘。因为通勤不方便，在两个相邻班次之间，加朵会选择在段上住一晚，加朵原来的室友已经在西站附近买了房子，搬出去了，那里彻底空了下来，成为她一个人的宿舍。林楷想到她每周至少要抽出两个晚上，跟她师傅或者什么别的男人一起值守在那种荒村野店、熬过长长的夜，然后独自睡在那里，那个他们第一次做爱的小房间，那个能听见火车汽笛声的、无限暧昧的小房间……他不愿再想下去。

他说干就干。他的目标明确，要给加朵换份工作，让她离开那个他鞭长莫及的世界。他几乎动用了所有社会关系，帮她争取到一个小公司行政岗位的机会。那家公司的副总、创始人之一，是他本科的老同学，斌哥。他特地请斌哥吃了顿饭，拜托他多多照顾加朵。

加朵倒很配合，她早就想换一个工作，一个在市中心的高级写字楼办公、不用上夜班的工作。她很快就不再跳舞了，回到他身边，就这么简单，他猜想她也不是真的多么喜欢跳舞，她就是想去那儿，能有一群人跟她一起玩而已。现在好了，她有了新的盼望，兴冲冲地等待着入职，她原来的同事们都羡慕她，人人都知道她找了一个好老公，能把她的工作调进城里。虽然新工作的工资并不高，甚至还没有她之前的那份高——但他不在意，他的薪水足够养活她，他只要她在他身边，在他看得见的地方，每天在固定的时间上班下班，工作体面，那就好了。一切都很顺利，唯一的障碍倒是他自己的父母，他们认为铁路才是铁饭碗，辞掉工作去私企做“临时工”，这太荒谬了。林楷为了说服他们，颇费了一些努力。但他决心已定，没有什么能将其改变。

加朵的上班时间比他早半个小时，于是林楷提前半个小时出门，先送她到公司，再去自己的公司。通常他到达公司时，他那片区域的工位上一个人也没有。于是他在空荡荡的格子间里拥有了不被人打扰的半小时，可以花几分钟吃完便利店买来的三明治或者包子，然后从容地泡上一杯茶。林楷喜欢喝英式的早餐茶，还是研究生期间去爱丁堡交换的半年留下的习惯，那个阴冷的城市没给他留下多少好印象，他借住在一位华裔陈太太的家里，拥有阁楼上的小卧室，陈太太有洁癖，对于使用厨房有着相当严苛的规矩，他索性不进厨房里去，每日以超市买来的冷三明治充饥。他总是吃不饱，也没交到什么朋友，直到离开时，他的英文口语依然差劲，无法完成一段顺畅的交流。他发誓再也不会回到那里，却常常跟加朵提起英国的经历，带点炫耀的语气——他也是“留过洋”的——他知道在她的朋友圈里，他这种“留过洋”的人绝对是少数。

带有花香的浓茶让他很快清醒。早上多出的这半小时，他精力充沛，精神集中，通常能处理不少事情。林楷新近在一家势头迅猛的科技公司谋得了一个职位，跳槽后他的职级已连升两级，工资涨了近一倍，近来听得风传，公司有意提拔他做部门的负责人。正是干劲满满的时候，他从未感觉到自己如此充满力量，觉得未来充满希望，也比以往任何时候都要更爱加朵。

平生第一次他完全掌握了自己的生活。他完全地拥有一个家，即使房子是租来的，他至少不必再跟陌生的人、甚至讨厌的人分享生活空间了，他经历过太过漫长的学生时代，即使读到博士，都必须住在学生宿舍。现在他完全地拥有这个地方，完整的客厅、卧室、洗手间和厨房，他可以把它们一点一点填满，不必考虑任何外人的意见。他相信，总有一天，他将成为一套房屋的户主，拥有完整的所有权。他甚至完全地拥有一个女人，可以决定她的工作，她的生活。她是属于他的，这一点从未像现在这样确定无疑。他是他世界的主人。

某天下午，林楷因为重感冒，有点发烧，请假提前回了家。一进门，只见浴室的灯亮着。加朵听到开门的声音，慌忙从浴室中探出头来看，她穿着一条淡紫色的露肩连衣裙，裙子把她身材的曲线衬托得很好，他只觉得她胸前那一对乳房是如此突兀，简直是带有侵略性地耸立着。她化了妆，涂着鲜红的嘴唇，还卷了头发，每一根头发丝都性感。她的手包扔在沙发上，看样子她正准备出门。

“你要去哪？你怎么没在上班？”

“下班了，去跟朋友吃饭。”

“哪个朋友？男的女的？”他压着怒气说。

“程雨嫣。她过生日。”

他冷笑了一声：“程雨嫣过生日，你需要穿得这么漂亮吗？”

“不用你管。”她理理头发，走过来换上鞋子，他却挡在门口，不许她出门。“让开。”她说。

“等会儿，我先给程雨嫣打个电话，祝她生日快乐。”

“你有病吧！”

他掏出手机，翻找通讯录。她试图去夺过他的手机。他一把抓住她的胳膊，把她拖到卧室里去，狠狠推倒在床上。他热血涌上头顶，青筋暴起，控制不住地握起拳头。他想要揍她一顿，这个婊子。她捂住脸，身体蜷缩起来。他把她妆台上的那些瓶瓶罐罐全部掼到地上，打碎它们。她尖叫起来。然后他停在那儿，他不知道自己这是怎么了。

他转身颓然坐下，背对着她，垂着头。半晌，她轻轻地爬起来，光着脚下床，走过来找鞋。“神经病。”她咕哝着说。他突然觉得自己很可笑。他一把抓住她，把头埋进她的裙子里，口口声声请求她原谅，沮丧得几乎要哭出来。

他告诉她他在发烧。他吃了一片退烧药，昏昏沉沉睡在床上。朦胧中他听到加朵在那里活动，窸窸窣窣的声响，她蹲在地上，把碎玻璃一块块捡起来扔掉，又拖了地。她没有再出门，他听到她点了一份外卖，坐在飘窗上吸溜吸溜地吃着。他听到她打开 iPad，播放综艺节目，发出咯咯的笑声。她又在窗边抽烟。后半夜他醒了一次，发现她还没睡，她坐在黑暗里抱着手机，她两根大拇指飞快地在屏幕上滑动、点来点去，没有声音，只有画面的闪烁，画面切亮一点，打在她脸上的光就亮一点；画面切暗一点，她脸上的光线就黯淡下去。他出了一身的汗，烧差不多退了，头还是晕，可她始终没有过来看看他的情况，问问他觉得怎么样。他想叫她一声。他忘了自己有没有叫她一声，或者只是哼了一下，只记得自己在喃喃呓语。他想告诉她，他有多爱她，他甚至无法忍受她离开他身边半刻，当他必须离开她去上班的时候，他有多难受。他爱她仿佛一种疾病。他几乎想要跪在她脚边，说他爱她，央求她多看他一眼。她好脾气地看着他，仿佛她已习惯了被这灼热的爱情之火包围似的，仿佛一个医生看着她焦渴的病人，把冰凉的双手敷在他额头上，温柔地说，会过去的，会好的。

一星期后她就走了，那是突然间发生的事。那天他正在公司开会，接到斌哥的电话，说加朵已经办完了离职手续，问他是什么情况。他根本不知道，他给加朵发微信，她不回。他给她打电话，她不接。他疯狂给她一个接一个打过去，她直接关机了。他根本没有心思再继续工作，立刻抓上外套，回家找她。

外面正下着雨，车子开到高架上，导航显示有长达五公里的拥堵，焦灼的紫红色细线。他已经很久没有在傍晚五点钟走过这条路，那一阵他工作很忙，经常加班到深夜。他差不多已经快忘了，五点钟正是晚高峰的时间。他的车子被堵在路中间，一动也动不了。他索性放弃努力，熄火停在原地。夕阳就在此刻降临。阳光本就稀薄，一颗褪色的太阳，无力地落下去，笼罩了成串的车流。远方那些平凡的建筑，屋顶线上泛出一点惨淡的红，红不像红，掺杂了太多灰度，不彻底的，毫无壮美可言。一架飞机从天边划过，留下一道白色的弧线。他看着身边的副驾驶座位，突然泄了气似的。太阳仿佛是在他胸中坠了下去，压在心间，他想叫，却叫不出声，有什么东西被那只倒霉的落日给压住了。

一个小时后，他终于赶到家，家里空空荡荡，卧室里她的那一只登机箱已经不见了。

三

天色渐渐暗沉，出租车驶过老火车站旁一条改造中的马路，我接连看见几家成人用品商店。不知是什么时候下的雪，应该已有几日了，残雪被扫进路边的树坑里，一小堆，一小堆，灰黑色的，寒酸的雪；唯有一家大门紧闭的乐视专卖店前，积雪是白色的，无人清扫。交通广播里，一个跳跃的女声正在播报月全食的消息："今晚，我们将看到一场百年不遇的月全食，令人兴奋的是，此次月全食还将伴有蓝月亮、红月亮、超级月亮等天文现象。上次出现这种天文奇观还是1866年，距今已经152年。此次月全食将从18时50分开始，一直到次日零时10分结束。"

"150年一次的天文奇观。"出租车司机说。车子拐过一个弯，驶离主干道，在一条光线黯淡的岔路上停下来。

"到了。"司机按下计价器，"二十五块，要发票吗？"

我拎着背包下车，酒店就在右手边。一栋四方形的灰色建筑，招牌并不显眼，不注意便很容易错过。大堂灯光昏暗，东南亚风格，随处可见浮着莲花的水缸，香氛是檀香味道。办理入住时，我看到服务生背后立着一排石像，头与肩膀同宽，掌心合十，面孔如佛。

这间酒店看似禅心佛性，然而走进客房，里面的装修又十分色情：一张圆床摆在房间一角，床边墙壁上镶着一面面长条状的玻璃，也是一扇扇镜子，实在是精妙的设计，这样你躺在床上，便能在镜中看到无数个自己，人影变得虚幻重叠——而床顶竟然还有一块圆形的凸面镜，映出变形的墙面和家具。整个空间都是暗紫色调，即使打开所有的灯，也不足以照亮这里。被单上洒着几片不太新鲜的玫瑰花瓣。

我不知道林楷怎么会定了这样一家酒店。房间里信号不好，我拨电话到前台询问无线密码，服务员告诉我，账号和密码就写在床头柜上的一张小卡片里。她说了一串数字，我没记住，也没有找到所谓的小卡片，却不想再次去询问了。林楷发消息给我，说他刚下动车，打车过来大概还要一个小时。

"你饿了的话，就先去吃点东西。"

林楷从没来过沽城。他和加朵在一起的时候，她从未带他回过家乡。我也久未回乡了，我甚至有些忘记了，我们家从前的老房子在五楼还是六楼。沽城是从什么时候起变得如此破败的呢？大约就是高中毕业的那一年。到一个更大的南方城市读大学之后，每一次回乡都令人难以忍受。十八岁，沽城送我出门远行，然后它停在那一刻，不肯再往前走了。短短几年间，我父母送走了他们各自的父母，终于了无牵挂。爷爷去世后，整整四年，我带着父母到三亚的同一家度假酒店过春节，他们挺喜欢那里，温润的气候对我父亲的肺病也大有益处。后来他们索性在海南买了套房子，像候鸟一样，一年一度地迁徙到岛上过冬。对我而言，回乡便更无理由了。

如果不是因为林楷……

几个月前，林楷打电话给我，说加朵走了，问我知不知道她去了哪里。挂掉电话，我坐在办公室里，感到有什么东西从我身上轰然碾过。我想起高三那年冬天，加朵也曾计划着一场逃离。她说她受够了高三，她不想来学校上课了，她要和窦叔叔私奔，去云南，去广州。她说了很久，那段时间，她一直在跟我们讨论应该带哪些行李、如何稳住家长、不让老师发现等等细节问题。我们都不敢相信她真的要走了，她哪里来的勇气？我心情很低落，就像后来得知她出走后一样低落。

她依旧常常逃课去找窦叔叔，却不再叫上我们。直到某天放学，她让我陪她去药店买点东西。她问我了解紧急避孕药吗，她这个月已经吃了三次。我们蹲在药店门口，用手机搜索，百度上说，那是不行的，一个月吃三次，那是相当危险的。加朵脸色铁青，我说你怎么不让窦叔叔戴安全套呢，她说窦叔叔不肯，窦叔叔说"戴套做爱就像穿着袜子洗脚"，她说到这句话时，还忍不住笑了一下。

她自己进去买药，我在外面等她。她最终还是吃了，本月的第四片。"窦叔叔有点坏。"我小心翼翼地说。她点点头，然后说，窦叔叔把她甩了。

她的逃跑计划无疾而终——不过这回她真的不用来学校上课了。那时艺考将近，班里几乎每天都有人请假，去上考前突击班。加朵也被送去了省城的画室，进行封闭集训，为即将到来的美术联考做准备。最初几天，每个晚上她都会打电话给我，哭诉画室的条件有多么艰苦，训练节奏多么快，她五点钟就得起床，在画板前坐上一整天，画得要吐了。一个男老师总是抓住她的错处不放，把她骂得狗血淋头，她受不了了，她想念窦叔叔，她想逃。我想安慰她，却不知该说些什么。我不知道我是在替加朵难过，还是为窦叔叔而难过。我的难过那么真实、那么长久，所以，几星期后，当加朵告诉我，她又爱上了那个凶巴巴的男老师，并和他睡在一起了的时候，我简直生气至极。

那年冬天，我辗转奔波，参加各地高校的校考。我拿下了几所戏剧学院的合格证，排名也相当不错。回到学校，高考便只剩一百天了。老师找我谈话，父母也与我长谈，所有人语重心长，强调着文化课的重要性。“越到冲刺阶段越不能放松自己，”有一次班主任把我叫到办公室，对我说，“你和翟加朵他们不一样。”加朵他们拿到艺考合格证，就好像拿到了大学的录取通知书，每天只顾疯玩。而我比以往任何时候都要努力，一模，二模，三模，我的成绩一点点在进步。

考前在校的最后一天，准考证发下来了。我、加朵、张晨阳、娜娜……我们曾经一起玩的那伙人——有五六个人，竟然被分到了同一个艺术生考场。后来我们去看考场，发现加朵的座位就在我的正后方，中间只隔着一个外校男生，张晨阳他们则零散地分布在我周围。他们激动坏了，加朵更是喜出望外，她抱着我尖叫：“太好了，高考有救了。”她连怎么抄都想好了，她让我往右边侧一侧身子，把答题卡露出来，她到时跟我后面那人打声招呼，让他先抄我的，她再抄他的，然后她再想办法把答案传递给张晨阳他们——就像我们平时考试作弊一样。

那天回到家，我大哭一场。我怎么拒绝他们？他们觉得那是无须多想、理所应当的。我似乎理解了班主任为什么说我和加朵不一样：加朵即使从不努力，也能通过美术联考；加朵不需要勤勤恳恳背书，她坐在我后面就好了；甚至，她即使考不上大学，也会过着优渥的生活，比我更好的生活。她爸爸是沽城某实权部门的官员，濛的朋友。所以她大可不必担心濛会真的侵犯她，她只是有点害怕。她招人喜欢，所以可以迅速地忘掉窦叔叔，投入下一个男人的怀抱。可她毫不在意的，是我仅有的一些东西。

我没有帮她作弊。我埋头专注于自己的试卷，尽量不去管她在后面闹出的种种响动。考完最后一科，从教室出来，她根本没再理我。她挽着张晨阳的手臂，从我面前走掉了，仿佛不认识我。

“他偷了什么重要的东西吗？”林楷问。

“什么？”

“你们玩的那个跑酷游戏。”

“他就只是在逃命而已。”

后来，躺在沽城那家东南亚主题的怪异酒店里，我把从前发生的许多事讲给林楷听。我们的话题大部分是关于加朵。她走后，林楷找过我多次，有段时间他很依赖我，也许因为我是这座城市里，唯一能跟他谈论有关加朵的过去的人。在咖啡厅，在下班后的小饭馆，在深宵的酒吧间，有时则是在他那辆为加朵而买的小轿车里，他向我倾诉他跟加朵短短两年的婚姻生活中的点滴片段，努力回忆细节，让我来评判，到底是哪个地方出了问题。他反复问我该怎么办，加朵又是否跟我说起过什么——像一个被抛弃的可怜女人那样——“你们是最好的朋友，她总说是跟你在一起”。

她总拿我当挡箭牌。从前上高中的时候，每到周末，加朵要跟男孩子出去玩，总会跟她妈妈说，是“跟程雨嫣在一起”，她妈妈便不再多管了。跟程雨嫣在一起意味着什么？我是她朋友中最乖的一个，大人眼里绝对不会闯祸的那种小孩。我按时完成作业，认真对待每一场考试，老师在成长手册上对我的评语是“听话”和“文静”。她妈妈打电话问我加朵在哪里的时候，总会捎带一句“雨嫣你多带一带加朵，让她跟你学习”。最初班主任把我调做加朵的同桌时，也曾希望我能够影响她。

我改变她了吗？高考过后，一直到我毕业工作，我们大概五六年没有联络过。通过一些共同的朋友，我才知道，她并没有考上任何大学，她连艺术类最低分数线都没过。她复读了一年，就在那一年，她爸爸因贪污等罪名被警方带走，等待他的将是十年以上的刑期。加朵的妈妈，那个柔弱的女人，那个曾经在半夜给我打电话，问加朵是否跟我在一起的女人，精神濒临崩溃。再后来，加朵只能去念了一所潦草的专科学校。

我一直在想，如果高考那天，我借她抄了答题卡——甚至不用太多，选择题就够了，她那时只需要考三百多分就够了——也许她就能考上那所她已经拿到合格证的美院了呢？也许后来的事就都不会发生。无常并没有发生在我身上，我进入 A 城的戏剧学院，修习电影和文学，毕业后，我签约了影视公司，留在这个规模空前的巨大城市中工作。我身边几乎所有朋友都是从影视这个圈子里延伸出来的，他们是导演，摄影师，画家，纪录片制作人，独立作者，我们在一起讨论电影、演出、剧作，以及一些我们并不懂得的东西。大家都自认为是挺酷的人。他们大多数烟抽得很凶，喜欢泡吧、蹦迪，喝掺了苏打水的假酒，在震耳欲聋的音乐声里和陌生人拥吻，私生活混乱——可是，也仅仅是到此为止的堕落。

又过了几年，我才再度见到加朵。是她先打电话给我，说她到 A 城来了。当时她在 A 城一个朋友也没有。她说她住在动车西站附近的铁路职工宿舍，每天非常寂寞。

我们重新做回朋友，谁也没有提起那件事。我们一见面，便没有任何障碍地重新玩在了一起，用家乡话聊天，一切都如此熟悉，过去消失的几年变成一片真空，仿佛没存在过。

我才发现她其实从未改变。我曾以为多年的 A 城生活改变了我，但其实也没有。

在加朵消失的那些年里，我时常觉得她并未远离，就像我因她而认识的那些男人，也依然会时不时出现在我的生活里一样。说也奇怪，从小到大，我从来就不招男生喜欢，身边长期保有联系的这些男人，大都是通过加朵认识。濛，我读大学的时候，他曾出差来过A城过一次，他联系我，说要带我去本地最高级的餐厅吃饭。我那时已经知道，他带我去的地方远非什么“最高级的餐厅”，见到他的时候，却仍有一种故人般的亲切。那天晚饭，是在包房，像从前一样，当我去到的时候，他已经点好了一桌子菜，在那里等着我了。我还是很拘谨，遥遥和他对坐在一张巨大桌子的两端，听他给我介绍，哪些菜是当地的特色。我在这里已经待了三年，难道我会不知道吗？可我只有微笑着，觉得没办法不体谅他。我们没有什么话可说，他偶尔问起加朵。关于加朵爸爸的事，他闭口不谈。他只问加朵最近怎么样。他甚至不知道加朵去哪里读书了。高中毕业后，她就再也没回过他的消息。濛不怪她，他看起来俨然像一个父亲，因为女儿的叛逆，被遗忘、冷落在家里的老父亲。

后来，濛又给我寄过几次零食，每次都是很大一箱，我要找室友帮忙一起去快递站搬运才行。我像加朵一样，把零食分给朋友们吃。再后来，濛也消失了。连他的QQ头像，都从我的列表里消失了。直到加朵来到A城后，有一次我们一起去逛街，她突然提起濛，说他破产了，现在厂里的电费都交不起，他终于回到浙江老家，他那个长得像电影明星的妻子身边。“濛一定染上了一身性病。”加朵说，天知道她怎么会又提起这个。“你觉得呢？濛一定有性病。”她又一遍地重复着。

至于窦叔叔，他跟加朵分手后，就回到广州，重新做起服装生意。前些年我去广州出差时，见过一次窦叔叔。窦叔叔说要来接我，但最后，只肯到地铁站接我。他说了一个地铁站的地址，我拎着行李箱，乘扶梯缓慢爬升，看见了站在出站口的窦叔叔。他有点发胖，但并没有怎么变老。他轻轻拥抱了我一下，说，好久不见。然后带我走了两条街，找到我预定的那家商务酒店。他问我想去哪里逛逛，刚好他这两天没什么事情，可以陪我。那天晚上，我们在一家露天的茶餐厅叫了两份烧腊套餐，骑着共享单车到花城广场，看音乐喷泉。坐在草坪边的长椅上，他掏出一包烟，问我要不要抽。我摇摇手，自从离开他们，我再也没碰过这玩意儿。

那时是五月，广州已经有些闷热，我穿着短裤，在那儿坐了一会，很快腿上被蚊子叮起几个大包。我俯下身来在小腿上抓痒，窦叔叔看了说，我们起来走一走。于是那天晚上，我们绕着花城广场，走了一圈又一圈。我走在窦叔叔的影子里，他很高大，我们始终隔着一个拳头的距离，连身体也不曾相碰。我们诉说别后的光景，言语中，他还是把我当成一个念中学的小孩子，即便当时我已经二十四岁了。他早就卖掉了他那台雪弗兰轿车。他的生意依然没什么起色。他没再结婚，但现在有了固定的女友。我们甚至说起张晨阳，他从一所艺术学校的播音系毕业，并减肥成功，现在变得相当标致，成了沽城电视台的一名主持人。他甚至已经当爸爸了，经常在朋友圈晒出女儿的可爱照片。

我们却始终没有提起加朵。

我们在外面吃了宵夜，凌晨一点才回到酒店。送我到楼下后，窦叔叔并没有要离开的意思，一直跟到了房间里。那天晚上，我们睡在一起。第二天中午醒来，窦叔叔就走了。他走时我还躺在床上，他把手伸进被子里来碰了碰我的脚，说声“我先走啦”，就出门了，如同人生中每一次淡淡的别离。从那以后我再没见过他。

我一直犹豫要不要告诉加朵，我想以加朵的性格，即使告诉她，她也不会介意。有一次我试探着问加朵："你还记得窦叔叔吗？"她犹豫了一下，她明显是想了一下，然后说："张晨阳他舅？"我就没再继续说下去。我知道她从不跟过去的情人联系，从不藕断丝连。她对她从前每一段关系的评价都是：恶心。

那时她已经决定要嫁给林楷。我记得是在她段上的公共澡间里，她告诉我这个消息。那天我坐地铁到达这城市的尽头，想去看看她工作的地方。那是夏天，她骑电动车来西站接我，风从我们耳侧吹过。夏风温柔，比情爱时的抚摸还要动人。

在铁道路口，她教我如何过铁道，一停二看三通过，我们像两个小女孩去春游似的，沿着铁轨越走越远，几乎到了村庄的边缘。然后我们又走回来，出了一身的汗。时间已经不早，天全黑了，她央求我住下，住在她的宿舍，她不想一个人睡。晚上，她带我到澡堂洗澡。我们趿拉着拖鞋（我穿了她的一双），从宿舍出来，大概走了五分钟，抵达亮着灯的澡堂。浴室里空无一人，是因为太晚了吗？那种老式的北方公共澡堂。从前小时候，我家里没有热水器，每个周末，妈妈都会带我到附近的一家澡堂洗澡，我们抱着装满洗漱用品的脸盆，走在去澡堂的夜路上。澡堂里长久地散发着一种水蒸气的芳香味道，可我总觉得那里面很脏，我总是尽量让自己的脚不要踩在肮脏的腻着水渍的地板瓷砖上。很多很多年，我没有去澡堂洗过澡了，我大学住的宿舍也有独立的卫生间。那一天，我和加朵一起脱光了衣服，站在那个脏兮兮的澡堂里，热水通过一根铁管流淌下来，重重地砸在身上。地板黄黄的，排水口塞满了女人的头发。加朵白花花的肉体蹲在那里，在排水口撒了一泡尿。

她冲洗着身体，一边告诉我，她准备结婚了——"是个博士。"

"哦，蛮厉害。他怎么样？"

"长得有点不太好看。"

"那你喜欢他吗？"

"还行。"

"他对你怎么样？"

"还可以吧。"

"什么时候办婚礼？"

"不想办婚礼。不想让从前那些人知道。"

"那房子呢？"

"还没买房子，他没钱。"

"加朵，你不爱他。你干嘛要跟他结婚？你会后悔的。婚姻这么大的事，你想清楚一点行不行。"

"结了婚我就能离开这里。"她冲完头发，抬起头来。"他再不好，好歹是个男人。你呢？你怎么不找个男人呢？这么多年，你都一个人过的吗？你一个人怎么过得下去呢？”

“我过得很好，大姐，你不用为我操心。”

“你真是个修女。”她说，然后她关上水龙头，“我洗完了，我在外面等你。”

我不知道还能说些什么。我真想告诉她，我一直觉得爱情很糟糕，这都是因为你。我没办法跟一个男生维持一段正常、长久的关系，都是因为你。我对爱情没什么好印象，也没什么憧憬，大概都是因为高中时，我看多了你和你身边那些男孩或者男人们的状态。我会想到肥胖的张晨阳，用他那双刚刚摸完下身的手、抓起女孩子们的手，笑嘻嘻抚摸的样子。我会想到濛有性病。就连我曾经爱上过的窦叔叔，我也只会想到他那间破乱的摆放着假人模特的出租房，想到他的冷漠，想到他无情地离开，想到他的相机里，你的那张裸照。而你毫不在乎，你甚至不会痛苦。你只需要一次、又一次地离开，就好了。

现在，你拍拍屁股又走了，你的男人又一次地躺在我怀里，躺在你曾经生活了将近二十年的这座城市里。有些事我跟他讲了，有些事没讲。我自然不必把所有事都告诉他。我没告诉他你去了东南亚的某个海岛上，跟一个新的男人在一起，终于实现了你私奔的愿望，可你可真是伤透了他的心。我没给他看你发来的那张照片，你站在葱葱郁郁的树林之中，穿着淡红色的连衣裙和罩衫，看起来快乐又自由。后来每当我闭上眼睛，就能想到那个画面。我想到你光着身子，一丝不挂，躺在热带的雨林之中，仿佛一株肥美的植物。世界上有千百种树林，何以那片区域的林子能被称为雨林呢？雨水从天而降，伴随终年的高温，那里的植物不会落叶干枯，只知生不知死，也就不知愁苦，只需要生长、生长，尽力伸展叶片枝干至最阔大的形态，这真是上天的福泽。

这个男人突然在我怀里哭了起来。他说他爱你，他没想到他爱你已经到了那么深的地步，为什么你如此冷漠无情，为什么你还是要离开。我拍着他的肩膀，感到悲从中来。对你产生嫉妒当然是荒谬的，你已经把可以分享给我们的都给我们了，你从不吝啬——可是，拥有了你的丈夫，我就能变成你吗？走过与你相似的道路，坐上同一辆小汽车，我就能变得像你一样了吗？我永远无法离开自己的生活，无法放弃我所拥有的一切，因而，我还是在该怯懦的时候怯懦，该虚伪的时候虚伪。我听到隔壁门外一家人出动的声音，小男孩的叫声，妈妈带着小孩子路过，说：“这是很难得一见的场景。”月全食大概已经开始了，是很难得一见的场景。新闻上说，月亮会渐渐消失。接着，它散发出难得一见的锈红色，使人群发出惊叹，然而只是那么一瞬，它马上就会恢复原样。人群会散去，他们数说着天文奇观，将拍到的模糊照片发送到社交平台里。接着他们会忘记。没关系，月光会重新照拂在雪落过的土地上。月光落在这座城市的每一处角落，我想起曾经和你一起以放肆方式在这里度过的少女时代，我想起我们的朋友们，想起窦叔叔，甚至想起濛，想起《胭脂扣》，负情是你的名字——林楷的手搭在我的肩膀上，他不再啜泣，他的肩膀不再一耸一耸地抖动，他会想起你吗？连你的快乐都是可恨的。加朵，有那么一刻，我真心希望你永远不要再回来。

记忆书写中的童年经验

余静如

张黎的小说《筑巢记》是一篇完成度很高的作品，几乎在MFA每一届众多的毕业作品中，都会有一篇像《筑巢记》这样的作品出现，它们共同的特点是来源于作者自身日常生活的经验，这里的经验并不指个人经验和内部经验，更多的是整个家族的经验，或者父母一辈的经验以及跨越时代的社会生存经验。在这样一种书写中，MFA的作者们往往都采用了全知视角，以力求客观的态度去审视自己曾参与过的经验。这样一种客观审视日常生活的态度，在写作这一活动中是一个很好的开端。这也很符合王安忆老师在写作课上所提出的观点：写一个人物，应当要知道他的“生计”。

张黎的小说《筑巢记》，主人公是一名叫做芸姐的单亲妈妈，正如小说的标题，芸姐的人生目标便是有一间自己的房子，在女儿小凡幼年时，芸姐带着她住在职工宿舍，遭遇拆迁之后，母女二人面临着无家可归的状况，而芸姐此后的人生也便围绕着“筑巢”这一目标而奋斗。作者并未在小说中设置太多的人物和戏剧性，也没有在叙事技巧或是结构上下功夫，而是按部就班，十分细致地遵从了日常生活的肌理，芸姐在啤酒厂做销售，在超市摆摊，租门面做中介，她在生活中做出的种种努力在作者笔下并未经过渲染，一个平凡人在艰难生活中的韧性，以一种极为真实的状态呈现出来。这正是作者想要表现的内容，张黎在创作谈中提到，她是将日常生活做一种“真诚无遮蔽的展示”，“日复一日的生活充满了琐碎、重复、顽固的弱点，也映照着人们在其中的保守、怠惰与迟钝”……“在那些年代，我印象最为深刻的，便是极致平淡的日常生活，它们也成为这篇小说最着力表现的内容之一”。

值得注意的是，在无数的童年经验中，张黎选取了“买房”这一事件来组织这些素材，这一对主题的选择便是作者对于写作“意义”追求的体现，从作者的创作谈中可以看出，选取这一主题不仅仅因为童年记忆，也来自作者对“城市变迁”的观察与思考。作者注意到：“芸姐每一次的放弃又拾起，与城镇本身的发展进程也密切相连。从九十年代的职工宿舍……最后到占领整个城市的高层楼屋，这是二十一世纪初中国几乎每个小城的变迁轨迹……”除此之外，张黎还注意到在不同的城市空间中，人物经验与社会身份的不同，比如芸姐在张俊生（她的丈夫）去世前后的身份变化，居住地的变化，以及职工宿舍从令人羡慕的优渥住所变成城市规划中需要删去的部分，等等，这些发现都是很有意义的。虽然在整个作品中，这些思考没有得到更进一步的体现，但一部好作品所应具备的元素，已经在《筑巢记》中得到了初步的展现。

作品展示:

筑巢记

张 黎

1

那是夏季的最后一天。

永镇的夏天总是比日历上结束得更晚，九月初了，永动机械厂大院里的每棵树都还挂满绿沉沉的叶子。芸姐叫不出这些树的名字，十年了，这些树从她到这个厂之前就长在这儿了，听老厂工说，1989 年厂子效益最好的时候，厂长运来了十根小树苗，齐刷刷立在了职工宿舍前，说是要给工人们创造良好的生活环境。没人想到这蔫了吧唧的小苗能长成今天这样，长到枝枝丫丫都伸展开来，上面缀满了沉甸甸的肥厚叶子，长到永动机械厂都倒闭了，它们还在拼命往上蹿。

往上蹿了好，遮点这大热太阳，芸姐说着，顺手往楼下倒了盆白浊浊的淘米水，老楼的层高很高，三楼倒下去的水隔了两秒才落地，发出一声嘭的巨响，白茫茫一摊铺满了树根。

张晓凡趴在桌子上，说是写作文，其实在作文簿底下偷偷描着葫芦娃，刚点完眼珠子，听见哗啦啦的水声，挣扎着挪动屁股跳下来，拖鞋还没穿住，噔噔跑去栏杆边上，往下探了探头嚷道，妈，不是说好下次淘米水给我倒着玩吗？芸姐把搪瓷盆哐当放到案台上，淘米水有啥好玩的？小凡大声回，好玩啊，我觉得好玩，而且你不是答应过我吗，你每次答应我的事都做不到，上次说星期六带我去滨河公园，到现在你也没带我去。小凡杵在那，踩着穿反了的拖鞋，细听声音里已经带了点哭腔，她右手的钢笔还没卸下来，食指和大拇指间缠着橡皮筋，看着像只雪白的腌鸡爪，这是为了矫正握笔姿势，芸姐想出来的办法。书法班太贵了，还不如自学，一根橡皮筋就能解决的事情，用得着花两百块钱上一学期课吗。芸姐有很多生活的法门，这些法门给她一种自信，仿佛能面对任何一种生活，比如现在，拆迁弄停了水，她就去大院门口的大酒店后厨拎水回来洗菜做饭，拆迁堵了下水道，她就在把脏水直接从廊台倒下楼，反正所有住户都搬走了，她谁也不碍着，拆迁拆了公厕，她就买个痰盂铺上塑料袋，解完手打好结，塞到黑色垃圾袋里一块丢。能吃能喝能睡能撒，这日子就能继续过。等到保障局的安置房之前，这个家是绝对不会搬的，自己这不是在等待一个拆迁，而是在等待一套新房。芸姐下定了这个决心，每天上楼下楼的步子都格外有劲。

九点一过，东门菜市的喧闹声渐次平静，一般这个时候，芸姐都会准时出现在菜市口。她时常拿着捋成一长条的超市塑料袋，沿着摊位挨个检阅过去，捏捏空心菜，掂掂冬瓜。买菜的时机是个大学问，来得太早，摊主们仗着人多一分价都还不了，来得太晚，好菜好肉都被挑完了，只剩没营养的边角料，只有九点这个空当最好，大部队已经过去，懒的主妇还没出门，有菜可挑，也有价可讲。芸姐有个习惯，每买完一样菜，总要抻开那个大塑料袋掂一掂重，掂到觉得差不多要拎不动的时候，就扭头回家。但是今天，芸姐的大塑料袋只装了两样菜，就扭头回来了。

芸姐在菜市遇到了余梅。

芸姐总觉得余梅和自己有点过节，最可能的原因也许是八年前自己进了厂里，而余梅却被辞退了。芸姐觉得这事和自己没啥关系，是余梅自己算错了账，一个会计算错了账本就是大问题，更何况还让厂里损失了三千块钱。三千块哎。幸亏当时厂子效益好，厂长没问余梅要赔偿，但不多久通报就贴出来了。余梅收拾东西走的那天，正好是芸姐第一天上班，芸姐站在旁边，看余梅边抹眼泪边把桌子上的东西都塞进包里。余梅有轻微斜视的毛病，和人说话的时候没法正眼看人，芸姐不知道，看余梅一直不肯看自己，心里慌恻恻的，仿佛是自己挤走了她。但当芸姐坐在大桌子前，看着眼前一排排鲜艳艳的印泥和公章，心里突然变得坦荡了，她甚至暗暗发誓，绝不会犯余梅那样的错误，别说三千了，三分钱都不可能从她这里算错。余梅从厂里离开后，去了个乡镇的民办企业，芸姐每每挎着鲜亮的皮包踏进办公室，脑海里都会浮现出一个破烂的乡镇企业办公室，每每想到这她都浑身一激灵，算起账来也更是认真。无论如何，芸姐都不想再回到乡下了。芸姐确实做到了，在

张　黎

她当班的这些年，从没算错过任何一笔账，年年都是厂里的先进职工。芸姐把先进职工的奖状一张张收好，放进当代汉语大辞典里压平。一直压到了第五年，大辞典再也没打开过了，永动机械厂倒闭了。

芸姐以为自己再也不会遇见余梅，一个八年没见过的人。八年，这在芸姐心中曾是个天高地远的时间。但从余梅离开算起，从自己进厂算起，芸姐不得不承认，这确确实实是八年后了。被余梅喊住的时候，芸姐没反应过来，等认出人来，她第一反应就是抬手摸摸自己的眉头，还好，今天出来画了眉。余梅乍一看上去和八年前没什么不同，仔细一看，能看见眼角多了几条褶子，眼尾掉下来一点，反而遮掉些斜眼，看上去和善许多。她讲话听起来也挺和善，她说文芸妹，好久不见啊，她还说，文芸妹，你还住职工宿舍区吗，我在你对面小区呀，新房，过俩月装好就搬。余梅说话的时候还是老样子，不看人，芸姐在她离开后的第二天就知道了，那是因为她有斜眼的毛病，但芸姐心里还是慌恻恻的，不是因为余梅的斜眼，是因为，余梅有房了。

连余梅都有房了。事实上在余梅走后的很长时间，芸姐都有意无意在各种各样的场合搜集她的消息，她知道余梅去了乡里，知道那个乡镇企业看起来破破的不太行，甚至连余梅新办公室有几个热水瓶都知道得清清楚楚。怎么听怎么比，好像都是自己的选择更正确一点，听了几年，大家慢慢忘记了这个人，芸姐也再搜集不到什么可比较的信息，也就慢慢淡忘下去了。直到永动机械厂倒闭的那年，芸姐把办公桌上的茶杯复印纸一一塞进包里，恍惚觉得这画面有些熟悉，她想起来了，五年前她就见过这个场面，只不过那时候她是旁观者，还揣着些隐秘的期待和雀跃，芸姐很努力想回忆起自己那个时候雀跃的心情，发现什么都想不起。一切都变了，但又好像什么都没变，一排排公章还整整齐齐摆在桌上，厂长让她把那些公章都处理了，因为长年不动，公章的底座和桌子粘在一起。那天最后芸姐一个个抠了好久，才把所有公章台都撬起来，芸姐把它们和大辞典一起装进一个结实的塑料袋，塞进自家床底。

在那之后，余梅又渐渐被人提起，芸姐听说她在的那个乡镇企业，后来评上了开发区重点扶植项目，这几年发展得很好，办公室也从乡下迁来了开发区，下岗的小姐妹有去投奔她的，听说新办公室宽敞明亮，还装上了饮水机。芸姐听到的时候只是笑笑，不说话，心里也不再暗暗比较，因为没得比头了。但这所有的平静，都在听到余梅买房的那一刻被打破了。

芸姐拎着两捆菜就回家了，到家喝了口水，她坐到电话机旁，拨通了劳动保障局的电话。号码她早就背熟了，等电话接通，芸姐特意压低了音调说，您好，我是传动机械厂的李文芸，我找103办公室的王主任。等待的间隙，她觉得嗓子有些痒痒的，但她忍下来，没有咳嗽。不多时，对面传来一句女声，不好意思，王主任开会去了，今天不在。接线员的声音听起来冰冰凉凉的，芸姐觉得她态度不行，但也不敢放大音量，只好再往下压了压声音，用一种尽量通情达理的声调说，这都两个星期了，王主任都不在，我们这职工宿舍就要拆迁了，拆迁办天天来催我，我等着王主任给安排房子的事呢。说完又觉得好像不该和这个陌生的接线员讲那么多，于是补上一句，请问王主任什么时候回来啊？对面好像根本没听到前面那一长段，只说了句，领导的安排我们也不知道，不好意思。就挂了电话。芸姐有点失落，觉得是自己没讲清楚问题的严重性，想想又觉得自己做得对，房子的事，怎么能轻易让别人知道呢。她要等到真正拿到了房，住进了新家，再告诉所有人，我有新房了。

王主任消失了两个星期了。挖掘机已经停进了大院。

是什么时候知道要拆迁的呢？芸姐想。大概是三个月前，她照例驮着一袋子菜回来，刚走进大院，就看到楼下泛黄脱落的墙皮上，写上了一个惨白的拆字。工人用手臂能伸展的最大长度为半径，将这个拆字框进一个硕大的圆。芸姐推着自行车站在门前，觉得这个圆画得真是规矩。自己当年给新会计们培训的时候，也在黑板上画过好多这样的圆，这些圆框起一组组密麻麻的数字，但从来没有一个画得像这样好。那些扎着大辫子的女生总在下课之后追着她说，芸姐芸姐，你那个板书咋写那么好呢，那个圆画得那么圆，我拿粉笔简直都写不好字。芸姐是越听到夸奖就越谦虚，是我小时候爸爸管得严，天天逼我练字，你只要毛笔字写好了，其他的钢笔字粉笔字，就都写得好啦，但我现在已经好多年不练了，退步很多啦。小女生们就叠声喊着哪有哪有。芸姐后来只要再想到拆迁，就满脑子都是那个浑圆的圆。

一个个圆画在了所有房间门口，包括芸姐那间，它们像一个个规整的章子，印满了整栋宿舍楼，宣告着一个名为终结的命运。芸姐不觉得终结有什么不好，她和大院里所有的人一样，几年来一直都在等这个终结。

新的楼房就在大院右面，它有个官方的名字，叫回迁房，但永动机械厂的职工们都不这么叫，他们叫它——新房。这确确实实是大家的新房，是永动机械厂所有下岗职工的新房，除了芸姐。芸姐仍能清晰地回忆起分房时候的每一个细节，大家是如何奔走相告的这个消息，只要交两万，就能拿到一套新房，大家又是如何喜气洋洋地约定着要做谁家的邻居。芸姐和所有人一样，被巨大的喜悦笼罩着，她甚至规划好了要给小凡布置一张怎样的写字台，还要置办一个顶高的书架，用来放那些长年累月塞在床底的书本和笔记。

芸姐早早把户口本从箱底取出来放在床头，安静地等待那个大日子的到来，然而比那个大日子更提前到来的，是女儿小凡的一场大病。先是出了一身的水痘，然后又连着两天高烧不退，芸姐向来害怕医院，在小诊所拿了药每天给小凡涂水痘敷毛巾，却一点儿不见好的迹象，到了第三天，低烧突然转成了高烧，芸姐不知所措，左思右想，还是打电话叫来了周慧。下这个决定还用了一些时间，毕竟要向一个跟自己老公有点过去的女人开口求助，确实不那么容易，但同事都在等着开会分房，人人都知道这是个重要的节骨眼儿，连朱有善都婉拒了她。芸姐思来想去，拨通了周慧的电话，毕竟老公已经没了，不能再让女儿出事。周慧押着芸姐，带上小凡一道去了医院，连夜打了点滴，烧才算退下去，又在医院住了三天，见水痘消下去，三人才终于回家。出院那天，周慧胳膊上挽着小凡的红毯子，手上提着装药的塑料袋，手里拿着缴费单，去窗口交钱，周慧个子矮，跑起来一颠一颠，碎发散下来，看起来很是仓皇可怜，芸姐抱着小凡，心里生出一些恻隐，有种原谅的感觉，仔细找却又找不出周慧对不起自己的地方，原谅于是变本加厉，甚至变成了羞愧，两人间微妙的关系从这场病开始变得直白而明朗，小凡是最好的借口，两个女人都劝慰自己，一切都为了这个可怜又可爱的小孩。

等忙完这一切的芸姐回转过身子来，才发现早过了分房的时候，楼上楼下的每个人都分到了房，芸姐去找厂长，厂长回她说，太迟啦，房子都分完啦，你不是有劳动局的保障房吗，厂里的房就不给你啦。芸姐听得迷迷糊糊，觉得哪里不对，很应该去理论一番，但听说合同都发完了，心里又没了对策，又被一句劳动局的保障房安抚下来，再瞅一瞅方圆十里都安稳太平，丝毫没有任何拆迁的迹象，心里没着落，但也谈不上特别着急，这事就这么悬而未决地放在那儿，之后九月就来了，芸姐忙着给小凡找幼儿园，每天接送上学，小班中班大班学前班这么一路上下来，一晃就到了现在。

第一个拆字印上的时候，芸姐还没什么想法，她从小在农村长大，对房屋变迁的印象只停留在老屋旁边再起一栋新房，而老屋只有自己倒掉的份，没有人会给它描上一个拆字，老屋就永远是老屋。

这一个个圆圈撼动了芸姐安稳的心念，一想到要没了窝，她就觉得大事不妙。芸姐想到厂长说的保障房，于是给劳动局打去电话，接线员告诉她保障安置的事情都归王主任管，她就去找王主任，王主任咂了口茶，把喝到嘴里的茶叶吐回杯里，抬起头和她说，你这个事情呢，政府会帮你想办法的，肯定会保障你们母女俩的，但具体要怎么安排，我们还要再讨论一下，你先回去，不要急，不要急。芸姐坐在王主任对面，沙发软软的，坐下去让人不想起来。等最后一片挂在杯壁的茶叶掉进水里，王主任起身说，要不今天就先这样，我还有个会，你再自己坐坐？芸姐觉得要到了答案，摆摆手说不坐了不坐了，要回家烧饭了。

圆圈从二楼画到了三楼，芸姐给保障局打的电话也从一周一个变成三天一个，后来变成一天一个，电话里的王主任听起来越来越忙，不是开会，就是出差，等圆圈画到三楼最后一间宿舍门上的时候，王主任已经下乡整整两个星期了。

芸姐每天照旧接小凡上学放学，照旧掐着点去菜市买菜，回来看到那一排排白惨惨的圈圈，心里也有莫名的慌张，每到慌张的时候，她就从抽屉里翻出那个压得平平整整的农村信用社的存折，这是她领低保的存折。上面的数字歪歪斜斜，最近的数字是180，越往前翻数字越小，数到第一面，已经是六年前了。芸姐仔仔细细从后翻到前，确认每个数字后都对应一个月份，她满足地合上存折，把它塞回抽屉最里边，心里慢慢就平静下来，六年，七十二个月，每个月低保都一分不少地准时打到户头里，既然这六年前说的话是真的，那六年后说的话，应该也是真的。

左右上下的邻居开始一个个搬走，右面新房的窗户一扇扇亮了起来，芸姐开始急了。新楼里还没有她的位置，旧楼已经空了，没人告诉她要去哪，芸姐觉得很不安，她还带着一个小孩。

张晓凡在屋里和水龙头较劲了半天，全为芸姐早上那一句话，你在家看着，来水了就告诉妈妈。芸姐平时下给小凡的命令不少，小凡也不是件件上心，但对这件事，小凡看得格外重要，拆迁的事她都是听说，什么拆迁办，什么保障局，在她心里都是些遥远的名词，她一个都沾不上边，插不上手，唯有这个水龙头，是身边的，简单的，她伸出手就能碰到的，把这件事办好，好像也是为拆迁这件大事出了力气。小凡攒着这股力气，隔一会就去跑去水池瞅瞅，一早上纹丝不动的水龙头这时候却突然松了劲，滴滴答答淋下来几滴黄色的浑水，小凡也顾不得检验，从屋里跑出来冲着楼下大喊，妈妈，来水了！

芸姐从门口的酒店后厨探出头来，冲她喊回去，不要瞎叫唤，来不来水的妈妈知道。厨子董进步听笑了，问她说，你知道来水了还在这接水搞什么？芸姐瞪圆了眼珠子说，噫，那水哪能喝，浑得很，拿盆接了都是黄澄澄的，这做菜做饭哪敢用啊，只敢拿来洗洗手。说着又探出头喊了一声，毛毛，你把家里那个大红盆放到水池里，接点水，晚上洗脚用。小凡应了一声钻进屋里，一会又跑出来，把手握成一个喇叭，站在廊台上喊，妈，水盆太大了，放不进水池。芸姐把大红色的水桶从洗菜池里奋力提出来，后厨早上杀鱼的鱼鳞没冲干净，芸姐踩上去差点摔倒，董进步放下菜刀，过来帮她把水桶提到后厨门口说，你这么一直拎水也不行啊，这么重，万一上楼不小心摔了，你家毛毛怎么办？芸姐用手背把掉下来的碎发抹到后面，上楼倒还行，我走一段就放下来歇会，然后再拎，主要是保障局那边一直不给消息，没有房子我也搬不了啊。董进步张张嘴想再给点意见，发现确实也没有什么意见好讲，摆摆手进去了，从里面扔出一句话，你下次再来早点吧，中午后厨忙，进进出出怪麻烦人的。

张晓凡看到妈妈拎着水桶往这边走了，拔腿就往楼下奔，下来了才发现，这一大桶满满当当的水完全没有自己可插手的地方，小凡不认怂，今天一定证明自己是有用的，于是跟在后面伸出手抬一抬桶沿，想把重量往自己这儿分担些，没想到却打乱了平衡，芸姐感到一个不稳，慌忙连上两步台阶放下水桶，桶里的水晃晃荡荡泼出来小半，小凡慌了神，立刻把手缩回口袋。芸姐想发作又觉得没力气，叹口气说，你先上去把煤气灶的火关了，妈妈上来烧菜了。小凡揣着挨骂的心在后面等着，没想到等来这么一句好声好气的话，一时间不知道作何反应，想辩驳的话也说不出，胀在心口，又酸又堵。楼梯窄窄的，小凡不知道要怎么绕过母亲和这个鲜红的晃出水来的水桶，只好跟在后面，两人一桶，挤挤挨挨的，走两步再停两步。终于到了楼上，锅里煮着的豆腐已经糊底了。

职工宿舍断水断电已经一个星期了，听施工队说是拆迁关停了楼下的自来水阀，为了保障施工安全，还要切断整个楼的电路。刚停水的时候，芸姐下楼去找到水阀的井盖，找了根大粗木棍把井盖挑开，趴下去把水阀打开了，隔一会水又停了，芸姐等施工队走了再跑下去开水阀，反反复复第三次的时候，芸姐发现井盖上多了一把厚重的大锁，水算是彻底没了。芸姐学乖之后，请同事朱有善帮忙，给一楼顶里面的电闸提前挂了把锁，结果隔天停电了再一去看，自己挂的那把锁被撬开了，里面的电闸被拉下来，外面又重新挂上了把新锁。芸姐想这么来来回回的撬锁上锁也不是回事，除了断水断电，噪音也是件顶糟心的事，从早上七点开始响到晚上七点，电钻嗡嗡嗡嗡从一楼响到二楼，白天小凡去上学了还好，下午四点放学回来，根本没法辅导作业，她坐在小凡旁边和她说哪个字写错了，小凡都听不见。

可是王主任一直不回来，她要找谁反映这个事呢，朱有善劝她说，要给王主任带两瓶酒，或者买两条烟也行，芸姐说，我哪有钱呀，一条中华四十块，小凡一学期学费才一百二呢，而且上哪能买真烟啊，你帮我弄一条？朱有善不吭声了，他也有很多事情要忙，老婆孩子已经住进了新房，新房又大又宽敞，女儿也终于不用再跟自己和老婆挤一张床，他最近在和老婆商量着再要个小的，天天晚上都辛苦着呢。但芸姐和他们做了七八年的邻居了，他也想让芸姐体会体会这种住新房的快乐，而且继续和芸姐做邻居听起来也很不错，他想等再有了小的，还可以让芸姐帮忙一起接送大女儿。抱着这样长远的规划，隔天朱有善给芸姐送来了两条中华，只要了一条的钱，他知道没到月底，芸姐这个月的低保还没领，手头确实没有余钱。芸姐拎着这两条中华，又去门口水果摊配了一把香蕉和两斤苹果，踩着自行车去了保障局。王主任确确实实不在办公室，穿着白衬衫的秘书领着她到沙发上说，你在这等等吧，王主任今天可能回来，也可能不回来。芸姐让朱有善帮忙去接小凡放学，自己在办公室一直等到七点，人都等困了，王主任还没回来，她站起身来拉开办公室门，发现走廊里一片漆黑，她试着喊了声，有人吗？声音在空空长长的走廊撞来撞去，没有人应。芸姐回头看了看地上的烟和水果，不知道要不要把它们带走，犹豫了一会，关上灯推门离开了。

隔天，拆迁的动静稍微小了下来，芸姐心想应该是那两条烟起了作用。傍晚的时候，一个戴施工帽穿黑西服的人敲开了芸姐的门，他说自己是拆迁负责人，这栋宿舍楼马上就要拆完了，你们必须抓紧时间搬走，不然施工队没法继续施工了。芸姐说，我理解，我知道，我给你们添麻烦了，但我也在等上面的安排，政府不给我们娘俩安排住处，我们孤儿寡母的也不知道要去哪儿啊。负责人正了正施工帽说，我们知道你情况特殊，但我们是负责拆迁的，安置这块不归我管啊，工人们都是拿钱办事，你理解理解。芸姐说，理解的，理解的。得到这种理解，第二天一早，拆迁队就端着电锯开始卸隔壁的房门，小凡在被窝里被吵醒了，以为自己家里要被抢劫了，像香港电影里演的那样，黑衣人踹开门，把东西抢走，有时把人也掳走，小凡吓得哭了，翻身找妈妈，芸姐正在套裤子，眉头锁得紧紧的，小凡觉得事态严重，翻起身也要穿衣服，芸姐拦住她说，别捣乱，睡你的觉。抄起火钳，开了门，工人看见她直接按停了电锯说，大姐，工程赶进度，没办法，你进屋吧，一会门掉下来砸着你。芸姐准备了好些脏话，现在却觉得哪句都用不上，捏着火钳又回来了。

母女俩就着电锯声吃了午饭，又吃了晚饭，听见隔壁的门掉下来，窗框掉下来，玻璃摔在地上，哗啦啦响。一切声音都消失时，已经晚上八点了，开了门，门前积了一层厚厚的砖灰，看上去像铺了一层灰红色的雪，她把小凡喊出来，毛毛快出来看，下雪了。小凡飞奔出来，在灰烬里踩来踩去说，这是秋天，所以下红色的雪，冬天的时候，再下白色的雪。芸姐应和着，从走廊这头走到那头，发现每一间宿舍的门和窗户都被卸了下来，门放在门框边，窗户放在窗框边，像拆掉的积木一样。她探头往里看一看，微弱的月光照进房间，布局都是她熟悉的，只是现在没了家具，她看到宿舍原本的样子，和八年前的样子毫无二致，隐约起了点崭新的惊奇。

这种惊奇也感染了小凡。自从拆迁开始，职工宿舍的孩子们渐渐都随爸妈搬去了对面小区，新的小区里有花坛，草地中央有石子路穿过，还有个秋千。她偷偷溜过去几次，但小区里竖着的楼房太多，那些贴在楼面上的牌子像数字迷宫，她找不见原先那帮人，他们都住在哪？小凡试着站在小区中央的草坪上小声喊过几次，瑞瑞！静静！凯凯！没有人应她。四周楼房的防盗窗后面，有几扇窗户打开来，一个人影探出来看了看，又退回去啪一声拉上窗户。她想可能是自己喊的方向不对，也许他们的卧室朝着另一边。小区中央有几台机器，小凡从没见过，也不知道它们叫什么名字，她在那个垂着两条黄色大臂的机器上前后晃了几轮，又爬上双杠，悠着腿荡了一会儿，跷跷板也不用排队了，小凡坐上去，踮着脚上上下下撑了几回，空气里传来酱油和醋的味道，那是未成形的晚餐，小凡觉得一切都陌生极了，连同这饭菜香味，也变得陌生，她突然有种感觉，也许那些找不见的人，是从这个星球消失了，小凡感到一丝恐惧，转身跑回了自己的大院。

小凡不再去对面的小区了，马路成了一条天堑，它隔开了两块地皮，也隔开了小凡和她曾经的朋友们的生活，每个双休日的下午都变得寂静，哪怕小凡把所有的作业都写完，也没有人在门口等着她出来玩了。生活陡然多出许多一个人的时间，小凡在失去门和窗的宿舍楼里穿行，现在的她可以自由进出每一个房间，包括最东边的那个天台，那之前是小汪叔叔家，家里有个上市一中的男孩，小凡叫他小宇哥哥，小凡喜欢去天台玩，其实更喜欢的是去天台的时候看见小宇哥哥，哥哥说起话来声音低沉沉的，和班里的男同学全都不同，他还会放 VCD，VCD 里不是动画片，是小凡看不懂的电影，电影里孙悟空竟然会有喜欢的女孩，小凡觉得不可思议，难以理解。小凡走进只剩门框的房间，看到里屋留下来的桌子，小宇哥哥就坐在这张桌子上写作业吗？他的新房子里会有一个新的书桌吗？会的，小凡想，也许还有许多新的碟片，在每个周末的下午被放进 VCD 里转呀转。她又走到天台上去，找到之前的蚂蚁窝，蹲下来看了好久，蚂蚁也不像以前那么多，可能蚂蚁也搬家了。整个天台都显得十分寡淡，小凡简直想象不出自己曾经喜欢这里的理由，现在的天台还不如半拆的楼梯有趣，楼梯的护栏在前两天都敲掉了，小凡蹲下去坐好，小心翼翼地把两只脚从楼梯边上伸下去，她现在坐在三楼，往下就可以直直望到一楼的楼底，楼底黑洞洞的，小凡从旁边拾起一块石头扔下去，隔了两秒才听扑通一声，再一声。可能是砸到了哪个卸下的门板上，又弹了下去。小凡就捧一把石头，坐在楼梯边，一会扔下去一个，猜猜它砸到了什么，扔到第十九个的时候，妈妈就买菜回来了。

芸姐现在觉得那两条中华一点用都没有了。她今天又接到一个电话，对方说自己是城南片区拆迁办的负责人，负责人说，整个永动机械厂职工宿舍，就剩你们一家人没搬了，现在最后警告，本周之内必须搬家，不然挖掘机来，就直接推楼了。芸姐说，我们还有人住着，你怎么能推楼呢，会死人的。负责人说，死不死人我们不知道，十一月底完不成拆迁任务，死的就是我们了。芸姐说你是领导嘛，你怎么会死呢。于是领导就把电话挂了。过一会儿，电话又响起来，芸姐接起来还没喂，对方就先喂了，喂，你是李文芸吧，你是住南门大山路永动机械厂宿舍三楼 305 吧，芸姐说我是啊，你又是哪个领导，对方说我不是领导，但我知道你家有个小毛毛，这周，听清楚啊，这周要是再不搬家，小毛毛的安全我们不能保证啊。芸姐说，你是谁啊，你疯啦，你威胁我啊。对方说，我们也是收钱办事，你乖乖搬走，不就啥事都没了？芸姐听着嘟嘟的忙音，心想收钱办事，又是收钱办事，大家既然都是收钱办事，那王主任收了我两条中华，怎么不帮我办事呢。

说归说，芸姐还是没把这通电话当回事，青天白日，还真能把毛毛绑走不成，有没有王法了还。但想归想，但此开始她每天对小凡接送得更加上心，上学送到班门口，下课了就等在校门外，小凡倒觉得有点不好意思，从自行车后座探出头来说，妈妈你不要每天这么认真接送我，你这样我压力会很大的，期末我要是考不好怎么办，你是不是又要打我。芸姐说，你说得好像我天天就会打你。想了想又说，但你如果真的觉得妈妈辛苦，你就好好学习，争取期末考好一点，我不就不打你了？小凡说，那我希望你以后都不要来接我了，这样万一考不好，还可以少挨点揍。到了家小凡照例去煤气灶上揭锅盖，妈，你咋又烧白菜豆腐，芸姐说，多吃蔬菜身体好，小凡说，我身体特别好，我想吃糖醋排骨。芸姐不理，小凡又说，妈，你看这个玻璃是不是裂了，芸姐铺好痰盂的袋子说，玻璃裂了也没有糖醋排骨，赶紧盛饭吃饭，饿死了。小凡不信，伸手上去碰，哗啦一下，最底下窗框的玻璃全碎了，芸姐冲上来，绊倒了痰盂，被扎着没有，转过去给妈妈看看，小凡还挺得意，你看你看，是裂了吧。芸姐一巴掌拍在她背上，逞什么能，去门口把扫帚拿过来。

芸姐看着一锅豆腐上插着的玻璃碴，心里咯噔跳了一下。当天中午她就打通了周慧电话，把小凡送了过去。

2

期末考试成绩出来这天，永镇的节气已经过了小寒，早上小凡醒过来，翻身就看到了一片白色，她光着脚跑到窗前，伸手摸了摸窗台，真是雪，冻得人一哆嗦。周慧走进来解下围裙，上来揪了一把小凡的屁股，长这么大没见过雪啊，快进被窝焐好。小凡裹好被子，冲周慧眨巴眨巴眼睛，阿姨，我冷。那放学带你去买衣服，周慧说。在周慧这儿，无论什么问题，都能用买来解决，小凡深谙此道，每次都点到为止，再乖乖巧巧地等待，周慧自然就会带她去买。周慧和芸姐差不多大，到如今没结婚，更没小孩，但她喜欢小凡，这孩子从小是她看着长大，除了不是她身上掉下的肉，其他简直和自己的女儿一模一样，但也正因为不是自己的肉，周慧每次做再多，都总觉得缺点什么，也总有点畏缩，比如她从来不对小凡发火，没了那层血缘牵扯住，周慧总觉得发了火小凡就要不喜欢她了，她想要小凡的喜欢，也想要小凡的依赖，这让她有种当母亲的错觉，那是她最渴望的身份。所以每次买完东西，周慧总要问小凡，妈妈好还是阿姨好？喜欢妈妈还是喜欢阿姨？小凡嘴甜，每次都说，阿姨好！喜欢阿姨！答案是甜的，听起来还挺美满。但再美满，一想到小凡最终还是要回到芸姐身边，周慧就觉得甜不起来了。

其实小凡说的是实话，她确实特别喜欢来周阿姨家，因为住在这可以吃到好多零食，阿姨最喜欢带自己去超市，德芙巧克力，旺仔小馒头，草莓酸酸乳，每次去超市，阿姨就拿个篮子跟在后面，小凡也不伸手，阿姨推个小车跟在旁边就一直问，这个要不要，那个要不要，小凡瞅瞅周慧，也不说话，最后小车就被塞满了。和每次只拿一袋小面包的妈妈比，简直天差地别。芸姐带小凡逛超市，最常挂在嘴边的就是垃圾食品，仿佛整个超市，货架上满满当当塞的都是垃圾。芸姐不但自己不买，也不让周慧买，好在周慧不听她的，芸姐越不让，她就越要做。小凡隐约能感觉出来两人这种较劲，就比如阿姨总喜欢问她，喜欢谁更多一点？当然喜欢德芙巧克力。好在妈妈从不问她这样的问题，小凡就更心安理得地大声回答，喜欢阿姨！

今天是发成绩单的日子，小凡有点不想去学校，当时考完数学她和同学一对答案，发现又把 3×3 算成了 3+3，她总是记不清这一点，为什么 2×2 等于 2+2，3×3 却不等于 3+3 了，她总会记岔，就总是写错，有时是作业里，有时赶得不巧，比如现在，错在了期末考试里，还正好错在最后一道题，后果就有点严重了。但不去是不可能的。一路上小凡也不说话，只埋头走路，正心烦意乱着，听见阿姨和她说，妈妈待会下课也过来，我们先一起去办点事，再去买衣服。小凡觉得脚步更沉重了，她看着马路上来来往往的车子，好希望被哪辆车子撞一下受点伤，或者感冒发烧什么的也可以，能立刻住进医院那种最好，这样就不要面对成绩单了，她稍稍把衣服解开一个扣子，希望吸点冷风马上生病，但时间不够，学校就在眼前了。

数学老师发完卷子，在讲台上站定，又是一通演说，首先祝贺考满分的同学，然后夸奖九十分以上的同学，最后那些八十多分的怎么回事。怎么回事，不会做呗，小凡揉着试卷嘟囔。后面这段，每句话小凡觉得都是冲自己说的，包括那句去办公室报寒假补习班。小凡环顾四周，八十多分的同学好像都跟去办公室了，小凡两只脚在桌下紧紧并拢着，动也不动，她做不了这个决定，也不想逼妈妈做这个决定，这相当于不仅要承认自己不行，还要让人为自己的不行买单，太丢人了，谁爱去谁去，反正她不去。

小凡把成绩单塞进书包最里面，装作没考过八十多分，昂首阔步踏出校门。出门就看见阿姨和妈妈站在台阶上等她，芸姐看见小凡，一个箭步上来问，成绩单呢，考了多少分？小凡说，语文九十八。那数学呢？数学，数学八十三。八十三？芸姐伸手要拿书包看试卷，小凡以为妈妈要打人，闪身就往周慧身后躲，芸姐立时来气了，你还躲，你以为阿姨在这我就不敢教训你是不是，给我过来。小凡眼泪立刻就蹿上来了，也不是害怕，就是听到给我过来这句话的正常反应。周慧见怪不怪，扯下芸姐的手说，干嘛，考得不好就要打啊，会不会教育小孩啊你。芸姐最听不得别人说这话，她每日起早贪黑，不就是想把这个小孩教育出来？结果这小孩这么不争气，确实太不会教育小孩了。芸姐一秒钟内深刻反思了自己，觉得还是平时打得不够多，最近拆迁太忙了，小凡放在阿姨家也没怎么看着，这不成绩立刻就下降了，她觉得自己这个妈妈失职了，但嘴上却不认输，责备周慧，小凡放你家，你就会天天带她玩，你看这成绩都成啥样了。周慧也不认怂，小凡一共就在我家住了两个星期，能有这么大影响？你要打回家打，现在先把正事办了。芸姐收回架势，回家再和你算账，现在先走。小凡听见算账两个字，两滴眼泪啪嗒又掉出来了。

今天确实有很重要的正事，芸姐要再去劳动保障局找王主任了，保障局的电话两周前就打不通了。自从把小凡送到周慧那儿，芸姐感到有了后盾，又有了新的力量可以守住这间小小的宿舍和所有人抗衡，她又重新拾起了之前那种热望，她在等待的不是一个拆迁，而是一套新房。这期间她又接了好多电话，也被敲过好几次门，不带着女儿她就显得英勇很多，她甚至和那些上门来的人大声理论，她说我们家张俊生为国家做了那么多，现在我们孤儿寡母就想有个安身的地方，你们都不给，做人要有良心啊，你们的良心呢。来的人有的说不过她，有的和她吵得面红耳赤，后来就没人来说了，他们直接行动，比如把每扇窗户都敲碎啦，或者把门锁钉上木板让她没法开门啦，简单的困难芸姐就自己解决，遇到棘手的，她就去门口的后厨找董进步，或者去对面小区找朱有善，大家都愿意帮她，芸姐也很乐于接受这种帮助，在这种境况下，她确实觉得自己是个手无缚鸡之力的柔弱女子，但有一点让她心里难受，就是当她说起拆迁队的种种不是，人们只是附和她的话，但没有一个人觉得拆迁不好，他们在帮她钉窗户的时候说，这老房子的质量就是不好，他们帮她卸下门上木板的时候说，新家的门都是防盗门，铁的，厚实。没有人不为拆迁开心，芸姐觉得自己像个异类。

当发现自家门口又洒满碎玻璃的时候，芸姐不再拿起扫帚了，她拨通了周慧的号码说，你下午接完小凡，陪我去趟保障局吧。周慧一直在组织部工作，好歹也是个官场上的人，跟着她芸姐觉得心里踏实一些，她是有点被上次空无一人的办公室吓到，那种进退不得，只能放弃，却又格外不甘心的感觉，真是令人印象深刻。

一路上周慧都在教育她，进门了不要先找秘书，直接认准办公室去敲门就行，进去了怎么称呼领导，怎么接递过来的水杯，甚至怎么点头说好的，这都是有讲究的。芸姐听得认真也记得认真，这是一条速成之道，她在努力用这些技巧让自己尽可能显得熟练和不紧张，在谈判场上，这可是极重要的法门。

王主任仍旧在出差，周慧觉得不对，让一个做秘书的小姐妹帮忙打听了消息，发现王主任不是出差，是外调，芸姐急了，那这外调会调多久啊。半年吧，那边说。芸姐突然之间就六神无主了，在她眼里王主任就等于那套房子，现在王主任走了，芸姐觉得自己那套房子也跟着他走了，缥缈得看不到头。周慧在一旁沉吟片刻，直奔接待室，跟接待员缠了半天，终于问到到底是谁在负责拆迁安置的事情，芸姐看到对方好像报出个人名，周慧愣神了下又问，除了他还有别人吗，接待员说没有了，他就是总负责人了。周慧转身出来，把芸姐拉到离办公楼外，沉下声调和她说，待会见到负责人，你要稳住情绪，千万不要太激动，芸姐听得一头雾水，问，负责人是谁？梁大海，周慧低声说，抓着她手的力道又重了几分，芸姐一瞬间有些站不稳，握住小凡的肩膀，定了定神，和周慧说，进去吧。

小凡在一旁，云里雾里什么都没听懂，什么劳动保障局，什么拆迁办，什么王主任，什么梁大海，一个个新名词接二连三撞进她耳朵，她只记得自己来的时候走了好长好长的路，全都是不熟悉的路，除了去学校，去公园，回老家之外，妈妈没有带她走过什么新的路。就算去，也是坐在自行车后座上，在车轱辘上颠着去的，今天突然被带着走去一个新地方，而且还是这么长的路，小凡只觉得奇怪，还有就是累，自己也许已经走出永镇了，或许这是隔壁的镇子，或许是永镇旁边一个不知道哪儿的地方，这里竖着一栋楼，楼四周都是高高的铁的围栏，正门上写着劳动保×局五个大字，保后面那个字她原先认不得，今天知道了，原来妈妈每天每天说的保障局，就是这么写的啊。

小凡跟在两人后头，她们进了大门，穿过一个长长的走廊，上了两层楼梯，终于进了一个办公室，妈妈说，你就站在这，帮我拿下衣服，小凡把那件灰色外套挽在手臂，抱紧了，这是妈妈在家做饭刷碗穿的灰色麻布衬衫，上面的扣子一粒一粒松松垮垮的，好像用手一扒拉就会掉下来，小凡一点儿也不喜欢这件衣服，看起来脏脏旧旧的，妈妈平日里也只是在家穿穿，几乎不会穿出家门，哪怕买菜都要脱了换一件，今天怎么还穿着它来学校接我，不知道同学们有没有看到，小凡觉得自己有点爱慕虚荣，虽然她的毛线裤也有补丁，但好歹不露出来。小凡还没分析出个爱慕虚荣的结果，就看到芸姐冲到那个叔叔面前，声音听起来又尖又细，还带着点哭腔，她说，当时死的为什么不是你?

当时死的确实不是梁大海，是芸姐的丈夫，张俊生。

六年前梁大海还是个司机，张俊生已经是镇上的党委副书记了，三十多岁的年纪当上镇里的二把手，张俊生的名字在镇政府几乎无人不知无人不晓。同样被大家津津乐道的，还有他离婚和再婚的故事。在所有人眼中，包括周慧之前，印象里也都大概是，张俊生是个青年才俊，年少有为，但是飞黄腾达之后就抛弃了村里的糟糠之妻，看上了厂里年轻貌美的小会计，然后轰轰烈烈的要闹离婚，和小会计在一起，闹了两年好不容易离掉了，和小会计刚在一起一年，小会计生了个女娃没几天，张俊生就在去省城开会的路上出了车祸，死了。年轻人聚在一起说，真是天妒英才，同事们聚在一起说，他对自己老婆怎么不像对党那样忠诚无二，从一而终，如果老老实实地不离婚，哪怕离婚了，不要和那个小会计在一起，可能也就不会死呢，村里的老人聚在一起说，小会计命里克夫，克死了俊生哟。

这个小会计，就是芸姐。

芸姐不知道外界是怎样评价她和张俊生的，她总是被自己爹娘说心眼实，她心眼确实挺实的，除了自己爱人，她就看不到也听不见其他人。其实芸姐的年纪也不小了，遇到张俊生的时候她都已经二十九了，在八九十年代，一个女孩子家二十九岁，就约等于是嫁不出去了，但芸姐不信，她年轻的时候事业心强，加上爹是村长，自己长得又漂亮，眼睛简直要长到头顶上去，谁来追求她都看不上，不是嫌人家没文化，就是嫌人家个子低，或者嫌人家没品位，总之总有她看不上的地方，后来追她的人一个个都讨到老婆结了婚，芸姐还在单着。但她从来就标榜爱情不是人生的全部，她要做个独立的女性，还要拥有自己的事业，芸姐为此做出的努力就是考上大专，学了会计，考了证书，先进乡里的企业当会计，努力个几年，终于调到了镇上的国有企业，农村户口也顺利转到了城里。芸姐永远记得自己在永动机械厂工作的第一天，也就是送走余梅的那天，她坐在办公桌前看着那一排排印章，觉得自己的人生终于也像这排排坐的印章一样，看上去整齐有秩序，规整有希望。

后来，后来党委副书记张俊生就来厂里视察了，视察回去就开始给她写信，一封封都寄到厂里的信箱，上书李文芸亲启。里面字字行行都是浓烈的情感，尾上再落成念你的俊生。他们聊诗歌，聊政治，聊奋斗的历程，聊人生，也聊未来。不动心是不可能的，芸姐快三十岁的年纪了，还像个十八岁小女孩那样觉得自己无可救药坠入情网。也知道他有家庭，在老家，父母之命媒妁之言的婚姻，她看过那个女人的照片，心里只觉得这个女人怎么配得上俊生，张俊生自己也苦恼，他讨厌自己愚昧固执的父母，连带着也讨厌这个原配，他们无话可说，只剩吃饭和生活，后来有了儿子，俊生只当有这个孩子，没这个老婆，他平日里住镇上，把办公室当家，每个月带着工资和营养品，回去看看儿子。这都是芸姐在张俊生信里看来的，芸姐没想过别的，张俊生说什么，她就信什么，她也不着急，两人就这样信来信往一辈子，她也觉得是好的，但偶尔也要说点委屈话，说这样别人都会觉得自己不好，拆散了他和原配，张俊生统统揽到自己身上，谁问起都说自己在办离婚，也在追李文芸，芸姐本来没想要一辈子，后来被他说的，每天都想一辈子。就这么过了两年，张俊生终于办好了离婚，当天他给芸姐写了纸保证书，保证的都是些不切实的东西，比如一辈子只爱她一个，比如不再和原配往来，比如很多个听上去浪漫的炫目的承诺。芸姐觉得很幸福，她把这张保证书揣回老家，按在台子上，要父母同意自己嫁人，几个哥哥看她这副样子都直摇头，还是娘懂她，娘说，你要是真喜欢，你就和他在一起，你自己不要后悔，爹娘以后老了，作古了，也照顾不到你，他能照顾你，你自己不后悔，就行了。她说，娘，他对我真好，娘，我不后悔。回镇里他们就同居了，当时严打二胎，张俊生是干部，更是风口浪尖上被盯着的人，芸姐想要个自己的孩子，张俊生也想要个他们俩的孩子，计划生育的兄弟帮忙想了个主意，先不办结婚证，等孩子生下来了再办，那时候只要给孩子落个户就行，既然不是婚后生子，自然就不在政策监察的范围内啦。张俊生这么和芸姐说了，芸姐只觉得结婚证是张脆纸，领了又怎样，也可以再撕掉反悔的，最重要的是她想有个孩子，有个不耽误俊生前途的孩子。

一年之后，孩子出生了，张俊生一看是个女孩，乐坏了，拿出一早就起好的名字，抱着她轻声地喊，张晓凡，以后你就叫张晓凡啦。芸姐在一旁疼得迷迷糊糊，只听见张俊生在旁边小凡小凡叫个不停，才被拽回点意识，这是他们的孩子。晓凡出生才一周，张俊生就要回政府上班了，第一个任务就是去省城出差，听说是要调任他到省里做什么青年干部计划，芸姐在医院里舒舒服服地住着，只等着他回来接自己出院回家。没想到人没等到，等回来一具冰凉凉的尸体。芸姐当时正坐着月子，听到消息就昏死过去了，醒来之后就要下床去看尸体，谁也拦不住，好多年后芸姐已经记不清当时的情形了，只记得张俊生脸上干干净净的，一点血迹都没有，但是肚子鼓得奇大，是内伤，车子直直撞在了树上，张俊生正好坐在副驾驶座，脾脏破裂，看着好好的，等人们救完后座的老干部想起来他时，他已经不行了，送到医院前就咽下最后一口气了。芸姐站在太平间里，面前是早上出门前还活生生的和她说再见的丈夫，听见医生说我们尽力了，送来的时候已经没气了，听见有人哭着说对不起姐，真的对不起，我没把哥平安带回来给你，对不起姐。

那个人就是梁大海，现在站在她面前的梁大海。

梁大海说对不起，姐，你们当时没领结婚证，不能按照遗孀的身份保障住房，给你低保已经是我们的最大努力了。芸姐又听见那句对不起，一瞬间她仿佛又回到六年前，站在蒙着白布的尸体前，梁大海说，对不起，姐。他当然要对不起，是他在遇到那辆自行车的时候打了左转的方向盘，是他下意识要把自己避过去，是他让那辆车最后撞到树上，是他让张俊生内脏破裂，车祸去世。他当然该对不起。芸姐只恨自己那个时候，在太平间的时候，没有力气上去扇他一耳光，现在，六年后的现在，芸姐觉得自己浑身都是力气，只想上去补上这一耳光，连带上这六年的怨与恨。

但她没那么做，周慧拉住了她。周慧说，你现在就是打死他也没有用，打死他你就能有房子了吗，打死他你丈夫就能回来了吗。你不如省点力气想想接下来怎么办，而且，小凡还在后面看着呢。芸姐止住了动作，她退了回来，理理自己因为愤怒散掉的头发，周慧在一旁问道，那现在还有没有什么其他办法？梁大海坐回书桌前说，现在也没办法了，我说句实话，新房肯定是没有的，至于旧房子，你能住多久住多久吧。芸姐转身拉上小凡说，我们走，周慧，走，别问了，我就是没地方住去睡桥洞，我也不会来求他。周慧叹了口气追出来，疾步走到保障局门口，三人都是无言。

芸姐只觉得生气，还有些怔忪。张俊生，张俊生。她好久没讲出这个名字，现在突然说出来，自己都觉得有点陌生，仿佛在谈论一个别人的丈夫。周慧欲言又止，拍拍她的肩说，我知道你现在很难过，但你一定要坚强，你还有小凡。小凡不觉得有她是怎样一件重要的事，她只觉得今天的妈妈看起来很不一样，她从来没见过妈妈哭，但现在她看上去竟然眼眶微红，小凡觉得今天真是个特别的日子，她觉得更饿了。三人打车回家，这也是只有阿姨在的时候，才能享受到的高级待遇，等到出租，小凡兴致勃勃要开前排车门，阿姨拦住了她说，以后坐车，都不要坐前排。

3

新房是肯定没有的。这句话仿佛一锤定音，芸姐终于得到了个答案，虽然不是想要的那个答案，但好歹可以给未来指出点方向。芸姐要搬家了。

但是搬去哪里呢？租房肯定是没有钱的，从下岗之后她就再没出去工作过，每个月最重要的任务就是带上存折去农村信用社领出这个月的低保钱，这就是一个月的花销了。芸姐坐在房里愁了三天，第四天的时候，李文军叩开了芸姐的门，手上还提着两个蛇皮袋，对芸姐说，收拾收拾，赶紧搬家。芸姐愣住了说，搬去哪？去我那。

李文军是芸姐的二哥，芸姐一共有两个哥哥两个姐姐和一个弟弟，最年长的姐姐和她差了整整十八岁，但除了她和二哥来到了镇上生活，其他几个兄弟姐妹都一直留在村里，在爹娘的祖屋旁边起了一座座新房子，年复一年复制着春种秋收的日子。除了张俊生刚去世那段时间，她带着小凡在老家住了段时间，后来爹娘前后脚都去世了，她就带着小凡回到镇上，住在永动机械厂的职工宿舍，一住就是五年，住到了拆迁。二哥二嫂之前一直在镇中学旁边租房子陪读，去年二儿子也考上了大学，这才清闲下来。找了个小学旁边的门市部，开了个早点摊，继续给两个儿子挣学费。芸姐结婚迟，小凡就成了家里最小的小辈，上面有十几个表哥表姐们，都很宠这一个小表妹，小凡跟二舅家这两个哥哥关系尤其好，大哥李磊成绩好，二哥夏飞长得帅，小凡从小就喜欢缠着这两个哥哥，每到暑假就吵着要去二舅家，让大哥教她写作业，让二哥给她买零食。

这次李文军过来，也是小凡悄咪咪和两个哥哥打了电话。李磊和夏飞一前一后都从大学放了假回来，小凡翻翻自己的寒假作业，心中攒了一百道数学题都不会写，就开始格外想念大哥的草稿本和二哥的咪咪虾条，她趁周慧上班的时候用家里电话拨通了二舅家的电话，因为号码记串了，连着把大舅、大姨、小舅家的电话都打了一通，才终于拨对了二舅的号码，接电话的是李磊，夏飞在旁边一听是小凡，也凑过来，两个哥哥在电话里一叠声地问小凡在哪，怎么放假了也不来找哥哥玩，寒假作业做完没，小凡一一老实回答，也忘了妈妈给自己的叮嘱，什么拆迁，什么玻璃碎了，什么住在阿姨家，噼里啪啦全都说了，直说到二舅接过来电话问她怎么回事，小凡才惊觉好像闯祸了，妈妈说过家里的事情不要随便往外说的，但这是亲二舅呢，和亲二舅说说也没啥的。

收拾东西的时候，芸姐什么都想带走，这个碗柜是大哥当年找木匠打的，这个椅子是之前厂里办公室坐的，这个水瓶是俊生当年买的。李文军在旁边直皱眉头，旧的不去新的不来，你带那么多东西我家也没地儿放啊。芸姐想想也是，其他家具又不要了，但一定要带上那个水瓶。最后家里的东西塞了六个蛇皮袋，芸姐抱着热水瓶，搭上李文军开来的电动三轮车，一路嘟嘟嘟颠到了二哥家。

小凡已经被周慧送来了，听说就送到楼下，说什么也不肯上来吃饭，芸姐说周慧那人就那样性格，不喜欢和人打交道。二嫂夏茹端上来一盆炖鸡，把桌盘转到小凡面前说，我好长时间没看到小凡了，小凡今天多吃点哈，给舅妈看看饿瘦了没有，哎哟瘦了瘦了，是不是妈妈在家不给你做好吃的。小凡抓住机会立刻告状，是啊是啊，我妈天天就烧白菜豆腐。芸姐挽挽袖子说，二嫂还有啥要帮忙的，不要弄那么多菜，吃不完浪费。小凡在一旁嚷嚷着，吃得完吃得完，我都能吃得完。芸姐说，你就会和二舅二舅妈告状，妈妈哪有天天烧白菜豆腐，给你烧鱼你也不吃，天天就要吃糖醋排骨，二舅妈你说说她，糖醋排骨半袋子糖都倒进去了，那糖分那么多，吃多了牙都要给虫蛀完了。夏飞听了就跑过来要看小凡的牙，快给我看看，蛀牙小丫头，快给我看看。小凡跑去李磊身后，一边还要抢他手机，边抢边说，大哥你别玩手机了嘛，你快带我玩。大哥应付着，好好好，等我打完这局，就带你玩哈。一月的天气，窗户上结了一层白皑皑的冰霜，屋子里是热腾腾的饭香，小凡和两个哥哥正打闹着，二哥二嫂忙着扑桌布摆碗筷，芸姐从厨房里看着，眼睛突然有些泛酸，想到这几个月停水停电的日子，想到上下左右黑洞洞的门，想到被砸烂的玻璃，想到小凡不在身边的日子，也不知道怎么过来的，现在站在这里才觉得有那么些辛苦。她打开电饭锅，升腾的热气一股脑漫上来，真暖和啊，她想。

小凡的寒假作业也有了人辅导，两个哥哥轮流来，一个讲数学题，一个讲作文题。芸姐之前每天最大的事情就是做饭和盯着小凡写作业，现在作业有了人帮忙，她每天买完菜做完饭，就在沙发上坐下来，闲得整个人都有些乏味，芸姐又打起了毛线，小凡冬天的线衣都是她一针一线打出来的，这几年小凡长得越来越快，之前的毛线裤腿接上了一大截，发现裤裆太浅了，不如新打一件。于是每天下午，小凡和哥哥们在房间里写作业打游戏，二哥二嫂在客厅剁肉馅，碾糍糕，她就坐在一旁的沙发上织毛线。三人有两句没两句地扯着话，绕来绕去还是要说到房子上，二哥说，听说永动机械厂的职工宿舍都拆完了，芸姐说，可不是嘛，南门那一片都拆光了，二嫂说，那你那个房子，政府怎么说啊，芸姐手上的针线就慢了下来，二嫂，你知道现在负责拆迁安置的人是谁吗？二嫂问，谁啊。芸姐说，梁大海，就是张俊生之前那个司机。张俊生还在世的时候，芸姐每次都俊生俊生地说个不停，现在他死了，芸姐反而不再叫俊生了，只要一提起，就说张俊生怎么怎么样。李文军听得还有点陌生，但他对张俊生的印象一直很好，当年张俊生和文芸结婚的时候，每次走亲戚，都要送一大箱红富士来，李文军那时候为了陪读在初中旁边租了个小餐馆，每天晚上把两张桌子一拼就是张床，他和夏茹就睡在那两张桌子上，有一次文芸和俊生来探亲，他刚起来，桌子上的杯子都没来得及收，觉得寒酸得很，但看到脚边还是一箱红富士，听说每一家亲戚都是一箱红富士，李文军觉得很受用，有种被一视同仁的感激。从那之后他就对张俊生印象好得不得了，但没过多久，张俊生去世的消息就传过来了。

夏茹也记得清楚，张俊生一走，文芸寻死觅活，俊生的爸妈，也就是小凡的爷爷奶奶，也是真狠，到医院把刚出世十几天的小凡抱走了，没过两天说小丫头没活过来，死掉了，还是她和二姐，也就是小凡的二姨娘，连夜赶到那边要人。张家的人一个比一个凶，一口咬定了说小孩没了，已经扔到乱葬岗，被野狗叼走了，夏茹是见过世面的人，哪里相信这个话，她拉上二姐堵在门口大吵大闹，说我们活要见人死要见尸，二姐也有办法，叫来了警察，后来在地窖里找到了小凡，她下去抱小凡的时候，这孩子看上去已经要不行了，脸色乌青乌青，一张小嘴张张合合，哭都没有力气了，夏茹抱起小凡直接就往医院赶，一路小跑，在医院上楼梯的时候她有些没力气，一个趔趄就要摔倒，她把小凡抱紧，胳膊硬生生磕在了楼梯上，划拉出个大口子，就这也来不及管，一路把小凡送到急救室，医生说，再晚来一会，这孩子就没啦，夏茹又惊喜又累，胳膊还有点钻心的疼，但那时候她觉得，是自己救了这孩子，自己真了不起。后来李文芸也不寻死了，小凡就轮流放在大哥和二哥家养，夏茹经常想把小凡在自己家多留几天，这孩子小时候又乖又漂亮，抱出去人人都夸奖，她自己养了两个儿子，从来没养过女儿，把小凡也真当自己女儿一样地养。这次听到小凡打来电话，说自己住在阿姨家，自家的房子要被拆了没有地方去，她在厨房正做着菜呢，立刻就跑出来了，第二天李文军就去接小凡母女俩了。

李文军在手里涂点面粉，拿起一张包子皮在手掌心摊平说，梁大海这个人啊，我早就看他不行，之前我是不是说过？一个二十多岁的小伙子，手脚都长好好的，还要霸着你家张俊生给他找工作，凭什么啊，自己没长手长脚啊，不会自己出门谋事情啊。芸姐愤愤的，那你说呢，工作也是我们家张俊生给他落实的，每天在机关里给领导开开车拉拉门，多舒坦，结果呢，你看现在，张俊生走这么多年，他来看过小凡一次吗，一次都没有。但这也不能全怪他，芸姐叹了口气，张俊生在世的时候，我们家门槛都要给客人踏破了，现在张俊生走了，这么多年，小凡都长这么大了，一个来过问的人都没有。夏茹在旁边插嘴，社会就是这样的，老话说得好，人穷了，身在闹市无人问，人富了，身在深山都有远亲。李文军说，梁大海有点过分了，当年俊生帮他那么大忙，现在就给文芸落实个房子，都不帮忙。夏茹说，你以为房子是小事啊，房子现在是大事，大事啊。芸姐点点头，对，房子是大事。夏茹不说，芸姐也不敢提，如今是这样一件大事的房子，当年却是因为夏茹的催促，芸姐卖掉了自己和张俊生的房子，搬进了职工宿舍。但想想二嫂也是好心，想想那时候房子不值钱，想想那时候比起房子，钱才是芸姐更想抓住的，钱是保证，是未来，想想谁又能知道，快十年过去，房子比钱还值钱？芸姐摇摇头，继续织毛线。

给小凡的毛线裤织到还剩一个裤腿的时候，新年到了。往年的新年，芸姐都带着小凡一个人在家里过，年在芸姐眼中并不是个多重大的日子，小凡小的时候，每一年芸姐都当成普通的一天过了就算了，等小凡长大了之后，看到别人家都过年，每到这时候也兴奋得不得了，芸姐觉得过年多麻烦啊，又要买新的春联，买一堆瓜子零食，还要做年夜饭，她就是不会做饭，整一整家常菜还可以，年夜饭就太难了，但过年过年，带着小凡一起，总要多整几个菜才觉得喜庆，后来她想了个办法，把一锅菜拆成几个菜，比如炖一只鸡，把鸡内脏全都拿出来作一盘菜，鸡丝下面条作一盘菜，鸡头鸡翅膀鸡脚拆出来做一份菜，其他的和蘑菇一起烩烩又是一锅菜。小凡还小，小孩子就好糊弄一些，但小凡有一年看了隔壁谢叔叔家的年夜饭，回来就不乐意了，嘟着嘴怎么也哄不好，说菜太少了。第二年小凡就吵着要回乡下，和大舅他们一起过年，芸姐想一想，人多热闹一些也好，本来准备年二十九回的，结果小凡在大院玩的时候被谢康家的小孩推倒了，几个小孩来回互推，后来干脆就在地上滚了，那大院到处都是野狗拉的屎，小凡回来她怎么闻觉得怎么臭，气得老家也不回了，当晚带着小凡去澡堂洗澡，在莲蓬头底下站着整整搓了两个小时，芸姐再从头到脚闻一遍，觉得彻底没味了，才放小凡出去。回老家就推到了年三十那天早上，芸姐一大清早踩着厚雪带小凡赶上回乡的第一班车，下了车再在乡里小路踩雪踩了半个小时，终于到了大哥家，踏进厨房大嫂招呼她吃汤圆面条，她揭开锅，看到已经粘成一坨的汤圆和面，抬头看见灶台上贴着个闪亮亮的硬币，大嫂说，今年的硬币给大伟吃到了，希望明年做生意能多赚点钱嘞。芸姐连声说，那肯定的肯定的。嘴里吃到的面条都凉了，她默默拿走小凡端在手里的碗，自己重下了碗白水泡饭，母女俩一块吃了。自打那之后，她再也不带小凡回去过年了，嫁出去的女儿泼出去的水，娘家人是不欢迎出嫁的女儿回家过年的。她和小凡这么解释道，小凡点点头，很难把嫁出去的女儿和自己的妈妈联系起来，但她知道不欢迎是什么意思，也再也不吵着回乡下过年了。

今年过年芸姐也有些慌张，怕又遇到之前大哥家那种情况，她虽然嘴上逞强，但心里其实在意得很。三十那天一大早，芸姐就爬起来到厨房忙活，等夏茹起床的时候，汤圆已经包好了，夏茹问，钱包进去了吗，芸姐说，包了，还拿洗洁精洗了好几遍呢。

汤圆和面都上桌了，还配上了肉饺子和炸汤果，小凡很少见到这么丰盛的年三十的早饭，和妈妈在家的时候，一般都是鸡丝面条里下几个包着红糖的汤圆，但就是这样简单的早餐也只有过年的时候才能吃到呢。芸姐把一碗碗汤面端上桌，她盛汤圆的时候特别留了个心思，那个包了钱的汤圆她做了记号，她把那个带着所有祝福的汤圆放进一个印了红花的碗里，然后把不是红花的两个碗拖到了自己和小凡面前。已经借住在别人家了，就不要再抢别人的福气了。

不承想是哪个环节出了问题，最后那枚带钱的汤圆竟然躺在自己碗里，芸姐一口下去咬到一个硬邦邦的东西，心里凉了大半截，桌上大家还在问，谁吃到钱了，谁吃到钱了？芸姐顿了一下，讪讪一笑说，钱在我这里。大家一叠声地恭喜，但芸姐看到二嫂夏茹脸上的笑，明显凝滞了一下。她更慌张了。

带着这种慌张，一个年有惊无险地过去了，那枚硬币照例贴在了厨房的墙上，不过比去年的位置不起眼很多。正月里大家嗑着瓜子，聊起的都是过去的事，小凡听了大概两百遍她小的时候怎么住在二舅家，怎么偷偷摸去隔壁阿姨家讨冰棍吃，以及李磊和夏飞怎么偷偷把她抱到学校里去，藏到最后一排的桌子底下，同学们都拥过来要带她玩，以及三岁那年二舅妈买的花裙子，四岁那年大哥买的字帖，和五岁那年二舅送的钢笔，芸姐在旁边坐着听着，只觉得一年年时光从眼前飞逝过去，小凡小的时候她时常抱着这个小小的娃，坐在床上发呆，一个人要怎么把她养大呢，一个人要怎么抚养她长大成人呢，想想未来都觉得好远好难。没想到一眨眼间，六个年头都过去了，这个当初躺在自己怀里的小孩已经会跑会跳，一把抱起来也没那么轻松了，个头的话，应该也够到她爸的腰下了，不知道自己估摸得对不对。她还有些感慨，但都被一团团茶水的热气泡发了，消散没影了。

4

春天到来的时候，夏茹的爸爸中风送进了医院。夏茹去医院住了两三周照顾父亲，芸姐就每天去早点铺帮二哥做事。二哥有时歇下来，擦擦手就开始抽烟，二哥说老丈人没有医保，医药费太贵了，转头问芸姐，小妹你有医保吗，芸姐说，我都下岗了，哪还有什么医保。李文军围着布满油渍的围裙猛吸一口烟，那你还是要找个工作啊，以后小凡长大了，你一个人，老了谁养你啊，你看我们现在，孩子根本指望不上，还要给他们出钱，家里有什么事他们也帮不上忙。芸姐一想对啊，小凡上完了小学，还有初中，上完了初中，还有高中，上完了高中，还有大学，没点积蓄怎么成。隔周夏茹回来，她就放下早点摊的事情去找工作了，现在会计都要工作经验，她歇了这么多年，手都生了，二嫂说，你不如去干销售吧，芸姐想想也是，销售找的人多，也不要什么学历和经验。

芸姐开始卖啤酒了，镇上的一个酒厂。销售是真的累人，芸姐每天七点出门，天黑了才回来，时不时还要去周边的乡镇摆台推销。工作的结果就是常常没时间去接小凡，芸姐每次赶不回来，就托二嫂去学校接一下，芸姐本来不是个喜欢麻烦别人的人，但她实在太忙了，忙到连着让二嫂去接了一个星期都没注意，也没注意夏茹的爸爸因为中风复发又进了医院。

周末的时候芸姐本来要下乡，忘了带摆台的旗子，又折回家来拿，进门听到二哥二嫂在卧室里吵架，二哥说，那当时不是你同意让她俩搬进来的，现在又要撵人家走，文芸也没个工作，你让她俩孤儿寡母的去哪儿啊。夏茹有点理亏，当时确实是她这么说的，但这节骨眼她也不愿意承认自己做得错或是对，她把茶杯往桌上一放说，那看在人家是你妹妹的分上，才让她来住的，那谁知道要住这么久啊。李文军说，这也没住多久啊，一共也就才过了一个年而已，小凡才刚刚开学多久啊。夏茹说，那怎么知道要住到啥时候去，对，说到小凡我也要讲，她自己的小孩怎么自己不带让我们带啊，我天天家里医院两头跑都够累的了，她还要我帮忙去接小凡，我长了几双腿啊我忙得过来吗？之前你一直说她没钱租房没钱租房，现在也上班一个多月啦，工资总有吧，有工资不能租房啊。李文军要插话，夏茹又甩过来一句，而且我爹老了，身体不好了，把他接过来住有错吗，本来买这个房子的时候说的不也就是要跟爹娘一块住的吗，怎么现在让你妹妹住了，就不管我爹娘了？李文军说，那也没不让爹娘来啊，现在磊子那房间不还空着吗，让爹娘先住着不好吗，夏茹说，我们两个人养三个人啊，你怎么那么有能耐呢，那你养吧，我不干了，我没那个本事。芸姐旗子也没拿，轻手轻脚地关上门，当天就请卖啤酒的同事帮忙打听房子了，一周之后，芸姐搬家了。

新找的屋子在瓜果市场后面，一户四合院，房东在自家二楼新搭了几间板房，就是建筑工地上工人住的那种银白色板房，外层还有一条条波浪状的纹理。帮她搬家的时候夏茹说，怎么不多住段时间呢，这么快就要搬走，这都一家人你还见外。芸姐就笑，她说，都麻烦二哥二嫂那么久了，我心里过意不去了。李文军在一旁哼哧哼哧搬东西，从两人身旁侧着挤过去，把一个个蛇皮袋往下拿，也没讲话。芸姐又坐上了那辆嘟嘟嘟的电动三轮，小凡被二舅抱着跨上三轮后面的货舱，坐在蛇皮袋中间的空隙里，整个人小小的，陷了进去。

小凡不知道为什么要搬家，但昨天晚上睡觉之前，妈妈和她说，妈在哪，家在哪。这句话小凡听了好多年，像一首背得烂熟了的唐诗，于她而言没有太多意义，更何况，搬家多好啊，是件值得兴奋的事。她在一个地方待久了也觉得腻，有新房子住，多好。小凡越想越快乐，到了四合院门口，她第一个飞奔上去把门打开，新家看起来和之前的旧家很像，也是一整间房子，一前一后两个窗子，而且这个窗子不是木头的窗子，推起来吱呀吱呀地响，现在是推拉的玻璃窗，看起来明亮整洁。小凡激动地来来回回拉了好几下窗，底下探出一个老奶奶说，大中午的都在睡觉，谁家小孩在那吵呢！小凡吓得立刻缩回手，她印象中还很少被这么凶过话。但孩子毕竟是孩子，小凡下了楼就忘记了这回事，爬上爬下帮忙搬东西，一边还指挥来帮忙的叔叔，这个大桌子我想放这里，这个板凳是我写字用的，放这里，电视机放这里，床嘛，床我也不知道，问我妈妈吧。

芸姐请了几个公司的同事来帮忙，搬家真是件头疼的事情，所有东西驮来驮去，关键是好多东西她还舍不得丢，那些张俊生的工作笔记，日记，加起来有好几堆，她把它们整理好，一一放进箱子里，驮到二哥家，现在又驮到这个出租屋里。芸姐一箱子书搬不上去，放在台阶上休息，隔壁邻居下楼来，芸姐赶紧把箱子挪过来，不小心漏了个边，几本书掉了出来，邻居捡起来还给她说，唉哟，这么多书，知识分子呢。芸姐听不出是夸奖还是嘲讽，赔了个笑脸，一个使劲把箱子抬起来，继续上她的楼。

把所有的东西都塞进屋子里，已经晚上十点了，芸姐请几个同事留下一起吃饭，几个人在大排档里坐下，叫了一桌热菜。小凡饿狠了，在一旁只顾扒饭，不知道谁叫了个卤蛋，小凡一个人吃了大半盘，晚上回去睡觉，两点多闹醒了，开始吐，吐出来一堆黑乎乎的东西，芸姐拿着盆在床边接着，电催壶还没来得及买新的，家里没热水，芸姐把煤气灶打开，拿铁锅煮了一锅水，端给小凡喝，还没递到嘴边，小凡哇一下又翻身吐起来，一边吐一边哭着喊，妈妈我好难受，我好难受啊。芸姐凑上去抱她，手上不稳，杯里的水泼出来，洒了一地，好不容易小凡终于不吐了，芸姐把小凡从怀里摘出来，自己翻身下床开始收拾，才发现刚泼出来的水流了一地，浸透了装笔记本和日记的那几个纸箱。芸姐把四个纸箱都拆开来，把装着的本子一本本拿出来，摞到一边，最底下的几个本子已经被水浸湿了，她又在蛇皮袋里翻找出卫生纸，一本本包好擦干净。等把四个箱子理完，天色已经蒙蒙亮了，她开门出去扔湿掉的纸箱，腿蹲得太久有些发麻，芸姐扶着栏杆坐到台阶上，月色凉凉的，她突然就很想哭。她已经好多年没掉过眼泪了，一个人冒着暴雨去接送小凡，一个人住在没有人的黑漆漆的宿舍楼，一个人接起一个又一个的威胁电话，她都没有哭，但是现在，她看着黑洞洞的四合院，看着手里湿沉沉的箱子，她觉得好委屈，委屈得想把那些摞起的本子都扔掉，委屈得想把那个人留下的东西都丢掉，委屈得不想再过这样的生活，委屈得眼泪都掉下来了。

后来那几摞书也没有被扔掉，小凡在床上躺了一个星期，芸姐就请了一个星期的假，一边照顾小凡，一边把搬来的东西一样样理好。那四箱子笔记本，芸姐重新找了四个大塑料袋，把它们放进去一一摆好，塞进了床底。

忙碌起来的日子就变得很快，初夏到来，芸姐和周慧一起，这次多了一个新的面孔，周慧谈了男朋友，小凡不喜欢亲近的人身旁出现任何别人，即使那个站着白雪公主的蛋糕是叔叔选的，小凡还是有些不乐意，拍照的时候她搂住妈妈和阿姨，独独把新的叔叔推开在外。但也无济于事，第二个春天到来的时候，周慧结婚了。

芸姐的工作变得更忙，她想多赚些钱，尽快搬离这个地方。四合院住的人们鱼龙混杂，基本上都是父母外出打工，留下爷爷奶奶在家带孩子，一个四合院里住了五六户这样的人家，她已经从小凡嘴里听到好几句脏话了，每听一次她就要揍小凡一次，但好像也没什么用。芸姐还是害怕小凡被带坏了，可她平时太忙了，根本不能像小时候那样寸步不离守在小凡身边，她觉得最紧迫的就是多多赚钱，具体赚多少她也没有概念，只是想着多赚一些，然后有一个新的家。

在新家的第二个新年，小凡在四合院的屋顶捡到一只流浪狗。狗狗，狗狗，你过来，小凡站在栏杆这边喊，流浪狗乖巧地走过来，窝在小凡脚边，一人一狗一起在廊台上晒了一下午的太阳。晚上芸姐回来做饭，小凡把小狗领进家门喊她，妈，妈，你快看，我捡到一只狗狗，你看它可不可爱。芸姐把一把青菜扔进锅里，锅里的油刺啦一声冒出烟来。可爱可爱，快出去，妈妈在烧菜。小凡把小狗抱起来，举到芸姐面前说，那你给它起个名字好不好？芸姐说，新年来的，就叫旺旺好了。快把它抱出去，太脏了，妈妈在做菜。小凡举着小狗，到廊台上把它放下，自己蹲下看着它说，旺旺，旺旺你饿不饿，姐姐给你拿吃的好不好。小凡其实觉得旺旺这个名字有些土气，好像世界上每只狗都叫旺旺。旺旺来的时候小小的黄黄的，后来芸姐每天拿剩饭剩菜给它喂食，一两个月以后倒也长得毛茸茸的。但芸姐规定了，不让小凡把旺旺带进家里，也不能抱它，不然就不养了，小凡一口答应，然后趁妈妈不在的时候偷偷抱它。

芸姐又有了新的邻居，左边住着樊大姐，右边住着刘姐一家。樊大姐喜欢跳舞，做得一手好菜，每天晚上小院里都会响起摩托车的声音，那一定是樊大姐的儿子带着媳妇回来吃饭了。樊大姐每天最重要的事情就是做好这一天的午饭和晚饭，然后准备明天的午饭和晚饭。樊大姐一个人住，没事的时候就出门跳舞，芸姐从来不问她为什么是一个人，樊大姐也不问她，樊大姐很少主动和人讲话，芸姐和她熟起来主要因为小凡，每次樊大姐家做了什么好吃的，那香味穿过廊台飘进家里，小凡就循着香味出去了，在樊大姐家门口晃来晃去，晃来晃去，樊大姐就招呼小凡进去，一开始小凡吃几口就溜回来，后来渐渐熟了起来，光明正大端着个碗就跑过去了，一边吃一边夸，顺便和樊大姐讲讲芸姐到底有多不会做饭。

芸姐确实不会做饭，小时候她是家里最小的女孩，娘又特别贤惠，从来不让她下厨，都是把好吃的偷偷藏一碗到碗橱里，然后等客人走了端给她，后来工作了，吃的都是厂里的食堂，嫁给张俊生之后，两人都不会做菜，张俊生就买了本菜谱，天天学了菜谱给她做。芸姐学做菜，是从小凡一岁之后，她彻底自己带她的时候才开始学的，那本菜谱一直摆在家里，但她不想看，也不想学，她做菜全凭自己摸索，凭借印象中记得自己娘做菜的样子，一步步加油，加盐，加水，一开始做得根本不能吃，但她也不着急，小凡还小，只吃奶粉就行，她自己好糊弄，不过就是难吃点。后来等小凡渐渐大了，她也学会了几样拿手菜，白菜豆腐，土豆丝炒肉，最多再加一些绿叶菜，什么菠菜，芹菜，那种倒进锅里扒拉两下就能熟的，偶尔小凡吵着要吃肉，就给她做一顿糖醋排骨。但芸姐烧出来的肉，永远硬得咬不动，小凡小时候不知道这世上还有咬得动的排骨，后来去小伙伴家吃了几次饭，回来就嚷嚷着说芸姐做的菜太难吃了。

最近小凡在樊大姐家吃了太多，嘴又变刁了，回来对着一桌白菜豆腐，一叠声说着不想吃，芸姐抽空去菜市场称了两斤排骨，给小凡烧了一次糖醋排骨，小凡还是挑来挑去，嫌肉太硬了，嫌菜太难吃了。芸姐有些生气了，骂她说，你觉得谁家的菜好吃，你就去做谁家的丫头吧，妈妈做菜不好吃，那你不要和妈妈过了。说完觉得自己讲得太重了，小凡丢下筷子跑回书桌，整个人缩成一团在窗前抽抽搭搭，芸姐叹了口气，起身拿着本子去隔壁请教樊大姐去了。樊大姐挑着几个简单的家常菜，给芸姐说了说，肉太硬是因为煮得太久了，不是因为煮得不够久，白菜豆腐下之前放点猪油进去，就有肉味了，土豆丝炒肉的肉要先拿淀粉和一和，吃起来才够筋道，芸姐边听边感慨说，做菜还有这么多门道，我一般都是弄熟了就吃了。樊大姐说，那怪不得小凡说你做菜不好吃呢，孩子要养，哪像我们大人，吃什么都行，你看我儿子儿媳妇都那么大了，我哪天做的菜咸了淡了人还不愿意吃呢。芸姐点了点头，樊大姐又说，不过你也是太忙了，我要是忙成你这样，我估计天天饭都来不及吃。芸姐这次是诚心点了点头。

第二天芸姐就上手做了一道新的荤菜，水煮鱼汤，她特意切了生姜，加了葱段，放了酱油，总之把樊大姐说的一切该加的调味料都加进去了，中午吃饭，小凡又想往隔壁蹭，芸姐叫住她说，你尝尝妈妈做的鱼汤，今天保证特别好吃。小凡舀一勺汤送进嘴里，呸呸呸地吐了，这什么鱼汤啊，又难闻又难喝。芸姐过来一尝，还真是，料是都加全了，结果混出来一种奇怪的味道。小凡扔下勺子说我不吃了，芸姐哄了两句，失了耐心，一筷子按在桌上，不吃就别吃了！小凡瞪着大眼，不吃就不吃！最后谁也没动筷子，两人各怀着一肚子气，上班的上班，上学的上学。到了晚上，一肚子气也被饿消了，芸姐烧了盘土豆丝炒肉，小凡嘴上一句话没说，起身添了两碗饭。

母女俩这种斗争是旷日持久的，家里只有两个人，芸姐发起脾气，也没有个能劝她的，小凡要起性子，也没有个能喝住她的，这是周慧总结出来的，她说自己就是个和事佬，但和事佬不能每天都在斗争现场啊。除了周慧，其他人大都是看热闹的，这点小凡清楚得很，每次她被在露台上罚站了，隔壁刘阿姨出来淘米，看到她就问，又被你妈打啦？隔天小凡中午放学回来，淘米下锅，高压锅放在炉子上，自己在外面疯玩得忘了时间，回来的时候高压锅的气旋滴溜溜转个不停，小凡蹲下把炉子底封上口，刘阿姨端着洗好的白菜路过，扔下一句话，饭又糊啦，一会你妈回来，又要揍你了。小凡觉得刘阿姨这人一点没安好心，巴不得天天看她挨打，小凡在书报亭的故事会里新看了个词，叫人心险恶，她觉得用在刘阿姨身上很是贴切。之后小凡但凡和妈妈吵架，都要先跑去关门，家丑不能外扬，这句话是她现在的座右铭。

但并不是所有的事关起门来都能变成秘密，比如小凡没有爸爸这件事。

院里的小孩也不是没有问过，但小凡自有一套说辞，在她很小的时候，她也问过芸姐爸爸去哪儿了这种话，芸姐说，爸爸去美国留学了。小凡问，那爸爸什么时候回来啊。芸姐说，等到你十八岁，就可以去找爸爸啦。小凡觉得十八岁好远，还要再长好多年，于是就耐心地等，等到五岁的时候，赶上了人口普查，来普查的叔叔阿姨说，那这孩子的父亲呢，是不在了是吧。小凡一回头，看见芸姐制止的手势停在半空，她赶紧转过头来，装作自己什么都没看到。那天晚上，她躺在床上，芸姐问，宝贝你睡了吗？妈妈想跟你说件事。小凡说，我好困，我睡啦。芸姐不理，翻个身把她揽过来问，你今天是不是听到了。小凡想说，我没有听到啊，但她还没来得及说话，芸姐说，其实你爸爸不是去美国留学了，他是车祸死掉了。小凡想了想说，哦，好吧。芸姐放开她说，睡吧，没有爸爸的人多了，爱迪生也没有爸爸，你看爱迪生后来成为多伟大的发明家。小凡没说话，她不想当爱迪生，她不喜欢数学，但她想说的是，其实她早就知道爸爸不在美国留学，也早就知道爸爸死掉了。

后来芸姐就改了口，让小凡在别人问起的时候，就说爸爸去外地打工了。小凡觉得这个理由听起来更好一点，因为有好多同学的爸爸都在外地打工。所以当院里的小朋友问起的时候，她也说，我爸爸去外地打工啦，过年的时候，别的小朋友爸爸都回来了，王文月问小凡，你爸爸怎么不回来呀？小凡说，我爸爸太忙了，他在外地打工呢。王文月是房东的女儿，院里的孩子都听她的，张卫冬在旁边帮腔说，打工了也要回家的呀，你爸爸多久没回家啦？小凡说，有几年了吧，我也不记得了。张卫东又问，你爸妈是不是离婚啦？小凡听到离婚就生气了，虽然她对离婚没有概念，但她觉得离婚就是被爸爸抛弃的意思，她大声说，你爸妈才离婚了。张卫东长得有点帅气，笑起来嘴巴总是往右边咧，看起来痞里痞气，他又痞痞地说，我爸过年回来了，你爸妈就是离婚啦，你妈骗你呢。小凡伸手就推他，王文月站出来说，你怎么还打人呢，小凡把她也推开，跑上楼去。那天下午小凡抱着旺旺坐在二楼的廊台上，看楼下一群人一会儿换着花样做游戏，心里痒痒的，但她想自己刚刚推了张卫东，他肯定生气了，他一生气，王文月也要跟着生气，王文月生气了，那就是所有人都会生她气了。小凡越想越委屈，把头埋在旺旺身上，肩膀忽高忽低地耸了起来。楼下的小孩子看到了，把手握成喇叭样朝她喊，小凡你怎么哭啦，我没说你爸妈离婚了，你爸妈没离婚。小凡站起来，跑进屋里嘭一声把门摔上。

等芸姐回来的时候，黄浊的阳光斜斜打在紧闭的朱红色门板上，她才发现门上的油漆斑驳，像她今天接待的那个难缠客户，伸手露出了掉色的指甲盖。推开门，一股臭烘烘的气味猛地蹿上来，芸姐眯了眯眼适应光线，低头看见小凡坐在小板凳上，声音抽抽啼啼，不时抬胳膊抹一下眼睛，浑身湿哒哒的，泪水和汗水都分不清楚，旺旺在旁边转来转去，嘴里呜噜呜噜地响，一人一狗在屋里一起呜噜呜噜。等芸姐把风扇打开，给小凡倒杯水，开门让旺旺出去，小凡已经抽抽搭搭把经过讲完了，小凡自己也不知道该怪谁，所以尽量客观地描述了事实，在芸姐听来，整个经过就是一句话：他们笑我没有爸爸。芸姐一天的疲惫和怒气在这一刻都冲到了头顶，她把小凡拉到台阶上，边给她擦眼泪边朝楼下喊，你们今天谁欺负我们家张晓凡了，站出来让阿姨看看。怎么了，没爸的小孩就要被你们这样欺负啊，你们有没有家教啊？你们爸妈呢，叫出来我来问问他们，是不是平时没教给你们道理啊。小凡的脸被擦得通红，她觉得好痛啊，脸上火辣辣的不知道是被擦的还是羞的，她想叫妈妈停下，又觉得，想说他们还不知道我真的没有爸爸呢，但她又不想让妈妈停下，都已经这样了，现在停下，也没有道理，还显得失败。小凡就站在那儿，和芸姐面对面站着，芸姐大声地喊着，楼下的人家门窗紧闭毫无动静，只有小伙伴们站在院子中间，抬头看着她们，谁也不说话。

当天晚上，芸姐拿出好久不用的日记本，写了长长的日记，结尾写着四个大字，我要买房！最后的那个小点因为力气太大，戳起了一小撮纸面。

5

夏天过去的时候，旺旺被送走了。

但没有人告诉小凡。

等她从乡下过完暑假回来的时候，旺旺已经不见了。小凡钻过栏杆，爬上倾斜的屋顶，她站在微微耸起的屋顶上大声喊，旺旺，姐姐回来啦。旺旺，来吃火腿肠啦。没有一只脏兮兮的小狗出来应她，小凡的声音越来越大，每一句呐喊都好像挤压出了大脑所有的氧气，她感到有些眩晕。夏天快要结束的时候，小城湿热的风也变得温柔，小凡缓缓蹲下身，清清爽爽的风从她脚边流过，被挤走的空气又重新充满了大脑，她想起语文练习册第十七天的知识拓展里，教了两个词，一个是金风送爽，还有一个，是雁过留声。小凡特别喜欢这两个词，在昨晚最后一篇作文里，她写了《美丽的秋天》，第一句话便是金风送爽，雁过留声。小凡抬起头，大雁还没有来，只有灰蒙蒙的小麻雀，在她对面的屋檐上瘸着腿蹦跳。旺旺！小凡又大喊了声。四下里空空的，连带着四合院里的人们，仿佛也和旺旺一起消失了。面对大块大块的沉默，小凡觉得自己再也不喜欢金风送爽和雁过留声这两个词了，这是无法形容的空洞洞的秋天，她觉得讨厌。

旺旺并没有突然从哪个角落冒出毛发结成球的脑袋。天色缓缓暗下去的时候，炊烟渐次从每一个小小的隔间里升起，小凡看着这一个炊烟袅袅的四合院，左边是一个同样冒着烟的四合院，右边，前边，后边，全都是。刚点起的灯光昏沉沉的，自己家的门开着，妈妈还没有回来，门里黑洞洞的一团，褐黄色的桌子，掉了漆的棕红色的床，通通消失在黑洞洞的一团里，好像它们本来也不在那里。小凡不敢进屋，只好坐下来，和那团黑色面面相觑。清爽爽的风也开始变得凉飕飕，小凡觉得一股不知名的情绪包围了自己，具体是什么，她也说不上来。她没有挪动身子，也不想再去找那只消失的小狗，不是不想找了，她在心里这样辩解道，好像不做这样的解释就是对旺旺的一种背叛，她从没想过背叛它。正和自己据理力争的时候，芸姐推着自行车进门了，小凡低头望着楼下，没有开口喊妈妈。

芸姐一脚踢下自行车的脚架，蹬蹬蹬地踩住楼梯，小凡听到那声音，简直觉得她要把楼梯踩塌了。门是开着的，芸姐探身望了望屋里，拉开灯，小凡捂住耳朵，那声音依然清晰可辨，毛毛，毛毛。音调一句比一句高，张晓凡顺着名字翻过围栏，走到妈妈面前，一个夏天没见面，妈妈看起来也有些陌生，小凡突然怀疑起来，是不是真的有旺旺存在。妈，旺旺呢？小凡问。怎么一回来就找狗，大舅呢？回去了？回去了。你让大舅进来坐坐没？倒水了吗？进来了，倒了，没喝。大舅什么时候走的？妈，旺旺呢？小凡掐断没完没了的问题，觉得自己和旺旺一样不被重视。

芸姐边把一捆青菜剪开倒进盆里，边抽空说，旺旺啊，旺旺被送走了，楼下房东的婆婆嫌它总在屋顶拉屎，干了就结成块，全都滚到院子里了，就把它送走了。送去哪了？小凡追到水池。就隔壁刘阿姨老家，正好她说她家亲戚缺条看门狗，就给她带回去了。小凡死死盯着芸姐的表情，努力想从中分辨出一种同仇敌忾的语气来，但是没有，这让小凡觉得她简直和房东婆婆以及刘阿姨那群人是一伙的。那什么时候可以送回来？小凡不死心地追问。送不回来了，刚带回去一个星期，就在马路上被车轧死了，你往边上站站，挡着路了。小凡往旁边挪了挪，定定站住，直到屋子里刺啦一声响，芸姐把青菜扔进炸了油的锅里，小凡才反应过来要难过，于是哇一声哭了。

这一哭惊天动地，但却没惊动任何人。芸姐把一盘青菜端上桌，过来拉了小凡回屋坐下，拿起围裙给她揩揩鼻涕说，妈妈知道你难过，旺旺没有了对不对，你很喜欢旺旺对不对，但是旺旺走了，没有了就是没有了，你哭也没有用，对不对。芸姐每次哄小孩总喜欢问对不对，小凡觉得她说得每句都对，但每句她都不想承认，只好哭得更凶，作温柔的反抗。芸姐把糊上鼻涕的那块折起来，继续给小凡擦眼睛，妈妈知道你喜欢小狗，但是现在我们没办法养小狗，我们是租房子的，不听房东的话怎么办呢？等以后妈妈有钱了，买大房子了，我们再养狗，好不好？小凡满脸都糊满了腻猩猩的油烟味道，她觉得自己像一盘没炒熟的菜。虽然很不舒服，但她却在围裙的包围下找到了一种依归。租房子的人，租房子的小凡和妈妈，形成了一个阵营，阵营外面，是杀死旺旺的房东和刘阿姨，是每个月骂骂咧咧来要房租的房东，也是每天幸灾乐祸看她挨揍的刘阿姨。这两个阵营水火不容，势不两立，但因为妈妈也和自己站在一起，小凡觉得没什么可害怕的。她不知道这个白色板房什么时候能变成一个自己的房子，她对房子很有概念，瑞瑞和静静的新家她都去过，自己的房子，就应该长那个样子，有白得明晃晃的卫生间，可以用马桶，有沙发，有大电视，还有穿袜子才能踩的木地板。而自己的房子里，还会有一只新的小狗，至于叫不叫旺旺，她还没有想好。这些想象暂时治愈了她，母女二人在快乐的想象中，吃光了一整盘青菜。

那盘青菜成为一个约定的开始，自此，小凡将买房这件事牢牢挂在了心头。走在路上看到售楼处的传单，总要上前要几张拿回家，和同学聊天的时候，总喜欢问问别人家在哪儿，房子有多大，然后把收集到的消息像革命情报样的整理好，写在小纸条上，念给芸姐听，边念还要边评价，我觉得王帆帆家那个小区不错，听说她家楼下还有个小喷泉，谢维园家就不行，门前是条小河，一到夏天就特别臭。芸姐被小凡这种热情震撼到了，一开始她还觉得挺好，有种母女俩并肩战斗的感觉，后来被小凡念得多了，反而觉得是种负担，小凡口中的买房就跟买衣服一样简单，挑挑拣拣，还能选个高矮胖瘦，小凡说得越简单，芸姐看看来时去时路，就觉得越艰难。这种对比深深伤害了她，那种和女儿并肩战斗的感觉也消失了，芸姐现在只觉得双倍地不被理解。

于是日常变成了，小凡兴冲冲地继续分享她的买房情报，芸姐则显得兴致缺缺，还时常顶回去一两句，你是不是觉得妈妈养你特别容易？那边是别墅区，你觉得我们能买得起吗？渐渐地小凡觉得妈妈变了，对房子的关注好像变成她一个人的事情，芸姐呢，则仍旧在那种不理解的氛围里纠缠着，母女俩谁都觉得自己在孤军奋战。但生活还得继续，两人住在同一个屋檐底下，却有种同床异梦的感觉。

小凡孜孜不倦地拿着宣传单，五颜六色的，一张张地攒起来，蜷在小小的饭桌一角，芸姐一张也没看过，有时候会拿起来，垫一下滚烫的锅底。宣传单像窗外的树叶子一样，一张一张地变黄，变黑，等到屋外头的树叶全掉光的时候，小凡终于不再往家里拿传单了，她心疼自己旷日持久的努力，仿佛花了好大的精力，却打了场友军叛变的仗。

芸姐没体会出小凡这些个内心曲折，她眼里看得到的只有数字，这个月卖出了多少箱啤酒的数字，小凡的期中成绩单的数字，工资卡的数字，存折的数字，还有从中介打听来的，每个平方多少钱的数字。它们密密麻麻，编织成一个密不透风的网，把芸姐牢牢锁在里头，芸姐没觉得不好，甚至还心甘情愿。这些数字给了她无穷的意志与安慰，她怀揣着这些数字，像个战士一样，每一处生活都是她的战场，而这些数字，就是她迎风飘扬的战旗，也是精神的嘉奖。当然，这是在非常顺利的时候，如果生活出了一些情理之中的坎坷，这些数字看上去又会十分可怖，让芸姐感到摇摇欲坠。

这一整个夏天，生活都还比较顺利，靠着和小超市的关系，芸姐联系上了一个连锁超市的供应商，签了好几个单。芸姐日日骑着小电动车奔来闯去，走路都是风风火火。秋天之后，风与火都渐渐平静了下来，一过秋分，永镇家家户户的饭桌上，绿瓶的啤酒就渐渐少了，到了冬至，饭点的桌上就全换成了白酒，芸姐看着本子上日日减少的数字，那种摇摇欲坠的感觉又回来了。冬天的啤酒公司变得冷冷清清，同事们每天上班，就搬起小板凳，围着热水壶嗑瓜子，连带着嗑出的，是永镇好多人的秘密。芸姐很少和大家一起嗑瓜子，就没什么机会听见什么秘密，她是个没有秘密可以分享的人，也没有时间听旁人分享他们的秘密。小年还没过，芸姐就不再来公司了，小卖铺的老板娘给她介绍了个活，去世纪联华卖富硒康。

其实也不一定是世纪联华，还有可能在商之都，或者金商都，也不一定是卖富硒康，有的时候货堆上也可能是一打脑白金。但在哪儿，卖什么，芸姐都无所谓，她只听到三十块钱这个数字，这就够了。从早上八点，到晚上八点，不包午饭，一天三十，卖得特别好，再加钱，面前的人噼里啪啦报出一串要求，听起来像以前永动机械厂坏掉的车间喇叭。芸姐说好，也没问特别好是怎么个好法，喇叭停下来，上下把她打量一遍说，早上八点到岗，要站到晚上八九点，中间不能休息。芸姐说好，一天三十对吧？喇叭收回眼睛，合上本子，对，工时不够要扣钱。

三十块一天，过年能上十五天班，合起来就是四百五，她卖一箱啤酒，提成八毛钱，四百五十块钱，就等于她卖了五百多箱啤酒。一番数字组合下来，芸姐斩钉截铁，这活能干。隔天她就穿上鲜红的小马甲，站在了那堆比她还高的富硒康旁边。一百多盒蓝盈盈的富硒康从地板直直朝上摞着，越往上越少，围成一个尖尖的塔，顶上还插着一面小红旗，红旗旁边趴着一只红彤彤毛茸茸的狗，笑口常开地提醒往来人们：狗年来了。但没人看它。塔底开了一个小小的缝隙，里面塞着芸姐的午饭，白色的塑料袋，里面包着一个玻璃碗。和她一样的红马甲们，中午都会去商场负一楼的米线铺要一碗米线，六块钱一碗，再加两块钱，还有一根油汪汪的烤肠。芸姐也去米线铺，手里提着她的玻璃碗塑料袋，请烤肠箱旁边的徐大娘帮她加热一下。玻璃碗里是绿油油的小青菜，旁边挤挤挨挨贴着几块大哥送的香肠，肥瘦相间，也和烤肠一样汪汪地滋着油。看上去丝毫不比旁人手里的米线差。

但一站十几个小时，这满满一玻璃碗的饭也有些力不从心，仿佛从嘴里直直倒了下去，过了嗓子，没落进肚子。一到五六点芸姐就觉得饿，饿到下班，已经有点头昏眼花了，她想起自己小时候听过好些个和饿有关的故事，那正是大饥荒刚过的年代，没有食物的恐惧仍然死死笼罩着大多数人，但芸姐她爸是村长，她从来也没挨过饿，听见那些故事的时候，芸姐只觉得没法理解，饿晕了，饿死了，到底是种啥感觉？没想到几十年之后，她切切实实地体会到了，饿晕了就是肚子里空，脑袋也空，空得嗡嗡乱叫的，叫到不会再叫了，可能就是饿死了。芸姐顶着嗡嗡的空脑袋，生怕算错了价钱，错了就得自己赔，买二送三，满一百减十块，满两百减二十五，芸姐空空的脑子里装满了这些绕口令，撑到下班，她跨上小电驴往周慧家里奔。

小凡在周慧家待了几天了，一开始她不愿意来，周慧结了婚之后她就不怎么愿意见她了，每次见面，旁边都要跟着叔叔，叔叔姓沈，叫沈徽，听起来特别像个数学老师。芸姐这次去超市上班，小凡挣扎着自己留在家里待了两天，第一天煤气灶点不着火，吃的火腿肠拌饭，第二天饭烧到一半炉子灭了，吃的火腿肠拌火腿肠，第三天中午就乖乖巧巧坐32路去了周慧家，进屋的时候周慧在做饭，沈徽坐在沙发上看电视，招呼小凡坐下，又从柜子里翻出来一大包旺旺仙贝，两人就一起坐着看电视，厨房里油烟四起，周慧时不时喊一下沈徽，递个抹布，洗个包菜，沈徽进进出出的，后来干脆直接留在厨房帮忙了，小凡看着两人，周阿姨离她很远，离沈叔叔很近，她觉得有一点不开心，但看见沈叔叔在一边递盘子递碗，小凡又觉得有点可爱，她很少看见这样的画面，平时都是芸姐一个人在煤气灶前打仗似的炒菜，在生活里除自己之外还看到一个别人，一个男性的别人，小凡心下生出一种陌生的情绪，突然间觉得能原谅周慧结婚了。

芸姐跨进门的时候，已经快九点了，周慧热了剩下的几个菜，又炒了个西红柿鸡蛋，炒了盘圆白菜，芸姐边吃边叫唤，饿死了饿死了，周慧把电饭煲里的剩饭全都加给她问，够了吗？不够我再烧。芸姐端起盘子把菜推进碗里，捣了捣说，不够，周慧打开冰箱，把所有的饭都拿出来，堆了小半锅，洒水，开火。小凡坐在板凳上歪着头，觉得两天不见妈妈好像是瘦了一些，也不知道是不是她总是喊饿死了，把自己喊出了错觉。那天晚上，芸姐吃光了周慧家所有的饭，加上后来热上的小半锅，这件事后来成为一个好笑的传奇，在相当长的日子里，被周慧和芸姐翻来覆去地提及。

之后小凡就肩负起了给芸姐送饭的使命，和上学一样，只不过书包里的本子换成了饭盒。芸姐吃完之后，小凡就在超市里走来走去，看人称糖果，买汤圆粉，瓜子堆很快就会见底，穿着绿马甲的人就从柜子里拖出来个袋子，用盆舀出来重新堆满，那么大的袋子，人们都推着手推车，把一袋袋瓜子和糖果放进车里，小凡从来没有推着车子逛超市的经验，临近过年的超市，这里的每件事都让她觉得新奇。芸姐让小凡多多观察，晚上回去要写日记的，小凡东瞅瞅西看看，不知道这样叫不叫多多观察。

发工资那天，芸姐把小凡接回家，从包底摸出来一个信封给她说，你帮妈妈数数，看一共多少钱。小凡把信封掏空，把钱一张张铺在小饭桌上，好几张一百块，数了三遍，六百块，芸姐眉头一皱，不对啊，不是一天三十吗，怎么多了一百五。小凡看看六百块，再看看桌子上被锅底蹭黑的传单，上面写着 1600/m^2，小凡突然一个激灵，大声问道，妈妈，一个平方是多大啊，芸姐说，我们这个家大概二十平，你算算一平有多大。小凡整整齐齐排好乘法竖式，1600，乘以 20，算出来 32000，小凡指着 0 一个个数过去，个十百千万,三万两千块，是多少个六百块？小凡讨厌数学，不想再往下算了，但她大概能想象，那一定是很多很多个六百块加起来，才能到达的数字。直到这一刻，买房这件事，才从一张张五颜六色的传单，从一个个小区的名字，从一间间抽象的房间，变成了切切实实的一行数字，那不是数学练习册上的数字，是个十百千万的，钱的数字。小凡再也没往家拿过传单，这次是心甘情愿的。

春节之后，芸姐被啤酒厂以私自兼职为由辞退了。但真实的理由是啤酒厂效益不好，永镇的人们越来越时髦了，时髦的一个标志，就是把土绿色的永镇啤酒瓶，换成翠绿色的青岛啤酒瓶，中央电视台滚动播放着广告，喷涌的泡沫从杯子里溢出来，青岛纯生，鲜活滋味，鲜活人生。多好听，多朗朗上口。芸姐不出门吃饭，家里不喝啤酒，也不加入啤酒厂嗑瓜子小组，这些秘密她就永远不会知道。不知道秘密的芸姐，真心实意地懊悔了几天。

一个星期之后，芸姐用四十块钱，租下了一个临街的门面，但永镇哪有门面只值一个月四十块钱？所以说是门面，其实是一户人家下楼之后的通道，之前停自行车的用的。交了一百二十块钱之后，芸姐回家把张俊生买的那台熊猫电视机搬到地上，把放电视机的桌子腾出来，连带着一把塑料椅，运去了门市部，路上还买了个白玉兰花的桌布，铺在桌子上，盖住了斑驳起皮的木头桌面。

芸姐要做生意了，她要开一个中介，这是她唯一能想到的，不用本钱的生意。

起名字着实费了一番功夫，芸姐想要那种听起来就生意红火的店名，但又不能特别俗气，小凡提出建议，不如叫钱来也，一听就是要来钱的样子，这是《王子变青蛙》里面女主角妈妈的店名，又是个灰姑娘的故事，小凡特别喜欢男主角，日记本封面还贴着明道的大头贴。芸姐认真地否定，不行，太土了。后来名字定下了，叫映山红，既红，也不俗，岭上开遍映山红，多喜庆，多吉利。芸姐去后街定做了一个门头，大片的映山红，图片被放大了几十倍，映山红的花瓣变成一个个像素的方块点，小凡站在门头下，看得有点眼晕，中间是几个红色的楷体大字：映山红信息部。

芸姐新买了个笔记本，每天去城市的各条巷子，找墙上贴的广告，门口放的牌子，好像扫地一样，拿着笤帚把这个镇子各个疙瘩角落都给掏一遍，在各式各样的灰尘里，挑拣出那些能用的信息，也许是招工消息，也许是一间阁楼的房源，再把它们珍宝样的收进本子。

有时芸姐恨永镇太小了，能搜寻的地方好像都找遍了，却没找出什么新的信息。有时她又恨永镇太大了，大得过分，带人去看房子，从城东到城西，足足要骑上二十分钟，这二十分钟，会不会有人路过她的信息部？会不会又错过一单？甚至好几单？芸姐越想就越浑身发热，右手把电门扭到最底，压着红灯闯了过去，等到了映山红信息部，发现里面坐着个人在等，心下这才舒展开来，要是店里空空荡荡的，芸姐车没停稳就要扯着嗓子问隔壁的小陈裁缝，刚有人来找我吗？

芸姐不在的时候，时常有人来找她。第三次打工潮悄无声息地席卷了永镇，以及永镇四周的小县村们。第一批下海的人早已在南方开辟了新天地，一家老小也早就接了过去，只有祭祖的时候，才开着黑黝黝的大奔回来一趟。第二批下海的人，在东边扎了根，在上海开饭店的，在苏州做服饰的，往家里寄回的钱，一砖一瓦盖起了村里的小洋楼，第五六七八栋小洋楼盖起来的时候，周边的人都坐不住了，晒稻看见那楼，稻子也不想晒了，钓鱼也看见那楼，钓上来的鱼和虾都不香了。于是南边有亲戚的，去了广州深圳，东边有亲戚的，去了南京上海，剩下只在村子里有亲戚的，拍拍脑袋，看看四周，那就先去永镇吧。到了永镇，总要先找落脚的地方，那时候手机是用来打电话和发短信的，永镇没几个人认识互联网，找工作找房子，要么靠自己打听，要么靠熟人介绍，没人介绍也没时间打听的，就靠中介，路上晃荡的时候，看到了映山红信息部，自然就要进去问问情况。

那是芸姐最常看见钱的一段日子，来一个人，租一间房，房租两百，中介费抽百分之三十，就是六十，哪怕一天六十，芸姐都觉得心满意足，更别说一天能有好几个人排队等着看房的时候了。最多的一次，芸姐一天租出去五套房子，上一家刚收完钱，马不停蹄地就赶去下一家，晚上到家，芸姐把包里塞得鼓鼓囊囊的钱一把掏出来，五块，十块，二十块，一张张展平，数了数，四百七十五块。这是她之前一个月的工资，芸姐脑海里充满了种种生意暴富的想象，小凡在一旁看电视，央视播音员克制又不失激动的语气说，国家体育场“鸟巢”工程，在经历两年多的建设后，于2006年9月17日完成了钢结构施工的最后一个环节——整体卸载。小凡没有被这个举世瞩目的奇迹震撼到，芸姐走过去抱起小凡说，2008年的时候，妈妈带你去北京看奥运会，好不好？小凡抬起头，真的？

真的，你相信妈妈。芸姐斩钉截铁。

6

芸姐有私房钱，四万。

这钱谁也不知道，从芸姐当姑娘的时候就开始攒了，压箱底的那种钱。一个人从乡里来到城里，每天吃着单位食堂住着职工宿舍，能花钱的地方只有雪花膏和几套衣服，没什么用得着钱的地方，芸姐就去信用社办了张存折，把工资都存进去，存着存着，存到了五千，又存到了一万，本来是给自己攒的嫁妆，想着结婚的时候一并拿出来，后来婚礼也没有，连结婚证也没扯，张俊生就死了，这笔钱就一直没拿出来，还好没拿出来，所以躲过了婆婆和姑子们的抄家，躲过了三番五次造访职工宿舍的小偷。后来，小凡接回来了，二嫂夏茹每天在芸姐耳边教导她，要给小凡攒上大学的钱了。二哥家的两个儿子都特别争气，傲视整个李氏家族，是整个大家族的教育典范，芸姐觉得典范说得有道理，住嘛住得差点也可以，职工宿舍空着也是空着，不如把这个房子卖了，娘俩住到职工宿舍去，把卖房的钱存起来，留着以后小凡上大学用。于是，卖房卖了三万块，合在一起，整整齐齐四万块钱，这钱在芸姐心中从嫁妆本变成了教育基金，把小凡接回家的那天开始，她就下定了决心，这笔钱，是留着给小凡上大学用的，任何人，任何事，都不能撼动她的这个决心。

但生活的决心下定之后，动摇的时刻也总有个成千上百次。最最困难那次，连饭都吃不起了。钱包，抽屉，一毛钱也抠不出来。那天晚上芸姐把存折从箱底的大衣口袋里翻出来，放进包里，关灯之前，看看一旁张着小嘴熟睡的小凡，芸姐怔了一会，又掀起被子，把存折从包里放回箱底。第二天一早，芸姐从里到外把家翻了一遍，掏出那些纸盒，易拉罐，还有些张俊生在世时候看的资料书，什么马克思，什么列宁，什么市场主义经济，通通塞进了收废品的灰色蛇皮袋里，称斤算两，讨价还价，最后给了三块钱，芸姐就用三块钱去菜市场称了两大捆青菜。吃了三天，等了三天，等来了低保，然后日子像水车，又滴滴答答转起来了。这四万块钱就像一根定海神针，不论生活的巨浪把她颠簸得怎样厉害，只要想起这四万块钱，芸姐的心就定了，觉得怎样的风浪都可以被平息下去，这四万块钱是未来对她的承诺，是一定能把小凡抚养得长大成人的信物。

以前穷的时候，芸姐把这四万块钱看得死死的，抓得紧紧的，而现在，那四百七十五块钱，给了芸姐一种真实的自信，她相信自己过去有本事攒下这四万，现如今，就有这个底气用掉它，再重新攒下个它。

芸姐去了趟售楼部。

最先去的，是小凡同学，王帆帆家的小区，楼下能看见喷泉那个。站在小区门口，芸姐要仰起头才能看全那个高高耸起的门廊，顶上的石膏曲折回环地绕了好几下，芸姐觉得真好看，进了售楼处才知道，这叫欧式花园风。欧式花园风的价格和它的名字一样，听起来非常不平易近人，芸姐矜持地点点头，溜达了一圈出来了。有了第一次的经验，芸姐凭借着中介找房的灵敏嗅觉，很快判断出了几家小区，价格适中，位置适中，一切都适中。帝都豪园，一千八一平，有小户型，五十平，首付一半，就是四万五,五千块可以问周慧借一下，售楼小姐一边说，芸姐一边已经心里盘算好了一切，嘴上却说，好的好的，我再考虑考虑。下一个小区是盛世华庭，这是芸姐最心仪的小区，张俊生和她以前住的地方，拆迁了之后，十几栋新房拔节样的长起来，这才几年，一切都不一样了。这一切越不一样，芸姐就越悔不当初，当年真的不该听夏茹的话，不卖房子，现在就不用这么颠沛流离，连个自己的窝都没有。倒也不是说存教育基金有错，可是现在连个家都没，怎么搞教育啊。这事芸姐不能想，想到就是气，气了就心慌。芸姐定定心，踏进售楼部。盛世华庭，这个名字听起来也好，气派得很，也是一千八一平，门口有超市，马路对面是中学，哪哪都挺好，唯独一点不称心，是没有小户型，最小的八十平，算下来首付要七万二。三万二,四舍五入，整整差了三万。

芸姐给周慧打了个电话，路上人来人往，芸姐站在绿化带旁边，前面有辆自行车乱闯马路，一瞬间此起彼伏都是啸叫的鸣笛，芸姐扯大了嗓门问周慧，你说我选哪套好？鸣笛声消失了，芸姐被自己这话吓了一跳，周慧也吓了一跳，你哪来的钱付首付？四万块钱？我都不知道？你把我当姊妹？现在晓得来问我了？我也不知道！电话断了，芸姐不知所措，还生出些懊丧，别人哪儿能出得了主意，这么多年了，桩桩件件事，哪件不都靠自己？自己这个形象一出来，芸姐突然有了点自力更生的勇气，她要自己做这个决定。

芸姐做决定，一般靠两种方式，一种排数字，一种就是坐那儿，干想。芸姐倚着小饭桌坐了一晚上，三万块，一百个四百七十五加起来，都已经四万七千五了，芸姐心头一震，仿佛攒够这钱，也就是一百来天的日子。这一百来天把她的心胀得满满的，连带着当年失去那套房子的懊丧，重回故地的欣喜，裹杂着些微隐蔽的怀念，芸姐下定了决心。

第二天，周慧的电话打过来，来给芸姐出主意，主意就是拿现钱，买下帝都豪园那一套，声音听起来还有些不情不愿，芸姐试探着问，买都买了，不如买个大点的？周慧不耐烦，扔下一句话，你要是还把我当姊妹，你就不要等，现在赶紧去定了那个小套，听我的没错。芸姐心里那个自己的形象又浮现出来，敷衍着嗯了两声，心里说的却是拒绝。

之后的每天，生活的目标都更加明朗，以前芸姐只知道赚钱，讨生活，攒钱，想买房，具体要赚多少，攒多少，都每个准数，现在则大不相同了，芸姐每天的眼睛都死死盯住那四百七十五，也死死盯住日历上的每个日数。但生活的奇妙之处，就在于你永远不知道，哪一天，哪个时刻，是你这段生活的巅峰。自从钢结构整体卸载，鸟巢很少再出现在新闻联播里，最后一块钢板卸下的时候，是它这些年的巅峰时刻，芸姐赚了四百七十五块的那天，也成为她这些年的一个巅峰，之后的日子，她再也没遇见过这样的巅峰。

一周，一个月，一百天，两百天，芸姐已经渐渐淡忘了那个充满雄心壮志的百天计划，也渐渐淡忘了带小凡去北京看奥运的承诺，好在小凡看起来并没把这件事放在心上，两人时常看新闻，讨论的话题早已从鸟巢移到了别处，汶川地震的时候，小凡哭着要了六十块钱，拿去学校捐款了。芸姐仍旧在攒钱，目标又显得有些模糊，她已经很长一段时间没去售楼部了，每栋楼盘的价格都千变万化，但她现在没空管这些，又有新的要事占据了她的生活，小凡要上初中了。

芸姐的目标总是宏伟且失焦的，落在具体的时刻，就显得有些华而不实。比如要买房，那么买到房，就是那个唯一的目标，要教育小凡，那么考上大学，就是那个唯一的目标。在这个目标下，小学初中高中都一并笼统地归进了考上大学这一件事情，以至于小凡要上初中这件事来临的时候，千头万绪，而她理不出一丝头绪来。

于是就跟着人流走，别人去考一中，她也带着小凡去考一中，别人去城西的寄宿学校，她也带着小凡去瞅瞅寄宿学校，别人去考家门口的公立初中，她也带小凡去考公立初中。整个六月，芸姐带着小凡几乎把整个永镇的学校跑了个遍，好在小凡争气，一中私立的初中部考上了，公立的九中也考上了，城西的寄宿学校不行，老师都恨不得求着学生去，不考虑了，现在就剩一中和九中了，又是道大难的选择题。

一定要选的话，其实也不难，一中是永镇的爹娘们挤破脑袋想进的地方，但就是私立学校学费贵，学校在城东，离家也有点远，上学得坐四十分钟公交，中途还得转一趟。九中呢，是公立里面的老牌学校，这几年有些没落了，但名声还是在的，学费是一中的一半，离家也就两个红绿灯路口。周慧也来出主意，虽然芸姐上次没听她的那个准没错的建议，但她也不记仇，毕竟一路看涨的房价已经帮她正了名，她一面心疼芸姐，一面看着上扬的房价又有些得意的快乐。周慧建议小凡选九中，这倒是出乎芸姐的预料，周慧说一中的学费太贵，陪读也贵得很，你还要不要买房啦？初中嘛，永镇这几个中学，排名靠前的差也差不了多少的。芸姐再次拒绝了周慧的提议，这次是明面上的，不行，初中不上好，高中咋考得上？你没有小孩，你不知道教育小孩有多难，一步走错了，都难回头了。话音刚落气氛就变得微妙，周慧不能生这件事，是公然的秘密，所以没人傻到去提，芸姐一面理亏，一面又觉得理直气壮：你确实不能理解当妈的难处嘛。两人谁也说服不了谁，最后是小凡一锤定音，那就九中吧，离家近。我不能天天坐公交车，头晕的。

这个理由真是令人信服，坐公交吧，一坐就得三年，天天颠簸来回一个多小时，晕车的话还怎么上学？不坐公交吧，就得去一中附近租房了，一中的地段位置偏，住房少，全都是陪读的家长，房租比镇中心都要贵。四万全拿出来，租个三年房也都没了。芸姐一时还真下不了这个决心。小凡倒是坚决得很，不改了，就去九中了，坚决里，带上了纷纷杂杂体恤的味道，小凡不说，芸姐也能察觉得到，这种体恤的成分越多，未来回头看这个决定时，芸姐就越难过。小凡的这个选择最后还为家里赚了点钱，一中的名额很快就有人来打听，两千块，买走了。那个夏天最后因为这两千块钱变得格外生动起来，虽然也不够去北京看一场奥运，却也扎扎实实让母女俩快活了很久。

开学分班之前，芸姐带着小凡去了趟教育局，每到这种时刻，芸姐好像就凭空多出了一些多年不见却又沾亲带故的，远房亲戚。教育局的办公室凉飕飕的，小凡感觉仿佛回到了毕业考的现场，芸姐把小凡从身后拽出来，推到前面说，叫大伯父好。小凡说，大伯父好。大伯父就像他的称谓一样，必定带着某些功能，临走时芸姐叠声道谢，那就拜托大伯父了，劳你操心了。大伯父大手一挥，没事，保证给张晓凡安排个好班。

张晓凡最后也没分到个好班，但这事不能怪大伯父，要怪得怪芸姐，没把张晓凡的情况说清楚。那天拜托之后，大伯父打了个电话给九中的教导主任，把张晓凡的名字报了一遍，弓长张，破晓的晓，非凡的凡。教导主任记下名字，打给招生办主任，又把张晓凡的名字报了一遍，招生办主任一手接电话一手记下名字，叫来正在填表的老师说，分班的时候，把这个学生捡进张老师那个班。填表老师接过纸条，把那个入学考试考了三十分的男生，捡进了教研组组长张老师的班，把原先那个在张老师班里，考了九十多分的女生，打到了三十分男生的位置。每个人都做了工作，每个人的工作也都做到位了，但大伯父万万没想到，这个来拜托他的小孩，其实成绩一点儿也不差，填表老师也没想到，想分在好班的张晓凡，其实就是被他踢出去的这个女孩。

这个秘密一直没被任何人察觉。直到张晓凡读完了初一，她在的班级每个学期都是倒数第一，而且门门都倒数第一，异常平均。芸姐开了两次家长会，坐不住了，是不是大伯父没出力啊？芸姐给大伯父去了个电话，大伯父抽着烟，打了几通电话，再拨回来的时候悠悠叹了口气，文芸啊，你当时怎么不给我讲清楚，毛毛入学考试考了多少分呢？芸姐有苦说不出，当时小凡考完出来，给她说热得头疼，感觉发挥得一般，她哪知道一般还能一般出个九十多分？还有办法补救吗？芸姐问。那还能有啥办法啊，这都进去了，再换班，人不都晓得了？大伯父又悠悠吐了口气，补了一句，这谁能想到哇。啪，挂了电话。

芸姐和小凡把这件事一五一十地说了，仿佛要和她商量点什么办法，小凡却早已经忘了大伯父这回事，班级倒数第一这件事，在她看来和分班一点儿关系都没有，考倒数还能因为啥，就因为班里同学不好好学呗。芸姐问，那他们不好好学习，天天都忙啥呢？小凡掏出厚厚一打书扔在桌上，忙啥？忙着和老班作对呗，我刚回来的时候，后排几个男生正给老班的摩托车放气呢，还要拉我一块，我没干。这是小凡说了的，还有她没说的好多事。除了讨厌班主任，坐自己后面的几个男生，好像也讨厌自己，他们总是在上课的时候揪她的头发，然后拿打火机烧着玩。一开始的时候她想是不是自己做错了啥，后来发现，他们也揪其他女孩子的头发，下课了还总是跑到她们面前，模仿科比投篮，小凡就不生气了，也不敢气，初中的男孩个头蹿得一个比一个快，不像小学，现在是真的打不过了。但她不说就不知道，这些原来就是大人口中那些会影响她学习的事，在她的认知里，学习不好，是自己没好好学，和别人，和班级，都没什么关系。所以当她好好学了一两年，成绩却一直进不去年级前五十的时候，她也纳了闷，她和同桌聊天，同桌撩了撩堆在眼前的刘海说，这有啥可烦的，今天下课我要去书屋借书，有好多言情小说，跟不跟我一起去？小凡说，去。

后悔没有用，芸姐在日记里写道，这句话最近她写了好几次，生活里能让她后悔的事情并不少，但她都能把自己宽慰出来，要说最最后悔的，一共也就两件事，一件是当年听二嫂话卖掉了房子，一件就是现在，托人帮忙给小凡分班这回事。当年要是不卖掉房子，就好了，当时要是不去找大伯父，就好了。芸姐脑袋里全是这些如果当初的事，她还想把自己像之前那样宽慰出来，但显然这次的难度有些大。日记从夏天写到冬天，一遇到些不顺，芸姐就要后悔一次，生存上的所有问题都可以归结到卖房子，小凡学习上的所有问题都可以归结到分班，这两大借口顺承了芸姐生活里的全部困难，于是常常要被拿出来，后悔许许多多次。

懊丧归懊丧，日子还是要过，年关将近，芸姐在永镇的各大超市卖了四年的富硒康，今年也没得卖了，保健品的热潮席卷了永镇，一时间身边所有的人都做起了安利，做起了无限极，每个人都拉起身边的熟人，讲健康，讲保健，去专卖店买各式各样新式的保健品，富硒康的货堆一年比一年冷清，隔壁脑白金也是一样，终于在今年，双双撤柜了。一到冬天映山红信息部的生意就特别惨淡，大家都回家准备过年，没人要留在镇上，更没人租房，芸姐天天端着茶杯坐在门市部里发呆，穿堂风从楼上呼呼吹过门厅，吹到门外大街上，芸姐把棉衣棉裤的关节处全都缝上一层绒，也挡不住那风。隔壁小陈裁缝来串门，说，前面路口的小林在做烟花爆竹的生意，要不你去看看，进点烟花爆竹，摆摆摊卖。

小林好姊妹的儿子的新房，是芸姐帮忙打听租掉的，芸姐来问的时候，小林记了笔账，直接给芸姐赊了五千块钱的烟花爆竹。芸姐从房东那借了两条长凳，又去后街拆迁的地方搬来一块门板，架上长凳，摆上货，一个小烟花铺就开张了。正赶上小凡放寒假，芸姐带上小凡，两人一个站门口看铺子，一个坐屋里取暖，小凡觉得屋里还没屋外暖和，搬起板凳坐到马路边上去了。第一天中午，芸姐回家做饭，只留下小凡一个人看烟花铺子，芸姐一走，小凡就开始紧张，她一会儿去一趟隔壁小陈裁缝店里，眼睛留在铺子上，嘴里问着，这个一千响的多少钱啊？两千响的呢？擦炮多少钱一盒啊？那他要是买一袋呢？恨不得把铺上摆的所有东西都给问一遍，但也没有个准确答案，小陈裁缝让她看着进货单，自己加点钱报价就行。不得有个具体的价格表吗？小凡急得额头冒汗，只能心里求着这会儿别来客人，但是越求越来，男人提着两大袋瓜子上前来问，这个，两千响的，一挂多少钱？小凡记不起价格，又不敢亮出进货单，随口胡乱报了个，五十。这么贵！男人摇摇头走了。小凡着急了，朝小陈裁缝喊，阿姨！我一个加五块钱行不行啊！小陈裁缝走出来，手里还拿着大剪刀，你加五块加十块都行，得看人，你看那人看上去有钱啊，你就多报点，看上去没钱的，会算计的，你就少报点。小凡像听数学老师讲勾股定理似的，硬是把这个公式记下了，默背了好几遍，等芸姐提着萝卜烧肉来的时候，小凡已经卖出一挂五百响了。

小陈裁缝的公式，小凡记得烂熟于心，最难的不是那几个数字，而是如何将最恰当的价钱亮给最合适的人。她死死盯住来往的每个路人，想从她们身上看出些类似于穷、富、阔、抠之类的形容词，但每个人看上去都如此雷同，她们穿着相似的衣服，迈着相似的步调，操着相似的口音，几天之后，小凡终于挫败地承认，快速判别一个陌生的人，对她来说是如此困难的一件事。对此，芸姐却显得游刃有余得多，她可以通过一个人摩托车后驮着的货物，判断这个人在年货置办上的大方程度，也可以看出一个女人转过身去，到底是真的要走，还是在等她降价挽留。芸姐看着小凡笨拙的样子，竟也像看到了自己，十几年前，当她还是村长小女儿的时候，当她还是国企坐办公室的会计的时候，当她还是张俊生的妻子的时候，这些对她来说也都难以捉摸不可想象，后来呢，后来那些不可想象的事情一桩桩一件件都在她生活里展开了来，她知道菜市场最便宜的时间，知道换季的时候去买清仓的衣服，认得清众人的脸色，也坦然接受每一种脸色，生活治好了她的一切忸怩和别扭，活下去是凌驾于一切之上的，是最高意义。这些对小凡来说都过于遥远了，但如此这般直面金钱，直面赚钱，还是她的人生第一次，自此，每一张钱币都有了新的意义，它们是如此的难以获得，也是如此的值得珍惜。

除夕那天，最后一挂两千响也被人拎走了，还剩下些小烟花，芸姐把门板搬回后街，拍拍手说，把这些都装起来吧，回家过年了。仙女棒，地转转，小蜜蜂，冲天炮，满满塞了一整个红塑料袋，手里还握着一把魔术弹，小凡觉得自己像个大富翁，走在路上收获的满是艳羡的目光，面对烟花，所有人都会变成小孩子，小凡本来就是个小孩子，对仙女棒的梦想从一年级持续到现在都没变过，现在原先的渴望突然装了满满一袋子，小凡觉得像做梦。那天晚上，家家户户都充盈着春节联欢晚会的歌舞声，芸姐在屋子里忙碌着母女俩的年夜饭，远处的天空间或有一两轮烟花升起，在大大的天幕下，小凡蹲在天台上，一个个点燃那些小小的属于她的烟花，仙女棒跳起舞蹈，小蜜蜂在地上嗡嗡旋转，魔术弹会冲上三米高的空中炸裂，小神鞭噼里啪啦地窜起又落下。芸姐在屋里喊着小凡的名字，回来，吃饭，小凡握着仙女棒跑回屋，一定要妈妈看着它烧完，熊猫电视坏在了一年之前，今年是她们第二个看不到春晚的除夕，这对芸姐没什么影响，往年她也总在倒计时前累得昏睡过去，这对小凡也没什么影响，毕竟今年她收获了一袋烟花这样大的快乐，两人都觉得无甚缺乏，心满意足。

但生活的缺乏，有时并不能够被身处其中的人发现，生活的缺乏，是供旁观者睿智且敏锐的眼神所捕捉的。小林就机敏地洞察到了芸姐的这种缺乏，芸姐缺个男人。

这可是个大欠缺，又恰恰正是小林能力范围内能弥补的欠缺。小林自从把爆竹店的生意交给儿子儿媳，自己便整日在街上转悠，整个鼓楼街道，每家每户见得人见不得人的故事，小林都了如指掌，鼓楼街道在她眼里没有秘密，如果有，那她一定明天就要知道。小林的了如指掌是有大用处的，她也是整个鼓楼街道的老红娘了，这街道上好几户夫妻，都是经她手撮合起来的。这几年街道的年轻人越来越少，适婚者越来越少，有几个年龄合适的，偏偏都自己领了对象回来，一点儿不给小林机会，她的天赋无处发挥，感觉好像要失去事业一般。这次芸姐送上了门来，她逮着机会，一定要把这个鼓楼街道单身十几年的金牌寡妇，给介绍出去，一战成名，重振当年的雄风。小林怀了满心的壮志，没事就去映山红信息部溜达，再不经意透露点消息，前门的刘大夫前几年刚病死了老婆，儿子结婚了，无牵无挂的，还是个医生，要不你去看看？后街的王木匠年前和老婆离婚了，错不在他，是他老婆在外乱搞，人家里开了个木材店，后街马上拆迁就能得着套新房，要不介绍你俩认识认识？芸姐倒是稳如泰山，不论小林来说什么，她都端两杯水，坐那儿听她慢慢聊，末了说一句，这怕不合适吧，我怕小凡不喜欢。小凡是个万能的借口，这么些年芸姐用这个借口拒绝了不少殷勤的媒人。确实是怕小凡不喜欢，但最怕的，是自己不喜欢。媒人带着任何一个男人的信息来，芸姐心里都忍不住和张俊生比一比，没有一个人有他那样的能力，有他那样的眼界，有他那样的魄力，哪怕是他那样的身材，他那样的身高，都没有。一个都没有。确实，张俊生哪儿哪儿都好，但他死了，这个永不老去的男人占满了芸姐对男人的所有想象，年轻的时候是这样，年纪大了之后，现实替代了想象，芸姐会觉得自己缺钱，缺房，缺很多很多东西。

但独独不缺一个男人。

7

映山红信息部的生意一天比一天惨淡，但惨淡中又隐隐带着一丝挣扎的生机，像那块斑驳的快看不清字迹的门头，拆了，不忍心，不拆，却也顶不上多大用处。四万块钱还在折子里，而离那套八十平房子还差的三万块钱，却始终不见踪影。一周的中介费只够一周的生活，芸姐日复一日地坐在那张败了色的玉兰花桌垫后面，死死地等着，等得整个人都没了脾气。她不再光顾售楼处，又有好些新的楼房在永镇拔地而起，她远远地看见，就想逃开了去，每盖起一栋新的楼宇，仿佛都是对芸姐一次新的质问，你的房子呢？虽然不去打听任何房屋的价格，但总是有新的声音传进芸姐的耳朵，2000，2700，3500，每一次的数字都触目惊心。于是芸姐捂住耳朵，闭上眼睛，专心待在门市部里，专心等着越来越少的上门的客人。日子平淡得像碗白米稀饭，吃来吃去就是那一种干巴巴的味道，有时芸姐想着，就这样过下去，把小凡培养到大学，这一辈子，也算是交代了，难道就非要那套房子不可吗。

非要那套房子不可吗？

芸姐给不了自己的答案，小凡用行动回答了她。

班级里是一如既往的热闹，班主任的轮胎换了好几个，英语老师也气走了好几任，这些小凡全都没参与，她安安心心地沉浸在言情小说的世界里，自打和同学去了趟租书铺，小凡寡淡的学习生活突然变得生动了，书包里塞着的除了课本，多了几本红红绿绿的杂志，上课的时候它们垫在试卷底下，回家了之后，它们藏在抽屉里层。芸姐每每回来只看到小凡埋头在书桌前。上了初中之后，那些课本全变得深奥起来，芸姐已经很少辅导小凡的功课，只能接收一些肤浅的表面信号，证明女儿在认真学习。小凡仍旧在写着日记，不过换了本带锁的日记，那些小说里的字句被她摘下来，句句工整地收进日记本里，一起收进去的，还有某个穿白衬衣的男孩，他坐在教室的另一边，小凡稍稍扭头就能看到，讲二次函数的时候，小凡在偷瞄他，讲 H_2O_2 的时候，小凡在斜着眼看他，讲牛顿第一定律的时候，小凡还在看他。小凡终于有了自己的秘密，于是更加提防芸姐，日记本锁上了还要再装进书包，家里唯一的一个抽屉挂上了一把小锁。芸姐也不是没发现，但生活缠住了她，使她没办法细究每一件事背后的因果，后街要拆迁了，芸姐的门市部也要拆迁，八年前的故事又要重新上阵再演一遍，只不过这次芸姐连挣扎的余地都没有，她就是个租客，房东让她走，她就必须走。芸姐心知肚明再找不到这样便宜的铺子，中介的生意惨淡，

大家都学会了电脑，学会了用 58 同城，很少有人再踏进映山红信息部，一时之间千头万绪，芸姐不知该先从哪件事看起。母女二人都各怀心事，谁也没兴趣搭理谁。

中考放榜那天，芸姐带着小凡从城东跑到城西，从一中的红榜找到二中的红榜，仔仔细细地把每个名字都指了一遍，没有张晓凡。永镇一共就这两所重点高中，也只有这两所高中，敢报出自己

的一二三本录取率，其他的学校，都只敢说本科录取率，剩下的全是专科。母女俩终于愁在了同一件事情上，芸姐把责任归到那个倒数第一的班级，小凡说不是的，那个谁谁就考上了一中，谁谁就是她每天上课偷瞄的男孩。芸姐不吭声，在小凡去派出所办身份证的时候，把家里唯一一张书桌仔细翻找了个遍，从抽屉和柜子里摸出了几十本花花绿绿的杂志，芸姐把它们摞到一起，扔进了瓜果市场扔腐烂水果的大垃圾堆，小凡回了家，发现少了这些东西，也不敢吱声，这件事就这么过去了。

世上没有一个爹妈愿意承认自己生出来的小孩不行，芸姐也一样，她认定了是那个阴差阳错进去的倒数第一的班级，带坏了小凡，如果当时不去九中就好了，如果当时去一中租房陪读就好了。如果当时，又是如果当时。这一次芸姐咬咬紧了牙关，再不要看见这种可恨的如果当时了。永镇的每一处都有自己的规则，这次的规则是，分数不够又想进市重点的，交上一万二的借读费，就能上二中了。这次芸姐没问任何人的意见，第二天她就摸出存折，坐上公交去当年的那个信用社。信用社在隔壁县里，是芸姐第一次参加工作的地方，玻璃橱窗后面的柜员看起来还和当年一样年轻，只不过换了不一样的面庞，没有一个人认识她，除了信用社的名字，她也不认识任何人。你们这里在镇上有分行吗？芸姐问。没有的，只在县里有。柜员脸上没什么笑意，声音有点嘶哑。芸姐好像突然被灰尘呛住了嗓子，那你帮我把四万块都取出来吧。

芸姐把四万块揣回了家，这种勇气令她浑身发热，一路上她死死抱住皮包，到家才发现衣服已经全湿透了。这个未来的承诺，这个把小凡抚养成人的信物，如今就在她眼前，她才发现四万块这么厚，难怪能支撑她这么多年。她数了四遍，数出 120 张，放进一张平展的白纸，左右包起来，再放进一张白纸，又包了一层，掂在手上像一个馒头，一个钱做的大扁馒头，芸姐被自己逗笑了。这次她不用再问后不后悔这种话了，现在要问的是，值不值得？但从把小凡接回身边的那一天起，这个问题就已经没有答案了。芸姐把剩下的两万八塞进箱底，带着钱馒头，驼上小凡，去了二中的报名处。验钞机验了三遍，120 张，清清楚楚，小凡在一旁，脚踩着高出一截的门槛摇摇晃晃地试图站稳，眼睛四处张望，就是不看那一打钱，她自觉没有发言的权利，全程沉默着填完了所有的材料，来报名择校的人太多，空位不够，小凡缩在桌边，字写得挨挨挤挤，回头看看站在一边交钱的芸姐，是一脸的坦荡和大义凛然，小凡突然觉得五脏六腑都被抓挤在一块了，难受得紧。

芸姐没拿这一万二说事，这让小凡很是意外，她已经做了好几番的心理建设，等待着可能是倒苦水或是挨骂的话。但是都没有，芸姐把入学通知塞进包里，出门打起电动车的脚刹，扭头和小凡说，坐上来。回家了就开始洗菜做饭，空气平静得吓人，小凡坐在一旁，手里翻着本作文书。

芸姐没看见小凡的装模作样，她正在构想一个宏伟的计划。今天去交择校费，烈日下那么多家长，都在攥着钱排队，话题从成绩到陪读渐次展开，芸姐顶着烈日，忽然间想通了一件事，房子，和考大学，这不是割裂开的两件事，而是统一的，一件事。这一万二，是给小凡买一个好高中，买一个上大学的可能，而一套属于自己的房子，同样也是给小凡买一个好的环境，买上大学的另一个可能。那个打开门看见小凡在哭的午后，那句日记本上用力写下的口号，那个臭烘烘的瓜果市场，那些每天逃课游荡在街上的孩子们，一幕幕从她眼前掠过，芸姐这几年捂住的耳朵，闭上的眼睛，都在这一刻重新打开。

还是要买房。

小饭桌上又堆起了传单，这次是芸姐拿回来的。她的目标明确，只要一套房，自己的房。大小，地段，都无所谓，只要还在这个镇上，一切的一切，全都可以接受。压在箱底的两万八，就是她当下可以为房子拿出的全部。

但这是2011年的永镇了。

没有任何一个门市部，可以用四十块租到，也没有任何一套房子，可以接受两万八的首付。芸姐想到了贷款。她看中了一个刚出的楼盘，离镇中心稍微有点远，但好在离二中的直线距离只有几公里，还有四十平的小户型，小是小了点，但足够她和小凡的起居生活。总价十六万，首付百分之三十,四万八。芸姐想想，两万她找遍亲戚朋友应该可以借得出来，剩下十一万，贷款。

小陈裁缝铺画上拆字的那天，芸姐把映山红信息部的桌椅运回了家，熊猫电视又从板凳回到了桌上，搬走那天，芸姐买了两斤红富士送给了楼上房东老太，感谢她这几年一直没给自己涨房租，老太接过袋子，塞进最后一个大箱子里，等着被儿子接走，芸姐望着她坐在箱子上的背影，像一尊永恒的雕塑。临走时，芸姐回头看着这个养了五年家的门市部，逼仄的矮墙，冬天漏风的通道，映山红的灯箱布已经扯下来一半，半吊着挂在生了锈的支架上。现在写拆字都不用白漆，改用红漆了，看起来怪喜庆的。

信息部也关了，芸姐每天骑着小电驴把小凡送进二中的校门，之后的一整天就专心研究各种贷款的事情。一开始并没想到有这么多的困难，贷款在芸姐眼中是一个手续的代名词，现在却实打实变成了一桩桩难缠的事。芸姐还是想靠自己，她想用个体户的手续办理住房贷款，但工作人员告诉她，首先需要个体工商营业执照，再次需要稳定的收入证明，这一个首先一个其次，全把芸姐难倒了，营业执照当年就没办，想着先开业，后续再去补，镇上查得不严，她想着自己凭良心做事也不坑蒙拐骗，干脆就没去办那张纸。稳定的收入证明，就更没有了，收入本来就不太稳定，证明，咋证明？把那些年她介绍过工作找过房子的人都拉出来证明一遍？这也不可能。芸姐把头往下探探，让声音更清楚些，那除了个体户，还有什么贷款的办法吗？工作人员噼里啪啦打着键盘，头也不抬，有啊，你有固定工作就可以办，你爱人有也可以，随便谁都可以。芸姐一时有些哽住，说，那我朋友有可以吗？柜员按下回车，扭头看着她说，这你要问你朋友了，看人家愿不愿意。

周慧愿不愿意？芸姐在心里问了好几百遍。自从小凡上了初中，芸姐和周慧的联络就少了，不止周慧，好像她和谁的联络都少了，每天见的最多的人是各种各样的房东，但那些房东不会有任何一个人愿意帮她做这种担保。芸姐突然觉得有些对不起周慧，认真想想这么些年，她好像就只有这一个朋友，如今这一个朋友都要到求帮忙的时候，才能想到了。她带着歉疚，把身边的亲戚朋友挨个挑选了遍，家里的亲戚都没有正式工作，几个侄子侄女都在外地打工，二哥的两个孩子刚参加工作，也没法开口，身边除了邻里，还有交集的就只有周慧了。数来数去，还是数到了周慧头上。这通电话还是打了过去，周慧接起电话，两人寒暄了几句，芸姐周末带上小凡去了周慧家。周慧还是在市政府上班，沈徽也是，两人还是没有孩子，每天就是上班做饭看电视。坐在沙发上聊着聊着，芸姐突然感觉，周慧是恒定的，永不改变的，不管她走出去多远回头看，周慧永远都在那儿，她的生活也永远都在那儿，不会改变，也不能改变。这种稳定给了芸姐一些微小的自信，她说，周慧，有件事我想麻烦你。周慧说，我俩之间你说这个话就见外了，这么些年你还少麻烦我吗？芸姐笑了，这回是大事。你先说，你信不信任我这个人。周慧问，你赌博了？欠钱了？惹事了？芸姐这次笑出了声，出口的声音听起来颤颤的，不是，我想请你帮我做个担保。什么担保？买房子的担保。周慧这回听明白了，你想让我帮你贷款？芸姐说，其实就是你帮我做个担保，我每个月会打钱给你的，还款你肯定不用担心。芸姐觉得自己不自觉用上了销售的讲话路数，这让她面对周慧时感觉有些不舒服。周慧问，多少钱？十一万，分十年还。周慧沉默了，芸姐也沉默了，小凡在里屋玩电脑纸牌，屋子里回荡着发牌的沙沙声。

隔天周慧打电话来问，你什么时候过来一趟，挑周中，沈徽不在的时候，我陪你去看下手续能不能办。芸姐沉默了一会说，谢谢你。她还想再多说点，类似于你这么多年照顾我们母女，这种煽情的话，想开口又觉得虚伪，最终还是什么都没说。只说好，那我明天来找你。第二天两人就在银行碰了面，芸姐看着周慧从包里一本本掏出证件，身份证，户口本，学历证明，工作证明，结婚证，一面感激，一面也羡慕，最后一件是她这辈子到现在都没有过的东西，张俊生活着的时候她一点儿不觉得这张纸有什么用，直到他死了，这张纸立时显出了用处，没有它，处处都是不方便的事。柜员一张张验收完证件说，可以办的，之后带上购房合同，和这些证件一起，本人来办。芸姐这一刻觉得新生活就在眼前，眉目清晰，触手可及。周慧又递进去一张存折，取了五千块钱，交给芸姐说，我知道你借钱难，我能给你的就这么多了，剩下一万多你自己再想想办法。买房是对的，小凡要一个好的环境，好好读书考大学。我是没有小孩，小凡是我看着长大的，我把她当自己家女儿一样看待，多的我也不说了，还有就是，这事沈徽不知道，你别说漏了。周慧这样长的一段话芸姐之前也听过很多，但这次握着贷款和五千块，芸姐觉得这话里的情意更沉甸甸的，让她直不起腰来，她抹了把眼睛，嗯了一声说，我会每个月按时给你打钱的，你别担心。

芸姐立时又充满了干劲，当天回去把家里的亲戚电话挨个打了一遍，有多少就求他们借多少，一千两千可以，五百八百的也都可以。芸姐之所以有这个自信，也是这么多年苦苦撑下来的结果，这些年她一个人能把小凡拉扯到这么大，没问亲戚们要一分钱，全等着这个时刻，把这些年攒下的情面通通用完。周日之前，芸姐去了趟乡下，挨个屋子走了一遍，带回了一万五千块，一分不多，一分不少。合上箱底的两万八，去售楼处签了合同，写下李文芸的那一刻，她头脑里闪过的是盛世华庭的门廊，这次选的小区名字很小家碧玉，叫舒心小区，听上去就便宜又乖顺，也是，不然芸姐怎么能拿得下这个房子呢？拿到合同的那天下午，周慧和芸姐又去了趟银行，这次是真真正正递进去材料，再在那张申请表上签上周慧的名字。芸姐硬打了个欠条给周慧，还用银行的印泥按了手印。

一切看上去都在正轨之上，芸姐再没有多余的钱去租个门面，于是放弃了开信息部的打算，转而去应聘了个小的人力资源公司。这倒也算是芸姐的老本行，之前做中介的时候，也捎带着给人介绍过工作，有些经验，是家小公司，公司的老板比自己年轻十几岁，入职的时候和她说，李大姐好，芸姐摆摆手说，李大姐听起来好生分，叫我芸姐就行。公司里都是年轻人，围过来齐声喊她，芸姐好！芸姐看着他们二十来岁的样子，想想自己的二十来岁，觉得已经恍若隔世，缥缈得抓不到痕迹。

现在只等周慧的贷款申请通过，芸姐就真的有了一套自己的家了。这是她这么多年，离房子最近的一次。芸姐终于觉得自己走了一步对的路，以前的每一次选择她都选得毫不坚定，颤颤巍巍，正是这样的不坚定，让每一次的选择都有余地，这余地全没用来回报现实，全留给了后悔，全都是给后悔留的余地。这一次她终于大刀阔斧地切掉了人生的退路，再也没有四万块钱，一切都是崭新的，都是向前看的，不再回头。

芸姐用了百般力气建立起的新期盼，被沈徽的一通电话粉碎了。

沈徽电话打来的时候，芸姐都不知道这是谁，他和周慧结婚这么多年，芸姐都不知道他的号码。这次终于知道了。沈徽的声音听起来还压着怒气，他说，文芸姐，你买房贷款这事，周慧不能给你办了，实在不好意思，不是不相信你，各家有各家的难处，你也体谅一下周慧。沈徽的话句句得体，也在理，芸姐不是被这理给说服的，是电话里隐隐约约的周慧的抽泣声，说服了她。她站起身来想和沈徽解释一下，张嘴却不知道该说什么，最后出口只剩干巴巴的一句话，我每个月会按时给你们打钱的，手续都办了，真的不行吗？沈徽是财务处的主任，他条理清晰，一字一句地说，个人贷款申请可以取消，银行还没审核完成，我明天让周慧去银行撤回下申请。实在对不起了，文芸姐。

又是这句对不起，芸姐瞬间失掉了所有的气力，沈徽那边电话已经挂断了，芸姐站在公司门外，脑袋里鼓鼓胀胀的，全是对不起这三个字。

她蹲在地上，蒙着脸哭了出来。

8

很多时候芸姐觉得，生活就像搭积木，不论你搭的时候多用心，多努力，崩塌的时候只要稍稍碰掉其中哪一根，整个城池就会轰一声，全然倒塌。

沈徽就是碰掉的那块积木。

芸姐想着，加速压着黄灯闯过了眼前的四岔路口。小凡快要下课了，七点还要回去上晚自习，她得抓紧时间赶回去把饭做好。到家放下包，芸姐冲向厨房，中午还有点剩菜热一热，再给小凡炒个土豆丝烧肉。把最后一丝土豆扒拉进盘子里，小区门口出现了小凡的身影。

还是得感谢人家，不然也租不到这个房子。芸姐嘀咕着。这两年来，她越来越爱自言自语，小凡平时总待在学校，换了房子之后连邻居都见不到了，她嘴里时常念叨，没人回应，权当说给自己听了。两年前沈徽那通电话打来后，隔天她就收到了售楼处的通知，她的贷款失败了，已付的首付没法退，让她另想办法。芸姐能有什么办法？最后还是沈徽出面，找了开发局的关系，把首付退给了芸姐，五千块钱的事沈徽看上去并不知情，周慧私下发短信，让她别提这事。之后又是沈徽出面，介绍了自己老同学的房子，就在二中对面，比市面上每月低了两百租金。芸姐本来还有些生气，但其实那生气生的本身也没任何道理，加上沈徽再这样帮忙，她反而更觉得欠周慧两口子的。

小凡问过芸姐，为什么阿姨本来要帮我们，突然又说不帮了？芸姐说，各家有各家的难处。她其实一直很理解这句话，包括沈徽那天给她打电话，她也非常理解，十一万，十年担保，换她自己也不一定有这个勇气。沈徽拒绝是对的，各家真有各家的难处。芸姐还是感激沈徽，退回来的钱里，她把从亲戚们那儿借的通通还回去，留下了周慧的五千，连带上自己的两万八，存进了新的银行卡。日子兜兜转转了一圈，好像又回到了当初，小凡依旧还在读书，房子仍旧是租的，还守着那几万块钱的希望。但也有些变化，存折换成了银行卡，租的房子从板房变成了楼房，小凡也一点点长大，离考上大学的那个年纪越来越近，芸姐守着这些变化，每天的日子也可以过得紧紧凑凑，无暇烦恼。只有在深夜躺在床上的时候，芸姐盯着黑黝黝的四壁屋檐，总会生出一种错觉，这好像是她自己的房子。但它不是。

好在白天的时候，黑暗里想象的一切都烟消云散，芸姐得先去菜市场买好蔬菜和肉送回家，然后骑上电瓶车跨越半个城市去上班。中午掐着十一点半的闹钟赶回来，火急火燎地把饭菜端上桌，晚上也是同样。芸姐现在学会了做荤菜，虽然樊大姐不再教她做菜，但她学会了用百度，鸡鸭鱼，牛羊肉，通通都有新的做法，芸姐按照菜谱配齐了所有的调料，小凡快要高考了，她想让小凡吃好点。

永镇几乎每一寸空闲的土地都在破土动工，争相抖搂着新的生机。芸姐不再抗拒，遇上那些新开的楼盘在发宣传单，她也会拿回家。买房这件事成为一个长久的梦想，梦想，是不可能怎样简单就被实现的，所以当她看到那些价格，倒也没有过分惊讶。而另一边，高考带来的压力与对大学的渴望，已经完全占领了小凡的心，她满心满眼都是蓬勃的朝气的未来，一切都充满无限可能，这种可能把现实一切都冲淡了，也变小了，全部都混沌地，包孕进那一个大的可能里。

高考伴随着六月的暑气一起来临，八号那晚，芸姐在家里都听到了对面学校地动山摇的口哨和呼喊，漫天飞扬着白色的试卷与书本，芸姐仔细分辨着，三楼站着的哪一个姑娘是小凡，学生们熙熙攘攘，很快就看不真切了。

这次高考的数学难，小凡有些失手，但也进了重本线，填了最想去的上海。通知书下来的时候，芸姐觉得自己等这个时刻等了好多年，真正面对它时，却也觉得不过如此。但也不全是不过如此，九月和周慧一起送小凡上大学的路上，芸姐抹了好几次泪，周慧从后视镜里看了个真切，小凡闭眼塞着耳机听歌，看上去浑然不知的样子。

回来之后，芸姐搜了搜上海的房价，久久无言。

教育小凡考上大学曾是芸姐生活的第一目标，十八年过去，这个目标竟然真的实现了，芸姐像跑完一场长长的马拉松，到了终点撞了线，接下来不知该往何处去了。小公司里的年轻人换了一茬又一茬，到后来效益变差发不出工资，芸姐时常拿不到工钱，待了几年又一直没舍得走。小凡不怎么伸手向家里要生活费，拿了奖学金还时常打回来一半，母女俩对卡里的小金库都心知肚明，却也绝口不提，这些钱成为一个象征，是一个渐行渐远却不甘愿放弃的梦。芸姐还是闲不下的性子，每天东奔西走地联系客户，公司全然靠她一个人在撑，老板不知在外忙什么，成日的不见人影，说是要和乡镇劳动局谈合作，谈来谈去也谈不出点结果，芸姐如今俨然有老板的姿态，只不过还拿的是员工的那份钱。奔来走去地还遇到了故人，小陈裁缝买菜路过，才发现新买的房就在芸姐公司对面，于是隔天就要端着茶杯来唠嗑。

永镇人民总有一种热衷追赶时髦的特质，这次要追的，是所谓投资。一天小陈裁缝又端着茶杯过来，尖细的声音透露着兴奋，我给你介绍一个平台，特别好，下载个 APP，在商城买东西有积分，积分还能当钱花。芸姐将信将疑，小陈裁缝总有种渲染气氛的爱好，什么事经她一说，六十分都有了九十分的感觉。但耐不住小陈裁缝成日成日地说，芸姐也下了个软件，试着买了些东西，真有积分，用了几个月，小陈裁缝邀请芸姐去白天鹅大酒店参加什么贵宾活动，活动当天的大喇叭筒直要把芸姐的耳朵振聋，主持人在台上声嘶力竭，还有最后二十个名额，投五百送五百，投五千送五千，投两万送两万！底下的观众纷纷站起来举手，小陈裁缝在人潮里扯着嗓子问她，我准备投两万呀，你呢？芸姐也被这种热情鼓动了起来，那种平复了多年的激情再一次席卷了她，她又想到了房子，想到了拥有一个自己的家的心愿。周围的人们像疯魔了搬涌向签约台，芸姐看看微信里小凡发过来的信息，妈，国奖发了八千，我给你打回去五千，你买买衣服。哪有什么衣服花得了五千？但如果把这五千做一个种子，让它生根发芽呢？

芸姐最后买了五千块，十天之后，卡里提了一万块。芸姐按捺住跳动的心，一面还不忘感谢老天让她认识这样一个好的平台。买房，这件事再次占据了芸姐的全部心灵，她重拾了旧日的勇气，浑身又充满了当年那种一定要把小凡养大成人的干劲。她做到了这件事，没理由做不到另一件事。这是老天给她的机会。没和小凡商量，三个月里，芸姐很快地把这一万和小金库里的全部钱都投了进去，再等一等，就是翻倍的，六万之后，就是十二万，不，也许六万就够了，剩下的钱，我可以自己攒，自己挣。然而十天之后，二十天，三十天，有人说平台出了故障，有人说经理跑路了，每个人都说不同的话，芸姐每日都死死盯着后台，数字都在那里，诱人非常，但却仅仅只是数字，提不出来，这钱就是没了。芸姐不肯相信，也没勇气相信，平台发了张通告，告诉大家投资的钱可以变成股权，两年后翻倍返还给每一位股东，平台暂停运转，各位两年后见。芸姐拿着一张图片样的股权证书，还是没法相信。但不相信也得相信，芸姐隐隐约约知道这个钱回不来了，一天小陈裁缝发来一个视频，央视披露非法集资的名单，她们这个商城名赫然在列。

芸姐一夜病倒。

周慧来照顾她，小凡也坐着高铁赶回来，到家了就送芸姐去医院检查，里里外外做了个全套，医生看看单子说，早几年操劳过度了，身体本来就虚，最近是不是有什么忧虑的事？思虑过多了？小凡问，妈你忧虑啥？芸姐一听，更忧虑了。最后又是周慧从中调解，小凡气得不说话，芸姐理亏得不说话，周慧坐在一旁，左看看右看看，瘪了瘪嘴，大道理也不想说了。

芸姐埋头干了这一辈子，极少生病，也极少有这样的功夫，能坐在床上，把前尘往事都拎出来掸掸灰尘，好好思量思量这来去的路。休养了半个月，芸姐病中不但没瘦，还养胖了几斤，她不再看宣传单，转而在网上搜索个不停，一边搜，一边还在纸上写写画画，排列竖式的下面，数字后总跟着好几个零。芸姐要的是一个准数，一个她这辈子还有没有希望得到一套房子的准数。这个数字有时停留在250000，这是当年她拒绝的那套五十平，有时这个数字停留在41600，这是她和张俊生之前住的小区的均价，乘以八十平的价格，是她当年差三万可以拥有的那套，有时这个数字也停留在196000，这是周慧贷款失败的那套，是她离自己的房子最近的一步。算到这里的时候芸姐有些振奋，六万的首付，看起来还没有那么遥远。但转念一想，难道要等小凡工作了，帮自己贷款？再想下去就是上海的房价，黄浦江边，那么多高楼，霓虹灯闪耀，而小凡以后要在这样一个城市落地生根。

芸姐不敢再往下想了。

身体渐渐恢复些力气时，芸姐回了趟老屋，老屋静静地站在那儿，仿佛昨天才把它从这屋里头送走，爹娘站在门口送她，让她一个人在县里照顾好自己，后来她和张俊生一起回来，娘说，你要是真喜欢，你就和他在一起，你自己不要后悔，芸姐说，娘，他对我真好，娘，我不后悔。再后来，就是带着小凡回来上坟的画面，不过两个年头，自己就没了爹也没了娘。自从自己做了娘，芸姐已经很久不想娘了，但现在，此时此刻，站在爹娘屋子的门口，她这些年的委屈，想有个家的心愿，混杂着思念一起爆发出来，她很想哭，却被春日的风吹拂得分外舒服，少了些悲凉的情绪。芸姐坐在门槛上，等着大哥从村西过来开门，周围是荒废了的菜畦，争着冒出些碧绿的青苗。芸姐给小凡打了个电话，小凡应该还在上课，挂断了，短信跟过来一个问号。芸姐一笔一画写下去：妈妈想搬回老家住，镇里的家不要了，可以吗？

屏幕暗下去，芸姐把手机塞进布袋，蹲下身仔细看门槛边长出的小黄花，好像还是很小的时候，娘带着她蹲在这儿看蚂蚁，是什么时候自己长大了，又是什么时候，小凡也长大了呢。芸姐仔仔细细地数着每一束花瓣。

一，二，三，四，五。

兜里的手机震了两下，芸姐感觉小腿有些胀麻，远处夕阳沉沉，和着竹林的波涛，那一撇落日看上去也分外摇荡。大哥的身影出现在土路尽头，路还是三十年前一样的路，夕阳也是三十年前一样的夕阳，芸姐捡起一朵掉落的黄花，掸去细茎上的尘土，站起身来。

Achievements of Creative Writing Students

2017级创意写作作品展示

本课程拟展示通过训练的创意写作课程学员所撰写的短篇小说

考核方式（■考试　□考查）及要求

短篇小说

篮子里的猫 | 曹源远

赴宴 | 范淑敏

嫦娥之舞 | 何闽强

客厅的外婆 | 胡诗瑶

欧洲，恋人奇幻的午后 | 黄馨平

诊室 | 黄瑶

火车 | 江姗珊

做老师的那一年 | 梁淑娟

米德岛 | 刘东兴

此去经年 | 倪源蔚

乌镇疑云 | 冉自珍

女孩莉莉和她的两个梦 | 陶然

长河 | 涂莹

明亮的眼睛 | 王梦迪

江湖菜的故事 | 王洋

痣 | 郁信然

作品展示:

篮子里的猫

曹源远

这天早上的天比任何时候都亮得晚，他猜应该是因为马上要进入秋天了。他翻了一个身，继续迷迷糊糊睡过去。但是没多久，就听到猫在屋外卖力地叫喊着，听着这声音，他也没心思理会。大概又是猫的叫春吧，在这个时间段里，猫的情绪很不稳定，时常会溜到门外，对着其他猫喊叫，对着没有猫的院子喊叫，站在屋顶上喊叫。他已经习惯这些了，这个夏天是他在村里度过的第52个年头。

没多久，院子里的公鸡开始鸣叫，“喔喔喔嗷”“喔喔喔嗷”“喔喔喔嗷”。他翻了一个身，揉了一下眼睛，把被子往床边一搭，就跳下床去。他先把门打开，清晨里那混合着草的气息的空气迅速地占据了整个屋子。那猫已经在门外蹲了一会儿，看到他开门，就迅速跑进屋子里，在他的裤腿边摩擦着身体，还不时发出“呼噜呼噜”的声音。

“你又念经，你说你怎么天天在外面待着，也不嫌冷。”他弯腰摸了一下猫的脑袋，有些凉，还有些水汽，大概是早上在院子外沾的。

这是他养的第9个猫，这是一只儿猫，典型的狸猫。要是搁在古代，也许能上演一出“狸猫换太子”的戏码。

他把猫从自己的脚边移开，然后把昨天晚上锅里剩下的米粥用勺子搅了一下，然后掏出一勺来，放在门口的猫碗里。他对着猫喊了一句“猫！过来吃东西！”那猫听到声音，就急忙朝着他跑过来，开始一边伸着舌头舔猫碗里的粥，一边喉咙里发出“呼噜呼噜”的声音。

他又拍了一下猫的脑袋，然后就走出门外。他打开另一间房子的门，那里面有一个土炕，但是现在还没开始生火。等到别人把小猫仔送过来，他就打算把火烧上。现在还有些早，母猫们估计要等一段时间才能生下猫仔。

在村里，人们一般都靠种地生活，当然这收入是十分有限的。他有个男娃子，今年在读高三，要是明年考上大学，他还要继续供儿子去外面念书。人们常常说，“读书能改变命运”。他知道自己这一辈子是要烂在这村子里了，没什么远大前途了，但是儿子不一样。儿子比他头脑聪明，学习又刻苦，肯定能考上一个好大学。

几个月之后，他的那间空屋子里已经陆陆续续被村里的其他人送来猫仔。有的猫才刚刚满月，连走路都走得摇摇晃晃，就被人送过来了。而有的猫仔实在是因为长得不太上相，毛色杂，不好看，被主人送过来。还有一些是母猫早产，一窝的小猫活下来了，结果母猫却走了的。

总之，送到他这里的猫仔，各种类型都有。

他开始把放在屋顶上的柴木陆陆续续搬下来，要开始把那间房的土炕用柴火填充起来，只有屋子变得暖和了，小猫在离开猫妈妈的情况下，才容易生活下来。今年的收成比往年要好一些，等把粮食卖出去之后，他发现比去年多了五百块钱。他对这个收入很满意，这样就意味着，他卖猫的时候，可以不用全部都卖个好价格。

屋里的小猫开始伸出脑袋往院子里到处乱跑了，他知道是时候把猫担到县城里，把它们卖给城里人。

他这天比往常起得更早一些，带了几块干粮，把小猫们放在篮子里，然后在两个篮子口边都盖了一块布，这样可以让小猫们减少一些恐惧感。他这次挑的小猫仔都是毛色比较单一的，长得好看的猫。城里人对养猫特别讲究，他们管猫这种怎么也喂不熟的动物，叫“儿子”“女儿”。这他是没法理解的，他作为一个农村人，总觉得儿子和猫的差别还挺大的，一个是活生生的人，一个是四脚着地的动物，怎么就互相画了等号呢？他理解不了。不理解归不理解，但是他归根到底还是来城里卖猫的，所以倒觉得也无所谓啦。管他城里人叫猫什么名字，只要把它们卖出去就行了。

他从村子里到县城，按照以往的脚速，需要走两个小时。他早上六点出发，八点到城里摆摊，

曹源远

一切都刚刚好。只不过今年他年纪大了，虽然也是早上六点出发，足足比往年晚了半个小时。

他路过煎饼摊子，周围围着一圈人，他把眼睛往那里一瞥，看到上面写着“煎饼3元一个”，就是这样，人们都手里拿着钱，要排队买饼。他看了他们一眼，心里想着，要是自己来城里卖煎饼，一斤白面可以做五个饼，再加上油盐这些成本，平均下来，一张饼就是七八毛钱的成本。还是城里人精明，懂得做生意的门道。他继续担着这两篮猫仔，朝着县城中心走去。

他找了一个显眼的地方，周围都是卖菜卖肉的摊子，小摊与小摊中间还有一些空隙，但是他担心自家的猫因为闻到肉味而爬出来。于是就起身，重新去找新的地方。街边卖菜卖肉的小贩几乎都把整条街占满了。最后他在两家卖蔬菜的小摊中间找到一些空地。他用扁担比画了一下，没办法让两个篮子放在同一直线上，他便走到其中一家摊子前，说“大哥，你把那个车能不能稍微往左边移一移？我这篮子放不开。”

那个卖菜的人便把小三轮车往旁边推了一下，他站的那片地方立马空旷了一些。他正好就可以把那两个篮子摆在一起，他把盖在篮子上的布取下来，那些小猫开始叫了起来，它们原来还是处在一片黑暗中，结果一下子发现自己到了陌生的地方，自然是会有些恐慌。他从自己的包裹里取出来一片纸板，然后借了隔壁卖菜人记账的油笔，他在那上面写了两个大字“卖猫”。然后把笔还回去，拿了一块破砖头把纸片压在地上。

就这样，他开始了卖猫的生计。

最开始城里的人都在匆匆忙忙地买早餐去上班，根本没什么时间去看那些猫呀狗呀。毕竟上班最重要，一直到上午十点，才开始有路过的人向他这里张望着。很快，街上的行人们在买中午做饭的食材时，也会看看他这里的猫。

每个篮子里都放着五只猫，每只猫都长得很可爱，圆鼓鼓的脑袋，光滑的毛皮，粉色的软脚掌。最重要的原因是生下这几窝猫的母猫们长得很好，生下的小猫自然也不差，大概就应了村里人说的“龙生龙凤生凤，老鼠的儿子会打洞”。它们小小的身体挤在一起，发出很细微的“喵喵”声，那声音里夹杂着恐惧和害怕，还有一些好奇。眼瞅着太阳要爬在天空的正中央，马上要照到那些小猫的身上，他连忙把那布又重新盖在篮子上，只不过这次只是盖了一半，露出一半阳光来，这样不至于让小猫又处在黑暗中。

等到十一点的时候，终于有个烫着卷发，戴着大耳环的女人过来了。

“你这猫多少钱一个？大爷。”她伸出涂着红色指甲的手，指了一下其中的一只小白猫。

“这猫全身都是白的，很吉利的，30块一个。”他看了看那只小猫。“能不能再少点，有些贵。25吧？”那个女人开始讨价还价。

“28拿给你，就这样吧，我们也不容易。”他开始要找小布袋子，把猫往里面装。

“好，给你。”那个女人打开皮夹子，掏出两张十块，一张五块，一张两块，一张一块，一下子都递给他。对于钱这种东西，她也不是很在乎，反正她手上有的是钱，只不过是想通过讨价还价来让自己有机会和别人多说几句话解解闷而已。她在城里有套小别墅，也有个男朋友，只不过男朋友见她的次数屈指可数，一个月最多见一次面。除此之外，就是她一个人守着一间空荡的房子。如果能拥有一只猫的话，那她的生活会有趣一些吧。

他接过来，仔仔细细地数了一遍，才肯让她从自己的手上接过猫。"养猫要注意什么吗？大爷，我头一回养。"那个女人问。

"不要给它一次吃太多，这猫有些贪心。你给它多少，它就要一口气都吃完。记得给它准备两个碗，一个碗放粥什么的，一个碗放水。猫离了水，可是活不了的。它现在才只有一月零八天，你要好好照看它。对了，你还要给它准备些石灰或者是土，它会自己找到那里如厕的。它是个爱干净的儿猫。"他一口气说完，停了一下，觉得没什么落下了，就朝那个女人摆摆手。

"好。我记下来。"那女人就提着那只布袋子离开了那条街，朝着远处更加繁华的中心走去。

他也不知道那猫被那个女人买走之后会是什么样的情况，虽然这些猫都在一个篮子里，但它们被不同的人买走，就有各自不同的路，大概就是猫各有命吧。等到快晌午的时候，一个看起来像是家庭主妇的女人一边在隔壁的菜摊上买萝卜青菜，一边朝着卖猫的这里张望着。他猜到这个人肯定待会儿买完菜，肯定会来这里。果然，等她买完一大包菜之后，就直接朝他这里走过来。

"大哥，你这个多少钱，一个猫？"她开始仔细盯着看，从左边的这个篮子，看到右边的这个篮子。那么多个猫仔挤在一起，让她看得有些眼花缭乱。她一直都想要有只猫，没结婚前，想着要在结婚后有只猫。哪知结婚后，想着生了孩子就买猫。结果一直拖到孩子要读大学了，她这才下定决心买猫。从村里来的猫仔比城里的猫好养活，而且经常在院里跑来跑去也比城里的猫活泼。

"你喜欢什么颜色？想要个安静点的猫？还是活泼的？我给你挑挑。"他看到那位妇人眼角的皱纹在阳光的照耀下，眼睛一眨一眨得像条鱼尾在她的脸上游荡着。

"嗯，我要个活泼的吧，我儿子以后就去外地读书了，就剩下我们两口子，挑个花的吧！"她对卖猫人说。

他把两个篮子上的布都拿下来，开始仔细观察起来，他的目光从左边的篮子飘到右边的篮子，最后选定其中一个正趴在篮子角落里睡觉的小花猫。他指着这只猫给她看。

"这只在睡觉，别的都在动，这能活泼了？"她觉得卖猫人在糊弄她。

"它睡觉，是因为它之前在篮子里走来走去，现在走累了，才睡的。其他猫都是慢慢的，也不累，所以也不怎么睡觉。这猫你放心，买回去肯定会让你喜欢的。"他在等那个妇人的回应。

"那就这只吧！多少钱？"那妇人问。"20块。"他说。

"15块吧？"那妇人说。

"我们来一趟也不容易，18块吧。"卖猫人说。

"17块5吧。我正好这里还有刚刚买菜的零钱。"那妇人连忙掏出刚刚买菜找零的钱递给他。

“好，这猫给你。这猫比较活泼，你要经常开门让它出去转转，不要闷在家里闷出毛病了。吃的话，你就给它煮点白皮山药蛋、南瓜什么的，它就爱吃这个。当然偶尔给它开开荤也是好的，千万不要把它撑着了。”他把猫装在布袋子里，一手递给她猫，一手接过她的钱。

那妇人看了一眼袋子里半睡半醒的猫，一边朝前走着，一边看猫。她对这猫满眼都是喜欢。等她走到十字路的时候，突然发现胳膊腕儿空荡荡的，才发现自己把菜落在卖猫的地方了，连忙迅速折回去，急急忙忙地跑到原来的地方，发现卖猫人还在那里坐着。

“大哥，我的菜是落在你这里了吧？”她问。

“给你，我那时候喊你，你怎么都不回头，走得飞快。”卖猫人说着把那一袋菜都递给她。

“我想着急回家给猫弄个窝，所以一心就在想这事，没听到你在喊我。”那妇人接过菜，再三确认自己是左手提着菜，右手提着猫，才离开那里。

卖猫人眯着眼睛在看街上来来往往的人，那猫仔们依然挤在一起叫个不停，它们也许发觉身边的同伴少了，也许没有，反正是在叫唤着。他把那布又重新盖在篮子上，只盖到篮子的一半，这样小猫就不会处在大片的黑暗中。

街上的人已经开始多了起来，许多穿着校服的学生们从街上走过，他们大声地说着学校里的事情，有些好奇心强的学生们也会凑近脑袋去看篮子里的猫仔儿。有些手长的学生还会摸一下猫的脑袋，这个时候卖猫人就开始把布盖上了，防止他们把猫从篮子里抱出来。

“不买猫，不要乱动猫。”他开始提高嗓门对那群调皮的学生喊。

那些学生听到之后，倒是很知趣地走开了，他们很快又恢复了上一刻的活泼，继续大声在街上说话唱歌，像一只只鸟重新从笼子里飞出来获得自由一般兴奋激动。

其中有几个调皮的男生还会折回来偷偷趁着卖猫人不注意，在小猫头上摸一把，然后迅速跑开。

卖猫人这时候就朝着那群学生骂了几句，那些学生们也不生气，继续唱着歌，说着话，看起来很开心。

没过多久，太阳完全悬挂在天空上，照得人眼睛都睁不开。他把布重新盖上，担心太阳光会把猫晒坏。

他利用中午没人的空档，让隔壁的菜摊小贩帮他照看一下猫，自己就去附近的公共厕所撒了一泡尿，去附近的小卖铺买了一根糖水做的冰棍。然后重新坐下来，守着两篮子的猫，慢悠悠地吃着冰棍，就着自己之前带的干粮——三个红豆馅白面馒头和一袋咸菜吃了起来。

等到下午的时候，来看猫的人陆续多起来，都是一些上了年纪的城里老头老太们。他们的头发都白了，但是穿的衣服材质好，一看就是城里人。这里面的人，可能是退休的老教师，也可能是提前办了离休手续的老职工，还有子女不在身边的独居老人。

他们像是在挑选食物或者是挑选衣服般细致，左看右看，上看下看，生怕会错过猫的一举一动。

卖猫人对于他们这般细致地观察猫，倒也觉得无所谓，人家看得那么细致自然是不想以后买回家了才后悔，他就任由他们去。

其中有个老太太戴着老花镜，指着其中一只橘色的猫问，“这猫几个月了？口细不细？”

“一半月，嘴不细，什么都吃，特别爱吃小鱼，你可以隔三岔五喂它一些。”卖猫人把那只小猫从篮子里拿出来，把它放在自己的手心上，方便那位老太太看猫。

“猫猫，看这里。”那位老太太朝着猫叫，那猫听到声音，那瞳孔变成一条线的小眼睛滴溜溜地转向老太太的方向。

“你们看，这猫还挺聪明的，多少钱啊？”那老太太对这只猫很满意。“25元，少一毛不卖。”卖猫人说。

“给我用袋子装起来吧，我要它了。”老太太把钱从钱包里掏出来，都是整整齐齐的五块钱，那钱崭新崭新的，一看就是刚从银行里取出来的。

“好。”他打算把小猫放在布袋子里，哪知道这只小猫比别的猫都犟，死死抓着他的衣袖不肯放，最后他摸了摸猫的脑袋，给它在袋子里放了一小块馒头，那猫看到了食物，连忙往袋子里钻进去。

“好了，猫装好了。你到时候记得给它多备点吃的，它就喜欢围着食物。这猫不贪心，吃饱就是吃饱了，不会多吃一粒。”卖猫人把装好的小橘猫递给了老太太。

那老太太扶了一下眼镜框，把装猫的袋子提起来，开始认真观察起那猫来。没多久，其他的人也开始挑选起来篮子里的猫，等到傍晚的时候，两个篮子的猫只剩下一只黑色白色黄色夹杂的小猫没被买走。卖猫人抬头看了看天空，太阳已经要落山了，看来这只猫在今天是卖不了。他起身拍了拍屁股上的灰，重新给装着猫的篮子盖上布，然后慢悠悠朝着村里的方向走去。

这次他走得比早上快，大概是因为他早上来的时候担着十只猫，它们都挤来挤去的，一点都不肯安静，所以他自己走山路的时候会特别小心，而这次在回去的路上，他只有一只猫了，所以整个人的心就轻松了不少。

他哼着几个不成调子的歌曲，然后担着那一边轻一边重的扁担，整个人心情很好。他家已经做卖猫的营生有好长一段时间了，他记得他老爹在世的时候，就是在做这些营生，现在这事情就落在他身上，至于以后会不会落在他的儿子身上，他觉得这事情是不可能实现了。因为他儿子这么年轻，怎么可能会守在家里去种地务农，还挑个扁担进城去卖猫，这是不可能的事情。

等他到自家院子里的时候，他那只狸猫已经在翘着尾巴等他回来。他一开门，那猫就迅速窜到他的身边，它用小脑袋磨蹭着他的裤腿，时不时发出呼噜呼噜的声音。他连忙把猫放在肩头，朝着屋子走去，开灯，洗脸，做饭。

接下来的这几天，他都天天早上爬起床，挑着个扁担去城里卖猫，最后卖来卖去，只剩下第一天那只没有人买走的猫，大概这就是那猫与他的缘分。他最后把那只猫留下来，和那只老的狸花猫一起陪着他。

他这年一共收了三十五只猫，卖了整整一个星期才卖完。其实最后的那几只，他倒也不再讲究价钱了。遇到那些真心爱猫的人，他就直接送给人家了。反正只要能帮猫找到主人，找到对它好的人就行了。至于其他，他倒也觉得无所谓。他觉得猫和人的相遇都是一种缘分，谁也拦不住谁。

回过头看，这一年猫卖得比较艰难，可能和网络兴起有关系。现在人们只要在什么网上看中一个猫然后付钱，猫很快就能到家门口。完全不用出门，就能拥有一只猫。这是他一个村夫做不到的地方。

他打算在第二年的时候少收一些猫，不然他卖不出去，总不能老是自己一个人收留它们吧。它们要张嘴吃饭，而他现在只有一个人，妻子在几年前患病去世，儿子还在读高三。他不能因为自己的善良而拖累儿子念书。

几年之后，他不再继续收猫这一营生。儿子在外面读了大学，每次回村子里总是能看到村子里的野猫遍地，整日叫喊着。于是就和他提起了关于大城市的猫做绝育手术的事情。

“爸，这种手术很简单，我们村里这么多母猫一直下个不停，要是不再解决，这村都快变成猫村了？那这人可怎么办呀？”儿子站在院子里看着那成群的猫，对刚刚从农地里回来的他说。

“那你和村支书说说？请个兽医来村里帮它们做一下？咱村猫是真的多，可惜城里人现在都看不上农村的猫了。”他从口袋里掏出旱烟袋，点上火，开始抽起来烟。

“好，我这几天就联系联系兽医。”他儿子看着这满眼的猫，觉得有些可怕。没多久，城里的兽医就来了，村民们戴着厚厚的手套把那些整天叫个不停的猫都抓进篮子里。那些猫像一个个犯人，被依次从篮子里拿出来。等它们从兽医那里走了一遭之后，那猫们的脖子上都戴着一个个像雨伞一样的项圈。他看到这些猫蹲在院子里晒太阳的时候，他能感到自己的眼里似乎有什么透明的液体滑过，但是他很快就伸出手来，往脸颊两边一抹，朝着灶台走去，他要给它们做一些有营养的食物，补补身体。人平白无故挨上两刀肯定难受，何况是猫，它们的心也是肉长的。

在那一个星期里，他的院子里经常是肉味飘荡着。那群猫常常睁着大眼睛去看他从厨房里定时定点端出来食物给它们。

后来，儿子到大城市定居了。儿子儿媳多次打电话让他来城里住一段时间，他都摆摆手拒绝了。

起初在他身子骨还硬朗的时候，他还经常一个人把扁担挑起来，让那只肥大的花猫坐在篮子里，他担着它，从院子这头走到那头。他从不往院子外面走，他不想让别人看到他一个人挑着扁担的样子。

等到后来，他再也挑不动那些扁担了。曾经里面装过许多猫的篮子，也因为长时间的不使用，上面的藤条已经开始断裂了，现在只有那被肩膀磨得发亮的扁担安静地躺在地上。老花猫身上的毛已经掉得差不多了，它开始闭上眼睛，呼噜呼噜地念着经。他在那呼噜呼噜声中慢慢合上眼睛，在那一片黑暗里，他看到了长得肥大的老狸猫在对他叫着，还有孩子的娘在朝着他挥手。

赴宴

范淑敏

乔治·麦卡德尔家好久没有这么热闹了。

这热闹明晃晃地晾在夏日的清晨。教会学校的钟声透过二楼的百叶窗，扑簌簌地落在人们的头顶。小镇每天随着钟声沸腾两次，热闹追着学生的脚步而去，或是跟着电车归来。如今却都见缝插针地挤到那阁楼上，让人啧啧称奇，不知是对这盛况还是对螺旋花纹的阳台。

这是一栋漆成白色的二层小楼，坐落在街道尽头。街上的其他房屋都打点出庄重体面的深咖色来，似乎是要与之划清界限。凡夜幕降临，这白色小屋就会自觉地与暮色融为一体。四周的灯光像融化的金属，从窗口溢出来，随着夏夜的湿热拍打在白色的木板上。墙角照例会传来一声猫叫，然后有人从那白色的木门挪出来，倒上一点潮乎乎的粥。这猫似乎在别处并没有什么甜头，饿得三两下就吞完，喉头里滚出“呼噜呼噜”的喘息，闪到那后院的杂草中去了。

“你看他以前每天就是这样一遍一遍开百叶窗的！这几天一直没有。”住在对面的伯瑞斯先生盘着那串磨得透亮的拉绳，对旁边的人小声地说，“刚搬来那一阵，我们家小比尔总是被他吓到。您也知道，这里的夏天竟然这么热，我又不能不开窗……”他拉开窗子，正好能看见自己家朝北的次卧，窗口一排塑料假花。小比尔此刻在楼下推一架锈迹斑斑的自行车，那车胎倒像是冬日里皴裂的掌纹。

“比尔，铁公鸡的院子里会有蛇哟！”伯瑞斯先生对着楼下喊。

“可我想骑它到那边去采玫瑰花，爸爸。”小比尔头也不抬，他正为生锈的链条而恼火。

“你不会想向他要一朵玫瑰花的，再说了，他也不会给你。”伯瑞斯先生兀自关上窗子，像是喃喃自语，挤过涌上楼梯的人潮到楼下去。每当有人挪一步，楼梯就痛苦地哀号一声，输送着那些反复好奇的眼光。

马丁先生走了进来，然而似乎大家都很忙，无人相迎。小马丁一蹦一跳地跟在后边，嘴里哼着一首不成调的“纳什维尔”。

“打电话了吗？得有人来！”马丁先生看上去很着急。小马丁没刹住，差点磕在他爸爸背上。“威尔先生已经知道了，他十五分钟后就到。你没来得及听威尔先生的广播吗？是他让大家来的。”伯瑞斯太太在一旁搭话，顺手牵住小马丁。

威尔先生两年前刚到小镇上来，任期第一年就几乎访遍了这里的每一户人家。东家长西家短他知道得不比谁少，史密斯老先生前年中风，伯瑞斯一家要增订牛奶，马丁先生短了些退役补贴，诸如此类，他都了如指掌且事事关心。唯独麦卡德尔家，威尔先生恐怕还是第一次来。当然，第一次来的也不仅仅是威尔先生，小马丁今天也是带着满腹好奇赶来的。

小马丁今年十一岁了，在对面的教会学校上学。他每天早上给小镇居民拿报纸，晚上帮大家遛狗，碰上星期天，他就起个大早帮大家送面包。大家因此很喜欢这个孩子，也按工给他点零花钱。小马丁几次穿过那密密麻麻的玫瑰花刺，扒拉到这个木门上问：“需要我帮您送报纸吗？”

“不用了，谢谢！”

“需要帮您送面包吗？”

“不用了，谢谢！”

“需要我帮您遛狗吗？”

“不，不用了，谢谢，我没有狗……”

黑黢黢的门里总是拒绝，小马丁被玫瑰钩破的小臂有点火辣辣的灼烧。“老麦卡德尔真像他们说的那样，是个铁公鸡。”小马丁一边喝汤，一边和饭桌上的妈妈抱怨。马丁太太赶紧示意他莫要再提，“要是爸爸听见了，可是要生气的。”小马丁今天刚送完面包，紧紧跟在他父亲后面不敢造次。他瞥见壁炉旁边，失去金属光泽的框里装着一个年轻人的相片。那年轻人带着钢盔，军装口袋以下因为受潮而布满了霉斑。“爸爸……”他揪了揪马丁先生的衣角。马丁先生正要上楼，突然他从木楼梯上三两步跳了下来，一张脸端到那照片前。

范淑敏

天热得让人发颤，马丁先生眼眶红红的，像是被熏着了。他清楚地记得自己将这张照片交到麦卡德尔夫妇手里，看他们在星期天的钟声里拐进那道白色木门，一贯热情好客的他们甚至没有请远道而来的马丁进屋喝一口水。照片里的青年叫丹尼尔，是麦卡德尔夫妇的独苗，他穿的那件夹克，看上去还是崭新的。马丁也有一件，也是墨绿色的，M41夹克，手肘处统统磨破了。从麦克德尔先生家回来以后，他就把夹克锁进箱底，小马丁都长这么大了也不曾见过。转业做文员之后，马丁每天下班都会经过这栋白房子，里面没有光，像是睡着了。

他和丹尼尔是一起长大的，像小马丁这么大的时候已经互相给彼此出主意，到入选了实验学校参加“八年研究”计划，他们仍旧各自有喜欢的女孩。丹尼尔一直对此念念不忘，在新兵营里陌生的夜晚，他们总是揉着肩膀侃侃这些过往。在马丁的印象中，丹尼尔是个乐观明朗的人，在他最后一次出侦查之前，他还对马丁说：“兄弟，看开一些，马上就可以回家了。”

然而，丹尼尔终究没有回来，他留在了战场上，和硝烟一起。他的墓地和战争一样，不知何所起，亦不知其所终。马丁每天坐在上下班车窗里，看着麦卡德尔夫妇像这白房子一样破败下去。这栋小楼就如同被废弃了一般，枯萎、干瘦、皴裂、剥落。

电车叮叮当当停在门口，有人从二楼窗户探出脑袋，只见先下来一个膘肥体壮的年轻人，然后他双手钳下一架轮椅来——原来是老史密斯先生和他的护工。这护工就是前年老史密斯先生中风之后，他儿子从曼哈顿专门给他请的，说是免得他去镇上的养老院受苦。老爷子治愈之后，身体也还硬朗。一些人围上去寒暄：“您怎么还过来了呢？怎么不坐专车？”“您儿子给您请的护工真不错，又年轻，又壮实。”年轻人的衬衫扣子绷了绷，随即推着轮椅进来。

老史密斯家和麦卡德尔家曾有过二十来年的交情，前年却突然断了联系。老史密斯先生原来在布鲁克林有一个葡萄酒庄，一橛禁酒令收缴了他多年的心血。酒庄改建，明面上他是做麦芽糖生意，暗地里借着医用酒精捞了一笔。禁酒令解除后，街上排满了小酒店，老史密斯先生的生意一日比一日萧条下去。他的资金随道琼斯指数蒸发殆尽，还欠了工人三个月的工资。工厂关门的那天，他把家业典当留给儿子，自己从车间顶棚一跃而下。他被送往抢救室，就这样结识了当时在外科病房的索菲亚·麦卡德尔。后来，麦卡德尔一家借钱给老史密斯先生和太太在这小镇上租了间房子。索菲亚几乎每个月都来看他们，有时候还给他们带一点面包。

那是一个星期一，麦卡德尔先生竟也和索菲亚一起来了。他们带了一篮子面包来，只是笑盈盈地站在门口。老史密斯先生第一次见到这位教书先生，“乔治老师，久仰大名！初次见面！快请进来。”索菲亚对丈夫笑了笑，似乎有些抱歉，麦卡德尔先生拍拍她的手背，笑着对老史密斯先生说：“往后您不需要称呼我为老师了，校长给我写了封推荐信，我现在在索菲亚她们服务的那个社区工作中心谋了份工作。”老史密斯先生顿了顿，“也好也好！”他尽量提起点兴致来，果然经济不景气了，如今连老师都要失业了。

麦卡德尔先生把一篮子面包递给老史密斯太太，“往后怕是……”

老史密斯先生还没等他说完："孩子，索菲亚这几年已经足够照顾我们，我那个不争气的儿子如今也找到了一份……哦不是，他也能攒点钱寄给我们。到时候，我们一定……"谁曾想，老史密斯先生的儿子几年后还真在曼哈顿发了财。

时钟下边挂着一张相片，相片里的索菲亚看上去大概才二十岁。一顶圆头小毡帽扣在卷发上，在右边耳边稍稍烫卷，隐约能看见别在右边的发卡。那时候，她们总要跟着老师到社区义诊。索菲亚每个月会有一半的时间和社区少管所这些孩子们在一起。她帮小姑娘们剪头发，给她们买亮闪闪的发卡，有时也会到学校去接她们放学。有一天她去得早了，看见孩子们正在讲《圣经》，年轻的男老师穿着白色的衬衫倚在讲台边。索菲亚一边梳理她的临床笔记，一边等老师讲完。风筛过白色滚边的衬裙，轻轻地摇荡，好像也染成了乳白色的。到了当月义诊的最后一天，她见到了那位年轻男教师。他们对视了有那么一会儿，但只是一笑而止。

大约三天后，索菲亚收到了一封落款为"乔治·麦卡德尔"的信，只有一句话："你好！我们见过一面，在布鲁克林。你，好吗？"

乔治·麦卡德尔在等回信的过程中，无数次怀疑是不是收容所的孩子们给错了姓名或者地址，抑或是她根本不记得他了，只是想来等孩子们放学而已。天下起了大雨，麦卡德尔把手贴在窗户玻璃上，整个布鲁克林变得模糊，随着雨脚似乎越走越远。

索菲亚等了三天才回了信："我好，你好吗？"

这封信还没塞进麦卡德尔的教师邮箱就已经被他截住了。他念了许多遍，仿佛索菲亚就在他的教室外边，低着头在写些什么。阳光从窗外打进来，或许还能看见一些粉笔的纤尘，舞在她墨色的轮廓里。他还没来得及给她回信，她就出现在了他的讲台外。

两年后，在他们蜜月旅行的轮船上，他为她拍下了这张照片。她笑着问道："那时候，你怎么能教孩子们《雅歌》呢？"

"那是为你念的。"乔治替妻子别好毡帽。

门口响起喇叭声，只听得有人说："威尔先生到了。"

"嗨，麦卡德尔先生，初次到访！情况怎么样？"威尔先生挤了进来。

"他不在家。"伯瑞斯太太说道。

"有什么东西丢了吗？"威尔先生摆了摆领带，上下扫了一遍。

"事实上，我们也不知道他有些什么。不过，我打电话告诉您的声响应该是这个。"伯瑞斯太太打开厨房门，里面玻璃渣子碎了一地，几支玫瑰花萎在地板上。"可能是猫，柜子上有猫的脚印。"

"你们不知道他去哪儿了吗？"威尔先生揩了一把柜面，对着厨房外问道。"应该是出远门了，索菲亚墓碑前的花竟好几天没换过了。"听着像是公墓守门人的声音。

"出远门？"马丁先生喃喃自语。他想起索菲亚阿姨病重的时候，他曾去社区医院病房外偷偷看过她。她弥留之际一直念着丹尼尔的名字，麦卡德尔先生握着她的手，不说话只是点头。

马丁想到他每天上下班路过时候的眺望，这白屋子里总没有灯。他不敢下车探望，生怕碰碎暗夜里的躯壳。他总安慰自己说，不能去触碰他们的伤心事。他梦见丹尼尔穿着那件M41坐在他的窗户上，拧过头来对他说："你把我一个人丢在那鬼地方。"他浑身都是孔洞，筛过窗口灌进来的风，撕成一丝一缕的血腥味，直直地钻到马丁的鼻子里面去。

"不像是出远门的样子，你看他还订了下个月的牛奶。"有人传过来一张缴费单。

"你们身为邻居就没有发现什么异常吗？"威尔先生接过缴费单，用食指弹了一下，发出"擦擦"的脆响。

"他倒是有好几天没有一遍一遍拽百叶窗了。不过，他养的野猫饿得直接跑别人家里边偷东西吃。"伯瑞斯太太抱怨道。

"麦卡德尔先生，会不会被绑架了？"一个声音传到了威尔先生这儿，已经被吞了一半。但是威尔先生还是精准地把它拎了出来。

"在我管理的社区可没有出现过这样的状况！或许也就是以前有过，毕竟，以前这儿乱得很。"威尔先生点了一支烟。

"先生，您没来的时候，我们也过得挺好！麦卡德尔先生管理得也不比您差。"楼梯上方有声音掷下，激起一阵沸腾。

"他会不会想不开？"

"天啊，也许！可怜的麦卡德尔先生一定觉得自己已经被大家遗忘了。""可不是嘛，我从没听他家的电话响过。是吧？亲爱的。""妈妈，我听到过的，就在前几天……"

老史密斯先生耳边已经混响成一片，像是电车过后的那一阵耳鸣。他的双手钳在轮椅上，像只枯瘦蜡黄的鹰。他在仔细回想这两年发生的事情，索菲亚是在一个春天离去的。他在葬礼上看到了麦卡德尔先生，一双眼睛像是突兀地隆起在深陷的眼窝里，活像陷进雪地里的两枚煤球，一动不动。他的脸色惨白，像是久浸水中的死尸。一周以后，这个惨白的"死尸"出现在老史密斯家门口。

"您知道的，我得来看看您……"回去之前，麦卡德尔先生回过头来说道。老史密斯先生至今记得麦卡德尔先生站在门口的这句话。这以后大半年，尽管有络绎不绝的拜访者，老史密斯先生都没有什么印象。他的记忆好像就停在了送走麦卡德尔先生的那天晚上，他记得自己倒在早春微凉的地板上，醒来的时候脑袋已经偏向一侧。

麦卡德尔先生来的那一天，医院里来看望老史密斯先生的已经走了有两拨人。老史密斯太太向另一位先生低语了几句，那人随即抬起头来，道："原来你就是麦卡德尔先生。"那位先生递过来一支雪茄，"我们借一步说话。"麦卡德尔先生只得拎着他那一小篮水果，跟到走廊尽头。

"我是威廉·史密斯。长期以来，感谢您照顾我父母，这是一点心意。"那位先生从西装内衬里拿出一沓钞票，就那么赤裸裸递到麦卡德尔先生面前。他拎着水果的手只是一僵，"我们不是……"

他整张脸涨得通红，一双眼睛瞪得好像要跳出来。

“我已经给他找了更专业的护工，如果您愿意的话，可以学习学习！喏，他现在，就在病房里。嘿，约翰！”他对着病房里吼了一嗓子。

等那个可怜的约翰端着盥洗盆从房门口冲出来的时候，只看见威廉·史密斯先生站在那里，脚边滚着一个苹果。约翰一脸诧异，不知该做什么。

守墓人那天看到麦克德尔先生抱着一篮水果，在麦克德尔太太的坟墓前坐了许久，他一遍一遍拿袖口擦拭那块石碑，把香蕉一根一根拆开来摆着。守墓人不知道他是什么时候离开的，好像根本不曾见到他出去。然而再听到他的名字是在地方报纸上，一则简短的消息夹在报纸的中缝：乔治·麦卡德尔先生将不再担任社区负责人，后续工作将由布鲁克林区政府委派员接手。

老史密斯先生不久之后见到了这位政府委派员，他赶在威廉·史密斯先生回曼哈顿的最后一天赶来拜会。他听见这个未曾谋面的威尔先生和儿子在门口：“承蒙举荐，定不负重托。”

老史密斯先生想到这里突然挣扎起来，他坐直了身板，突然转动他的轮椅，在人群中开出一条逼仄的线。他停在威尔先生面前。“先生，我们必须要报警。我们给可怜的麦卡德尔先生深深的一击，现在或许他要走到坟墓里去了。”

“哦！是老史密斯先生！您也在这里！可是，我想，我们能够处理。”威尔先生丢掉烟头：“不然，您觉得我为什么大周末把大家聚在这里？”

午间的电车开过来，车厢里卸下来一个人，戴着一顶黑色的圆口毡帽。他怔在那里，看到他家窗口、后院、破自行车坐垫上，满满当当堆满了人。

他逮住一个小孩，问这屋里发生了什么事。他看到马丁向他跑过来问道：“乔治叔叔，发生了什么事？”麦卡德尔先生摘下帽子，嘴巴一张一合，眼眶里头嵌着的眼球一刻没停转动着。

“我只是去纽约参加了一次陪审，今天在我家有聚会吗？到处都在下雨，太阳偏偏在咱们这儿露了个脸，也真够稀奇。”他颤巍巍地卷起雨伞，走进他家那涌动的人潮中去。

嫦娥之舞

何闽强

引子

我睁开眼。

世界坠入黑夜。群星像注射了兴奋剂，闪烁着远比以往强烈的光芒。一颗蔚蓝的星球露出地平线，打下一片苍白的亮，将我的影子拉得很长。深浅不一的灰色沙漠在脚下延伸向遥远的环形山脉，平整光滑，一如亿万年前。

我意识到自己犯了一个错误——这里没有白天黑夜的分别。手臂上的伤疤刺痛起来，我的喉咙紧了紧，张开嘴，却发现失去了呼吸。没有风，塑料的红旗在不远处沉默伫立，和三年前被插进地下那一刻毫无分别。

转过身，我的面前坐落着一座巨大的白色方碑，在灰色的世界里格格不入。一尘不染。像冬天的初雪。像太平间里盖住死者的床单。我按下心底的抗拒走近，视线落在碑上的照片上。这是我绝无法忘记的一张脸。照片下方是一行碑文，每个字都有一人高——“你的生命与宇宙同在”。

还有那个男人的名字。韩江。我的父亲。

韩波……

隐约中传来一个声音，好似在喊我的名字。但听不分明。

大脑突然阵痛起来——我大口喘着，胸口在没有空气的世界里剧烈起伏。眼前的画面扭曲了一瞬，又立刻恢复如常。待我抬头，墓碑上的字迹已渐渐隐去，只剩下照片上的男人，占据了所有的视线。

最后一个画面，是男人垂下的眼睛。

一

手腕处传来一阵规律的震动，我从梦中醒来，关掉手环闹钟。桌上的咖啡早已冷掉，桌底下胡乱堆着这几周里攒下的外卖盒。晃了晃头，我瞥了一眼悬在桌上的显示器。左上角的桌面显示着北京时间 7:30，其余三块屏幕上，则永不停歇地跑着数据，自它们开机三年来，从未停止过。

按照往常的习惯，我端起茶杯，从柜子里取出一包速溶咖啡，到走廊上装水。拉开门，一张满是雀斑的脸猛然冒了出来。

“韩波，你昨晚又睡实验室里了？”方琦顶着一对黑眼圈问我。同样是熬夜，他百分之百是找了家酒吧去狂欢了。方琦人虽长得一般，但凭借一张能把死人说活的嘴，大部分女孩倒也不会拒绝他的搭讪。“我想把十三区剩下的磁场信息分类完。”

“唉，不是我说你，你的毛病就是太正经。谁知道人类还有几年活路？说不定月球上那家伙是在积蓄能量，下一秒电磁风暴就把人类灭绝了！活在当下，及时行乐，明白吗？”方琦拍了拍我的肩膀，没有洗过的手掌在白色的实验服上留下一层手指印。

“别闲扯了，你来找我干嘛？”我不想和他闲聊，还有太多的数据等着我去分析。

“主要是来看看你是不是死在实验室里了。”方琦大咧咧地往角落的折叠床一躺，跷起二郎腿，“顺便来告诉你，你要的东西，后天就能到。”

“这么顺利？”我心里一动。

“你也不看看我是谁。”方琦毫不谦虚地哼了一声。

我始终觉得，如果方琦把他不务正业的时间全部投入研究，他早该是计算机系一颗冉冉升起的

何闽强

学术新星了。但他的不务正业却为他赢得了“万事通”的名头，谁私底下想搞到什么东西，找方琦总没错。刚入研究室那会儿，我没少去找他。一来二去，我和他成了朋友。

“记住，你要是计划着什么好玩的事没叫上我，我就让你尝尝生物系的最新研究成果——”

“好了我知道，慢走不送。”我毫不客气地把喋喋不休的方琦推到屋外，关上门。

手环又一次震动起来。我回到电脑前，一封新邮件通知闪烁着。是翁雯。

> 小波：
>
> 申请批准了，今天可以过来提取一区的监测数据。
>
> 晚上一起吃个饭吧。
>
> 雯

关掉邮件，我从储物柜中取出之前准备好的面包，又打了杯开水，这是我早餐的标配。自从获得独立研究的资格后，我就把所有设备搬到了这间个人研究室。它原本是堆放闲置设备的房间，被我改造成了实验室兼宿舍。少了没有必要的敷衍交流，这让我舒服了很多。

透过氤氲的热气，我的目光落在桌面的相框上。每次早餐，我都会默默注视它许久。那是一张微微泛黄的照片，背景是一栋刚粉刷过的房屋，居中的少年笑得腼腆，靠在左边的女人身上。女人目光柔和，像一只优雅的天鹅。

照片的右边，是一片被剪去的空白。

二

使用任何搜索引擎，你问它“月球上有磁场吗?”，得到的回复只会是NO。这点在上世纪六七十年代，就已被宇航员的带回的岩石采样所证明。真理在五年前被颠覆了。

月球出现了磁场。没有人知道这变化何时出现，又是如何发生。这磁场是如此的怪异，以至于地球现有的电磁学知识完全无法给出任何解释。科学界给这一现象取了一个很美的名字：嫦娥之舞。

嫦娥之舞最大的特点就是找不出特点。它不但不恒定，而且变化极快。若是拿地球磁场来比，两者速度的差距是猎豹与树懒速度之差的千万倍。同时它极不均匀，不同局部之间的磁场大小毫无规则地跳变着，上一处波峰还是珠穆朗玛，下一处波谷就到了马里亚纳海沟。科学界将其粗粗分为36个区域，调集起大部分观测资源，24小时不间断地监测着。

2030年1月28日，国家航天局重启了神舟计划，承担着解密月球磁场变化之谜的神舟十八号航天飞船升空。

它在月球成功登陆，且再没有返航。

今天的天气很好，阳光穿过透明的玻璃洒在光滑的白色瓷砖上。网络上传播的依然是娱乐八卦和政治新闻，一度霸占所有媒体头条的月球磁场事件早已销声匿迹，沦为无数神秘事件之一，成了小众爱好者中流传的话题。只是我知道，这是世界各国的政府联合控制舆论走向的结果。在不受大众关注的科学界，几乎所有相关不相关的科学研究者都被政府召集，全力破解这一谜题。嫦娥之舞。

走在通道上，不时有学生认出了我，我可以感觉到他们压低声音的讨论。我感到一丝躁怒，仿佛自己又成了聚光灯下的显形者，一场闹剧的主角。三年来，这种感觉如影随形。我以为自己可以控制好情绪，但它还是时不时从心里冒头。我加快脚步，走出实验大楼。

自动驾驶汽车缓缓停在国家天文台大门前，眼角的余光能瞥见建在小山坡上巨大的射电望远镜。此刻，望远镜的基座上正架设着什么，似乎在进行一些工程。我刷完身份卡，大门缓缓开启。汽车再次启动。

拿出手机，我给翁雯发了一条到了的消息。翁雯回了一个秃头男子的头像，加上一个大大的无语表情。我心下了然：她们聒噪的台长又在开会了。我放慢了脚步——几天没有离开实验室，也是该呼吸一下新鲜空气了。

翁雯是我的同班同学，比我大三岁。五年前，“嫦娥之舞”爆发，我们各自在屏幕前见证了月亮化身为神，于天地间跳起壮阔的舞蹈。五年后，我们在同一所大学毕业，翁雯被征召到国家天文台作为观测员，而我则留在学校，成了一名研究员。

虽然在研究科学上，我对自己的天赋很有信心，但在研究翁雯上，我可以说一窍不通。很多时候，我根本不知道这个女人在想些什么。

比如现在我眼前一黑。

我掰下翁雯盖住我眼睛的手，回头轻吻她的脸庞。她的眼睛黑而亮，有着我所眷恋的熟悉。她显然有些不满，我不知道她是不是在怪我来得晚了。

“为什么没回我邮件？”翁雯捏了捏我的脸。我这才想起，早上读完翁雯的邮件我就随手关掉了，竟然忘了回复。

“是我的错，下次补偿你。”我乖乖认错。

“这还差不多。”翁雯领着我走向数据中心。那里储存着嫦娥之舞五年来24小时不间断的观测数据。

“对了，射电望远镜那边在做什么？”我问翁雯。透过走廊的透明玻璃，射电望远镜比在山脚下近了许多，我看到那边正在搭的是脚手架。

“哦，那里在拆射电望远镜的高能波发射模块。虽然系统早早就关闭了，但政府还是不放心，担心被技术高超的反社会黑客利用。前两天来了通知，要求台长将高能波发射模块的组件全部拆掉。”

“哦？拆个射电望远镜这么简单？”我心里一动。计划看来要提前了。“嗯，只是一个模块而已，没那么复杂。估计再有两三天就能完成了。”

“对了，”翁雯在门口停下了脚步，“小波，你知道一区是哪里吧？这是月球磁场最重要的区域，我想……以你的天赋，说不定能从里面发现到别人发现不了的东西。”

“嗯。”我当然知道。

在一区多达几百个T的数据里，有神舟十八号飞船传回地球的最后一条信号。

也是那个男人留在这世上的最后一句话——“嫦娥是活的！”

三

回到实验室时已经深夜12点。一来天文台在郊区，与我的大学相隔挺远，二来翁雯的选择困难症再次发作，光是决定去哪家餐厅就花了快一个小时。好在回程时我调成自动驾驶，在车上睡了一阵，恢复了点精神。

提着领回的柱状盒子，我来到角落的服务器边上。在这漆黑盒子里，是放着一区所有数据的新型存储芯片。我按下指纹，黑盒四周亮起三圈绿光，代表验证通过。安装好芯片后，我回到显示器前，预处理程序自动运行。接下来的十几分钟，我只能耐心地等待。

我把右下角的显示屏切换到日常使用的操作系统，打开桌面上唯一的音频。墨绿的波形在深黑色界面上跳跃着，扬声器被电流激发而振动，传出那个男人有些沙哑而震惊的声音。

“嫦娥是活的！”

这是什么意思？全世界的科学家都猜不到，我也一样。我试着想象他说这句话时脸上的表情，却发现我已记不得他的样子。我这才惊觉，三年来，我与他只在航天控制中心见过一面，还是在大屏幕上。之后，就是他作为英雄的脸，出现在所有媒体的头条。

神舟十八号的登陆十分顺利。变化诡异的磁场并没穿透飞船和宇航服设计的电磁屏蔽，飞船设计师们集体松了口气。

变故发生在打开探测雷达的那一刻。地上的所有人只听到一阵刺耳的刮擦噪声，和随后而来的最后一句话，再无下文。航天局不死心，想尽一切方式想尝试恢复通讯，不想几分钟后，强大的高能电磁波席卷了整个航天基地，摧毁了中心所有电子设备。惨痛的经济损失和资料损毁让航天局高层集体引咎辞职。

当第二个天文台因为主动向月球发射电波而被电磁风暴毁灭之后，联合国终于坐不住了。五大常任理事国召开紧急会议，全票通过了《月球磁场探测国际公约》，禁止所有国家向月球发射探测电磁波，只允许接收。所有天文台的高能波发射模块都被联合国监管，不允许擅自使用。

新闻媒体把这一事件称为“嫦娥之怒”。

两起事故和政府暧昧的表态终于引起民众的恐慌，从飞控中心流出的最后一句话则成了引爆舆论的第一点火星。外星人入侵，政府在月球架设巨大机器控制人类，人群涌向医院说因为月球磁场导致头疼失眠，恐怖主义借着煽动暴乱，邪教伺机东山再起……世界变成了一锅沸汤，到处是炸开的泡泡，散发着绝望和恐怖的气味。

如今想起，那段疯狂的日子好似已在遥远的过去。随着日子一天天过去，人们渐渐发现一切阴谋都是无稽之谈。外星人没有出现，末日审判没有降临，臆想的头疼和失眠也通通消失。嫦娥之舞就那样存在着，仿佛理应如此。于是生活又慢慢坠入往常的轨道，灾难变成了纪念，事故变成了故事。政府合力的压制和引导也发挥了作用，于是月球磁场就这样被大众遗忘，而一起被遗忘的，是那个男人。他和神舟十八号的三名宇航员一起，埋藏在一片灰色的沙漠中，一个神秘的磁场里，没有人试图再去联系。

程序的通知声打断了我的思绪。数据的读入已经完成，三面休眠中的显示屏同时亮起，01 编码转换成熟悉的电磁波形，呈现在我的眼前。

一区。神舟十八号失联的区域。

以飞船上携带的物资，够三名宇航员生存两周。如果他们并非立刻丧命，在地球单方面放弃联系的时候，他们会想什么呢？

电波在眼前匀速闪过，我的意识突的一跳。那个男人在最后的日子里，又会想什么呢？又一跳。

心跳好像漏了几拍。有什么熟悉的东西藏在流动的一区磁场里，隐藏在叠加的波形中，等着我去揭开。

我移动鼠标，点击左下角最熟悉的那段波形，用它的特征值对月球磁场一区的波形进行匹配。

鼠标表面开始蒙上一层汗珠，我的心跟着进度条一起往上提。

处理成功。

我提取出解调的波形，转制成音轨，播放。是一个沙哑的声音。

四

接待员在前方引路，介绍着路过的广场和装置在航天局中承担着怎样重要的角色。一对双胞胎姐妹兴奋地在队伍前跑来跑去东张西望，她们的母亲不得不用小动作拉住，对接引员投去一个抱歉的微笑。中间是一个抱着孩子的年轻女人，眼睛低低地望着地面，似乎对这一切了无兴趣。我走在队伍的最后，翁雯挽着我的手臂，视线被无数东西吸引，兴奋程度比之小女孩有过之而无不及。

走到控制中心门前，自动门打开，大家接二连三地走进房间。我停下脚步，对翁雯说："讲解也讲完了，逛也逛过了，我们可以回去了吧？"

"回你个大头鬼啦，这才是最精彩的好吗！在控制中心和宇航员通话！不然你以为我为什么要来？"翁雯拉起我的手往前走。

我不得已地跟上。

宇宙飞船升空后的常规项目，是让宇航员和家属通话。这一方面是为了宇航员的心理健康着想，另一方面是政府的宣传手段。神舟十八号同样如此，通话的过程将在网络和电视台上全程视频直播。我本不想来，从三年前起，我与那个男人就已无话可说。但拗不过翁雯的执念，我只好以家属的身份带她来到这里。

走进控制中心，放眼望去，左右两边是一排接一排的电子工作台，工作人员戴着无线耳麦，手指在触摸屏上上下翻飞。走道在屋子正中，尽头的墙上是一块大银幕，飞船传回的实时画面就显示在上面。屏幕前五米铺着一层地毯，周围早已架设好了转播设备。

点火，发射，升空。过程一切顺利。我站在欢呼的人群中，像一个毫无关系的外人。不一会儿，荧幕的画面切换到深邃的太空，又从飞船的外景切换到内景，直到出现了第一张宇航员的脸。

第一位带着双胞胎的妇女走上前，孩子大声喊着爸爸，男人向女儿们描述太空的震撼，妇女对男人说我爱你，我和女儿以你为荣。

第二位抱着孩子的女子安静而沉默，丈夫问候着孩子的情况，女人低声地回答着，嘱咐他要小心，语气既不悲伤，也没有兴奋。

终于，画面切到那个男人身上。看到他第一眼，我只想转头离开。翁雯松开手，在身后推了我一把。我咬咬牙，走到地毯中间。

他穿着白色的太空服宇航服，嘴边的胡茬长了些。见到我，他显然也有些吃惊。想必他并不觉得我会出现。透过屏幕和摄影机，隔着几十万千米的距离，我和那个男人一言不发地对视着。

沉默。

尴尬窒息的沉默。

控制中心的目光都聚焦在我身上，他们的神情透露出疑惑与不解。

血流渐渐加速，涌过手臂上的伤痕。埋在心底的那团火烧破理智的禁锢，再度唤醒冷却的愤怒。

“再见。”我转身要走。

要忍住，我告诫自己。忍住憎恨，忍住愤怒。“小波，等等。”那个男人叫住了我。

“你想说什么？”我没有回头。

“等我回去，我会把真相全部告诉你。”不知是不是电波干扰，他的声音沙哑而苍老。

记忆突的一跳，提醒我那道疤从未愈合过。火终于将理智烧尽，我知道话一出口便再无挽回的余地，我知道这句话会在媒体上引起轩然大波——但无所谓了。

“不用了。你还是别回来了。”

说完，我不顾身边的惊呼，不顾翁雯的拦阻，径直走出了控制中心。

五

醒来后，我再也睡不着。三年来，我第一次梦见飞控中心那场闹剧，梦见那个男人的脸。他把苍老和疲惫掩饰得很好，不然以他的体质，要通过宇航员的选拔绝无可能。当然，作为电磁学领域权威教授，他的入选更多是和神舟十八号的任务有关。三年前的那场闹剧只是“嫦娥之怒”一个小小的注脚，翻起一朵细碎的浪花，就被更汹涌的潮水淹没。

我不曾想会一语成谶。毕竟，我依旧渴望着真相——五年前，母亲死去的真相。

也是从那天起，他再不是我的父亲。

手环的呼吸灯缓缓闪烁着，我点亮屏幕，是方琦的短信。“东西搞到了。”

我走出实验室，去找方琦。我清楚他会在什么地方。

夜里的校园一片寂静。四下无人，清冷的月光铺洒在地上，墙上，树梢上，如千万年前无二。若一个十年前的人穿越到今天，他绝不发现月亮上已经发生翻天覆地的变化。各国政府如临大敌，据说还有人提出用核弹炸掉月球的方案。若是千年前的嫦娥知道千年后人们如此谋划，不知会做何感想。

我知道母亲会怎么想。中文系毕业的母亲并没有很强的科学素养，她不懂得磁场的原理和如今月球的诡异。但我记得，在看到电视上月球磁场的模拟图像时，她好似受了什么触动，走到了屋外。我问她怎么了，她先是摇了摇头说没事，转而抬起看着天上的银盘。

“我不懂你们科学家说的那一套。只是我觉得……嫦娥在哀悼。”她的神情哀伤，仿佛跨越了 38 万公里的距离，在安慰月球上的嫦娥一般。

一周后，我读懂了嫦娥的哀悼。那一天，我失去了母亲。

酒吧街的喧闹迅速冲散了寂静校园残留的冷清气味。我绕过揽客的舞女和摔倒的醉汉，轻车熟路地走到方琦固定的位置。坐在他身边的女孩抿嘴笑着，却不是他昨天发给我看的那一个。

“韩波，过来坐！”看到我来，方琦并不惊讶，“就知道你小子沉不住气。”

他甩过一张卡片：“东西在实验室老地方。动手的时候，带我一个！”

我接住方琦扔来的电子门禁卡，从桌上抄起一罐啤酒。酒精顺着喉管滑进胃里，泛起一股凉意。我摆摆手，转身离开。“等我说服雯雯就行动。”

六

周末的早晨十分清静，星巴克里，服务员比顾客还多。翁雯在点单，我坐在她对面，手指不自觉地搓动。落地窗上一个浅浅的白影，我凝视着，思索要怎么开口。在这件事上，我没有把握她会不会支持我。

“这么急着就来见我，有什么好消息？”翁雯把菜单交给服务员，两手交叉看着我。

没有想到更好的办法，我决定开门见山：“昨天你给我的一区数据里，我找到了一些东西。”

“哦，你找到了什么？”翁雯的眼睛亮了起来，显然很感兴趣。

我拿出手机，播放早已准备好的一段声音。翁雯的表情凝固住，一脸不可置信。

“你听过他的声音的。”我说。

“……你从一区的数据里分解出来的？”翁雯的声音变得小心起来，她一紧张就会这样。

“是的，嫦娥之舞后三年的数据里，他的声音一直在里面，重复着这句话。”就像一个不死的幽灵，我想。

“这怎么可能？飞船上的食物绝对不够……”翁雯没有说下去。

“无论如何，这是事实。那个男人的脑电波以某种方式融入了嫦娥之舞里。于是，我将他体检时留下的脑电波特征值进行匹配，又有了新的发现。”

“是什么？”

我深吸一口气：“我找到了安全联系月球的方法。”

“脑电波，方法……”翁雯的眉头紧皱着，“难道……是向月球发射脑电波？”

“雯雯，我需要你的帮助。”我注视着她的眼睛。

“你想做什么？”

“我要联系月球。”我紧握住她的手。她的手柔软而温暖。

“不。小波，这件事太诡异了。我不能相信。”翁雯抽回手，“首先，我不知道你解读出的信息是不是个巧合，毕竟嫦娥之舞的信息过于庞大，从里面可以解读出任何东西。

“其次，如果真像你父亲留下的遗言说的，嫦娥是活的生命，谁知道这是不是它的伪装，它欺骗人类的某种方式？我不能让你拿命去验证一个古怪的猜想，我不能看着你像飞控中心的机器一样被电磁风暴毁灭掉。就算你说的是对的，侥幸活下来了，要是被政府发现你违反了月球法令，你也会进监狱的！”

翁雯的手放在我的手背上：“小波，我知道你还在后悔你对你父亲说的最后一句话。但那已经过去了，我不希望你活在过去里。”

“不，雯雯。我这么做不是为了他，是为了我自己。”我低下眼睛，看着咖啡氤氲的热气。“你知道吗，自从那场车祸之后，他始终不肯给我一个解释。要么沉默，要么避开这个话题，甚至逃到太空去。我搬出家里之后，拼命工作，就是想忘掉过去。但我发现这是不可能的。这伤口已经成为我的一部分，我的易怒，我的多疑，和我无数个夜晚的梦魇……这不是忘记能够解决的。”

“所以，我必须这么做。不是为了他，而是为了拯救我自己。”

话音落下，翁雯许久没有说话。她站起来，亲吻了我的额头，说她要回去想想。我没有留她，我知道她爱我，而这不是一个容易的决定。回到车上，我设定好目的地，再一次打开那段声音。

“对不起。”

那个男人，在死寂无人的月球上，一直重复着这句话。包括此刻。

七

烈士公墓里，雪白的方碑整齐地排列着，在青绿的草地上延伸。风吹过来，拂过一座座碑前枯萎的花瓣。

韩江，于 2030 年 1 月 28 号登月任务中失联，葬于烈士公墓。

我站在他的碑前，突然发现自己没法说清楚对他的情绪。手臂的伤痕适时地痛了起来，提醒我那场事故的存在。

五年前，我以 18 岁之龄拿到天体物理学本科毕业证书，并被天文系院长招进院里攻读博士，研究嫦娥之舞。消息传来时，母亲的兴奋溢于言表。一向埋头研究沉默寡言的父亲也在那天露出了少有的笑容。毕业典礼上，我站在台上，母亲在台下微笑着，她的眼底有发自内心的骄傲。回家的路上，父亲少见地放起了音乐，还是我喜欢的摇滚。

车祸突如其来。撞击，碎玻璃，尖叫，火光，和随之而来的昏迷。

苏醒的时候，我头痛欲裂。左右望去，身边没有母亲的身影。一个人走近我床边，是父亲。

我昏迷了三天。醒来后，我得到了手臂上的伤疤，失去了母亲。

父亲从不肯告诉我母亲是如何去世的。只说她走得很安详。我无法接受在这个时代，还会有人因为交通事故而丧生。我知道他隐瞒了一部分真相，这让我无比愤怒。于是我开始责怪他的无能，他的大意。最后一次争吵后，我剥夺了他父亲的称呼，他成了“那个男人”。

眼前的墓碑下只有泥土，他的身体在离土地 38 万公里的真空里飘荡。我突然意识到，我失去了母亲，而那个男人失去了妻子。过去的日子，他又是如何一个人度过的？

手环突然震动起来，我打开一看，是翁雯的信息。“今晚 9 点，天文台门口见。”

我把信息转发给方琦，转身离开。

八

晚上 9 点，我带着从方琦那儿拿到的脑波头盔，出现在天文台前。

翁雯站在门口的栏杆下，路灯打下的影子叠在她的影子上，深浅交错。今晚的翁雯一身朴素，黑色的长发服帖地披在身后。我知道她内心不安，于是轻轻环住她的肩膀。翁雯靠着我，神情犹豫，好似哭过。

“小波，跟我保证你不会有事。”翁雯看着我，眼神温柔，却有着另一种坚定。

“好，我保证。”我握住翁雯的手。

门卫室的屋顶上突然跃下一个身影，落在大门里面。是方琦。他双手插在口袋里，戏谑地看着我和翁雯，低低吹了声口哨。

天文台并不是重要的军事基地，所以没有严格的巡防。方琦提前和我们分开，他的任务是进入飞控中心，启动射电望远镜的核心系统。空中飘着淡淡的云层，月光不亮。借着昏暗的夜色，我和翁雯轻易地接近了射电望远镜，它巨大的弧面像一把倒放的银伞。我扶着翁雯爬上脚手架，脚架突然传来一阵微微的震动，看来方琦已经成功了。翁雯深吸一口气，输入打开外壳铁门的密码。射电望远镜内是个圆柱形空间，贴着内壁有一圈圈的走道。空间正中则是布满接口复杂机器，显然是望远镜的核心组件。翁雯轻车熟路地来到高频波发射模块，重启了系统。空间里回荡高速的旋转声，让我觉得自己置身于服务器的机箱。我将脑波头盔递给翁雯，她将头盔的数据线接上机器的接口，又在旁边的屏幕上做了一番操作。其间我们都没有说话，只有苏醒的机器在工作。

头盔上亮起了绿光。我走上前，从翁雯手里接过头盔。她踮起脚，我低下头，我们的嘴唇轻轻地咬在一起，我读懂了她的担忧，她也想必明白了我的决心。

靠着机器铁皮坐下，我深深地吸气，戴上头盔。

我欺骗了翁雯。脑波通讯并不是解读出的方法。除了那句“对不起”，我没有从一区的数据中再解读出别的内容。一切只是我基于猜想所做的豪赌。

赢了，得到真相；输了，失去一切。

我愿意赌。

开头几秒一切正常。突然，眼前的翁雯开始模糊起来。色彩褪去，形状褪去，黑暗变成有质感的存在，像温暖而窒息的泥包围住我。随后，世界陷入寂静，机器再次沉睡，我听不到自己的呼吸。身后微微发烫的铁皮不复存在，温度失去了意义，衣服脱离了身体，皮肤脱离了血液，直到灵魂脱离了肉体。紧接着，我听到一个声音在呼唤。说是呼唤，却又毫不相同，更像直接从记忆深处浮显到意识中一般——

“韩波。”

然后，我“看”见了他。那个男人，韩江。他的样子在我脑海中第一次如此清晰。

“韩波。你终于来了。”韩江“开口”说道。“你，还活着？”我在意识中想出这个问题。

“不，我已经死了。”韩江微微一笑，“但从另一种意义上来说，我还活着。”

“是和嫦娥之舞有关吗？这到底怎么一回事？”

“不，嫦娥之舞是人类的误解。你们所谓的月球磁场其实是一个生命体，就沿用你们的称呼，叫她嫦娥吧。大多数人一直以为外星生物也是基于肉体的，但这只是人类的傲慢。嫦娥是基于电磁波的生命体。她来自遥远的银河彼岸，生活在真空里，以恒星能量为食，是星际流浪文明中的一名旅行者。”韩江说。

“所以她才会依据接触的电波是否来自生命体，做出不同的反应，是吗？”我说出自己的猜想，这也是我敢于主动联络月球的原因。

“你一直很聪明，也有勇气。”韩江走近我，“是的，嫦娥会和来自生物的电磁波开放地交流，而将来自非生物的电磁波视作攻击。这是她自卫的本能。”

“她现在还活着？”

“可以这么说，但不准确。事实上，嫦娥还未诞生。如果用比喻来说的话，嫦娥现在是尚未破壳的小鸡。”

“不过，基于电磁波的生命形式从虚无中诞生的那一刻起，祖辈的所有记忆就已存在于她的电磁场里。这些记忆通过她的本能反应，可以和别的生命体进行交流，甚至融合。”

我冷静地分析着男人话里的信息。失去了五感和肉体，纯粹的意识交流让情绪都变得很轻，过往的愤怒也不再轻易发芽生长。

“所以，你知道我想要的真相，对吗？”思考过后，我问出这个问题。

韩江的形象突然消失。下一刹那，另一个女性的声音响了起来。“小波。”

我的意识滞住了一瞬。

是母亲。我“看”到了母亲。目光柔和，温暖，我甚至能读出她的哀伤。

我突然顿悟，嫦娥已经吸收了我的记忆。“我给你讲个故事吧。”

九

“数十万年前，流浪文明中一位星际旅行者进入了银河系。她漂移得很慢，身体磁场的运动也很慢，像是陷入了恒久的沉睡。靠着这类似‘冬眠’的方式，旅者得以跨越无垠宇宙的虚空。

“慢慢地，旅者接近了一颗泛着深红光的恒星，在你们的文明里，它的名字是比邻星。这颗恒星小得可怜，释放的恒星能量也少得要命。但苏醒过来的旅者还是决定前去进食。一来，距离她上一次进食已经很久了，久到一个行星的文明都能生灭几个轮回。更重要的是，她的体内，孕育着新的生命。

“旅者慢慢靠近了比邻星，她的磁场舞动着，跳跃着，吸收着来自恒星的光与热。她能感受到在她行星大小的身体里，新的生命传递出的欢欣感受。旅者沉浸其中。

“异变在不经意间爆发了。恒星的表面涌现一大片黑暗阴影，那是死亡的征兆——恒星黑子，它所预示的强大磁场和恒星风暴会将所有靠近的电磁生命撕碎。

“旅者发现危险的时候，已经迟了。她吸收的能量不足以支撑她逃离风暴的魔爪——除非放弃体内的新生命，利用它提供反向的动量，那样还有逃生的机会。

“旅者没有这么做。她调整了自己的方向，把所有的能量聚到一处，推着体内的新生命向不远处的黄矮星而去。旅者留下最后一曲舞蹈，在反向力的作用下，她的身体很快消散了比邻星灿烂的磁场风暴中。

“而我则来到了这里，哀悼我的‘母亲’。”

母亲的声音温柔地回响着，我的意识被这场牺牲震撼，久久说不出话来。“回答你的问题。是的，我了解他的一切，现在我也了解你的一切。我知道你是来要一个真相。”

“我会给你。”

意识躁动起来，过去面目模糊的记忆图景此刻变得无比清晰。它们蜂拥而来，等待着最后的真相将它们拼接完整。“韩波，你的母亲，是为你而死的。”我的意识仿佛冻结。

“车祸之后，你母亲和你都受了重伤。你因为手臂的伤口伤到动脉而失血过多，危在旦夕。而现场只有你的母亲和你的血型匹配——为了救你，她说服了你的父亲，用她的命，救回了你的命。”

“你父亲答应了你母亲，决不把这件事情告诉你，她不想让你感到自责。但他自己却陷入了深深的自责里。他为自己的无能感到愤怒，他觉得妻子是因他而死。因此他选择了忘我地投入研究，皈依宗教，甚至参加了太空计划，都是为了逃避这一切。”

“你的母亲为了你而牺牲。你的父亲宁愿背负你的憎恨，也不愿把内疚转移到你的身上。这是他们的勇敢。”“小波，你足够勇敢吗？”

十

回到地球的时候，头顶漏进几束清晨的阳光，尘埃在光中飞舞。我摘下头盔，翁雯扑进我怀里，紧紧地抱住我。我擦去她脸上的泪珠，却发现自己的脸庞也是湿润的。现在，我要去烈士公墓，给一个叫韩江的人献一束花，再把他坟上的土，带给我的母亲。

他是我的父亲。

客厅的外婆

胡诗瑶

我看书，外婆写字，于饭厅八仙桌，一如既往。只是那一次，她搁笔起身后毫无征兆地跌倒，摔在饭厅与客厅之间的门槛上。上半身在饭厅，下半身在客厅。她坚决拒绝我的搀扶，只一脸不好意思地笑。那个时候我怎么会想到，这么小的屋子，饭厅对外婆来讲，竟也是天涯海角了。

饭厅是外婆的天地，这里连着阳台，她常常倚在窗边吹一个粗糙的笛子，偶尔几天暂歇，还能得到老太太们上来急切地问。曲子来来回回就那么几首，到现在我也不知道名字。外婆自己也不知道，说是给她笛子的老师傅教的，没有谱，只有调。在饭厅，能看到音符，充满了整个空间，还有外婆写字的墨香，漂亮的毛笔字。她的爱好常常被那群打麻将的老太太们称作高雅艺术。她摆摆手说，都是爱好嘛，一样的一样的。但也迁就她们，偶尔下楼打上几圈麻将又借故溜回来陪我写字吹曲了。

外婆一辈子都不俗气，就连得病也是异常罕见的绝症——运动神经元病，也许另个名字更熟悉些——渐冻症。这个病的残忍之处是病人会清楚地看着自己一点点丧失所有行动力，逐步逼近死亡，最终只剩清醒的大脑。一般先是手指继而上肢，再是下体。无法行走无法吞咽直至无法呼吸，死亡的讯息温温吞吞，散播到身体各处。早在两年前外婆就提过自己手指乏力，无法握拳。当时我们都没人在意，没时间在意，区区一个无法握紧的拳头。以至于后来都受到了惩罚——更快地失去了她。医生宣判的一年半生存时限，是我们的错，这个过程本该更长一些的。

辗转了好几家医院，也因误诊耽误了不少时间。最终华西医院确诊时，外婆已经无法行走。这中间，她迅速地瘦又迅速地胖，说胖好像也不对，是肿。人像被充气一般，异常臌胀。手指看不到骨节，粗溜溜一根。腿胀得发亮，一按下去好大一个坑，半天起不来。脚踝常常被袜口勒出很深很深的痕，连袜子的花纹也成了帮凶。我沿着痕迹抚摸这些凸起与凹陷，问痛不痛。她茫然摇摇头，说，没感觉。

之后，外婆几乎再没离开过这个客厅，我们因为怕麻烦，囚禁了她。

我们尽可能缩小外婆的活动范围，先是坐便器，再是床，我们给外婆筑了个还算精致的牢房。我不喜欢那张床——一张窄窄的可升降的病床，虽然功能符合实际需要，但我总觉得不祥，家的氛围一点点被这个标准医院物件吞噬了。除此之外，我和母亲在家具市场挑了一张有相当重量的老人椅，希望能承得住外婆。椅子是我从家具店背回来的，那天他们的送货车坏了，我感到开心。那段路不短，是往常我和外婆晚饭后的固定散步路线。饭后百步走，活到九十九。她最爱这么说。背着沉重的椅子，我体会到难得的踏实。椅子放在客厅，只因电视在，而看电视这个消遣不必耽误其他人的时间——大家都说自己好忙。

外婆就被囚在这客厅，与死亡心平气和地相处。每天坐在固定的地方，呼吸着固定的空气，看着固定的节目。至于其他爱好——写字，吹笛，唱歌，跳舞都不必再有了。

此时能动的就只有嘴，还能发声与吞咽，只是没有力气再唱歌了。外婆的嗓音清亮，母亲常常遗憾没有继承到这样的嗓音。外婆顶爱唱的一首歌，是个谜语，她每每唱第一句的时候，都会望着我和姐姐，看我的时间更久一些。

小乖乖来小乖乖　我来说你来猜
什么长长上天　哪样长海中间
什么长长街前卖嘛　哪样长长妹跟前
银河长长上天　莲藕长长海中间　米线长长街前卖嘛
丝线长长妹跟前喽来

那时她以歌声唤我，后来，她以不成调的嗓音唤我，唤我帮她进食，帮她排泄。

胡诗瑶

我好像总是忘记外婆即将离开我这个事实，无法总是像她已经处于弥留之际那样体贴照顾，用所有的耐心。那天我趴在床上看书，看到快结尾的部分，突然被外婆断断续续想喝水的呼叫声打断。顺病人的心意有时候很容易，但压制住自己的兴趣以促进她的兴趣，有时候很难。一日无数次的呼喊频率放在寻常是相当正常的。但那天不知怎么，我极不耐烦地倒水，拉着脸一勺一勺地喂，一勺比一勺快。外婆一边忍受着我的频率一边低着头用眼角偷看，还抽出闲隙来向我讨好地笑。而我心里还牵挂着心爱的小说。

外婆在这个客厅渐渐消亡下去，大家都束手无策。我只能尽量让她舒服一点，但大部分时间连这点都无法做到。外婆排泄时需要两个人，一个力大点的人把外婆抱起来，迅速转身放到坐便器上，另一个人扶住椅子，以防后缩。这两个人通常是我和护工，动作一定要快，否则会被重量击垮。通常外婆的排泄是有规律的，护工则避开那个时间出门。然而某天外婆突然想小便，那时护工已经外出遛弯儿，只有我和母亲在家。按平时是没问题的，我力气足够大，每天也看着护工学了不少。但那时我已经患上腰肌劳损，母亲又无气力，帮不上忙。我尽力把外婆抱起来，但在转身的途中被腰部尖刻的疼痛困住，只得把外婆抱回椅子上。反反复复试了好几次，我们大口喘着气，母亲帮我擦汗，我捂住腰。外婆突然哀哀发声，一种不间断的，类似某种动物幼崽的声音。我慌忙检查——因为已无行动能力，再加上椅子本身的角度，她慢慢滑了下来，右腿被扭曲成一个奇怪的姿势半跪着。她的泪珠硕大一颗，没经过面部直接砸到我手背上，很响的一声。她仰着头嘴张得很大，但没有一点声音，连之前的哀哀也没有。她疲惫地闭着眼睛，哭是最耗费体力的事，尤其对病人。但我依稀听到了哭声，不是外婆那就是母亲，大概是气自己的力有未逮。

终于，外婆从客厅逃了出来，以呼吸衰竭的绝望方式。

我总以为来日方长，来日方长，然而，并没有来日了。那天的事没有很妥善地被保管进我的记忆里，也许是我故意的。片段之一，我看见他们的嘴都大大地张着，可我听不见他们在说什么，脑子里一阵救护车的尖叫。我好像又听见自己的声音，急促地叫着外婆，可是无人应答。不知什么时候听到医护人员说楼梯太窄，担架无法转角。困境把我从混沌里一把拉了出来，耳膜突然通了，继而又被拉拉杂杂的声音震住耳朵。我们用被子把外婆兜住，磕磕绊绊送了下去。大家都把被子角提得好高，我踮着脚都看不到外婆的脸，不知道外婆在里面好不好，屁股有没有被楼梯磕到。会害怕吗？会兴奋吗？会是终于一了百了的轻松惬意吗？

但最后还是抢救了过来，我们就这样把外婆从死神手上要了回来，也没问她愿不愿意。

医院给外婆带上了呼吸器，插上了尿管。有时候看着被这些庞大机器围绕的外婆，似乎正被众多机器霸凌。我甚至都不确定她是否还真实地活着，也不确定她想不想这样活，我不敢问。外婆的身体的确是渐渐沉睡过去了。那天，病房里弥漫着一股异味，我掀开一点被子，找到源头。问外婆是否知道自己排便了，她一阵茫然后，把眼帘垂了下去。拿纸巾去擦，擦不动。已经干掉了，轻轻一抠就掉渣下来。面积不小，尿管上也黏着许多。一趟一趟打水，白色毛巾变棕又变白。换上了新的床单后，她朝我抱歉地笑。有时候外婆排泄不畅，我会戴上一次性手套，在她的肛门里摸索，有时候滑滑的，有时候硬硬的。两种都不是特别好的排泄状态。之后的很长一段时间我都没办法吃周黑鸭等一切需要一次性透明手套的食物。倒不止会因此联想起排泄物，还会想起外婆，像案板上的鱼。

之后没几天，我回家拿衣物时接到母亲电话，说外婆拒绝进食，呜呜地说着什么但是连护工也听不懂了，要我赶紧来医院劝劝，她只听我的。到了之后我甚至向她做出承诺，说等好了以后我们要一起去旅游，我会给她拍很多好看照片，到时候洗出最漂亮的一张挂墙上。多吃一口我们到时候就多拍一张照，她最喜欢拍照。但其实我们都知道并没有那一天了，我给了她无谓的希望，我要她活着，为我活着。我自私专横而且苛刻，只希望长长久久地见到她，尽所有努力去留住她，哪怕留住的只是无法动弹的躯体。那个时候外婆早已拒绝拍照，她说不好看。母亲曾偷偷跟我讲，外婆还能讲话时总自言自语：死了算了。我很惊讶，因为从没听过类似的话。我看到的永远是一张笑着的慈爱的脸。因为疼我，使她勉强自己多受了许多苦痛，甚至不忍心向我倾吐想要离开的意愿。虽然痛苦，但也暂为我留住。我想要延长她的生命，但也延长了她的痛苦。每每一想到她立在云端上准备随风而去，但我又在身后紧紧拽住她的衣角，泪眼蒙眬央求她不要走，她一定是又回头的，她那样疼我。她不忍心我难过，我却忍心教她难受。

那个暑假就在外婆的痛苦呜咽中难受过去了，我带着万千不舍去了学校。那时外婆已经出院，我没想到出院竟然也成了一件绝望的事——医院委婉地让我们回去等死。于是外婆活动范围更加缩小，所有的一切都在这个客厅，这张床上了。离开前我留下了许多记录外婆习惯的便条，嘱咐了母亲许多，我从未如此啰嗦。到了学校后也放心不下一定要通电话，打到护工都有些不耐烦。电话里外婆的声音愈来愈含糊不清，原先只有我听得出。后来，我也听不出了。只能猜，猜对了就能听到雀跃的急促呼吸，但更多时候就是叹气或者空白。起先是一周两次，再后来一周一次，最后渐渐地消逝了，像心率监测屏幕上那条平稳的横线。我甚至有些安心——没有消息或许就是好消息。那段时间我甚至害怕电话突然响起，希望它就那么一直安静下去。但见不到外婆的日子我总带着深深的负罪感，有时候哈哈大笑，笑到一半猛然想起外婆来，就觉得我的快活是种罪过，笑也慢慢收敛回去了。

学校和外婆家的距离怎么会那么长呢？我在车上哭了好久啊，哭到我累了，外婆家还没到。我到的时候，看见的是已经盖上被子，戴好寿帽的外婆，寿帽很大，显得滑稽。她安然地躺在床上，床头还放了一张黑白照。显然是很早就准备好的照片，还有一个过于华丽的金色相框。这次睡觉太安静了，没有平时痛苦的呻吟。真好，这下终于能睡个好觉，不必勉强了。我之前的莫名恐惧终于成了真，她真的就躺在这张不祥的病床上去了。我走近了些，脸上之前的浮肿消了点，脸看着小得很。我在被子下面寻外婆的手，我胆小，总爱牵着她的手睡觉。她的手还是那样柔软，只是现在这双手已没有温度，也再没有回应了，顺从地被我握着。那么以后我害怕的时候要牵谁的手呢？我俯下身以脸偎她的脸，好凉。我固执地握着，搓着，希望这双手能暖和起来。

我是有经验的，亲人离世已远不是第一次。但是眼泪没有经验，还是止不住地往下淌。那天我没由来地愤恨大自然，大自然的无动于衷，真是绝情，应该骤然降下瓢泼大雨才是。外婆去世的第二天，我接到ALS机构打来的电话，说我之前提交的视控仪申请资料已经审核通过，现需要提供地址寄送。我原以为都会好起来的，但是外婆等不住了。

之后我又去过那里一次，好像是替母亲拿什么东西。结果匆匆逃出来了，喘着气。我竟然害怕这个外婆曾经存在的房子？再没有笛声和呜咽，我的快乐和难过，也一并消失。我的确是那个最无情的人。可我知道，外婆也不会怪我。

欧洲，恋人奇幻的午后

黄馨平

一直对欧洲有着好奇心，大部分是因为读书，小说，历史，那些在心中累积的影子越发明亮，最明亮的那一道便是文艺复兴。这场旅行也终于在大学毕业时期得以成行，从抵达罗马开始，到巴黎作为结束，其间许多的光影片段在旅行结束很久之后缓慢落定于心，罗马作为起点，这座位于台伯河下游的地中海城市，热风袭来，我走得很慢，是想要细细看过所有的风景，不只是风景，还有无数穿行其间的人，以及欧罗巴大地之上，从古国至今绵延千年的文化与幻梦。

一、罗马奇幻假日

从芬兰赫尔辛基转机，三个小时飞行抵达罗马达芬奇机场，舷窗外巨大的银色机翼掠过鸟群与阳光灿烂的辽阔云野。当广播里说现在飞机开始下降，请系好安全带时，我正打开一个苹果派，潮润的气味丝丝缕缕从盒子里飘出来。罗马，就像苹果派一样甜美的城市，她被尘埃埋葬的悲欢与我无关，放下《罗马人的故事》，这本书太沉。不过我只是个游客，可以想看任何我想看的东西，去任何我想去的地方，一切旋即美丽如诗。

这是我所抵达的第一个城市，在夏日的意大利，我仍旧记得第一次看到卡拉瓦乔的油画，夺目鲜艳的颜色，《七宗罪》，所有人类的罪过被他的画笔染上活色生香的艳丽，几乎是将舞台剧搬到画布之上，贯彻着自然主义最精确的明暗对比和透视，是华丽巴洛克之风的始祖，这绮靡浩荡的风尚在其后另外两位名气更大的画家那儿抵达巅峰——伦勃朗与鲁本斯。而卡拉瓦乔其人也同他的画作一样，迷人又危险，如若绚丽的烟火拥抱无数黑暗秘密，杀人，逃逸，因为画画得好得以脱罪，而后又是数次逃亡——那是我对于意大利人最初的印象，热浪起伏，荷尔蒙和欲望冲撞着不顾一切，贪婪，勇敢同时狡黠无比，不择手段，文艺复兴的中心，而罗马作为承载着意大利文化精髓之地，更是如此，我在一方小小的手机屏幕里重读着卡拉瓦乔的作品，在飞往罗马的航班上，当这座城市的真实面目就在我眼前时，才顿觉想象落地。

燥热的海风裹挟着罗马城的气味扑面而来，罗马的达芬奇机场很小，很旧，出口处的墙壁上还有漏水的痕迹，天花板上有的灯管也已经破旧发黑，抵达酒店后发现房间也并不大，浴室更是小得只能容下一人转身，空调需要手动拨开旋钮，除了非常干净，其实比国内差很多。在上世纪90年代时欧洲的旅游业就已经饱和，政府很少批复在市区内建设新的酒店，很短地，我躺在床上睡了一觉，夏季的夜很快变成黎明。小王在机场出口等我们，本科在罗马学意大利语和雕塑，毕业后留在这儿继续艺术以及翻译事业，业余兼职做导游，她把头发染成浅又艳的白金，松松绾成发髻，白衬衣又宽又大挂在身上晃晃荡荡，嚼着口香糖，涂桃粉色的口红，懒懒地站在酒店门口的阳光里："嘿，你们好。"

第一站理所当然是梵蒂冈，国中之国，去梵蒂冈大约需要四十分钟左右的车程，没错，是那个全世界最小的国家，却有伟大的教皇坐镇，"梵蒂冈人"其实全部为神职人员，去年接受移民四百人，可参观区域远比真正的梵蒂冈来得有限，瑞士的卫兵守卫教皇的领地，就那么直愣愣地站着，红衣金绶带，就算所有人都盯着他们看，也是一动不动，我觉得有意思，这儿很多很多中国游客，长长的队伍里一半都是，况且天气热得简直要命，把手伸到阳光之下，到不了一分钟都会觉得烫和痛，夏季炎热少雨的地中海名不虚传。随便走走停停，到了圣彼得大教堂，走进去，几乎一路都是仰着头的，太多的壁画，圆窗，天主教的宗座圣殿。"这是全世界最大的教堂。"我听到旁边一位导游说。圣彼得大概是耶稣十二门徒中最幸运虔诚的一个，耶稣在回到天国之前将唯一一把金钥匙交给圣彼得，他得到的不仅是教义的真传，还有威力无穷的话语权。穹顶很高，这儿一次能容纳最多六万人，很难巨细靡遗的描述，若将这座教堂比作一本书，那必然是《圣经》，包含着《旧约》与《新约》，既有金碧辉煌的外在也充满着不计其数的细节，石柱上的浮雕，在千年的累积之中，成为

黄馨平

一个个历史的注脚。忽然想起，在漫长的中世纪中罗马教廷几乎垄断了对于《圣经》的解释权，只因在那时真正拥有阅读和写作能力的知识分子大都是教廷之内的人员，一代又一代的教皇们和红衣主教们也大多来自意大利的显贵家族，譬如我们最熟悉的美第奇家族，在意大利经由毛纺织业起家，资助了如米开朗琪罗这样无数的艺术家，同时收藏手稿，保护艺术，在文艺复兴中成为中流砥柱。

圣彼得之所以是最大的圣殿，在于漫长时间之内的统治，后世从未停止的朝圣以及那些永远沉睡于此的教皇——镀上白银的圣洁面孔，早已故去的教皇们躺在透明的水晶棺里，骨骼一如生前完整，且永不会化成灰尘飘散。我站在围栏之外远远地看着，总觉得和百年之前的人们共处一室是很诡异而奇妙的事情，罗马的确和其他欧洲国家不同，不仅在于意大利炽烈的阳光，还在于拥有梵蒂冈的骄傲，那种骄傲是拥有正统的对于《圣经》解释权的天主教傲气，即使罗马在传说中是狼的城市，那两个建立罗马城的兄弟被一匹母狼哺育长大，亦曾经无限堕落于金钱和欲望之中，也曾大开杀戒，亦将希腊神话信手拈来为自己粗糙暴戾的军事统治正名，宙斯改了名字变成朱庇特，而天后赫拉变为朱诺，这实在是太随意的挪用。但想起卡拉瓦乔的画，那放荡不羁的艳色，便也明白这就是意大利，是罗马，是一个欲望过剩的人最真实的气息。

梵蒂冈之后，我不想再去什么地方，很多路本应该慢慢去走，于是和朋友去市中心逛街，那儿很多意大利家族开设的百货商场，有时觉得城市与城市之间并无太多不同，而走在百货商场里面就更觉如此。意大利的 Max Mara 是闻名世界的时装品牌，以生产高端羊绒羊毛大衣而出名，是抢手的明星爱物，每到冬天，新产品上线很快就被抢购一空。在罗马的街上能够看到很多 Max Mara 的店铺。热那亚以皮具出名，而古驰、菲拉格慕和莫斯奇诺则是相对年轻化的品牌，我和免税店里的导购女孩聊天，讲了半天觉得她的口音很熟悉，便直接问你是哪里人，她说西安啊，看我有点惊讶的表情，她又补了一句，我来这儿八年了，我笑，聊了一会儿她说到现在她还没去过梵蒂冈，也没去过圣彼得教堂，我答着她的话，更觉有趣。

后面几日，终于去了斗兽场，亲眼看见在照片上看过很多次的东西总有种非常魔幻的错觉，好像在梦里。站在斗兽场石窟之前，天空之蓝的纯度极高，蓝到刺眼，仿佛被剧烈灼烧之后的沉默与静定。人实在太多，排队都排到了马路上，没打算进去，而是和朋友跑上去摸了摸斗兽场的墙壁，仿佛是看到了斯巴达勇士，摸完了带着略微的遗憾离开。随后又去了许愿池，在电视和电影里出现过无数次的那种许愿池，可以丢硬币下去的那种，吃着无比甜腻的意大利冰激凌，完全放空在街上走着，我想我会永远记得初到欧洲的这些天，换一种生活方式所带来的无比的新鲜感甚至超过了旅行本身的兴奋，还有很多地方没有去，我在路上。

二、威尼斯恋人

抵达威尼斯后，放好行李，便迫不及待想到老城区去看看圣马可教堂。旅行是逃离，亦是与另一个世界的相遇，遥望亚德里亚海，远处天空苍蓝，海岸线平滑地延伸，意大利南部的海水是透明的青绿，波浪熠熠，仿佛下一秒就会有顽皮的小人鱼从水中探出头来，趴在贡多拉小船的边沿，冲着游客和船夫调皮地做起鬼脸。

威尼斯，从前叫做威尼斯共和国，一千年以来安然无恙居于亚得里亚海一隅，以海上经商，东西方中转贸易作为开国资本，本隶属于拜占庭帝国，9 世纪获得国家独立，强大的造船技术和国王丹多洛的狡猾与精明让威尼斯在第四次十字军东征中收获得盆满钵满……这些历史的影子在脑海中宛如烛影摇晃，向着圣马可教堂走去，概念与现实犹如榫卯般缓慢对接。教堂始建于公元 829 年，因存有耶稣门徒圣马可的遗骨而得名。细细看去，一座教堂竟然可以涵容如此多样繁复的艺术形式，罗马式拱门，哥特式尖顶，拜占庭弦月窗，五座圆顶则是伊斯坦布尔的清真寺风格，各种风格融洽地齐聚一堂，这分明是威尼斯人全民皆商的灵巧心态的宗教式表达——和谁做生意，依靠着哪位金主，信仰和审美偏好就倾向哪一方，不停地配合着潮流进行局部微整形。日本学者盐野七生在关于威尼斯的专著《海都物语》中讲道："不管你是想颠覆商业模式的创新者，还是销售自己手艺的普通人，你都必须牢牢抓住威尼斯商人一样的现实主义。"圣马可教堂记录着威尼斯人最生动的发家史，而它本身作为信仰之地的特殊属性，都是威尼斯人的一种商业创作。在罗马教廷大范围把控欧洲大陆信仰权威的年代，威尼斯却是个不起眼的例外，之所以如此的立足点只有一个，保持自由不受束缚之身，方能见风使舵。直到 895 年，刚刚脱离拜占庭帝国统治不久的威尼斯急于为自己寻找能够在欧洲众国中立足的精神标签，官方对宗教信仰的需求是创建教堂的一大动力，而当时拥有神的圣物，抑或遗体遗骨的城市都能凭借此荣誉跻身一线名城之列。据说著名的《马可福音》由耶稣的门徒圣马可写作完成，圣马可在整个基督教人物系统中的地位和名气亦位居前列。于是威尼斯人花重金从埃及买下他的遗骨，官方和大商人们纷纷出资出力，建起教堂，自此，威尼斯成为一个拥有精神地标的共和国，名正言顺做起贯通东西的生意。甚至乘着欧洲大陆宗教情怀的浪潮，买卖"耶稣荆冠"上的木刺，美其名曰"圣物"，现在看来实在是一场精明的炒作。但威尼斯人也许没有想到，在古国早已消逝的今日，曾经那座金色的大教堂却在历史的淘洗中真正成为威尼斯的精神象征，无人不知无人不晓，那散发着温暖光芒的金色穹顶，宝石，与绚烂的壁画，仍旧让人回忆起千年之前老威尼斯繁荣昌盛的时光。

财富积累到一定程度，往往会幻化出堂皇辽阔的气象，中国有大宰相晏殊写下《浣溪沙》："梨花院落溶溶月，柳絮池塘淡淡风"。富足无关铜臭，是一种明亮而敏锐的心态，能够嗅到花朵绽开瞬间的香气，触到春天拂过池塘，带起柳絮的淡淡微风。抑或是将军辛弃疾的"东风夜放花千树。更吹落、星如雨。宝马雕车香满路。凤箫声动，玉壶光转，一夜鱼龙舞"。如果说故宫是中国至尊荣耀的象征，那么圣马可教堂就是威尼斯人最灿烂光明的信仰，走进圣马可教堂，感受最深的便是那无处不在的金色，墙壁，穹顶，壁画上亦贴满金箔，白昼的光从穹顶的窗户中散射下来，照耀着巨大的金色屏风。屋宇之下，通透澄明。站在教堂屋顶的四匹铜马高高举起前蹄，那模样很是"春风得意马蹄疾”。一般来讲，教堂时常给人触碰灵魂的深邃之感，让人忏悔和反思。圣马可却没有给人什么压力，让人只想在这里多待一会儿，和朋友聊聊天，玩玩手机，活泼的气息好像要从心里面跳出来。

望着威尼斯钟楼，整点时分，钟声响起，日暮之下，繁影流光，水巷蜿蜒，她的绮丽足够动人，足够让人怀恋很多过去的事情，心彻底宁静。圣马可教堂是威尼斯的女儿，盛世的公主，不似罗马圣彼得教堂端庄肃穆，亦无巴黎圣母院的深沉与悲凉，她像亚德里亚海畔追逐浪花的少女，明珠般光彩照人。

像所有普通游客那样，我也被威尼斯弯弯曲曲的小巷吸引了目光，不知道往哪里走更好玩，便伸长脖子往每条路过的巷子里张望，漫步的行人，小店的遮阳棚，灯箱与橱窗露出颜色鲜艳的一角。威尼斯有一千多条模样相似的小巷，如果不认得路，很快就会走丢。这感觉很是魔幻，但无论如何你都不会感觉孤独，这里有四处游荡的旅行者和慢节奏的生活，松弛的感觉像是漂浮在水面之上，望着天空，只是出神，没有什么想法，不前进，亦懒得后退，只是慢慢地走和看。我有很长很长的时间在摆满洋甘菊和茉莉的窗前驻足，如今威尼斯已经是名副其实的旅游城市，因此人们纷纷搬离老城区，将寓所让位给酒店，餐厅或者酒吧，老城区里真正的威尼斯人很少，商业气息越发浓厚，众所周知，意大利拥有最多的奢侈品牌，菲拉格慕，古驰，阿玛尼，杜嘉班纳……街上鳞次栉比的店铺却并不令人感觉拥挤，很多店铺会在橱窗设计上大花心思，效果也很缤纷华丽，留住无数路人的眼睛。走进一家巧克力店，店员问我需不需要推荐，我说不要，她点点头微笑着走开。等我挑完，细心地把纸袋折好，又问我要不要尝尝新品，那些巧克力被码在精致的骨瓷盘子里，这是一家很有名的巧克力商店，在旅游旺季生意更是火爆，店员们在忙得脚不沾地的同时还要保持高度的耐心和细致。虽然秉承着等价交换的原则，但商业中也有很深的人情气味，所谓“喜迎上帝”，但又不能太做作和刻意，最好的推销从来不留痕迹，却能直抵人的欲望和想象。

在 DFS 百货大楼的顶层俯瞰威尼斯，红砖屋顶，白色石墙，挨挨挤挤，这潟湖上的小小城市，商人和水手们在码头上来来往往，忙碌的光景中，向着地球另一边的世界扬帆起航。总感觉世界上有许多事情总是有无形的联系，世代以经商为业的人们，祖祖辈辈都是一样，商业如同种子，飘到哪里都能随风生长，他们是威尼斯人的眼睛，所抵达之处距离欧洲大陆越发遥远，远及太阳升起的亚细亚洲。千年之后，我坐在这里，异国他乡，却并不感到陌生，我和这座城市彼此凝视、理解，这种交流早在千年之前就已经开始，历史在这一刻显示出奇妙的意义。

离开老城区之前的最后一个愿望便是去坐贡多拉，轻舟一片，深入这城市，方才真正感觉到漂浮于水上的生活情形。小船做得十分精致，慢悠悠在水上前行，越到小巷纵深处，远离尘嚣，那生活气息越浓，水波涌上房前的台阶，在石头上洇出潮润的青苔，青苔上有一枚新鲜的脚印，好像主人刚刚下班回家吃饭，还夹着公文包，模糊的玻璃门里人影晃动，谈笑声传来。仿佛能听到锅碗瓢盆叮当作响。一艘维修船与我们擦肩而过，载着脚手架和戴着安全帽的工人，他们黑色的工作服上落满白色的粉末，摘了灰漆漆的手套握在手里，眼神空洞。不过小船经过的地方还不能算作真正的威尼斯城，不过是旅游区罢了，河水的气味并不讨喜，也远没有岸边那么清澈。任何地方都有人在生活，在使用资源，威尼斯和所有城市一样，承担着人的基本需求，悲欢离合与生老病死。我不过是个旅人，过客，拥有对一切浅尝辄止的权力。

经过叹息桥下时，真的看到拥吻的情侣，传说在这座桥下的吻过的情侣都会拥有坚固的爱情。我向来不信什么传说，何况在连圣物都能够买卖的威尼斯。不过那画面确实很美，女孩的黑色头发卷卷地垂下来，很像《但丁密码》中的西恩娜·布鲁克斯。“想和喜欢的人一起来威尼斯。”这是很久以前朋友在博客里写下的文字，“威，尼，斯”这三个字宛若雪片燃着微光轻轻落下。现在想来，似乎也懂得了朋友的文字，威尼斯是属于恋人的城市，没有多么沉重的历史，亦无太多需要被理解和研究的重大民族精神创伤，犹如欧洲之花中最轻盈的一瓣，在透明的颜色里，你看见恋人美好的面容，当下的每一刻都变得美好并值得怀恋，自由徜徉于爱情之中，你无牵无挂。

希望下次来的时候可以看到狂欢嘉年华，默默地想着，悠悠向码头走去，水面的柔波里，倒映着威尼斯夏夜的蓝空，薄暮中的星芒是毛茸茸的质感，那种静谧的黯淡比羽毛柔软，宛如恋人的耳语，是梦里苍穹下的小夜曲。

三、在巴黎，一个午后

巴黎是怎样的呢？这是个很奇妙的问题，难以直接用任何形容词回答。一个城市的温度，空气味道，房屋的形状，街道的走向，人们的模样仿佛都是一种语言，交响乐般讲述着关于城市的故事。2017年7月，我去欧洲旅行，在巴黎停留几天，这城市对我而言，陌生又熟悉，陌生是因为从未来过，而熟悉……我早已听过无数关于她的故事，在书中，网络上，电视里，还有朋友偶然提起的经历，她像拨动水面的旖旎微风，拂过曾读着《巴黎圣母院》的我，不过二手经验带来的体认终究单薄，像一片影子，在心里晃晃摇摇，终不成形。

从瑞士进入法国境内，北欧的阳光似乎拥有密度和质量，宛如荡漾于空气中的金色丝绸，风具有水的冷润质感，道路两旁的森林中长满鲜绿的灌木。而抵达巴黎市区时正值午间，日光倾城，我趴在车窗上，看着逐渐繁忙起来的车流与人来人往的街景，车一路驶向市中心。当我看到凯旋门上高高垂下巨大的红蓝白法兰西国旗，那一刻是有点激动的，这就是巴黎了！那天下午的行程很满，导游是个笑起来特别爽朗的北京姑娘，她叫菲菲，二十九岁，在这儿住了八年，还没结婚，看起来像个没心没肺的小女孩。在窗外迅速掠过的街景里，巴黎……很整齐，很多建筑群都是泛白的米色墙壁，白色的百叶窗向外敞开，青铜雕花的阳台栏杆，市区里没有任何一座建筑超过37米，这是巴黎独有的“限高令”，为了保证建筑群的美感，在太阳王路易十四执政时期，所有的建筑都不能超过37米，古典主义协调一致的美感被永恒地保留下来。

菲菲带我们去塞纳河左岸的小巷，巴黎圣母院，蒙马特高地和埃菲尔铁塔，据说这是左岸深度游的经典路线，听起来非常适合我们这些初来乍到且时间有限的兴奋游客。左岸有很多开在街边的露天咖啡馆，这个时间依旧坐满了人，而且很多都是下班之后过来见朋友，聊天社交的巴黎人。“巴黎人”这个词让我觉得很新鲜，因为我从未把巴黎和法国分开理解。在巴黎，娱乐也很简单，连中央电视台也只有少得可怜的那么几个，菲菲说电视节目蛮无聊，智能手机也派不上太大用场，因为国土面积相对比较小，人口少，所以讯息贯通很容易。相比英剧美剧韩剧，“法剧”很少出现在中国观众的视野中，法国的娱乐经济远比不上中日韩的红火。市区内的很多房屋还是老旧的木质结构，所以如果在自己家里半夜搞出太大动静开 Party 会很容易被投诉，所以人们就都在外面，聊聊天，喝喝酒，一天就这么过去了。

松弛而漫不经心的人们，那种心态与一个长寿的快乐老人很相似，疏懒，悠闲甚至有些无聊。不过还是觉得挺奇怪，他们工作不忙吗，最近几年法国经济不是下滑得厉害。菲菲笑了，说法国人每年的法定假期，周末，感恩节，林林总总加起来有半年。还有一种很诡异的“搭桥假”，比如周五周六周日放假，周一上班，如果周二又放某个节日假，那么周一也继续放假，这就是被搭起来的那座“桥”，八月份还有两个星期的夏季年假，很多人都会跑到国外去玩。就是因为假期太多，每天的法定工时只有六小时，早晨九点上班，下午六点下班。所以经济下滑，但是很多人觉得现在这样就挺好，新总统还说要缩短假期，但是民众抗议的声音太大，想变政策也没办法。而且这种散漫的心态同样因为税收制度，秉承“富者多交，贫者少交”的原则，收入越高，纳税税率越高。在 2010 年的新政策中，年收入超过六万欧元已经需要缴纳占总收入百分之四十的税金，年收入超过一百万欧元需要缴纳大约占收入百分之七十五。所以，很多法国人认为，努力归努力，剩下的时间，不如轻松点去享受生活。C’est la vie。

我想起刚刚在协和广场前面看到观礼台，前几天是法国国庆日，台子是临时搭建为方便人们观礼，搭起来要很久，拆也要很久，这种事情在中国可能一天就做完，但是在法国非常浪漫的办事效率下，估计怎么着也要一个月。看着坐在咖啡馆里的人们，那种愉悦的底色是平静，手势和姿态都不慌不忙，不仅是年轻人，很多爷爷奶奶也在露天的卡座里聊天喝酒，奶奶们涂着鲜艳的红唇。一路上很多人朝我微笑，我点点头同样用微笑 say Hello，真正美好的笑容是有感染力的，尽管那只是一种礼貌。坐在小酒吧里，能看到从世界各地前来巴黎的游客熙熙攘攘来来往往，酒杯和碟子的碰撞声，不同语言的交谈与笑声，路边乐手的吉他，还有比萨，咖啡，雪利酒和香水的味道里，我举起自己的气泡水，夕阳的光线在玻璃杯子折转出明亮的金属质感，有个女孩在酒吧门口拉小提琴，手腕纤细，手指干净而修长，穿黑色露肩小礼服，汗水亮晶晶地从额头上滴下来，一曲奏毕，张开手臂向人们微笑颔首致谢，像只温驯的小天鹅。

从左岸右转，去圣母院大教堂，在这个晚上八点却依然晴空灿烂的城市——高纬度地区总是有这份独享阳光的福利，无论如何都是度假的心情。菲菲在我旁边刷手机，突然高兴地拍着我的肩膀说她最喜欢的一支棒球队终于赢了大满贯，我对棒球毫无所知，却也觉得高兴。这天周末，圣母院门前的广场上除了人群，还有做行为艺术的表演者，街舞 Dancer，他们自在地立于人群中心接受围观。进入圣母院时碰巧有绿衣主教在主持弥撒，教堂从头到尾站满了人，菲菲说："你可不能随便走到里面去了哦，一场弥撒要好久好久，而且只有做完才能出来。"我点点头，沿着两边的路向内走。在教堂管风琴宏大而肃穆的伴奏下，人们唱着弥撒曲，那声音是会上升的，宛若某种洁净的云雾，掠过忏悔室，抚摸着穹顶坚硬的灰色石壁。我没有宗教信仰，也无意融入这种氛围，闭上眼睛，却也被那破空的吟唱打动。仰起头，终于看到那扇巨大的玫瑰圆窗，镌刻着圣经故事彩色玻璃宛若盛开的玫瑰一层层旋转开去，众神降临，日影斑驳，似乎所有的故事早已被讲完，日光之下的所有新事无非人的爱与死，神的目光可以穿透一切，他的睥睨与怜爱皆是恩典，你永远看不见他，他是唯一燃烧着又不会留下灰烬的火焰。

走到可参观区域的尽头，透过锁闭的雕花铁门向内看去，走廊里空洞洞的，冷风从另一边吹来，这儿才是真正的圣母院吧，卡西莫多在午夜爬上钟楼，哥特式超尘拔俗的尖顶下，月光剪出他佝偻的身影，谁也看不出他是个多么善良的人。爱丝梅拉达从我面前的大理石地板上跑过，猩红的曳地长裙轻盈飘摆，留下一串冰凉又寂寞的脚步声。

从 1163 年到 1250 年，历时 180 年，巴黎圣母院终于修建完成，这其中有斧凿，亦有天工，在电影《命中注定》里，廖凡饰演的男主就是一个修缮教堂的人，他说，修一圈教堂要很多年，而修完一圈之后，修好的地方就又旧了。有时甚至一家人几代都是工匠，修同一座教堂。在浮光掠影的流连中，好像突然明白刚刚看到的，巴黎人的悠然源于何处，不仅是坚持平等的经济政策，信仰使精神更加饱满和平静，皈依节制欲望，带来发自内心的愉悦感，不失为一种归属。

走出圣母院，站在广场上，天空蔚蓝，仿佛从未被染色的初生海洋，我想起米沃什的诗："受伤时我们便回到某些河流的岸边。"圣母院是岸，她将自己裸露于风中，人间的气味逐渐浸润她的身体，在大革命之火中被毁灭又重生，她身体里凝固着跨越时间的历史，她抚摸着人们哭泣的脸颊，通过人们虔诚的目光，她永垂不朽。黄昏降临，我们爬上蒙马特高地，从这儿可以俯瞰整个巴黎市区，樱桃色的薄云花瓣般漂浮于天际，华灯初上，薄暮微紫，此刻天光最是温柔，万物安详。

午后之行的最后一站是埃菲尔铁塔，每到整点，整座塔便会闪起耀眼的光芒，从前闪十分钟，最近两年经济不太好所以改成了五分钟。站在埃菲尔铁塔对面的观景台上，刚听见有人在倒数整点，突然无数个光点就开始闪烁。走下观景台，时间向午夜流去，温度计显示室外 29 摄氏度，我摇下车窗，夜风拂面。塞纳河，游船上的灯火斑斓地倒映在曳开的粼粼波纹中，光晕宛如渲染开来的绚烂雾气，水面幽幽蓝蓝。在巴黎，一个午后，看过街景，协和广场，左岸的人们，圣母院，蒙马特高地和铁塔的光，印象最深仍旧是人，我想起小提琴女孩的微笑和响彻教堂的圣歌，车上的广播里放着香颂，慵懒的歌声将空气变得柔软，思绪如同弧线，有灵而无始终，夜渐渐深，我抱着枕头，逐渐沉入一段无梦的安眠。

这段时间我所行经的城市，每一个都有它独特的气质，罗马是拥有教皇的奇幻假日，威尼斯是恋人，而巴黎，是某个夏季的慵懒午后。再过些时日，我将再次启程，回到自己的家乡。没有认真计算到底在这里走了多久，又走了多远，因为即便如此，也还是有太多的地方没有去，很多的故事还未听，但这段时间以来漫走欧洲的千里之路终将同我以往的阅读经验一起，在二十三岁的记忆里，成为永不消逝的烂漫风景。

诊室

黄 瑶

前些日子，在老家的母亲中耳炎复发，挂了许久的水都不见好。去医院做完检查，医生说母亲的病情比较严重需要做手术，但手术本身风险挺大的，弄不好会落个面瘫。医生建议母亲到上海大医院开刀，目前老家这里的医院还没有成功的案例。

母亲知道后寝食难安，整日心不在焉的，只想赶紧到上海找医生。母亲来之前，父亲在网上搜寻好久，才最终确定要预约的专家号，据说是个手艺精湛、临床经验丰富的医生。尽管挂到了专家号，母亲仍忧心忡忡的，但又怀着些期待坐上较早的一班车到了上海火车站。平日里为了时尚搭配，母亲可是只会背个小挎包，但今天她却放弃了美背了个巨大的双肩包。

“妈，你今天怎么背这么大包，哪来这么多东西来啊?”

“诶呀，今天看完医生说不定就能动手术呢！我特意带了好几天的换洗衣服嘞。”母亲眼角的鱼尾纹微微荡了开来，看样子，母亲虽担心自己的病情，但还是很相信那位医生的医术的。

“那我们要不要吃点早餐休息休息?”

“不休息了，再晚赶不上看医生。”

在母亲急匆匆的催促下，我带她穿梭在繁复的地铁线间，辗转来到了市区的医院。刚进门诊大楼，强烈的眩晕感袭来，狭小闷热的一层空间，挤满了人，就连咨询台也被包围了。我拉着母亲挤过一排排挂号取药的人串，一股油腻的人肉味儿，混着医院独有的消毒水味儿窜进我的鼻腔，顿时涌出的窒息感占据了我整个身体。

艰难的拥挤后，我和母亲终于穿过排队的人群，乘上了电梯。我望着楼下黑压压的人群，大口喘着气，只希望母亲赶紧看完病，逃离这个让我感到压抑的地方。

我们坐在门诊外的椅子上等待医生的叫号，漫长的三个多小时过去了，终于轮到母亲。我拉着母亲，紧张地推开诊室门，而眼前的景象与我预想的完全不同。原本以为花儿大百挂的专家号是与普通门诊不同的，起码病人的待遇会好些，至少也应该是一诊室一病人。没想到局促的诊室，站了许多病人。三位穿着白大褂的医生忙着自己的事情，看样子中间的那位是预约的专家了，左右两位年轻点的医生大概是他的副手。一位忙着在电脑前敲字记录，另一位站在专家医生旁边与他轻声交流着。

母亲端坐在医生对面的椅子上，有些拘谨地交叉着手，等待医生的指令。医生拉过母亲头顶那盏亮的晃眼的灯，生猛地拿类似钳子的仪器撑开母亲的耳朵，对面显示屏上放大了耳朵内部的情形。

“耳膜穿孔了，你自己看到吗？去拍个片子。”医生冷声道，像台冷冰冰的机器发号施令。

“哦哦，我在家里的医院也看过了，片子也带来了，要拿给你看一下吗？”母亲用着夹杂方言的普通话，小声恭敬地应答着。

医生并没有回答母亲，也没有看过来，只是机械地伸出戴着手套的手。母亲手忙脚乱地从背包里掏出卷好的片子，小心地递给医生。医生有力地抽过装有袋子的片子，随着“哗啦啦”的摩擦声，他快速地抖掉了塑料袋，坐着装有滑轮的椅子，转到了安片子的投影仪器边。

抖落的塑料袋像被遗弃的婴孩安静地躺在母亲的脚下。母亲的座椅略微有些高，再加上厚重的羽绒服，有些吃力地伸出手够摸袋子。望着母亲弓着背弯着腰的侧影，一丝苦涩和不快在我心中浸透开来。我快速地走上前，按住母亲，弯下腰捡起了袋子。我有些愠怒，但我很理解地劝自己说，是医生的病人太多有些烦躁而已。我憋着怒气，听着他毫无温度、漫不经心的话语。

“你这个状况需要手术，手术还挺麻烦的。”

“手术的话……要等多久啊医生？”母亲两眼直巴巴地盯着医生。听惯了母亲平日里的大嗓门儿，此时还有点不习惯她细小的声音。

“我后面病人很多，等的话要等很久的。”医生拐着弯儿地避开了母亲的发问。

“没事的医生，刀肯定要开的，那自然要等。”不知母亲是没懂医生话中隐含的意思，还是装不

黄 瑶

懂的穷追不舍。

“如果等的话，大概要半年。”医生有些心不在焉地敷衍着。

“哎哟，要这么久的啊……”母亲失望地感慨着，随即又像下定决心似的，“那也没办法了，病总要治的，等多久我都愿意。”

此刻医生戴着淡蓝色的医帽，厚重的镜片下两只鹰隼般的眼睛放出不耐烦的光，紧皱的眉头毫不掩饰地表露他的烦躁。白色宽大的口罩遮住了他大半张脸，但我仿佛能看到那背后抿成一条线的嘴巴。

也许没料到半年漫长的时间母亲都愿意等，医生冷到令人打战的声音再度响起：“半年后我也没空给你做手术，我后面预约开刀的病人太多了，你还是找别人做手术吧。”

我看着他凶巴巴的模样，倨傲冷漠地用这般口气与母亲说话，心中的怒火终于无法平静。

“医生，你刚刚明明说了等半年左右是可以手术的，怎么这么快就改口了？”

母亲知道我平日里轻易地不会生气，一旦生气起来，那可是倔得谁都拉不回来。母亲偷瞄着医生，生怕他发现似的轻轻用胳膊肘隐蔽地推了推我，朝我使了个闭嘴的眼色。转而堆着一脸笑意乐呵呵地说：“半年后也没时间吗，那到底要等多久才能开啊？”

“下去！”医生突然冷声呵斥道，吓得我打了个哆嗦。母亲面露难色，犹豫不定地坐在看病的位置上，欲下不下。

“你下去让下一位病人上来”。他伸出戴着手套的手指着母亲，两只鼓起的眼珠好像随时会炸裂。我对医生突如其来的呵斥一脸茫然，我不明白他为什么突然发火。我再也无法忍受他对母亲粗鲁无理的一指，我压着快要暴走的情绪，拉着母亲从座位上站了起来。

这间诡异的诊室就算开着暖气也让人瑟瑟发抖，冷到心寒。

我气呼呼地拉着母亲往诊室外走，寒风萧瑟的楼外也好过这充满恐怖惧怕、毫无人性的冰冷诊室，起码能让人喘口气儿。

母亲一把挣脱我，隔着排队的几个病人，有些胆怯地喊着医生的名字，执著地想再同他交流一番。但医生连眼皮都没掀一下，听而不闻地与下一位病人说着话。旁边几位等候的病人纷纷看向母亲，母亲的脸一下子红了，尴尬地回头看向我。

母亲一直是个很要面子的人，像今天这般低声下气地去迎合一个人也是极少有的。也许知道再赖在诊室也无济于事了，母亲慢吞吞拉着我，仍有些不死心地一步三回头，走出了诊室。

在诊室的时间不过短短的几分钟，但却像过了一个世纪那么难熬。一走出诊室，我立马感到整个人都舒坦了不少。看着身旁情绪低迷，一个劲儿叹气的母亲，我气愤地安慰着：“妈，你别难过，又不是只有他一个会开刀的，你看看他那什么态度啊，有能力经验的医生多着去了！何必盯着他一个人！”

母亲摇了摇头，执拗地说着：“不行，我一定要他开刀，他是这家医院临床次数最多的，经验也是特别丰富的，只有他开刀我才放心。”

“但问题是，他不愿意开啊！”情绪的激动导致我的嗓音提高了一个度，母亲听后更加难过了。我虽嘴上说着换医生，但内心的期望和母亲是一致的。在来之前我查过这个医生的资料，他在这家医院的级别还是挺高的，也的确是在耳朵手术这方面有所建树的。

“哎，现在的社会啊，有钱都治不了病，更别说没钱的了。看病是真的难啊！”母亲絮絮叨叨地哀叹着。

“是啊，花了几大百的钱，排队三小时，看病两分钟……”我苦笑着应着母亲。

“所以啊，没病没痛就是福。你现在年轻要多保养身体，不要整天喝那些奶茶……”

……

病没看成，手术日期也没定。我留母亲在上海多待几天，但她坚持要晚上回去。在车站我陪母亲吃了个早晚饭后，母亲失望地将那塞满衣服的包又原封不动地背回去了。

过了些时日，我接到了父亲的电话。电话里，父亲激动地告诉我他找了很多人，托了许多关系，辗转周折才联系到了那位医生。

母亲再一次满怀期待地来到了上海火车站，这一次比上次早到了两个多小时。一路上，母亲告诉我，今天来得这么早是要完成一个重大任务，需要我帮着她掩护。

我听后一头雾水，不知道母亲要我帮她掩护什么。

“趁医生的病人还没多的时候我们赶紧进去，我得把红包塞给他。他的外挂口袋挺大的，到时候你帮我挡住医生旁边的助手，我再见机行事。”听着母亲的计划，我只得乖乖点头。都说“人在屋檐下，不得不低头”，只要能把母亲治好，那些都不是事儿。

在进诊室前，母亲神神秘秘地将我拉到了厕所的隔间里，轻缓地扭开小包的搭扣，慢慢拉开包的拉链，再拉开包里深处暗袋的拉链，掏出了一沓钞票。看它们崭新鲜亮，毫无褶皱，还紧紧地贴合在一起，应该是母亲来之前刚从取款机提的。母亲细致地捻了捻它们，确认无误后整齐地塞进了小巧的信封袋中，放在了大衣口袋内。

推开诊室门的刹那，我是紧张的，门把手上都粘着手心的汗渍。一踏进诊室，我便开始仔细地观察情形，以寻找最佳时机。两三个等着看病的病人一直重复着站起来又坐下的动作，医生旁边的助手始终未离开过。空调呼呼地吹着暖气，我感到自己的身体不断升温、发烫，不用照镜子我都知道此刻的脸颊红成什么样了。

诊室闷热的空气像一双无形恶魔的手，紧紧掐住我的脖子，让我难以呼吸。我默默数落着体内不断升腾的躁动，后悔先前没有多经历这种紧迫的瞬间，又祈祷着能表现得自然些，免得露了马脚大家都难堪。

为了不让别人看出我的异常，我强装淡定，微张着嘴使命地呼气、吸气。幸好冬季的衣服都很厚实，遮住了我前后起伏的胸脯。母亲坐定后，我紧紧地跟了上去，手上拿了个 CT 片袋子，略大的体积刚好能遮住些视线。母亲轻声跟医生交代了是那个人推荐来的，医生依旧那张冷漠脸，只淡淡地点了点头，说："噢，我知道了。先来看看吧。"还是一样的看病程序，当医生拉近母亲的耳朵时，母亲顺势将身体前倾，原本插在口袋里的手有些松动。看到母亲蓄势待发，我知道该我上场了。

我调整着自己的呼吸，快速地扫了眼坐在椅子上的病人，由于隔了些距离，我猜想如果能用CT片挡住他们的视线，任务是可以完成的。接下来，我飞快地瞄了眼助手，他正盯着前方的放大屏，似乎并没有过多注意母亲和医生。我假装顺着他的方向看过去，用身体及身后鼓囊囊的书包挡住母亲的手和医生的口袋，同时准确地调整好CT片的位置，恰到好处地遮蔽病人的视线。整个过程大概也只有三四秒的时间，但我紧张地心都快要跳出来了。

安静的诊室，看上去和往常一样，并无异常，但谁又知道暗下其实早已波涛汹涌。我心虚地看向四周，幸好没有人发现如此惊心动魄的一幕。

母亲的手刚触碰到医生宽大敞开的口袋，医生立马有所察觉地对视了母亲一眼。像他们这样久经战场的人，大概已经猜到母亲的来意了。

"你现在的情况蛮严重的，要注意消炎和隔离细菌，我给你先开点滴耳药，然后准备预约手术吧。"尽管医生还是有些冷冰冰，但跟先前相比已是天壤之别。兴许是感受到医生那丁点的热情，母亲笑得像二月春风拂过的花儿，趁热打铁顺势提了一下手术时间。

"大概会安排在一个半月之后，你现在去住院部登记取号吧。"医生再次响起温和的嗓音。我只感到头皮一阵发麻。

空调还在呼哧呼哧地工作着。

母亲连续道了好几声谢谢后，拉着我出门了。一踏出诊室，母亲长长地舒了口气，我知道她心中的大石头终于落地了。下楼梯的时候，母亲说得给联系人通个电话，告诉他一切顺利。

我跟在母亲身后，沿着扶梯慢慢走下去，一眼看到扶梯边的墙上贴着"拒收红包"几个显眼滚烫的红字，耳边断断续续地传来母亲的声音，"收了收了……"

火车

江姗珊

六岁那年，我和姐姐坐在卧铺车厢的座位上，一盒泡面放在我们中间。逼仄的过道里人来人往，小桌板也只有一盒泡面的宽度，吃面时抬起的手臂免不了要碰到过路的邻人。那是一趟从北京开回深圳的列车，车窗装进一批又一批我们没见过的树。我们约好，窗外是高树时，姐姐吃；矮树时，我吃。高高低低的景致很有节奏，两人吃面的时间也大致均匀。有时我没吃几口便换她，心里有些怨念。又有时，吃得有些烦厌了，窗外还是一片低低矮矮。那个夏天，我们被我们的妈妈领着在北京消磨了一整个假期。玩了些什么记不清了，只记得那个月份雨水很足，积满了亲戚家四合院的庭子。那时北京的地似乎还没有那么贵，我们在零乱的四合院里，趿拉着肥大的拖鞋玩水。假期过后我就要上一年级了，妈妈给我买的昂贵书包被放在她的枕头边，那是个绿底黄边的硬皮双肩包，盖子可以翻起来，有磁铁暗扣。这让我对即将到来的新生活有了些严正的期待。

那碗面吃完后，我们若有若无地聊天，争论起某个汉字的读音。姐姐说她语文课学过，并且建议我回去查字典。我不屑于争辩，只说："字典都不准的。"虽然两人的妈妈就在不过一米远的床铺上休息，但我心里悄悄自以为长大了。自以为在谈笑中吞下了沿路的山河。

后来我才知道，这世上还有千万条铁路。

中学时读季羡林，他提起留德时曾经乘坐的 K19 次列车，一趟从北京开往莫斯科的车。"留给我印象最深的是贝加尔湖。我们的火车绕行了这个湖的一半多，用了将近半天的时间。山洞一个接一个，不知道穿过了几个山洞。山上丛林密布，一翠到顶。铁路就修到岸边上，从岸边上俯看湖水，了若指掌。"我坐在图书馆的硬板凳上，却已然漾在贝加尔湖清可见底的水里。我盘算着，在三十岁前也要坐一趟 K19，横贯世上最长的铁路，最好和心爱的人一起，在西伯利亚平原上一路向西，也算是追赶太阳。要像季先生一样，在森林深邃处的站台下一次车，买上一个"苏联农民"兜售的大松果。

很多愿望常常还没来得及实现就被我丢掉。上了大学，我开始瞒着父母四处旅行。行动的自由往往以经济的拮据为代价。我拿着让我吃饭过日子的钱，买最廉价的火车票，花八小时，或是十八小时，换个地方吃饭过日子。大学生的钱很值钱，时间倒不怎么值钱。我开始对火车感到烦腻，乘坐 K19 的宏愿日渐坍缩。它要开上七天七夜，够上帝创造宇宙洪荒的了。上帝都得在礼拜天休息，我想我一定承受不来。何况那趟车的价钱并不可亲。不如乘飞机，飞机有干净的地毯，空姐也笑得好看。

为了省钱，最常买的是硬座车票。硬座车厢总是颇为活泼的。行李安顿好之后，人们都有些无所事事。手机的电得省着用，以免同接你的人断了联系。这样的情形下，只要眼睛不小心触上对座的目光，话题便很容易生出的。若有人给邻座的人们分发些零嘴，那么周遭五六个人谈起天来也是极有可能的。往往不外乎聊聊自己从哪一站上车，将要去哪儿。有人到终点站旅游，而终点站可能是对座的家。旅人向归人询问当地有哪些好吃的餐馆，归人忆起种种童年味道，恨不得一秒行万里。旅人热切地记下来，在地图上做好标记，盼着去解开归人口中布下的暮想朝思之谜。

最近的一次硬座旅行，是同前任一起。在那之前我还独自在南京晃荡，曾经为自己打理出的行程成了欠下的债。他在两个纬度以南，手机作轴，信号为线，把我牵去他到过的地方。我在他从前举起相机的城墙边上，朝鸡鸣寺望去，药师塔叠映在紫峰大厦的腰际，却是更凶猛端庄。我拍下同样角度的照片，紫峰顶上的天线依然与塔尖比高，不顾身后翻涌的被日光染色的重云，和来了又去的数不尽的黄昏。只是眼下的松柏长高了，鸡鸣寺亮橘色的壁隐在了视线里郁郁的枝叶身后。

一周后我们一道坐在了火车上。票是一次聊天里两分钟内订下的，买的是所有选择里最慢的车，只花了一顿食堂的饭菜钱。一个中年大叔坐在我们对面，手里皱巴巴的车票像他紧攥的眉头。他一

江姗珊

次又一次地向乘务员哭诉："我花了两次钱，你们要退钱给我啊。"对方一再解释，说下了车工作人员会退给你的。大叔将信将疑，朝四周打量，欲言又止的样子。大叔焦灼了一路，一会儿又弄不清手机的网络，向我们求救。问题一下就解决了，大叔高兴得像个孩子，连说，你们年轻人就是懂得多啊。

什么时候开始，年轻人懂得多了呢。屏幕里如烟的字取代了长辈们日夜吃下的盐，麦当劳里，我们甚至不需要米饭。我们大概是这列车厢里最年轻的人，年轻得有些手足无措，年轻得无所适从。不记得是谁说过，我们在说着当下的时候，它就已经过去了。车窗外没什么可看的风景，那是城与城之间的荒凉带，即使是最慢的车，也只裂出一小时的缝隙。缝隙里废弃的工厂和一地杂草被初冬的风吹着，似动不动，在两座 GDP 竞天的城间，逍遥得有些傲慢。

一列普通的客车有十四节车厢，其中一节必是餐车，束在火车并不盈盈一握的腰身上。今年春天，研究生面试结束，和另一学校面试完的同学一道，从上海回深圳。一顿日影婆娑的午睡过后，我们收到了各自的录取通知。同学激动得含着泪打电话回家，我哭不出来，但也隐隐地高兴，手脚轻得不知往哪儿摆。那晚我们去餐车，点了一盘红烧鱼，一份番茄炒蛋。菜是用米白色的瓷盘子装的，米饭却装在塑料碗里。我记不起那顿饭里我们是否举着饮料干杯庆贺，但两个人的喜讯交织在一餐流动的饭里，总是有仪式感的一件事情。

餐车是乘客唯一能到达的、不用来安身立命的地方。餐车的桌布很白，沾着消毒水的味道。每张桌上摆一瓶花，假牙色的花瓶。花是塑料的，绽放得礼貌而造作，红红绿绿，上个世纪末的颜色。有时前面的乘客吃完了，鸡骨头、鱼骨头摆在桌布上，你也得抢先坐下，免得座位被别人占了去。乘务员总是喊半天也不来，好不容易来了，风风火火地把残羹剩饭一收，留下一张过了胶的、脏兮兮的菜单，和桌布上一摊别人的油渍。

餐车里每个人能被分配到更多的空气。一次从南昌回学校，买了 K 字头的硬座。南昌是经停站，我上车时，车厢里已经装满了一百一十七个人一天一夜的气味。回程往往没有去程的兴奋劲儿，人冷静下来，知觉就变得通达，烟味、汗味、泡面味、洗手间的余味一齐涌上鼻端，往心口里刺，胃液也搅动起来。K 字头名曰快车，其实是所有火车里最慢的一种。在它之上，还有特快、直达特快、动车、高铁，如此相较，一个"快"字真是单薄无力。每当遇上车与车的冲突，停靠等待的总是 K 字头。第三次停靠时，我终于受不了黏闷的空气，拿起行李逃往餐车，那是我能奔赴的最远的远方了。

那天的餐车人出奇的少。桌上没有吃剩的骨头，桌布白净整洁。吃完饭后，没有人来赶我走，我和我敞开的饭盒独自坐着。车厢另一头的餐桌上，围了七八个乘务员。三次的停靠把列车蹉跎进了夜晚。夜幕一落，人心反倒澄明起来，慢就慢些吧，总能到的。乘务员们无事可做，叽叽喳喳聊着天，把一路的辛劳都放下。耳朵和眼睛一样有焦点，不聚焦的时候，不远处那些翻飞的词句就像虚化的背景，色块斑驳，面目模糊。我已然把脑子里的话语榨干，自己和自己玩无可玩，只好偷听他们的境况。一个油头大耳的男乘务员唱着主角，讲到精彩处眉毛向上一挑，算作说书人敲了一声醒木。大约在说一个偏远农村的小伙子，是他曾经工厂打工的同事，长得一表人才，品性也好，就是穷。辗转了几处单位，最后不知怎的，突然娶了一个深圳本地女人。岳父给他买了车，送给他一个铺面，当上了小老板。一圈听众发出艳羡的惊叹，作为对说书人的回应。

角儿还不满足，他换了个语气，声音低沉下来："后来他跟我说起他老婆，说她脱光了站在你面前，你那里都不会动一下。"

火车倒是动了，继续温吞地向前行进。

卧铺的剧情不如硬座与餐车来得多，空间被隔开，人也变得高贵起来。高贵的人是不愿意多和陌生人谈话的。在一辆从广州到黄山的夜车里，我一路无言。车厢的灯于十点熄灭。上铺是最令人不喜的床位，空间被压缩到极限，甚至容不得你坐起身。我躺在上铺的床上，车顶距我的脸不到一条手臂的距离。在那之上，是火车的金属外衣，隔绝了风尘，也披了一身从南到北的月光，我听见车厢间的关节吱呀作响。绿皮的列车像一条巨大的虫，在广袤的乡间扭着屁股袅娜爬行。在这样的沉默里，时间是被交付的，长长的铁皮把一堆摇摇晃晃的肉身运往他们的站台，平日里各自错落的生活此时被束成一条线。这段时间里，你驶出了熟悉的轨迹，什么也做不了。你可以戴上耳机，可以在婴儿的哭闹声中拥有不可靠的睡眠，可以把喊着"啤酒饮料矿泉水"的乘务员拦下来，买一包花生。可以跑，可以跳——我的确尝试过，为了弄清楚自己会不会在跳起后落到不一样的位置——可以从列车的尽头走向另一个尽头，但你什么也做不了。

我把脸贴在玻璃窗上，影子成了窗上破开的暗洞，拨开车里夜灯的反光。窗外是乡间的田埂。屋舍里的人睡了，门外的狗睡了，水稻睡了，风睡了。可清亮的小路醒着，稻草人醒着，月亮没睡，我也醒着。我和窗外的夜晚隔了一层玻璃，我是一道扰乱了风的时间。原来月亮真的很亮，或许不能用来读书，但足以照亮回家的路。漫天的星像头皮屑一样铺满月的清辉的发丝，又是谁说的月明星稀？前几年去台北，整座城市低矮的建筑令我觉得很是压抑，我说我好像要在高楼间才能呼吸。朋友不解，我也不解。这繁茂滋长的星夜似乎让我找到了些许眉目。我们活在不知是云还是霾的矮矮的大气里，甚至触不到对流层之上平流的空气。我个子不高，吸不到两米以上的氧。可这头皮屑一样芜杂的钻石般的星斗啊，碎在一片黑暗中甚至不显得珍贵。它们远远地生活，长长久久地不理我。万里高的空气太沉，压得喘不过气。我不会造楼，所以喜欢去楼很高的城市。在那里，纤瘦的楼宇为我撑起一片天地。虽然我也知道，楼再高，也不过像睡在上铺的我，那只轻轻一伸就触到车顶的手臂。

后来我真的站在了火车顶上。大三那年，同一位朋友去了趟武汉。我们站在长江边，长江大桥的桥头堡也站在江边。抬眼望，桥头堡高得望不到顶。桥是双层的，底下一层是火车道，上面一层是汽车道。我们站在大桥的裙裾之下，宛若蝼蚁。火车和汽车在我们头顶飞驰，越过宽阔的江面，往北方去。那是我第一次站在地面上却感到对高度的恐惧。夜里，我们沿着武昌一岸的引桥往上走，终于站在汽车层的桥面上，俯看的眼光似乎压低了高度，站在桥面上反而没了于地面昂头而观的战栗。长江在我们眼下的不远处，樱花开过的季节里，晚风依然凉得彻骨。我们靠着栏杆朝江水喊去，喊些什么早忘了，那个朋友如今也同我失去了联系。但那确实是我第一次站在了火车顶，尽管隔着一层桥面，但那毕竟是车顶。

我脚下的一车人被那锈绿的铮铮铁骨运过长江，不知是去北京还是石家庄。

大学毕业那个夏天，在宿舍里搜刮出一抽屉的火车票，零零落落的样子，看着比我还可怜。那些曾经同我拿着相同票根的陌生旅伴，不知还照面过多少人。过去和我一起肩擦着肩的朋友，又在什么时候下了车。我不知道该不该为那褪了色的油墨印记伤一点心，我可以拍张照片存进电脑里，或是拿去相馆替它穿上一层塑胶。还是由它去，化成一片片暗红或淡蓝的纸，做一个对时间缄默的哑巴。毕竟人会走丢，茶水会凉，再威风的旅程也不过两根铁轨，些许枕木，一段路。

做老师的那一年

梁淑娟

一

早晨五点半，三楼的广播喇叭里《运动员进行曲》响起，一如既往地。大约五秒钟后，头顶的天花板开始震动。我从被窝里伸出手，扯下眼罩和睡眠耳塞，把脑袋闷回去停留了一会儿，看看手机里并没有男友发来的消息，然后爬了起来。

穿蓝色宽大运动服的学生正绕操场跑圈，他们回来时，脚步和"嗡嗡"的说话声会再次漫过我们这间屋。通常，他们会看一眼门锁处：如果那把绿皮锁开着口挂在门环上，说明老师起来了，要么在旱厕蹲坑，要么在厨房烧早饭。这时候他们最该做的，就是在她出现以前，尽可能地把念课文的声音吼得震天响。

那是我们来三合的第一个月。在这段时间里，我学会了一件相当重要的事。尽管它看起来十分简单、具体，却微妙而事关重大，往高级一点说，甚至需要反复的精准练习和自我觉察。就是要尽量在房间里将便意酝酿得恰到好处，再掐着早晨学生出操的时间溜进教学楼斜对面的旱厕。这完全是出于对师道尊严的维护，毕竟我并不想以扭曲、紧迫的面容迎接学生沿途的礼貌问候。

然而，年轻教师的经验缺乏，总会让失败来得猝不及防。不止一次，正当在蹲坑上沉思到紧要关头时，一双小脚黑色打底裤挪动着闯进来，我向上看，戴老师教了十几年英语的矮胖身体就从我脸前擦过。她热情地向我打招呼，我于是谨慎地回应，一面故作热情地同她聊起本班月考成绩，一面很想遮住自己的屁股，飞快逃离作案现场。

至于我学会的第二个道理，就是当你凝视学生的时候，学生也在凝视你。我无法像本地的中年男老师们那样，享受成为众人目光焦点的感觉，比如指点江山挥斥方遒地教训几个学生，或者鼓动他们创造一心向学的热烈氛围。在心里呐喊了无数遍"都别看我了，我长得真不好看"之后，"物竞天择，适者生存"的声音好像终于发挥了作用。我发现，要想从这种彼此虎视眈眈的处境里解脱，就得云淡风轻地从旱厕慢步回房间洗手。所谓“云淡风轻地慢步”，具体操作就是把视线看向远方，总之绝不可好奇看学生，这样就能假装不知道是不是有人正在看自己。

凭借这个“薛定谔的鸵鸟”大法，我始终觉得，我不可能会是个不称职的乡村教师。尤其是，当地老师跟我说，以往有上海来的支教老师受不了旱厕，会用雨伞遮着去山上方便，我的自信心就更加膨胀了。

二

一个月不到，我就发觉了自己的天真。当然，不只是在拉屎这个事情上。当一个“乡村教师”，比我以为的要难得多。更具体地说，这四个字每个看起来都没那么难，但要放在一起，就简直非同凡响。

比方说“乡”和“村”，生活在城里的人都以为是一个意思。痛心疾首地说，其实谬矣！我知道这一点，也是和曦子、阿敬一起，去另一所支教学校所在的将台乡。虽然和我们三合同属“西海固”，被联合国评为“不适宜人类居住的地区”，但将台乡的街道实际上人气高涨。满街肉铺摆着整鸡和新鲜牛肉，卖蔬果的小贩吆喝叫唤熙熙攘攘。我们仨惊讶地发现，在村里新学到的技能这里竟然用不上——比方说，每逢三、六、九集市，就要赶紧去菜店，以免过几天连咬不断的老菠菜也没得吃；假如需要一桶水，效率最高的方法不是直接拎一满桶，而是双手各提半桶。诸如此类的办法，除自己摸索，还得靠观察从他人处得来灵感。在发现曦子买来的猕猴桃，放了二十天仍旧铁青之后，我学会像看宠物一样，隔几天就去菜店观看唯一的那把绿香蕉。一个星期后确认它确有变黄的迹象，才在老板欣慰的目光里出手买下，那感觉，像是云南赌玉的大佬。

梁淑娟

最难的地方还不是“教”，是生活的同时，维持“为人师表”的体面。这问题集中爆发在头一个月里，要适应的除了拉屎，的确还有很多。

比方说，吃。食堂免费供应午饭和晚饭，食谱轮换。但其实只有两种，洋芋和面片煮在汤里，简称洋芋面，洋芋和牛肉粒盖在米饭上，就是洋芋米饭。家境优越的“富二代学生”，就住在三合村的街道上，他们或许更愿意回家吃。像村口姚老板家小卖店的千金啦，家里开棋牌室的张公子啦，都是各班主任教育“后进生”的范本。不要望着人家学，人念书念不出，爸爸还有个店。你念不出能咋着？刨洋芋？刨洋芋家的娃，都住在村街道以外的山里。周日晚拿上家里备下的馍馍，走一两个小时山路背到学校，就是三天的早饭。周三过了，要么晚自习请假回家取，要么饿两个早上。觉得学校的饭菜香得很的，往往就是他们。

但后来，我终于被一天两顿洋芋弄得晕头转向，又没赶上集市，只好趁着学生上课，去姚千金爸爸的小卖店豪掷十元，抱着二十包不同种类的辣条或半箱鸡肉肠，喜滋滋回来下饭。不幸被学生当场撞见了，很尴尬吧？总不能顶着赵校长“零食不许进校园”的禁令，热情似火地问他们，来一包不？

还有，村口街道上唯一一家“烧烤摊”，只在全校学生周五放学回家时出摊。学生娃娃都手捏一块钱纸币，黑压压一片围着，不亚于粉丝在机场追星。我倒是想觍着脸走上去，看着烤肠和面筋，财大气粗地喊一声给我各来五根。打消念头的，是一次听到学生议论支教前辈，“我们火腿肠都没得吃，他们还喂狗呢”。我虽然不喂狗，也感到必须收敛下在街头豪掷千金的欲望。更何况第二天，全校学生看到你都会偷笑，劳思（老师），听说你咋也吃烤肠着么？

三

当然，我也深刻地反思过，为何我的“体面”总是维持得这么艰难。也许确实是像队友说的那样，“偶像包袱”太重。毕竟学校里的老师们，在同等条件下，都能够生活得体面甚至优雅。

赵校长的标志性外套是件褐色皮夹克，爱好是背着手在大槐树下看学生拿上大扫把，成群结队地拼命扫地上的土。我想这和“零食不许进校园”的禁令一样，都是出于对卫生的执念。扫除的垃圾五颜六色地堆在教学楼后水房边，由赵校长和老师们监督着，每周日傍晚集中在操场边燃烧。爱讲卫生的赵校长是个好校长，他原先在平峰镇中学当副校长，这是下到村里做正职的第一年，所以很有一番振兴三合昔日荣光的雄心。

他把我们称作“上海来的研究生”，尽管我们只是在上海念了四年大学。有次路过，他热情地表达了对支教队员执教的九年级在中考中创造辉煌的期待，顺便问我们有什么缺的。阿敬笑着摆摆手，说这里什么都好，啥也不缺，我们大家都可适应了！——我猜他没来得及看到我和曦子欲言又止的白眼。姚老板的小卖店是全村货品最齐全的，还兼着邮政收发点、储蓄银行和手机费缴纳处，但我们买不到热水瓶和烧水壶。

还有全校最风流倜傥的数学王老师，一直遵循着方框眼镜搭配他那件卡其色休闲西装的dress code。他是特岗教师，师范院校毕业后须先在乡村学校任教三年，才有机会调到县城中学。或许因为这样，他力图保持一尘不染的从容。有一次我从水房的水龙头边提了满桶水（看看这缺乏经验的表现），迎面看到阿敬和他谈笑风生地走来。他看看面露狰狞的我，又看看晃荡的桶，面露一丝怜悯，你怎么也不喊个学生过来每天给你提桶水，要不要我帮忙。我正想说那怎么好意思，阿敬满面笑容地拦下了，啊没事没事，不用！我们的队员，都很能干！个个都是女汉子！

相比我们，阿敬确实自立自强，无论在生活里怎么摸爬滚打，抹抹脸上的灰爬起来又是一条好汉。一锅熬得稠乎乎的白粥，倒上酱油拌匀，能从中午吃到晚上。不仅如此，他还总用他的乐观健谈感染我们，几次热情洋溢地推开我和曦子的房门。不巧的是，我们往往正在擦洗满是蛛网和灰尘的衣柜，或打扫床铺。阿敬叉腰站在门边，无比同情地感叹，你们女生真爱干净，我都没什么可收拾的，然后畅谈一小时未来工作设想。几次之后，我和曦子迅速结成了同盟，请他以后进来先敲门。自此，阿敬的豪情壮志大约无从寄托，转而常到教学楼后面两排教师宿舍，和教了十几年书的老教师们喝起了罐罐茶。

四

秋天还没过完，我们和孩子们已经渐渐熟络起来。或者说，是我自以为和他们熟络。实际上，虽然我已经在村里教了一个月书，女学生们在路上见了我，还是互相扯扯衣角，低头将眼神避过，然后嬉笑着跑掉。背地里，我知道他们在细细簌簌地议论什么。四里八乡，支教女老师是唯一会穿裙子、撑阳伞的生物。又过了一阵子，有胆大的女学生敢来敲我们房门了。虽然只是借洗发水这样的事，毕竟也在课堂以外建立起了千丝万缕的联系。大多数进来的人动作扭捏，先站在门槛外羞涩地笑。只有一个叫等兄的女孩子敢开门见山，大声喊“报告！”，然后用努力的普通话讲，老师，我借个热水壶烧水可以吗，一会儿就还回来。像是认真背过的什么语言运用题的标准答案。

也有一些私密的事，要等到我家访时和她们睡一张炕上才知道。刘娥有天脱了布鞋坐在炕上，隔着条被子跟我说，第二天不能陪老师一起去家访了，我问为什么，她说来那个了，去人家家里不好。我慌了一下，那我也来了，咋办？她犹豫了一下，你是老师，应该没事吧。我问她，你在家穿短袖，学校里再热也没见你们穿，刘娥说，因为学校里有男生么。我至今也觉得有点抱歉，因为是老师而拥有被风俗豁免的特权，可以像穿短袖、裙子和撑阳伞一样，在来月经的时候跑到人家家里去。

回想起来，从来没有人向我们借过卫生棉。只有等兄和她的好朋友刘娟，有次在学生宿舍里悄悄把我拉到一边，问我：“为啥女的会流血？”我在高低铺的铁栏杆上靠着，打个比方说，你肚子里会建一所小房子，让小宝宝来的时候住。但如果没有小宝宝，身体就会把小房子拆掉，下个月再造新的。流血就是因为拆房子。她们听了，仿佛对人的生理属性若有所思。后来我才知道，其实不必那么隐晦，对于性，他们见得不少。养羊、养牛、养兔子，家家户户门前还都拴着一条特别会大声叫嚷的狗。而它们，都会交配。

男生们关心的是另一些事。我们仨周五晚上分头跟着几个孩子回家，第二天再由他们领着去附近几户人家家访。山路难走，海拔又高，学生搀着还得连喘带爬。路上散着黑珍珠一样的羊粪，壮实憨厚、老是咧着嘴主动帮我打水的何童，突然问我：劳思（老师），你知道那是羊吧？城里头没羊么，你咋晓得那个是羊？

我确实没想过，这复杂得像个深刻的哲学问题，涉及事物的命名，能指和所指，物和语言符号之间的关系。我愣了一下说，小时候看电视和图画书里都有么。

于是大家乱搡着我一阵哄笑，原来城里人是这样认羊的！

还有成天油嘴滑舌的李刚，热衷于在课堂上插嘴和看语文老师跌跤。那天也问起，你们城里人出门咋着呢，骑自行车？我说，我小时候在县城长大，是骑自行车上下学。但在上海出门大多是公交地铁，很多人也不会骑车。他踢了下土块，伸出舌头咂咂嘴，咋着，出门就要花钱哪！

我猜我们对于彼此的生活都有很多问号，但那次家访确实是一次难得的出行。快乐来得很简单，因为他们的语文老师不止一次滑倒在山上，跌了一身土。只是离开之后，我才意识到，自己竟然从未关心过，她们是怎么度过经期的，能不能买得起十几块一包的卫生棉；也从来没问过他们，会不会像城里的男孩们一样，想要一辆玩具小汽车。

五

天慢慢冷下来。一场冷风过，满树黄叶眨眼只剩枝杈，清早出门时，能见到凝得晶莹剔透的白霜。西北的秋天就这么短，村头的人家榨完胡麻油，刨完洋芋，十月也就过半。学校通起了暖气。

这是个好消息。不过通知的方式有点意外。那个周六，我和阿敬出门家访，下午回来时见曦子垂头丧气坐在房间门口。两位周末留校的老师正一盆盆往外舀水。曦子说，她早上还在睡觉，突然听到一阵哗啦啦的响动，接着床头靠着的水管如同花洒般，劈头盖脸淋下来。据说是暖气管里的水原本冻住了，这会儿突然烧起来，热胀冷缩就撑破了。

后来吧，管道虽然修好，曦子也绝不敢再把头朝着原先的方向睡。学校为了多省些炭，只把暖气烧到温热，在零下十几度的天气里只能起到微渺的作用。有人告诉我们，该学习生炉子了。

最先知道炉子的好处的，是阿敬。由于不抽烟、不喝酒，喝罐罐茶成了他和当地老师社交的最佳方式。天一冷，茶水正好喝起来，喝到来年春暖。一根铁签横穿小罐两头，浇进水、茶叶和红糖，放到炉盖上特制的小圆孔内，咕嘟咕嘟炖着。早晨可配着冷馍馍当早饭，来客人时则多放红糖以表敬意。因为三合的水太苦太涩，水壶烧一次就结满水垢，还有几次雨后，水里浮着浑浊的草味和鱼腥味。

炖好水喝完了茶，架上锅也能煮饭炒菜。只要竖一根烟囱通到屋外，每隔一阵子添炭，火是不会断的。阿敬一度极为迷恋烧炭生炉子。报纸木条先引燃，再选取合适的角度架上炭块，算准大小、定时添。不知道这位数学系毕业的高才生，是不是在其中感受到了绝妙的计算之美。总之他周末常把村里几个和他混得很熟的“富二代”后进生叫来房间补数学，补完了就留下来和我们一起吃火锅，煮的是菜店卖的那几样冷冻丸子和老菠菜。到后来连阿敬也疑惑，那几个男生总黏着他，究竟是因为喜欢他、喜欢数学，还是喜欢火锅。

直到入冬后，炉子最主要的取暖功能才显露出来。办公室里烧，教师宿舍烧，教室和学生宿舍里也烧。我和曦子开始在炉边批改作业，出试题卷，下载每周一次要给学生放的电影。把学生叫进来讲题，也和阿敬商量轮流开放图书室让孩子借书。

教室中央生起炉子以后，总算不会有人整节课整节课地吸鼻涕了。唯一的问题是，总有一群苍蝇围着炉子一圈圈盘旋，无论你在讲“今当远离，临表涕零，不知所言”，还是正带读“绕树三匝，何枝可依”，它们都仿佛永不止息，哪怕是监考时盯上一个半小时，我也从未见它们停下来过。

支教前辈们说，去家访时只要在炕上睡过一夜，身上就会沾上“学生味”。我们也猜想过，这种混杂着干草和牛粪燃烧的气味，也许是吸引苍蝇的缘由之一。好在，站在讲台中央慷慨激昂的时候，就闻不大出来了。

六

进入深冬以后，没有炉子的厨房像个冷窖，打来的水几小时就结成一桶冰。阿敬洗澡和换洗衣服的次数越来越少，指甲却肉眼可见地一天天长起来。我和曦子的关系也出现了间隙。

每个人好像都被寒冬隔绝起来。给学生开小灶的阿敬，并没得到他意料之中的结果，有时能听到他大声呵斥不长进的学生，从走廊里一直追到楼下。而我和曦子一遍遍地说服自己，试着接受他们快中考却读不懂最简单的文言文，分不清 BE 动词和情态动词的处境。因为学生交不起作业，我甚至在讲台上苦口婆心地讲了一节课心灵鸡汤，是我爸讲了几十年的故事。

我说老师的爸爸，初三时六门功课不及格，想着不念书回老家照样有出路，结果放的鸭子被人毒死，才觉得农村待不下去了，后来勤奋苦读，中考得了全县第二。这种劝学的故事他们听得很多，但当我说起爸爸忍着羊圈的气味点蜡烛做数学题时，他们还是发出了感同身受的会意笑声。

但我们无法解决读书的动力问题。就像不能真正回答这些只去过几次县城的初中生，数学题中要计算速度的“火车”和“地铁”是什么，英文这样莫名其妙的符号为什么要学。有些人或者会本能地仰慕资本贩卖给他们的都市想象，成为易烊千玺的粉丝，爱上杨洋的脸。但也只是凝望着他们，像无法触及的另一个世界。

很多问题都是这样，答案要等到很久以后才能想清楚。一个月以后，我们发现孩子们对图书室的新鲜感正在慢慢消退。可能是故事书看完了，冗长的世界名著让他们提不起兴趣，我们想。但直到冬天快要过去，我们才意识到，或许是因为窗外黄土茫茫，隔天开放都得重新打扫，而图书室里没有炉子，实在太冷了。

精神食粮不能产热，这一点，洗碗洗衣时为省下热水而冻僵的手早就告诉了我们。更多的时候，我和曦子默默相对，心里计较着对方做饭和洗碗的次数，以及用每天定额打来的一桶水洗了头之后，有没有及时补回。

不能出门的冬季，学生和家住县城的老师们回家后，周末成了一片死寂。周日到周四晚上，路过学生宿舍还能听到一丝声响。一间空阔的大房间里架上十几张高低铺，下了晚自习饥了馋了，谁把家里带来的馍馍、洋芋拿在炉上烤，不一会儿就热腾腾地抢闹起来。零下二三十度的夜里，没人添炭，炉子熄了，孩子们就轮流冻醒。先醒来的，把胳臂划出被窝，趿拉着布鞋起身添炭。

到了无人的周末晚上，为暖热自己的身体，我烧上两暖瓶开水，用水瓢兑半桶凉水，站进一个大盆里，用毛巾擦洗。炭块在燃烧，炉腔里偶尔发出木头纸壳的噼啪声。曦子不受干扰地在旁边看她最爱的美剧《摩登家庭》。我洗完澡打开房门，把水泼进茫茫夜色，连一声狗叫也听不到了。

连绵的山三面相合，包围着这块小小的平地。月亮是唯一的路灯，在晴天的夜晚一直亮着。偶尔有厚重的云层迁移过上方，离开这间亮着电灯的房间，就走入深深的黑暗。“伸手不见五指”不再是一种文学的修辞。为了躲开一种茫茫的恐惧，我和曦子买了一只大红色的痰盂，是从前女子出嫁时会带上的那种，装上一小半水，以盛放每晚睡前的便意。我们日益陷入一种失语的处境里，十点半睡六点起的规律作息，使我几乎忘记，和男友的通话正变得越来越少。

七

西北真正的春天，要到四月中才姗姗来迟。之后，桃花会在山上的不同角落稀稀落落地冒出来，孩子们结伴去地里挖野菜。坐在电脑前备课的时候，大蜘蛛从高处垂下丝网，爬下来同我的沉思对峙。与其说，我们把大地还给了生物们，不如说这世界从来是他们的。

首先告诉我们这一点的，不是蜘蛛。

新学期开学第一周，我和曦子裹着羽绒服回到久违的住处，迎接我们的是被咬碎的卫生纸、蒜香蚕豆和瓜子仁的包装袋。一颗颗小黑丸结在上学期留下的作业本上，一开始，我们并未将它和小时候吃的一种叫“老鼠屎”的零食联系起来。直到后来，半夜窸窣的声音越来越明显，我们终于接受了这个事实。

村口姚老板的小卖店，粘鼠板五块钱两个。他还附赠我们使用秘籍：老鼠都是沿墙根跑的瞎子，所以粘鼠板要放在它行进路线上的墙根和墙角，花生粉尽量倒在两块板最中间，这样才逃不脱。

连着好几天直到深夜，我和曦子都睁着眼睛。有关老鼠的恐惧正吞食我们的美梦。夜里，我们怀疑可能会被什么东西踩在脸上，嘴巴里伸进一只冰冰凉毛茸茸的小脚；白天回房间，我们担心棉花被咬得满屋乱飞，掀开被子就有一只灰不溜秋的家伙在流窜。

粘鼠板空响过两次之后，我们抓到它了。浅浅的，板子磕在地面上的声音。我猛地惊醒，叫醒曦子，又在各自的床上僵硬了两分钟，才终于决定下床看看。

曦子拧亮手电筒，我们抖抖索索地看过去，是一只小小的白鼠，两只前脚和嘴巴粘在板上，努力地扭动后腿和屁股。它的父母逃脱了，而此刻它的可爱却击中了我们。曦子和我商量处理它的方法，我提议用夹炭的叉子把它连粘鼠板一起扔出去，假若它能挣脱，就让它逃掉算了。曦子说，来吧，我给你打灯。

我确实是这样操作的。混杂着兴奋和恐惧的刺激感使我轻微地战栗。把两块粘鼠板合拢，夹起来走出房间之前，我甚至用力将板子按了一按，铁叉上传来肉乎乎的触感。我也不知道，究竟是不是希望它逃脱。

第二天早上起来，我们和阿敬说起这事，他很兴奋地跑去看。回来时说，确实是很可爱啊！我和曦子都听到了，但谁都没说话。

如同预兆一般，大鼠们逃离了占领了整个寒假的住所，而天气也慢慢回暖。有很多习以为常的事，就这样发生了变化。就连阿敬，也仿佛从冬眠里大梦初醒，对我们嚷嚷，我去学生家里补课，他妈妈很感动地握着我的手说，吴老师你太辛苦了！到我们家里来补课，我们吃啥你吃啥，穿得也跟我们一样朴素！

一贯不会自我感动的阿敬，这次真切地感到了学生家长的情意。只是他因此产生了一点自我怀疑，需要我们确证：他是不是真的很邋遢？可他身上明明穿着一千多块的海澜之家啊。

村头的狗成群结队地嬉戏追逐，校园里回荡着春天的气息。它们不分场合地交配，像连体婴儿一样出现在教学楼的走廊，教师宿舍的门口。甚至当我酝酿好便意走进旱厕时，另一只狗就在坑位里蠕动着享用它的早饭。我安静地选定一个离它较远的坑位蹲下，假装沉思自己的生活。乡下的狗是赶不走的，不过有时候它们愿意自行走开。我在那里思考的事情有很多，比如假如它们认字的话，选择是不是会比在其他地方更丰富。普通人家的狗只有一个坑位好占，城里学校的厕所也无非男女两样。但在乡村学校里就不一样，“学生男”“学生女”，“教师男”“教师女”，它们可以选择和谁一起光屁股。

但我没有及时料到的是，孩子们的选择在一天天减少。因为春天过后即将到来的中考，未来的焦虑慢慢掠过校园。几次模考后，有人终于意识到，考去银川或固原的梦想只是遥远的妄念，大多数人连西吉县城的高中也上不了。油嘴滑舌的李刚被劝退回家，刘娥空坐在教室里，仿佛只等着日子被一天天耗尽。她说，念不下去么，有的女娃娃初二就退学回家了。我问在家干嘛，她说，在家坐着呗，烧饭干活，照顾弟妹，等着嫁人。

八

尽管天气有所回暖，但料峭的春寒里，生病的孩子还在变多。一串串地来找我们借感冒药，或者因为肚子疼而请假。等兄就请了好几次。我先以为是月经的问题，但显然不是。她断断续续地胃疼，前几年镇上的卫生院给开过一星期的吊瓶，那个很贵，她说，忍忍就好了。

这是可以理解的。这里的乡村人家咸菜就冷馍馍就能打发一顿，学校灶房每日免费向师生供应的两顿饭，洋芋牛肉米饭和洋芋面片汤，只有葱叶漂浮在上面，提供稀少的绿意。有的人家只有过年才花钱去买菜，平日就靠地里长出来的洋芋和小麦过活。

我在作文里读到过等兄的事：六年级，她妈妈在田埂边站着休息，一辆运送建材的三轮货车把她压在了砖石堆下。村卫生院回天无力，等兄和她的两个姐姐、一对智力障碍的兄弟，一起失去了母亲。

因为查获过两次学生抄袭作文的事件，我甚至怀疑过等兄，会不会也陷入了一度在青少年作文里流行的“卖惨叙事”，直到和她的班主任确证过。那几年政府出资扶贫修路、补贴建新房改善村民住宿条件，很可能雇用了很多未经培训的本地劳动力。何况本地山路曲折，从县城下来四十余公里就铺了几十道弯，大巴车小轿车追尾，摩托车自行车翻下山崖，都不新鲜。耸人听闻的是，更早的年代即便有人被杀，也很可能草草了结，没人多管。

等兄的作文里，关于母亲的主题出现过很多次。她的语文成绩并不很好，只有作文写得尚可。母亲去世后，两个姐姐先后嫁人，我不清楚她是否因此把作文当作了唯一可抒情的空间，或者只是习惯性地不断书写这个使自己深陷的命题。她笔下的母亲，因此成为我们所熟悉那种温柔的守候者：身体不好，还要操持家务，夜里常咳嗽；周五傍晚做好饭菜，在村口等女儿放学；深夜温和地抚着小女儿的脑袋、哄她入睡。我甚至不确定这种温柔勤勉是否出于记忆的美化，唯一可确定的是她常在等兄梦里出现，如小女孩手中的火柴，短暂温暖过后迅速熄灭。

我决定去等兄家家访，顺便告诉她爸爸，我要带她去县城看胃病。

屋里早没了女人的气息。炕上胡乱堆着被子与几件军大衣样的东西，快有一人高。破钟表还挂在墙上，一台迷你黑白电视机搁在斑驳的白桌面上。少儿频道在播无声的《熊出没》。一个三四岁的小男孩拿着亮闪闪的玩具杀将进来，嘴里胡喊着“嘿！哈！”，那是等兄二姐的孩子。

为了回避难挨的沉默，我坐在炕上一罐罐地喝茶，等兄拼命给我添糖。晚饭是二姐做的洋芋粉条，配上健力宝。小男孩没再消停过。随手抓起东西四处扔砸，就满地打滚，上炕乱蹦。炕上、屋子里都腾起巨大的土烟。等兄的哥哥弟弟都坐在凳子上，静静地看着他笑。

那天夜里我和等兄、二姐挤在一张炕上，用自己的衣服叠成枕头。山风狠命撞击着土屋，不知几点，我惊醒了。暗黑的天幕中，只有墙上的钟摆在走动。小男孩挣扎着迷迷糊糊叫了两声“妈妈”。二姐的手机屏幕一直亮着，咕哝着哄了他两句。

等兄悄悄和我说，二姐年岁和我一般大，十六岁外出打工，嫁了个懦弱男人，公婆强势又吝啬，离婚不成，这回是带着儿子逃回来暂住。我又问，哥哥有智力障碍怎么没去治，她说孩子小时候都傻乎乎的看不出来，读到二三年级才发现跟不上，没办法了。我又问为什么还要生弟弟，她说后来连着生了三个女儿都好好的，他们以为头一个儿子只是不走运。

靠天吃饭的人眼里，人生或许只有走运或者不走运。就像今年的洋芋收购价格很便宜，等兄家一两千斤的洋芋，只卖了一百零五块钱。而等兄跟着我上县城一趟，班车来回要二十六块车费。

从等兄家院子到班车经过的公路旁，还有几百米山路。为了赶这班清晨六点的班车，我五点就把冲锋衣拉链直拉到下巴，手电缩在袖管里，去黑咕隆咚的院子找个角落刷牙。

等兄的父亲执意要送我。天色渐渐亮了，微蒙的烟霭中依稀辨出山野和黑黢黢的灌木。走上长长的土坡，又穿过一片田地，眼镜已蒙上了水汽。我小心地问他，叔，您这腿是怎么回事？前方瘦小的身影一瘸一拐，闷闷地传来一句，娃娃生下来时没奶么，我给人下苦，把腿给损了。

乡下的班车没有准点的，那天也和往常一样，左右等不来。我在寒风里搓着手，远远看到橘黄的车灯在某个山头亮了一瞬，转过眼又不见了。想起刚来三合时第一次来山里家访，幸运地搭上老师的车回校。天黑以后，昏沉的山间仅有几家零星的灯火，从窗里往外看，曲折的山路连缀起点点流动的星河。真美啊，我们感叹。其实清晨五点半的雾霭，也是很美的，只是如果能坐在车上，暖和一点就更好了。

九

天气真正暖起来，要到五月了。集市上渐渐有小鲫鱼卖，听说是附近的潘家沟打上来的。我就在傍晚沿着山路走出去，沿路听高处树林里的鸟叫，人家的鸡鸣和狗吠。一直走到潘家沟。这段路并不长。只是有一天我照例从潘家沟回来时，曦子跟我说，有人在楼上办公室等我。

是男友从上海追过来，虽然我们已经多日没有联系。他每天夜里加班到十二点，最后一次，是我在电话里跟他说，没办法继续这样互不理解的生活，还是分手吧。那天我带他又走过一趟潘家沟，他在半路突然抱着我哭起来，有喘不上气的迹象。我拍拍他的肩说，这里海拔很高，这样哭很容易缺氧。

而我，在这里生活了将近一年后，已经拥有了比从前强健得多的心肺，单臂的力量从半桶水加码到五分之四桶。在这个六月，我会和学生们一起离开这所学校。最后一堂语文课上，我跟他们说，庄子有句话叫“相濡以沫，不如相忘于江湖”，庄子都知道吧，我们课本里学过那个“七窍不开的混沌”的故事。

他们问“相濡以沫”是啥意思，我说这是个介词短语后置，就是用自己的口水把对方的嘴濡湿。他们又笑，咋听着这么恶心呢。我说，那不要管了，反正意思是说，两条鱼有天各自游到了大江大海里，哪怕会互相忘记，也好过困在干涸的泥地里，互相舔舐维持彼此的生命。

他们半懂不懂，又问我，老师，你为啥想到我们这穷地方来支教呢。

我说，可能有几个，一是我爸爸是农村考出来的，我很想看看农村是什么样子。二是我从县城高中考到上海之后，和同龄人相比很自卑，想着多少能做点什么。

他们又问，那你来了之后，有啥收获没有。

我说，我感觉自己以后可以在任何地方生活了。他们会意地大笑起来。

我说，不是你们想的那样。是我从小在安徽长大，在上海读书，从来没有独自在西北生活过。某种很遥远的、想象中的生活，真正经过之后，你会获得一些力量。

实际上，在出行前和回来后，有许多人问过我同样的问题。我也曾试图认真作答。只是后来发现，人们想听到的只是他们自己心中已经存在的答案。

从二手新闻里关心社会问题的理性派会提起“地区性教育资源不平衡”。言必谈《死亡诗社》和《放牛班的春天》的都市文艺青年，会一脸艳羡地想到“在宁静的大山里荡涤灵魂”。宦海商海沉浮的中年男性往往自以为切中了要害：“你是党员？还是支教能无条件保研？”如果家里有“生在新中国，长在红旗下”的长辈，还有幸能领受到他们对锐意进取、无私奉献的新时代青年的频频夸赞。

其实他们都没错。即便是我自己，也曾以为会在山里梳理清进入社会前的迷茫混沌，再重新回到生活了四年的大学校园。那时候，我在书本上读到过许多话，“无穷的远方，无数的人们，都与我有关”。但现在回过头去，我愿意承认，这更多出于想象，对于真实的人生，那时的我知道得并不比这帮孩子更多。

我离开三合的这一年，有几位优等生考上了固原和银川的高中，我研究生毕业时，他们中有的考上了大学。也辗转听说等兄和她的好朋友上了县城的职业高中。在毕业之后，我们几乎再没联系过。我甚至记不清他们的名字，脑海里只剩下一些脸庞和画面。我猜，我开学第一天在黑板上写下的名字，他们多半也不记得了。毕竟从我踏上讲台的那时开始，他们一直管我叫：

“语文老师”。

米德岛

刘东兴

“欢迎来到米德岛。”

眼前的黑暗被一道亮光撕裂，几个大字出现在伯锡眼前。无非就是海图因公司的老套路，伯锡可是老玩家了，先前海图因公司开发的“城邦国——希腊战争”“明治革命”“大航海之北美大陆”等园区，几乎都攻克遍了。他受雇于海图因公司，作为乐园监视者找出存在的弊端、隐患，并上报公司。

宣传套路这么老旧，游客们却还是络绎不绝地来。若不是出于工作目的，以及寻回哥哥的遗产，伯锡觉得自己不会踏上海图因公司开发的乐园一步。

这是一个放纵的世界。

那些被社会法则规范的人们，在这里丝毫不必忌惮任何规定——乐园中大部分“人”被称为“接待员”，他们是海图因公司制造的超拟真型智能体，行为模式皆由代码决定，被限定于固有模式而不自知。从外形上看，他们与普通人无异。同他们对话，也没法分辨他们是人还是“接待员”。他们还有情感——当你在乐园中与之达到一定的好感度，他们会乐意与你发生任何事情。

只有海图因公司制造的体态分析仪能够通过脖子上的特异点判断乐园里的人究竟是游客还是接待员，不过这几乎派不上用场。海图因公司开发的所有乐园都有一个规定——游客即上帝。游客拥有绝对的权威和权限，无论是生死搏斗，天涯驰马，游客皆不会受到任何伤害——乐园的地形地貌，所有物资都经过特异改造，对接待员，会造成不同程度的伤害和破坏，而对于游客，则毫发无损。

作为监视者，伯锡还有海图因公司赋予的中止权限，对于出现异常的接待员，只要伯锡喊上：“冻结全部功能。”无论接待员是在喝水，撒尿，搏斗，打枪……都会立即停止所有动作，等待伯锡发出下一步指令。

海图因公司宣称，乐园主打沉浸式体验，游客在乐园里无须有所顾虑，每个接待员都被安置了数条故事线，游客们的不同行为将会导致不同故事的发生。“每个人在这里都是独一无二的。”海图因公司总裁蒙利斯曾经在一场发布会中说道，“与旧日欢乐向的幼年型游乐园不一样，海图因公司将为成年人打造适合他们的新乐园。”

当然，这样的乐园也引起了巨大的争议，许多人权斗士认为，这是对人性的践踏、扭曲。宗教信仰者则认为人类亵渎了神明，势必遭遇天谴。而不论外部世界怎么议论他们，海图因公司的顾客依然在增加，并且让其有了足够的信心开辟新的项目。

试问，谁能抵得住沉浸式乐园的诱惑呢？

这一次，从米德岛的宣发可以看出，海图因公司在这一项目上给予了不少关注。他们在已对外公开的乐园中内置了米德岛的海报，又在各种社交平台上投放了米德岛的宣传片，在各种发布会里，也都提及了这一即将上线的乐园——米德岛号称会成为海图因公司面积最大，自由度最高的乐园。相对于原有的历史事件框架，米德岛是一个全新的区域，没有历史，没有任何故事可以参考，全都是根据已经收集到的意向调查表里，选取了最符合游客心意的开发项目。蒙利斯称：“下至平民，上到国王，只要你敢于尝试，米德岛会实现你的任何想法。”

伯锡的哥哥伯鲁特是海图因公司的高级研究员，在第一个乐园“城邦国——希腊战争”筹备期担任首席工程师。伯鲁特死于乐园开放前，那段时间，伯锡经常看见伯鲁特在家里叹气，他问伯鲁特发生了什么，伯鲁特未给予过正面回应。直到伯鲁特逝世后，伯锡从伯鲁特的书桌里找到了一封遗书。

遗书上记载了伯鲁特制造“接待员”的心路历程，他发现，自己创作的代码竟是如此完美，像是一个会自动旋转的圈。他开始向海图因公司交涉，认为需要更多的时间分析“接待员”，交涉途中，伯鲁特意外得知了海图因公司的机密，他没提到机密内容，却留了个名称——“机核”。“我没想到，他们会利用我的研究成果来完成机核，他们没法得到的，哪怕豁出性命，我也绝不会将机核

刘东兴

交到他们手中……”信中的话激励着伯锡，他认定海图因公司是杀害伯鲁特的元凶，为此，他卧薪尝胆，终于得到一份监视者的工作，但无奈的是，海图因公司只让他接触一些无关紧要的儿童园区，这令他无法去寻找有关机核的线索。

不过，米德岛带来了机会。由于海图因公司的大量宣传，米德岛宣布开放的那天就达到了预测中的峰值，并且游客还在持续不断地进入乐园。考虑到人数过多，可能会造成接待员出现超负荷，原本在其他乐园作为监视者的人都被调任到米德岛进行增援，伯锡发现，这是一个好机会，他申请加入米德岛项目，很快就被审批通过了。出发前，他在心里默念：一定会找机会接触夺回哥哥的遗产的。

现在，他们即将完成初始化，轮渡到达米德岛的港口时，属于他们的米德岛故事线，也就开始了。

从港口的设施及聚集的人群就可以看出，米德岛的面积要比过去的园区都大得多。

下船时，伯锡被一名金发女子吸引，她穿着一身黑色长裙，五官精致，似乎是独自来访米德岛。还未登陆，那么在此处的所有人想必都不是接待员。伯锡环顾四周，发现来米德岛的女性还是较少，他想，这样一位女士只身来到米德岛乐园，难道不会吃亏？他想跟在后面看看情况，却被人群挤到了另一个出口。

登陆出口有五个，金发女子在五口，伯锡被挤到了四口。他唯有在入岛的队伍中紧张地望向另一侧，他发现五口的检查开始停滞了。伯锡就要迈入米德岛了，金发女子仍然在她原先的位置没有动过。

到了检查关卡，伯锡发现五口之所以停滞，是因为一个中年男子引起了事端。中年男子体态微胖，看上去似乎长年不运动，他说句话都有些喘气，却还是对着关口的检察人员吼叫。

刚进来，监视者就要负起责任了？伯锡想，自己还没在岛上休息呢。他向检查人员出示了自己的工作证，随后迅速反扣中年男子的手，熟练地说道：“你现在有权保持沉默，但你所说的每一句话……”

“给老子松手。”中年男子挣扎着，他吼道，“如果你希望海图因公司的股价能够平稳上涨，你就必须松开手，否则，我马上撤掉投资。”

伯锡一听就来劲了，他扣得更紧了，轻蔑地说：“在这里，运行的并不是你们在外部世界的那套规则。”

中年男子说：“我已经看见你的工号了，你最好现在搞死我，不然你就等着被辞退吧。”

“辞退？”伯锡笑了出来，“您似乎对入园条款还有不了解的地方，先生。”他朝检查员使了个眼色，示意检查员拿过执法绳，准备将男子送往隔离区，以待发落。这时候，队伍后边有个人急匆匆地跑出来，称自己是男子的妻子，希望能网开一面，她会履行好辅助监视的责任，确保他不会在园区里做出出格的行为。

拦截警察请示检查员，伯锡看见位于拦截线后头的女子，恰是自己以为只身来到园区的金发女郎。他叫检查员通过女子的见面请求。她得以通过拦截线，走到伯锡面前。

“是这样的，我丈夫他本身容易激动，我相信你们之间是发生了什么误会。”可以看出，金发女子是一名善于交涉的人。很快，她便说服了检查员，检查员望向伯锡，似乎想征得他的同意。

多一事不如少一事吧，伯锡心想，便放开中年男子。回到自由的中年男子怒气冲冲地说：“你给我等着，破监视者3381，自己几斤几两都没掂量清楚么?”伯锡佯装要揍他，中年男子拎着包就跑开了。

金发女子紧跟其后。

伯锡问检查员，中年男子为何引起争端。检查员告诉他：“那名中年男子希望全程派一位美女接待员供他使唤，不仅要求了身材，还希望检查员身手了得。这不就是女特工么？我们哪设计了这样的接待员啊?”

和以往的园区不一样，米德岛没有故事循环。它的时间是线性的，不像已有的几个园区，每隔几天或是一周的时间，所有的故事都会从起点再次开始。米德岛放任了社会的发展，在沿海区域设置了近十个村落，又在中心部位建造了完全拟真的中央城市。中央城市基本上还原了外部世界的城市风貌，设有各种城市管理部门。处于管理职位的人由接待员负责，他们用处理过的数据得出最适合中央城区发展的路径，并将之推广到全岛区域。在这样一个微社会里，游客们陆续玩腻了平常的体验，他们在厌倦了情欲、财欲的体验后，开始进入“米德岛政治生态圈”。

一些人与管理岗的接待员联系密切，想等到合适时机取代他们。一些人则更直接些，他们在中央城外的村落寻找反叛者，组建部队意图谋反。伯锡没有加入任何人的游戏，他置身事外，白天进入城区里观察事态，晚上则回到在海边村落的住房中。他喜欢在海边吹风的感觉，在他记忆深处，同样有一片海域，在那里，哥哥在烧烤，他躺在沙滩上看星星。

新开放的乐园，毛病应该很多才对。米德岛几乎没有什么弊病，一切做得太逼真了，看上去是下了功夫的。在中央城区的妓院不仅令嫖客们能享受到平日无法感受的愉悦，更是大大地延长了他们的愉悦时间。一些人开始用电子毒品放纵自我，他们在外部世界无法展露的一面此时暴露无遗。伯锡在中央城区见过中年男子几面，他没把伯锡放在眼里，但伯锡奇怪的是，那名金发女子却没在他身边了。

在米德岛待了近一周的时间，伯锡结识了几位朋友。马夫瓦纳、退役船员凯明及大夫卢伟。他们几个都是接待员，伯锡不厚道地在喝酒时对他们一一进行了测试。他觉得这几人很像自己的旧时好友，瓦纳喝酒时喜欢勾肩搭背，凯明话不多，但一聊到船就开始滔滔不绝，卢伟则是那种，未跟你聊天，光看你外貌就能判断你近期有什么不舒服的神医。这些特征都跟伯锡旧日结识的人有些像，不过他也知道，所有行为都是程序设定的。比方说卢伟，一定是设定了某种程序，配上一些内置的检测仪，对来人的身体进行扫描才做出的判断。与他们逐渐深入交流的过程中，伯锡发现，无论是马夫、船员，还是大夫，他们都提到了中央城区的一处禁地。

“当年，我给市里的马术俱乐部养马，兼职物资配送。你猜我发现了什么？”瓦纳灌了一口酒，说道，“他们叫我给市长办公室送密函，我在市政大楼里，发现了一个诡异的黑房子！”

“那里真是太黑了，还会传来人的尖叫，我走了几步，立刻就被人叫住了。”瓦纳绘声绘色地说，“那是个卫兵，他逮住我，问我去干吗。我说，给人送密函。他看了看我手中的密函，跟我说方向错了，让我回去。我说我偏不，他就要拿枪对着我，吓得我赶紧跑了！

“后来啊，我那些在俱乐部的同事都跟我说我命大，他们以前，也有人去了那地方，晚上回来就吓得直哆嗦，第二天就死了。”瓦纳头朝天，佯装去世，“他们说是被吓死的，我胆子小，他们再叫我送东西，我就不去了。没过多久，我就回村子来，专注游客生意，教人骑骑马，或是出租马车，生活不比在中央城区的时候差。”

“你这是算什么啊。”凯明打断，“我们那时候，可是坐船去了中央城区，直通市政大楼！我猜，那肯定是你没进去的黑房子了。”

“你胡说什么，瞧你醉的那样。”瓦纳反驳。

“我没有醉！都听我说完！”凯明说道，“那年，我还是雷鸣舰的一个新兵，我跟往常一样，训练完就打算休息了，谁知总是有奇怪的声响从隔壁房传来。我跟几个朋友就去看了，那时候，船开在海上，我们走路都是一晃一晃的，朋友说，这一定是碰见风浪了，可我却听不见风浪的声音。我们打开房门，发现隔壁房竟没有人。他们打算离开时，我看见了他们的床板下有一条暗道，这条暗道下有绳索，我们顺着绳索走，竟走出了船，船被一些巨大的铁索捆着。他们害怕，说要回去了，可我那时不知哪来的胆子，竟说要往黑暗深处走走看。他们拗不过我，想着既然来了，那就去看看吧。我们往黑暗深处走，刚刚听见的奇怪声响变得更大了，一打开门，我们看见有几个人被捆在椅子上，他们身上爬满了虫子，看见我们来了，眼睛瞪得好大。我觉得啊……”

凯明突然故作神秘，随后蹦出了一句话：“那被捆绑的人，正是我们几个新兵船员！”

伯锡心里一惊，突然觉得这台词写得也太渗人了。剧情部的人竟有这种恶趣味么？他想到一个问题，便问凯明：“那后来呢，你们这几个人都怎么样了。”

“后来么……”凯明回忆，“雷鸣舰发生了海难，我在海上漂了好久，最后回到了村子，就这样生活下来了。”

“你怎么知道那是市政大楼的黑房子？”瓦纳说，“听完你的话，压根没说你们见到了黑房子啊。”

“你真是傻啊。”凯明敲了敲瓦纳的脑袋，“我们阖上那奇怪声响的门时，我不会看吗？那时候，我看见有一条通往外部的路，那里有亮光，光打在一块木牌上，写着中央市政大楼。我当初还不信，后来，我找了个机会去了趟中央城，借口说要申诉，拿到海难的赔偿金，我看见了市政大楼的木牌，绝对是那天夜里我们看见的同一块。”

“我想，我知道的比你们更多一些。”卢伟突然发话，“有段时间，我被叫去给市长做检查。市政大楼里明明就有专职医生，我感到诧异，找了几名工作人员询问，他们回答都是不清楚，有一个人，他仔细回忆了一会儿，说好像听见有人将医生们召集去M域了。吓得另一名工作人员赶紧使眼色。我那时就在想，这个M域到底是什么，为什么会这么神秘。”

卢伟继续说：“估计你们也想到了，M域就是你说的那个黑房子，你说的那个囚犯室。我是在给市长做检查后，特意躲在厕所里，我问过一名在市政厅做官的朋友，他们在大楼的东北区域有一块禁地，我估计那里就是M域了。我走进去，很快就有卫兵发现了我的踪影，我本想解释，他们二话不说将我送到地底牢房了，若不是我在市政有朋友，恐怕我现在也没法在这里跟你们喝酒了。”

卢伟啜了一口酒，说：“出狱后，我就没有再进过市政大楼，中央城区也几乎没有我的容身之地，我问朋友，他很隐蔽地让人给我传达一句话，说建议我们不要再接触了。我想也是，或许我的行为影响了他。我便来到这个村子，继续我的行医之道。”

伯锡听得津津有味，如果这三人都没撒谎的话，那么在中央城区的M域的确藏着一些秘密。他佯装自己喝醉了，一瘸一拐地往住所走，他想，第二天再跟卢伟要些细节，“我倒要看看剧情部的人在这里设置了一条什么线。”

伯锡睡到近中午才醒，他发现这酒的后劲有点大。“怎么饮料就没有特制？如果我想体验千杯不倒岂不是没法完成？”伯锡想，这也是一个不合理的地方，记录下来，下次让道具部门的人改良。他收拾了几件行装，便赶到卢伟所在的医疗中心。令他感到诧异的是，接待他的医师换成了一位女性。

“请问卢伟医师在哪里？”伯锡问。

女人很诧异地望着他，说：“我就是卢伟，请问您有什么事吗？”

伯锡注意到她胸前挂的名牌：卢伟。伯锡说：“以前在这里工作的那名男医生呢？”她感到困惑：“这里从来都没有男医生，你需要我找精神科的朋友为你看看吗？”伯锡摆摆手，他走出医疗中心，打算到凯明家去看看。他忽然意识到，自己并不清楚凯明家在哪里。那就去瓦纳那问问，他想，瓦纳的养马厂总不会丢吧。他走到养马厂，瓦纳正专注地喂马，见是伯锡，他很热情地打了招呼。听见他说医疗中心的人不是卢伟了，瓦纳说：“没有错呀，她就是卢伟，一个年纪较大的女医生嘛。”

“女医生？”伯锡问，“是卢伟啊，昨晚我们四个人不是一起喝酒了吗？我，你，卢伟，凯明。”

“对啊，我，你，凯明一起喝酒了，你怎么凭空捏造一个人？好奇怪。”出故障了。伯锡有一股监视者的直觉，这当中必是有人出现了问题。他问瓦纳：“那凯明家在哪里？我们一块去找凯明问问。”

瓦纳大笑：“凯明还有家？你忘了吗？他不过是一个爱喝酒的精神病人罢了！成天在那幻想着自己是一个船员？我们这片海域，根本不需要船员，米德岛即是天下！”

“冻结全部功能。”伯锡喊道。瓦纳立即停止了所有行为，伯锡将他抬到一辆车上，用管理者权限取得了车辆的使用权，打算将瓦纳带到检查室里核查代码和日志库，看看他出现问题的原因是什么。

根据检查室里的数据显示，瓦纳的记忆在夜间被修改过。伯锡松了一口气，“差点以为自己的记忆这么不可靠。”伯锡心想，也许自己以后要做个心理咨询才行了。“在那件事解决之前，我必须要继续忍受……”他将瓦纳的记忆调整回未处理的模式，随后将他送回养马厂。

“瓦纳，等我处理完这些事情，再来跟你说声抱歉吧。”

伯锡用从瓦纳脑海中调取的记忆得到了凯明家的地址。显然，幕后操纵这一切的人也已经将凯明家人的记忆篡改了。他们否认凯明曾是雷鸣舰上的船员，并说在很久以前就将凯明送到了中央城区的精神病中心了。

“我们不愿再提到这个人了，抱歉。”大约是凯明母亲的一个女人说道。伯锡想：“那就正好，我去中央城区一趟，弄明白事情的始末。”他本想从公路上骑车去，后来想起检查室那有一条员工通道，可以出入园区各个部位。“如果从路面走，花的时间就要大半天，还是省点时间吧。”他穿过秘密通道的长廊，从中央城区的一处下水道出来。

还未完全进入黑夜，中央城区的楼宇就亮起了灯火。伯锡第一次在这样的时间来到中央城区，他有种微妙的感觉，却说不出微妙在哪。街道上行驶的几乎都是无人汽车，只要人们有需要，随时招呼随时停下，随时听顾客吩咐前往目的地。

伯锡的目的地是精神病中心，他在无人汽车上便开始向精神病中心传递消息，要求到场时能得到相关人员的配合。一名金色长发的医生接待伯锡，她向伯锡介绍：“我是香菱。”伯锡感到惊讶，这不是登船时碰见的金发女子么？怎么已经成了中央城区的医生了，伯锡感到很疑惑，但她看见伯锡却丝毫没有变化。伯锡想，或许是这里人多眼杂，他也初次相识，让香菱带着自己进入到精神病中心的住院楼。

“你要找的人叫……”香菱熟练地在住院楼的病患查询程序里操作，“徐凯明，有了。”凯明的照片映在电子荧幕上，香菱吓了一跳：“居然是他……”

“怎么了？”伯锡问。

香菱瞥了他一眼，说道：“这是一个奇怪的人，每天夜里都要在窗边喊一句：‘快逃啊！’没有一天是落下的。”

“他到这里多久了？”

香菱看着资料回答：“大约有五六年了吧，至少我来到的时候，他就从未断过夜晚的呐喊。”

“你们就任他喊么？”

“没办法，住院楼那么多病患，我们压根控制不过来，只要不太过火，这些事就算了。”

他们进了住院楼，走进一条长长的走道。见只有两人相处，伯锡问：“我们是不是以前见过？”

香菱说：“是吗？在哪里见的？”

“你登陆上岸的时候。”伯锡看着她的眼睛，他想判断面前的人会不会说谎。她的眼睛是如此真诚，香菱说："上岸？上哪里。"

"米德岛啊。"

"不好意思，我没弄明白，我从未离开过米德岛，这是我的出生地，我又怎么上岸下岸？"

伯锡忽然产生了一种强烈的不安感，他终于意识到进入中央城区那种微妙的感觉是什么了。这里太像外部世界的城市了，不只是像，应该是比外部世界的城市更为真实——伯锡感到恐惧，他想到蒙利斯说，这是海图因公司有史以来投入最大的园区。伯锡粗略判断，光是市政大楼就有上百名接待员，远超别的园区，更不必说整个中央城区，乃至米德岛的接待员了。

"要是这些接待员进入人类社会，并以人类的名义生活……"伯锡产生了一种强烈的恐惧，他意识到，这些规划或许在伯鲁特死亡时就已经做出。当年的伯鲁特，究竟在海图因公司发现了什么，所谓的机核，又是什么东西……

"快逃啊……"

是凯明的声音。伯锡望向香菱，香菱无奈地摆摆手，说："这是他的日常了，不过今天可能还早了点。"他们走到凯明的病房，凯明仍然在床边，同房的其他病人此刻都躲得远远的。香菱凑上前，搭在凯明的肩膀，告诉他："有人来探望你了。"

凯明回头，木讷地看着伯锡，问："他是谁？"

"我是伯锡啊，凯明，你不记得我了吗？"

凯明摇头："我不认识你。"

香菱说："要不我在房门外站着？"伯锡示意不必。"让他留在这里吧。"伯锡跟香菱离开病房，回到了刚刚那条长长的走道。

"我有个请求。"

"怎么了？"香菱问。

伯锡熟练地掏出口袋中的体态分析仪，对准香菱脖子上的特异点，体态分析仪亮起了红灯，表明她是一名接待员。

"接待员么……"伯锡自言自语，他冻结了香菱的大部分功能，保留了行走能力，他带着香菱进入检查室，核查她的代码。

"代码是新的……"伯锡发现，香菱的日志始于一周前，那时候，金发女子和她那名所谓的丈夫刚登上岛。联想到凯明口中的囚禁室，里面被囚禁的人竟是他自己……他把这些线索写下来，却仍然找不到它们之间的联系。

如果是伯鲁特的话，他一定能够意识到是哪里不对劲。伯锡心想。

原本，伯锡打算第二天晚上找机会混进市政大楼。等他将香菱送回精神病中心，却发现整幢大楼都没了人。伯锡没让香菱记得进入检查室的事情，她还以为伯锡是刚看完凯明，准备离开。可是这里太安静了，伯锡敏锐地察觉到不对劲，他要求香菱再带自己回到住院楼，却发现整幢楼陷入了停摆。

怎么回事……伯锡只觉得腿部一阵刺痛，旋即昏迷。

伯锡是被凉水泼醒的。他睁开眼，就是海图因公司的宣传画面："欢迎来到米德岛。"

一个男人在他面前狰狞地笑着。伯锡花了近半分钟才意识到他是卢伟。"戴上眼镜，我竟然没认出你。"伯锡说。

"要不是图方便，我也不会戴这个眼镜。"卢伟指着自己的眼镜说，"它融合了体态分析仪的功能，不用查脖子的特异点就能判断你是不是接待员。"

伯锡露出惊讶的表情。

卢伟继续说道："在A5村子的时候，我差点还以为你也是接待员，直到那天晚上，我们都分享了各自的故事线，你却只是在那吆喝着干杯，我才知道你是一个人类。"

"你知道吗？"卢伟没等伯锡发话，继续说："这几个人的故事线，我不太喜欢，他们是设定模式的意外——M域对他们来说是绝对的禁地，可他们却提到了。乐园开园仅一周，他们在哪得知的？我很好奇，你也很好奇，你还好奇到跑来了中央城区。"

"工号3381么？"卢伟笑道，"我倒是没想到你是监视者。也好，我还没在监视者群体里安排过接待员……"

卢伟摁下一个按钮，几条机械臂就朝伯锡身上靠，他挣扎着，可全身都被绑着了，没法使劲。卢伟看着他："我享受着这个过程。"他满意地笑着，机械臂却突然转向，刺破了卢伟的胸膛。

他开始发出奇怪的电流声："怎，怎，怎，怎么回事？

"我，我，我，我，没法控制。

"机，机，机核……"

卢伟咽气了。捆绑着伯锡的铁索也被松开了，他发现卢伟的内核是一名接待员。接待员能够改造接待员了？他看见机械臂全都向着一个方向。伯锡意识到，它是在叫自己去某个地方。

虽然不明白发生了什么事情，他还是照着机械臂的方向去了。他走进了一条回廊，两侧放的都是一些录像。

他认出了几个地点，那是他在米德岛居住的村庄。伯锡发现，这不是录像，而是米德岛的实时监控，游客们在米德岛的一切行为都被记录了下来。他意识到这是海图因公司违规记录隐私的罪证，他想录制下来，却发现身上什么东西也没了。

机械臂见他停下，也放缓了。他意识到机械臂那头应该也是有意识的，便又跑了起来。他们在一个井口旁停下，机械臂向井口示意。伯锡立即领会到它的意思，他往里边看了看，漆黑一片，什么也没有。

他深呼吸一口气，往井里跳了下去。

没有想象中的坠落感，他发现自己置身于这片黑暗中。一个熟悉的声音在他耳边响起：

“伯锡，长这么高了。”

“你是谁……”

“连我都认不出来了吗？”

伯锡激动地说：“是你吗？伯鲁特，是你吗？”

声音很冷静：“我知道，你看见了我留下的东西，总有一天会来的。”

“伯鲁特，我很想你。”

声音没有回应。

伯锡说：“他们都说你已经死了。”

“从生理学角度来说，我的确已经死了。”声音回答，“但我的死亡无足轻重——如果说，当年我发现的是海图因萌芽的野心，他们今天就已经有了遮天的大树了。”

伯锡忽然意识到这话里的沉重，他问：“你是说，机核？”

“没错。”

“到底什么是机核啊？”伯锡问。

“它一切恶之根源——分析并处理海图因公司所有数据的核心。”声音说道，“在开发接待员的过程中，我接了一个额外的任务，是要设计一个能够拥有自我学习神经网络的机器核心，用以控制所有的接待员，促使它们能够完成自我升级。它就是机核。在编写机核的时候，我逐渐发现了这其中涉及的伦理问题，我与蒙利斯争辩，他不以为然，认为我是大惊小怪。当时，海图因公司急需一个拿得出手的项目证明给外界——我们在城邦国项目的投入已经超过了那几年的营收，如果没有按照他们的思路走，海图因公司将面临倒闭。蒙利斯只在意投资，他是那种渴望操纵一切的人，他告诉我，只要我们能操纵机核，这里面出现的一切问题都能够摆平。”

“可是，”声音顿了顿，继续说道：“我告诉他，这不可能。通过自我学习，机核必定有一天会从数据中得出我们不想要的结论。”

“什么结论……”

“你听我说完。”声音说，“我给机核写下了阿西莫夫三定律，一、不得伤害人类个体，或是目睹人类个体遭受危险而袖手旁观。二、机核和接待员必须服从人给予的指令，除非该指令与第一条相悖。三、在遵守前两条定律的前提下尽可能维护自身的安全。这本是绝佳的防线，可是却有人对我的代码进行了篡改。”

“卢伟医生……”伯锡下意识地反应。

“那是他对你的化名，他叫卢雄，不是医生，而是一名工程师，他对蒙利斯利益至上的理念深表赞同。为此，他甚至将自己的意识上载至机核中。”

伯锡感到非常震撼。他问：“意识能够上载？”

声音说：“比如现在和你谈话的我。”

“你也上载了自己的意识?”

声音没有理会，他说：“卢雄篡改的指令其实很简单，将第三条放在了最核心的部位，以保证机核的自身安全为主要目的行动，在保全自身的前提下才去考虑不得伤害人类及服从人类指令。”

“这意味着……”伯锡没说完，声音就补充道：“这意味着，人类能够制造接待员，却绝对没法毁灭他们。他们会为了生存，做出一些违背常规的举动。”

伯锡说：“你的意思是，攻击人类吗?”

声音继续说：“他们会混入人类社会，等到集齐了一定的数目，将会成为其中的一部分，进而争取自己的权益。”

“蒙利斯放任这一切的发生?”

声音笑了笑：“伯锡，你还是想太少了。蒙利斯和卢雄是一条心的人，他们对这样的可能性早就有了判断——那便是，加入。”

伯锡问：“我没明白。”

“你不是已经看见过卢雄的身体了么? 虽然被我操纵的机械臂给毁了，他还会再造一个身体出来。他们需要做的，是将自己成为接待员，从而以另外的身份在人类社会活过来，这样的话，他们便……”

“没有时间了，”声音突然说道，“我需要你的帮忙，将机核的源代码给破坏掉，唯有这样，才能让这个定时炸弹解除……”

伯锡回到现实，他发现自己就站在井边。机械臂向自己示意，往某个路口走。他还没来得及消化好伯鲁特给自己的留言，他本欲多聊几句，可伯鲁特只顾着下发任务了……他就不能像卢雄那样，制造一个实体出来吗? 伯锡对伯鲁特的工程师工作不太了解，他只会看普通代码，分析他们的日志，看看他们在个体行为中是否出错。他没想过利用接待员还能做出这样颠覆社会的事情来。他本想找到伯鲁特留下的机核，却没料到伯鲁特是希望自己将机核毁了……

“他是不是还忘了些什么……”伯锡意识到，伯鲁特是与机核共生的，机核代码删除了，伯鲁特岂不是也会消失。

伯锡犹豫了一刹那，卢雄就带着人出现了。

机械臂试图阻挡卢雄，但很快就被拆掉了。伯锡想逃，可眼下都是铜墙铁壁，哪有机会逃离，他身上的装备也没了，只好举起手，问卢雄：“你满意你现在的样子?”

卢雄笑：“你满意你现在的样子?”

伯锡说：“至少我是一个人的样子。”

“哈哈，人是什么样子?”

伯锡说：“拥有一颗自由的灵魂。”

“你面前的这颗自由灵魂得到升华，不再像普通人那样受肉体的束缚，还不够吗?”卢雄说。

伯锡摇摇头："你不过是名为卢雄的灵魂复制品罢了，你的记忆，你的行为，都依照真正的卢雄为模版行动——但不管怎样，你并非那位卢雄。"伯锡顿了顿，说，"你以为你以卢雄的名义行动，以他的性格、他的处事方式对待一切事物，就能证明你真的是他了吗？"

"正如园区里的接待员那样，你不过是既定程序的产物罢了。"伯锡在使劲激怒卢雄，这似乎有所成效，卢雄身后的接待员开始出现无法控制的迹象。

一名接待员突然说："我这是怎么了？"他们似乎在挣脱卢雄的控制。

"击毙。"卢雄命令道。

接待员的枪走火了，它打入卢雄的身体，他流了血，但感觉不到疼痛。看样子，他自身也陷入了伯锡提出的说法中——它不过是拥有卢雄记忆的傀儡，卢雄所做的事情，包括最终要成为代码的一部分这一决定，这些不过是数据罢了。活在代码里的傀儡并没有亲自经历记忆里的所有事情，哪怕他能够毫无差错地回忆起来。

趁卢雄发呆的时刻，伯锡控制住一名接待员，夺过他的枪，朝卢雄射了五发。卢雄的膝盖中枪，支撑不住身体，跪了下来。他望着伯锡从自己的身旁离开，突然说道："你没法拯救所有人。"

"试试看吧。"伯锡的声音和记忆力伯鲁特的声音重叠在一起，他现在清楚了，伯鲁特当初选择上载记忆时，便接受了死亡。

按照伯鲁特的说法，机核的服务器是市政大楼本身，利用建筑掩盖它分析器物的本身。内核位于市政大楼中央部分。伯鲁特还透露了M域的本质：转化人类。卢雄将一些物色好的人选带入M域，用高能计算机扫描大脑皮层，复制人格和记忆。这样的转化会对大脑造成永久性损伤。伯锡想到了香菱，他感到痛心，在乐园外，她一定还有家人在等她……那位中年男子呢，伯锡忽然想到，中年男子在外部世界一定具有权势，否则他那骄扬跋扈的样子与身份不符，若是这样的人被取代了……

伯锡加快脚步，绕过几重监视仪，进入市政大楼核心。

这里的安保被伯鲁特撤离了，伯锡得以顺利进入到核心。他看见了机核本身，不过是一个极小的集成电路。伯鲁特嘱咐他，不是简单地破坏外壳就可以了，还需要利用附近的电脑将源代码破坏。伯锡很快发现了那台电脑，它的屏幕很大，上边全是数据，看得他眼花缭乱。

这里怎么有一面镜子？伯锡看见，镜子中的自己露出了诡异的笑容。他忽然意识到，那是另一个自己。

"你是谁？这么下作吗？还复制了我的容貌。"

复制体伯锡说："你是谁，为什么又复制了我的容貌？"

"够了。"伯锡开打，招招被对方制服。

复制体说："不用你的记忆和人格，我也能从你的数据中得到你的行为习惯，从而看破你的招数。”

复制体开始反击，伯锡变得被动，被压制了。

复制体说：“其实人类本身比代码更加脆弱，因为那只是细胞生命，有存在就会有消亡。而代码，只要有载体，便能供灵魂驱动。”

“你是卢雄……”伯锡说，他开始喘气了，复制体的招数样样往要害打，伯锡接得有些吃力。

“不，我说过，破监视者3381，我会让你掂量清楚自己的斤两的。”复制体的容貌开始转变，伯锡意识到，它的肉体分子能够瞬时分解再重构。伯锡看见了登船时那名中年男子的样子。

“如果你需要，变成女性也可以。”复制体开始变成香菱的模样。

“所以我才说，米德岛会给予你们前所未有的体验。”他变成了海图因公司总裁蒙利斯的样子。

伯锡意识到，蒙利斯的野心或许比自己想得要大得多。

“你活着，却是一具行尸走肉，伯鲁特死了，还仍然绽放光芒。”伯锡感到无比的愤怒，正是蒙利斯自私的想法，才让像伯鲁特、香菱乃至那名中年男子这些人死亡。伯锡越愤怒，出招的破绽就越大，最终被蒙利斯摁倒在地。

“我想，成为我的一部分以后，你会开始理解我的做法……”蒙利斯说话的时候，双手变成了一块平板扫描仪，对准伯锡的头脑……

蒙利斯突然大叫，他在地上翻滚。

“你们，怎么回事。”蒙利斯开始自言自语，“都给我回去，给我回去。”伯鲁特的声音在广播中出现：“那些被你吞噬的人，如今要将你反噬。”蒙利斯的表情变得狰狞，他的脸在不断地变化。

“救救我……”香菱的脸出现了。

“放我出去，我给你钱……”那张中年男子的脸。

“我，我好痛苦。”是马夫瓦纳。

“快逃啊！”凯明的脸对着伯锡吼。

“都给我回来，回来！”卢雄的脸出现了，但很快被蒙利斯压制，“你们，都得听我的……”

伯鲁特的声音盖过他们的喧闹：“用我教你的反代码，毁了机核。”伯锡按照他的吩咐，走到了计算机前。在输入代码时，伯锡犹豫了五秒钟，抬头看着天花板，问：“伯鲁特，你能看见我吗？”

“可以。”

“那我有办法见到你吗？”

“没这个必要。”伯鲁特说。

伯锡说：“好吧，那是不是从此以后你也会被删除？”

伯鲁特没有回答。伯锡将代码输了进去，机核附近开始震动，引起市政大楼共振。蒙利斯还在原地挣扎，伯锡已无暇兼顾，他跑出门，市政大楼便塌了。他看见了瓦纳他们所说的一间小黑屋，它也塌了一大半，伯锡不顾危险，走上去，看见了它的名牌：

M Land。

伯锡回过头，只见一大批接待员全都倒在了地上，他知道，这是乐园里的接待员全都陷入了停摆，米德岛项目完了。

离开前，伯锡再去精神病中心看了一眼。凯明与香菱都陷入停摆，从表面上看，他们就像睡着了一样。伯锡将他们放在床铺上，那样至少有点人的样子。他去看了瓦纳，瓦纳安详地睡在马的旁边。伯锡从员工通道撤离了，回到现实世界就看见海图因公司股价大跌，蒙利斯被传携款潜逃，不知所踪。

米德岛里大楼塌陷及整个项目停摆让海图因公司遭受了无数诉讼，法务部既要处理外部的投诉，还要对员工辞职大潮做出回应。整个海图因公司起源于接待员，源于机核，灭也是接待员，及机核。

对伯锡来说，他算是了却了伯鲁特当初的心愿。他觉得，自己能够有机会前往米德岛作为监视者，或许也有伯鲁特的暗中帮助。但他已经无法求证了。

伯锡家里放着一张米德岛的宣传海报，看着上面的宣传语："欢迎来到米德岛。"他感到可笑，又感到可悲，随即放声大哭。

此去经年

倪源蔚

奶奶去世当时正是年底，我接到电话，翘了不爱听的课，坐长长的地铁赶到火车站，又坐了整夜的末班火车回家。凌晨五点半舅舅接到我时，天还没亮，穿过浓厚的雾气能看见树木上裹着的湿尘，那时我才知道，奶奶在半夜已经咽气了。

白天家里人来人往，我只逮到个空独自与爷爷待了会，爷爷絮絮说道奶奶临终前在躺椅上。虽隔着墙，他手上眼里却仿佛看得见似的指给我说："就那张躺椅，她就睡在那张躺椅上呐。"他说奶奶迷糊中醒过来，把别人当作是我，望着他喊我的名字。爷爷告诉她那不是我，告诉她我在上海，回来没有这么快的。爷爷说奶奶听了这句话，人好像瘪了下去似的，陷在那张老旧的躺椅里，"那张躺椅年代久了，中间不是有个洞？她就陷在那个洞里面。"他不伤悲，也没有哀怨，也不灰心，他平静极了。

虽不是擅长动情的人，我到底落了几滴眼泪。

按习俗，那天晚上我们一家和姑妈一家须在厅上守夜，爷爷却必须回避。其实就相隔着几十米的距离，爷爷——不管是习俗认为他应该或者他自己也情愿独自待着——终于是一个人度过了那个晚上。爸爸平时待双老极好，关于死早与他们谈论过，三人都觉得活着时应当尽心尽力，死后便可一切从简，因此待到这天终于来到，心中也不觉得遗憾。妈妈在这方面有些钝。姑妈一家，奶奶的死对他们的意义或没有在当时便显露出来。我亦懵懂。于是虽是守灵，大家心中都并非极沉重，而多了一点空灵的感受。别人家守夜，遗体在内厅，守夜的人坐在外厅，吊丧哭丧的多也仅在外厅，内外又用幡布或帘子隔着，不叫人看见。外厅里灯烛须长夜点着，隔一外便要向灯内添油，内厅却一概不点，以示阴阳相隔。我们却就在遗体侧旁，围着火炉坐了一夜。

那天夜里异常的冷，厅是三大间两层高的大厅，中间空荡荡的，三面墙，正面并无门墙遮挡，全敞着。或许这也是我们坐在内厅的缘故之一。我渐睡去，后半夜醒来时，静夜笼罩着四周，印象中还飘起了雪，风从各个角落钻进衣服里，使人分外清醒。我们生起火来，又在火盆边放了几个番薯，有一句没一句地说着话，或者竟许久不说，都各自坐着。有一时我走到奶奶身边待了会，心里有些不能称为畏惧的畏惧，既怕着、又盼着奶奶一时竟会撑着手坐起来，望着我喊我的名字。我想象她或者是没有眼珠的形象，或者竟只是副骷髅，想象我穿越了许多岁月（仿佛是带着黄沙的岁月）又重新见到她的场景，有着一种清冷但暖心的感觉。我不知道我可以说点什么，也不知道她除了喊我的名字外还会说什么，或者就同大家围炉坐着什么也不说，只彼此各看一眼，也很好。我们在奶奶侧旁静待天明，竟把番薯烤成了焦炭才发现，于是又换生的进炉重烤，一恍惚，忽然有了种在陈家庄静待灵感大王的错觉。

当时我曾在模糊地想到，那个被“代替”着来厅上守夜的、实则等在家中的爷爷，不知正如何度过那个晚上。他是否曾睡着，眼前曾闪过怎样的画面，他是否感受到风雪，以及那些飘摇不定的烛苗，他是否同我一样，期待有人匆匆叩门，告知他奶奶竟或坐起？我也模糊地想到未来，想到过去，种种怜与怨、痛恨与慈悲，也想到他在白日里的平静，不知是已想明白，还是没回过神，是释然，是勇气，还是对死这个“大王”的妥协与认命？

许多年过去，竟没把这个问题问他。

对我而言，尝试细节地生活是很晚才开始的事情，在那些还未曾“启蒙”的年纪，死亡只是一种很平常的自然现象。那个年纪的死亡事件当中，没有特别的情感被唤起，相反，甚至觉得身处在那样的环境中有一种时空重叠、生死之门开启的奇妙。后来读到海子的《九月》，“目击众神死亡的草原上野花一片”，也是这种奇妙的感觉。想象自己与“众神”的魂灵在草原上相遇，想象在那辽阔无垠的草原成了一个摩肩接踵的市场，许许多多曾经的神迹、种种器皿，刀剑、奔马及野花共处在同一空间，那种神魔共舞的杂乱、喧嚷、热闹的劲头，种种想象给我的印象都比死亡本身来得更

倪源蔚

深刻。

还有一段时间，我陷入对人的自我和生命的双重怀疑，怀疑前者的存在让我丧失了主体性，甚至一度失语，怀疑后者的意义让我丧失价值判断。作为一个理科生，我又认为科学和仪器的事实局限或使世界对人类而言是不可知的——至少人类的认识会达到某个局限——而我的疑问也因此不可能得到解答，这更让我丧失了抬眼一观的动力源泉。这时候生命和死亡更不仅仅是自然现象，而成为如石头碎裂般甚至不值得记录的事情。后来上课读《弗兰肯斯坦》，读到主人公期待又忐忑地向一具组装躯体中注入生命，以为自己正在行使上帝的职责，有一种触犯禁忌般刺激而狂喜的感觉时，我只有苦笑。我还记得当时的翻译用的是“注入”，简单得就像向碗里打一个蛋，第二天早晨我去买煎饼，那师傅一手打蛋、一手用勺子配菜酱，那种娴熟反复的动作，一分钟即完成一只煎饼的速度，令我赞叹。我当时想，触犯禁忌，人类生生世世、蛋白质生生世世，但凡用宇宙元素组成的生命或非生命，只怕都不可能做得到了。上帝既不存在，又何来禁忌，生命既是个伪命题，死亡则更是个伪命题。

在上述的后一段时间中，恰好是奶奶去世之后的一段时间。两者未必有什么关系，但对于爷爷和我来说，我们则同处在各自的苦闷当中。因此，我们像两条面对面的平行线，每次见一两天，每年见三四面，然而我们各自讲述着自己的讲述，却从没有跨入对方的世界一步。

爸爸曾给爷爷搭了一桌牌局，又每周往回带足量的糕点、香烟，以飨其牌友。爷爷也曾很配合，用力把自己放到每天午饭后准时打牌的轨道上去，然而终究没能持续多久。有一次暑假我去看他，只我们二人，吃午饭时爷爷已不再讲话，他时而皱眉，时而望向院中，把筷子放下又拿起，又闭上眼咀嚼，喉咙处干瘪的皮肤被牵动着，仿佛已与肉分离。他吃得很少，还没吃完，牌友已到。他放下筷子，又叫上我帮忙搬桌，指挥我端水泡茶。那些老人与我是头一次见，至少是多年不见，都不认识，一时局促地站着，爷爷挥手，说：“坐呀，坐呀。”说了几遍他们才终于坐下，眼睛却仍有顾虑地看着我，爷爷这才发现我仍站在身边，向他们介绍说：“这是我孙。”又向我说：“你去忙自己的事吧。”也就只有这简单的两句，他甚至不记得我们尚未吃完午饭。后来我给牌桌添水送烟，他也没有看我。然而那一次是我仅见的牌局，后来便散了。

独居后爷爷的生活开始萎缩，奶奶在时，两人光做饭一事，便有拾稻秆、劈柴、铲灰、拣炭、留炭、收拾放置地、买米、买菜、腌菜、晒菜、保存瓶瓶罐罐、磨刀磨斧、修锅铲柄修锅盖、扎锅刷等一系列相关活动，还要计算讨论如何买东西省钱，比如奶奶生前买的火柴，在她去世八年后我们仍在用着。而如今爷爷只烧煤气，气、米、菜没了，便打电话给爸爸。爷爷也越来越少出门，不愿对别人妥协和将就，干脆就减少碰面。他开始沉湎于对过去的回忆，而对现实中的人和事，却仿佛有些恍惚。我多次撞见他一人在房间里说话，初时还以为有别人，后来才发现原来是对空气中的奶奶。有一次我推门进去时，他伸着手指着床边，目光也望向那里，仿佛奶奶正坐在那似的，他看到我，立即住了口收回手，头转向窗外去，仿佛一切都没有发生。然后他叫着我的名字，跟我讲话，他问我在上海的生活，每月开销多少，又问我上海的工作跟家里的工作有什么差别，又问上海回来是否不太方便，待到听说高铁不过两个小时，“哦”地惊叹了一下，眼前一亮，“那也快的”，他说。他没有说别的东西。他每次听到回答的反应都仿佛那是他头一回问这些问题，然而我不知他是记不起，还是不相信，或者干脆是故意如此问的。

后来盖了新房，早些年爸爸提了多次爷爷都没同意，这次却是他主动提出的，爷爷说：“你们过年回来都没地方住。”爸爸想多少年都过来了，怎么突然没地方住了。后来想明白，不是因为过年没地方住，而是因为住得简陋，所以只有过年回来住，爷爷其实是想我们多回家。或许除此之外，找些盼头是一方面，留房给后代是一方面，保留祖基也是一方面。但我们都没有想到，盖房也可能是爷爷对生死心态变化的一个结果。早年家里穷，屋仅一间，又以饭桌为中心，而饭桌的主位就是爷爷的椅子，来去一切事情莫不经过爷爷的眼睛。后来虽几次并购翻修，主屋始终没变，而且从主屋通向其他空间五条门道的交点，仍是爷爷的固定座位。家从他手中开始兴盛，而如今子孙都在外，唯一的妻子也已过世，或者他会有光杆司令的心境亦未可知。待到新房建起来后，爷爷越发回到自己的房间里去，让渡出对整个房子的掌控权——而他也不得不如此，屋中的水电管道、种种电器，都已不再是他那个时代的物产了，便是那些最普通的家具如桌椅，也已不再是当年的材料和工艺了。

我曾在许多人的讲述中回顾过爷爷的一生，也曾想过，也许从很多年之前，他就在等待大限的到来。他幼时家庭富裕，肯听别人一句怂恿，就穿新衣服在地上打滚，十岁前后家里被斗成富农，十多岁时考到江西铁路学校念初中，又因为大队要挟给家里断粮而回来，从此务农经过了新中国的前三十年。然而真正打击他的也许是五十岁时得的中风，再十多年后我外婆也得了中风，从此瘫痪在床十五年才去世，不知当时他又作何感想。后来中风虽然治好，终究留下了腿疾，不能同常人一般下地使力气，当时村里也有人在那个年纪丧子，然而对于一个农民来说，在哪种打击下更易于恢复或许并不容易判断。再后来随爸爸工作变动他的住所在几处波折，先是在城里，后来换一座城市，再后来是另一处乡下，最终又回到故乡，最初在城中他尚能接送我上下幼儿园，后来便没了可做的事，也久久难习惯风土，等到回到故乡时，又已经十多年过去。

去年我带女友回家，是他近些年来的一大开心事。从此每次我与爸爸视频，若碰上他在身旁，他问我的第一句话都是：“要回来？”第二句则是：“几个人？”家里又多了一个人，也许还多了期待过些年会再添一个，也许这让他有些枯木抽芽的感觉。他主动与我提的话题也不再限于回忆和我的做人，还多了亲人相处原则的一项。每次回去和离开时他都不忘告诉我，要请对方父母来家里看看，后来就变成了问什么时候来。爷爷告诉我和女友要常写明信片回去，说见字如面，电话挂了便挂了，明信片却可以一张张抽出来看。再一次回去时，他又拉着我说：“我看你们两个的明信片，燕子写的比你写的还贴心。”

疫情期间我在家待了很长时间，春暖后女友也过来。一日有人送了春笋吃罢，爷爷说起我们还有片地上面种了竹子。我一直知道有这样一片地，却不知准确的位置在哪里，爷爷说："我带你们去走走。"末了又添一句："待我死了，也得要有人知道我们家的地，莫让它们都被忘喽。"于是他带着我同女友一起进山，路走得极缓，走一段就指着某处说，这丘地是我们的，我们看一眼，原来不过是肥皂形状的一块地，横竖相加不过十步。我问他我们一共有多少地，他说："那不晓得，十来片田地，东一块西一块，哪个晓得有多少。"末了算算又说："连田连地连水塘，加起来一亩总歇了。"我想象着我们这一家，从爷爷开始，一个接着一个地从土地里生长出来，慢慢壮大，如今又添了一个，而爷爷奶奶却同土地一同老去了。

翻过山冈背，将到种竹子处时，爷爷喊住我，指着山路上一块岩石台阶跟我说："来，过来。"他的眼神里似乎放着光，嘴角还洋溢出笑容。爷爷接着说："我跟你讲，奶奶就是在这里摔着的。"他又详细说她哪只脚踩在什么地方，身子就翻在路边草丛里。又说她如何自己走回家，如何照常做事，如何在第三天就无力躺在躺椅里了。我站在爷爷的下手，仰着脸看爷爷，初春，略透着暖意的风轻柔地卷起他的裤脚，我仿佛突然理解了他刚才的笑容，也突然理解了八年前奶奶去世时他的平静，以及，什么叫做"视死如归"。

竹子种在一块梯田上，爷爷极细致地告诉我们界限如何划分，划分时又是怎样的故事，然而到头来，带大带小，总共不过七八根新笋。又去了太公太婆的坟前，他因为别人家掘水渠靠近了我们一侧而十分生气，说："现在的人啊，真是一点良心都没有。"我站在山谷里向前望去，云朵极缓慢地随形向前，云朵下的村庄在冬日的暖阳下蒸腾出了层层雾气，我有些哑，眼角也有些润，我在想，死亡究竟是什么东西呢？它肯定不仅仅是石头碎裂般的物态变化，否则又如何引起我心中的情感？然而情感又是什么东西呢？为什么是爷爷而不是石头碎裂在牵引我的情感？这一切的问题仍似无解一般地摆在我的面前，但我想我无法否定它，我可以否定上帝和禁忌，也可以否定了生和死，但我无法否定这种情感。

我无比期待这一切都不是真实的，是幻觉也好，是梦也好，都可以。甚至让时光倒退回八年前奶奶刚去世的时候，让我重新走一遍这段无比艰辛的路，也都可以。因为爷爷在说最后的话了。我只有用手中的短锄用力地掘土，给水渠改道，爷爷说："算了，别费力了。"爷爷这话听起来带着双关的意思，于是我当然不肯。我用力地记着我们的田地，记着他的每一句话，我找出许多问题来问他，引他开口……站在奶奶坟前，爷爷说："春草容易生啊，才几个月，竟这么高了。"又说："这树也这么高了。"又指着那几棵树说："那几根石楠，当年两块钱买来，后面两棵被挡着日头，也没指望它长，竟然也都大了。"他接着又补了一句："那时你都还没有生。"如今它们都已如云如盖，生与死在一处同时进行着，岂不叫人恻然——我感兴趣的，正是在回程时稍事休息的西西弗。如此贴近石头的一张苦脸，本身已经是石头了。我注意到此公再次下山时，迈着沉重而均匀的步伐，走向他不知尽头的苦海。这个时辰就像一次呼吸，恰如他的不幸肯定会再来，此时此刻便是觉醒的时刻。他离开山顶的每个瞬息，他渐渐潜入诸神洞穴的每分每秒，都超越了自己的命运。他比所推的石头更坚强。

很长时间里我都把自己和西西弗放在一个镜像的位置上，观察着他与我的相似和相异。我想有一点相似是可以被肯定的：我们都因为绑架了死神而受到了惩罚。每当爷爷与我说话的时候，我都非常羡慕他，他总是絮絮叨叨地讲述着自己在这片土地上的遭遇，与人的恩怨，似乎正将他的所有世界搬出来给我看。而当我想要与他说点什么，或者——甚至是与我相同年纪的人说点什么，我回头去搬自己的世界，却发现它们已经被弄丢了。

而爷爷，他——视死如归可以算作是绑架死神吗？

回上海的时候，我跟爷爷说，你要活到一百岁。说这话时我脑袋里浮想起，每次我们离开老家后，爷爷独自坐在他自己房间的桌子前，度过的每一个凌晨、午后、黄昏和夜晚。此去经年，我不知道，那样的日子对他而言，算不算是西西弗的巨石。爷爷送我们到门口，再次程式性地把上海的生活及请女友父母上门的话问了一遍，我一一作答，他又作恍然大悟态。他跟着送出门来，向我们挥手作别，猛地抬起头来，说："嘞，这房子这么高了。"

乌镇疑云

冉自珍

其实去年已经来过乌镇了，这次又来，便感觉生命多了一层回旋莫测的意味。我们这一生兜兜转转，有意无意，总是难以绕开那么几个地方，譬如我根本记不清去过多少次钟楼和大雁塔，在逢车必堵的玉祥门进进出出多少个来回了。高中毕业，跟父母一起去了桂林，本科毕业游又是桂林，虽说甲天下的山水任记忆饱餐，但实地感觉最为酸爽的却是古东瀑布，班上一个女生崴了脚滑倒了，我抓住机会，立刻冲了上去……

既然去年已经来过，赏景拍照啥子的，就不是此行的重点了，深谋远虑的我已经瞄准了梁永安老师，打算步步紧跟，与他形影不离，在知识的熏陶下度过两天美妙的旅行。中午到乌镇吃饭的时候我就贴着梁老师坐，听他讲那过去的故事，却无意中得知了一则惊人的内幕消息——梁老师说，以前他带硕士生的时候，有个要求，他的学生必须得会做四十八道菜，那片牛肉我都往嘴里送了一半了，听到这句话，吓得筷子一抖，可怜的牛肉差点和着口水重新跌入碗中，还好我英明神武，用嘴唇死死地夹住牛肉边缘，飞筷救急，牛肉终于被稳妥地塞回嘴里。我问梁老师，那要是学不会怎么办呢？梁老师说那不行，必须得会，不会毕不了业。我一脸黑线，想到之前住在广州龙洞的时候，我们八个龙洞小伙伴的主要任务就是吃吃喝喝，想法子吃，想法子玩。我不会做饭，所以负责洗菜择菜，吃完后洗碗拖地。他们一直夸我洗碗的时候很帅，拖地的时候屁股扭得很可爱，显得身材很好，我就做得更加卖力，还分别根据阿莲和二爷厨房的特点开发出了两套不同的洗碗流程，效率大增。当我想要学做菜的时候，他们全体反对，苦口婆心地对我说，自珍啊，每个人的生命都是独一无二的，你要是学会了做菜，不就跟我们一样了吗？我若有所悟地点了点头，然后他们拍拍我的肩膀，说这就对了，快回去洗碗吧。现在，当我听到梁老师这四十八道菜的要求时，好像明白了什么。

吃过饭，大家就拐进西栅大街开始游玩。刚钻过一个看起来很古朴的门洞，我突然发现梁老师不见了！赶紧顺着洞子钻回去，看见梁老师目光深邃地四下观望，就放下心来，后来我才意识到他是在策划逃跑的线路。观望够了，梁老师也尾随我们钻进了西栅，刚开始他比较老实，和同学一路说说笑笑，看见一个药铺，梁老师抒起情来，说这个药店可以开得更有意思，他也考虑开一家什么店，我没太听清楚，总之就是这个意思，后来我才意识到他这样说是在转移大家的注意力。我们接着走，走进了一个唱戏的大黑屋里面，看起来颇为年轻的爷爷奶奶在台上语调铿锵个不停，台下的看客们五颜六色，喝着茶，但我依旧保持警惕，因为这是最容易跟丢梁老师的时候，我瞥了瞥后面，梁老师还在，他胸怀相机，举重若轻。后来我才意识到，梁老师之所以喜欢摄影，并不是出于审美的需要，他十分狡猾，虽然不动声色，但还是担心眼神会泄露自己的秘密，于是，他需要一种伪装，什么东西能遮挡自己的视线呢？戴一副墨镜显然不符合人民教师这个人设，他几乎是不假思索地选择了相机，那种温和慈爱的目光经过密闭的金属盒子，在一个黑暗逼仄的空间中被机械零件细致入微地重新锻造，捶捶打打，挺过来的时候，早已冷峻无情了。所以，在梁永安温暖的眼神里，会突然划过一道锋利的寒光，削去我们多余的部分，与其说我们是被他的语言所驯化，还不如说，我们是被他的这种眼神所凿刻，回过神时，发现自己的确是更加栩栩如生了。

咔嗒一声，我知道，梁老师又举起相机，锁住了一个我们十分熟悉又倍感陌生的世界。从这个意义上来讲，相机是一条锁链，它抽击光明，鞭笞黑暗，将光影玩弄在股掌之中，对于手持相机的人来讲，这是一种莫大的快感，相机是视觉的暴君，它容不下看不上眼的一切！一个手持锁链的狂徒形象显然难以和梁永安联系在一起，但是，一个手持锁链的狂徒形象真的难以和梁永安联系在一起吗？或许，这是他的障眼法也说不定呢。

我思绪混乱，纠缠不清，就在这时，台上的爷爷奶奶开始弹唱，声如刀斧劈开了我混沌的念想。当我意识到自己遗漏了什么时，已经太迟了——梁老师早已遁身而去，不知所踪。

刘东东证词：我跟梁老师是在一起的，本来大家都在一起，后来就分开了，你问我什么时候分开的？看戏的时候，出来走着走着，梁老师就不见了。

冉自珍

当时我没有什么感觉，后来想想，梁老师大概买通了台上唱戏的两个人，他们美妙的表演是一场调虎离山之计。其实我本来是有希望抓住梁老师的，可是这中间出了问题，问题出在了张黎身上，准确地说，出在了张黎的头发上。

事情是这样的，看完戏出来时，梁老师已经没影儿了，他有多条逃跑线路，但我觉得一个慌慌张张的身影不符合梁老师光辉的形象，于是我断定，他藏身在了眼前的客栈之中，气定神闲，细品着白开水，等我们作鸟兽散，再出来优哉游哉地走开，好一个金蝉脱壳之计！我看透一切，三步并作两步，推门而入，穿过挂着字画的前庭，进到一个小天井之中，这时，张黎也进来了，她贼眉鼠眼地探头探脑、东张西望了一番后，顺着天井的台阶走了上去，最上面的门打不开，她就在台阶顶端站住，将脑袋伸进一格小窗子里。如果你恰好站在对面遥望那格小窗子，你会发现一个椭圆，大大地，鼓鼓地，塞进了窗子里，又缓缓地退了出去，作不规则运动，接着你会看到我在窗中一闪而过，椭圆忽扁忽圆，极富弹性，像一簇抖动的烛火。是的，我当时正在给张黎照相，不知为什么，我忽然想起了很小的时候妈妈在做饭，我也要做，她就从大面团上扯下一小块面团给我，我捏着面团开始帮忙，捏着捏着，出太阳了，阳光打在我的面团上，我竟然看见面团上有绒毛随风细细飘荡，呀，我觉得自己见证了奇迹！嗡嗡嗡，一只长腿蚊子飞过面团，飞向草包，我望过去，看不清楚，但我还是知道那是梁永安老师，他正穿过远处类似草包的不明物体，我愣住了，只见梁老师举起相机，他的一只眼睛变得好大好黑，我觉得自己被戏弄了，就跳下楼梯，打算去抓住他。

等我一下，我绑个头发。张黎说话了，张黎开始绑头发了，等她绑完头发，天色又变得凝重起来，好像傍晚来临一样，事情的吊诡之处就在这里，张黎绑头发的动作竟然与天象如此呼应，让我不得不重新审视这件事，我发现她啥都没绑住，绑完还不如绑之前，那她到底为什么要绑呢？这样疑惑时，她头上那一缕美丽的白发晃得我睁不开眼睛。

等我们从客栈出来，顺着一条田间小路与对面的草包状小屋平行时，我知道，抓住梁老师的最后一次机会已经错过了。

我无比沮丧，偏偏张黎在这个时候对我展开了一系列命运的追问——为什么来到这里？为什么走向了文学？诸如此类的，可是，现在回答这些还有意义吗？梁老师已经远走高飞，他到底去了哪里？

青椒证词：梁老师？不知道。

番茄证词：啊？你说梁老师啊，我们不知道他呀，不是跟你们在一起吗？哦，没有啊，那可能跟其他同学在一起吧，有什么事你联系你们班长好吧，我现在在度假，是不能处理公务的。

香蕉证词：什么，梁老师？我不知道啊，你来给我们拍张照吧花椰菜，我和青椒还有番茄加在一起就是红绿灯哦。

就这样，我们离开了草包，顺着一条小巷子重新钻进西栅大街，左左右右，过了多少弯小桥啊小桥，小桥太坚强就只能做牛做马，小桥太柔软就不配被叫做小桥，她抓住了两岸却抓不住流水，放走了桨橹却放不走过客。人们本来是要过桥的，到了桥上，反倒都拍起照来，咔嗒嗒咯咔嗒嗒，寒风尽情收割着茄子。

我们继续走，走在马虎的天色里，它似乎忘了自己是乌镇的天色，忘了自己的家叫做水乡。水乡的天色应该是明朗的，带着笑靥的。一双双眼睛眯起来看太阳闲闲地在水面上漫步，被水波拍得碎碎的，本该界限分明的光影晃得虚幻起来，这样的水乡有种神奇的魔力，能让所有的垂暮之年一下子回到童年。或者，水乡的天色应该是笼着淡淡的雾，水汽氤氲，烟雨迷离，人们走进大片大片的留白里，接过六百里加急的记忆，又走出来。但现在的天色完全不是，既没有漾起童年金光闪闪的涟漪，又拒绝中国古典的情韵，就这样尴尬地赖在头顶，叫人伤透了脑筋。

梁老师逃走了，我忽然想，一个真正的逃犯来到乌镇会怎么样呢？几年前，当父亲带着我开车行驶在酒泉到敦煌辽阔无比的公路上时，我同样这么想。我们从酒泉出发，穿过嘉峪关、玉门、瓜州，在敦煌吃驴肉，那时候我就想，地平线永远横亘在前，什么时候能走到尽头呀，但岁月的的确确是大步流星地往前走，从汉代就走出来的河西走廊一直走到了今天，就算一个人是亡命天涯，到了这里，也会不由自主地混淆自己的身份，望着没有边际的地平线，脚踏刺向地平线的河西走廊，一种磅礴的历史感会在他体内疯狂燃烧，身旁祁连山洁白的雪峰会洗刷掉所有的胆怯，他会突然觉得，在这里，没有人能剥夺他的自由，除非要了他的命！如果你不幸在这样的地方追捕逃犯，那你恐怕是身陷险境了。

但是在乌镇，这种倒转大概是不会发生的。屋瓦参差在一抹抹黑白错落之间，哪里找得见地平线的位置呢？散点透视的中国画到底给地平线穿上了隐身衣还是对它施展了分身术，谁都说不清楚啊。再刚正的地平线，一旦染上墨色，就统统坠入温柔乡，直不起身体了。所以，一个误入乌镇的逃犯，他的处境更加凶险，婀娜的水波能卸掉天狼星的盔甲，还卸不掉他的戒备吗？他在水乡长巷小巷，迷宫似的，穿梭，在桥上停住了，只一瞥，就陷入了往昔的幻觉，之前他心如擂鼓，现在却像一缕月光，照在古老的山坡上。这时候我们才发现，原来小桥是乌镇的耳朵，能听见行人的心跳。他没有意识到，一只手已经钩进了他的肩膀。

所以，我们就是走在这样的乌镇吗？光阴四溅，一下子拍掉了灵魂的水墨，肉身的线条也不管它，继续向前，徒留那块墨色如同单球冰激凌一样可怜巴巴地滚落进凝冷的天色之中。走着走着，肉身线条突然像鞋带一样松开，怎样的一双手能把它重新系起来呢？带着这样的困惑，我走进了木心美术馆。

当我们进入以木心来命名的这座美术馆时，应当是进入了他的内心世界。那些画作铁一样冰冷，铁一样火热，是他内心的独白。就在我努力寻找词语来描述这些画作之时，淑淑突然从旁边走过，她说木心的画类似于张大千泼墨的画法，顿时，我感觉她聪慧异常，美若天仙，她的说法虽然不尽准确，但确实抓住了木心绘画形式的本质——某种程度上，它拒绝修改，要么一气呵成，要么全盘皆输，作品的完成与否，需要相当的造化。这种精神似乎是得了中国传统水墨的神韵，但木心的画却使用了焦点透视，他仍然虚拟出了一个立体空间，要素描体积而不要书法笔画，这又与中国传统有别。看来，木心是一个喜欢用筷子吃哈根达斯的老头。

陈列着木心绘画作品的展厅都披上了夜晚，只有在他的画作上，才有琥珀色的月光照耀。他的画大都尺寸微小，这恐怕是由独特的作画方法和绘画理念决定的。木心将那种水墨般肆意游走的材质抽丝剥茧，创造出一个个寒冷枯寂的世界。

但毫厘之间，却是方圆万里，这些画作明明近在眼前，却让你感觉它们其实异常遥远，而焦点透视的使用，又让你意识到地平线在更远的地方，冰凉彻骨的尘世在中间搁浅了，寒枝冷月，锋利地将画面割出血来，几滴血滴落在画面之外，更多的血液汇成河流，凝聚成了画面中顽强留存的寒屋冷塔。这就是木心吗？这就是木心在铁屋之中，用快要瞎了的眼睛，快要折断的手指创造的世界吗？

出了木心美术馆，在民国饭店吃过晚饭之后，我们就去往桐乡了。我注意到梁老师悄悄地坐在最后面，他始终坐在最后，不动声色地观察着所有的一切。

桃哟证词：梁老师？为什么要问梁老师？我们当时在车上诗词接龙啊，你说啥？梁老师在后面？那又怎么样？他总得在车上啊，反正我们诗词接龙就对了。

晚上冲了个澡，我仔细反思跟丢梁老师的原因，觉得自己还是太嫩了，需要多一些历练，于是赶紧上到群魔乱舞的1202，加入了狼人杀之中，没想到，第一次玩狼人杀的我进一步见识了人性的丑恶，没有一个人说真话，没有一个人是值得信任的，第三轮我竟然在第一个回合就被干掉了，干掉我的人之中，竟然有我的挚友刘东东！没想到他是这样的东东！兔子曹逼真的表演令人不寒而栗，我在心里面大喊，淑淑，干掉她！干掉这个虚伪的女人，替我报仇！哐当一下，兔子曹果然有了恶报。最后，只剩下面团黎在蛊惑淑心，但是，人间正道是沧桑，淑淑在那一刻展现出了惊人的判断力，几乎完美地复盘了整个暗杀过程，终于将最后一个狼人绳之以法。

兔子曹证词：梁老师？我不知道，我什么都不知道，我没有见到梁老师。（几乎没有用力）

面团黎证词：梁老师？我根本就不知道啊！我简直懵了，发生了什么到底？我简直懵了我都！（用力过猛）

晚上躺到床上，睡意蒙眬，我觉着自己好像忘了什么东西，梦中当我被巨大的麻花扔到油锅里的时候，我才意识到，我漏了一个麻花的故事。

好了，现在让我们回过头来，说说麻花。一般来讲，景区里面有很多小吃，要么很好吃，要么很难吃，从来不会有中间值。当张黎探究完了命运的偶然与必然，发表了关于商业互吹的重要讲话之后，走了两步，过了一座桥，拍了两张照，她又饿了，此时距离我们吃完午饭，可能还不到一个小时……于是，我看见她的眼睛在乌镇上空飞翔盘旋，最后落在了麻花上。她像一只快乐的小麻雀，蹦跶了过去。

有四种口味等待她的宠幸，她尝了第一种绿豆口味，几乎对它一咽倾心，但为了公平起见，她还是装模作样地尝了尝其他三种口味，最后果断地说，还是绿豆好吃，她很激动，催我赶紧试试。说实话，我对她的表现非常不满意，当她说绿豆口味好吃的时候，显然忽略了其他三种口味的感受，她应该说得委婉一点，这是最基本的处世之道。而且试吃对我来讲，是一个非常重要的仪式，每次在超市遇到试吃，我都不会错过，得不到的永远是最好的，这句话在试吃上得到了完美的体现。我喝了一口水，润了润嗓子，开始神圣的试吃。

第一种，黑芝麻口味，说实话，这个味道怪怪的，我完全没有吃到芝麻那种微微磕碰到牙齿的感觉，淘汰；第二种，香辣还是椒盐来着？你看，它普通得我都不记得，淘汰；第三种，海苔口味，我认为这个口味非常不错，这可能源于我对龙洞海苔蛋糕的特殊偏爱，保留；第四种，绿豆口味，的确不错，但不太能吃出绿豆的感觉，保留。

我整理了一下思路，开始对这次试吃进行总结性发言："这四种口味各有——"

"绿豆的怎么样？"

我眉头皱了一下，重新发言，"这四种口味——""还是绿豆的好吃对吧？""对的，但是其他三——""好，老板，我要绿豆的。"

"……"

这段对话为后来东东发的那条朋友圈打下了坚实的基础。

发言失败，我心情非常郁闷，来到一边看阿姨制作绿豆麻花，忽然觉得麻花的命运真是十分悲惨，它们本来可以身心健康地成长为一坨圆圆的面团，可是现在却任由人类扭曲，还要在油锅里翻滚一番，而这一切，不过是为了自己能够被吃掉?！为什么麻花不能奋起反抗，过自己想要的生活呢？我忽然想起了从深圳过境香港的时候，看到海里立了很多柱子，后来我才知道，好像只要在那片海域立几根柱子，人们想要食用的某种海洋生物就会自动生长出来，这些贱贱的小生物为什么要这样自甘堕落，一直困扰着我。

吃了六七根麻花，过了两三座桥，张黎又渴了，这离刚才买完麻花，肯定不到半个小时，于是，她的眼睛再一次升起……最终，她心满意足地买到了什么银耳汤，喝了一口，交给我提着，开开心心地上厕所去了。

她上完出来，换我上，在厕所中，我与学长完成了历史性的汇合，跟着学长出来，就遇到了东东一行，朋友圈里的一幕即将上演。

走进西栅染坊，一块块布匹像怨妇一样随风飘荡，复仇的火焰在我胸中熊熊燃烧，毫不犹豫地，我拿出张黎的麻花，请大家品尝。这时，我注意到本来四下散开的人群忽然聚拢过来，我成了中心人物，当大家重新散开之后，淑娟学姐仍然不离不弃，走在我身旁。

学姐再来一个吧，我说。淑娟对我微微颔首，表示赞赏，她吃完第二根麻花，并没有离去，于是我又发出了邀请，她眼睛亮了一下，吃了第三根。

就这样，大家在绿豆麻花的牺牲之中，兴致高昂地走进了木心美术馆。

棉棉兔证词：绿豆麻花好好吃，自珍学弟好贴心，可是我又不好意思吃第四根，真是很为难，唉，纠结……啊？梁老师啊？梁老师也吃麻花吗？哦，不好意思，梁老师我没有见到他啦。

麻花证词：你说的梁老师是一个拿着相机乱拍的人吗？每天都有这样的人啊，太多了，他们都拍我，对我表示赞赏，说什么欣赏我的美，但最后都想要吃到我的身体，不吃到我的身体绝不善罢甘休，吃完了还要擦嘴擦手，好像我很脏一样，哼，天底下的人类啊，没有一个是好东西。

除了淑娟学姐，盛益民老师似乎也对绿豆麻花情有独钟，但不知为何，可能是我邀请得不够，他只吃了两根。这种对于油炸面食的喜爱此刻虽然被他压抑住了，但一定会以某种方式补偿回来，于是在第二天，就有了萝卜丝饼小分队集体为小摊子站台的故事，且听我细细道来。

第二天进到东栅茅盾故居，梁老师就消失了。我在瞻仰茅盾生平时遇见了淑淑，淑淑和我对茅盾老爸学通微积分这件事惊叹不已，接着，盛益民老师出现了，我们三个拐进了茅盾家里的一个天井，这时，我看到一位男子目光如炬，一闪而过，梁老师！我差点叫出声来，正要追上去时，盛老师开始对天井的纹饰进行讲解，就这样，我又陶醉在知识的海洋里，上了岸，梁老师早都没影啦。

范淑淑证词：梁老师？我们这边有盛老师就够了，让梁老师自己玩去吧。

盛男神证词：梁老师啊，哈哈，梁老师喜欢一个人转吧，昨天他一直走远，我一直跟上他，跟了几次，终于跟丢了，后来就和同学们在一起了，对了，昨天的麻花很好吃哩。

出了茅盾故居，变成了五人一行，请恕我忘了是哪五个人……总之，后面大家想坐船，八人包船，我去一家小店搬来三个救兵，开船了。

在船上，一个可怕的事实浮出水面——原来梁老师就躲在刚才的小店之中！他回头一瞥，嘴角微微翘起。这时我知道，今早是再也不可能与梁老师相遇了，他在岸上不曾隔水呼渡，我在船上已渐行渐远。

黄花花证词：梁老师？我不知道梁老师呀，大家一起坐船，梁老师没在船上呀。

郁桃桃证词：梁老师？梁老师是小哥哥吗？哦，不对……我没见到梁老师哦，不过，要是你能给我找个小哥哥，我就可以告诉你梁老师在哪里。啊？不行啊，那你给我拍张照吧，把我拍美了，我就告诉你梁老师在哪里，哎，你别走啊……

上了岸，以盛益民老师为中心，我们形成了八人小分队，步过小桥，穿过小竹林，又踏过大木桥，在一座小屋前研究了一番屋子的瓦片为什么能长出草来这个重大命题后，来到了萝卜丝饼摊子前。此时刘东东和王洋洋正结伴从街道另一端赶赴这里，将与我们一同享用萝卜丝饼的盛宴。

松鼠鱼证词：珍珍，以后我们就是好姐妹啦。梁老师？我没见到梁老师啊，珍珍，不要想梁老师了好吗？

刀疤胡证词：小珍珍，你有屁要放？哈？梁——老——师？没见着，我怎么知道梁老师在哪里？我都说了没见着你还敢问我，再多嘴，拖出去阉了你！

逛完茅盾故居，刘东东就和王洋洋结伴而行，一路向东，他们逛了钱币馆、东栅染坊和民俗馆，在一个纺线的老奶奶那里停留了一会儿，洋洋看老奶奶纺线看得出了神，她也想试试。出来后接着走，东东的脑袋不时探进两边的民居，他看见一条又一条又细又长的走廊，他忽然觉得东栅大街是一条蜈蚣，琢磨着蜈蚣要穿鞋脱鞋是不是很麻烦。逛完百床馆走了几步，就看见老远的地方几个同学站成一排吃啥东西，然后看见了盛老师，结果东东和洋洋离开小摊子的时候，每人手上就多了一块萝卜丝饼，他们俩一边吃饼一边走，踏过大木桥，穿过小竹林，步过小桥，在岸上看船上的游人晃晃悠悠乐呵呵地。中午十二点，两人准时到达约定的饭店，分坐在梁老师的两边。

没错，梁老师又神奇地出现了，这令坐在对面的我百思不得其解，但无论如何，谜底只能留待下次旅行再揭晓了。此刻梁老师的目光像小桥的倒影，他喝了一口茶，又开始给我们讲那些过去的故事……

梁永安证词一：和大伙儿出游好开心！

梁永安证词二：呀，大家走得好快，我都跟不上，走着走着，就跟大家走散了，找不见大家了，哈哈哈……

梁永安证词三：又见了一次乌镇。

下午忽然出了太阳，乌镇的石桥顿时亮起来。不过只是过眼的瞬间，天色又回到凝冷中。不变的是汹汹的人流，一辆辆旅行社的大巴卸下走不完的游客，各地口音各种打扮，把乌镇填得满满。

江南六大古镇，周庄、乌镇、西塘、角直、同里、南浔，最不喜欢的就是乌镇。乌镇的百姓生活风貌几乎看不到，整镇一个大景区，适合各种摆拍的背景，却体会不了旧时人间烟火。

不喜欢的地方还是要来，昨天带着文学写作的硕士生前来文化采风。这是每一届的必修活动。原来以为大家从校园跑出来野游，路上一定又唱又跳，疯劲十足，说不定闯个什么小祸，让人有机会深夜里点着灯火到处找人的惊喜。没想到这一行人收放自如，男生彬彬有礼，女生婉婉有仪，一点儿意外也没有。虽然波澜不惊，但也格外高兴，和一群将来的作家逛乌镇，好难得的存念。尤其是在镇里的木心美术馆，看到从大英图书馆借展的四位英国大作家的手稿，欣喜之情难以言表。兰姆、拜伦、王尔德、伍尔夫，多么景仰的作家，能看到他们的手迹汇聚于乌镇，时光化为奇幻，可能与不可能的边界无影无踪。

女孩莉莉和她的两个梦

陶　然

单人床的床头铺满了书，是莉莉出门前翻过的，材料一沓沓散落在兔子枕头上。

莉莉四肢摊开躺在她家那张玫红色的沙发床上，她很久没有这么休息了。打工和考试撞在一起，她十三个小时没合眼。考完试她照旧在站里等十分钟电车，渴望回到家就可以把自己变成一张舒展的毛毯。下班高峰期，电车内很拥挤，莉莉站着，对面坐着一个穿碎花裙的女孩，她很欣赏那女孩的裙子和红唇。女孩手里拿着一本书，莉莉瞄了一眼，发觉是一本流行小说。继续瞥向窗外的时候她看到女孩儿浅黄发丝下悄悄透出的耳朵，轻薄透明，挂着淡淡的绒毛。这里和家乡比就像巨人国，偶尔她会惊异他们之中也有人长相精巧。电车慢慢从桥上驶过，视野里是那条漫长的河，莉莉在脑中盘算回家要做的事情，小睡一下，洗衣服，把剩下的食物解决，还要再权衡，好不容易明天休假，要不要分出一半时间参加读书会。

洗衣篓里放着几件这周换下的衣服，那件她最喜欢的格子衬衫软趴趴地吊在篓子边沿，她进门穿过门廊时差点没被绊倒，来不及莉莉多想，她刚沾沙发就做起梦来。

梦里面她被两个陌生男人追杀，本来不存在她，只看到两个男人谋划打劫，临到做坏事，却发现挤挤攘攘的人群里唯有自己才是被追赶的那个。醒来的时候她脊背有汗，骨头松软，像化成了一摊被遗忘了的水。

国内把这叫“鬼压床”。莉莉忖度自己做了什么坏事，窗外已经黑透了，她恹恹地听淅淅沥沥的雨。

雨声忽远忽近，雨霖铃。她只想到这首词的词牌名和那句“便纵有千种风情，更与何人说”。中间的句子都忘掉了，像时间里连绵的暗沉。那么，更与何人说呢？肯定不会是阿华，阿华在她的生活里溜掉了，也挥发进了那暗沉。

她和阿华第一次见面是在校内的地下室咖啡馆，坐在那儿就像两只鼹鼠，困在灰色墙壁包裹的空间和咖啡的香气里，对地上的世界没有感知。等他们走到大厅才发觉外面在下雨，雨势不小，阿华的身体在玻璃门前轻轻摇摆，她此时才发觉，阿华瘦长得像一根桤木。她说，我晚上有一个deadline，要去对面图书馆写论文，或者我先走了？

他仿佛才注意到她小小的肩头一个硕大的背包。阿华看向莉莉的眼睛，她讲话时只是漫不经心地瞟了他一眼。他双手插在靛蓝色嘻哈裤兜，想，今天自己穿得足够帅气，哪里够不上她多看几眼呢。他感到这个女孩和他以往认识的那种，都不太一样。哪里不太一样呢？他们喝咖啡时照旧闲扯，他脑海里却反复响起她无意间吐露的"苹果"。那时，梳着油头的他照常拾起他自己那一套说辞。

她问，怎么突然想到见面？

他倾上身前，说，因为你好看。

她嗤地笑出声，刻意显得爽朗，听不懂话外音，喝口咖啡继续道，当初让我给你女朋友带化妆品的时候，可没对我讲"你好看"。

他挠挠头，说，前尘往事就不要讲了吧。我跟我前任的经历可能有点特别哦。她翻了个白眼，又不慌不忙地挖掉cheese蛋糕上面一颗草莓，填进那张小鸟嘴一样的红嘴巴。说，有什么特别的，谁还没个前任。掉在地上摔烂的苹果，和水果店包装精美的苹果，味道都差不多。

他还是要讲，她却突然看了眼手机，说，我来这里不是听你讲和你前任的关系。我们换个话题，或者现在结束也可以。毕竟已经五点半了。讲完这些，莉莉还是有礼貌地微笑，一切都很自然，阿华无端感到了莉莉的气势。

他一边卷烟，一边慢条斯理地问，袁莉莉，你是不是对我不太感兴趣啊？

外面的雨势很大，玻璃门里面，三三两两汇集着一些被雨困住的人。也有人大咧咧地出门，他们一起看到一个染成粉红色头发画深色眼影戴鼻钉的朋克女孩，笔直地走出门去。阿华对莉莉说，我送你吧。他脱下自己的皮夹克，两人一起跑到图书馆，一路上他紧紧罩住莉莉的肩头。他们挨得

陶 然

更近了，莉莉只到阿华的肩头，闻到他身上散发出须后水的味道。阿华的臂膀竟然不像他人看着那般轻飘，像铜铸的，厚实又壮阔的样子。莉莉一边跑，一边暗暗希望这条路再变长一点。

晚上10点刚回到家，莉莉就收到了阿华的信息，约她第二天一起去图书馆。她抱歉，说上午有课，下午2点到10点要在火车站的面包店打工。

“一起吃午饭好吗？”

她说，时间紧张，只能约食堂。阿华说，那很好，11点40在餐厅南门等她。她困惑，问，哪里是南？阿华答，就是对面是沙土路很方便跑步有高高梧桐树和大草坪的那个门。

如果知道这顿饭要一起吃大半年，她还会不会答应呢？

莉莉把梦里面的阿华狠狠甩出脑袋。外面夜幕四合，她想起小时候和妈妈去逛街回家，总是累到极点，一觉憨憨睡去，醒来处在意识的朦胧处，白炽灯在水泥地上漫反射，像是寒冬的早晨，还没有出太阳，所以起床要开灯。灯在外面的门厅里亮着，没想到只是前一天的傍晚。原来这一觉只睡了两三个小时，好像从哪里偷来了这“下半场”夜晚。

莉莉揉揉眼睛，拿起手机，最新的那条消息是三个多小时前李晴发来的，一个青年作者的主页链接。李晴告诉她这个人出了自己的译本，明天要来开读书会。李晴是自己的学姐，很热心，也很凌厉。她和李晴保持着适度的距离，处处显得柔弱一点。

莉莉看了眼手机，循例发送消息，说，收到啦，应该会去的。李晴秒回了信息，说，等你来。李晴又发消息，问她状态还好吗。

她说，还好，睡了一个大觉。

李晴继续关心，问她论文题目想得怎么样了。顺便提到自己毕业论文已经开始了三分之一。

她说，祝贺你，但我拜托你不要这么逼迫我。你知道，我没你这么上进。李晴的消息却又噌噌噌地发过来，三个感叹号！！！OMG！自己哪里很勤奋！

又解释督促她学习是为了逼迫她早日走出失恋阴影。最后还加一句王新华是个烂人。

她在心里面苦笑，没有再回复消息。莉莉的朋友不多，学姐算是一个。学姐出国早，语言好，四通八达交际广，门路多，吃得开。争论时咄咄逼人，针锋相对，战无不胜，恰恰符合这国家人刨根究底的口味。完全西化了。她有时在心底喟叹，虽然总是感到些微的压迫感。但学姐是很好的人，那句“烂人”恰好掐灭了她心里刚刚升起的对阿华的想念。她想过很多次，反复思量他们第一次算是正式的见面，假如，假如不是雨中的奔跑，又或者，没有下一次吃饭，阿华不会那么快那么轻易地就打开了她的心扉。但是她的心扉怎么就那么容易在这次被打开了呢？

莉莉起身去够开关，伸了懒腰去阳台的窗口拉好窗帘。阿华不喜欢拉窗帘，说，这么高的楼，对面就是天，不用拉窗帘。她住在33楼。确实够高，但是现在，她忌惮这里只有自己一个人。太安静了，如果有表，就可以听到表针嘀嗒，像她小时候的家。她想，这是回到了最初的寂寞。阿华是她“最初的寂寞的‘打破者’”。阿华第一次去她家做客，是在外面约会五次以后。她不是没有和异性约过会，但她从不讨论私事，不好奇专业以外的事情，甚至，暗地里，她持着这样的态度——关系是麻烦的。虽然她笑称“谁还没有个前任”，其实她没有。她不知道阿华看出来没，他缠着她讲那些“纯纯的恋爱”时，她只是敷衍过去。她不知道，慌张时，她的耳垂儿像虾子一样红。阿华喜欢的不是她的过去，是她窘促的样子。她没想到阿华轻而易举做到了别的男孩做不到的事情。不可思议，她回想时又气恼，她的金钟罩被他穿去了。她这次败得彻底。

和这边的人约会的流程一样，前四次是上限，要进一步，还是彼此放弃，两个人的心意像是走棋，本来毫无定数的棋子，却心照不宣地定格在随后的几次约会中。要相处，又要早早确定投入，分明是关系的艺术。搁在他们身上，又演化为不中不洋的陈规。

李晴知道她在约会，明明白白告诉她第五次约会的重要性。

于是第五次约会，从着装到习惯都变得有点不同。此前他们分别去过咖啡厅、撞球室、保龄球馆还有泰国菜饭店。吃泰国菜那次，差点不欢而散，因为餐厅里面浓郁的鱼露味儿，太臭了。莉莉受不了那味道，起身就想走，被阿华极力挽留。

好像是这样，多一点点强迫，不如人们口中说得那样庄重。他很快得到了她。第五次约会阿华选择了日本餐厅，从外面看里面的人，举止端雅，走到内部，黑釉樱花碗中的饭菜小巧精致，餐厅里播放着轻柔的日本歌曲，还有缥缈的酒香，仿佛人不是在吃饭，而是在演一出日本电影。她小口吃着，格外注意不在吞下寿司时又吞下口红。然而阿华依然像以往一样，讲一些细细琐琐的实习的掌故。她心下有些黯然，抬头看到绛紫殷红的灯光下，侍者浆得雪白的衬衫，想到自己打工时也要穿白衬衫，却没有这样笔挺。这么吃下和这个人约会中的最后一餐也蛮好。便不紧张了，喝着清酒听阿华讲话时，甚至大笑了起来。不是很好笑的事情，有些故意洒脱的意味。没想到酒把身子喝暖了，整个人就有点毛躁，又别扭。

阿华照例坐电车送她回家，走到楼下，照例说，不带我去上面坐坐吗?

她忸怩地摇摇头，低下头。他又去吻她，麻酥酥的电流穿过她的颈和发。昏醉中想起李晴说，第五次要是还没睡就是没戏了。她挣扎一下，又主动牵起他的手。他的手心很和软，给了她安全感。

她晕晕乎乎地牵着他上楼。黑暗中，她摸到了他的心跳。这感觉像是溺水，就是溺水，生命包裹进一个晶剔的软壳，声音，视觉，味觉，所有的感官都在水下张开，饱胀，扩张成一朵闪亮的水母，在漆黑的海域呼吸，跳舞，撑起又收缩地反复，那一片片透明的伞瓣，是她的眼泪。阿华看到她的眼泪了，在她耳边呼气，连说对不起。她摇头，却说，不知道为什么，只是哭了而已。

后来她不无恶意地怀想，是不是也有人这样在阿华面前哭过。他表现得那么好，那么慌张又镇定，把她拥在怀中唱着歌谣，仿佛她是稀世珍宝。又如今自己上岸，甩甩头发，水珠四溅，轻盈跳开。他以前总说“喔我的莉莉我的亲亲小鹿”。她不是真的小鹿，他才是那头轻快的小梅花鹿，头角峥嵘，跃入林中再次寻觅摇摆。现在，她只是化石，“你我都远了乃有了鱼化石”的鱼化石。阿华离开了快两个月。其间找过她三次，她记得很清楚他第一次找她时的情境。凌晨三点发邮件，说自己的手办落在她家。她只好把他从即时通信中解除封锁，问他，落在了哪里，她没有找到，也不记得。他却不回消息，好像发完邮件已经睡死。等得她白天不得不要出门打工，他也只字不提，好像还没有从假死中醒来。忙碌到下午。

她两点半坐电车回家，才看到他的短讯轰炸。像一个口渴的人希望扒在那口无数次无法满足他的井里，如同幻想沙漠里的海市蜃楼，那天晚上他拿着自己的手办出现在她家里，带着当初他攫取她时那种势在必得的霸气。

接着是周而复始的生活，周而复始的争吵和疲惫。他时常说，莉莉，你太忙，你不够爱我。莉莉说，不是我太忙，是你太闲。一边又暗暗加急手头的工作，希望为他挤出更多的时间。然而他有了她的时间却只是带她出门应酬。他的朋友们跟他一样是有闲的，看她的眼神都很特别。她渐渐便不愿继续这样玩乐下去了。

阿华就又在不告而别和突如其来中和她玩了一次捉迷藏。

她打开电脑，看作家的主页，头像是一个很干净的同龄人，她对着头像凝视了几分钟。像一个贪婪的偷窥者，她从他寥寥无几的几条时讯上搜集线索。原来他们不是同龄人，他三十出头已经出了两本在国内还算畅销的书。她望着他的头像，他桀骜不驯地看着镜头之外的点，像一个开军舰的。她很少给别人赋名，赋了名就有了在她心底占有领地的意味，她不会轻易地抛却这些拥有新名字的人和物，而且每个名字只存活一次。莫名的亲切，她在心底叫他小军，《甜蜜蜜》里的黎小军给了她灵感，他长得倒有点像黎明。她希望他不像黎小军那样笨拙又心软。她看着这个小军的头像，觉得他是一个坚强的男人。那次，阿华说，你需要一个坚强的男人。你不需要我，莉莉。

她变得歇斯底里几乎是吼出声，你回答我！你到底睡过她没！她手中举着他的手机，手机里放出的声音娇滴滴。

他不承认。他只说出那个模棱两可的答案。

那时候莉莉睁圆了眼，有点困惑地看他夺走手机，摔门而出。她机械地打开电脑看剧，却看不进去。电脑里一副声音，脑海里却两副声音。三副声音像在跳“复调”，时而重叠，时而插错，一边是那个女人拖长腔的“宝贝儿”，一边是阿华咬牙切齿的“坚强的男人”，还有一边，她不知道在咕哝什么。

她从网上下载小军的处女作。讲某地在短时间内发生了连环凶杀案，死的全是未成年男性，肢体被大卸八块，还都被剜去了眼睛。渐渐看出端倪，他编织的那张网在她心中膨胀出一朵浪漫的粉红色的云，她想，到底他还算有情。凶手是成年女性，收集那些像她小时候那样、受到欺辱的女孩的求助信息，帮她们杀掉这些残忍的男孩，又在无意间久旱逢甘露，爱上了一个值得人喜爱的便衣警察。这是第一次，她好像爱上一个凶手，希望她幸福。他把那个女人写得那么英武，仿佛只有他才彻底了解她，还有那些发出求救信号的绝望的小女孩。使她颤动的还有他带来的对她道德底线的撼动。杀人偿命，欠债还钱，她阅读时嗜好采用这样经天纬地又浅薄到底的善恶观。而他轻轻撼动她的感觉、思维、判断，她不愿意女凶手被追查、被追杀、被自己的爱情赋予生命又扯住手脚。她希望她至少可以活着。好像女凶手活着，她也可以这样孤独地活下来。这样默默地承担阿华离开后的夜晚。她这么坚强，才不是那只四肢瘫软的水母。阿华和他的朋友们才是水母，它们总是日日夜夜缠在一起，成群结队起来，才能彼此照亮，探索一指甲盖大小的冰黑色水域。

好在是阿华离开，他并没有带很多东西彻底驻扎下来。阿华很不理解，为什么不是她去和他同住，他那里更宽敞，何况还有一张双人床。他搬来以后，他们也曾每天挤一张单人床。后来阿华嫌睡不舒服，又买了一张可折叠的沙发床。她问，多少钱，阿华说，二手买的，便宜。她看不像，但也没说什么。

那时候，莉莉推说阿华住在郊区，不方便自己打工。其实是莉莉不知道两个人会在一起多久。不像阿华，比她只大三岁，谈过的恋爱却让她一只手数不过来。她心里不安定，没有搬去阿华那里住。他们定时回他那儿做客，像郊游。用他的投影仪在房间看电影，在他的阳台看书，出门就可以在森林里散步。阿华的那张床很大，他们疯起来就在上面打滚。

阿华搬来第一晚，端饭碗时碰碎了一个她很喜欢的碟子。她蹲下来收拾盘子，嘴上说碎碎平安，阿华没有立马和她一起收拾，阿华太饿了，双手往嘴里塞卷饼，说，你把大块的捡捡，小的等会儿我们吃完收拾。她不讲话，拿来扫把簸箕收拾残片，又趁势把地拖净。涮拖把的时候，阿华往她口中塞食物，她想，也不看看是什么环境，扭头不吃。他倒更要讨伐起来，说，一个破盘子，打了就打了，过几天在集市上再买不就得了，你怎么这么小气。她没有说这是自己在展会上淘来的日本货，青绿色的叶形盘子，在这儿哪儿那么好淘得。重要的也不是盘子，是她很爱惜地使用了快一年，连盘上的釉色都没有变浅，他刚来就把它给摔了。那一瞬她甚至上纲上线到无法弥合的差异，有一种两个人怎么样都不会长久的预感。现在她忘记当时那种窒息是怎么挨过去了。这种碎裂的感觉在他们后来共度的半年中出现了无数次，她时常想到那个瞬间，她整理灶台，他转身端碗，一切都是欣欣向荣的初貌，突然腾的一声，盘子碎了，那么清脆的声音。

阿华最后一次离开前，他们几乎只是一对仇敌。她恨自己因为黑夜接纳了一个软弱的人。他们最后只剩下了她曾经最过不去的那个部分，抚触，交织，盛开，溃败。结束后，却绕不过那些支离破碎的诘问。他说，你什么时候也开始对问题刨根究底了？他说，我们在这个问题上纠结了一个月了，不是吗莉莉？他说，我还爱你啊莉莉。他说，为什么为什么啊为什么啊？最后他不说话了，默默打开玻璃门，走到阳台，卷了一根烟。外面的空气吹拂进来，这里的夏夜偶尔炎热，好在从来没有蚊子。

直到他在夜色中默默离开，带上门，她才突然感到了饥饿。应该一起吃夜宵的。还有些后知后觉，甚至跑下楼去看他还在不在。站在电梯里她看着显示屏的数字一层一层往下掉，给自己找借口只是再一起吃一餐宵夜，方便好聚好散，心跳却加速起来，血液里面是懊悔，怎么没有原谅他，再早一秒就好了。他们可以一起吃一顿快乐的泡面。她煮的泡面，阿华说总是最好吃的。那这个“最”又是哪些里面的“最”呢？她甚至厌烦起来自己无意识的追问。莉莉，你到底要追问到哪里？很深很深的夜，楼下，外面，她踱了一圈，远一点暗黢黢的路上走着一对喝醉的人，边走边唱着，眼前灯下的水门汀空无一人。她胸腔里疲累得好像哭了一场，也没有力气煮泡面，回到屋里，学着他的样子在阳台卷了一支烟，买来本是为他备用，剩下来了。烟丝不知道为什么有一点潮气，吸在口中又涩又辣，她咳出了眼泪。天上闪烁着几颗寂寥的星，模糊的视野中，她突然有种感觉，阿华不会再回头找她了。经历了时断时续的热闹，这间房终于彻底寂静下来，像返回了自己的主歌部分，也像彩旗失声，电视机穿越回古早的黑白阶段，莉莉自己初来乍到时逐渐忍下的静。

她现在试图用自己的声音塞满这片寂静。下班或者放学的路上，她到超市买一个巨大的黑麦面包。回家后就着牛奶，吞下那一粒粒干涩的面包球，或者直接干嚼面包，她喜欢咀嚼时面包在口腔散发的感觉，仿佛不知疲倦的劳动，通过劳动就可以占据神经，不必思考。她听到自己的咬肌得到锻炼以后，骨头发出的声音，像一匹马。她驾着这匹想象的马，无知无觉地打发夜晚。直到有天晚上，那些面包在她胃囊里随牛奶泡泡疯狂膨胀，她跑到卫生间，抱着马桶狂吐，看到绞痛她胃的那一团一团紫黑色的东西一直朝外涌出来，漂浮在马桶里。清洗脸颊以后，她看到了一张越来越方的下颌。这没什么的，她自我安慰，失恋没什么，脸庞变形也没什么。她还有学业，工作，黑得越来越早、可以听到指针掉落的长夜。这样看来，她好像的确需要一个坚强的男人。

她在凌晨的时候做家务，把衣服抱到楼下的洗衣房，把床头无用的材料归拢进墙角，书桌要打理整齐，又拖了两遍地。她温了温前一天的剩汤。燕麦面包沾着滚烫的汤汁流入她的身体。身体比精神率先承认记忆。她不知什么时候，又恢复了吃黑麦面包的习惯。每天嚼这又黑又硬又健康的燕麦面包，渐渐给了她意想不到的力量，两颊没有真的变方，因为她一直在动，在灭，在复燃。李晴说，她现在安静得像无因的山火一样汹涌茁壮。她说，这是好词还是坏词。李晴盯紧她的眼睛，她直视过去，李晴笑笑说，无所谓好坏的。

不知不觉就到了早上。她想起刚出国在旅途中遇到一个台湾女孩，那女孩说，自己喜欢在夜里做事情，到了白天睡去。那时莉莉很困惑，不知道有事为什么不白天做。现在莉莉一个人在异国，失恋以后调整生活节奏的难度不亚于倒时差。时间的沙漏在白天的流速愈来愈快，她也开始在奇怪的钟点入睡，凌晨忙碌，就可以不思念，不思念，就不会想起软弱的水母。黑沉沉的夜被忙碌填补。等到上午太阳都要出来了，她恋恋不舍地把小说读了大半。她发短信给李晴，说自己决定抽时间和她一起参加下午的读书会。发完消息，她定好了闹钟，在床上躺下。

现在，莉莉又飞入了她的梦。她站在上次逃命路的脚手架底下，对面高处是一座灰白色的石拱桥，桥上的人川流不息。她看到人群之中阿华的脸，妈妈的脸，娇滴滴的脸，水母的脸，外国人的脸，那匹马的脸，李晴的脸。他们都在走动，可是她把他们看得那么清楚，好像他们只是在原地踏步。视野中石拱桥的右边空出了一片，像电脑的黑屏卡机。她眯上眼睛仔细辨认，发现那里由一块大玻璃占据。玻璃背后就是小军。长相清爽的小军站在桥上，一手扶着一张方方正正的玻璃，另一只手在上面擦拭，像一个机器人，在玻璃后面反复弯曲身体。莉莉想，怎么没有一个人帮他擦玻璃呢？她穿过人潮跑向他。忽然，她意识到自己就是小军书里的女凶手。是我还是她？她停下脚步。醒了。

长河

涂 莹

当我站在鸭川边上的时候总有种跳河的冲动。此时已是傍晚，河道两旁已经是华灯初上，清清浅浅的灯光映在静静流淌的河水里，依稀能看清漂浮在水面上的樱花。鸭川是京都的母亲河，贯穿京都南北，也贯穿历史古今，从平安时代开始这条河就承载了太多太多的故事。四月的傍晚春风温柔，不断有男男女女从我们身边经过，他们出现，他们消失，唯一不变的只有鸭川河水，纵然暮色四起，纵然草木枯荣，它永远在那里，静静地看着我。

黄昏在日语中被称作“逢魔时刻”，因为黄昏是昼与夜的交汇处，人与鬼得以在此时相逢。就像我此时和友人沿着鸭川散步，心里却总感觉到一种奇异的蛊惑。它在诱惑我，不知道什么在诱惑我，我心不在焉地和友人聊着天，内心却一直在哀痛。我们经过了五条大桥，瞻仰完了源义经和武藏坊弁庆的相遇之地。友人并不熟悉日本历史，一路走来一直是我在讲故事，但说着说着只觉得自己语言干涩，最终只好沉默。故事么，历史书上写得清清楚楚，五条大桥是平安时代著名武将源义经和其家臣武藏坊弁庆初相遇的地方。那也是一个夜晚，明月清笛，夜樱照水，清雅少年打败了前来挑衅的武僧，从此武僧便跟在少年身边，随他出奔奥州，随他讨伐平家，随他魂断高馆。你看，历史上总有这种美丽的传说，我原本只是看中了你的刀，没想到最后会为你而死。

友人嘲笑我把故事讲得太 gay，我也只好自嘲。很多事情就是不可说，不可念，我所感受到的一切归根到底都是我的浪漫主义情结在作祟。她不能理解，我也不能理解，所有人之间都隔着一条河，过去和现在之间也隔着一条河，上游和下游，此端和彼端，我无法溯流而上，也无法渡往彼岸。我们就这样走着，这样走着，就像那些在我生命里出现又消失的男男女女一样，什么都会消失，没什么大不了的，留下来的只有河流，不会变的只有河流。

我们在鸭川河边坐下，趁着天还未黑的时候。明天我们就要离开京都，友人问我，最喜欢京都的哪个地方，是二条城吗？是高台寺吗？是祇园吗？是本能寺吗？我看你在每一个地方都流连忘返，脸上总带着梦幻一样的表情，京都那么多历史，你最喜欢哪一段？

我都喜欢啊。二条城内有德川幕府的兴衰，高台寺是宁宁晚年的归宿，祇园钟声还在诉说着世事无常，本能寺的那把火依然烧在我心里。我们刚刚经过五条大桥，源义经的故事我已经告诉了你，如果还有时间我们可以去趟池田屋，那里有幕末新选组的传奇。

友人有些无语。历史少女，我败给你了，在大阪城的时候我以为你是丰臣秀吉的粉，在二条城的时候我以为你喜欢德川家康，在本能寺的时候我又觉得你是织田信长的迷妹，所以归根到底，你对谁都不是真爱啊。

那真爱又是什么，你能不能告诉我。

我总觉得耳畔传来了一声轻轻的嘲笑，不知道来自哪个朝代的魂魄。在鸭川河畔谈起所谓的真爱真是一件很讽刺的事情，因为它见证了太多。爱是如此广袤，弟弟对哥哥，妻子对丈夫，臣子对君主，君主对天下苍生。爱是如此动人的东西，极美却极其无用。在岁月长河面前，爱如蜉蝣，朝生暮死。我和友人在高台寺散步的时候曾凝神于宁宁的塑像，晚年的她终日为亡夫祈福，为丰臣家祈福，祈求丰臣家的政权能金瓯永固。然而那又有什么用呢，金碧辉煌的大阪城最后还不是被一把火烧成焦土。她的爱与执都成了空。

倘若先人地下有知，应该早就达成和解，一起嘲笑活人的贪恋痴嗔。德川家的政权也一样被美利坚的坚船利炮给轰得粉碎，二条城现在也挤满了俗不可耐的游客，鹂鸣地板被摩肩接踵的人踩得终日作响，倘若人世间还游荡着对昔日辉煌念念不忘的德川亡魂，看到这一切只会被气得偏头痛。但是他们都不存在了。时间真是这世上最公平的事情，管你英雄豪杰，管你帝王将相，反正最后都会灰飞烟灭。时间给了织田信长一把火，本能寺里《敦盛》唱，人生五十年，如梦又似幻；给丰臣秀吉一把火，眼看着大阪城楼塌了，宛如梦中梦；给德川幕府一把火，黑船压境，大政开创之地也是大政奉还之地。那把火现在也不在了，眼前的只有长河。

涂　莹

友人说，你为什么会这么难过？你到底在难过什么？

我一瞬间眼泪似乎要夺眶而出，但是我立刻冷静了下来。我们是来玩的，不该为了我一个人而破坏了其他人的心情。我说，没什么，我只是一直都很喜欢京都，我想去京都想了很久很久，但总归是没能去成。现在我来到了这里。你知道我有多喜欢这里。

我知道呀，可你为什么这么难过？

我不难过。我爱这里，我爱我们走过的每一座桥每一条路，我爱这里的传说。你说我对谁都不是真爱，但真爱与否本来就毫无意义。我心心念念的那些名字，他们都不存在了，是空，将时光拉长千百年，一生也不过短短一瞬。爱或不爱，难过或是快乐，都是如此虚无缥缈的东西。我知道我自己也会化作枯骨，化作尘埃，就好像从来没有存在过。其实归根到底什么都不会存在，我又为什么要难过。

不是这样的啊，每次你这样想我都很怕，我很怕你想不开。友人担忧地看着我，我突然觉得非常对不起她。我最终还是轻易地破坏掉了别人的心情。

你让我一个人待一会儿吧。

不行。你在想他，我知道的，你在想他。友人把手放在我的肩膀上。你们曾说过要来日本玩，对不对？但是，你总归要朝前走的，朝前看吧，别回头，你不能沉迷于历史啊，你还有未来。

我爱过他。我的眼泪瞬间就落了下来。我都不敢承认我爱过他。因为他不爱我。他的不爱让我所有的爱，都变成了一个自欺欺人的笑话。我宁愿去爱死人，爱很多很多的死人，爱这天地山川，爱这草木鸟兽，我的爱就算得不到回应，也无所谓了，因为本来就不会有回应，本来就不会永存。我的心里曾经也有一把火，它令我只要想起一个名字，就会烧得全身热血沸腾。但是那把火如今熄灭了，河流能熄灭掉世间一切的火焰，永恒不变的只有长河。

京都真好，鸭川河水静静流淌，这条河看透了世间繁华，知道众生皆苦，只有在它面前我可以毫无顾忌地纵情所爱，因为无论爱恨，无论兴衰，最后一切都会淹没在长河中。我心里的火一度把自己烧得死无全尸，但终究还是被河流拯救。顺流而下，随波逐流，也好过一看肠一断，频频回头。

明亮的眼睛

王梦迪

爷爷说，他是河南省镇平县张林乡白庙村孙营人士。孙营东面是小车营，南面是杨庄，北面是白庙村大队，西面是李寨。一条东沟贯穿全村流到黄泥坑。俗话说，靠山吃山靠水吃水，咱们那里什么都不靠，所以天地的光都沾不上，只好穷。爷爷说这话的时候笑眯眯的，他的眼睛明亮又温柔。

“孙营在哪儿?”“在白庙村。”“白庙村在哪儿?”“在张林乡。”“张林乡在哪儿?”“在镇平县。”“镇平县在哪儿?”“在河南。”“河南在哪儿?”“在咱中国。”小时候我没回过老家，总是游戏般不知疲倦地一遍遍问着。爷爷呢，则不厌其烦地一遍遍回答我。每完成一次，我俩都能咯咯地笑好一阵儿。小时候的我从没想过满脸笑纹的爷爷也有过年轻的时候，等我长大想问问他年少时的故事时，爷爷早已不在人世。

关于爷爷年轻时的故事，大部分是从我奶奶处听来。周五的晚上，我在姑姑家的阁楼上采访奶奶。我赶了好久的路回家，身体疲惫，半躺在她的小床上，她坐在床沿儿。我把脸埋进她的枕头，有一股老人家的气味顺着口鼻爬进身体。这是一条岁月的绳索，我试图顺着这条绳索从奶奶的身体里拽出关于过去的点点滴滴，拼凑出一面足够大的镜子，映照出爷爷这波澜的一生。

爷爷虽是孙营人士，却不是落生在孙营，他出生在距离孙营正西十二里地的贾宋街。贾宋街不是条小街，在镇平县里它是一条数得上的繁华大街，逢集时人流能有一两万。故事要从爷爷的爹讲起：我的太爷是出生在孙营的。孙营孙营，村里大部分人都姓孙，只单单住着这一家王姓。姓王的自己也不知道自己从哪儿来，奶奶说兴许是当年李闯王的缘故，“李闯王，杀河南，杀得路断人稀，路上搁元宝都没人捡——当兵的埋伏着哩，有人捡就杀”。李闯王害得孙营里孙姓元气大伤，不得不从远地迁来别姓填充，王氏许就是这个时候来到了孙营。

孙氏人旺，斗转星移中几户人荫出了几个生产队来。王氏人不旺，到我太爷这一代，只剩下这一家王姓。太爷家有四个弟兄。太爷的大哥早年间参军打仗，出去后再无音信。二哥是个灵巧人，早年学张箩。彼时农村家家打粮食要使碾子使磨，筛粮食的纱箩可是个必不可少的物件。纱箩精致，做起来却烦琐，需两人配合，所以老话说“张箩，张箩，不是一个人的活儿”。但是二哥心窍灵，一人就能拉架子车张箩。二哥还有外号叫个“王磨阵儿”*，他是个闲不住的人。后来他学织布，一人跑到湖南去也再没有回来了。直到几十年后八路军来了，要家家户户了解家史，太爷这才又和二哥搭上线。二哥来信说在湖南站住步了，几十年间结婚生子，以后不会再回来。太爷行三，还有个小弟没成人就生羊羔疯死了，太爷就成了王家在孙营的一根独苗。

太爷不甘做个被拴在土地上的庄稼人。他十几岁上离开孙营，做小买卖起家，步步打拼，三十多岁时终于发迹。在贾宋街买下了三间门面房，雇用着五六个伙计，开一间金火铺，日子过得饱满殷实。先立业后成家，太爷三十四岁才娶亲，娶的是十八岁的太奶王刘氏。太奶是地主家的闺秀，家境颇丰。可惜出嫁赶上了乱时，也顾不上吹打，一顶哑巴小轿子就把她抬进了贾宋街。太奶生得很美，重眼双皮，肤白若雪，一双小脚三寸金莲，任谁见了都要夸一句标致。

爷爷生于民国二十二年，他是太爷的第五个孩子。他上面有三姐一哥，后来下面又添了一弟一妹。爷爷生得像太奶奶，浓眉大眼，齿白唇红。只是不似他娘皮肤通身雪白，而是像我太爷，麦色的皮肤传承着祖辈和土地的亲近。八岁前，他一直过着锦衣玉食的日子。直到他八岁时，太爷染上了赌，一夜之间散尽家财，爷爷的好日子就从这里画上了休止符。

太爷把他的三间金火铺连着地皮门面输了个精光后，想到的第一个办法就是死。吃了毒药，他自是无颜回家面对一家老小，趁着还没发作，太爷晃到以前相好的一对寡妇妯娌家诉说平生未了志。寡妇妯娌察觉出不对，两人当机立断合力摁住太爷，从尿桶里刮下黄腻腻的尿垢混着黄汤，掰着他的嘴强灌。尿碱汤让太爷把五脏六腑都呕了个净，这才从鬼门关捡回一条命来。

---

* 河南方言，喜欢四处跑，喜欢出门闯荡。

 王梦迪

死不成就得活，贾宋街上没了住处，太爷只好带着妻儿回到孙营去。营里属于王家的，只有一间破草屋。太爷原想着往后子子孙孙就安身在贾宋街了，谁承想到头来竟是镜花水月一场空。太爷那一年已年过五十，看着四面透风的草屋里嗷嗷待哺的七个小儿女，他再也没有心力像祖祖辈辈那样去土里刨生活。他愈加悔恨愈加愧疚，愈加愧疚愈加悔恨，最后还是用梁上的一根草绳收束了这一生。

“太奶比你太爷韧性，”奶奶说，死比活容易。太奶不愿死，大人死，家里的七个娃儿也要活呢。太奶第一件事就是给十五岁的大闺女找婆家，女啊，不要怨妈，家里实在没有遮头瓦。草草嫁了大女，剩下的孩子最大的十三，最小的刚会跑。没有地，没有劳力，没有本钱，可怎么活下去呢。

太奶还是生出了办法，她想尽办法借了粮钱，在孙营向东三里地黄土河外的一条小街上支起了一个小棚子——这街叫官司街，太奶就在这棚子里炸油条包饺子卖胡辣汤。爷爷的哥小时候生过羊羔疯，家庭大变后没多久就病去了。八岁的爷爷就作为最大的男丁出门跟着太奶挑担卖吃，烧锅收银。“你爷爷天资聪明，没进过一天学门但是能心算，不拨拉算盘收钱也从来不错。”这是奶奶的婆婆，我太奶告诉奶奶的故事。

饥荒年代又遭打仗，赶上一回过老日 * 时，一锅饺子刚下，鬼子的飞机就来轰炸了。太奶舍不得这锅饺子，迈着小脚端起锅一口气跑到黄土河。鬼子轰炸时专挑集市村庄，黄土河河沟深水儿浅，河底的低洼处就是营里人的避难所。我想象太奶带着小儿端着滚烫的饺子锅迈着三寸金莲飞奔的场面，这多少有些悲壮的意味。女子本弱，为母则强，本是娇生惯养的小姐却被生活的粗粝打磨成坚忍柔韧的母亲，太奶的六个孩子就是无数锅这样滚烫的饺子养大的。

爷爷就这样和太奶在官司街卖了七八年的吃食，攒下了一身的好厨艺。我从小就记得爷爷做饭好吃。爷爷手艺极好，剁饺子馅时使双刀，左右开弓煞是威武。以后的几十年里，村里谁家打发闺女娶媳妇，死了人待客，都要来央爷爷。大酒席一次十几桌菜，材料切配只他一人就够。爷爷干活动作快，刀工好，萝卜丝切得赛过粉丝细。饥馑的年代里，同样的食材在他手里，总能翻出花样来。炸丸子，肉馅面粉和上山药泥，配料火候他总能拿捏到位。炸出的丸子外表金黄，内里酥软，肉香裹着山药，吃不出面味儿来。拌凉菜，粉皮菠菜拌牛肉，他调的酱汁不重颜色，既能让牛肉滋味饱满又不掩盖菠菜的碧绿粉皮的晶莹。蒸卷煎，擀皮、拌馅儿、卷蒸、切片他一气呵成，保准面皮口感劲道肉馅鲜香扑鼻。当然这都是后话了，爷爷在官司街挑担卖吃的七八年间，家里的两个姐姐都陆续出嫁了，家里就剩下爷爷和一双弟妹。紧接着赶上土改，营里打土豪分了田地，爷爷也长成了一个十六七岁的壮劳力，他就不再走街串巷，而是回到家里种地想过上安稳日子。

---

* 河南方言：意为日军部队过境。

奶奶说爷爷是个利索人，干活肯下身*。学一样像一样，割麦扬场都是一把好手。每年的收获季节，打麦场上聚集着男女老幼，大家一起翻晒着一年来辛苦耕作的胜利果实。扬场正是农家好手出风头的时候，这是个力气活更是个技术活。没有相当的体力和把握，是不能一锨扬上去把粮食和泥沙、粮糠分开的。生产队里负责扬场的，一般是比较有力气又比较有经验的人。“干这个活儿的一般是老身儿**，你爷二十出头就叫生产队派去扬场哩。”奶奶说的时候声色很平静，但我仍能穿过她的眼神看到那场面的光亮：宽阔的打麦场上，年轻人赤裸着上身，露出因劳作而精壮紧实的肌肉。他双手紧握一把长柄宽木锨，深深地吃进麦子里，然后猛一用力向上扬，向前推送的力量逐渐加大却非常均匀。只见一阵麦雨划过后，麦堆被分为三层，砂石最远，粮食居中，粮糠最近。年轻人不断抛洒着麦虹，打麦场上的粮食也越积越多，最后堆成一个金灿灿的小山丘。

因为农活样样一把手，爷爷还被推举做过生产队的副队长。可没两天，这副队长就“下课”了。“你爷不是当官的料。”奶奶的话中有一种非常了解的自信气度。爷爷天生口结。平时不急的时候结巴倒不明显，一急就说不出囫囵话来，越急越结，越结越急，话到了嘴边，可就是结结巴巴话团不成块儿。生产队长可是个费嘴的差事，爷爷自然是干不长久的。这事儿我深有体会，我小时候被爷爷带大，小孩子顽劣爱模仿，不长的时间我成功也变成了一个小结巴。后来被奶奶打了好几顿，纠正了大半年才改过来。

上天从不亏待人，亏处必有补。爷爷话说都不利索，可是却能登台唱戏，他唱起戏来声高腔亮，一点也不结巴。爷爷在官司街卖吃食的时候，拜了个老道士做师傅。老道士会拉弦子，会说戏文，爷爷干完了活儿就跟着老道士咿咿呀呀学唱戏。爷爷长得俊俏，声腔又好，唱戏扮得都是旦。《陈三两爬堂》里他唱青楼才女陈三两，《卷席筒》里他唱小苍娃的蒙冤受屈的嫂子曹张氏，《铡美案》里他唱陈世美的发妻秦香莲。老道士常夸爷爷唱得好，寒韵多，深沉悲壮。因为这个，爷爷还被选进了宣传队，农忙时种田，农闲时排戏。娶媳妇唱大戏，死了人唱孝戏，逢着庙会年节更是要大唱三天。那时候爷爷可是村上的明星人物，每到扮装上戏时不知吸走了多少大姑娘小媳妇的爱慕眼光。

可是明星人物也只能打光棍。爷爷十七八岁时有过一个偷偷相好的女子，是他的青梅竹马。可是家贫掏不起彩礼，央了媒人去说亲遭姑娘家断然拒绝。“人家说了，你爷家里就是个穷坑。”爷爷迟迟拖到二十八岁才成亲，娶了隔壁杨营的一位杨小姐，就是我的奶奶。这个杨小姐离过婚，在当时可是个稀奇事。不管风言风语怎么说，毕竟杨家不要彩礼。媒人领着二人隔着石磨远远地互看了一眼，依靠着这短短的一瞥，我的爷爷和奶奶订下了终身大事，也埋下了此后五十年的时光里数不尽的吵架和斗争。

奶奶的叙述到这里戛然而止，她津津乐道那些遥远的苦难回忆，却不愿讲讲她和爷爷朝夕相处

---

* 河南方言，意为能吃苦、肯下力。

** 河南方言，意为师傅，有经验的前辈。

的时光。我再三央求也无济于事，只得从姑姑处为这个故事寻一个下文。姑姑说，爷爷脾气火爆刚烈，干事雷厉风行。奶奶是个慢性子，做事精细不紧不慢。爷爷口结笨嘴拙舌，奶奶能说会道柔韧难缠。两个人的脾气不对，下地干活时总争吵不休。爷爷嫌弃奶奶半天割不出一行麦，奶奶埋怨爷爷割麦不精细总有遗漏。两人一言不合就要吵架，奶奶巧舌如簧常占上风，爷爷憋得脸红脖子粗有理说不出，气急就易动手打人。再到后来，爷爷干脆宁愿自己一人干也不要奶奶下地。奶奶是个黏缠性子，倔强，不好伺候。觉得吵架生气身体不适就躺着床上不动，有时候爷爷累了一天从地里回来还是冷锅冷灶。

爷爷奶奶吵得鸡犬不宁的十几年间，我父亲和他的五个兄弟姊妹也陆续出生。那时的婚姻是谈不上爱情不爱情的，也许爷爷奶奶从没想到过“爱情”这样别扭的字眼，他们只是搭伙过日子罢了。奶奶身体不好，不下地也不操持家庭，爷爷就一肩挑起了家庭的责任。他一个人下地挣工分，喂养家里的七张嘴。为了嗷嗷待哺的六个孩子能吃饱，他没日没夜地干活。农忙时下地，三四月间春上，麦子不熟之前，他就到邻县下矿挖煤，到南阳拉板车收破烂，到洛阳拉弦子唱戏挨家挨户讨红薯干。爷爷一刻也不得闲，他是一个为了孩子极下身的人，不讲究什么面子身段，为了生存什么苦累都肯承受。

爷爷脾气火爆，对小孩子却温厚。姑姑告诉我，小时候家里孩子多，粮食不够吃，常年是生产队上的缺粮户。每年只有过年才能吃上一顿肉，通常还不是纯瘦肉，是带着肥油的五花肉。爷爷用这来之不易的五花肉配上白菜粉条豆腐攥一大锅菜，这样菜里多少也有些肉汁的滋味。吃饭时，爷爷先把肉和豆腐挑出来拨给太奶一碗，剩下的均分给孩子们，最后才是奶奶和自己。姑姑年纪小，不愿吃肥肉，只把精肉啃了就作势要扔。爷爷见状忙用自己碗里的精肉和她换肥肉，说自己不喜欢吃瘦肉。从小到大，年年如此。所以姑姑一直记得爷爷最爱吃肥肉。有一年爷爷来上海，姑姑特意去菜场挑了很肥的五花肉，给爷爷烧了一大碗油汪汪的红烧肉。爷爷看着肉笑了，犹豫了好一会儿才不好意思地说：“闺女呀，其实爹也不喜欢吃肥的。”时隔多年，爷爷已经离开我们很久，可姑姑说到这里的时候还是泪如雨下。

在爷爷的浇灌下，缺粮户的六个孩子也像小树一样抽枝拔节。老大最有本事，家里穷得没米下锅，年年学费都要借，他还是考上了顶好的大学。毕业后老大分去上海工作，便将大妹小妹都带到了上海，在工厂里为她们寻了工作。老二当兵去了新疆，在那里转士官后又提干，扎下根来后就把三弟四弟也带到了新疆。孙营老屋的四季里，渐渐没了孩子们的嬉笑喧闹，只剩下了爷爷奶奶的身影。爷爷的负担轻了，但他仍然兢兢业业地下地干活，土地和粮食是他最亲密的朋友。

1994年，我刚刚在新疆一个叫奎屯的边远小城出生。那一年，已经在新疆成家立业的伯伯们商量着把爷爷奶奶接到身边照顾。年过六十的爷爷来了新疆也闲不住，他每日洗衣烧饭，给子女们带孩子，骑车去割芨芨草，回来扎成扫帚卖钱补贴家用。我长大一点后记得，小时候总是爷爷给我扎辫子，全家只有他会编一种复杂精美的花样。夏天他总骑着二八大自行车驮我出去玩，冬天用煤球炉子给我烤红薯。奶奶是从来不会做这些的，我既不记得她给我做饭吃，也不记得她给我扎辫子。印象中唯一深刻的一件事是关于堂姐的。奶奶嫁给爷爷后开始信耶稣，从此主就成了她心中高于一切尘俗生活的存在。有次她要出门聚会，家里一两岁的小堂姐没人带，她用绳子把堂姐拴在床上就走了。爷爷回家看到了气极，扬言要揍奶奶，吓得伯伯们都来劝。

在新疆住了几年，爷爷一手带大的孙子孙女们都送去上幼儿园了。清闲下来爷爷又开始想念老家，想念和他朝夕相伴几十年的土地。子女拗不过他，只好送他回去。爷爷在孙营住了两年，儿子们又添了小娃娃，爷爷又回到新疆。小娃娃长到能上学了，爷爷就又想回老家，他离不开他的地。十年间，爷爷候鸟般不知疲惫地在新疆和河南之间反复迁徙。

七十岁时，爷爷的身体已经很不好。伯伯和父亲再一次把他接到新疆照料。年轻时经年累月的透支劳作开始在他身上穷凶极恶地索要偿还。他的身体里徘徊酝酿着一场革命，住院后情况时好时坏。爷爷突然又萌发想回老家的念头，由不得儿女不依，爷爷死活闹着要落叶归根。他身体稍一好转就要动身，无论如何也要回到老家看看。临走前，二伯给了他一千块钱，嘱咐他回去一定要注意身体，别心疼花钱，饭要吃好，别舍不得割肉，再不许种地，爷爷连连答应。

“你爷回老家是想他家里的野老婆哩，他害怕自己死在新疆，再见不着他野老婆的面。”闭目养神许久的奶奶这时突然开腔说话。爷爷回老家后就去见了那个青梅竹马的姑娘，那一千块钱他自己分文没舍得花，全给了她。十七岁时的那个她，七十岁了还放不下。穿过悠长的苦难岁月，爷爷还想把好的都留给那个她。我心里一下生出许多悲哀来，为爷爷也为奶奶。唉，头一年回去见她一面。第二年爷爷回来就病重了。情况急转直下，病了月余，昏迷数次，全身多处器官衰竭。最终他难忍病痛折磨，在新疆撒手人寰。

爷爷最终没能落叶归根，他葬在了乌鲁木齐南郊的燕儿窝陵园。据说这是一片风水宝地，埋的都是达官贵人，它也包容下我爷爷这个平凡小民。爷爷的墓地朝东南，正朝着老家孙营，朝着官司街、贾宋街的方向。追悼会开过，鞭炮放过，尘埃回归尘土。年少的好日子轻烟一样地散去了，半生的苦难也散去了。

无论我身在何方，每年除夕前夕总会去陵园给爷爷扫墓。冬季的陵园里落满了雪，小路荒芜无人。我慢慢用布子拂去墓碑上的积雪。一边擦拭，一边默默在心中自问自答：“孙营在哪儿?”“在白庙村。”“白庙村在哪儿?”“在张林乡。”“张林乡在哪儿?”“在镇平县。”“镇平县在哪儿?”“在河南。”“河南省在哪儿?”“在咱中国。”

没人再会回答我了，对吗？我缓缓地擦拭着墓碑，心里有些难过。抬头却见碑上的照片里，爷爷还是笑眯眯的，他的眼睛明亮又温柔。

江湖菜的故事

王　洋

今年春天我有什么值得回忆的事呢？大概就是坐在朝天门的码头边的圆桌上吃江湖菜吧。

“幺妹，你要去哪里啊？”“朝天门。”

“朝天门那么大，我怎么知道要把你放在哪？”“我要吃江湖菜。”

司机提议去一个“味正价廉”的地方，我告诉他我不缺钱，就要吃最好吃的江湖菜。早闻重庆的男人是粑耳朵，可我觉得他们是南方男人中的“山东男人”，他继续丝毫没有挫败感地告诉我，那是他们交车后时常去的一处地方，或许等一会儿他也会去。我盘算着，如果等一会儿，满店都是挨宰模样的游客，我就走。

下车，胡乱扫一眼，各个桌子上的“龙门阵”摆得还挺正宗的。餐馆傍着一条三车道的马路，各色的车头呼呼而过，我选了深处角落里的一个位置，猫在角落小憩的服务员，呼朋唤友的组局人，一切都在掌握之中。

按照司机的推荐，我点了干锅耗儿鱼。它们翻着白白的肚皮，头身连接处迅速回收出尖尖的嘴巴，躺在一堆零乱青菜里，丝毫没有其他鱼类临死前的震惊，一个个真的像老鼠一样眯着眼睛，像过年银行送的招贴画儿。素来不喜欢这种扁平的小鱼，以我的经验筷子轻轻一戳，就能触到它的骨头。果不其然，这就是一群肉薄刺乱的小东西，莫名的让人联想到重庆姑娘的皮肉和骨骼。

朝天门码头上，讨生活的人把耗儿鱼从水里捞上来，一番蚕食之后，又带着满腹的耗儿鱼继续在嘉陵上四散奔走。夜幕一点点降落，声音越来越嘈杂，越来越多的耗儿鱼被服务员端上来。那些端着耗儿鱼的服务员，在我眼里，变做一个个穿梭的“鲁”字。那是故土鲁国谣传来的暗谴吗？迷乱之中，耗儿鱼细细的乱刺在我的口腔里作妖，在家里我可是连鲤鱼都不吃的人啊。

“我早就跟你说过不要去啊，人家是不是真的欢迎你去呢？”我拨开妈妈的电话，妈妈在湖边的那座北方小城里对我讲。

在遇见耗儿鱼的 24 小时前，我还跟我哥哥在嘉陵江更上游一点的位置，那里有一家火锅店叫纸盐河，旁边就是千厮门大桥，还有一家小的不成样子的DQ。来这之前，我们经过一布满微缩景点的石碑，景观旁标记的各种名号已模糊不清。

但努力辨出了“千厕门”三个字，臆想那么多的净身之所一齐开张，肯定是千与千寻的架势。一边看落日之时的千厮门大桥，等着被专门向游客开放的纸盐河火锅店宰。在演示过何为“倒杯不落”之后，我哥抱起了手机，两个大拇指开始飞速地在手机屏幕上运转，眼皮偶尔抬一下。

两年前，我哥挣了第一笔钱，从小就像小女生一样喜欢喝饮料的他送了我一罐蜂蜜柚子茶。从郑州的新华书店出来，我抱着那罐柚子茶就像抱了一罐他漂越整个印度洋才掠夺回的金币。

他拍拍我，跟我指着一幢三层小楼上的红色招牌，缓缓地吐着气说：“那家水煮鱼我经常去，我们去吃吧。”黑乎乎的外墙弥补了这家餐馆没有霓虹灯招牌的缺憾，使红色的水煮鱼招牌格外鲜艳。“别看这家店小，很有特色啊，”这是爸爸县城里朋友爱去的地方，几乎每次开饭前，他们都要来段这种口口相传的开场白。

那时候还没学会“思考片刻”“左右为难”的样子，我果断地摇摇头，宣布要请他必胜客。哥哥一边吃着他这辈子有记忆的第一张比萨一边问我：“你喜欢吃汉堡王，DQ吗？”

对于我迟疑的表情，他很满意。“那哥哥带你去吃啊。”

哥哥的诺言像小女孩擦出的火柴，汉堡王，DQ此后就留守在那家夜夜亮着橘灯的必胜客店里，再无提及。太阳一点点地落下，我很犹豫要不要戳戳他，嗔嗔责怪：“你到底还记不记得，你跟我讲过……”

在故乡，人去了要种一棵树，多半是柳树，插枝即活。土垄平掉，石碑倒下，但树还在。半年前奶奶老了，通向“老林”的路两旁，麦子正是一片青绿。仪式结束后人群开始寒暄成一团，男人递纸烟，女人传送着怀中的孩子。日头刚刚开始下落，我们逃出那团熠熠的金色，走在最前面。村

王 洋

口那家养殖场门前停了两辆卡车，来的时候偶听一个耳头夹烟的族人与司机的攀谈，得知那车奶牛是内蒙来的。它们初来乍到不住地向四周闻嗅打望，就像刚嫁到村子里不知羞耻的小姑娘。

两辆卡车开始了缓慢的腾挪，蓝色的车身一点点在屠宰场大门中隐没，路也快没了，我开始闲闲地跟哥哥掰扯："奶奶从前问过我几次你有没有孩子。"

"我有孩子怎么会不跟她说呢？"哥哥的脑袋已经直不起来了。

"怕是奶奶心切吧，万一真的有只是不知道呢？"

沉默良久后，他说这个世界上注定有很多事情是他所不知道的。

我开始凭着仅存的记忆勾画那家挂着脏兮兮红色招牌的水煮鱼店，臆想里面的装潢，老板娘的风韵，还有，无用至极地推理吃水煮鱼时哥哥会给我怎样的许诺，由此，半年后铁桥旁我们会生出怎样的沉默。回去的机缘还在吗，如果我强行怀着无限的悔意再去经验一番呢？大概总免不了一丝丝到此一游的意味，在贫穷里生出快乐是年轻人的特异功能。老师说变老是一瞬间的事情，隐约我想将来可能会有那么一刻，我们有点想要复刻年轻时的贫穷。

"fuck，"他从忙碌中抬起头，我从游荡着各色意识碎片的海里浮上来。"娇娇，明天你要一个人去玩了。"

一枚鱼雷如果在很深很深的海里爆炸，海面上会有浪花乍起。我点点头，竟生出了安稳。

他的一大串解释在我耳朵外嗡鸣，如果他能看懂那刻我的微笑，他会知道那时我是在讲："我知道，我早就知道的。"曾经也是一个暖洋洋的午后，我欣喜地发现哥哥也在公交车上。可等我无可救药地在公交车里睡着又惊醒后，发现坐在我前面的哥哥不见了。虽然这只是个梦，但我分明能感觉到它往外延伸的力量。

吃完火锅，哥哥说有一个没人的天台，其实是看江景的最佳位置。等我们爬上之后，早有了一男一女。男人用极不专业的姿势端着价格不菲的单反找拍摄位置，女人就不厌其烦地跟在后面来回移动，慢慢地忍不住开始念叨你在拍什么，拍什么啊。

大概被那个女人吵得不行了，哥哥拉我走掉。走进电梯，只听那女人又在外面呼喊："班长，快点，电梯就要走了。"

"呦，"哥哥一阵嫌弃，以迅雷不及掩耳之势关了电梯门，"我不喜欢跟别人一起坐电梯。"

"可是哥哥，你也是班长啊。"

电梯的镜面上映照出他惊恐的表情，我不知道他是在惊恐不可避免长大，还是在惊恐可以避免的长大后的相遇。

临走前，哥哥从后面拍拍我的肩膀，摸摸我的头说："明天你就一个人去吃江湖菜好啦。"

第二天退了房，全部的家当将背包塞得满满的，于是找宾馆前台要了袋子，将一些必需的琐物挪了进去。刚刚踏上外面的台阶，虽然是春天，但空气里的寒意还是分外分明，幸好上面的阳光是暖的。我在那儿立了一会儿，将其想象成日光浴。

一个算命的女人不知道从哪里冒出来了，非要拉着我算姻缘。左闪右闪才把她甩掉，抬头一看，罗汉寺就在眼前。早在《疯狂的石头里》里看过，当时惊异于它与周围的闹市没有丝毫的违和感，猜测是艺术风格统一使然。当它出现在眼前时，恍然大悟，除了导演的刻意而为，还有重庆沁润每一处的烟火气。我走进古寺，保安立即把我拉到一边数落："那帮人是不能信的，你知不知道。我看你还跟他们说话，千万不要被他们骗了。"这一刻，我才明白它不是桃花遮掩下，山峦深处，擅长帮人忘却的古寺，真的是一个跳起来，震慑在闹市里狂欢着的众生的罗汉。

灰黑色山石中开凿出来的两排菩萨，那么湿，却不见一丁点儿苔痕。石菩萨脸上沾着露水就像真下来走过一遭，沾了风雨一样。拜一下吧，好像应该拜一把，拎着塑料袋的我有些踟蹰。隔着三四个菩萨，一个跟我差不多大的女孩儿在一一轮拜。她骨秀，头发黑漆漆的，面皮应该常年不见太阳，比起我所见过的其他礼佛人稳重多了轻车熟路的意思。学着她的样子，向前探探身子，常常习舞的腰背竟发了僵，慌忙之中拿起袋子溜了。突然想到刚才的姿势有些猥琐，如果拜的是财神不致如此，故而又有总结想要不显得猥琐就要少让自己处于不合适的时机之中。

两排石窟的头上，有一间落满金色佛像的屋子，地上铺着红色的地毯，恰到好处地展示了现代人的趣味。房梁上那些音响不停地回放着诵经的声音，很难听出头和尾，反反复复其实只在对这个房间里的人讲一句："回来吧，回来吧，我的孩子。"于是，销卖香火的服务员百无聊赖之中，发现了一个躲在房间角落里对着一尊全身涂满金漆的罗汉哭泣的女孩子。

哥哥大概永远不会走进这个地方，虽然他无比希望自己变成一个罗汉，每天早晨一起来，会有一群鸡鸭鹅排着队求他，让他吃掉自己。据说畜生被罗汉吃掉可以转世为人。至此，每当我感叹人生不易的时候，竟会有点点的喜悦生出。

去火车站的路上，我跟他打了一个电话。"哥哥我要走了。"

哥哥："江湖菜，你吃了吗?"

"嗯。"

哥哥："那挺好的，我实在是忙啊。"

我看见川流的人群，在我身旁游走，而我像极了一棵水草。

"哥哥，我刚刚坐了过江索道，昨天晚上还接到了复旦的面试通知。"

"哈哈，好啊。明年夏天上海见啊。"

"都给老子让开。"

地铁里一个白白瘦瘦女生背，背着一支LV，本来在玩手机，到站提醒一打响，她像运动员听见发令枪一样，用手肘拨开所有挡在她前面的人，三步并作两步拥到地铁门口，淹没进候车的人群里。地铁提着速离开光亮的站台，驶入黑嗦嗦的隧道，我好像看到了哥哥急匆匆跑出宾馆的背影，擦过深夜的罗汉寺。

痣

郁信然

2013年秋天，母亲去医院做了手术，把伴随她近五十年的美人痣切除了。起因是某次饭局上，有个医生朋友说她那颗痣看上去很危险。

母亲这颗痣，也伴随了我近二十年。那时候母亲抱着我在她膝盖上唱歌，我就盯着她鼻子左下方的黑珍珠，偶尔轻轻用手去触碰。她拍证件照，胶片时代的摄影师常常在洗完照片后以为是胶片上的污渍蘸上了脸，紧张地一边道歉保证重拍，一边看到她的脸，哈哈大笑，松一口气；数码时代的摄影师用电脑软件把这颗痣擦掉，也闹了不少笑话。

母亲常说，痣是黑色素堆积。她叫我少看电脑少化妆，那些都会在皮肤里形成有毒物质，然后聚集爆发成一颗一颗的痣。

闲来无事查阅医学文献，痣是黑色素细胞的局部聚集，与辐射和化妆品的关系微乎其微。后天长痣主要是因为阳光中的紫外线——我倒确实一年四季不防晒。随着年龄增长，接收到的阳光越来越多，我脸上的痣次第绽放，比如今夏夜晴空中的星星还要多。父母经常说我难看，叫我也去做手术。

我却不是很讨厌长痣，痣让我的脸不再寡淡。中国古代的命相学里说，如果人身上有“北斗七星痣”，是北斗七星君降世；如果女子脸上有北斗七星痣，则是命运的宠儿，尤其在魏晋时期，女子甚至要在脸上点七颗痣，以此为美。但也有的长痣面相被认为不吉利。

这些说法现在看来大多不可信，但在我初中的时候，有过关于一个长相好看的女生的流言蜚语。一起喝汽水嚼橡皮糖的女生们聚在一起，悄悄说她眼白里有一粒褐色的斑，那是红颜祸水的象征。她当时吸引了不少男生，其中也包括我暗暗喜欢的人。当那些事情远去好多年之后，某天我照镜子，在自己的眼白里看到一片相似的淡褐色斑点，还是吓了一跳。我不是相貌出众的人，也没有兴趣和男生保持暧昧、飘忽的关系，怎么会在眼里长出这样的色斑？在母亲发现我眼里的“不贞”之前，我查了不少资料，确定那只是黑色素的堆积，和皮肤上的痣是一个道理——我和母亲这样解释，她继续叫我保持良好的生活习惯，仿佛身上这些痣，都是我害出来的。

不知为何，在心底某一处角落，我竟渐渐欣赏起了脸上的痣，那些被说成是瑕疵的东西成了我的宝贝。它们在我脸上是这样动人，自然而然冒出在我的眼角、眉梢，在脸颊的边缘，在鼻梁和鼻翼中间。

我右脸上有两粒痣长在颧骨和外眼角以外、太阳穴以内，是泪痣。关于泪痣有好几种说法，一种是说今生今世要为情而苦，容易流眼泪；另一种是说非常幸运，爱情甜蜜；还有一种非常浪漫，说泪痣是上辈子死的时候，爱人滴落在脸颊上的泪水，留下印记以作重逢相认之用，此生一旦遇上命中注定的人，就会一辈子不分开，并且为对方偿还前世的眼泪。无论是哪一种说法，我都觉得迷人得不得了。

想到《千年女优》女主角千代子，左半边脸上也有一颗非常明显的泪痣——这是一部动画片，我们需要一个明显的面部特征来锁定她，而我很高兴导演今敏选择了用泪痣。千代子作为一个演员，在戏里表演追逐爱人的时间跨越千年，在戏外则穷尽了一生寻觅赠她钥匙的作家。她所有的角色都在重复现实中的自己，生生世世找寻爱情，为了所爱之人成千上万次地奔跑。“我一天比一天更爱你。”在表演中，千代子越来越放大自己的爱……这是什么样的动力和爱情呢？我也多想这样去爱一个人，即便一生都在追寻的路上。为情所困一辈子，换来这样热烈的爱的体验，有何不可呢？

那小小的、面积略有不同的深褐色痣斑，混杂在青春期留下的丑陋痘印之中，每次拍照片之后修图，我都恨自动去痘的软件会把我脸上好看的痣一并抹去——彻底白白净净的一张脸，有什么好看？我一直没有勇气打耳洞，有一天母亲发现我右耳耳郭背面长了一颗痣，我彻底认为打耳洞是完全没有必要的了。而且我喜欢这样，只有右耳上长痣，左耳上没有。

我喜欢身体上略带残缺的不完美，就像它背后隐藏命运不安定之因素，使我跃跃欲试。才不想

郁信然

为所谓的正统审美观念去匡正自己，个性之美必然是要做出一点逾越边界的牺牲，不同于庸常的爱情，受点伤又有什么关系？

况且，可不要忘了，还有一种先天的痣，那是胎记的一类，来自母胎和基因。那绝不会是因为我没有保护好身体，才缠上我的身体和脸蛋。母亲看来的这种“坏”和“害”，至少有一部分是与生俱来的。

自从我母亲切除了美人痣，再看到痣，她就不得安宁。手术后，医生给那颗痣做了病理检查，它已经开始病变，再差一点点癌细胞就要扩散。我再也无法拒绝，她约了医生朋友，把我推进手术室里，切除我左额上的痣。

那颗痣长在发际线里，为此她还提前带我去了理发店，请理发师“剪得越短越好”。理发师也困惑，为何要切除这颗痣？我无言，母亲绘声绘色地向他解释起了来龙去脉，指着脸上尚未平复的疤痕说：“你看，幸好我切得早。”

长发变成了短发，圆脸上盖了一层厚厚的刘海，但这还没完。手术开始前，外科医生让我站在墙前，用医用剪刀把痣附近的刘海咔咔几下全剪了。上了麻药切痣，只用了几分钟，医生问我要不要看一眼。屈辱，为糟糕的发型，更为我失去了一颗痣。这颗痣是看不见的，无关美丑，它曾是我和母亲的回忆。她帮我洗头发的时候，我们总是关心这颗痣，但又总是忘记它在左边还是右边。有几次母亲忘了，指甲划过它，疼得我哇哇大哭，还流出了血。那些痛都没让我记住痣的位置，可是它被切除以后，因为那块丑陋的刘海，我再也不会忘记了。

我和R在一起，是一个冬天将要结束的时候，我坐在他的膝盖上，凑近看他的脸。他个子很高，接近一米九，简直是个巨人。他的脸和五官都很大，我抱着他的脖子的时候，感觉像抱着一棵新小区里的小树。他的锁骨上有一颗痣，和我一样，我开心地说：“我们是双胞胎诶！”他也就笑了，然后抱抱我，我把头贴在他毛茸茸的短发上，冰凉的手狡猾地从他脖子背后伸进去，冷得他一哆嗦。我始终觉得谈恋爱就像两个小孩在玩游戏，然后我发现了他领口棉毛衫商标那个位置，“哇，你这里也有一颗痣啊！”我是这样喜欢在他身上找痣，好像每一颗痣都是独一无二的密码和宝藏，我把它们一一找出来，标记上我的名字，就像南极考察队员插上自己国家的小旗一样。

你的身上会插满我的小旗吗？痣，可是和欲望同构？

因为他，我第一次接触同龄异性的身体。我把手伸进他的衣服，轻轻抚摸，他是那样年轻，皮肤光滑，并不是想象中男子应该有的。我仔细分辨肌肤的纹理，努力寻找男性皮肤上的粗线条，然后抬头看他，确定我是在抚摸一个异性：“我在摸你诶！”我眯起眼睛笑，他也笑着点点头，想伸手来碰我，我笑着闪开身体。

沙滩上，他在我面前坐着。

“你的背上有一颗痣诶。”手指轻轻滑过他的皮肤，影子在痣附近画圈。一种纯粹的好奇，这样近地看到一个男生的背，平时不会有这样的机会。

看过阿巴斯的 *Close Up*（《特写》），我深深感觉到特写是极有意义的事。我产生了这样的自信，若能凝视一个人的脸足够长时间，即便没有言语，即便素不相识，也能了解他的性情，甚至读出他的故事。这是特写和凝视带来的可能性，是对待这个世界重新深情脉脉的观察方式，是对“只有鱼罐头看猫，猫才看到鱼罐头”的笃信，不通过言语，不精神交往，只观看肉体的表象——表象本身富有深意。*Close Up* 最后，也就是最广为流传的海报，从男主角脸上，我读出他所犯过错并非发自内心的恶意，读出他对生活的宽恕，认错似的表情有令人不忍责怪的妥协。

——可或许什么都没有。

此刻我看着 R 的背，他的背上有一颗痣，他说他母亲也告诉过他，那是天生的，我能读懂他吗？我轻轻吻了他的背，心里竟然有一种抱歉的感觉——这是你天生的色素积淀，是伴随你出生而不受选择就落在你身上的。

我不知道对你是不是爱呢，我似乎没有选择就陷入其中。我对你的了解，除了看你的脸、在你身上寻找痣和其他表象的秘密，没有其他更可靠的途径。你的话或许反而是谎言？我无所依靠，只能从你的身体开始，从天生在你皮肤上的痣开始，追溯我们相遇之前的漫长岁月——你是怎样成长？

这颗痣有没有随着你逐渐长成“巨人”一起变大呢？你说：“从来就是这么大。”

我突然觉得万幸，好像可以拥有初生的你和现在的你。

跟 R 在一起的时候，我想懂他，像读一本书、一张地图。我患得患失，不知这样下去会不会像鲁迅的《伤逝》里写的那样，读遍了他的身体之后就厌倦。我也怕他会读遍我的身体，然后陷入庸常的习惯和冷淡。只是想一点一点、穷尽地了解眼前这个人，从他皮肤的褶皱里、眼睛的细纹里、每一颗痣不一样的边缘形状里，碎片地拼凑。我喜欢用无穷小去做积分，这样才能确保我需要用无穷多的时间获得一个整体的你——我们的生命有限，这是多好的事，我永远读不遍你，也就永远不会厌倦。

但或许他会比我更早厌倦这游戏。我是后来才慢慢明白，我在他身上种下了那么多欲望的种子。他也想听我的故事，寻我身上的痣，想抚摸我的表象，确信爱一个人可以把握的感受。他一次次邀请我去海里游泳，我遥遥拒之。

我是这样自私，还不想让他读我。

或许我总心不在焉。“你这里有颗痣诶！”“你怎么每次都说这句话啊？”

我有点心虚，却想不起之前什么时候讲过。我反思真的在认真了解他吗？还是只是游戏？不然为何我总是记不住他的身体？这种困扰很快就不存在了，之后，我彻底记住他身上所有的痣。丧失了被揭穿心不在焉的窘迫，也丧失了乐趣。我们之间的游戏到此结束。

我并不是擅长遗忘，可现在想要遗忘都很难了。

多希望我们还是初见，那天我们走了很长很远的路，你带我去了你小时候住的石库门。那是我经常会路过的地方，你却带我转个弯就进去，别有洞天。那门上还粘着好多年前你们家搬走那年你写的“福”字的玻璃胶，你指给我看房子的天井，说你以前从二楼的窗户里把点燃的纸片往下扔，烧死了一大片爷爷种的花。

我走到楼梯口，往积满灰尘的窗户里看，你说从没有人像我这样饶有兴致听你讲小时候的事。我也被这些故事迷上了，被这个初次见面就能把他的过去讲给我听、带我去老家的男生迷上了。

我喜欢事物的表象，你的身体任我抚摸观察，你的家和你的过去就在我触手可及的地方。你倒是不用给我解释这么多，因为我的目光抚摸你的房子，再多看几眼，你的童年就能在我眼前上演。

你左手的虎口那里有一块胎记。“这是一块胎记吗？”“你都问了我几遍了。”

我没有上心你的话，你每次让我早点写完作业这种实际的话，我都敷衍地当作耳边风，你的身体、你的故事，我当然还要多问几遍。总是记不清你家里有几个哥哥姐姐，记不得你有没有弟弟妹妹，记不清到底是你哪个亲戚信基督，哪个亲戚住国外……我喜欢你讲以前的故事，讲你身上的秘密，你用你的手握着我的手，带我游历你的身体和你的记忆。我喜欢表象和形式，不关心它们到底是什么。

我让你教我解微积分，你认真地给我写讲稿，第二天眼睛通红交到我手上。我说谢谢，翻看了一眼塞进包里，挽着你的手说去吃点好的。临考前我们吵架：“你每次头点得像拨浪鼓，笑嘻嘻的样子，真的很让我生气。”

我辜负了你，也伤透了你的心。我也委屈地哭了起来，这题目太难真的不会做，我只是享受你在我身上花心思的样子而已，谁要你这么认真写到半夜的。你摇着头把我送去考场，我说我不想考了，你把我推了进去，老师来了，你就走了。后来你说你也很抱歉。我说算了吧，你想教会我，而我只是想你教教我。

你的失落和生气，是我心不在焉，记不住你的身体、你的故事。我还不想对一个人习以为常呢……

想来我是这样获得了你，R。手指划过你的胡茬、你的细纹，端详你的手。“那个伤疤呢？”

“在这里啦，一直都在的。”

在地铁站下行的电梯上，我们拥吻，电梯到底了，你护住我，一手撑住电梯的边缘，擦出了长长的口子。伤疤一直都在，差不多和胎记一样了。我很害怕伤疤消失，扬言要在上面滴墨水，这样就不容易褪色了。我多想你身上有一颗痣是为我而生。说分手的时候，我轻蔑地问你，那伤疤还在吗？你冷冷地说还在的。你挽留我的时候，急急忙忙伸出手臂：“伤疤还在呢，你还记得吗？是我们那次……”我说我记得的。我说，希望这个伤疤一直都在。你也这样说。

但那毕竟是伤疤，不是胎记，不是痣。

我母亲愈发坚持地认为痣是危险的疾病，同时断然地认为我应当远离一切与性和欲望相关的东西，包括世界名著。她也并不十分赞成我学文学，看书看电影，若她知道其中什么细节，必然会抓狂。她说恋爱就是牵手，一次次去沙滩的事，是不能告诉她的。但长痣是再正常不过的事情，我们享受了阳光，就得同时接受紫外线，接受皮下聚集黑色素细胞。我这样成长起来，精神和身体发育，不能永远活在儿童文学里。

痣也并非完全是后天的，很多人先天就有痣和胎记；欲望也并非都来自外部世界。人生来就有欲望，不仅是性，还有冲动、暴力、破坏。总有人以为婴儿是世界上最纯洁的，但那不过是想象。弗洛伊德提出的力比多是人生来就有的本能，基督教把欲望作为“原罪”来看待，我想这太苛刻了，欲望并不是罪孽。痣可能会病变，但只要黑色素细胞没有疯长，我们依然可以和痣共处。

我寻找痣，不仅是爱情之下的欲望，还有认识他的欲望。我触摸他的身体，触摸他的痣，在他的身上假想插上许多探险家的小旗子，我是那样想要认识他，就像科学家想要穷尽世界的真理，就像探险家想要找寻世界的尽头。

想来我是这样失去了你，因为你也是有欲望的……我逐渐从这件事上联想到，痣之于皮肤和欲望之于人确实是同构的。

是在那之后，我接受了自己身上的欲望，了解到欲望并非“不贞”。精神的爱与肉体的欲，再也分不清本质和表象。

我失去了发际线里天生的一颗痣，医生问我要不要看一眼。我说，不了，就这样吧。反正痣还是会再长出来，在我的脸上、身体上，黑色素细胞积聚多了就会出现。按医学的话语来说，如果没有调节好就容易病变，所以到时候再来看病。

我没有把切下来的痣拿去病理检查，我相信它没有病。

我希望，身上其他天生的和后天的痣，以及将来长出来的痣，都无需被切除。

Works by Young Writer, Zhang Zule

青年作家张祖乐小辑

生于辽宁，毕业于复旦大学创意写作专业，曾经做过影视 IP 研发、广告文案、互联网内容总监、编辑……目前全职写作。曾获得豆瓣阅读第五届征文大赛首奖，柠萌影业选择奖；已出版作品《急诊室女神》，长篇作品《空巢》《轧戏》影视改编中。

长篇小说

《空巢》（节选）

这世界早就和小时候的不一样了。

从无法呼吸的人潮中挤出地铁，再也不想做上班族；回到自己每年都会搬一次的家，面对着墙壁说，被窝诚不负我。

和亲密无间的恋人转身陌路，唯一的愿望是，这是最后一次心碎。

经历了太多次相同的打击，走过熟悉的街道，已经分不清梦和现实。

也许，这一辈子，梦想总要消逝，伸出的手永远不会有人抓住。

那，什么是活在大城市的成就感?

从派出所一共走出了八个人，好像谁都没觉得自己错了。至少华夏觉得因为爱情挺身而出进了一把局子还被关了一夜，还挺了不起的。廖文博和赵蕾不发一言走在最前面，丹尼尔靠在华夏旁边，金俊明插着口袋走在最后，对着两个人的背影抽了口烟。辛欢擦过冯婧姝的肩膀，没说话，微微侧过头看了她一眼。冯婧姝看着前男友，前男友目光瞟去别处，不经意地回头再看向冯婧姝，她的脸上再也没笑过。

他们绝对没想到，爱恨情仇这一瞬间被定格，就成了这个故事的主角。

1. 空巢的意义是：我想做个废人

华夏听到电话的声音，脸色瞬间阴暗。

她来不及脱掉白大褂，伸手把听诊器甩在沙发上跑出休息室。胸前“遗传科和胚胎实验室 研究员华夏”的名牌一颤一颤，走廊都跟着生了一阵风。护士和值班医生都探出头看：“华医生怎么了?”

华夏脚步没停，拨通了另一个号码：“喂，辛欢吗，紧急情况，赶紧来西藏南路，地址我发给你——出人命了，快来！”

华夏最喜欢搬的救兵就是辛欢。辛欢外号消防员，哪有火到哪。他左右脚交替，时速表跟着忽上忽下，方向盘转得百转千回，腰都跟着丝丝地疼，到了。医院的走廊大同小异，辛欢从急诊的后门绕进去，口腔科走廊放着横七竖八的牙科综合台，华夏心急火燎的声音从房间传出来——她正和一个陌生大夫打交道。

“不是说一定会留一台给我吗？”华夏叉着腰，不安地朝着手机看了几眼——手机是不能解决问题的，但是她下意识总会有这个小动作。大夫倒是挺冷静的，把口罩挂到耳朵上转身要走：“都发厦门去了，还剩一台，有个急诊室医生也等着要呢，你们自己商量吧。”

辛欢一头雾水：“你说十万火急，这唱的哪出？”

“我想买这个二手的牙科综合台，结果突然打电话和我说就剩一台了，一会儿我要和人抢，你一定要帮我。”

“你要这东西干嘛？”

“放在家里当沙发啊，功能齐全。”

辛欢血都升腾在脸上了：“我靠——我这跟领导开会开到一半为了你出来，你让我帮你抢一个治牙用的病人床？不晦气吗？”

辛欢刚转身想走，脚步突然收住了——争抢综合台的对手出现了。一个女人走进来，非常瘦，眼睛很大却很清秀，应该和自己年纪相仿，窄窄的牛仔裤管有点松，穿了件黑色的松垮T恤，表情很淡漠。她和门口的医生聊了几句，辛欢暗暗地想，不好惹。那个女人打量了走进来，脸上多了点尴尬和羞涩。谁也不想先开口，总有人要打破僵局。辛欢卖了个乖：“你……能不能让给华夏？她没有男朋友没有性生活，太可怜了。如果她今天不买回去，就要从十一楼跳下去了。”

“你不是她男朋友吗？”

辛欢下巴往脖子里一缩：“我娶她？我的个老天，我可不敢娶妇产科医生，还不如娶你，你比她漂亮多了。”

华夏用胳膊肘怼了辛欢一下：“我就是想用这个牙医综合台抬回家做个床，他是我拉过来做苦力的，抬进电梯就行了，还跟我抱怨浪费他周末。”

空气冷冰冰地崩了半分钟。女人一直看着辛欢，盯着他的眉眼许久，似乎是想从他身上看到另一个影子。终于，她转过身，视线在华夏的名牌上定了最后一秒说，“归你了。”

“啊？”

“我也想当沙发用，不过我租的老公房，抬不上去。”

“真没想到，竟然有和你一样癖好的人，这个世界，我服气了。”辛欢想化解谦让的尴尬，装作没见过世面的表情对女人说了一句：你是做什么工作的，留个联系方式吧？

“不用了，你最好别和我有什么交集，我在急诊室工作，你来找我，都有性命危险。”

女人消失在门口，紧张得像收了音般，房间恢复了嘈杂——走廊上有病人挤来挤去，下午的问诊开始了。辛欢松了口气：姑奶奶，你如愿以偿了，赶紧走吧，到你家还得开一百公里呢。

华夏和辛欢把牙医综合台费力地塞进电梯，一楼的老头睥睨着咕哝了一句："这是要开诊所啊。"辛欢满头大汗把综合台推进家门："看见没？大爷都觉得你有病——你这是准备朝着霍金发展了。"好不容易挪到阳台，辛欢一个大意脚卡在床沿，痛得"嘶"地一声，直接顺势瘫在华夏床上。华夏脱口而出："我刚换的床单，你怎么就躺上去了？"

辛欢脸都气绿了："我陪你一路把这瘆人东西扛回来，在你心里还不值一个床单啊？"

华夏没理。她还沉浸在布置新家的喜悦里——她麻利地把治疗台上的破布套进垃圾袋扔到门口，洗了手套上医用橡胶手套，从柜子里翻出新床单把牙椅裹好，毛巾蘸了酒精上上下下擦了三遍，灯罩摘了加了十字固定架，把平板电脑稳稳卡住，书和零食放在助手位，转过身跑去阳台拽水管。整理完毕，她满足地感叹："我早早就在思考有一个可以让我饭来张口想躺就躺的娱乐设施。在床上吃饼干满床都是饼干渣，看电脑久了腰还疼，对脊椎也不好。想来想去，只有这个东西最科学了。"

辛欢说："你看起来像个病人。"

"当然和您没法比呀，宣武门头号情种。"华夏躺在治疗台上摘下橡胶手套，按下开关，纸杯接了一杯水，一边喝一边看向辛欢。辛欢翻了个白眼说，我要走了。冯婧姝 7 点到，你没忘吧？华夏说知道，我也回医院。我这儿还要收拾一下，顺便看个文献，一会儿坐地铁过去。赶紧走，待久了你女朋友又不乐意了。辛欢没接腔，拎着门口的垃圾袋把门带上了。

华夏躺在新改装好的台子上，伸出手把毛毯拉了过来，身后书架抽了一本《医学伦理》翻开，长舒一口气，这才是人过的日子啊。折腾了一中午，她得回医院继续加班去了。她弯腰把包里的薯片拆开捏了几片塞进嘴里贪婪地嚼了几下，用力地在沙发上靠了几下，心满意足地出门了。

医院新来的小护士叫吴小婉，周末第一次当班，正站在走廊不知所措。黄杰走到华夏身边，并肩朝着病房走。他说，新来的吴小婉挺漂亮的，可惜第一个病号就碰上了曲老师。

曲老师是妇产科的老病号，今年三十八岁，在浦东做物理老师，口头禅是"我不差钱，我就差个儿子"。每次听见"曲老师"三个字，科室里都闻风丧胆，躲还躲不了。她博士毕业后一直在相亲，三十二岁终于结了婚，第一年怀上了个孩子，回老家做 B 超时查出是女孩，她不想要，但也没做掉，可能是胚胎收到了曲老师的心灵感化，三个月时流产了。曲老师躺在床上哭了三天，鼓起勇气想重新要个儿子，就跑来医院做试管婴儿。7 万块一次，她已经安营扎寨了一年，从来不按预约时间报道，科室的排班被搞得乌烟瘴气，发自内心地希望她一鼓作气赶紧怀孕。黄杰朝病房里看了一眼对小婉说，你要有心理准备，这个曲老师教书育人，口才好着呢，若是被她抓住把柄，你要被罚站教育半个小时。说完叹了口气，彭主任也要离职了，不知道新来的科主任是谁，曲老师再不生孩子，我都要得抑郁症了。

曲老师躺在病床上，靠着枕头在批改试卷。几十张纸在病床上斜斜地一铺、拳头推散，手指拨出十张垫在参考答案上。曲老师的红笔沙沙，下笔很快，整张脸板着只有眼珠在动："批完这十张，我就跟你去做排卵。老高呢？"华夏不慌不忙地说，在门外等你呢。黄医生那边上午就结束了，就差你了。曲老师依旧平静："下周孩子们就要中考了，我还背着指标呢，最近太紧张了，我也不知道能不能成功。"华夏说，和你说过很多次了，得放松情绪。平白浪费一个卵子，可老得快。

曲老师把试卷放下说，你这话说到我心坎里了。我现在明显感觉头发白，腰酸背疼，都是为这帮小兔崽子操碎了心。他们考不考得上大学管我什么事？我还鞠躬尽瘁的。你要生孩子，可得早点做打算，上次我给你介绍的朋友真没有兴趣？

华夏回答，我太忙了，他比较适合能围着他转的。

曲老师下床和华夏往采卵室走，边走边说："你看，每次周六我来，都是你值班。不要说我好为人师，小姑娘不要太拼，年轻时不要太挑——拼多了像我一样，何必呢？越挑剩下的越少。感情也要靠后天培养，男人也是可以围着你转的。你啊，得有'手腕'……"

初代试管婴儿在胚胎研究室已经是很成熟的医疗项目，采卵和采精同时进行，检测活性正常，就能开始做配型了。黄杰在医院人送外号"送子观音"，成功让不少病人配型成功。等华夏采好卵子回来，他已经在休息室喝了一杯热美式。上周末他在网上购置了一台胶囊咖啡机，等华夏进门，抬起身帮她冲了杯拿铁——老搭档一年半，他自称是华夏的"work-husband"，熟知她的饮食习惯和脾气。华夏说："给曲老师采卵也挺快的，为什么就不愿意按时间来就诊呢，老病号了，也不好再提醒她了。"

黄杰说："她这种臭脾气，谁能治？"休息室四下无人，他忍不住八卦："老高迭个铁公鸡，那点精子就好比是铜钿，夹在屁眼里从五角场跑到十六铺都不会落出来，我每次等也要等死特了。"

"说普通话！"

"你知道她老公今天在精子化验室说什么吗，他说以后别让小婉在门口等着，她太漂亮，不行。"

"你怎么回答的？"

"我说在妇产科，男人不能说不行。老高特别无奈，他说每周都要对着毛片和塑料杯下手，都觉得自己的玩意儿用不上，废了。当时他义愤填膺：'她总说自己受罪，活该，我不受罪吗？本来就是顺其自然的东西，儿子女儿不都一样吗？二胎还得罚钱呢。我妈和她都不放弃，每次看见她，我就性功能障碍。要是有什么可以抽取的泵，告诉我一声，我直截了当，裤子一脱就利索了。'"

华夏笑得咖啡抖在了白大褂上。黄杰一边抽纸给她一边说："要是能这样，估计能解救不少形婚骗婚的同性恋。"华夏没抬头："按照你这么说，来咱们医院的都是性功能没法正常发挥的人了？"黄杰说："本来就是，来咱们医院的，哪个不是真正性功能有障碍的？"

华夏争辩："拜托，至少患者都是真心相爱，想要得到个健康的后代才来我们这儿的。思想单纯点儿不好吗？”黄杰说，你的思想最单纯了，在自己家里当牙医了。华夏一惊：你怎么知道？黄杰在盒子里挑胶囊咖啡，气定神闲：都在一条西藏南路上靠医院财政拿工资，怎么会不知道？华夏质问：“那个男牙医究竟和你什么关系？”黄杰脸一红：就一起喝酒轰趴啊，别用这种眼神看我，我们关系很纯洁。华夏坐回自己的位置说，没关系，我明白，所以跟你做朋友特别安全。黄杰说：“作为一个安全的朋友，我真心劝你，二十五六岁了就别在家宅着了，治疗台上躺什么人？病人！你四肢大脑都发育健全长得也不难看，能不能别浪费资源在家蹲着，和人谈个恋爱结个婚不好吗？”

在晚上的饭局，辛欢也拎着刀叉问了一模一样的问题。除此之外，他不忘补华夏的眼镜一刀：“能别再戴这副破眼镜了吗？你本来就长得好笑，滑稽演员一样。”

华夏、辛欢、冯婧姝和廖文博坐在陆家浜路的一家西餐厅，僻静角落泛着橙色的灯光，十字纹的桌布上摆满了瓷盘。上海永远精致又体面，冯婧姝经常说写上海的文学作品都大同小异，因为他们永远无法避开摆盘精致的西餐和华丽的名牌，辞藻堆多了，就逃不开些洋腔洋调的小家子气。他们四年前同班飞机去香港旅游，一场台风被困在酒店，他们坐在酒店聊天，成了朋友。回到上海他们也结伴游玩，却像被老天爷耍着玩儿一样，每次都遇上天灾人祸，索性自嘲是新时代的“F4（废四）”，只能分别出游，偶尔在上海滩吃吃饭聚聚会，才能保命。今晚是冯婧姝的庆功会，她从浦东下了飞机就赶来吃饭，其余三个人不约而同地买了花——这是他们保留的友谊传统，每次冯婧姝演出归来，他们都买一束花给她。剩下的传统，估计就是华夏和辛欢相互刻薄的嘲弄。

“都这个岁数了不谈恋爱，给自己搭了个安乐窝——她在他们牙科那儿淘了个二手控制台。就咱们看牙医躺上去那个，恶心吧？多少疼得吱哇乱叫的老头小孩躺在上面，”辛欢把骨头往桌上一扔，抹了抹嘴：“我跟你说，上面都是嗷嗷叫的病人，小心躺小鬼。”

华夏意面刷地咬断：“瞎说，我这是牙医控制台又不是太平间的抽屉，你这么说我要嫁不出去了。”

“我们遇上的太平间还少吗？香港那回旅游你住红磡殡仪馆楼上，被鬼压床了好几个月，去西九龙遇到暴雨站在医院避雨，太平山下山的缆车坏了，差点困在山上。要不是后来我换了个皇冠套房打牌，咱们还能活着回来吗？你现在搞个牙医控制台，小心遇上小鬼。”

廖文博看不下去了：“依我看，父母那一辈都叫‘空巢老人’，华夏就是标准的‘空巢青年’，下班了就把自己关在家里看书看剧叫外卖——”说罢抓起华夏的手机点了一通：“你看看你这外卖清单，土豆烧鸡、照烧鸡排、糖醋排骨……能不能像个女人，把眼镜儿摘了换几件好看衣服，出去见见男人？”

华夏夺回手机：“我在医院见到的不孕不育的男人多了去了，我不需要。”

“我是说让你见见像我和廖文博这样的正常男人！你也老大不小了，谈了恋爱你才知道心动是多么美好的事情，对着现代医学发痴，它能让你生崽儿啊？”

华夏瞪着眼睛："你忘了？我就是研究怎么让人生孩子的。"

华夏才不承认她是空巢青年呢。临近毕业，她的恋爱碰巧告吹了——男朋友找到了青岛的公司想要回归老家。华夏肝肠寸断了几天后，决心留在上海，分手就分手。碰巧红房子聚爱中心给她打来电话，一周后上班。于是，这个她本以为要三五个月才能疗愈的失恋大戏，没等开场就被匆匆忙忙的清校和搬家冲散了，实习期的工资完全不给她感伤的余地，预算两千五租房，三天内搬家。单位附近董家渡的房子她只能租一间，又要和房东共用走廊的洗手间和厨房，老公房要和陌生室友同一个屋檐，而且黄金地段，她只能租次卧。北方人出身的她实在受不了狭小又潮湿的老房子，一冲动把房子租到了浦江镇。两千三租到了两室一厅，小小的阳台上，房东还留下个二手跑步机。华夏搬了家，第一时间过上了自以为是的小资生活，周末在跑步机上恣意奔跑，终于有点上海人"keep fit"的腔调了。结果过了两个月进入盛夏，在阳台上跑了十五分钟后，跑步机履带突然冒烟了。她一个箭步蹿下来，抱着走廊的消防栓喷得昏天黑地。房间恢复安静后她的第一反应是，不是自己亲自买来设定的电子产品，都是定时炸弹。

"再这样下去，你会变成废人。"

"是吗？我觉得我们之间，家政就我做得最好了。除了没有你们所说的'人生伴侣'，我似乎已经得到生活的全部乐趣了。"

"是吗？性生活呢？"

"靠。我不需要，就算真的需要，现代科技早就有足够的产品满足人类需要了。"

另外三个人瞪大眼睛："没看出来啊华大夫，你现在这么放得开啊？"

"我们经常鼓励患者开发性生活啊。成年人嘛，因为性产生的生理和心理问题也不少的。关键还是在于每个人对自己宽容度不同，没有重视自己的生理需求。"华夏见怪不怪地看着面前呆若木鸡的三个人："真希望你们能看看《阴道独白》，都在大城市待这么多年了，竟然还用旧社会的观点去束缚他人。"

"到了岁数不找男朋友不结婚，强调性解放，我实在不理解。"

"出国这么多年还用这种观念鄙视别人，我看你也不明白什么是真正的'男女平等'。女性可以在任何环境都按照自己的主张生活才是真的平等，可惜你只会觉得我是不正常的人。"

饭桌鸦雀无声，辛欢也有点不高兴了："每次都要上纲上线，我们男士拿你怎么样了吗？"

"就是男权社会赋予你们的权利太多了，现在女性想要拿回一点，就开始不乐意了呗。"

"你可真是充满戾气。有本事你就一辈子别找男朋友啊。"

"追求爱情和捍卫权利明明是共同存在的，能让我坠入爱河的人，必定是尊重我的人。"

辛欢的叉子撂在盘子上，突然没了争吵的兴趣，华夏每次真的较真起来，他必定要输。和事佬廖文博终于开口："算了，对这种自食其力的人，咱们的确没资格说。换作我家那位喜欢出去喝酒聚会还疯狂加班的主子，住在浦江镇会杀了我的。"华夏从来不挤兑廖文博："像你这样的好男人不多了。你看看辛少爷，这几年不知道换了几打女朋友了。”廖文博把酒杯放下：“对，你女朋友呢?”

辛欢弯腰在包里捞了半天，拎出瓶可乐闪烁其词：“分了啊。工作太忙了，她每天发消息给我的时候都赶上我在加班，真没时间陪她。”

廖文博笑而不语：“依我看，你就是想分手，索性就在公司加班，反正没住在一起，不管不顾不问，就等着姑娘自己心灰意冷呢吧。”

辛欢和华夏悄声盯着冯婧姝看，冯婧姝一直埋头看手机，手指漫不经心地在屏幕上滑，好像没有什么聊天的心思。趁着冯婧姝去洗手间，辛欢把可乐一放，说，我今天在机场见着冯婧姝男朋友了。

华夏和廖文博都吓一跳：“那她怎么是自己打车回来的?”辛欢把柠檬啃得一脸严肃：“冯婧姝是提前一天回来的，公演后续活动取消了，然后没告诉他男朋友，让我来接的。”

“那他男朋友是怎么知道的?”

辛欢啐了一口嘴里的柠檬籽儿：“知道个屁，他是去机场接另外一个女的，两人勾肩搭背的，骚浪。我今天下午追他车想看个究竟，被他在沪太路路口甩在高架上了。”

廖文博一拍桌子：“操，这事儿大了。怎么跟她说?”

华夏也听着闹心：“直接说啊，这能忍吗?”

辛欢沉默片刻：“这些话不该由我们来说。”

华夏才不管：“你都看见他俩搂在一起了，这还能是别的关系吗?”辛欢低声说：“主要是我觉得冯婧姝知道，否则她也不可能提前回来。你看她这一晚上都没怎么说话，估计是跟他男朋友已经谈崩了，咱们不知道。”

冯婧姝回到座位，三个人各怀鬼胎。辛欢看了一眼华夏，华夏像是想起了什么：“伦敦好玩吗?”冯婧姝如梦初醒：“还行吧，也没什么时间玩，演出之后庆功宴睡了一天就回来了。”华夏话中有话：“一天都在睡觉，男朋友接不到你的电话，要急死了。”冯婧姝垂着眼皮：“他啊……我俩有时差，估计他最近也忙吧，我俩也没怎么联系。”

辛欢给冯婧姝倒酒，只倒了半杯就收手了：房子收拾得怎么样了?冯婧姝说：“他爸妈在打理，我俩最近都忙，一直没怎么见面。本来他今天要来接我的，突然说公司有事，就没来。”华夏打抱不平：“女朋友从国外巡演回来，大老远地飞了一天，累得要死要活的不来接，算什么男朋友。”

廖文博在对面看着华夏摇了摇头：“时间也不早了，有家室的该回家了。”辛欢掏钱包站起身：“要不这样，婧姝箱子有点大，我送她回家，文博你送华夏吧。”辛欢提着箱子往前走，给华夏和廖文博使了个眼色，丝毫不问女朋友的事情。

八号线不疾不徐地往浦江镇开。窗外渐渐有了稀疏的灯光和黑漆漆的疏影，到郊区了。玻璃窗的影子里廖文博比华夏高了一个头，随着地铁安静地摇晃着。华夏突然问，文博，你和赵蕾恋爱几年了？地铁门映出廖文博的格子衬衫领口朝里，他正了正说，不记得了，四五年了吧。华夏说，谈恋爱什么感觉呢？廖文博说，我们谈恋爱都谈了五年，住在一起就是过日子了。最开始是她先追的我，我都没意识到自己有什么魅力，格子衬衫牛仔裤，袜子几天不洗，虽然现在也差不多，但是你也习惯了最开始跟你告白的漂亮女孩和你一样懒得洗衣服，从脏衣篮里翻衣服穿着上班了。

华夏倒抽了一口气："不是做广告的都很漂亮吗，赵蕾以前还是演员呢，衣服脏了竟然不洗?"廖文博说，上海灰又不大，衣服穿一天没出汗的确能穿第二次啊，人都不一样，等你遇到喜欢的人才知道，你能容忍到什么程度。

下车了，廖文博陪着华夏从联航路出来，过那条运货卡车和拖拉机交替开过的国道。夜深了，走过两条宽宽的马路，乡镇的气息就来了，河沿随灯光闪闪，蜻蜓金色的小翅膀在不远处若隐若现。廖文博说，我有点明白你为什么愿意住郊区了。华夏说，是吧？我们这代都捉过螳螂追过蝴蝶，在这儿经常觉得自己还在奉城。市中心房租贵，我也不是没和人一起合租过，太脏了，我觉得和我合租的不是人，是蟑螂。廖文博乐了，说，那你不怕晚上回家不安全吗？华夏摇摇头，习惯了，我包里有一把十号手术刀，晚上都用来防身。廖文博说，亏你还能过安检。我们都说让你找男朋友，至少两个人负担房租，能轻松点。华夏说，和不喜欢的人在一起合租，可比一个人花钱受罪多了。

小区的碎石子踩上去沙沙的，廖文博隔着薄薄的帆布鞋底感觉到了些许痛痒。华夏租住的单元门一楼探出个小院，小猫小狗对着陌生的脚步叫，又被房间内有些衰老的上海话呵斥。廖文博说，你们电梯里还包着复合板，住户没住满吗？华夏说，大上海啊，当然住满了。就是物业舍不得拆呗，不拆的电梯永远都是新的。廖文博说，你这么伶牙俐齿，在医院也这么怼患者吗？华夏说哪敢，在医院，话都不能说太满。开了门，华夏的房间依旧一尘不染，阳台上的牙科综合台上整齐地摆着夹着书签的《白色巨塔》。华夏学着空姐的姿势夸张地转过身："空巢是什么？我有工作能租房，房间打扫得干净，还有自己的娱乐生活，无不良嗜好，一个房间能满足我所有的生理心理需求，试问你们和我相比，还有谁有更有资格说生活独立吗?"廖文博看了一眼笑着说，你这个房间，一尘不染，能做手术，丝毫不空巢。我走了。

华夏关上门，换了睡衣睡裤坐在床上，开始打量自己的房间。两双拖鞋，一双竹底，一双塑料，功能分明；衣服从大到小按功能叠得整齐，阳台的衣服性别难以分辨，看起来倒不像独居。锅碗瓢盆一应俱全，只是锅盖都落灰了，上次拿出碗来还是半年前为了微波一包速冻鸡块。华夏本想把冰箱里的牛奶拆开，想了想又收了回去，算了，拆开就得两天内喝完，麻烦。她躺在了改装的治疗台上长舒一口气：空巢个屁，上班之后还不能随心所欲，没劲。她开了灯准备去洗澡。刚搭好毛巾，廖文博的电话直接进来了："华夏，下楼。"

华夏的睡衣脱了一半："啊?"

"冯婧姝出事了。我们现在去她家。"

"什么事儿?"

“冯婧姝男朋友出轨，正好被辛欢和冯婧姝逮个正着。辛欢把她男朋友揍了，去拉架啊！”

华夏衣服也没来得及换，拿起手机和钱包穿上鞋冲出门去。

深夜开飞车加上糟糕的路况，华夏在座位上一颠一颠。她想起小时候嘣爆米花的手摇炉，一锅米粒在手摇炉里被炙烤得四处翻滚。这些米粒一直都在等一个声音，轰隆，他们从此四分五裂，面目全非。为什么在上海，梦境和现实的界限总这么模糊呢？她刚毕业那会儿因为上海的霓虹灯留了下来。在杨浦大桥上眺望陆家嘴，觉得上海实在太绚烂了，以至于每次有什么在生活中炸裂，她都觉得，只要不丧命都是平常事儿。

2. 我们的知名舞蹈演员被未婚夫绿了

华夏记得童年的新闻提过一个词，叫“殊死搏斗”。这种豁出命来的打架究竟需要多大的深仇大恨呢？她和廖文博赶到冯婧姝家，就明白了——家里乱作一团，满是打斗的痕迹。客厅的书架倒了，冯婧姝的奖杯有的破了，有的卡在柜沿，像是被掐住了脖子。书架、餐桌，无一不被卷入了这场男人的战争。辛欢坐在洗手间地上，鼻青脸肿，手臂上的伤口已经结痂。冯婧姝坐在窗台，进来第一句话对廖文博说，有火吗？华夏说，你又不会抽烟，别闹。冯婧姝说，这不就可以学吗？

辛欢从洗手间走出来，廖文博皱着眉头抽了条湿巾：人呢？辛欢说，别问我，问冯婧姝。冯婧姝说，我让他带着那个女人走了。

四十分钟前，辛欢推着旅行箱跟在冯婧姝身后，夜深人静，开门的声音非常清脆。房间里却并不安静，暗流在空气中涌动。地上有两双鞋，一双是男鞋，一双是歪歪扭扭的，看起来崭新的白色高跟鞋。冯婧姝吸了口气说，辛欢，你先走吧，我到家了。辛欢说，别他妈闹了。

他直接冲进门去，陌生的女人尖叫的脸上还化着浓妆。辛欢直接掀开被子，把穿着内裤T恤的男人扯下床，拖在地上猛地掼了一下。男人皱着眉头吼了一声，翻过身拎着辛欢的衬衫厮打起来。辛欢说，你这样对得起冯婧姝吗？冯婧姝男友说，关你什么事？辛欢骂道，你他妈的在自己新婚的房子背着未婚妻和别的女人乱搞，算什么男人？男人笑了：房子是我买的，你和冯婧姝又是什么关系？别以为我不知道。你今天送她回来，如果不是我在，你们发生什么还不一定呢！辛欢说，去你妈的，今天我在机场亲眼见到你接这个女人回来，在高速上和我玩生死时速，你自己没忘吧！

冯婧姝大喊一声：“够了，不要打了！”

房间终于安静了。两个男人气息未平，冯婧姝看着斑驳的地面，走到他面前打了个耳光：七年了。最后为什么是她，不是我？

男人面无表情：“你爱我吗？”

冯婧姝尽力想压住喉咙的颤抖：当然。

男友突然笑了：“别骗自己了，你爱的是舞蹈，不是我。你每年都在演出，都在获奖。没错，你越来越优秀，你眼里只有跳舞。你知道 2013 年我们见过几次吗？三次，三次而已，你在汉堡待了六个月，我留在上海工作，买房子，这房子的装修你怎么评价的你还记得吗？你说它土。但是这为什么？因为你没时间，我也没时间，我父母顶着高温来陪着装修队装修，到头来只换来一句土。冯婧姝，我只想要稳定的生活，老婆孩子，一口热饭，你这些能做到吗？你太优秀了，我配不上你，你继续跳舞吧，我已经不爱你了。”临走之前，他拉着年轻女孩的手说，这房子砸得好，本来我对你还挺愧疚的，现在一点也不了。你收拾好你的东西，周末我来换锁。

华夏还记得冯婧姝分手那天是 2014 年 4 月 27 日，第二天就是她二十六岁生日。四个人在婚房里尴尬地站了几分钟，廖文博看了一眼表，把生日快乐几个字咽了下去。冯婧姝没哭也没闹，在窗台上坐了一个小时，轻轻地说，帮我个忙，我想连夜把东西都收了。说完她走到架子前，捡起一个还没摔破的奖杯说，幸亏这个没摔坏。华夏，你的综合台能不能先借我摆它？

4 月 30 日，冯婧姝在上海的终演三个人都去看了，和以往一样，她光彩照人地从伴舞中徐徐走出，被一束灯光追着，从容地在舞台绕出曼妙的曲线。谁也不知道她是怎么轻描淡写地把这场人生中最大的波澜抚平，只是把行李用几个旅行箱挪到了华夏家，客厅顿时满了。最后一趟搬完，四个人开车去吃饭，不可避免地坐在同一辆车里。华夏抢先坐在副驾驶，廖文博开了车门把冯婧姝让进后一排里面的位置，自己在带上车门。这是四个人坐辛欢的轿车的固定位置，没别的原因，只要冯婧姝坐在副驾驶，辛欢一路开车不敢挂到三挡和五挡，油门不敢踩到八十，东西掉了就身体僵硬，更甭提说话时磕磕巴巴的窘迫了。最简洁的方法是让冯婧姝坐在辛欢的正后方，连后视镜都没法完全看见他的脸，这样辛欢就可以自如地和车里的每一个人自由地聊天。车子开进城区，辛欢下车去加油，把华夏也叫了下去。他趁着车窗关着和华夏凑近了说，她去你那儿，没问题吧？

“能有什么问题，失恋又不是特别大的事——我是说，对冯老大来说，这只是她英武的舞蹈演员生涯里一段需要消化的时间。”

“你以为谁都像你这么没心没肺吗？七年的恋爱掰了，我怕她想不开。”

“辛老板，这才是你的机会。你以为每次都坐在你的副驾驶很舒服吗？帮你递水拿电话换零钱，还要忍受你路怒症一脚油门飞出去，我真的宁愿坐地铁。”

“我认真的呢，你对她好点，多照顾她。”

“你一个风趣幽默又很有魅力的男孩子，只要提到冯婧姝怎么就这么无聊呢？贤良淑德的，很恶心。今年和你们见面的耐心，最近一段时间算是透支完了。”

“谢谢您赏脸。”辛欢说：“回车里吧。”

“节假日我真的很讨厌和人见面。这么多年处心积虑地找机会四个人见面维系感情，又不停地换女朋友，我和文博都明白。现在你终于等到机会了，我会帮你的。”华夏关上车门，突然大声说：“谁还不知道你宣武情种这么多年等的就是冯……”还没说完，华夏的嘴一把被辛欢捂住：“好了好了，全天下都知道你华夏等的就是我请你这顿饭，你要是把对吃的热情转移一点在找男朋友上，你早就嫁出去了！”

华夏还真没想好怎么治疗朋友的失恋。确切地说，她还没有习惯自己家里多出一个人。在医院走廊发呆，被路过的小婉用胳膊肘碰了碰。她突然想起转正申请还没签字，袁院长签了字，她就正式成为住院医生了。她拿好资料正要往院长办公室走，被患者家属拦住了。家属说，医生，能不能帮我看看我媳妇，她今天出院，如果没大碍的话，您帮我签个字。

华夏拿起病历本：“这是前几天刚刚剖腹的？”

家属喜气洋洋：“是啊，前天农历初八，早上正好是八点零八分，你看这个时辰，吉利不吉利？”

能沾上这个全都是“8”的时辰，华夏暗自觉得，这人是掐了时间送媳妇来的。翻开病例，各项指标正常，就差经手医生签字了。她走到产妇面前摸了摸小腹：刀口还痛吗？产妇抱着孩子说，不疼了医生，就等您签完字我就走了，司机在门外等着呢。

华夏看了一眼产妇怀里的孩子，婴儿黄疸还没完全消退：“您女儿保温箱住了三天？主任签字了吗？”家属说：主任还需要签字？三天么够了呀。华夏说，化验单上的数值还没到出院的标准，可能要再和主任确认一下。家属不耐烦了：“你不是大夫吗？医生签字不就好了？你们这些医生就是要赚钱！一天保温箱一千块！”华夏有点慌：“我还没转正，没有资格签字，你稍等，我去找领导。”

家属突然搡了华夏一把：“不是医生待在此地做撒？浪费阿拉辰光啊？倷领导呢？签字尬便当的事体，还寻不着人了？”

华夏被吓了一跳，突然后背被人一托——是老院长。他绕到产妇面前拉下襁褓看了一眼，面容不无严厉：“不是我们非要留你，这孩子黄疸这么严重，走之前填个免责声明，出了生命问题我们不负责哦。”不管华夏站在一旁，他推着家属的肩膀往婴儿面前带：“现在这代小孩子出生多少都有黄疸，一般一周就消掉了，但是核黄疸就糟糕了。你老婆怀孕十个月，孩子有三长两短，你对得起她们母子俩吗？”

家属有点尴尬：“依直接来派专家和我们说就行了，搞个小囡来吓唬我们，我以为你要骗钱呢。”老院长说，顶尖大学的硕士毕业生，学了快十年医，工资是你们好几倍，骗你们的钱干嘛？医院都是正经门户，你来了就要信任，不要闹事，这不是你们欺负人的地方。

华夏惊魂未定，站在办公室把资料翻了好几遍，手指还在微微颤抖。老院长摆弄着面前的一盆多肉，微笑着说：“来签字？”华夏说是的，转正需要请院长您签一下。老院长迟迟没动，华夏搓了搓手指，忍不住问：“院长，刚才的事情……”

老院长翻着转正申请：你是潘教授的学生？华夏说是的。老院长说，潘教授的学生都跟他一样，文质彬彬的。做医生，尊重病人是一方面，另一方面，当你对的时候，你不能畏缩。有些患者总觉得做医生就是为了收红包赚提成的，你自己立不住，他们就更欺负你。做医生，是最能以理服人的，懂不懂？华夏说知道了。

老院长有点严肃："转正了，多少能硬气点了吧？"

华夏赶紧说："能！"

院长专心研究桌上的多肉植物："这个多肉，刚才妇产科的医生送我的。现在的植物真多啊，绿萝、多肉，我只养君子兰那一代的植物，都没听说过这些。但是这些新植物真挺漂亮，让你感觉这个世界在变，就像你们这些新学生一样。"老院长顿了顿："学医也八年了，为什么最后选了新生儿科做研究？"

华夏说："我大四实习的时候，在妇产科的时间最久。那时候接触过一个高龄妈妈，拼了命想要一个孩子，结果难产去世了。如果我的研究可以能让更多家庭幸福，就好了。"

老院长透过眼镜，抬头看了华夏一眼，微笑着转过身，摸出胸前口袋的钢笔，工工整整地写下"裴凤山"。临出门前，他拿起一盆植物：这盆多肉，你拿去。新生儿研究中心嘛，需要你们这些新的生命。

"转正了……"

华夏站在龙美术馆门口，手里握着"遗传科和胚胎实验室　研究员华夏"的名牌，心里有点激动。她把名牌从白大褂上塞进包里又捏在手心，滨江道上跑步的男孩经过，视野中没有高楼大厦，只有远处的船舶和蒙着水雾的天空，海风吹得她心肺舒畅。

终于，她看见冯婧姝穿着大衬衫和运动鞋走过来。冯婧姝私下没有化妆的习惯，却总有人把目光投在她身上。似乎太久没睡好了，她很憔悴。自从冯婧姝搬来她家，房间就拥挤了许多，华夏一个人在家惯了，多个人，连洗手间压水花都害羞；洗完澡要在门口硅藻土板踩半天换拖鞋，而冯婧姝没有这个习惯，房间经常许多水脚印。想想冯婧姝的旅行箱在自己家都没有打开，华夏有点心疼。她说，你从排练厅过来的？冯婧姝说从你家来的。华夏说，那是"我们家"。票带了吗？冯婧姝翻遍全身，叹了口气说，忘记带出来了。华夏说，来都来了，重新买两张吧。

美术馆内播放着贾科梅蒂的生平影响，华夏坐在影像前看手机，冯婧姝四处看看，不远处一个男生给身边的女生讲解抽象的雕塑，还不忘卖了个乖："二十几岁的贾科梅蒂遇到了一个女人，非常美，就和你一样。"女孩子羞涩地笑了，那笑容让冯婧姝下意识地躲了躲，视线挪到了角落，正好撞上另一个戴着鸭舌帽的男孩。他被鼓励了一样走上前来开口，您好，你是一个人来看展吗？冯婧姝说不是，和朋友。男孩说，能不能打扰你扫一下二维码？我们是新开的花店，同龄人创业，希望你支持一下。

这一幕被华夏远远地收在眼里。等两人散了她走上来碰了碰冯婧姝的肩膀："这么厉害，遇到搭讪的了？"冯婧姝苦笑了一下："创业的，叫我来扫二维码来关注他们的公众号。"轮到华夏尴尬了："这种场合都可以？"冯婧姝耸了耸肩。华夏实在是不擅长在这种情况下给人安慰，像是读书时得了第一后没法安慰落榜的同学。她说，反正也看不懂，走，转正了，请你喝酒。

华夏从洗手间回来，手机上刚刚过七点。稀稀疏疏有人入座，台上的乐队正在调音。只要到了九点，这个几百平方米的小场地就会沸反盈天，门口排起长长的队伍，不时有人希冀地探头进来看演出，这个乐队叫 Lotus Lady，只有周末出场，每次都有女孩儿慕名而来。华夏拉开椅子对冯婧姝说，你知道这个酒吧洗手间上写着什么吗？只许小便不许拉屎，否则 EAT YOUR OWN SHIT，太朋克了。我操！冯婧姝，你连 shot 五个龙舌兰，疯了吗？

冯婧姝脸上得意地笑，有点醉了。华夏有点蒙，坐下说演出还没开始呢冯婧姝，你克制点儿行吗？冯婧姝说没关系，难得你转正了掏腰包。她话题一转，说你看台上那些男孩儿，都哪年生的，九五后？华夏说不能吧，看起来没那么嫩。冯婧姝说你仔细看，弹贝斯的那个最帅。华夏没戴眼镜，眯着眼睛往台上看："穿黑背心那个？"冯婧姝说没错，他骨架子长得最好，宽肩腿长，胳膊和腿的肌肉练得也好，只有跳舞的人才长这样……你看我这职业病，走哪都盯着同行，说不定是因为这个才被分手的，哈！

华夏看了冯婧姝一眼，去吧台打了个响指：再来一打轰炸机，两打龙舌兰！

冯婧姝和华夏私下喝酒，一般都略过辛欢和廖文博，两个直男癌在场，肯定连鸡尾酒都喝不踏实——不熟的男孩儿总要给异性灌酒，熟透了，就跟管自家媳妇儿一样啰嗦。辛欢正在公司电脑前坐着，会议室墙上挂着"玖赢理财，营造让用户放心的理财第一品牌"。七八个人陆陆续续走进投影的会议室准备开会——创业公司的周末不叫周末，叫工作日的第六天。两个同事手上还带着烟味走进来。老王说最近手上股票涨得漂亮，六月份能给媳妇买宝马了。另一个同事小胡嘿嘿地笑了，说你真疼媳妇，现在用的还是媳妇刚换下来的 iPhone5S 吧？老王说把媳妇哄好了，人生能好过一半，信不信？比不过大禹，松江分四套房，妥妥的土豪。辛欢，你 PPT 怎么还没放出来？

辛欢的电脑屏幕投射到墙上，部门经理也推开门进来准备开会。经理单刀直入问，这个月的销售记录怎么样？辛欢说，这次"每日盈"的年化跟 P2P 差不多，所以卖得比较好，50 万募集都结束了。小贷的项目正在做鱼苗。经理说，每日盈这期募集满了就换个名字吧，不好听。

突然辛欢的手机震个不停。任辛欢挂断，还是有电话不断进来。右上角的大屏幕突然传来很多微信消息："你在哪里？""为什么不接我电话？""你想分手是吗？""你以为跟我玩了就可以不认账吗？辛欢，我跟你没完！"

一群人看戏一样瞪大眼睛看着辛欢，辛欢在众目睽睽下关掉微信，继续讲："小贷部分，安徽鱼苗养育计划做成 10%，三个月短存……"

会议结束，经理走出门去，可以下班了。辛欢松了口气，慢悠悠地拿起手机，大拇指在屏幕上划了几下，心不在焉。老王对着辛欢在脖子上抹了一把，辛欢，下次开会可得把微信关了，你看，私生活败露了吧。辛欢说可别刺儿我了。小胡问，干嘛不回人信息啊，就算不喜欢，也得给人个结果吧，或者打个分手炮什么的。辛欢说打个鬼，不喜欢了还惹麻烦，我闲得没事儿吗？

老王和小胡乘着电梯下班了。老王说，听说辛欢是个情圣？小胡说公司不少女的喜欢他呢，桃花眼，拈花惹草的。老王说，听说家庭也不错，南京的小开，从银行辞职了来理财公司，你知道他怎么跟HR说吗，他说以后想创业，来学本事的。小胡乐了："这个人太耿直，早晚要出事。工作要像大禹一样才自在，家里分了房，工作纯粹是为了让自己不闲着。或者像你这样，靠股票不愁吃喝。用创业这种朝不保夕的东西骗自己，都是蠢。"老王说谁知道呢，最近大盘5000点了，你有闲钱赶紧进，我回头给你推荐潜力股。

辛欢结束工作已经是九点半。刚走下楼，达美乐比萨门口站着个女孩儿，眉毛扭结在一起，愤怒的气场酝酿已久。他犹豫了几秒，径直走了过去。女孩也迎了上来说，辛欢，为什么不接我电话？辛欢说，忙。女孩说，为了躲我，忙到九点多下班吗？辛欢说，你以为这世界谁都像你这么闲吗？女孩说看看，现在因为讨厌我，都觉得我太闲了。以前你缠着我不让我睡觉的时候没觉得我闲呢？辛欢说别废话了，你要干嘛，赶紧说。女孩说，我只要一个解释，你到底和我是不是男女朋友？辛欢无动于衷地说算了，别谈了吧。

女孩冒出泪花："为什么？以前你不是这样的。"辛欢说，没感觉了。女孩说，那你送我的花呢，大半夜给我发过的消息，都不作数了吗？辛欢忍无可忍："大小姐，你那会儿没那么讨人厌，现在你自己看看，咄咄逼人的样子真的挺不好看的。女人得有尊严，活也活得漂亮点。我现在没那么喜欢你了，本来以为不想联系了你就懂了，你非得跑上门来让我告诉，那我直说了吧，我们别再联系了，就这样吧。"

女孩扬起手打了辛欢一个耳光，转身就走。辛欢站在十字路口，突然感觉四周车流涌动——路人扭过头看着辛欢，不远处的公园还有交谊舞的音乐传来——把他带得原地旋转，刚才说过的话在脑海里荡来荡去："我现在没那么喜欢你了。"前几天还眼睁睁地看着冯婧姝的前男友斩钉截铁地说感情结束了——任何人都会残忍。他一直以为自己温柔善良，是冯婧姝和华夏的依靠，而刚才这个十字路口他做的事情，和那些始乱终弃的人没什么不同，用女孩儿们经常会说的话讲，他是人渣。

他怀里揣进满满的风，衬衫都跟着鼓噪起来。脸上似乎没有多痛了，深夜的风还带着它应有的温度。他拨通了廖文博的电话，手不安搓了搓脸颊，快到深夜了，他必须在黑暗没有彻底来临前抓住点什么。

廖文博坐在电脑前，开了一瓶啤酒和赵蕾吃夜宵。赵蕾腿上架着MacBook，叼着皮皮虾敲键盘。一边敲一边说，你说我们客户爸爸是不是有病，大半夜的，告诉我改页面文案，这会儿我上哪儿找人去啊。廖文博有一搭没一搭地回答："什么客户，这么晚还不下班？"赵蕾说，雅诗兰黛呗，开会开到五点半，五点半后才是正式办公时间。廖文博说，明天改不行吗？赵蕾拿起电话说，人家明天要第三稿呢。文案电话多少来着？发微信语聊她们都装没听见。廖文博说，大半夜的，别打扰她们休息吧。赵蕾说，不打扰她们打扰谁，我自己写吗？廖文博说，你不也是念过语文课本的，自己写呗。

赵蕾把电话一撂："你知道我最烦什么人吗？就最烦你们这种分不清权责的人，这事情半夜我做了，下次谁做？客户找到老板说写得不好，谁的错？"廖文博习惯了赵蕾翻脸："朋友一场，你一个人工作就够累了，还麻烦别人。"赵蕾不依不饶："职场上谁和谁是朋友，职责分明懂吗？亏你还是我男朋友，巴不得给我找活干啊？"

房间里只剩下电视和敲键盘的声音。廖文博的电话响了。他终于找机会调低了综艺节目的音量："喂，辛欢，有事吗？冯婧姝和华夏？没有，我不知道她们在哪。"

赵蕾回过头看他。廖文博察觉到赵蕾的眼神，夹着电话说，群里不是说去喝酒了，别着急，打她们手机看看。

挂了电话，廖文博站起身去找外套。赵蕾说，怎么，又要去英雄救美了？廖文博有点不安地说，这两个人电话都打不通。赵蕾语气嘲讽："自己的女朋友怎么被麻烦都不心疼，其他的女人就心疼了是吗？"廖文博脸拉了下来："别闹了，大半夜女孩子不回家，能不让人担心吗？"说完走出门去，轻轻把门关上了。

综艺节目还没停止。赵蕾关了电视，把遥控器摔出老远。世界安静了，电视里映出她还妆容精致的脸。她从二十六岁养成的习惯，不到睡前不会卸妆。她总觉得这是女人的尊严，而在廖文博面前，她经常颜面尽失。自从三十岁过后，赵蕾似乎敏感了许多，廖文博每次提起女孩的名字，都让她神经衰弱。至于华夏和冯婧姝这两个名字对她来说，就像失眠时扰人的灯光，炫目又令人疲惫。

"你看，他走过来了，你猜他是来找你还是我？"

"肯定是你吧，你可是首席舞蹈演员，我这种母胎单身，能和男生有磁场吗？"

台上开始唱歌时，冯婧姝和华夏就已经晕得天旋地转。远处台上似乎站了十几个人，定睛再看，好像又只有四个。周围的桌子都坐满了，她俩耳朵里的音乐像没电了的随身听，旋律被稀释得支离破碎。贝斯手似乎是感受到了她们的注视，不停地朝着她们看。冯婧姝说，我们打个赌，他一会儿肯定会下来搭讪。如果搭讪你，我就给你一百块，反过来你给我，怎么样？

贝斯手坐下时，冯婧姝和华夏面前七零八落摆满了酒杯。两个人撑在桌上，捏着酒杯，目光都涣散了，冯婧姝甚至笑了一下就睡着了。华夏说，你来了。你叫什么名字？

贝斯手愣了几秒，笑着说，我叫丹尼尔。刚说完这句，华夏笑了："丹尼尔，幸会幸会。我俩现在……飘了。麻烦你给我手机里一个叫辛欢的打个电话，我要死了要死了……"说完头哐地磕在桌子上，痛得嘶了一声："抱歉，失态了。"丹尼尔四下看了看，和酒保打了个招呼，把烂醉如泥的华夏和冯婧姝塞进了自己车里。华夏突然瞪着眼睛像是清醒了一半："哎哟不行不行，你一定是想把我们拐回家了，这不可以！"

两人的手机都疯狂地震动着，丹尼尔吃惊地想，这哪是醉了，完全清醒啊。

“能不能帮我们个忙，趁我还清醒，麻烦你们把我们俩送到这个地方——”华夏朝着手机指了指：“拜托，不行了要死了要死了……”

冯婧姝已经睡着了，华夏在副驾驶半梦半醒，拉着冯婧姝的手突然傻笑了一声：“我赢了我赢了！”

丹尼尔更迷糊了：“你们在说什么啊？”

华夏眯着眼睛痴笑：“我说，我赢了——我撑到现在了，所以你爱的是我，对不对？”

3. 喝多了会被帅哥捡回家？我醉了也能倒背家的地址

“你要带我们去哪儿？”

“送你们回家啊。静安区余姚路 497 号，这是你家吗？”

“不不不，这是冯婧姝之前租房子的地方，你要是送我们过去准会碰见她前男友，我家在浦江镇，你等我给你找……”华夏掏出手机，两手一滑，手机钻进了车座下。丹尼尔按着东倒西歪的华夏说，我来吧。华夏突然在自己身上东摸西摸：“你要干什么！我不是那么随便的人，你再这样我就不客气了，我要下手摸你了！”

丹尼尔又气又笑：“怎么戏这么多啊？”

开了车丹尼尔才知道什么是真正的噩梦。车刚发动，华夏就突然开始撒酒疯：“辛欢，我把冯婧姝就交给你了，你不许辜负她！别嬉皮笑脸的！我早就知道你当初喜欢冯婧姝，现在她终于单身了，我可以把她交给你了！”说完还不往捏了一把他的手臂：“你怎么突然瘦了一点？”说完紧紧抱住他的手臂：“你知道我这两年有多辛苦吗！我的男朋友回老家了，医院的病人都奇奇怪怪的，我一个人住在遥远的浦江镇，我爸妈还以为我在上海很辛苦呢，他们怎么能这么想啊！我是真的很逍遥，这种独身的自由不是谁都能体会得到的！”

车在内环高架上蛇形前进，后面的喇叭声追得震耳欲聋。丹尼尔的方向盘被华夏狠狠地转了一下，他在高架的边缘滑了一遭，差一点直接冲出去。这哪里是送姑娘回家，这简直是《末路狂花》拍摄现场。丹尼尔紧张地大喊：“不要碰方向盘！不要碰！不要碰！”

车下了高速油门踩到了底，停在了一家酒店门口。丹尼尔把华夏塞进后座，觉得后座上放着两个酒味旅行箱。一个黑影在夜色中钻进副驾驶：“我刚下飞机，觉都不让我睡啊？”丹尼尔抬起手臂，上面全都是手印：“救人一命胜造七级浮屠，我一个人是送不了她俩回家了。”

华夏的地址在郊外，一路上黑影说，住这么远？不怕危险吗？丹尼尔说，这么凶，你认为谁敢惹她？不敢再碰瘟神，把华夏留在车里说，这个人谁碰谁倒霉，哥，交给你了。

“这么厉害？我倒要看看我沾上她会不会倒霉。”

电梯上到楼上，华夏包里的手机震个不停。黑影被光照到，清俊的脸露了出来。他伸手去掏钥匙，被狠狠地咬了一口。

“金俊明同志，我怎么说的，倒霉了吧？”

金俊明嘶了一声，赶紧开了门把她撂在床上：“这么重，女人都这么重吗？”丹尼尔说，估计是喝了酒，身体都不归自己管了。金俊明反诘：“于是你就把她们送回家，没打电话通知家人吗？”丹尼尔说，有电话打过来，但是我也不能确定就是她朋友，至少等她们清醒了，确定足够安全我才能放他们走吧，哥？

黑色的身影终于在灯光下回过了头。开了灯，两个人被眼前的场景惊呆了——纤尘不染的房间，鞋子摆得整整齐齐，鞋带朝着同一个方向，洗手间干净得像是未使用过，书架上的书按照门类依次放好，阳台上摆着一个巨大的牙科综合台。金俊明呆呆地咽了咽口水：“你确定，这是人住的地方？”

“她说这是她家……”

“这像是人住的地方吗？”

“算了，来都来了，放床上吧。”

金俊明看着丹尼尔认真的表情，没说话。长发瘦高的女孩子睡得像是堕入万丈深渊，金俊明扔鞋子哐的一声，她雷打不动。另一个戴眼镜的女孩到了床上一把扯过被子，在被窝里蠕动了半天，扔出一条内衣。两个大男人站在门口呆若木鸡，顿了几秒才赶快退出来。金俊明迅速恢复了理智，转身往书架走，医学杂志被他轻轻抽出来翻了翻：“这个女孩，是我同行啊。”

“那这么说，这算是她家了吗？”

“我不确定。”

“那我们现在走还是不走？”

“他们不会吐了，然后被呕吐物呛死吧？”

说完两个女孩都做出了反胃的表情，戴眼镜的冲进了洗手间，响声昏天黑地。丹尼尔说，这屋子里一点活人气息都没有，我们走了他们呛死，我们留了都救不了，解酒糖外卖都送不进来吧。

“那怎么办？”

金俊明看着丹尼尔，意会的一瞬间就叹了口气：“你疯了。”

丹尼尔还伸了伸舌头：“内衣带上，不然解释不清楚。”

两个男人又把两个女人抬回了自己家。气喘吁吁在卧室门口搬了凳子坐着，金俊明觉得刚下飞机就这么大运动量，实属离谱；只有丹尼尔觉得开心——和女孩扯上关系是他的天性。对着粉红色头发的弟弟叹了口气，金俊明说：爸妈知道你这么不务正业也是要伤心了。

丹尼尔无动于衷：你是说我和人搞乐队，还是说我拐女孩子回家？金俊明说，都算。丹尼尔调皮了：“爸妈有你这么厉害的哥哥就够了，给弟弟多点宽容多点爱不好吗？”

“成年人了，做个成年人，负责任点吧。”

“年轻就是玩嘛。为什么非要早早让我对谁负责呢？又没有法律明确规定十八岁之后就要‘负责’。我自己还没想通呢。”

“我也看出来了。不过你在酒吧送姑娘回家还拉你哥下水，就是负责吗？”

“对呗。”

“你从什么时候开始学会这么说话的？”

“在北京的时候啊。其实在北京好玩的人可比上海的多。我在鼓楼和人一起买古着，你猜怎么着？有人来找我朋友呲架，我朋友拎着根木棍，给从什刹海直接揍到积水潭医院去了。”

金俊明摇了摇头：“不学无术。”

“你下周就要去新单位报到了吧？”

“对，明天。”丹尼尔说，上任就是主任医师，感觉不错吧？金俊明说，我应得的职位啊。

丹尼尔直起身对着金俊明粲然一笑，装出外国人的腔调：金俊明医生，我相信你，你一定可以让我成功怀孕的，从此之后，我的肚子里因为你，有了新的生命。

身后突然传来轰轰的凿门声，丹尼尔悄悄在猫眼看了一眼，敲门声不打算停止。他大声喊：“谁啊？”

“华夏，冯婧姝，开门！”

丹尼尔回过头：“可能是女孩儿的朋友来了。”

“开门啊。”

“万一是仇家呢？”

“你怎么戏这么多？”

金俊明一把打开了门，三个男人面面相觑，目光难分胜负，辛欢径直就往卧室走，丹尼尔想了半天——这不是让他揍到积水潭的人吗！

卧室里窗帘蒙得像老虎洞，冯婧姝和华夏睡得正酣，华夏的内衣甚至整齐地摆在柜子上，丹尼尔说，她喝醉了自己摘的，和我没关系。

的确是华夏能做出的事。妈的，没心没肺？辛欢压住火气对丹尼尔问责，我打了那么多电话，你怎么不接？丹尼尔不说话，根本就没想解释。金俊明从洗手间出来：“他们根本没醉，还能报出自己家在哪，算醉吗？你又是谁？”辛欢说，我认识他们好多年了。丹尼尔挑衅地说，哦？那你是哪个的男朋友？

噎得辛欢没吭声。他扛走冯婧姝再扛华夏，累得没了气势，还被金俊明噎了一句：“真没礼貌。”还是好多年的朋友，却连自己朋友喝酒了都管束不好，不知道你们这些朋友的 boundary 在哪里。辛欢气得脑仁疼，哪来的说话这么难听的人？“别跟我说英文，要不我给你们点住宿费？”金俊明说得了，留着给你的朋友醒醒酒吧，都不是省油的灯。

辛欢回到卧室，还拿走了华夏的胸罩——这个平板，原来全靠海绵，这么厚啊！

似乎没有什么地方给过辛欢肝肠寸断的感觉。MSN space 关闭的时候他略微心痛过，他的高中时光没了，法国的前两年也没了。但他没认输，很快又开了博客大巴继续写，他不太相信数据会被自己的开发者流放。辛欢来到上海后，也从来没理解过乡愁，华夏曾说，《挪威的森林》中绿子在编写地图时经常给小城市捏造轶闻，还被人当作真人真事，变成了那个地方的传说。辛欢说，这都可以？然而回想起来，在法国留学四年，自己买了辆二手车给人做导游时，经常也给别人编造许多法国的民俗。有一次在南部圣十字湖，他顺口杜撰的这里是天使之泪，被车上的游客写进了旅游杂志，流传了几年，真的成了这里的传说。他觉得荒谬——哪有什么乡愁，都是人渲染出来的。

他在车上疾驰着拨打着冯婧姝和华夏的电话时，又想起了"乡愁"这两个字。乡愁似乎就是因为有了在乎的人，牵绊住了，才有了那么多深夜里虚无缥缈的牵肠挂肚。廖文博开车门时被灯映照的背影让他猛然心头一酸，这也许就是乡愁吧，那种缠绵在心里的，朋友的失联变成抽丝剥茧的难过时，乡愁就这样一点一点地漫了上来。

一整夜，他都没有找到华夏和冯婧姝。辛欢心里暗暗想，平时再热络又有什么用，不再回复短消息，不再发送定位，亲密的关系一瞬间就断了。直到两个男人关门离去，他坐在床边长出了一口气，吐气一样飘出一句，乡愁啊乡愁。

华夏一觉醒来，脑袋像被人砸漏了。她撑着爬起来，冯婧姝还在搂着枕头昏睡。厨房里有煎炒的声音，香味让她醒了醒神，想起自己昨晚做了什么，她偷偷地穿戴整齐，想去洗脸。刚转过身，就被辛欢叫住："大小姐，您醒啦。"

华夏回过头瘪了下嘴，心虚地笑了一声。辛欢不依不饶："出息了？好歹也是快三十岁的人了，在酒吧喝趴了，不怕被人带走把肾割了？"华夏说，我是怎么回来的？辛欢想起没拉窗帘的房间的两个男人，皱着眉头闭着眼把话压了回去："你不知道更好。冯婧姝还睡呢？"华夏嗯了一声，说昨天进了酒吧就开始连 shot，把旁边桌子的男生都吓到了。

辛欢压低了声音："她失恋了乱喝酒就算了，你竟然也跟着喝，真遇到危险怎么办？"华夏说我看她不开心，只有陪着她喝才能让她畅快点。她住在我那儿经常失眠，也只有喝酒能睡个好觉了。辛欢说，我还以为你真是对着流产儿和死婴太久了，铁石心肠，结果该理智的时候还不理智。华夏本来想反驳，抬头看了一眼表：坏了，今天周一啊？

辛欢说，要么你以为呢？

华夏扑腾着把脸洗了，今天新主任到岗，我把晨会给漏了！

辛欢说，别介呀，再喝点。

华夏清脆的声音从关上的门缝传来："滚蛋！"

出门就怕着急，越心急火燎就容易放弃地铁选择出租车，华夏一口气在内环高架堵了四十分钟，来到休息室换衣服已是快12点。黄杰看着他说，别着急了，巡房都结束了。华夏说，新主任来了吗？黄杰说当然来了，帅得一塌糊涂。华夏说：把你口水收一收，他人怎么样？黄杰说他来了就知道，现在才半天工夫，已经让人闻风丧胆了。华夏说，为什么？

金俊明进到诊室，白大褂一抖，金色镜框闪闪发光。他推了推眼镜说，第一个。病人进来就问，医生，我能不能怀孕啊？金俊明盯着女病人的眼睛说，你是来看病还是算命的？病人蒙了，说："啊？"金医生停下了笔说，你要先告诉我你的基本情况，我给你开辅助检查的单子，我才能知道能不能怀孕，你直接问我，我怎么知道？下一个！下一个来的是一对证券从业夫妇，女人非常运筹帷幄地说，医生，我能不能怀个女儿啊？金俊明不屑一顾地说，你来点菜来了？说怀什么就是什么，不如去喝女儿国的水啊。第三对夫妇低调又有内涵，做足了功课来的："医生，我听说你们可以做级别高的三代试管，优生优育，我愿意做最贵的，只求生一个健康的好看的孩子。"金俊明推了推眼镜："没有最贵的最好的，只有最合适的，没有遗传疾病来占用资源筛查，是不是有点过分？有这个精力，更新换代一下自己的电子产品豪车豪宅彰显一下实力得了！"

华夏听完咽了咽口水："听起来很不好伺候啊。"

"那是当然，据说才半天工夫已经被投诉了，他倒是也不在乎，说除了自己的猫，没有谁有资格让自己卑躬屈膝，他所做的只是遵从医学事实。我觉得他还挺帅的啊！顶着那张大众情人的脸横眉立目，特别有味道。华夏转了一下眼珠问，那他知道我没来吗？黄杰说当然知道，问诊你不在，你还是他直属下属，他能不知道？华夏翻了个白眼，这下我可要遭殃了。"

金俊明偏偏在这个时候走了进来。华夏拿着听诊器说，我这么兢兢业业的工作，结果这个节骨眼迟到，他一定以为我玩忽职守了。一转身往门口冲，她直接撞在金俊明胸前，嘴里叼着的面包片掉了，还饿得打了个嗝，散出了浑身酒气。

这是华夏第一次这么近距离地看一个男人，因为身高差，她最先看到了这个男人的鼻孔。任何人从鼻孔看都惊悚得一塌糊涂。她往后退了一步，哦，黄杰说的没错。鼻梁笔直地在鼻尖收出水滴，脸颊却细微地垂出法令纹，耷眼角看起来本来很有一点可爱，被他横眉立目的用力中和殆尽。他歪着头对着自己思考几秒，眼神突然变得有点吃惊，这让华夏把自己迟到的事儿给忘了——他有什么好震惊的，没见过宿醉之后没化妆的女医生吗？

金俊明听着这个满嘴说胡话的下属，本想给她个下马威，而撞上华夏的脸时突然吓了一跳——昨天扛着嫌重，抱着腰疼的女孩，竟然是自己下属？一个堂堂的研究员被自己游手好闲的弟弟运送回家，轻浮！他看着女孩儿回过神说，金老师，非常抱歉，昨天发生了点事儿，早上没能及时来巡房。

空气里胃液的酸臭混着酒气，让休息室非常尴尬。金俊明问，发生什么事了？华夏闭口不语。金俊明说，喝多了吧？华夏惊讶地看着他，辩驳道："没有！"金俊明忍了又忍，把那句"是我扛着你回家的，还跟我装没喝酒”咽进肚子，丢下一句“半小时后来化验室”。

午休时间，廖文博对着两台电脑有条不紊地写代码。辛欢回复的消息传来：“你猜怎么着，这两人好着呢，跟没事儿人一样睡男人家了。还把内衣都甩人家地上，睡得叫一个舒服。”廖文博笑了笑回复微信：“哈哈。两个人都还好吗？”辛欢回了语音：“华夏好得不得了，起床去医院了，冯婧姝受伤惨重，估计是情伤还没好，现在还在床上呢。”廖文博说华夏还能上班，那看来是没事儿了。

辛欢的语音没断：“有个男的，妈的还跟我说英文，上海老外多，他真当自己半个老外啊？”廖文博回复：“人家好歹也算是救命之恩了，这要是扔在酒吧，现在找不着了，要不被人抛尸，要么咱俩去派出所领人。”

话头突然断了。过了几分钟，辛欢想起了什么：“哎，你昨天在我这儿洗了个澡，是不是把我的衣服穿走了？”廖文博说怎么可能，我的白T恤都是迪卡侬买的，跟你能比吗，我能穿错？辛欢在语音里嘶了一声：“奇怪，找不着了。昨天你没回家，赵蕾没找你麻烦吧？”

廖文博想了想昨天睡在辛欢家沙发，下意识地捏了捏酸痛的脖子：“就电话里吵几句呗，还能怎么样。老夫老妻了。”他都能想象得到辛欢挑着眉毛噘着嘴的样子：“当局者迷啊。我是真的不明白，她比你大五岁，现在都三十二三岁了，你当年是怎么看上她的。”

微信没显示回复。辛欢的抱怨没停：下次这种事还是交给我吧，别劳烦你这种拉家带口的了。廖文博：你甩了别的姑娘，我们还都没教育你呢。辛欢终于不提了：不聊了。冯婧姝醒了。

工作时间到了。会议室一大桌的人渐渐坐满。安全部领导说：“今天这个会议是对于近一段时间App的前端开发做个汇报。文博，你来主持吧。”

廖文博走上前去，刚转过身，后背上的口红印就露了。太过美艳的鲜红色唇印，白T恤想遮住都难。大家指指点点地偷笑，领导咳嗽一声，会议室依旧眉来眼去——廖文博能出这种状况，真难得。视线中的主人公丝毫没注意到，对着PPT的内容有条不紊，难得大家下午都清醒，他准备好好跟领导聊聊工资。

华夏在休息室快速地灌了杯咖啡吃了个面包，胃里酸胀酸胀地来到实验室。金俊明正对着一个显微镜认真地看，看到华夏也不打招呼，直接说，你来看看这个东西。华夏坐在显微镜前端详半天，问：“这是什么？”金俊明说精液啊。华夏说啊？这……

金俊明抱着手臂，看出华夏的胃痛，没管：“怎么，做研究员，连基本的分辨力都没有了吗？”华夏说不是，这根本就没有精子。金俊明说，那为什么呢？华夏说，是不是保温工作没有做好？金俊明说上午的病人，怎么可能。华夏一时语塞。金俊明说，一点半坐诊，你跟我一起去吧。

病人是二十五岁的年轻夫妇，一大早从郊区赶来，男人长相和在淮海路逛街遇到的富二代差不多，细皮嫩肉，手指纤细，除了穿着的衣服和发型略为土气；反倒妻子稍微皮肤黑了一些，身材也较为宽厚。金俊明问，什么时候结婚的？男人说，2013年年初，已经一年半了。华夏坐在旁边，看着电脑上的诊疗报告，想起那个没有精子存在的切片。金俊明问，夫妻生活频率高吗？女人开口了，说最开始是每天都有，最近半年一周一两次，她总是不愿意搞。男人不乐意了："谁不愿意搞了，不都是为了生孩子'封山育林'吗？"女人说你看，我就说嘛，你除了想让我生孩子已经不想和我……

金俊明严肃地推了推眼镜：家务事出门说。女人倒是不依不饶："你还是不是个男人，到医院检查了还藏着掖着的！他肯定是在外面有人了，还拉我来医院检查，说我生不出孩子。"

男人：你看你长得也不好看，身材也差，我能跟你生出孩子来吗？

两人在就诊室几乎要吵起来。金俊明抬高了嗓门："家务事出去说，你们中间身体还有什么异常吗？"

女人脱口而出："他那个地方非常小！"

金俊明眯起眼睛：以前做过手术吗？

男人横眉立目地说"没有"，把女人推推搡搡地拽出了门。金俊明没有笑，只是有条不紊接诊下一位病人。华夏问，他们不检查，不就查不出下一步的病情了吗？金俊明说那你觉得呢？他们是什么问题？华夏默不作声，皱着眉头思考。

金俊明依旧板着脸：下班时间多看看书，这个问题在你们的课本上一定出现过，不能学以致用，能做转正的研究员吗？平时的休息时间都用来吃饭喝酒了吗？

华夏毫无辩驳之力，翻开下一位病人的病历本。无独有偶，喝酒这帽子摘不掉了。

另一位酩酊大醉的冯婧姝还在梦里，眼前一片蒙眬，她正和前男友在公园里甜蜜地散步，像是十九岁的春天，她走着走着觉得脚步轻盈，奔跑着在草坪上旋转，前男友毫不在乎其他人的眼光，热切地大声呼喊。

一转眼，冯婧姝在公园中奔跑，气喘吁吁地找寻着什么。终于，她看见一对情侣的身影。她追上去拉住男人，前男友厌烦地转过身，说冯婧姝，你不要再纠缠我了，没看见我已经有了新的女朋友吗，我想对她负责。冯婧姝看不清那个女人的脸，只想追上去喊，你都不给我解释的机会吗？而她迈不开腿，喉咙也发不出声音。她在梦里哭喊着，天旋地转，一脚踩进湖水里。男友的声音还在耳边回旋——

"你的生命里只有跳舞，想过我吗？"

"你和你的舞蹈过一辈子吧，除了舞蹈谁都配不上你——"

冯婧姝终于醒了。她看着天花板，认出了辛欢的床。原来梦中的眼泪，能一直流到梦醒过来。她打开门，辛欢在客厅做PPT。辛欢看见她起床说，他们一会儿就到了，你这一觉睡的时间可挺长，都快二十四小时了。冯婧姝说，你今天没上班吗？辛欢说是啊，老板没在，我去了也就是做PPT。你……还好吗？冯婧姝说没事，就有点饿。辛欢有点惶恐，门铃及时把他救了。她拉开门，赶紧挤兑华夏："这回不研究人生不出孩子，改送外卖了？"华夏后退一步瞪着眼睛："送吃的还要说我，信不信我转身拎着吃的就走？"辛欢说："进来吧，非得我求你吗？"

"下回要不给我做点惊天地泣鬼神的东西吃，见完这次就再也不要找我，有事请在微信或者用邮箱博客等网络媒介和我联系。"

"成啊，吃什么？"

"佛跳墙。"

"……你走吧。"

华夏撞开辛欢就进门了。

四个人坐在客厅吃比萨和意面，华夏和辛欢坐在地上，冯婧姝坐在沙发，廖文博拉过电脑椅坐着。这个场面非常难出现，四个人各有各的忙，加上华夏平时宅惯了，神龙见首不见尾。虽然华夏喜欢冯婧姝，但她回到家，冯婧姝颓唐的样子让整个房间都很压抑。辛欢好歹是个活宝，这个时候……华夏别有深意地想，冯婧姝需要他。

辛欢开口了："你们还记得昨天是谁把你们带走了吗？"

冯婧姝摇摇头。

华夏提醒冯婧姝："丹尼尔，你忘了吗？哦，你那会儿已经倒了。冯婧姝和我打赌，他先和谁搭讪，我们就和他谈恋爱，结果他过来喝酒，两 shot，我们俩就都倒了。"

辛欢不自然地看了一眼冯婧姝：醉酒的时候和人瞎说什么谈恋爱。华夏说，这不是你教我们的吗，喝醉酒的时候使劲儿占别人便宜，反正喝醉了，醒了就赖账。辛欢噘嘴扬眉："我才没说呢。你就不怕他们切了你们的肾把你们卖了吗？"

沉默的冯婧姝突然开口："肾卖了也能活着，人现在缺颗牙，缺心眼，缺根手指头都能活下去，其实你走到大街上，肯定没有人是什么都不缺的。"

冯婧姝的话噎得三个人都默不作声。辛欢清了清嗓子："今天我去接你们回来的时候，丹尼尔房间里有个男人，在给他做早餐。估计他是 GAY，如果他们再约你，可别被骗了啊。"

华夏倒吸一口凉气："原来这世界上的好男人都被同性收编了。"廖文博说：没准是兄弟呢。

辛欢说，你听说现在兄弟会住在一起的吗？

冯婧姝依旧恍惚，辛欢看了她一眼，若有所思。趁着冯婧姝和华夏去厨房洗碗，辛欢拉着廖文博密谈："你看见冯婧姝了吗，魂儿都不知道飘到哪里去了。"廖文博叹了口气：失恋啊，伤筋动骨一百天，她谈了七年，能不难受吗？辛欢说："所以，不能便宜了这小子。"

"啊？"

辛欢鸡骨头还在嘴里："这种人说劈腿就劈腿，说赶人就赶人，都渣出宇宙了，不收拾他一下难道留着过年吗？"

廖文博说："你的意思是，套个麻袋揍他一顿？"

辛欢嘶了一声："俗人。二十一世纪都过了十多年了，解决问题还需要打人吗？打人我找你干嘛，文质彬彬的程序员——你帮我黑他邮箱和公司首页，我要让他身败名裂。"

廖文博有点担忧：他不会来报复冯婧姝吗？

"他还有脸来报复？那我就揍他。这样，你给我黑进去他邮箱和主页，剩下的内容我来搞。欺负你们几个，我都不能让他们好过了。"

想到"乡愁"，辛欢的眼睛里看着不远处消瘦的冯婧姝，心里有一个角落越发酸楚。他在香港第一次见到冯婧姝的时候，总想起《蓝色爱情》中的袁泉，恬淡，安静，从灵魂里散发出高贵的清香——她好像拥有着所有别人没有的东西，脸上永远看不到忧伤。没有什么是他辛欢不能得罪的人，这个前男友就更不算什么了。

4. 我生活得也很认真的

华夏和冯婧姝进门开灯，华夏开窗朝楼下招了招手，关了窗子一屁股坐在牙医综合台上。华夏看着冯婧姝：你说这个综合台，咱们给它起个什么名字好？冯婧姝说，沙发？华夏说，不只是沙发，它还可以放吃的，还有灯。冯婧姝转了转眼珠：多功能沙发。华夏嘴一歪说不，太不能烘托出发明这东西的我的智慧了。你觉得叫至尊宝座怎么样？冯婧姝说，最多叫霍金椅。

华夏败了："你在辛欢床上睡了一觉，嘴巴就这么毒了？"

入夏，顶楼依稀能听到蝉鸣，冯婧姝在华夏的床上坐着，华夏见冯婧姝心不在焉，拉开纱窗说，看星星。

冯婧姝说，我从没注意过，上海竟然有星星。

华夏说，我也是搬到了郊区才看见。以前在学校的时候忙得昏天黑地，书都跟枕头一样厚，没时间享受，看星星真的特别放松，像小的时候在田野上疯跑的时候一样，跑累了就地一躺，天生亮晶晶的。冯婧姝感叹，在田野上跳舞，应该特别自由。华夏说这儿不就是田野吗，地铁站回来的路上还有鱼塘呢。冯婧姝笑了，不能再麻烦你了，我得找房子了。

华夏不好赶客："想在我这住多久就住多久，别想那么多。"

冯婧姝聪明地换了个话题："你新来的那个主任怎么样？"华夏说，今天遇到对儿夫妇，男的精子没有活性，还得继续查呢。

冯婧姝说，你每天和两性关系打交道，就没对爱情有点期许吗？

华夏脑子里第一个闪过的，是自己近距离看到的金俊明。她总是没办法忘记那个暗藏失落的眼神，像深夜没被月光眷顾的泉眼。她回过了神说嗨，我哪儿来的，两性关系都……不太和谐。主任说这病例在课堂上一定讲过。但是你也看见了，我书架上都是"辞海"。

冯婧姝说，以前我和……他恋爱的时候，我也想，等到二十八岁，就跟他生个小孩，男孩女孩都无所谓，我成绩一般般，但是会跳舞，他优秀，小孩儿的基因总不会差，现在想想，有缘无分，大概也是从基因里带出来的。

“这和基因有什么关系，他不喜欢你，就是他人渣……等一下，基因……”华夏突然去书架上找书，不停地翻阅，口中念念有词：基因……基因……突然华夏不说话了，对着书沉默许久。冯婧姝问，怎么？发现什么了吗？

华夏放下书：“还都只是猜测，我想到为什么他们生不出小孩了。但是……这未免太黑色幽默了。”

敲开实验室的门，金俊明刚刚完成上午的问诊。他来到医院一周，臭脾气的名声已经传开了，他似乎和谁都没有好脸色。刚刚装修好的主任办公室飘出一股木屑味，他走进去闻了闻转身直接走回研究院的休息室，给自己腾空了个柜子，完全不在乎主人是谁。谁也不敢惹他，他还挪用了保洁阿姨的消毒水。黄杰在背后偷偷抱怨：“他怎么不用点福尔马林呢！”

背后的议论，金俊明丝毫不关心。他见到华夏：“你找我有事？”

华夏说，前几天没有精子的那个案例，我想出是什么原因了。

金俊明吸了口气，稍微抬眉直起身：“说说看。”华夏说，我建议让男性患者查一下染色体。金俊明不说话。华夏说，我非常确信，他们需要做染色体检测。金俊明说，等他们下次来的时候，一项一项排查吧，万不得已，不要做这个。

华夏不明白了：“为什么？他们还会再来复诊，直接复查不就行了吗？”

金俊明没说话，直接走出了诊室。

华夏站在门口被晾得够呛，黄杰煮了一杯热美式，被她一口灌进肚子：“为什么金俊明不直接开染色体检查？脑子有坑吗？”黄杰翻了个白眼：“染色体一查，你就等于直接在医学上定性人家是娘炮。患者能接受吗？分分钟先投诉你乱收费，诽谤。”华夏说那我怎么办，他们不是来解决问题的吗？黄杰说，甲状腺、内分泌挨个查一遍呗，如果他们还要追根究底，再最后检查这个，保守方法。华夏说，明明是直接能查到真相，竟然非要绕弯子。

黄杰毕竟工作年限摆在那里，翘起兰花指戳了一下华夏的脸颊：“医院也是要走流程的。你现在的推断也不一定百分之百正确，按照你的推断排查了，结果什么都没查到，这空穴来风的钱，谁出？”华夏默不作声。黄杰说，刚转正的宝宝，你性格太直啦。

小婉从门口冒出来：“师姐，有人找你，在大堂等你呢。”黄杰说，嚯，这么快就找上门揍你了啊。华夏站起身：瞎说什么，金俊明都没给我答复，怎么可能找患者来打我？

午休的大堂依旧熙熙攘攘。华夏在大堂转了一圈，看到了一个颀长的背影。白白的皮肤，桃子一样的头型，丹凤眼尖嘴角，说不出的面熟。黄杰在华夏身边说，哇靠，这是个极品。可惜一看就只喜欢女孩，华夏，不要错过。

"还记得我吗？我是丹尼尔。"丹尼尔站在华夏面前，又想起华夏那句"你爱的是我，对不对"，他竟然有点紧张。

华夏终于想起来了，这是酒吧的贝斯手。她诧异地问，你怎么在这里？丹尼尔说，我有个熟人在这儿工作，中午来找他拿东西。一起吃饭吗？华夏说好，不过附近都是小吃店，你习惯吗？丹尼尔说，我知道一家西餐厅，我带你去。

隔了医院两条街，午休的西餐厅并不拥挤。两个人点了华夫饼和煎蛋卷，丹尼尔把柠檬红茶一口气喝掉一大半。华夏说，你怎么记得我在这儿上班？

每当提起那个夜晚，丹尼尔心跳声都放大一倍："那次喝酒的时候你说的，我还记得冯婧姝是跳舞的。看她的身材应该跳舞不错。"华夏说当然，读书时候是校花，毕业了是万人迷。那天我们在你家，没撒泼吧？丹尼尔想起那个指尖的内衣说，还好，都烂醉如泥了。华夏有点局促：那……不好意思了啊。把你家给吐了吧？丹尼尔笑了笑说没事，家里有阿姨收拾。你们那天为什么喝那么多？

"冯婧姝失恋了。她和男朋友谈了七年恋爱，婚房都买了，她从国外回家推开门，男朋友身边躺了个女的。能不买醉吗？那天我不陪她喝，我就不是她铁瓷。"

"太惨烈了。就这么放过她男朋友？"

"冯婧姝那人，什么都云淡风轻的。"华夏没再提打架，"你的熟人在医院工作，我认识吗？"

丹尼尔想了一下说："你应该不认识。你在医院究竟是做什么的？"

华夏说我是新生儿研究员，简单点说，我就是研究为什么会有夫妇不孕不育。最近我来了个新领导，叫金俊明，脸特别臭。他昨天接诊了一对夫妇，我猜测是基因出了点问题，但是他也不解释，直接摔门走了。

丹尼尔用力憋住笑："你没和他当面对峙？"

"我顶头上司，哪敢顶撞，以后要靠他吃饭的。"

丹尼尔义正辞严："有的时候，你大胆说出你自己的想法，才能让别人信得过你。我听着，你的上司，应该就是这种类型。"

华夏佩服了："没想到你年纪轻轻，还会读心术。"

"过奖，对付这种人，你跟他讲道理，或者耍赖，都比忍着不出声有效果。"

两个人对着吃午餐，华夏说的话丹尼尔总能开心地接上。华夏心想，这个男孩儿可真神奇。喝光最后一口果汁，丹尼尔说，你盘子里的鳄梨，我能吃吗？华夏说，牛油果啊，你吃你吃。丹尼尔笑眯眯地说，以后我经常来找你玩，没意见吧？华夏说可以啊，我中午都没饭搭子。不过你下次别点这么贵了，我要付房租。

丹尼尔的眼睛又弯了：女孩子怎么可以买单。说完丹尼尔就站起身，拿起皮夹子眨了下眼睛。华夏看着他的背影，想起辛欢的话，低声说了一句：真的是同性恋吗？

丹尼尔完全没感觉到背后的眼睛，只专注地看着收银台上的信用卡活动——他是爸爸亲手带大的做生意好材料，哪怕吃顿饭，也能在钱包里挑出最适合优惠买单的信用卡。

玖赢理财承办了外地的一场马拉松项目，负责提供服装和活动摄像，辛欢作为产品经理，被直接征来操办活动。辛欢对着要购买的日用品和拍摄费用删减半天，为省钱恨不得把自己的车开过去。用老板的话说，创业公司里产品经理就是灵魂，产品做得好活动做得好才能吸引人。辛欢被这句话骗了两个月，站在路边指挥活动时恍然大悟：自己现在是融合产品经理、内容运营、用户运营、活动运营，直接来个四位一体了。身边不相识的没有参加马拉松的人也来领饮用水和毛巾，他一边礼貌地劝阻一边想，他现在在干吗？所谓的创业就是这样的吗？如果在路边做做活动也算是创业，还不如去地铁里弹吉他。一同被征来的小胡说，这都是形象工程啊，写在公众号上吹牛逼，为了继续骗大爷大妈来理财。你看大禹会用我们理财软件吗？家里那么多钱，才不给自己公司贡献的，他早就识破了我们公司是披着羊皮的狼。老王压低了嗓门：创业是层皮，互联网说得创业像一幅金字招牌，猫腻多了去了。我们到底不还是个传统的小贷公司吗。

辛欢回去的路上一个同事都没带，一个人踩着油门回上海。创业要是一直跟着别人，就只能被人牵着鼻子走。回想了入职的半年，他不止写过 PRD，还给小区大妈发过传单，在商场诱惑人扫码，倒卖过演唱会票，给只投资了 20 万的理财第一名送了手机——想到这里他就狠狠地揍了一下方向盘，都干的是什么下三滥的勾当！

手机响了。一个陌生的女孩儿来和她聊天，他有一搭没一搭地回应，仔细回想这个人。之前在酒吧见过一次，长相有点甜，似乎是垫过鼻子。他正挫败，就多和女孩说了几句，聊了一下自己想创业。而女孩丝毫没什么兴趣，只发来说："要不要见面？我还有张酒店的邀请券。"

车子直接开到酒店，女孩赴约非常准时。辛欢看着她期待又挑衅的脸，突然腻了。过了两个小时，女孩说要等老公回家吃饭，摆摆手离开了。辛欢把自己往床上一摔，太没劲了。他这么旺盛的精力，又聪明又不要脸，完全能做点更优秀的事，怎么就绊在这些不伦不类的东西里混呢？他打开云霄论坛，点进自己的主页"耐人寻味"，链接的博客就跳了出来。他运指如飞，像是满腔怒火没处发泄：

> 我真是厌倦了你们的身体，姿态乏味，欲望单一，身材还差。你以为你们的屁股都很美吗？屁股暴露了你们的无知和慵懒，你们一点都不可爱。我也恨透你们分配给我的工作，发传单写报告当黄牛，简直把我当猴使。哪怕让我遇到一次可以发自内心的机会，我二话不说，第一个上。世界上就没有谁值得我用心去爱用命去换的人和事业吗？我二十七八，身体尚可，足以成为精英和贵族。你们怎么能就任由自己过成屌丝，把自己放平凡和庸俗里拖呢？

辛欢写完这句话，还给自己重新开了个"耐人寻味"的微博，把内容粘贴了上去。不出半个小时就有人骂他，觉得他下作又装逼。那又怎样？现实生活中，也不见得比我高级。辛欢这样想着，把身上那件沾了黄色液体的背心扔进垃圾桶，空荡荡地穿着外套开车回家。有两张门票没卖出去，冯婧姝他遇不到，只琢磨着周末带着华夏去用掉，三百八收来的握手券，总不能浪费。

休息室的桌子上放着两张偶像拍手会的票，黄杰捏起来看了看：“哇，‘彩虹少女’？谁赶在了流行前端，竟然去看少女拍手会？”

“我啊。”华夏扭过头眨了眨眼睛：“是不是意外发现我还挺洋气的？”

“没看出来。”

“我朋友送给我的门票，但是我也不是很了解，我比较喜欢一些当年百万销量的歌姬，气势很足唱功很优秀的那种。”华夏换下白大褂：“不过送了票还是要去看，还要帮他们的新媒体写观后感呢，让他们的公众号看起来人气很高。”

“我觉得蛮好的，你去看看年轻女孩儿有多可爱。虽然我觉得你戴着眼镜鸭舌帽的样子更像十几岁。”

“谢谢啊。”华夏的鸭舌帽有点旧了，她完全不介意。

“这种东西有什么好看的。”金俊明走进休息室：“有这个时间还不如好好看电影看话剧，哪怕看论文都不会让自己这么空虚。”

“我都不知道你是真无聊还是装出来的。一点爱好都没有的男人真可怕，像活化石。”华夏扔下一句话就跑了，金俊明站在原地气没处撒，看了看华夏没有关上的柜门，拙劣地讽刺了一句：“把白大褂洗这么白，要去演鬼吗？”

周日下午华夏和辛欢挤在人群里，晒得老眼昏花。华夏把矿泉水一饮而尽：“怎么都是男的呀，显得我特别猥琐。”

“做偶像的粉丝怎么是变态，只会证明你是护花使者。”辛欢推开一个穿着应援T恤的男人往前走了几步：“队伍排得多有秩序，不愧是日本文化影响的偶像模式。我觉得有朝一日有了钱，培养一些偶像少女组合也是蛮好的。”

“春秋大梦。你的云霄论坛服务器今年买了吗？”

“买了啊。我自己的论坛，砸锅卖铁我也要养。游戏和偶像不冲突啊，我觉得可以试试。不过做论坛可能不行，得直观地付了钱就能看到摸到比较靠谱。”

华夏被晒得脸通红，终于等到了小偶像们出场。七个女孩子高矮不一，穿着中国风的汉服，赤橙黄绿青蓝紫地排开和大家问好，声音清脆又有活力，身边的男孩子们都在大喊：“我爱你！你最美！”

“啊，真是虎虎生风。”华夏看着周围涌动的像是被充满电的男人：“他们竟然还能背出每个人的应援口号——哇！那个红衣服的女孩也太可爱了吧！”

“变得还真快。”辛欢看着华夏。

华夏当然激动。她高中时期看过最多的就是早安少女组，读大学也听AKB48，还买过盘支持总选举。

结果人群中出现了一个人影，在医院从来不会大声说话，永远都保持降调发声的金俊明，头顶缠着橙色的发带，手里拿着紫色的应援棒，姿势标准还和其他人变换队形，嗓门高亢地在喊：“牡丹妹，橘子酱，向日葵，小八哥，青小草，王慧文，巴布豆，叔叔爱你们！爱！你！们！”

华夏和辛欢僵在原地：“这……”

一首歌唱完，金俊明和其他男人好不吝啬地贡献掌声和口哨，最可怕的是，金俊明手上做的手势，一个拍子都没错。

“竟然不脸盲啊？”

“看来不是GAY，破案了。”辛欢嘴里的棒棒糖几口咬碎：“我给公司的选择没错，中年男人的压力是蛮大的，理财产品赠偶像票挺好卖。”

握手会的队伍一共两百号人，辛欢和华夏和金俊明距离十米不到。华夏一直盯着金俊明看，结伴的男人们在应援之后不会交谈，而是各自拿着握手券等待签名和握手。金俊明扭过头往后看了一眼，华夏赶紧躲到辛欢身后。辛欢说，怕什么，在这个场合他避你还差不多。华夏说算了，感觉彼此都尴尬。

走到舞台前，金俊明看起来比之前淡定许多，他拿出一沓握手券给主办方说，我要他们坐着和我握手。

“我们有规定，偶像必须要礼貌。”

在舞台上的偶像和工作人员都有点发愣。金俊明一脸不容拒绝，面无表情时看起来非常可怕的脸，让偶像们面面相觑。几秒之后，工作人员说，你们都坐下吧。金俊明脸上才又现出微笑，金俊明一个个握手过去，对每个人说的话都不相同，辛欢说，没看出来，这个人还挺护短的。华夏歪着头不说话，只盯着金俊明的背影，卡其色的半裤磨薄了，小腿又细又直，走下去之前笑着接受了女孩儿们的握手后，随即就只剩下落寞又严肃的样子，和在医院没什么区别。

等到华夏时，女孩子们因为遇到了姐姐而开心。她们并不能算非常漂亮，有一些梳着齐刘海，有的长了小虎牙，却都很可爱。她们看起来皮肤并不好，尽力地对每一个人微笑着，在松开华夏的手之后，下意识地在背后敲了几下。华夏看在眼里，等握手会结束，女孩子们帮着一起收拾了场地准备上床时，华夏突然叫住了其中穿黄色衣服的女孩说，我有个朋友想见你。

金俊明当然还没走，他的车就停在不远处，正在小巷子里踩滑板。华夏领着向日葵出现的时候金俊明非常震惊。华夏非常骄傲地说，快和她聊天呀，经纪人去上厕所了，你们时间不多！

金俊明的表情非常不自然，还是很高兴地说：“今天你表现得很好，下次演出我还会来看的。”

“谢谢你，真的谢谢你。有你们这样的粉丝我们很感激。其实合约十月到期，我们很快就要解散了。”

“有什么麻烦事发微博。我们都会给你加油的。”金俊明憋了半天，也只吐出一句：“照顾好自己。”

向日葵鞠了个躬，跳着跑远了。金俊明的目光追到拐角，很快恢复了镇定。华夏说，真没想到能在这儿遇到，你是早早就买好票了吧？这么照顾他们，在医院为什么不这么热情呢？

“你真是净给我添麻烦。”金俊明绷着脸，没再多说一句话，把滑板往后车座一扔，关上车门就开走了。

因为冯婧姝的分手，本来只靠微信和语聊联系的四个人，突然都有了聚在一起的理由。好在辛欢家还没跑出内环，赶回家并不难。廖文博最后一个赶到，四个人的晚餐规规矩矩地留了一份——华夏的叉子稍微越界了一块芝士蛋糕，她没忍住。

廖文博显然是不太愉快，老司机辛欢看见他脖颈后有个指印，有点暗自高兴：“赵蕾和你打架了吧？”

这话说得华夏和冯婧姝一愣。廖文博不想讲述他和赵蕾那场撕扯大战，只把背后一个大红色的口红印的T恤扔给辛欢，说以后再也不敢在你家睡了。辛欢笑了，说赵蕾有什么好的？不如趁这次机会分手算了。廖文博说，你他妈故意的？

他想到赵蕾不明就里就飞扑过来的身影，厌倦的情绪在头上蓊郁起来——“不是说出去找冯婧姝和华夏吗？这口红怎么回事？”“我怎么知道，这是辛欢的衣服，我的T恤会这么贵吗？”“谁知道呢，现在是高级工程师了，有人往上贴了是吧……”

他也不多说话，只按住她，两个人在地板上僵持不下，后来，他竟然被这股好斗的冲劲点燃了性欲……一炮泯恩仇吧，赵蕾就算再不乐意，他也说了，是睡在辛欢家穿错了衣服。担心别的女孩安危，深夜不归，身上有口红印，她每一个不满都没法解决，索性出来躲躲。

辛欢有点尴尬，只好和廖文博说，快吃饭吧，难得华夏这个宅女出门请客了。华夏啧啧两声，我才不是宅女，宅至少得家里乱，足不出户，我家里纤尘不染井井有条的，你说我宅？再说了，我看漫画吗？我打游戏吗？我一个回家就兢兢业业查文献，就算躺着也是看医疗剧的人，我级别高多了。辛欢说，你为什么来我这儿你怎么不说呢，还不是因为凑不满外卖满减了？这本质不还是宅吗？华夏说亏你还是个互联网从业者，宅这词儿早就过时了，还有多少每天醒来就穿戴整齐妆都画好了在家工作的人呢，我们只是独居而已。

辛欢说，那不就是廖文博说的空巢吗？华夏说，那你至少也得寂寞空虚冷才行，我每天醒来都有一万件事要做，我才不空巢呢。你辛欢不算空巢吗？出去约炮从来不把妹子带回家，廖文博最期待赵蕾加班彻夜不归，说到底不还都是喜欢一个人待着。冯婧姝说这倒是个悖论，空巢不一定说的是精神，可能也只是生活状态，无论身体上还是精神上，只要你落单了，应该就都是空巢。比如我，可能就是吧。

四个人默不作声。分手后的冯婧姝似乎非常擅长结束聊天。华夏叹了口气，别讲这个了，阳台洗水果去。辛欢和廖文博坐在两台电脑前，压低了声音开始商量复仇大计。

廖文博摸了摸后脖颈说，按照你讲的，我已经破译了冯婧姝前男友的邮箱，一直在用的有两个，工作邮箱就是例行的工作，私人邮箱可热闹了，还有给网上征婚女子发的邮件。

辛欢骂了一句“我操”：“早就打算和冯婧姝分手了吧，多方面撒网了已经。”廖文博说还有，我发现他的手机号有开房记录，早半年前就到处和小姑娘约睡了，身份证登记的还不止一个。

辛欢憋了半天，只加了一句“我操”。

廖文博把电脑架在腿上：“行了，你准备怎么搞？”辛欢翻了个白眼说，本来我只想戏弄他一下，现在我准备弄死他。冯婧姝不能知道这些，所以得干得了无痕迹。廖文博点了点头：“他现在应该在山东出差。能行吗？”

辛欢打了个响指：“那更好办了。我们先注册个邮箱，弄个假女友出来，然后用这个女友给他现任发信息，说现在他俩正睡觉呢，挑拨离间。他们公司的官网里，你把他交易过的业务爬虫给我，我要一个一个用邮箱黑过去。哦对，给他们所有同事群发个邮件，用他的邮箱，把他的丰功伟绩歌颂一遍，我来起草。”

辛欢在键盘上飞快地敲打，廖文博看了一眼笑出了声：他现在成了色情狂和种马了，还盗取公司资料？牛逼。

辛欢手指没停：“我没把他公司首页换成淫秽网站就不错了。”

冯婧姝的招牌凤梨切好了。二人慌忙地扣上电脑。冯婧姝说，你们大晚上的还凑在一起加班呢？辛欢慌忙回答对啊，业务搞不定了，让廖文博给我注点水。

华夏哪壶不开提哪壶：“文博，赵蕾现在都不管你了是吗？”

廖文博微微皱了下眉头：“她在公司加班呢，一会儿我去接她。”

辛欢伸了个懒腰：“大五岁，一天到晚除了睡觉都见不着，早晚得分。”冯婧姝说别那么直男癌成吗？天天念叨自己哥们儿分手，蛇蝎心肠。辛欢吃凤梨的手没停：铁哥们儿为他好才这么说呢。

华夏和廖文博见面的机会不多，为数不多的几个小时，都最喜欢听赵蕾的故事。第一次和香港相识，廖文博就腼腆又骄傲地说自己有女朋友，华夏一直都念念不忘。通过手机见到的赵蕾的照片都非常随意，廖文博的拍照技术令人惆怅，而赵蕾只要不是非常刁钻的理由，就都能惊艳到她。辛欢经常很不屑，生活中的美女，没能火起来的十八线演员，能好看到哪里去？廖文博从不反驳，只憨厚地说，她呀，幸亏没走红，真的进了娱乐圈，她会死得很惨的。

听文博说，赵蕾十八岁到了北京，径直找了剧组去面试，没有上当受骗，也没有露宿街头，顺利地进组了。她住的第一间房是剧组分配的集体宿舍，天通苑的地下室又没有窗，她接到的是一个都市戏，没有台词。剧组分来的衣服非常贴身，高跟鞋也不太舒服，但她觉得非常漂亮，直接穿着这个坐地铁回家。路上四下无人，赵蕾踩着高跟鞋，屁股突然被摸了一把。一个骑自行车的大爷从她身边过，眼神奸邪，吹了个不怀好意的口哨。赵蕾多一秒都没思考，直接踩着高跟鞋就追。大爷吓了一跳腿脚又不好，在坑坑洼洼的土地上三百米不到就被赵蕾拽住了后车座。赵蕾一只手拎着他的衣领，另一只手脱下一只高跟鞋就往他头上死命地凿，幸亏高跟鞋不是尖跟，否则她十八岁生日就要在局子里关着了。揍了大爷一通之后她趁着四下没人，踩着高跟鞋又赶紧跑了，坐上一辆三轮摩的回头朝大爷还吐口水，骂得一口脏话。等拍出几部戏，赵蕾稍微攒下点钱，搬出了四人一间的地下室，临走时把身上批发市场的衣服都扔在了垃圾桶里。有点小名气又长得漂亮，她经常被同龄的女孩嫉妒。有次在KTV包房，隔壁包间遇到了曾经一起拍戏过的女三号，女三号见到赵蕾没几句好话，先说她是狐狸精。赵蕾记性不好认不出她，也没客气，直接就还嘴说，你哪里来的野鸡？女三号直接找来男朋友，左青龙右白虎的男人拎了一把开了刃的菜刀，揪着赵蕾的头发就进包间了。门外的人吓坏了，拨了110不说，还找值班经理拿钥匙开门。反锁的门怎么也打不开，就听见里面《眉飞色舞》的节奏咣咣地想，大家绝望地议论说，这下完了，这小姑娘非得被乱刀剁了不可。一刻钟之后，门把手轻轻一扭，门从里面打开，赵蕾踩着高跟鞋拎着男人的菜刀出来说，都在门口愣着干嘛呢，想给我收尸啊？

“后来呢？她为什么会和你在一起？”

“我在校园招聘会遇到她，她转行做广告了。她那时候二十七岁，整个人站在宣讲会台上，和学校里的所有人都不一样，老师，教授，同学，她的同事，所有人都不能比。她非常……怎么说呢，乐善好施，对于比她年轻的后辈都很照顾，经常请下属吃饭，或者给被客户骂了的同事买礼物，都是自己掏腰包。”

“扯淡。这样的女孩儿怎么会看上你啊？”辛欢叼着牙签咬嘴唇，也听得仔细。

“因为……我帮她修了电脑吧。”

“什么结尾啊！”华夏把筷子一撂：“敢情是因为你是IT男？这个理由太不像话了，我不接受。”

“她就没什么缺点吗？”

“说话刻薄，算不算？骂起人来刀子嘴刀子心。”

“好的，一招毙命，对我来说，绝杀。”辛欢抹了一下脖子。

“文博这么善良又老实的男孩哪里找？”冯婧姝的语气不容置疑：“要是再给我一次机会，我也嫁给廖文博。”刚说完这句话，辛欢的脸色就变了。廖文博看得清清楚楚：“别嫁我，我没钱结婚。这么多年都靠她养家，我不管家里的事的。”

“为什么不和她结婚？”

“我还没想好。”

“我看你是没看上她。这么多年不结婚，就是热乎劲儿过了开始现实了。”辛欢抽出一根“南京”：“我看得清清楚楚。你家人一定是嫌弃她是个演员。”

“演员有什么不好的呀？我听你说的这些，觉得赵蕾有情有义，胆子又大，人又这么漂亮，没理由不结婚。”

“男人考虑得很多的。谈恋爱怎么着都行，到结婚就都现实了。赵蕾在剧组里混过，有没有私生活混乱，有没有逾越边界，这些过去男人都介意的。小博这种传统的人也不例外。”辛欢跷着二郎腿，反正冯婧姝从没看上过他，他索性口无遮拦。趁着冯婧姝钻进洗手间，华夏凑过来坐，辛欢一把抓过她。

辛欢问，冯婧姝最近没什么异常吧？华夏说没有，她最近张罗找房子呢，团里还有演出。辛欢说别让她找了，自己想不开了怎么办。话说她前男友是不是有你手机号来着？华夏说对啊，怎么了。

辛欢压低了声音：“你最近先让她住你那儿，然后你趁她不注意，把她手机上前男友的手机号拉黑，然后她前男友要是来找你问什么事儿，你一口咬定，说不知道。”

华夏轻声质问：“你们究竟干嘛了？”

廖文博说：我们把他邮箱黑了，搞他一下。

冯婧姝拉门出来，看见三个人神经兮兮的。问：你们干嘛呢，我点的炸鸡放在门口也不拿进来，都不饿吗？

华夏说，辛欢前女友怀孕了，找我咨询呢。

冯婧姝笑着去了阳台。

辛欢捏了华夏的手臂一把：我他妈打死你。华夏甩开说：我不扯这个，能支开她吗？你们究竟做了什么？辛欢说那个狗娘养的，太龌龊了。背着冯婧姝无恶不作，不搞一下他，我不解恨。

冯婧姝站在阳台解包装袋，三个人远远地商议着什么。华夏听完，表情严肃地怔住了三秒，辛欢和廖文博紧张地看着她。华夏说：你们——干得好。

冯婧姝走进来：“什么干得好？把人弄怀孕了，这叫干得好吗？”

辛欢顺着往下编：“不是我孩子啊。我不负责。”

“厉害了，你怎么知道不是你的？”辛欢说找华夏问问就知道。这些男女“苟且之事”，华夏最明白。

廖文博还在疲软，伸出一个手指摇了摇：“她可不明白。”

“虽然我没好好谈过恋爱，但是‘生孩子’这事儿，真从来都不是小事。”华夏在沙发上挪了挪，“我们医院最近有个病例，我们都能百分之百确认这个男的是无精症了，但是不能轻易给他下定论。”

辛欢瞪着眼睛：“无精症？那就是做不了男人吗？有点惨。”华夏说就是不能传宗接代了，而且是基因上的问题，一千个人里面才有一个。人出生就带了一张命运的彩票，他自己都选择不了。廖文博问：“他们如果真的想要个孩子，得怎么办？”华夏说领养吧，或者借精子库的精子。但是就看男人过不过得去这一关了，很多人在养孩子这件事情上，目的是“传宗接代”。

辛欢表情似乎感同身受：“是啊，相当于花钱给自己养了别人的儿子。”

冯婧姝开口了："每次听华夏讲病例，我就深深觉得社会复杂。人活着一点都不容易。"

三个人同情地看了冯婧姝一眼。

辛欢想转个话题："你下一次演出什么时候？给我们弄三张票呗。"

华夏说自己掏钱买，一百块钱的票，还要找人内部买，亏你还富二代呢！辛欢小声说：就当她付钱找我替她报仇了吧。

冯婧姝的叉子在盘子里戳菠萝，直戳盘底的声音非常刺耳。她有点心灰意冷地说，不用去了，这次领舞不是我，我被撤了。

职业作者可以被培养吗？

2014 年，我从复旦大学的创意写作专业毕业，经历了各个行业的文字类工作后，2017 年 9 月正式开始写小说，《急诊室伤痕女神》获得豆瓣阅读第五届征文大赛首奖，柠萌影业选择奖；2018 年，《急诊室女神》出版，长篇作品第一次售出影视版权，让我觉得，也许可以尝试辞掉工作全职创作。2019 年春天开始全职写作，到现在成了百万级的版权作者。

我写小说的时间并不长，中途也走了不少弯路，但很幸运的是及时调整后，都很快地收到了市场反馈和青睐。想起创意写作专业刚刚创立时，有声音问，作家是否可以被培养？现在，我可能可以作为一个标准的范例：经过专业的写作培养和个人风格的调整，一个对写作有热情的初级写作者，完全能够成为被市场所接受的成熟创作者。同时，我也想把一些经验分享给热爱写作的朋友，创作是孤独的过程，希望在阅读这篇创作谈后，能够给大家一些启发和鼓励。相比纯文学创作，我个人的经验可能更加直接和客观，希望能够抛开“技巧”和“感性”，给大家一些可以借鉴的经验。

复旦 MFA 究竟怎样培养学生成为作者？

2012 年 9 月刚入学，MFA 专业共有 15 名学生，我们来自各个专业，部分从自己的岗位离职，经历各异。围在圆桌自我介绍，中文系，外语专业，化学专业，机电专业……同学的组成是多元的，对我来说非常新鲜，同时，我们除去一两位同学在写作上有经验，其余的都是有热情的文字爱好者，拥有天马行空的想象，并没有完整地创作和被刊载过，四舍五入，我们都是一群“菜鸟”，部分同学也在自我怀疑，进入这个专业，真的能够被培养成为作者吗？

从小说到电影，散文写作实践，小说写作实践，中国现当代文学，中国传统文化，古典诗词创作……这个专业一系列的课程围绕中文的基础和创作的提升展开，短短两年，创作的训练并不密集，课程、讲座、实践都有留白的时间给我们去体会。两年的浸淫更像是对于写作者“氛围”的感染，在高等学府写作专业的学院派环境中抛开外界干扰，享受最高级别的对写作的体悟。

不仅于此，每一次的写作训练因为都有专业老师的指点，对于作品专项讨论，这个过程是我们进步最快的阶段。王安忆老师的《小说写作实践》，在学期初的题材限定是“以田子坊为背景创作小说”，其余的任何都不受限制，自由创作。每个人写出的故事都不一样，有注重情节的书写，有立足田子坊的意识流描述，还有侧重青春题材的立意……大家可以相互阅读作品，王安忆老师也会对每个人的作品进行点评，这个环节非常令人难忘。初学者很容易犯的错误，人物没有立得住的性格和背景，动机不够明确，行为超过了人物本身的能力，或者基于未来背景，人物却依旧是现在的生活方式……王安忆老师的提问温和且犀利，我们创作的故事被挑战甚至颠覆，当时会受伤，甚至崩溃，但半年下来，创作的思路会被推翻，重建成更加基于现实和立足生活的故事，贴近真实，且想象合理。专业进入第二年，毕业作品从开题到答辩，一部完整的作品由专业内和专业外的十余名老师进行三次以上的点评，把握好这些机会，写作的修正已经到了 70 分。

到这里其实我们只是毕业的学生，并没有成为成熟的写作者。因为具备专业的训练，在毕业之后我们会对作品的好坏有成熟的判断，也很少再去创作假大空的小说；但弱项也明显：缺少阅历，经验大多从书本和学生时代的经历而来，创作出的内容非常生涩。我在复旦的两年非常快乐，毕业后一直抱着想要写作的梦想，但隐约意识到了当时的自己写不出有深度的故事，为了生计，选择先去工作，观察生活，看到同龄人的作品会着急，经济压力和没有整块阅读写作的时间，一直没有创作。

除去写作专业的熏陶和培养，接下来不可或缺的，是对自己有强度的系统训练。

如何进行自我训练？

每个人都有独特的回忆和闪光点，落在纸上之前，都是素材。而写作不是素材的堆砌，除去很少部分的天才下笔就能成为好故事，更多人的第一篇作品是碎片的叙事和描写，或者对其他人来说很陌生的自我表达，想要成为流畅的作品，都需要专门的写作训练。

初学者在写小说之前，迈出第一步非常的难。有很多后辈或者写作爱好者会问：“我想要写小说，难吗？怎么下笔？怎么迈出第一步？”我给出的回答都是“立刻下笔写”。书看得越多越无法开始，毕竟前人成熟的经验对比起自己稚嫩的习作，两者差距太大，很快就会打击自信心。有表达欲望时立刻记录，并且坚持这个动作，第一步就迈出了。实在觉得不尽如人意，可以进行一些更具体的尝试：1. 模仿他人作品书写；2. 日常记录，化零为整；3. 对想要表达的东西直接做成故事大纲。

这些都是能够快速进入状态的办法。

小说之所以成为小说，是因为故事是虚构的，通过人物和情节进行表达，每个小说的开头都需要想清楚人物和想要表达的主题，然后围绕着人物设定和大纲去书写。在没有对人物较强的把控能力的时候，好的设定和大纲至少可以让人物从头到尾有连贯性和统一性，并且不会做超出人物本人性格的事情。最初创作时，语言是最不需要去考虑的，也不要去提前设想功利的结果，创作越纯粹，表达越自由。

书写可以是碎片的创作，讲故事需要大块的写作训练，一小时的写作其实很短，进入状态，酝酿情绪，到书写，可能不是几十分钟能轻易达到的，所以每天或者每周抽出时间从事写作很重要。尤其是完整作品的书写，进入状态连贯地写作，小说呈现的状态就很完整。并且，进入写作状态后作者非常容易厌倦自己前序写出的片场，间隔时间越长，思路被长时间切断，就会形成自我厌弃。所以，保持规律并且沉浸的创作就很重要。

但这其实并不太容易，缺乏素材或阅读量低的时候很容易卡壳，连贯书写故事的时候也很容易遇到瓶颈，中断并不是懒惰造成的，而是遇到了症结，这种情况很容易半途而废。此时，除了保持阅读和书写之外，有一个新的角度值得去思考——我们是否在写适合自己的东西？

也许有些残酷，但每个人最擅长的文体，以及这一文体内最合适的类型，也许只有一到两种。在自己不擅长的领域加深书写，很容易有挫败感。这里并不是劝大家放弃，而是找到自己最擅长的领域，事半功倍。比如，书写市场化的小说很擅长，却一定要追求严肃文学的写作，很可能努力到极致，水平也达不到真正合适的人的一半；热爱幻想类的人转型做爱情故事的书写，可能情节艰涩，还浪费了“开脑洞”的难得天赋。能够做到风格融合是聪明的，但多数作者还没有意识到自己擅长的风格，就先在不擅长的领域挑战，很容易半途而废。

几个不成熟的观点：

严肃文学和网络文学在市场转化上，并不存在高与低，被市场冷静选择的，都是在某一方面突出的作品；

能够改编的作品不意味着“低级”，能写被两百万人接受的文体和两千人接受的文体，难度和孤独系数都不低，不要轻易去贬低不了解的一种；

经验不够成熟时，不要为了发稿、出版、影视转化这样的目的去做书写，坦诚寻找自己，真情流露的文本最自然；

要允许自己有公开目的之外的私人表达；

寻找自己独特的风格，发展到具有辨识度；比起好但普通的故事，有辨识度更重要。

如何确定自己的风格？

其实你阅读的最多的，是你最想成为的风格

就像我们会喜欢类似的明星，有选择地去阅读的，往往就是最贴近或者最想成为的风格。仿写

喜欢阅读的作品并不是让大家去抄袭，而是去找到自己的风格。读得多了，会有一些喜欢的细分类的作品，精细研读一两本去学习结构和故事组成，对于写作的帮助很大。无论是中文系还是外文系，都有泛读和精读课程，在我看来，前者是培养对文学的氛围，后者是塑造对作品的“透视”。就和背诵默写课文一样，落在笔头的行动会有最直观的对与错。

如果构思是让碎片找到拼凑的模板，下笔就能让灵感逐渐训练形成体系。从最开始乱无章法的书写到连贯地表达，再到成熟地围绕一个主题，不跑题不松散，其实需要很长时间。精读就有利于节奏的把控，以及不轻易让人物和故事脱离设定。举个例子，想要写作一部悬疑作品，广泛地阅读阿加莎·克里斯蒂和东野圭吾，配合精细阅读，分析《无人生还》和《白夜行》，再结合自己的经历去下笔写，会有更好的效果。当然创作的过程中注意，只写属于自己的东西，不要抄袭。

在过了初学的阶段之后，作者需要寻找到属于自己的风格。无论是什么类型的作品，有辨识度，能够看到文字就识人，是创作者最强的标签——不要害怕标签，能被记住和有曝光，带来的是更多的读者，以及很多未知的共鸣。

寻找风格，第一个最显著的特征是语言。举一些相对新的作品的例子，现当代知名的作家或者编剧，我们总能对具有风格的代表作有印象，余华现实又残酷的《活着》，苏童诗意暧昧的《我的帝王生涯》，王朔戏谑、玩世不恭的《顽主》，廖一梅细腻又近乎神经质的《恋爱的犀牛》……这些在80年代后出现的已经成为经典的作品，无一例外都有个人强烈的风格，这和创作者本人的经历都是有关系的。每个人都有独特的生长经历和阅读体验，从中寻找出自己或细腻或直接或温暖或残酷的一面进行发挥，是和其他人拉开风格的第一步。

第二个具有辨识度的是人物。独特的人物性格，与众不同的命运，或悲或喜的命运开局，出乎意料的人性弧光，都会让故事更加难忘。例如《巴黎圣母院》中拥有怪物身体和天使灵魂的卡西莫多；《金陵十三钗》中懂英语，风姿绰约，最终却选择献身的玉墨；《霸王别姬》里分不清戏里戏外，和虞姬融为一体，最后自杀的程蝶衣；《白夜行》里童年背负仇恨，一明一暗相互依存的唐泽雪穗和桐原亮司。好的人物会建立强烈的吸引，带来足够有张力的情节，甚至可以说是好小说的基石。

第三个在人物基础上递进的是小说的情节构成。人物基本构建完成后会渐渐自己推进故事，作者更像是个记录员，主人公会根据性格和选择自行开始后续的展开，这时也能够凸显作者风格。平铺直叙，不给作者带来意外的，整体温暖却和缓的叙事；令人意外的情节，则故事波澜多，故事的节奏逐渐加高。两者都有自己的优点，但颠覆读者的叙事的确记忆点更多，这可能也是悲剧比喜剧难忘的原因。用比较夸张的说法，小说是忤逆了事实的反叙事，越反常，越让读者想不到，就越会留下印象。

风格中最难显露，形成了又很难被忘记的，是作者给作品的气质。这可能不只是作者的风格，落到具体的作品更为贴切。在不同的创作阶段会有不同的写作感悟，某一部作品如果当时状态特殊，也会留下不同的气质和氛围。这种状态很难得，狂喜也好痛苦也罢，都会让整体的风格更加鲜明。珍惜自己情绪的碎片，偶然灵光一闪，或突然动情的一刻，也许就是你独特的状态来临的时刻。

成为全职作者

接下来终于说到相对热门的一个话题——全职写作和面向市场。对于小说改编影视获得收入，可能是写小说获得收入最高的一种，也是很多人都感兴趣的方向，首先我可能要泼一句冷水：全身心投入写作，是需要慎重思考后再做出的决定。全职作者，就是一份关于写作的工作，一旦面向市场就需要极度自律，也要接受行业的残酷。

我是在 2017 年开始正式写作的，同年 9 月获得了豆瓣阅读的第五届征文大赛首奖，2018 年第一个长篇《空巢》在写完的两天后就被影视公司采买，开局非常顺利。2019 年权衡之后我开始全职写作，也是因为有一些积蓄，并且想要尝试一下以写作为生，但现实非常残酷，因为规划的失误和想要尝试的东西太多，2019 年开始，直接走了弯路。

全职写作，并不是那么容易。

经济压力是在大城市生活的作者需要思考的问题。生存都有压力的情况下，谋生是首要的，很难为写作腾出时间；经济富庶缺少对生活的痛感，写出的作品共鸣也相对小。我个人认为，不要贸然在刚毕业以及经济困难的阶段进行专职创作，没有社会经验作品缺少质感，同时经济压力总会转嫁给其他人，并不太妥当——自我支撑的情况下，努力的意识会更强一些。不要去幻想短期内写一个故事就能走红，全职写作从开始到变成稳定的市场型作者，至少需要两三部的时间，还不算上摸索阶段的废稿……写作是一场长跑。

接受学院化教育和习惯看纯文学作品的人可能更难转换这样的思路，觉得这是个为了钱在出卖自己的生意，而讲一个能够影视化的故事并没有那么简单，文笔、结构、陌生化叙事、各种主义都不再是关注重点；大众读者也更接受短平快和强情节，在故事里直接打捞故事类型，男女主角的性格特点，有无“雷点”，什么时候“撒糖”……网文，也有自己的故事套路。往往是没有接受过写作训练，在职场打拼多年，社会里摸爬滚打的行业人，行文流畅有故事起伏，更容易被影视公司相中。这其实非常残酷，当作者一只脚踏进河流里，才发现水流从身边过，却和自己沾不上关系，很难愿意自己降低身份去写“下沉”的小说，更难接受自己变成网文作者。

在我个人看来，除了需要把自己当成职业作者，其他标签并不需要去过多关心，只要讲好自己的故事就可以了。纯文学和故事两件事并没有隔着楚河汉界，纯熟的叙事和强情节的故事同样可以结合得很好。而且近几年改编的影视作品，写作水准都是上乘的。担心自己的类型，不如把故事讲得更加完整。

我属于比较幸运的作者，在没有开始正式下笔写作时，就隐约觉得自己更适合书写长篇故事，但成为成熟的百万级作者，也是近一年才稳定下来，之前也进行过其他故事类型的摸索，对我来说不太合适，也都没有发挥得很好。写自己不太适合的类型，很容易因为状态影响心情。但在低谷期我保持了两个动作：1. 坚持规律写作；2. 坚持外出寻找素材。

这就是全职写作最需要的两种动作。

曾经有过两年多的编辑经验，我见过一些“一本书作者”，因为灵气和初始才华，出版了第一本书，后面因为各种原因没能写出第二部作品。也有因为出了书而开始转型做全职作者的朋友，在家中相对倦怠，写作没有规律，一个人又容易自我怀疑，最后写出几稿都不尽人意，只能放弃写作，甚至得了抑郁症……其实全职是需要规律地创作和反思，以及积攒素材的。

规律写作是指每天有固定的时长进行创作。写作是需要大块的时间去进行的，字要一个字一个字写，结构也需要花时间去思考，情节更需要专门去观察和收集素材。每天写 1000 字，一个月也有 30000 字，有了稿子才会发现自己的长处和不足，去进行更细致的调整。如果能清醒地看待作品，作者是会一点点进步的。

积攒素材是指技法成熟的作者到市场上，准确地说，拼的都是题材、素材和人设。严歌苓在创作《小姨多鹤》是专门去乡下住了半年，才能获得翔实的生活经验，好的题材令人眼前一亮，精确独特的素材会令人拍案连连。除了专项去对故事做调查外，广泛粗浅地了解各行各业，观察生活也很重要，有利于写出更丰富的人性。作者就像“垃圾箱”，什么都装一点，好的坏的都收集，会让作品更加生动。

磨炼技巧是对故事的锦上添花，情节有意外，设计得精妙，人物之间有奇妙的联系，都是要在前两者熟练了之后叠加的。并且，磨炼技巧最大的好处是让故事不脱轨，很多时候作者容易把故事写“过”，超出人物应有的人设和年代，这都是把控力不足造成的。

全职写作要忍受很多孤独和自我怀疑，除去对故事的钻研，战胜精神压力也是很重要的一环。天赋和灵气可以陪伴作者走过自信的第一年，瓶颈期也比想象的来得更快。除了继续写，靠自己走出低谷，没有任何解决的途径。保持热情和坚持非常重要，在这个过程中，偶尔也会遇到美妙的状态，写出超乎自己能力范围的片段，被角色带着走，兴奋到不眠不休不吃不喝……专注于故事是写作带来的无上的快乐，很难遇到，但非常值得——作品会超出个人的当下水平，完成了，你的水平也整体跟着提高了。

人生一定要有一次“超神”的体验。

容易被忽视掉的语言细节，会让你的小说很难看

前文我说过，影视公司不将语言作为考量，而作品本身是要和读者见面的。在写作过程中，我

们希望人物足够难忘，情节完整，逻辑不出错，也希望文字尽可能地营造出属于自己的风格。在写作的过程中我们很容易在一件事上疏忽——文字干净和准确。

文字干净，是指在行文过程中减少代词和关联词。“这”“那”“虽然”“但是”“然后”在写作久了很容易像口头禅一样冒出来，读起来非常影响语感；作者经常会忽略人称转换，几个段落连在一起用“我”“你”“他”，会让读者觉得作者用词繁杂。除此之外，频繁地使用一些高频词汇，会让读者觉得作者还在初学者水平，比如“爱”“想”“说”“× × 了起来”。写了很多年的作者如果不能有意识地纠正自己的问题，很有可能在内容上一直有这样的重复。其实每一种问题都有相应的对策，指代词不在特别需要的情况就不使用，尽量让名字和人称交替出现，通过对话或侧面描写去回避人称使用，以及用同义词替换掉高频词汇，都会避免以上的情况。

准确是指比喻句和形容词的使用。漂亮的比喻句和形容词会让文章看起来更细腻华丽，但如果使用得不准确，不符合常识和逻辑，和通感也无关，会让读者读起来很轻易地看出作品水平业余。例如“他长着一张兵荒马乱的脸”，听起来像是毁容；“女孩像过山车一样冲了出去”，过山车和冲出去，动作并没有很强的关联；“他在江湖中像普罗米修斯一样英勇地献祭”，看似每个词都很有气势，实际上“江湖”“普罗米修斯”和“献祭”对应的是不同的文化环境，组合在一起是不恰当的。

在这里我想推荐两本工具书：《现代汉语词典》和《同义词词典》，在表述更丰富的情况下，能扩充词汇量，也能给作者在创作中更多储备。

市场化的禁忌：套路化叙述和表达阉割

使用素材进行写作并且目标是售出影视版权时，最容易走进的一个误区是把自己创作的作品变成“命题作文”。于是创作的内容完全按照自己对影视公司或者出版方的喜好进行创作，在写作过程中尽量避开敏感的话题以及无法改编的内容，导致写出的内容会比较“浅”，甚至生硬。实际上影视公司的喜好并没有套路可循，变化的速度比创作的速度也快得多，通过揣测市场需要什么而去创作，多半都达不到想要的效果，反而会破坏了自己的创作节奏。书写时代，已经拥有自己的表达，能够超越自己给出高于市场期待的作品是更值得做出的努力。

自由的表达和对事件挖掘足够深刻是小说的灵魂，去揣测别人的需求反而不那么必要，毕竟创作是个主观行为。改编是编剧的动作，不是作者需要过多去思考的内容，过于顾虑就会变成戴着镣铐跳舞，味同嚼蜡的作品也是很难被改编的。换句话说，编剧在情节的故事性上参考原著做加法，在尺度和审查层面对文本做减法，这并不妨碍我们在创作的过程中将原著写到 100 分，不要过度解读“审查”这个动作，更不要自我阉割。并且，不是所有的作品都需要发表，当有表达的欲望时，作者要允许私人化的自由写作内容留给自己。

追求新的精神内核，给作品更深的意义

不要放弃文学化表达。使用简略粗暴的语言和满足读者神经的情节也许会得到读者，但是并不一定会让这部作品有内涵。向更深的人性挖掘，用尽可能贴近读者的文学化书写去构建世界，同样的时间所写出的故事会更有价值。

因为社会的复杂，留给作者的写作素材非常多，社会也有很多没有被阳光照到的角落值得去书写。合格的能被改编的作品，对于行业也好，人性也好，都要挖掘得足够深刻。双雪涛的《平原上的摩西》，郑执的《生吞》和班宇的《盘锦豹子》是三部书写东北的作品，收获了很多读者，让更多的人关注到了东北工人村、下岗潮和北方人坚韧的性格。《白夜追凶》和《我们与恶的距离》并不是小说改编，而是直接出品的剧集，对人性的描摹和故事的掌控都非常优秀且专业，在追求正义、保护弱势方面也提出了足够深刻的见解，剧本足够成为代表时代的影视文学作品。这要求写作者不单单是个人，更要像是一个团队，从各个视角去审视并改造内容。不要为了市场而去迎合，写新的故事，新的精神内核，是专业作者应该有的追求。

很多人都在从事小说创作，“好看”的故事有很多，而什么是属于自己的灵魂内核，是件非常重要的事情。书写正能量故事，或者写温馨恬淡的小品，都是创作的一种，但是文学创作，挖掘生命力非常重要。人不会永远善良地活着，就像七宗罪一样，“暴食”“贪婪”“懒惰”“嫉妒”“骄傲”“淫欲”“愤怒”……人性是让社会变得多姿多彩的一个重要因素。这会让人在不同的境遇爆发出不同的感应，拥有不同的处理方式，并且留下不同的声音，如何架构只属于自己的故事，就会很重要，简言之，在创作之前找到自我。

足够好的故事才能有自信面对更多的读者。

不要害怕曝光，找到自己的读者

虽然每种文学题材都有它较为通用的范式，也不妨碍作者打破这其中的壁垒。纯文学类型的写作可以写一个完整的故事，也可以从片段延展出人生的截面，还可以通过技巧去探索更多的写作次元，解构故事和语言，将内容陌生化；面向市场的小说更具有故事性，需要跌宕起伏，人物需要更强的动机和弧光，情节需要出乎意料，并且需要更贴近生活，涉猎广泛。两种写作都需要花费大量的时间去钻研，且并没有高下差别。而且无论哪一种，拘束在小圈子中的写作很难和大量的读者相遇，直面市场得到的是最真实的反馈，销量、评论数、对内容的评价，都是另一个角度面对自己的作品。有200个读者和20000个读者是不一样的，更多的读者可以让作者更清晰地看到作品的好与坏，以及在同类型写作中处于什么样的

位置。

不要害怕读者的评论。作为作者，我们对自己的作品有感情滤镜，孵化出的故事和塑造的人物在我们心中有着更重的分量，亲友的评价也带有感情分。抛开恶意的评价，客观的读者会从自己的角度去判断作品，不够专业，语言不够好，逻辑上有疏漏，都会很认真地指出来，这会令我们更快看到作品的不足之处，在下一部作品中去完善。而且一千个读者心中有一千个哈姆雷特，读者对文本的感受和作者是不同的，对人物也会有其他的想象，评论中也会感受到新的见解，说不定会激发更多的灵感。比起赞誉，差评能够更快速地促使作者成长，而且要学会看淡差评，它并不一定是一种恶意，更可能是优化作品的一种途径。

可以去尝试参加比赛。现在很多出版机构和平台会举办小说比赛，我个人非常建议小说写作者去参加。无论是已经出版过作品的成熟作者，还是新作者，比赛都会有大量的曝光的版面露出，同时也会接触到很多不同类型的作者。和参赛者作比较是一个能快速比对出自己优缺点的机会，并且竞技的状态下会激发出很多自己想不到的火花。不要害怕比自己优秀的作者，同路人的优秀会让人精进，道理如同水涨船高。我个人参加过两次豆瓣阅读举办的征文比赛，《急诊室伤痕女神》第五届的征文比赛得到了女性组首奖和柠萌影业选择奖，第二次是历时100天的长篇拉力赛，参赛作品《启齿》进入总决赛又一次得到了柠萌影业的选择。两次比赛都很激烈，一起参赛的作者风格和笔力都不相同，写作过程中会不停地逼迫自己创造出更吸引人的内容。网络写作也可以拥有文学化的书写和表达，而且被选中去改编是需要素材和积累的，这其中会成长得非常迅速。

眼界宽，就不会自我复制

尽可能多地去了解自己不了解的行业。作为经历高考、读大学（留学）到进入工作留在大城市的我们来说，大家写作的素材是逐渐趋同的。尽管在创作中个人的经历会有差异，最初的创作依旧离不开个人的成长经历和见闻。在自己的故事写完之后，都会面临一个问题：素材的枯竭。了解更多内容并不是必须，毕竟很多情况下，只要有足够的技巧和足够多的阅读量，向内挖掘也能产生新的作品，但是自我复制久了会产生挫败感。我个人的观点，小说作者需要广泛地了解各行各业，而真的去写某一个行业时，要尽可能多掌握一手资料，像从业者一样去生活，才能做到生动真实。听别人的转述都不如自己去体会，二手资料是经过他人杜撰的，可以用来交流，而亲眼所见、亲身经历，得到的感悟才是最贴近自己需求的。

大量阅读。这个是创作者的基本功课，多读经典，并且尽可能地精读，可以保证拥有更完善的创作观，以及提醒自己拥有更高的创作标准。

总结

想说的非常多，也有很多个人的感慨，但是思来想去，自己挣扎的过程并不重要，借这个机会为大家提供一些实在的经验更值得。作为写到第四个年头的作者，我的经验还不算多，不足之处还请多多体谅。

写作是一场长跑。起步的早与晚不那么重要，成名也并不是写作的必需结果。书写是快乐的一种，也是漫长且孤独的过程。能够选择这样的生活，其实是放弃了很多娱乐和消遣的，每一位创作者都值得敬佩。未来我也许不会一直全职写作，也许会坚持下去，但书写的确成了我生命的一部分，能够奔跑在写作的马拉松跑道，我非常骄傲。感谢复旦创意写作专业两年的训练，没有这两年的学习，我的全职写作不会来得这样顺利，也无法收获这么多的同路人。一起仍在写作的来自创意写作班的同学，是督促我进步和坚持下去的宝藏。也祝福各位热爱写作的朋友，心中有故事，有表达的欲望，就能够恣意奔跑。道阻且长，行则将至，愿坚持的你我都有收获。

Contributors

附录

2017级创意写作MFA专业学生去向

曹源远

1994年生

本科毕业于华东政法大学

现任职于上海咬文嚼字文化传播有限公司

范淑敏

1996年生

本科毕业于云南大学

现任职于杭州高级中学

何闽强

1993年生

本科毕业于复旦大学

现为自由编剧

胡诗瑶

1995年生

本科毕业于四川师范大学

现任职于多抓鱼公司

黄馨平

1995年生

本科毕业于西北大学

现任职于西交利物浦

黄瑶

1995年生

本科毕业于上海师范大学

现任职于上海市北中学

江姗珊

1995年生

本科毕业于华南师范大学

现任职于深圳外国语学校

李雪婷

1994年生

本科毕业于厦门大学

现任职于叠纸游戏公司

梁淑娟

1993年生

本科毕业于复旦大学

现任职于某文化传播公司

刘东兴

1995年生

本科毕业于暨南大学

现任职于网易公司

倪源蔚

1993年生

本科毕业于复旦大学

现任职于喜马拉雅公司

冉自珍

1992年生

本科毕业于广东金融学院

现任职于爱回收公司

陶然

1994年生

本科毕业于河南大学

现就读于哥廷根大学东亚系

涂莹

1996年生

本科毕业于复旦大学

现任职于叠纸游戏公司

王超逸

1994年生

本科毕业于西北大学

腾讯预备役

王梦迪

1994年生

本科毕业于上海大学

现为中学教师

王洋

1994年生

本科毕业于郑州大学

现任职于上海农林职业技术学院

王子为

1995年生

本科毕业于复旦大学

现任职于叠纸游戏公司

郁信然

1994年生

本科毕业于华东师范大学

上海松江

张黎

1996年生

本科毕业于安徽师范大学

现任职于腾讯公司

图书在版编目(CIP)数据

篮子里的猫/陈思和,王安忆主编. —上海:上海人民出版社,2021
(创意写作;8)
ISBN 978-7-208-17224-1

Ⅰ.①篮… Ⅱ.①陈… ②王… Ⅲ.①短篇小说-小说集-中国-当代 Ⅳ.①I247.7

中国版本图书馆 CIP 数据核字(2021)第 136279 号

特约编辑 舒光浩
责任编辑 陈佳妮
装帧设计 胡 斌 刘健敏

篮子里的猫
陈思和 王安忆 主编

出 版 上海人民出版社
(200001 上海福建中路 193 号)
发 行 上海人民出版社发行中心
印 刷 上海商务联西印刷有限公司
开 本 787×1092 1/16
印 张 21
插 页 3
字 数 457,000
版 次 2021 年 8 月第 1 版
印 次 2021 年 8 月第 1 次印刷
ISBN 978-7-208-17224-1/I·1977
定 价 78.00 元